| 2019 年度重庆市出版专项资金资助项目 |

脱贫攻坚手记

姚元和　著

西南师范大学出版社

国家一级出版社　全国百佳图书出版单位

图书在版编目（CIP）数据

脱贫攻坚手记/姚元和著. -- 2版. -- 重庆：西南师范大学出版社, 2020.8
ISBN 978-7-5697-0328-3

Ⅰ.①脱… Ⅱ.①姚… Ⅲ.①纪实文学－中国－当代 Ⅳ.①I25

中国版本图书馆CIP数据核字(2020)第121169号

脱贫攻坚手记
TUOPIN GONGJIAN SHOUJI

姚元和 著

责任编辑：李晓瑞 谭小军
责任校对：曹园妹
装帧设计：观止堂_未 珉
排　　版：杜霖森
出版发行：西南师范大学出版社
　　　　　地址：重庆市北碚区天生路2号
　　　　　邮编：400715
　　　　　市场营销部电话：023-68253705
　　　　　网址：www.xscbs.com
经　　销：全国新华书店
印　　刷：重庆共创印务有限公司
幅面尺寸：172mm×240mm
印　　张：26
字　　数：450千字
版　　次：2020年8月第2版
印　　次：2020年8月第1次印刷
书　　号：ISBN 978-7-5697-0328-3
定　　价：99.00元

| 作者简介 | 姚元和

　　土家族，重庆酉阳人，生于1964年8月，重庆市作家协会会员。1982年7月大学毕业后参加工作，历经中学教师、新闻记者、报刊编辑、项目策划人、党校教授、贫困村第一书记等多个岗位锻炼，亲近文字近四十年，特别偏爱纪实性写作，常欲罢而不能。现供职于重庆市黔江区委党校，从事教学、科研及相关管理工作。长篇报告文学《红土地　热土地》获重庆市首届少数民族文学奖，《脱贫攻坚手记》是作者出版的第二部长篇报告文学。

序

精准扶贫的精细呈现

陈　川

从申报市作协定点深入生活项目名单上,得知元和计划创作纪实作品《脱贫攻坚手记》,心里便有所期待。因为早在20年前,他就创作出版了长篇报告文学《红土地 热土地》,全景式展现了渝东南地区在实施"国家八七扶贫攻坚计划"中奋发作为的壮阔图景。那时,他的身份是记者,尽管采访报道广泛而深入,但毕竟超然事外。而今,以区委党校领导和教授身份衔命担任贫困村第一书记,角色的转换以及两年时间的亲力亲为,想必会在他的新作中给我们讲述更加精彩的故事,呈现鲜活的人物乃至切肤的疼痛和欣慰的笑容!

贫困是世界性难题,反贫困是人类共同面临的一项历史任务。但只有在当代中国,在实施精准脱贫的今天,才有可能出现贫困村第一书记这一独特的称谓。我国政府已经庄严宣告2020年消灭绝对贫困,全面建成小康社会,脱贫攻坚进入了决胜阶段。这是一场艰苦卓绝的旷世之战,驻村第一书记就是在主战场冲锋陷阵的一支有生力量。这场战役看似没有炮火硝烟,但有流血、有牺牲,有无私的奉献、有壮烈的情怀。记得两年前,我们单位选派干部赴巫山县贫困村任第一书记,临别前,我叮嘱他要保重身体、注意安全时,喉头竟有些哽咽,他也红了眼圈,真有送兄弟上前线的悲壮之感。世界银行前行长金墉先生曾说,中国的扶贫事业是"人类历史上最伟大的事件之一"。元和作为一个作家,作为驻村第一书记,能够亲自参与、见证、书写这个时代最伟大的事件,既是责任使然,也是命运的青睐和无上的荣光。

在《脱贫攻坚手记》付梓前，元和嘱我写上几句。翻开文稿，一路读下来，时而惊喜，时而疑惑。喜的是文字的洗练，写景状物干净利落，跃然纸上，比以往更加成熟老辣。疑的是在明显不具备文学性的地方却大肆铺陈，已有多年写作经验的他岂能不知？比如对扶贫政策的详细阐释、对建卡贫困户的收入一笔笔算账、对户籍上人名的错乱一一列举……纪实性作品我研究得不多，但陀思妥耶夫斯基的《死屋手记》、马尔克斯的《一个海难幸存者的故事》等经典还是有所涉猎，感觉元和的写法有些另类，有些超出常规。读完之后，掩卷思忖良久，似乎隐约窥探到元和的写作初衷。也许，在元和看来，风花雪月似的抒情吟咏或者集中到某几个人、某几件事展开叙述，都不足以呈现贫困的深度、攻坚的难度、政策的力度和社会动员的广度，都不足以表现贫困村纷繁复杂的沉重现实和社会心理。他似乎主动放弃了在美学上的更高追求，而采用了一种实录的方式，极其客观、极其精细地记叙两年驻村帮扶的经历和思考，力图将文献价值、资政价值和文学价值融为一体。我有一种感觉，如果在现实功用和艺术表达之间作出选择的话，元和更愿意选择前者，愿意用自己的文字为最后的攻坚呐喊助力。因为在深重的贫困、严酷的现实面前，更迫切的需要是务实的行动。以我的阅读体验而言，除了对贫困状况有一种锥心之痛和感慨扶贫工作的艰辛之外，还仿佛上了一堂形象生动的扶贫案例分析课，既有直观的感受，又对实践中的路径和方法有了一定的认识和了解。如此看来，元和应该抵达了他所企望的目标。

是的，这是一部风格独特的纪实文学作品，是一部文学化的扶贫攻坚教科书。作品以中国西部民族地区一个贫困村为范本，通过第一书记"我"和驻村工作队的特殊视角，具体而微地展现了中国实施精准扶贫精准脱贫方略的艰难历程和辉煌成就，向世界真实讲述减贫事业的"中国故事"和"中国方案"。作品分为三部：第一部"受命"，写"我"接受帮扶任务后的心理压力，勾勒了精准扶贫的相关背景和政策支撑以及贫困村的基本特征；第二部"问苦"，写"我"驻村后开展"全户调查"、访贫问苦的诸多收获和感受，呈现了贫困作为经济、政治和社会现象，其生成原因的乱花迷离和复杂多样；第三部"纾困"，写"我"多方求索，带头帮扶贫困村的不懈努力，展示精准脱贫的实际效果，反思帮扶工作中存在的主要困惑与解困之道。在这部作品中，"我"既是叙述者，又是主要人物，是构架整部作品的支柱和灵魂。因为这个"我"，我们从中读出了记者的敏锐、学者的理性思考和一个有责任、有担当的作家的悲悯情怀。

在我看来，《脱贫攻坚手记》最显著的特点就是把我国实施精准脱贫这一举世瞩目的伟大事件，放到一个村来仔细观察，精雕细刻。虽然只是冰山之一角，但史诗般的恢弘依然闪烁其间，有举重若轻、见微知著的作用。元和知道，作为文学作品，必须使用形象化的手段去展开叙述，所以在他笔下，李子村是一个考察的范本，更是一个立体的人生舞台，各式各样的人物穿梭往来，上演着一出出戏剧，有悲苦有麻木，有欢笑有希望，人性的光辉和幽暗均有展现。甚至对姓氏源流、乡风民俗、方言土语也多有考证，丰富和拓展了作品的意蕴。场景描写也相当出色，显示了作者扎实的文字功底。进村召开第一次支部大会过组织生活的情景就是一例，寥寥几笔便勾画出随意、懒散、邋遢的情状，如同一幅精彩的速写。我还想说的是，尽管许多叙述略显枯燥，但一股情感的清泉却没有断流，一直汩汩流淌。真情的自然流露悄然浸润着读者的心田，感人的力量由此而生，贫困户送鸡、离开前话别等等画面就深深印进了我的脑海。

拉拉杂杂说这些，是粗浅的读后感，也姑且为序，算是对元和这位校友和兄弟的一个交代。

2019年9月1日于照母山约克郡

目　录

第三部　纾困

引子

2017年7月26日。重庆市黔江区三台山金冠酒店。我卸任李子村第一书记四个月之后，再次就"脱贫攻坚"话题，来这里展开交流。一年前的五月底到六月初，我在这里参加了由市委组织部、市扶贫开发办举办的重庆市贫困村第一书记暨驻村工作队示范培训班学习，并就如何当好第一书记在大会上做了交流发言。而今天要同我交流的，是国家精准扶贫工作成效第三方评估组专家、南昌大学江西扶贫发展研究院刘建生教授。

外面的太阳像爆开的火球，烤得人头晕眼花，走进金冠酒店502室，才感觉空气骤然清凉下来。大家落座后，刘建生教授接过我给他的两份资料，看了几页，然后拿出笔记本，对副区长孙天明说：我们开始吧。孙天明说：好。看似随意实则严肃的交谈，就在这个狭小的房间开始了。

除了刘建生、孙天明、我和朱文刚，房间里还有区委办公室主任冯雪勇，以及参加第三方评估的两位大学生。从角色分配上看，刘建生是访谈者，我同朱文刚是被访谈者，孙天明、冯雪勇是见证者，两位大学生是记录者，还有一位负责接待的工作人员。

在这之前，我同刘建生教授素不相识，是国家实施的精准扶贫和精准脱贫方略，让我们有了一起交流的机会。

今天到办公室上班，刚坐下不久，就连续接了几个电话。先是太极乡党委书记米仁文打来电话，说是孙天明找我有事。我打孙天明的电话，对方在通话中。紧接着，冯雪勇打来电话，说是国家精准扶贫工作成效第三方评估组专家要找我座谈，并叫我做好汇报准备，特别是要把自己写的脱贫攻坚日记打一份出来。随后区委办公室的同志又和我联系，就如何打印日记的事同我商量。不一会儿，孙天明打来电话，要我围绕自己如何当第一书记做好发言准备，还要我把现任第一书记朱文刚、驻村工作队队员田富喊回来。做完这些事，我热得全身衣服都湿透了。

这段时间连续高温，大半个中国都闷在蒸笼里。对黔江来说，却是一个关键时刻。国家精准扶贫工作成效第三方评估组正组织近200人力，对黔江脱贫攻坚工作成效进行评估。评估组不事先打招呼，而是每天早上随机抽取两个村，然后进村入户进行查访。为了更准确地把握黔江脱贫攻坚的真实情况，刘建生教授希望能找一个驻村干部座谈一下，这几天给评估组带路的孙天明就把我介绍给了刘建生。下午4点，我和朱文刚如约赶到金冠酒店，但评估组还在回城的路上。在大堂等待时，冯雪勇先到了。他拿着我打印的脱贫攻坚日记翻看起来。当他看到我写的在李子村第一次同全体党员过组织生活那一段时，情不自禁地大声念了起来，吸引了区委办、区政府办接待组工作人员的目光。他说，他也当过乡镇党委副书记，对基层党组织的情况比较了解，元和同志记录的这一段话，写得活灵活现。过了一会儿，孙天明也到了大堂。冯雪勇再次把这段推荐给孙天明阅读，孙天明也觉得写得生动。冯雪勇还把这页折起来，在座谈的时候，他绘声绘色地用普通话读给刘建生教授听，儒雅中不乏幽默，让座谈的气氛轻松了许多。

刘建生的工作单位是南昌大学，他的头衔很多，研究的主攻方向是扶贫开发。孙天明说：你们两个都是教授，一个是搞扶贫开发研究的，一个是当过贫困村第一书记的，今天两个教授的对话就是脱贫攻坚的"华山论剑"。刘建生说：好，那就先请姚教授出剑，围绕如何履行第一书记职责来说吧。

我也没客气，就直奔主题。我说，去年全国选派了大量的机关干部到贫困村当第一书记，说明国家对驻村帮扶是非常重视的。经过调研思考，我把第一书记的职责归结为"五个员"：党建统筹员、村情调研员、政策宣讲员、项目协调员、群众办事员。我认为，一个人只有搞清楚自己是什么，才能干好什么。第一书记必须真抓实干，这是完成职责使命的前提。但每个村的情况千差万别，群众的诉求五花八门，必须学会创新思考。总之，第一书记既是实干家，也应该是一个具有创新思维的扶贫人。围绕"五个员"，我说明了背景、做法、效果。刘建生详细地询问了我在"全户调查"过程中发现的一些普遍性问题，也就是给黔江区委书记余长明汇报信中所提及的那些问题，包括扶贫政策宣传不到位的问题、基础设施"最后一百米"的问题、农村环境污染问题、脱贫致富产业发展难的问题等。另外，我给李子村每户建立的数据库，刘建生也非常感兴趣，希望我能把数据库资料发给他。大家还就贫困村集体经济发展、激发内生动力等话题进行了交流。我说，打脱贫攻坚战役，现在党委政府和扶贫干部担负的是"无限责任"，而对贫困户是"无限迁就"。我说，扶贫也是扶知，这个知，既包括认知，也包括知识，要通过鼓舞士气来完善认知，通过教育培训来增加知识。

刘建生说，经过刚才的交谈，他认为黔江的脱贫攻坚工作，资金投入大，干部作风实，实际效果好。当然，贫困群众的内生动力不足，也是需要改进的地方。贫困村支柱产业发展，也需要在产业链和利益链上做文章。他还说，他同我交流后，对黔江的脱贫攻坚评估更有底了。他强调，同我这个第一书记的交谈，能为黔江脱贫攻坚评估加分。他还对我写的脱贫攻坚日记大加赞赏，他说一定要带回去好好研究一下，并希望双方能在扶贫开发研究方面进行合作。我说，感谢刘教授的指点。我们黔江在实施"国家八七扶贫攻坚计划"时期曾经是全国的扶贫典型，并创造了享誉全国的"宁愿苦干，不愿苦熬"的黔江精神。现在实施精准扶贫和精准脱贫，黔江也有一些经验。刘建生希望我早点儿把脱贫攻坚日记整理成文学作品，他相信从一个村的视角，可以窥见全国脱贫攻坚的镜像。

不知不觉，对话进行了两个多小时。交谈结束，已是夕阳西下。虽然到了晚饭时间，但大家都公务繁忙，很多人还要返城。我和刘建生互相留了联系方式，就此别过。

室外，气温仍在40摄氏度上下。听说第三方评估组专家在黔江至少还要待三天，很是辛苦，但目前李子村还没有被抽中。为了迎接第三方评估，朱文刚和田富又赶回李子村。随后，我接到米仁文的电话，他表面上是问座谈的情况，实际是想打听李子村会不会被抽中。我说我又不是姚半仙，哪能算得出来呢？我们一阵说笑，都说就是抽中也不心虚。"万里赴戎机，关山度若飞。"这最后一关，李子村一定能姿态优美地跨越！

三个多月后，也就是2017年11月1日，国务院扶贫办召开新闻发布会，公布了全国第二批脱贫摘帽的26个贫困县（区），黔江区榜上有名。但这也只是阶段性胜利，还有继续帮扶、监管和巩固提升工作要做。我们单位派出的驻村工作队，还一直在村里开展后续工作。我与李子村的联系，也从来没有中断过。村党支部书记孙文春经常给我打电话，同我探讨一些问题，还请我到村里去帮助调解纠纷，为产业发展支着儿，我总是欣然前往。我说过，不管我在不在李子村,我永远都是李子村的村民。

卸任李子村第一书记后,我把主要精力花在了研究与教学上。研究方面主要是完成重庆市社会科学规划重大应用项目"激发内生动力助推贫困村高质量脱贫研究",同时对脱贫攻坚日记进行了文学化处理,变成了呈现在读者面前的这本《脱贫攻坚手记》。我这人比较懒,这部书的名字就只改了一个字,但文字表述上做了较大修改,框架结构也做了一些调整,目的无非是方便读者翻检。毕竟,日记是私密性的,记什么都可随心所欲,而手记是借了日记的壳,只有经过二度创作才可能成为公开出版物。有人把这种非虚构文字称为报告文学,也有人称为纪实文学。但对我来说,叫什么都不重要,只要你把这本书当成真实的东西来读,记住我们国家还有这么一段波澜壮阔的历史,我就心满意足了。

第一部

受命

一 与扶贫有缘

接任

对于一个几十年都在城里摸爬滚打的人来说，我做梦都没有想到，自己会到贫困村去当一名村干部，而且是一名肩负着重要职责和使命的村干部。这名村干部既不是村党支部书记，也不是村委会主任，而是第一书记兼驻村工作队队长。很多人都没有听说过"第一书记"这个词儿，遑论戴这顶官帽了，我也是在研究有关课题时才略有所知。毫无农村工作经验的我，接到这个任命时自然要冒汗了，更何况我还是中途接任。这正像跑接力赛一样，接棒的人要体味先跑人的甘苦，唯一的办法就是比先跑人跑得更快。

那天上午接到通知后，断断续续想这事直到晚上，就有些失眠了。原因是太突然，事先没有任何人给我透过风。在单位，我分管科研，具体联系的科室多，当甩手掌柜是不行的。自己每年都要承担一两个课题，需要进行大量的调研，然后还要静下心来写作。同时，还要把这些研究成果转化为课堂教学内容，每年在党校主体班讲十几堂课，到区外讲几次学，还要参加区委讲师团的宣讲。单位办的《武陵论坛》，我又是执行总编，每期要审阅、修改的文字量较大，政治导向上要当好把关人，因此总是战战兢兢、如履薄冰，从不敢懈怠。一年下来，感觉自己没有几天清闲，但上下班有规律，八小时之外也比较自由。我现在要去的那个李子村，第一书记兼驻村工作队队长本来是由单位的班子成员任大义担任的，但2015年10月，黔江启动了"两城同创"工作，任大义现在被抽调到区"两城同创"办公室担任副主任，区委组织部决定由我来接替他的工作。任职文件很简单，就是组织部门发给我们单位的一纸调函。

我的意思并不是说这不算正式任命。说心里话，我只是不乐意接这个活儿。因为自己在单位工作上算是轻车熟路了，何必给自己找麻烦？更主要的是，我不熟悉农村工作。脱贫攻坚作为国家行动，是一场只能赢、不能输的大决战，如果自己干砸了，岂不让群众遭殃、给组织丢脸？但我是党员，组织上决定了，我就要服从安排。虽然这样安慰自己，但我一天到晚还是心事重重。

见我对这次"升官"如此在意，一好友笑着说：什么第一书记、驻村工作队队长啊？那不过是出个文件、做做样子罢了！多年来的驻村工作队，哪一次不是挂个名字，然后去村里转几圈，就算驻村了？你看到的又有几个是在认真履职？朋友的话让我语塞，因为我没有参加过农村工作，无法用证据反驳他。何况我也听说过，过去的驻村工作队，往往是形式盖过内容，像吹一阵风，不了了之。如果这次驻村也因袭旧风，那将产生什么后果呢？

其实，扶贫开发工作与我还是有一些缘分的。实施"国家八七扶贫攻坚计划"时期，我正在报社工作，当时全国涌现了"北有临沂，南有黔江"两个扶贫开发典型。我在报社采写了大量反映"宁愿苦干，不愿苦熬"的黔江精神的稿件，特别是对杨汝岱、陈俊生等党和国家领导人关心关注黔江扶贫开发等重大新闻进行了详细报道，还出版了被称为第一部反映中国实施"国家八七扶贫攻坚计划"的长篇纪实文学《红土地 热土地》。我在工作中遇过险，也受过伤，可以说既是黔江扶贫开发的见证者，也是黔江扶贫开发的参与者。进入党校工作后，我把教学、科研目标锁定在区域经济上，武陵山区扶贫开发是自己关注的重要内容，经过几年的积淀，相关研究也有了一些收获。现在要到李子村担任第一书记、驻村工作队队长，这是组织的安排，也算是我与扶贫开发工作的又一次结缘吧。既然是缘分，那就要珍惜，工作一定会很苦，但要学会苦中寻乐。

先过一把"官瘾"

带着这样的心情上任，思想上的疙瘩算是解开了，但困惑如影随形，不断地折磨着我。这样的情绪波动，可能与我的性格有关。我这个人优点不多，但对待工作和学习，还是比较认真的，容不得马虎。我想，既然接受了组织上布置的任务，就必须干好，绝不敷衍塞责。

但李子村的名字以前我都没听说过，现在组织上叫我到这个村去开展脱贫攻坚工作，怎么办呢？我一时找不到答案。我决定干脆放下这些困惑，先过一把"官瘾"再说。

接到工作调整的通知后，我想的第一个问题是：第一书记、驻村工作队队长是干什么的,也就是其职责、使命是什么。查阅中组部有关通知要求,我了解到其主要职责有四项,包括:建强基层组织、推动精准扶贫、为民办事服务、提升治理水平。区里的文件上表述的也是四项,文字大同小异。这些职责要求,内涵很丰富,但由于是原则性的提法,每个人的理解不同,凸显的效果也会迥然。我自己还没有驻村,对这个问题想不出答案。

正如我的那位好友说的,过去扶贫时,也有从机关企事业单位抽调的驻村工作队,但大多数情况是出一个文件,应付上级考核而已,驻村工作队真正驻在村里的人并不多。现在对驻村工作队驻村时间有量化要求,就是从与原单位工作脱钩算起,三分之二以上的天数必须在村里。问题是,黔江区派驻担任第一书记、驻村工作队队长的,都是副处级以上实职领导干部,与单位工作脱钩意味着与分管工作脱钩,实际上是很难做到的,而三分之二以上的天数如果包括节假日,就是20天以上,如果不包括节假日就是14天左右,驻村情况又由谁来考核监督?三分制度,七分执行。一项制度如果执行不力,就形同虚设。

还有,李子村的村情和贫情如何,国家在"十三五"时期的脱贫攻坚总体要求和具体举措是什么,重庆市和黔江区精准扶贫有哪些具体的政策设计。又比如,精准识贫具体是如何做的,全村脱贫攻坚项目申报了哪些、批准实施了哪些,等等。作为接任者,自己对这些都知之甚少。

本想放下困惑,先过一把"官瘾",没想到招惹来的还是困惑。但困惑再云谲波诡,也只能等驻村后才能拨云见日。

碰头会

今天是我上任第一天,天空下着小雨,天气有些阴冷。在李子村村委会会议室,我主持召开了脱贫攻坚第一次会议,主要目的是把村干部和扶贫工作队员聚拢来,大家碰一个头,相互认识一下。参加会议的有:扶贫工作队副队长、太极乡党委纪委书记黄代敏,扶贫工作队队员、黔江区委党校办公室副主任朱文刚,扶贫工作队队员、太极乡财政所所长王长生,以及该村党支部书记孙文春、村委会主任冉金山、村文书孙乾生、综服专干李明芬、综治专干陶安纯和大学生村官吴聪。

除朱文刚与我是同事外,其他人都是第一次谋面。相互寒暄后,黄代敏介绍了全村脱贫攻坚的进展情况,村两委班子成员分别表了态。我对驻村工作提了一些要求,有点儿下车伊始就咿咿哇哇之嫌,但不说几句又过不了关。我说,因为脱贫攻坚,大家有缘走到一起,组成一个团队。李子村脱贫攻坚任务能否完成,这个团队将起到重要的作用。既然是团队,首先从我这个第一书记做起,坚守岗位,明确责任,一个团队只有发挥好每一个人的力量,才能产生"1+1>2"的效果。

我讲了以后,大家还对一些具体事宜进行了研究。比如建卡贫困户养殖产业发展问题,C级危房改造中的政策执行问题,饮水安全问题,等等。这段时间,由于防疫不到位,贫困户养殖的生猪死了一头,而这户正是我的联系户刘明香家。另外,送给贫困户养殖的鸡鸭也有几十只的损失,鸡主要是敞养时被黄鼠狼叼走了,而鸭子是养殖技术没过关导致的死亡。这些都需要采取补救措施,由帮扶单位再出资购买,送给贫困户喂养,同时由乡里畜牧服务部门免费做好防疫措施。C级危房改造主要是对全村的木房进行改造,但必须符合有房子、有人住、不重复的条件,才能享受政府补贴。由于李子村外出打工的人多,转户的多,分家的多,在认定上困难重重。黄代敏还对C级危房改造政策进行了宣讲,解答了大家的疑问。

这是我因为扶贫工作第二次进村。上一次是我还没当第一书记时,我们党校和黔江民族中学两家帮扶单位,组织30多名职工来到村里,与贫困户结亲戚,并为他们送去慰问金和生产物资,总计4.2万元。其中,党校教职工捐款6100元。

碰头会结束后,我又同黄代敏、朱文刚、王长生一起去太极乡,与太极乡党委、政府的主要领导进行了沟通。由于谈论的事情较多,到下午6点多钟都没结束,只好在乡政府食堂先吃了晚饭,再连夜返城,做驻村的准备工作。这次在村里只待了半天,但初次见识了脱贫攻坚之难、基层干部之苦。

三个月以来的成绩单

今天,我与任大义进行工作交流,对三个月来李子村的精准扶贫工作进行小结。

全区脱贫攻坚动员大会结束后,党校作为李子村的两个帮扶部门的牵头单位,成立了脱贫攻坚领导小组。副校长任大义作为李子村第一书记兼驻村工作队队长,率领驻村工作队队员深入村民家中识别贫困户,确定扶贫项目,制订扶贫措施,做了大量工作。党校常务副校长白明亮先后七次带队走村串户,商讨帮扶对策,协调区直部门,促进扶贫项目落实。民族中学虽然没有派专人参加驻村工作队,但与党校一起出钱出力,统一行动。三个月来,党校和民族中学为李子村筹集产业发展资金15万元,其中,党校筹集了9万元,民族中学筹集了6万元。

同时,两家帮扶单位时刻关心村里的情况,在第一时间为贫困户排忧解难。建卡贫困户罗兵因车祸罹难后,党校在第一时间给其妻子周方梅送去1000元慰问金;村综服专干李明芬的家属患上肾病综合征后,党校协调区总工会为其解决困难补助3000元。同时,党校还为村委会办公室赠送了价值2000余元的办公用品。任大义说,包括产业发展资金和物资折款,我们两家帮扶单位一共为李子村资助了20余万元,这样的帮扶力度在全区都算较大的。

"是啊,兄弟在前面铺好了路,又跑得这么快,我在后面跟跑的压力就大了!"我真诚地说。

"我的哥啊,你会搞得更好的!你这个人,别人不了解,我还不了解吗?"任大义笑着说道。

他这话是对我的鼓励,我同他已有20年的交情。以前他在宣传部门工作,我在报社工作,是意识形态战线同一条战壕的战友。他知道我的个性,就是不服输,承诺的事绞尽脑汁都要去做好。

总结了三个月以来的成绩后,我又向他请教如何当好第一书记。

我说:"根据我初步了解的情况,李子村资金和物资缺乏,给钱给物当然是对的,但仅限于此,肯定还不行。贫困村的问题很复杂,钱不是万能的,因为贫困本身也不仅仅是缺吃少穿。作为上级党委政府与贫困村的桥梁和纽带,第一书记应该在多方面发挥作用。"

任大义说:"这更是你的强项了,你不但爱做事,而且善于进行理性的思考。你想嘛,全国现在有十几万个贫困村,如果全部配齐第一书记,那就意味着有十几万个第一书记,但由党校教授担任这一职务的恐怕不多。作为党校教授,你可以在这方面有更大作为!"

"谢谢兄弟哟,你一语点醒梦中人!"我说。我似乎对第一书记的工作职责有了初步认识。

只是,无论中央、市里还是区里的文件,对第一书记的工作职责都是原则性的概括,有没有更精准、更形象的表述呢?我寻找着答案,答案仿佛就在眼前,可用手去抓的时候又跑掉了。但我敢肯定,答案就在乡村的田野上,就在脱贫攻坚的主战场。扶贫开发贵在精准,重在精准,成败之举在于精准。"六个精准"中,有一条就是因村派人精准,而有幸担此重任的人,其职责、使命也应该精准。一个不明白自己要干什么的人,想要他有责任感和使命感,肯定是很困难的。

二　初识李子村

面上的情况

天气还是阴沉沉的，小雨依旧没有停止的迹象。

这几天驻村，我并没有住在村民家，而是住在乡场一家简陋的客栈里，我要先了解一下全村的情况，算是对自己中途接任的补课。这家客栈名为"饭店"，也真是煮饭吃的小店，只是楼上有两三间客房而已。客栈的刘老板是个壮实的小伙子，憨厚朴实，带着一家人在这里经营。

一说驻村，按一般的理解就是住在村民家里。如果这样才叫驻村，那我就不算合格。我为什么没有到农户家去住呢？一是因为我这几天驻村的目的，是了解村里面上的情况，暂且还不必入户调查；二是因为李子村的群众大都居住在乡场周边，步行也就几分钟，最多半小时就可走到村民家中。如果坐车，那就更快。驻村的目的是了解实情，如果路途遥远，当然需要住在村民家里，但家里突然住进去一个陌生人，人家还要安排你每天的吃喝洗睡，对双方来说都有不便之处。前几年有规定，要求机关干部要到村民家住多少天，害得村民怕干部不习惯，又是换新被子，又是买好吃的，还专门留人在家里陪同，驻村为民反而成了入户扰民。像李子村这种情况，相互来往很近，我认为没必要住在村民家里。我们有很多东西，本来想法很好，出发点也非常正确，但就是因为形式主义掺和，这些好想法实施起来最后完全背离了初衷，甚至走向反面。

我主要从两个方面来了解李子村的村情贫情。先是与孙文春等村干部进行了座谈，听取他们对脱贫攻坚的意见和建议，并做好详细记录；再从村里和乡里找来相关资料，认真研读，并放在全国脱贫攻坚的大背景下审视，对李子村形成一个基本判断。

从建制来看，李子村是由原李子村、白果村、八角村三个行政村合并而成的。2002年10月22日,重庆市黔江区人民政府同意太极乡将原18个行政村调整合并为7个行政村38个村民小组。黔江区太极乡人民政府根据区政府的批复,印发了《黔江区太极乡人民政府关于村组建制调整的通知》,重新设置了李子村,辖原李子村、白果村、八角村所属行政区域,合并设置五个组,即:原白果村四、五、七组合并为一组,原白果村一、二、三、六组合并为二组,原李子村一、四组合并为三组,原李子村二、三、五、六组合并为四组,原八角村所辖四个组合并为五组。三个小村合并为一个大村,人口更多了,土地更宽了,村情也更复杂了。特别是老村与老村之间,互不往来的问题没有彻底解决,村民与村民之间还需要更多的磨合。

从村情来看,李子村是黔江区65个贫困村之一。但该村的地理位置并不差,距黔江城区仅35公里。面积有6.1平方公里,村民居住得比较集中。全村602户,2053人,大部分人居住在金鸡坝、白果坝、烟房坝、白井寺、蒲家河等河谷地带,剩下的人口居住在构家河、李子垭、大坪上、龙洞沟等半坡上。与其他贫困村相比,这里拉电、修路、通自来水等实施难度都不是很大。目前通电的问题基本解决了,而村道却不畅通,村民们盼望了十几年的自来水没有来。除了基础设施不到位外,制约全村发展的最大因素还是土地资源偏少,人均占地1.68亩,很多还是坡地,土壤薄瘠,保水保肥能力弱,导致集约经营能力差,特色产业发展不够理想。有些农户有十几亩林地,但大量闲置,基本上没有利用起来发展林下种植或养殖。土地资源不充足,注定了一个家庭必须有一个以上的劳力外出到城镇就业。

从贫情来说,李子村的贫困程度高于全乡和黔江区平均水平。通过贫困户识别,发现李子村共有建卡贫困户60户,占全乡贫困户的15.75%,占全区贫困户的0.52%;共有贫困人口216人,占全乡贫困人口的14.4%,占全区贫困人口的0.53%。贫困户和贫困人口占全村总户数和总人口的比例,分别达到10%和10.52%,也就是说,李子村的贫困发生率超过10%,表面上看贫困面不大,但都属于"难啃的硬骨头"。区里要求该村:2015年要完成11户贫困户44人脱贫,这11户全部是C类贫困户;2016年其余的49户172人必须脱贫,其中A类贫困户8户19人,B类贫困户41户153人。因此,2016年是李子村脱贫攻坚的决胜年。

通过两天的调研,我弄懂了精准扶贫的一个特别重要的概念,那就是贫困户类别。

　　贫困户的类别是以户为单位，综合考虑住房、教育、健康等情况，通过民主评议、公示公告、逐级审核的方式进行识别的，按贫困程度深浅将贫困户分为A、B、C三类，其中：A类为重度贫困，农民家庭年人均纯收入低于2000元；B类为中度贫困，农民家庭年人均纯收入在2000～2500元（含）之间；C类为轻度贫困，农民家庭年人均纯收入在2500～2736元（含）之间。李子村A类和B类贫困户为49户，占全村全部贫困户的比例为81.7%，而太极乡A类和B类贫困户为290户，占全乡全部贫困户的比例为76.12%，黔江区A类和B类贫困户为8780户，占全区全部贫困户的比例为76.82%。这也说明，李子村的贫困程度高于全乡和全区平均水平，需要有更特别的措施。

　　帮扶贫困户要对症下药，必须找到致贫原因。对李子村来说，导致贫困的原因大概有四个方面：疾病、子女求学、缺资金、缺技术。其中疾病和子女求学，分别占了41.67%和35%。村里建立的脱贫攻坚台账显示，这60户建卡贫困户中，因病致贫25户、因学致贫21户、缺资金致贫9户、缺技术致贫5户。因病和因学致贫好确认，而缺资金、缺技术致贫，标准不太好把握。

贫困户的识别

　　由于没有参与精准扶贫前期的基础工作，我对李子村精准扶贫最重要的环节——贫困户的识别，一点儿也不了解。也就是说，李子村60户建卡贫困户和216名建卡贫困人口是如何筛查出来的，我完全不清楚。如今，这些贫困户的情况都已进入了上级扶贫部门的数据库，但我还是希望，自己能把精准识别这个重要环节弄清楚。我想，要实现精准脱贫，精准识贫应该是前提和基础，必须把家底盘清，把致贫原因弄明白。

　　孙文春作为村党支部书记，全程参与了这项工作，他给我详细介绍了有关情况。他说，首先程序很严格，贫困户的识别程序很复杂，简称"八步二公示一公告"，一个都省不得！

　　说实话，我有点儿听天书的感觉。

　　通过孙文春的详细介绍，我终于有所了解。如果说精准识贫有什么秘诀，那就是总体上要把握好识别标准和识别程序。

　　识别标准包括收入标准和综合标准。现在的收入标准就是农民年人均纯收入(2013年以后,改称为"农村居民年人均可支配收入")低于2855元,这是国家确定的新的扶贫标准。关于收入,这里有三个概念,即:农村居民人均总收入、农村居民人均总支出、农村居民人均可支配收入。农村居民人均总收入,构成是基本收入、转移收入和财产收入三部分;农村居民人均总支出,包括生产经营费用支出、购置生产性固定资产支出、税费支出、生活消费支出、转移性支出和财产性支出六部分;农村居民人均可支配收入,包括工资性收入、经营净收入、财产净收入、转移净收入四部分。而黔江区的越贫标准线,按照新的统计口径,就是农村居民人均可支配收入不得低于3300元,要比2015年全国2855元的越线标准高出400多元。除了收入标准,还有不愁吃、不愁穿以及保障义务教育、基本医疗、住房安全等方面的综合标准,简称"两不愁""三保障"。重庆再把这个标准细化,要求要着力为贫困户解决"八难",即稳定增收难、便捷出行难、安全饮水难、住房改造难、素质提升难、看病就医难、子女上学难、公共服务难。

按照这些标准,采用"八步二公示一公告"的流程识别认定贫困户:第一步,农户自愿申请;第二步,村民小组民主评议(第一次公示);第三步,村干部和驻村干部组织入户调查核实;第四步,农户确认;第五步,村级民主评议(第二次公示);第六步,乡镇审核认定(对外公告);第七步,信息录入更新;第八步,数据比对、清洗。

贫困村的确定,由黔江区和重庆市来完成。对贫困村的识别,除了依据农民年人均可支配收入标准,还有一个贫困发生率。中央要求,贫困村退出要以贫困发生率为主要衡量标准,统筹考虑村内基础设施、基本公共服务、产业发展、集体经济收入等综合因素。原则上贫困村的贫困发生率降至2%以下(西部地区降至3%以下),在乡镇内公示无异议后,公告退出。贫困村"销号"标准,就是贫困发生率要低于3%。对于重庆来说,同时要实现"八有",即有一个特色主导产业,有一条硬(油)化村社公路,有一个便民服务中心,有一套落实社保政策到户的具体措施,有整洁的村容村貌,有一个坚强有力的村级领导班子,有一支稳定的驻村工作队,有一个有效的结对帮扶机制。总之,脱贫不是自己说了算,除了政府主管部门验收,还有第三方评估,要杜绝"被脱贫",绝不能弄虚作假、蒙混过关,或者降低标准、为摘帽而摘帽。

这两天,我以一个小学生的态度,对脱贫攻坚相关知识进行了学习。"八步二公示一公告","两不愁""三保障",解决"八难",实现"八有"等术语,让人目不暇接。对我来说,要背下精准扶贫的这些术语并不难,难的是把握其内涵和实质。何况,一个村要彻底解决贫困问题,哪能像小学生摇头晃脑、死记硬背几个术语那么简单呢?

"一对一"帮扶

通过精准识别,建卡贫困户确定了,贫困村摘帽、贫困户越线的标准也有了,但不意味着脱贫攻坚就能水到渠成。

解决了"扶持谁"的问题,还要解决"谁来扶"的问题。

有人说,扶贫是政府的事,当然由政府来扶持啊!

这没错,但也不全对。因为,贫困地区要改变贫困面貌,不能单打独斗,脱贫攻坚是"大合唱",需要各方勠力同心,管理体制、工作机制、工作责任制,一个都不能少。必须把中央统筹、省(自治区、直辖市)负总责、市(地、州)县抓落实的管理体制,片为重点、工作到村、扶贫到户的工作机制,党政一把手负总责的扶贫开发工作责任制,真正落到实处。

管理体制这一层级,主要是制定政策、拿钱拿物。对于驻村工作队来说,主要是按照扶贫到户工作机制,统筹协调帮扶单位,做好"一对一"帮扶工作。

在我接任第一书记之前,村里已经确定了"一对一"帮扶名单,但我只记得自己帮扶的两户,一户是一组的刘明香家,一户是二组的陈健康家。现在我的工作职责变了,只记住自己帮扶的两户还不行,必须把所有"一对一"帮扶名单记下来。既然已经确定了"一对一"帮扶名单,我就拣个便宜,没必要再做调整。

"一对一"帮扶原则是,先由扶贫工作队按人力把帮扶人数分配到各单位,再由各单位按领导班子成员至少各帮扶两户、各科室至少帮扶两户的要求,最后把帮扶责任人精准到位。这样,黔江区委党校作为帮扶牵头责任单位,共帮扶33户,其中班子成员共帮扶11户,其他处级领导干部共帮扶6户,各科室共帮扶16户。民族中学作为帮扶成员单位,共帮扶27户,其中,班子成员共帮扶10户,各科室共帮扶16户。为了简明扼要,我把具体分工制成表格,发给每一个帮扶责任人。表格内容包括建卡贫困户、致贫原因、帮扶责任人、帮扶措施等,让大家既能知道自己帮扶对象的情况,又能了解全村贫困户受到帮扶的情况。

第一书记既要管好驻村工作队,又要督促帮扶责任人每月到贫困村了解贫困户脱贫进展,现场解决实际困难,及时反馈重大问题。在工作关键节点,驻村工作队还要随时提醒各帮扶责任人,注意工作重点和方法,同时要留下图片、通话记录等工作痕迹。各帮扶责任人也很用心,有的还把帮扶对象的纸质文件拍成图片,保存在手机里,有的干脆就把帮扶对象的情况全都记在脑子里。

基础建设与产业发展

今天驻村,主要是对李子村的基础建设与产业规划进行梳理。

在前次的碰头会上我讲过,作为国家重大战略行动,这次脱贫攻坚,力度之大,前所未有。李子村必须抓住千载难逢的机遇,毕其功于一役,为今后的转型发展打下坚实基础。我还讲过,要打赢李子村的脱贫攻坚战,关键在基础建设,希望在产业发展。看了李子村的基础建设与产业规划,我更加坚信自己的判断。

太极乡政府制订的整村脱贫项目规划显示,李子村获批了5个大项、25个小项的建设项目,包括乡村道路工程、农村安全饮水工程、农村环境整治工程、特色产业工程、公共服务建设工程等,总投资1044万元,完成时限是2016年底,这也是整村脱贫、贫困户越线、后进村党支部摘帽的时间。在不到两年的时间里,上级财政给李子村投入了上千万的资金用来搞建设,这在历史上是少有的。在实施的过程中,我们还有机会谋划和实施更多的项目。

我计算了一下,要完成这些项目,需使全村人均投入达5086元、全村贫困人口人均投入达4.8342万元。按照国家有关部门的测算,在脱贫攻坚时期人均投入2万元,可以基本解决一个建卡贫困人口的贫困问题。李子村贫困人口人均投入接近5万元,这远远高出全国平均水平。

有项目,有投资,当然是好事。曾几何时,李子村人为修一截路到家,有的把责任地让出来,有的把家里的肥猪卖了,有的还流血受伤,但也只能修出粗糙的土路。村民们眼睁睁地看着公路从门前过,却无力把公路引到家门口。还有自来水的问题,十年前乡里就要求解决李子村的人畜饮水问题,但十年过去了,李子村人还在挑水吃,有的甚至要到两里以外的地方挑水吃,这可累坏了那些长年在家的"三留守"人员。他们天天都要用水,可以说对自来水是望眼欲穿,经常在梦中看见白花花的自来水哗啦啦地流进自家的水缸……

现在好了,十年梦想,一朝能圆。全村的自来水工程,2016年底前必须完工。

但我又有些担忧:这么多项目,这么多钱,如果不加强监督和管理,不但工程质量难以保障,还可能拉倒一批人。因此,脱贫攻坚项目必须讲质量、重效益,每个项目建设必须做到精益求精,同时还要干干净净,不能在项目建成的同时倒下一批人。对项目进行监督和管理,需要的是刚性的制度。规范监督干部的行为,也应该是第一书记的职责。

分析项目投资的比重,可以发现李子村脱贫攻坚的重心。乡村道路工程占总投资的57.08%,农村安全饮水工程占总投资的22.88%,特色产业工程占总投资的10.73%,公共服务建设工程占总投资的9.31%。这说明,路、水等基础设施投资占了总投资的近八成。打赢李子村的脱贫攻坚战,基础建设是主战场。

但也存在重基础建设,轻产业发展等比例失调的问题。特色产业工程只占投资总额的10%左右,这一方面说明投资规模偏小,重视度不够;另一方面说明对已有特色产业扶持不够,产业项目储备不足。李子村的特色产业主要是蚕桑,以村为单位,李子村的蚕茧产量曾经位居全区前列,孙文春就是村里最大的蚕桑产业大户。但这一次规划,并没有在壮大蚕桑上下功夫。新策划的产业主要是水果和养殖业。新策划种植的水果主要是杨梅、冬桃、脆红李等,这些品种都是当地没有种植过的新品种,是不是适合种植,还需要时间验证。我认为,与其引种脆红李,倒不如培育当地人喜欢的优势产品"响壳李"。我曾经问过村里的干部,李子村的名字由何而来。大家都没有统一答案。有人认为,可能与过去盛产"李儿"(即李子,李子村人方言)有关。我在1994年版的《黔江县志》上也没有查找到有关李子村村名由来的资料。因此,李子村不一定是因为盛产李子而得名。但既然有出产李子的土壤、气候等条件,也可以在这方面做些文章。规划中的鸡鸭等家禽养殖和生猪等家畜养殖,都是一般的传统养殖项目,说不上有什么特色,同时规模也很小,比如规划的养羊项目中养羊数量只有三只,就是由一家建卡贫困户来喂养,算不上有什么规模效益。

农业是生命产业,风险很大。农业又是血汗产业,投资回报不高。但现在的农村也是创意产业尝试的舞台,要学会"无中生有"地进行策划,探索差异化发展之路。总之,产业项目策划既要立足于必须按期摘帽的目标,同时也要考虑摘帽后的转型发展,尽量做到短期见效与长期转型的结合。

同党员过组织生活

今年的冬天少阳多雾,冷雨绵绵。有时候雨停了,云缝里漏出几丝阳光,才感觉暖和了些。

在李子村村委会党员活动室,这一天我以上党课的方式,同大家一起过组织生活。组织生活会上孙文春先通报了村党支部近段时间以来的工作,然后由我来上党课。作为党校的教授,我曾多次在各种场合上过党课,但从来没有给村一级的党组织上过党课,所以心里还有些忐忑。我主要同大家交流了五个方面的问题,围绕以党建促脱贫、以产业促发展的话题展开。

经过这几天的驻村调研,我对全村面上的情况有了一定的了解。脱贫攻坚工作千头万绪,应该以哪里为突破口呢?经过同黄代敏和孙文春沟通,我们认为,如果基层党建真正抓好了,脱贫攻坚就事半功倍。于是,我们决定让全村党员过一次组织生活,抓住党员干部这个"关键少数",用好党建这个抓手,推动全村脱贫攻坚进程。

我提前半小时来到开会地点。不一会儿,我们驻村工作队队员和村两委成员都到齐了,但来的其他党员不多。见我打开手提电脑,大家都觉得稀奇。因为无论是当地的乡镇干部还是村干部,同村民开会时,一般都是拿个本子说,或照着文件念,没有人会用多媒体电子设备来交流。我这些年在党校形成了习惯,就是上课只带个手提电脑或平板电脑,尽量制作课件来讲。由于这里没有投影设备,我把讲课提纲存在电脑里,尽量用浅显易懂的语言同大家交流。

等了半个小时,稀稀落落来了几个人。我环顾会议室,看见年纪大的党员多数在过烟瘾,无精打采;年轻一点儿的党员在低头玩手机,一脸漠然。还有几个人在交头接耳,生怕说话被别人听到。另一个人不停地咳嗽,然后把痰吐在地板上。黄代敏和孙文春见我面带不悦,只能尴尬地笑着。孙文春点名的时候,我发现有一半的党员都没有来。一问原因,主要是到外面打工去了,属于流动党员,有的从来没回来过过组织生活;有的党员,多年都没有在村里居住,组织关系也没有转走,成为户籍地和居住地"两不管"党员;也有少数党员年龄太大走不动了,听说在家走路都靠拄拐杖。这样又等了半个小时,孙文春又打电话催促了一番,见没人再来了,就让我开始上课。我刚讲完"过门",就发现有一个坐在左边角落的党员,一连接了三次电话。他的手机铃声像高音喇叭,搞得会议室变成了一个广场,大家都朝他看,有的还对着他笑,他却若无其事地"喂喂喂"吼着。我心里窝着火,说了几句不客气的话,并希望下次开会时大家不要打电话、不抽烟、不交头接耳、不随地吐痰,还要学会记笔记,要把这些作为一项硬性规定来执行。黄代敏也发火了,强调了会议纪律,说作为党员,过组织生活都这样乱哄哄的,如何发挥先锋模范作用?这样要求后,会场顿时安静了许多。我讲课的情绪虽然受到影响,但还是按原计划把课讲了下去。

我首先讲了当前基层党建工作的重要性,主要讲了三个方面。一是基层党建对扶贫开发工作的重要性。概括地说,就是基层党建对扶贫开发工作具有引领、推动和保障的作用。我说,如何以精准化的组织措施,为精准扶贫、精准脱贫提供坚强有力的组织保证,也是扶贫工作中的一项基础性工作。二是基层党建对促进后进村转化的重要性。黔江区在这次扶贫攻坚中,把全区65个贫困村的党支部全部纳入后进基层党组织进行重点整顿,把建强班子、发挥作用作为首要任务,建立完善台账,实行挂单整改,贫困不"摘帽",后进不"销号"。"摘帽"与"销号"是同步的,前者是后者的前提,后者是前者的结果。但同时也可能出现贫困村"摘帽",但后进党支部不"销号"的问题。比如村党支部班子中出现严重的贪腐问题,后进基层党组织肯定不能"销号"。我不希望我们村摘了贫困"帽子",却有人戴上了失去自由的"铐子"。三是基层党建对迎接换届选举工作的重要性。明年要进行区县、乡镇、村居三级换届,特别是乡、村两级换届要在明年下半年完成。村党支部要好好准备,争打主动仗,不等不拖,要以优秀的成绩迎接村级换届工作。

然后我分析了后进村党支部存在的普遍问题。对这个问题,我在区委组织部进行过调研,看过65个贫困村后进党支部的台账。后进村党支部存在的问题是很多的,可以概括为十个方面。一是人不齐。党组织班子配备不齐,书记长期缺职,工作处于停滞状态。二是心不齐。班子不团结,内耗严重,工作不能正常开展。三是制度空。组织制度形同虚设,党组织活动开展不正常。四是受干扰。"三宗"(宗教、宗派、宗族)和黑恶势力干扰、渗透比较严重。五是管理差。村务公开和民主管理比较混乱。六是治理差。社会治安和信访问题集中。七是发展弱。基础设施薄弱,产业发展滞后,群众意见大。八是久不改。开展教育实践活动时要求整改的问题解决不彻底,效果不明显。九是无阵地。无活动阵地或活动阵地过于狭小、简陋,不能满足服务群众的需要。十是矛盾多。主要是征地拆迁纠纷多,社会矛盾突出。

我说,这些问题在李子村当然不是全有,但制度空、管理差、发展弱等问题,还是客观存在的。像今天这种情况,来过组织生活的党员不多,也算党组织活动开展不正常。我们的"三会一课"制度也执行得不好,比如党员参加党的组织生活,这是党章规定的重要内容。如果我们认真反思会发现,我们的党员或多或少都存在一些问题。比如,发展眼界不开阔,观念不新,只注意脚下那一亩三分地,对村外的发展形势不了解,造成发展思路不清、方向不明。再如,只注重个人努力单干致富,带领群众发展经济的心思花得不多。还有,班子也存在凝聚力不强、需要进一步加强团结合作的问题。我认为,如果我们党员的先锋模范作用发挥好了,我们的扶贫攻坚和加快发展就更有希望。

最后我承诺:作为第一书记,我只会尽量为村里做好事,绝不会占村里任何便宜,请大家监督我。同时为了表示我的心意,我决定用我的稿费,资助村里的一名贫困生完成大学学业,资助总额不少于1.5万元。请村里帮我物色一名资助对象,条件是2016年高中应届毕业生,品学兼优,高考成绩在二本线以上。物色学生的事,由李明芬和陶安纯来落实,等明年高考成绩公布后确定资助对象,在学生拿到录取通知书后兑现承诺。

我讲完党课后,党支部和驻村工作队又开了一个小会,对近期工作做了安排。

活动结束后,老党员孙家贤同我在楼道里攀谈起来。孙老是退伍军人、邮电局退休干部,快70岁了。他说他自从退休回到村里,已经有好多年都没听过这样的党课了,今天听了党课,触动很大,现在心里格外亮堂。我希望孙老多多发挥余热,特别是要多关心村党支部的工作和全村脱贫攻坚工作。

三　第一次入户

一把手的"出手"

今天上午，我同黄代敏、孙文春、冉金山一起，随同党校常务副校长白明亮去看望他联系的两户建卡贫困户。一户是二组的张德全家，一户是四组的孙文冬家，两户都属于B类贫困户。

张德全一家有三口人，自己虽然腰椎骨折，但仍坚持在太极乡里帮人修房子、打零工，其妻马文华在家务农，儿子张新春在太极中学读书，贫困原因主要是缺资金。帮扶措施是帮助其发展家庭养殖业，免费支持其喂猪3头，养鸡50只，养蚕4张。孙文冬和妻子刘慧琼在家务农，大女儿孙章凤在家待业，二女儿孙章蓉在太极中学读初中，贫困原因主要是刘慧琼患有胃病。帮扶措施也是帮助其发展家庭养殖业，免费支持其喂猪一头，养鸡150只。为鼓励限时脱贫，白明亮决定用自己的讲课费给他们每家各资助500元现金用来发展产业。

白明亮先是询问了张德全家里的收入情况。马文华说丈夫张德全今年病多，没做成多少活，家里可能只有四五千元现金收入。黄代敏就拿出收入台账，帮她算。孙文春、冉金山也在旁边启发她。最后算下来，不包括卖粮食的收入，她家今年至少有1.4万元的现金收入，收入来源主要是务工所得和家庭养殖所得。问到刘慧琼时，她说今年要在散养土鸡上多花心思，只要把规模做大到600只以上，收入超2万元应该没问题。

马文华和刘慧琼都担忧的一个问题是：家庭养殖业要讲运气，最怕病症多，如果猪病死一头几千块就没了，而鸡如果遭瘟疫，一死就是一大批。家庭养殖如果迈不过这个坎儿，不但不能增收，还会血本无归。

了解了两家的情况后，白明亮说，脱贫致富，尽管有党和政府的关爱及社会各界的帮助,关键还是要自己有信心、有志气。从你们两家的情况看,按收入标准今年脱贫应该没有问题。但收入只是一个方面,"两不愁、三保障"、解决"八难"等,是综合性指标,只有全部达标了,才算真正脱贫。家庭养殖是贫困户脱贫的短快项目,防疫治病是关键,希望村里抓好这个事情。黄代敏说,黔江党校和民族中学同大家非亲非故,但这么热心来帮助大家,水没喝一口,饭没吃一顿,图的是什么呢? 他们不图我们贫困户的感恩,但我们做人最起码的品格,就是讲良心,做实在人,不瞒报收入。当然,也不能虚报。

随后,大家回到村委会,讨论了两个问题,一是贫困户隐瞒收入的问题,二是今年全村建卡贫困户限时脱贫问题。大家认为,虽然贫困不是一件光荣的事情,但按标准可以退出的贫困户,为什么还要"装穷",不愿意"露富",装糊涂呢? 主要是利益驱动。贫困户不报实情,其实是不想按时脱贫,能拖一年就有利可图。今年全村建卡贫困户限时脱贫问题也不大,从收入上看,高的农户可达1.8万元以上,只有一两户差一点儿,要想办法补齐收入短板。白明亮表示,今年年底这些建卡贫困户只要脱贫达标,验收合格,就奖励村委会一万元,资金由我们两家帮扶单位各出一半。

作为单位的"一把手",从单位挤出资金帮扶联系村和结对贫困户,白明亮可以说是尽了最大努力。我担任第一书记后,经常向他反映一些村里亟待解决的问题,他都全部支持,委托我办,并亲自与民族中学沟通,两家帮扶单位勠力同心,共同支持。我想,在脱贫攻坚中,如果"一把手"认识不到位,帮扶单位即使再努力,也无法达到好的效果。

看望联系帮扶户

今天下午,我同朱文刚一起,到一组看望了我的联系帮扶户刘明香一家。刘明香家属C类贫困户,致贫原因是本人患有胃溃疡。张贴在板壁上的资料显示,刘明香家有贫困人口三人,包括本人、丈夫孙明章和大儿媳伍迎春。

刘明香家在金鸡坝老湾湾,就在公路下面的山脚下,她家住的是木房,虽然破旧了点儿,但房前屋后打扫得还比较干净。水泥院坝里堆了些东西,靠左边用木桩和尼龙网圈了一块地,喂起了鸡,是村里免费送给她家养的,属于产业扶贫。房屋的正前面就是金鸡坝,金鸡坝是黔江区少有的山中坝子,这里主要种植水稻。此时水稻早已收割,留下的都是稻茬,田里没有水,看不到鸭子、水鸟,被稻田切割得支离破碎的坝子，笼罩在烟雨中，近看远观都模糊一片。

敲开门，刘明香正在忙碌。她的丈夫孙明章、二儿子孙华东、二儿媳李莉，都在家里，大儿子孙银华、大儿媳伍迎春在大连打工没有回来。因为家里添了孙子孙梓坚，屋里屋外喜气洋洋的。也可能是照顾小孩脱不开身，孙华东、李莉并没有出来同我们打招呼。孙华东在武汉读的大学，学的是应用数学，李莉是黔江区舟白街道人，最近几年在中国人寿卖保险，两人结婚后孙华东将户口迁到了舟白。孙明章、孙银华、孙华东三个男人常年在大连的建筑工地打工，伍迎春在大连带小孩，女儿孙梦佳读小学二年级，儿子孙霖枫才一岁半。在家操持的，就刘明香一个人。她既要搞家庭养殖，又要种责任地，累得上腹部经常疼痛。

见我们去，刘明香急忙去泡茶，还拿来瓜子、水果。我们围坐在火炉旁，孙明章介绍了他同两个儿子在大连打工的经历。由于建筑行业不景气，近两年收入有些缩水，一个人一年只能挣到三四万块钱。除去吃住等开销，所剩无几。

坐了一会儿后，我去看了看她家的猪圈，圈里面喂了一头架子猪，是最近才买的，有100来斤。刘明香说，买这头猪足足花了1000块钱。刘明香是因病致贫，但胃溃疡不属于大病，无法走医疗救助这条线，只能走产业扶贫和转移就业的路。在安排项目时，村里除了免费送90只鸡让她喂养，还给她家免费送了一头猪。鸡开始是散养，被黄鼠狼叼走了几只后，现在只好圈养，目前还剩80多只，平均有一斤多重了，只是鸡窝上面没有遮盖的，这些鸡被雨水淋湿了翅膀，看起来瘦骨嶙峋的。我说，为了避免鸡受冷生病，最好在鸡窝上面搭上棚子。刘明香说要得，马上做这事。由于今年瘟病严重，免费喂养的那头猪，不久就得病死了。家里二儿媳妇生了孩子要吃油，一家人过年要吃肉，怎么办呢？刘明香同丈夫商量后，用打工的钱买了一头猪，准备喂肥了过年吃。

孙明章在农村会捡瓦，也能杀猪。我问他，如果不出门打工，能过得下去吗？孙明章肯定地说，如果要供小孙儿上学，靠在家种地，即使有点儿小手艺，也很艰难。比如捡瓦、杀猪，这些活在农村过去都是好差事，但现在农村住木房的人越来越少，吃肉也大都到菜市场去买，活就不好做了。不过他说，自己马上要60岁了，明年就可能不出门了。

离开刘明香家，遇到了刘香。刘香是村文书孙乾生的媳妇，特别热情。她执意要我和朱文刚吃了饭再走，我们说已经吃了，她又说煮碗饺子吃了再走，我们说实在是吃不下去了。刘香家住的是四层砖瓦房，还安了空调，窗明几净，斗实柜满,一看就是农村的殷实人家。上一次我们单位来慰问贫困户的时候,七八个人到她家吃饭,刘香又是泡茶,又是洗水果,在屋里忙了半天。朱文刚见此,感慨万端。我开玩笑说,是啊,这个孙乾生肯定是前世修得好,不然哪能找到这么漂亮又勤劳能干的媳妇呢。

乡村留守人

按照上次组织生活会安排的事项,李明芬对全村"三留守"人员进行了统计。当我提出要到一户"三留守"家庭调研时,李明芬觉得孙家孝家最合适。今天下午,我就同朱文刚、孙文春、孙乾生、李明芬一起,去一组走访了孙家孝家。

孙家孝一家,既有留守老人,还有留守儿童,日子不好过,村里这种情况很普遍。孙家孝的孙女孙渝欣,冬天连像样的衣服和鞋子都没有。了解到这个情况,我同朱文刚就通过单位工会、单位QQ群和个人微信朋友圈,发动同事和亲友给她捐衣。不到三天,李倩、冉敏芳、向玉兰、田芳等单位同事,武陵都市报的周艳红记者,阿蓬江中学的向银艳老师,都捐来了一大包衣服。衣服大都七八成新,洗得干干净净的,最后装成两大包,放在门卫室。朱文刚不但自己给孙渝欣买了一套衣服,他在上海工作的未婚妻知道这个情况后,还特地寄来一双新鞋子要送给孙渝欣。

孙家孝一家住在一个名叫院子嵌的地方,也就是从对门户到蒲家河这段新修村公路的中间。房屋是三柱四骑的三间木房,孤零零地立在半山腰,周围有鸟鸣,坡脚有溪水,但由于没通公路,现在大部分人家都搬到离马路近的地方去了。这里林地宽敞,空气清新,只是过于单调寂寥了。

我们几个人提着几大包衣服,到孙家孝家的时候,看见他老伴龚良芹提着潲桶,正准备去喂猪。她快76岁了,不识字,右眼已失明。孙家孝在屋后忙着,孙文春大声喊了几声,才看见他拄着拐杖,高一脚低一脚地挪了出来,边走边喘着气。他满80岁了,左眼失明,右耳失聪。老两口喂了两头猪,一头因为生病不见长,另一头准备喂肥了过年吃。屋子里没有什么家具,只有一台电视,但怕影响孙渝欣学习,连遥控器都不晓得在哪里。孙家孝一家有九亩多土地和八亩林地,但全部荒着。由于位置比较偏远,这些地也没有人租用。

事先并不知道我们要去,祖孙仨有些不知所措。我们先把几大包衣服拿出来,送给他们,孙家孝不停地说着"谢谢"。李明芬把孙渝欣拉过来,帮她脱下满是油污的衣裤和沾满泥巴的鞋子,重新换上我们送给她的衣裤和新鞋,还帮她洗了脸,梳了头,孙渝欣从灰姑娘突然变成了小天使。但孙渝欣怕生,看着自己的这身打扮,没有什么表情。我们问她话,她一句也不回答,最多是点点头。她平时也不同爷爷奶奶说话,放学回家就在附近的林子里一个人玩,偶尔听见她对着树木和天空自言自语。

孙家孝告诉我们,他们一家有五口人,除了两个老人和一个孙女,还有40岁的儿子孙明会和儿媳杨小丽。杨小丽是陕西人,户口没有迁过来。夫妻俩在浙江打工,几年都没有回家了,听说一年有4万多元的收入,但每年只寄1000元回来给孙渝欣做学费。孙家孝说,祖孙仨一年下来,至少要花费一万元,但他们没有什么产业收入。如果没有党和政府的好政策保障,他们祖孙仨早就饿死了!孙家孝说着,不禁老泪纵横。

我们几个站在院坝,帮他家算了一下收入账。2015年,他们的家庭经营就是养猪一项,自己喂自己吃,收支基本相抵,可忽略不计。但不能说他们家没有收入,只是这些收入主要是各类补贴收入或转移性收入,吃的是政策饭,包括:农村居民养老保险收入、农业补贴、低保收入、教育扶持收入和亲友馈赠收入。五笔合计,2015年他们的总收入是1.1万元。其中,儿子孙明会的贡献率还不到10%,孙家孝说的没有政策保障,祖孙仨就会饿死这话,并不夸张。

对这些乡村留守人,党和政府当然不能不管。从祖孙仨身上,我们也看到了扶贫帮困政策的效果。问题是,外出打工的青年人,虽然在都市里打拼不易,但不能以此为由推卸孝老爱幼的责任。对乡村留守人的关系人,我认为,从德与法的角度,都应该有一些约束,督促其尽到赡养、抚养的责任。

看到天气寒冷,孙家孝身上还穿着薄衣,又不停地喘气,我给他递了几百元钱,叫他去街上买一件厚点儿的衣服穿。孙家孝连说"谢谢",背变得更弯了。我转过身,不敢看他,突然想起自己80高龄的父亲……

这几天在村里了解了面上的情况,走访了几户困难群众,看了一些基础设施,心里算是有了一点儿底。孙家孝祖孙仨靠吃政策饭维持生计,说明政策如果执行得好,效果就能显现。自己这些天来驻村,虽然了解了一些情况,但帮扶政策这一课还没有补上。是啊,作为帮扶政策的执行者和监督者,如果第一书记自己连政策都没吃透,那么好政策的效应就会流失。正好区里通知后天要开会,我决定晚上回城,利用两三天时间,把区里发给第一书记的两本政策汇编通读完,补好政策课后再回村来。

四　好政策要看仔细

"1+1+24"

扶贫开发是政治、社会、经济、民生等问题的交集,涉及的方针政策错综复杂,如果不坐下来认真梳理,很难真正把它们吃透。我先是囫囵吞枣地把这些政策过了一遍,再一项政策一项政策地仔细阅读理解。联想到我驻村看到的孙家孝一家的情景,我觉得这些政策条文是真正有温度的,是能生根发芽、开花结果的。

从2015年下半年开始,针对新一轮扶贫特别是精准扶贫,黔江区在短短几个月时间密集出台了20多个文件,打了一套扶贫攻坚政策组合拳。如果用数式表示,就是"1+1+24"。那么,这个数式是什么意思呢?

前一个"1",是指2015年7月16日由黔江区扶贫开发领导小组印发的《全区扶贫攻坚工作方案》。它提出了黔江区脱贫攻坚总体思路、主要目标、实施到村到户到人"六个精准"扶贫、工作步骤、保障措施等。该方案提出,决战一年半,到2016年底,实现摘掉国家重点贫困区县帽子,65个贫困村全部脱贫,1.143万户4.0641万人全部越过扶贫标准线的目标。其中,2015年全面启动65个贫困村整村扶贫,实现25个贫困村脱贫,5122户1.8442万人越过扶贫标准线;2016年实现40个贫困村脱贫,6308户2.2199万人越过扶贫标准线。实施到村到户到人"六个精准"扶贫,是指扶贫对象精准、项目安排精准、资金使用精准、措施到户精准、因村派人精准、脱贫成效精准。"六个精准"扶贫,每一项都有目标要求、牵头领导、牵头单位、配合单位、时间要求。其中,措施到户精准包括医疗救助一批、教育资助一批、产业扶持一批、培训就业一批、民政兜底一批、扶贫搬迁一批。

后一个"1",是指2015年9月11日由黔江区委、区政府出台的《关于精准扶贫精准脱贫限时攻坚的实施意见》,这是一个精准扶贫的总体性实施方案,包括总体目标、集中解决贫困村突出问题、分类解决贫困村脱贫难题、保障措施等四个方面的内容。总体目标有三个:一是贫困户"越线",二是贫困村"销号",三是贫困区"摘帽"。前两个目标是后一个目标的基础,没有贫困户"越线"和贫困村"销号",就没有贫困区"摘帽"。集中解决贫困村突出问题,主要包括"四个加强":一是加强基础设施建设,切实改善贫困村、贫困户的生产生活条件,主要是改善群众出行、农村饮水、农村用电条件和农村生活环境。二是加强特色产业发展,切实拓宽贫困村、贫困户增收致富的渠道,包括重点发展特色效益农业、大力培植乡村旅游业、支持发展农产品加工业、探索培育新型农业经营主体四个方面。三是加强公共事业发展,切实让贫困户共享改革发展成果,包括不断优化教育资源均衡布局、不断改善医疗卫生条件、不断推进农村文化建设三个方面。四是加强社保体系建设,切实解决贫困户的后顾之忧。分类解决贫困村脱贫难题,实现"六个一批":产业扶持一批、医疗救助一批、教育资助一批、培训就业一批、民政兜底一批、扶贫搬迁一批。在保障措施上,分组织保障、帮扶保障、资金保障、机制保障四个方面。

"24",是指黔江区出台的扶贫开发24个子文件,按照时间顺序,这些文件包括:《关于开展建卡贫困户大病医疗补充保险试点工作的通知》《关于派驻贫困村"第一书记"和驻村工作队的通知》《关于向贫困村选派大学生村官的通知》《关于印发〈2015年重点民生实事村卫生室基本设备配置项目实施方案〉的通知》《关于开展贫困户大病救助项目的通知》《关于农村扶贫小额保险扩面提标的通知》《关于印发〈全区扶贫攻坚资金跟踪监督管理工作方案〉的通知》《关于印发〈黔江区扶贫攻坚交通先行乡村公路建设实施方案〉的通知》《关于印发〈黔江区2015—2016年贫困村脱贫项目建设规划及实施方案〉的通知》《关于印发〈黔江区贫困村饮水安全工程建设实施方案〉的通知》《关于印发〈黔江区贫困村农网改造工程建设实施方案〉的通知》《关于印发〈推进全区农村危房改造精准扶贫工作方案〉的通知》《关于印发〈重庆市黔江区产业扶贫实施方案〉的函》《关于转发市民政局市财政局市扶贫办〈关于农村低保标准与扶贫标准"两线合一"发挥低保兜底作用的通知〉的通知》《关于印发〈黔江区2015—2016年贫困户脱贫项目建设规划及实施方案〉的通知》《关于印发〈黔江区2015—2016年贫困村改厕项目实施方案〉的通知》《关于申报建设文体中心户的通知》《关于贫困村和贫困户人员参加城乡居民养老保险的通知》《关于黔江区农村贫困医疗救助基金结算办法的通知》《关于印发〈黔江区教育专项扶贫工作实施方案〉的通知》《关于印发〈黔江区培训就业精准扶贫实施方案〉的通知》《关于印发〈黔江区扶贫小额信贷试点工作的实施意见〉的通知》《关于印发〈黔江区农村贫困医疗救助基金管理办法〉的通知》《关于印发〈黔江区学前教育家庭经济困难儿童资助实施方案〉的通知》。

从内容上看，这24个子文件，是对"六个精准""六个一批"的具体化。可以说，这些政策个个都是真金白银。但好政策出台是一回事，好政策落地又是另一回事。好政策没有翅膀，不会主动向贫困村飞翔，而要靠我们进村入户耐心细致宣传，强力推进实施，才有可能产生好的效果。作为贫困村的第一书记，我必须发挥好"布道者"的职能，带头领悟、吃透政策，尽心竭力宣传好政策，监督实施好政策。

如何解决出行难和饮水难

在这些政策措施中，最引人注目的，当然是基础设施建设。

先看交通扶贫，如何解决便捷出行难问题。全区总体目标是：2016年年底全区65个贫困村实现撤并村通畅率100%，村民小组通达率100%、通畅率70%，聚居20户以上的院落100%通人行道。

交通扶贫细分为通畅工程、通达工程、村道维修整治、人行便道工程四个方面。通畅工程按路基宽4.5米加错车道，厚20厘米C30砼路面建设，投资标准为每公里50万元；通达工程按路基宽4.5米加错车道的泥碎路建设，投资标准为每公里15万元；村道维修整治工程主要是对现有村道进行维修整治，保证有效行车道宽度达到3.5米，边沟排水通畅，路基平整并加铺碎石面层，投资标准为每公里5万元；人行便道工程按1~1.5米宽度，C20砼厚度达到10厘米，投资标准为每公里6万元。

李子村的通畅工程项目规划了2条：一是从村委会办公楼至构家河村道硬化2.28公里，投资102.6万元；另一条是高家岭至湾底村道硬化1.5公里，投资67.5万元。两个项目总投资170.1万元，受益总人口613人，其中贫困人口199人。

李子村的通达工程规划了三条：一条是从对门户至翻垭口新建公路2公里，

投资 30 万元；一条是从梅子沟至构家河新建公路 3 公里，投资 45 万元；一条是从对门户至吊嘴 1 公里，投资 15 万元。通达工程总投资 90 万元，受益总人口 455 人，其中贫困人口 155 人。

李子村的村道维修整治工程规划了 2 条：一条是从村委会办公楼至构家河 2 公里公路，投资 10 万元；一条是从石槽村委会办公楼至界牌坝 1 公里公路，投资 5 万元。村道维修整治工程总投资 15 万元，受益总人口 704 人，其中贫困人口 108 人。

李子村的人行便道工程规划了 7 条：金鸡坝人行便道建设工程 4 公里，投资 24 万元；白果树人行便道建设工程 2 公里，投资 12 万元；狮梨垭口人行便道建设工程 2.5 公里，投资 15 万元；大坪上人行便道建设工程 3 公里，投资 18 万元；构家河人行便道建设工程 3.5 公里，投资 21 万元；李子垭人行便道建设工程 4 公里，投资 24 万元；北井寺人行便道建设工程 1.5 公里，投资 9 万元。人行便道建设工程总里程 20.5 公里，总投资 123 万元，受益总人口 1508 人，其中贫困人口 220 人。

综上，在交通扶贫四大项目上，李子村得到的总投资为 398.1 万元，受益的贫困人口达到了 682 人。可以说，交通扶贫的覆盖面很广，受益率很高。但规划中也有一些模糊的地方，比如，村道维修整治工程中，"李子村二组"线路指向不明，看不到项目生根何处。经查，"李子村二组"具体就是从石槽村委会办公楼至界牌坝这一段。为了方便交通等，石槽村委会原办公楼是修建在了李子村地界。

再看水利扶贫，如何解决饮水安全问题。据调查，全区 65 个贫困村，共有 12.74 万人需要解决饮水安全问题，工程总投资 9000 万元。贫困村饮水安全工程投资实行按人均投资控制标准与工程据实结算相结合的方法。其中需新建的工程按人均 810 元控制工程投资，据实结算；需巩固提升已建成的工程按人均 500 元控制工程投资，据实结算。李子村饮水安全工程原规划 2007 年实施，但因各种原因一直未能如愿。作为新建项目，该项目总投资达 165.24 万元，若家家户户都能通自来水，将惠及 2040 人，包括全部建卡贫困户，都将达到现行农村饮水安全标准。虽然投资并不大，但为村民提供的生活便利和心里慰藉却是巨大的，不能完全用金钱来换算。

在解决出行难时，"实现聚居 20 户以上的院落 100% 通人行道"这一个目标,可能给实际操作者带来困惑,因为人口聚集密度越大的地方,往往出行条件越好。比如,一个院落因为在大路边,聚居人口一般不会少于20户,按照这个规定,家家户户都要修通人行道,这对他们来说是锦上添花了。而比较偏远的院落,聚居人口往往都会少于20户,他们既没有公路相通,又没有人行道相连,这不是反差太大吗?

如何解决上学难

"治贫先治愚,扶贫先扶智",不能让孩子输在起跑线上,必须阻断贫困的代际传递。黔江区涉及教育扶贫的文件有两个。一是通过实施"三个一批"实现教育专项扶贫,即:通过贫困救助政策帮扶一批,通过在中心校和完小实施小学中低年级贫困学生寄宿制兜底一批,通过助学贷款和各种社会力量捐助达到贫困大学生家庭脱贫一批。二是对学前教育家庭经济困难儿童进行资助,凡是在区级及以上教育行政部门批准设立的公、民办幼儿园就读,家庭经济困难且年龄在3~6周岁(以当年8月31日为准)的幼儿,均纳入资助范围。优先资助就读普惠性幼儿园的享受城乡低保或建卡贫困户等经济困难家庭的幼儿,以及孤儿、残疾儿童等在园幼儿(简称"特困儿童");对其他家庭经济困难的在园幼儿(简称"其他贫困儿童"),根据其家庭经济情况进行综合评定后确定受助对象,适当向农村、边远贫困乡镇和条件薄弱的普惠性幼儿园倾斜。

教育扶贫的重点是九年制义务教育阶段的学生,但黔江区根据实际向两端进行了延伸,也就是将幼儿教育、高中教育和大学教育三个非义务教育阶段的学生也纳入了扶持范围。

学前教育家庭经济困难儿童资助政策,可简称为"两补":一是保教保育费补助,全年按10个月计算。对特困儿童,按物价部门核定的幼儿园等级收费标准进行全额补助(民办幼儿园参照公办等级收费标准进行补助),对其他贫困儿童实行定额补助,按每月150元的标准进行补助,如果保教保育费收费标准低于每月150元,按物价部门核定的实际收费标准进行补助。也就是说,要用足用好学前教育家庭经济困难学生资助政策,足额落实每人每年1500元左右保教保育费补助。二是生活费补助,全年按220天在园时间计算补助,春秋两学期各110天,每人每天按3元标准进行补助,全年生活补助费660元。保教保育费补助和生活费补助两项相加,每年资助每名学前教育贫困生2160元。但补助给儿童的保教保育费和生活费,不直接发给受助儿童或儿童家长,只补助到在读幼儿园。

义务教育阶段学生免费及助学政策,可简称为"三免一改一补":继续全部免除义务教育阶段学生学杂费,免费提供教科书,免费提供作业本;继续按照每人每天4元的标准对所有农村义务教育阶段学生实施营养改善计划;继续按照小学生每生每年1000元、初中生每生每年1250元的标准,对贫困寄宿生实行生活补助。

中职学生免费及资助政策,可简称为"一资一加一免":在国家对中职学生每生每年资助1500元生活费的基础上,对黔江籍中职学生继续予以追加500元的生活资助;全面免除所有中职学生的住宿费。

高中生免费及资助政策,可简称为"一免一资":免除重庆籍农村建卡贫困户家庭和城乡低保家庭普通高中学生的学费;对城乡低保家庭及建卡贫困户家庭的普通高中学生实施高中国家助学金资助,标准由原来的平均每生每年1500元提高到2000元。

贫困大学生资助政策,可简称为"一贷一资":继续抓好贫困大学生生源地助学贷款工作,做到应贷尽贷,贷款每年提高到8000元,还款期限延长至20年,享受每年3000元以上国家助学金。职教扶贫"雨露计划",对贫困户子女全覆盖。统筹各级各类扶贫经费,动员社会力量资助贫困大学生上学,持续开展好"《武陵都市报》助我上大学"活动。这项活动实施10年来,共筹集了上千万的资金,帮助2000多名渝东南地区的贫困大学生顺利踏进了大学校门。

在这些教育扶持政策中,最难推动的,可能是贫困大学生生源地助学贷款。贫困家庭偿还能力弱,往往不敢借钱,也不善理财。他们认为,既然是借贷,找邻居亲朋借就是了,何必要找银行呢。

如何解决看病难

病倒一个人,垮了一个家。如果把致贫原因排序,因病致贫位列第一。

黔江区的医疗卫生扶贫,目标是建立完善的针对贫困人口的城乡居民合作医疗保险、大病保险、补充商业保险相衔接的医疗保障制度,对因大病慢病致贫、返贫等参加城乡居民合作医疗保险及其他政策性医疗保险的个人,给予资助和实施医疗救助,并逐步提高参保缴费档次,在现有医疗救助政策的基础上,出台补充救助政策,建立、健全"5+2"医疗救助体系。

"5+2"医疗救助体系中的"5",是巩固五项医疗救助政策,即:城乡居民基本医疗保险、城乡居民大病保险、贫困户大病医疗补充保险、贫困户大病医疗救助和扶贫小额意外保险。"5+2"医疗救助体系中的"2",是指新出台两项医疗救助政策:一是将农村建档立卡、因病致贫家庭的重慢病患者纳入医疗救助对象范围,享受资助参保(一档50元/人/年,二档60元/人/年)等医疗救助政策待遇;二是设立贫困户大病医疗救助基金。按照"全区统筹、整合使用"的原则,由区财政每年统筹安排400万元的贫困户大病医疗救助基金,救助经医疗保险、扶贫医疗救助、民政医疗救助、商业保险救助保障后,政策范围内个人承担的医疗费用仍然较重的贫困对象,由医疗救助基金按自付部分的70%~90%的比例实行兜底保障。救助标准实行分段计算:个人自付医疗费用在1000元以上5万元以下,按70%救助;5万元以上10万元以下部分按80%救助;10万元以上的部分按90%救助。为此,区人力社保部门还专门制订了农村贫困医疗救助基金结算办法,对结算程序进行了规定,包括申报所需资料、申报程序和审核支付。

由此可见,黔江区医疗扶贫最重要的政策就是设立了贫困户大病医疗救助基金,同时,实施了贫困户大病救助项目。该项目是由重庆市扶贫基金会在贫困户大病医疗补助保险的基础上,筹集部分政策性定向资助资金和社会爱心单位定向捐款,建立的贫困户大病救助项目专项资金,对重庆农村贫困群众实施大病救助。由于黔江区是该项目的试点区县,在扶贫办成立了贫困户大病救助项目办,负责贫困户大病救助项目日常工作,全区农村建卡贫困户均可通过申请成为救助对象。这里所说的大病,包括恶性肿瘤,严重多器官衰竭,再生障碍性贫血,终末期肾病,血友病,肝脏、肾脏、心脏瓣膜、造血干细胞移植手术及术后排异治疗,肾功能衰竭门诊透析治疗,白血病,脑血管意外病,儿童先天性心脏病,唇腭裂,急性心肌梗死等12项。

贫困户大病救助项目,采取直接对贫困家庭补助的方式,救助对象因病住院产生的大额医疗费用或在门诊治疗中产生的大额医疗费用,扣除城乡居民合作医疗保险、城乡居民大病保险、医疗救助、贫困户大病医疗补充保险报销费用后,自付部分金额在1万元以上的,均可申请贫困户大病救助项目专项资金。贫困户每户原则上每年救助一次,每次金额为3000元左右。

卫生方面的扶贫主要是村卫生室建设和村民改厕工作。村卫生室作为基层医疗卫生机构,必须配齐基本设备,确保能够正常开展基本医疗服务和基本公共卫生服务。重点为村卫生室配置简易呼吸器、便携式高压消毒锅、健康档案柜、诊疗床、观察床、办公桌椅、中西药品柜等7件(套)基本设备,项目计划总投资120万元。李子村在二组公路边建有村卫生室,设备比较简陋,还未达到项目要求的标准配置,需要配备办公桌2张、办公椅2把、档案柜1个、西药柜2个、中药柜1个、简易呼吸器1个、医用观察床1张、电脑1台。

随着农村居住环境的改善,厕所问题越来越成为大民生。过去李子村那种楼上住人、楼下养猪,猪圈也是人厕的混杂现象,带来诸多环境问题和卫生问题。因此我认为,现在的乡村美不美,只要看一看村民的厕所就够了。如果主人把厕所收拾得清爽、干净,不用看,这家其他地方也一定会清爽、干净的。对贫困村改厕,主要是完成全区65个贫困村3130户的三格化粪池式无害化卫生厕所建设任务,总预算投入438.2万元,每户平均投入1400元。李子村2016年规划实施25个三格化粪池式无害化卫生厕所,总投资3.5万元。与此相关的项目,就是以解决李子村垃圾为主题的环境整治规划项目,包括配置箱体、手推车、垃圾桶等。

由是观之,医疗卫生扶贫的最大亮点,是建立了贫困户大病医疗救助基金,全区建卡贫困户都属于救助对象,但并非所有贫困户都是因恶性肿瘤等12种大病致贫的,因此能够得到救助的人不是很多。在建卡贫困户中,很多人的病其实都是一些普通的病痛,比如严重风湿病、胃溃疡等,也可能因此丧失部分劳动力而造成贫困,但他们享受不到这项政策的红利。因病致贫相对应的帮扶措施是医疗救助,但大部分人享受不到大病医疗救助,只能靠产业或外出打工脱贫,这又容易与致贫原因造成逻辑上的矛盾。

如何解决增收难

贫困村的农民收入来源单一,要么在土地上苦苦挣扎,要么外出打工挣现钱。贫困村产业发展往往都比较滞后,要增加农民收入,产业扶贫既是着力点,又是短板。只有产业兴旺了,贫困村才能算真正脱贫。

黔江区结合贫困户劳动力、土地资源、村级特色支柱产业,因户施策发展种植、养殖、乡村旅游等产业,目标是让每户建卡贫困户都拥有一项以上稳定收入项目。

产业扶贫的具体措施，体现在五个方面。一是按贫困户每户2000元的标准划拨产业发展扶持资金到乡镇街道，由乡镇街道统筹补助到贫困户产业项目发展上，其中500元用于贫困户脱贫后的奖励。二是实施精准扶贫小额贷款到户工程，为贫困户提供5万元以内、3年以下的小额信贷支持，由财政扶贫资金给予贴息。三是设立500万元额度的扶贫小额信贷专项风险补偿基金，对贫困户小额信贷、搬迁建房贷款等提供风险补偿。四是鼓励贫困户以财政扶贫资金和有关专项资金、农房、土地和林地经营权等入股组建股份合作社，通过在合作社打工、分红等方式增加收入。五是引导和支持龙头企业、专业合作组织、家庭农场、专业大户与贫困户建立利益联结机制，对带动贫困户增收效果好的企业和农业合作组织优先给予财政和信贷支持。

产业扶贫到底发展什么产业呢？区产业扶贫实施方案对此做了安排。总体目标是引导扶持65个贫困村分别发展一至两项有特色、有效益、成规模的支柱产业，着力构建贫困村"一村一品"产业发展格局，通过产业扶贫，实现以种养业为主的贫困村规模种植户占总户数的40%以上，特色主导产业覆盖农户达70%以上、建卡贫困户30%以上，80%以上的农户参加合作经济组织、股份制、土地流转等现代农业经营组织或独立经营家庭农场。采取抓点连线、以线带面、整村推进、连片种植的方式，发展蔬菜、粮油、烤烟、特色水果、蚕桑、畜牧等六大类特色产业。实施乡村旅游扶贫工程，打造一批高山生态纳凉避暑和农业观光体验示范点。发展一批村级电商服务点，大力推动电商扶贫。

在区里出台的贫困村脱贫项目建设规划及实施方案中，李子村的产业扶贫项目有蚕桑产业、特色水果和养殖业三类。蚕桑产业中要求新增加蚕桑面积200亩，培育、发展规模种植户12户，受益总人口58人，全部是建卡贫困人口。也就是说，这个项目全部是为贫困户规划的。特色水果项目中要求种植杨梅、冬桃、脆红李等300亩，受益总人口318人，其中贫困人口49人。养殖业项目中要求建卡贫困户养鸡3600只、养鸭900只、养鱼4500尾、养羊3只、养猪20头、养牛30头，受益总人口105人，也全部是建卡贫困人口。这些项目中，蚕桑是支柱产业项目，特色水果是长期增收项目，养殖业是短快增收项目。

通过分析，我发现李子村的这些产业规划是所有规划中问题最多的。首先，对产业的定位有误差。根据李子村的实际，发展种植业和养殖业是其优势，但不能局限于家庭经营。目前有企业在李子村分别投资建立了肉牛养殖场和番薯种植基地,可以吸引贫困户参与企业经营。因此,产业定位除了大力发展享受财政补贴的蚕桑种植,还要扩大肉牛养殖规模和番薯种植规模,让企业与贫困户结成利益共同体。规划的养鱼项目,养殖条件也不具备。其次,规模经营难体现。养羊3只、养猪20头、养牛30头,都缺乏规模,没有规模,效益难显。最后,资金投入缺口大。按每户贫困户补助2000元的产业扶持资金计算,扣除每户500元的脱贫后奖励,全村只有9万元的产业资金投入,这是远远不够的。这1500元钱,每户购买一头架子猪或几十只小鸡后,已所剩无几,根本就没有钱再从事其他产业。产业留不住人,他们只能外出打工谋生。

如何解决保障难

为解决贫困户保障难问题,黔江区出台了设立农村扶贫小额保险、建卡贫困户大病医疗补充保险等多项政策措施,同时做好扶贫开发与社会救助政策有机衔接,为贫困群众减贫脱贫筑起了一道安全门。

从2013年开始,黔江区就开展了农村扶贫小额保险工作,累计为481名贫困人口提供保障70余万元,有效减轻了农村贫困家庭因意外伤害造成的经济负担,降低了因意外、因灾致贫返贫的风险,一定程度上成为贫困群众减贫脱贫的保障网和农村社会稳定的减震器。这次出台的政策,主要是"扩面提标"。"扩面",就是实现贫困人口全覆盖,将2014年投保的3万人扩大到全区所有建卡贫困人口,实现建卡贫困户农村扶贫小额保险全覆盖。"提标",就是提高保障标准,将农村扶贫小额保险标准由每人3.1万元提高到3.6万元。保险费每人每年30元,全部由区扶贫办统筹解决。

为强化理赔服务,解决理赔难问题,要求有关承保机构简化理赔程序,建立绿色通道,创新理赔方式。意外伤害赔付做到"立等可取"、意外死亡赔付快速兑现、特殊死亡案件现场赔付,切实把政策对贫困户的关爱送到家。

作为面向农村贫困群众的一种特殊保险产品,建卡贫困户大病医疗补充保险是防止农村贫困人口因病致贫返贫的特殊金融扶贫工具,具有投入小、缴费低、赔付高、理赔快等特点。参保对象是全区参加当地基本医疗保险和大病医疗保险的建卡贫困户,由黔江区扶贫办作为投保人,每人每年保险费18元,由黔江区扶贫办统一解决。在保险期间,被保险人住院和因患特殊疾病在重大医疗门诊中产生的属于居民医保基金报销范围内的医疗费用,在大病基金报销后的自付费用首次或累计超过起付标准以上的，保险公司承担保险责任，按分段赔付比例给付保险金。2015年起付标准为1.2万元/人，分段赔付比例：1.2万～5万元（含）按40%比例给付；5万～10万元（含）按50%比例给付；10万～20万元（含）按60%比例给付；20万元以上按70%比例给付。

为加强理赔服务，方案也提出了明确的时限要求，在手续齐全且准确无误的情况下，10个工作日内必须将赔款通过转账方式划至受益人账户。

保险扶贫是一种防患于未然的措施。虽然投入不大，但一旦有险，就可基本化解。特别是对贫困户来说，保险费由政府埋单，为脱贫攻坚添加了一道保险闸，既减轻了贫困户的负担，又彰显了政府的责任。

做好扶贫开发与社会救助政策有机衔接，主要措施是将贫困人口中没有劳动力、需要由社会保障进行兜底的家庭，通过低保线与贫困线"两线合一"，将其全部纳入农村低保范围，实现应保尽保。也就是从2015年10月1日起，农村最低生活保障标准统一调整为每月230元，与扶贫标准持平。

扶贫对象纳入农村低保兜底，应符合三个条件：属建档立卡贫困家庭；丧失劳动力，缺乏自我发展能力，无法通过生产扶持、就业发展、搬迁安置和其他措施脱贫的家庭；人均月收入低于农村低保标准的家庭。实际上，他们就是贫困户中的贫困户，原则上就是将A类建档立卡扶贫对象中除去已纳入农村低保的之外符合上述条件的其他人员，纳入农村低保兜底范围。

为了公平公正，认定程序非常复杂，要经过筛查初选、入户调查审核、确定拟纳入名单、村里公示、区里会审等环节，像识别贫困户一样，关键环节环环相扣，一个都不能少，对徇私舞弊、优亲厚友、违反相关规定的行为要严肃追责。

五　甘当小学生

验收培训会

昨夜天寒风大，刮下一场雪来。我步行去会场，一路柳眼昏暗，勒绽梅腮。上午，我参加全区"2015年扶贫开发工作对象退出检查验收培训会"，副区长林光代表区委、区政府做动员讲话，区扶贫办的同志对退出检查验收工作进行了详细讲解，随后各检查验收小组分别召开会议，明确了进村入户检查验收的具体分工。

这次检查验收，从12月21日开始至28日结束，为期8天，交叉进行，目的是科学、准确地评估全区脱贫攻坚工作成效，顺利迎接市里关于贫困村贫困户扶贫脱贫验收检查。检查验收的标准和程序完全与市里一致，因此算是市里验收的预演或彩排。

检查验收对象是全区2015年各乡镇街道申请脱贫的贫困人口、贫困村，涉及30个贫困村970户贫困户3400名贫困人口。检查验收工作由区扶贫办统筹，组建了15个检查验收小组，300多人参加，阵容庞大。每个检查验收工作组成员，由区扶贫开发领导小组成员单位领导、贫困村第一书记、区扶贫办领导、区扶贫办工作人员组成，同时由乡镇街道辖区内的区党代表、区人大代表和区政协委员组建验收监督组，全程监督检查验收过程，由区扶贫办主任、副主任组成验收协调组，负责在检查验收过程中的综合协调、政策解释等工作。

根据分工，我参加的是第一组，检查验收城南街道和金溪镇，组长为冯本学，成员除我之外还有张美洲、洪波、刘纯维、杨秀安、兰小俊、郭琨、李思东、朱文刚、李万华、陈岩，此外，兰小俊还担任我们这个组的联络员。

检查验收标准分为定性和定量两个方面。贫困人口达到"两不愁""三保障"，家庭年人均纯收入稳定越过国家扶贫标准线，即按2010年不变价，年人均纯收入达到2300元。贫困户还要解决"八难"、贫困村要实现"八有",贫困村贫困发生率要降至3%以下。到户帮扶计划可以有一个或多个,但必须有精准脱贫方式的具体内容;到户实施项目可以等于或大于到户帮扶计划,但必须与到户帮扶计划相呼应。

检查验收指标也有统一的口径。如主要致贫原因是指导致农户贫困的主要原因,贫困户在精神上、经济上感到压力最大的因素可能有多个,但主要致贫原因只能是一个。计划精准脱贫方式只有一个,是针对主要致贫原因采取适合农户的精准脱贫方式,包括两个关键点:一是针对性强;二是符合农户实际,操作性强。在收入统计方面,工资性收入、经营性收入、财产性收入、各类补贴收入等都要统计进去。

检查验收程序,包括召开座谈会、到村入户检查、比对信息、确认验收结果、工作指导、撰写报告、报送材料、工作汇报八个步骤,必须依次进行,不能偷工减料。

我对农村工作还不熟悉,这次活动与其说是去验收别人,还不如说是去当小学生,老老实实学习借鉴别人的成功经验。因此,我同朱文刚都很重视这次学习的机会。我们认为,检查验收别人,其实更是向别人学习,反思自己存在的不足,特别是能对脱贫攻坚中的关键环节有更深入、更具体的认识。

王肇武的"耕"与"吹"

上午开完了会,中午吃了饭也不休息,直奔黔江区城南街道开展检查验收。下午两点钟开始,我们小组听取了街道党工委的工作汇报,然后由监督小组当场开封检查验收退出贫困户名单,共22户,涉及黑山居委6户、牛郎居委11户、沙坝社区3户、香水居委2户,占全街道贫困户的10.14%。经大家商定,我们组再细分为五个小组,成员由一名第一书记、一名驻村工作队队员、一名监督人员组成,由街道联系领导和社区居委干部带路。我和朱文刚为一个小组,负责对沙坝社区邓继成家、王肇武家、赵寿祥家等三户的检查验收,由城南街道党工委宣传委员王国余、沙坝社区主任郭齐志给我们带路。

到贫困户家中调查,方法是通过查看"一卡"(贫困户明白卡)、"两账"(收入统计台账和脱贫统计台账)、"两表"(入户调查表和收入核算表)、"三书"(帮扶协议书、限时脱贫承诺书和脱贫申请书),判断是否可以退出。一般来说,农村群众自给自足惯了,很少人有记收支账的习惯,因此对收支都比较糊涂,只能说出一个大概。为了把情况弄清楚，大家坐下来帮他们一起算。在这个过程中，既要听其言，还要观实物，看猪有多大，数鸡有多少只，量房屋面积有多大。至于土地、林地面积，主要看土地证和林权证等佐证材料。调查时，我和朱文刚就请他们拿出户口簿、土地证、林权证、房产证、银行存折、残疾证、民政优抚证等。

下午时间紧，并且对程序有一个熟悉的过程，既要问，又要看，还要算，进度很慢，虽然工作了几个小时，但是也只验收了王肇武家这一户。

王肇武同老伴朱正美和孙子王恭业一家三口相依为命。我们去他家的时候，只有他一个人在家，朱正美到城里的餐馆打工去了。王肇武介绍，他的儿子因癌症晚期，疼痛难忍，医治无望，竟然喝农药自杀了，儿媳经受不了这一巨大打击，便将孙子丢给两个老人，另嫁他乡。二老虽然年老体弱，但仍然十分勤劳。作为建卡贫困户，他家的致贫原因主要是缺资金，帮扶措施是帮助其发展养殖业和种植蔬菜。今年他家喂了5头猪，目前已出栏两头，养殖总收入可达1.2万元。蔬菜今年种了一亩，收入在5000元以上。

除了勤耕苦作，王肇武家的收入，也有"吹"的功劳。这个吹，当然不是吹牛，而是吹唢呐。他是远近闻名的"八仙师傅"，还参加了社区的红白喜事服务队。遇到红白喜事请他们，一场一般吹两天，每天200元劳务费。这个服务队朱正美也参加，主要是帮忙做饭，每天80元劳务费。因此，受请一场下来，两口子两天收入500多元。今年受请10场左右，"吹"来的收入超过5000元。因此，无论从定性分析还是定量分析，他家的脱贫都是没有问题的。

王肇武虽然识字不多，但为人谦和，知书识礼，重视教育，把孙子送到了条件较好的区民族小学读书。

王肇武也懂得感恩。他说，党和政府好啊，比亲人还亲！他经常对邻居说，我们大家都有子女，但我们没钱花了，不是所有的子女都能按时把钱打在我们的银行卡上的，现在政策好了，我们农民也能按时领"工资"了。

告别王肇武的时候，他挽留我们吃饭，我们当然谢绝了。他说他另外还有3头肥猪等待宰杀，到时请我们去他家吃泡汤。我们真诚希望他家的生活，能像唢呐曲子《全家福》所表现出的那样，幸福，美好。

"首席贫困户"

今天雨雪交集，天气仍然很冷，远处的酉阳山上白雪皑皑，近处的三台山上鸟儿已不见了踪影。我们继续在沙坝社区检查验收，上午验收的是贫困户邓继成家。自从担任李子村第一书记，几个月来我还没看到如此贫困的贫困户。这种景象，也只有我在写《红土地 热土地》前的深入采访中遇到过，但那是二三十年前的事了。仿佛是时空穿越，这种情景再现，着实让我大吃一惊。我借用"首席"来形容他，不仅是因为他家特别贫困，也是因为他家的问题不能简单地用贫困加以概括。

我们上午到他家的时候，首先看到的是他家的木房。木房整体上像一艘破破烂烂的木船，处于风雨飘摇之中。从正面看，堂屋没有装板壁，胡乱地堆放着破椅子、烂桌子和筛子等家什，但这些东西都不能使用。地上是一些杂草、木屑、烂塑料袋、烂纸盒、瓦片等。作为客厅，说难听点儿，这堂屋比猪圈还不如。再看屋顶，大多数椽子都烂了，部分瓦片开始滑落，看得见天光，雨雪正从上面漏下来。开始我们认为，房子烂是烂，还算宽余吧。但邓继成说，他只有半间，也就是房子右边那间的后半部分是分给他的，从面积看，也就十五六平方米。这间房按农村的习惯，一般由主人用来做卧室。其他的部分，属于他胞兄胞弟的，因为他们都修起了大幢砖瓦房，早已搬离这里。但他们宁可让房子空着烂着，也不让邓继成借用，甚至连贴一张纸片的权利都没有，街道和社区给邓继成的帮扶资料，全都贴在他自家那间房的门口，如果不走近看，几乎就发现不了。

从眼前的情景可以看出，邓继成这家人，一定有很多故事。

我们走到房子的侧面，眼前的景象更让人震惊：进门的路上，堆着木棒、木块、扫把、砖头等杂物，木头上挂着衣服。像我这种身材比较壮的男人，要走到门前只能侧着身子。为了遮风，门口挂了一块褪色的红布，上面又挂了挖锄等农具。只有把那块红布掀开，才能看到贴在板壁上的帮扶资料。门口旁边，用水泥砖搭了一个小偏房，是煮饭的地方，旁边是茅房，苍蝇在这里嗡嗡乱飞。

我和王国余、朱文刚三个男人，都比较壮实，我们尝试着钻进邓继成的屋里，但都进不去，一是那门实在太窄，二是屋里根本没有下脚的地方。我们只好紧缩脖子、弓着背，勉强把脑壳伸进去望。原来，这是邓继成家最豪华的地方，砖头、衣服、纸盒，还有一口锅子，胡乱堆积在地上，歪歪扭扭的床沿上搭着破棉絮，床上的被子和一些衣服揉成一团，已看不清颜色。除了床铺和一个烂木箱，屋里没有其他家具。但说他家徒四壁，还不准确，只是仅有的东西胡乱搅缠在一起，卧室像一个垃圾站。而且，由于很少打扫，屋子里散发着浓重的霉臭味。

邓继成家有两口人，儿子在外面打工，几年都不回来，偶尔回来一次，都是住他奶奶家。俗话说"金窝银窝不如自家的狗窝"，但邓继成这样的窝子，谁又能住得下？邓继成曾经是有妻室的人，但妻子因为忍受不了家里的贫穷，很久以前就离家出走了。贫贱夫妻百事哀。遇到这样的家庭环境，每个人都可能会对婚姻产生动摇。

看到这样的情况，我和朱文刚都惊讶得说不出话。邓继成也木木地站在旁边，茫然不知所措。大概是为了缓和一下气氛，王国余笑着说，报社有首席记者，城南街道有"首席贫困户"，这个"首席"非邓继成家莫属了。听到"首席"二字，大家都笑了。邓继成也似乎听懂了这话，干咳起来。

但就是这样的贫困户，张贴的资料上白纸黑字写着今年脱贫，而且还有收入台账，还有邓继成的"承诺书"。我不知道，这种贫困凭何而脱？危旧房，面积狭窄，设施简陋，单凭这就可以一票否决。对这样的贫困户，我们再算什么收入账，还有意义吗？只是为了履行检查验收的程序，必须要同他谈一谈。但他家连插脚的地方都没有，在哪儿谈呢？王国余建议，干脆到王肇武家去吧，他屋里宽敞，就在坎上，又隔得近。我说，邓继成不是有母亲吗？能不能去他母亲家谈？王国余说，算了，他母亲屋里也坐不下。

大家正准备上坡到王肇武家时，只见邓继成的母亲哭诉着从屋里走出来，说这个人把她家的屋弄坏了，那个人把她家的门捶破了……我不知道怎么回事，一句话也不敢接，只有王国余在劝阻。又听得屋坎脚有女人接话，王国余说是邓继成的嫂子，她说的话，像是在回击邓继成的母亲。这样看来，是婆媳之间在争吵。快到王肇武家里时，邓继成的嫂子追上我们，也是要说房子的事情。

王肇武见我们再次到他家，十分热情，给我们泡上茶水，就到一边忙去了。

为了填写调查表，朱文刚帮邓继成算家里的收入，邓继成也几乎是一问三不知。原来，他是文盲，不识字，也算不来账。经大家提示，算出街道支持他种蔬菜一亩，一年收入3000多元。虽然儿子在外打工，但一年到头几乎没给邓继成寄过钱，邓继成也不知道他儿子到底有多少工资。交谈中，王国余、王肇武都说邓继成和周边邻居搞不好关系，甚至同自己的胞兄胞弟都形同陌路。家里搞得这么差，自己应该好生反省一下。邓继成不说好，也不说不好，始终面无表情。

履行完检查验收程序，邓继成嘟囔了几句就走了。到了这个时候，我们都把心思放在邓继成家致贫原因的探讨上。

王国余说，邓继成的父亲叫邓家洞，曾经当过抗美援朝志愿军，前几年去世后，邓继成的母亲就三天两头到街道去上访，有时自己走不动，就逼着她的一个孙子用皮卡车把她送到街道办事处静坐，说这个人在欺负她，那个人要谋害她，但只要给她10元钱，她就回家了。一年要静坐好几回。她同儿子和儿媳的关系都不好，经常吵吵闹闹，光是社区调解他们家的纠纷，每年都不下五起。而三兄弟之间，也因为土地纠纷闹过矛盾，区法院巡回法庭还在他们家现场办过案，但都没彻底解决好。以至于到现在，邓继成占得有地，却没有土地证。邓继成本人，心胸偏狭，处事小气。有几件事情大家记忆犹新。邓继成有一块坡地，在下方边界，边界上长了一棵泡桐，树是别人家的，但树冠遮蔽了他的地，他不同别人沟通解决，而是悄悄把泡桐剐了半边皮，致使树不久就枯死了。树的主人找他论理，他不但不道歉，还说这样死了更好，树已经干了嘛，轻得很，好搬运。而对于上方边界别人的地，他就故意挨着边界把土掏空，天干后一下雨，那土就坍塌下来，土自然就是他家的了。因此，大家都说他"讨嫌得很"！好几户人家听说街道要把他评为建卡贫困户，就到街道办事处去闹，说给哪家评都可以，就是不能评邓继成家，说他穷讨嫌，不能帮！但街道考虑到他家的实际困难，做了大量工作，才把这几户人的怨气压了下去。

造成邓继成今天的局面，大家认为有三个原因，一是没文化，做事盲目。他自己也说，他从来没进过学堂，只在扫盲班读过几天夜校，认的几个字早还给先生了。二是心胸狭窄，处事偏激。与兄弟阋墙，同邻居角孽，关系十分紧张，结果是无法借助人脉平台发展自己，想干什么事情都受到别人的掣肘。三是没有妻子操持料理，家庭内部缺乏发展活力。加之家庭成员之间缺乏良好的分工协作，自己理不起事，儿子又不愿意把挣到的钱拿给他用。

邓继成的人际关系比较差，自我发展能力也比较弱，如果在扶贫对象精准识别环节，简单机械地由村民投票来决定，邓继成家肯定申请不上建卡贫困户，但事实上他又是沙坝社区贫困户中的"首席"，不把他家评为贫困户，于法于情都过不去。因此，当地党委、政府实事求是，通过做群众工作，最终还是把他家确定为建卡贫困户。他家的房子也被确定为D级危房，如果规划建新房，政府将给他5万多元的补助，占地不要钱，材料节省点儿做，建两间砖房是没问题的。

现在，就凭危房没有改造这一条来判断，邓继成今年年底脱贫是不可能的了。那下一步应该怎么办呢？我认为，如果邓继成家的房子问题没解决，即使收入账算得拢，也没有意义。

王国余说，区里这次检查验收，对我们触动很大，建房的事，确实是邓继成自己理不起事，我们督促无力。令人欣慰的是，前段时间王国余给邓继成的儿子打了几次电话，他儿子终于答应回来修房。邓继成还找人看了日子，是冬月十七，阳历就是这个月的27号，计划是修一楼一底，修好后在新房里过春节。大家算了一下，从现在到春节，不足50天，时间紧得很呢。王国余说，作为帮扶责任人，他已经向街道立下军令状。

下山回城，已经天黑，山下市声喧哗，灯火辉煌。看到都市里鳞次栉比的高楼大厦，眼前怎么也抹不去邓继成那个家的样子。扶贫帮困，光有钱物是不够的，甚至可以说不是最重要的。扶贫重在扶志，重在解决精神伦理问题。我想，如果邓继成家的新房如期建成，按越线指标也可以脱贫了，但倘若他的处事态度一如既往，他的精神境界没有提振，邓继成家也只是换了一个美丽的外壳。如果邓继成的内生动力没有被激发起来，可持续发展问题没有解决，他家在当地仍然会是一个贫困户，如果说有什么不同的话，就是一个住进了水泥森林的贫困户。因此，"大庇寒士"解决后，"俱欢颜"才是实质所在。

一位残疾人的"谢谢"

今天下午，我们继续在沙坝社区检查验收，主要去看建卡贫困户陈平的家。

区扶贫办给的资料显示，户主是赵寿祥，而街道提供的资料显示，户主是陈平。这是怎么一回事呢？

原来，赵寿祥和陈平是夫妻关系。赵寿祥本不是沙坝人，是上门女婿，是农村户口，而陈平是残疾人，因为近年土地被征用，转成了城镇户口。精准扶贫要解决的是农村贫困人口问题，陈平是城镇户口，扶贫办的资料上户主就变成了赵寿祥。城南街道以陈平为户主，是考虑到陈平的病，但没有考虑她的城镇户口问题。我们查看户口簿，发现这一家有两个户主，夫妻双方各有一个户头。

问题归问题，这个家庭面临的贫困，却是不争的事实。我们去看他们的时候，赵寿祥不在家，到贵州打工去了，听说一年能挣两三万元钱。赵寿祥和陈平有一个女儿，今年中职毕业后还没找到工作。陈平现在一个人在家，同她父亲陈孝发、母亲刘桂云一起吃住。

因为天气寒冷，陈孝发请我们到他家的厨房坐。一家人刚刚吃完早饭，蜂窝煤炉子上还摆着饭菜。陈孝发听说我们已经吃过饭，就给我们泡上茶水。他看上去精神不错，而且有一定文化，经常要看点儿古书，厨房里的一张桌子上就摆着《三国演义》《小五义》《包公案》等。刘桂云下肢因严重风湿病而瘫痪，一直坐在炉子边起不来身，吃饭、喝水都靠陈孝发端来。

据陈孝发介绍，陈平从生下来听力就有问题，导致成年了还不会说话，但她心灵手巧，12岁的时候进过村小，慢慢也有一些听力，并且能识一些字，只是说话一般人听不清楚。但她能察言观色，大概看得出别人在说什么。听说她还会拼音，能查字典，打毛线（方言：指毛线编织类的活儿）更是一看就会。后来她读的小学搬迁后，新班主任认为她成绩不好，影响了全班的升学率，就叫她不要去上学了，陈平因此而辍学。同赵寿祥结婚后，陈平在家里带小孩，种蔬菜，上街卖菜却不会算数，需要姐姐陪着才行。

我们坐在火炉边听这些情况介绍时，陈平一直都站着，看着我们问问题、做记录，眼睛眨都不眨一下，而嘴唇时不时动一动。询问陈平的时候，我们只能通过她父母进行。我们需要她提供户口簿、房产证、银行存折、残疾人证明、土地证明等，这些都是由她父亲写在纸上。陈平看到纸上的字，就知道去找什么。通过这些方法，我们调查清楚了她家里的情况。她家住的是两层砖房，已经通电、通路、通自来水，还将接通天然气。从收入上看，今年一家三口有3万元的现金收入，越线达标问题不大。

但扶贫对象精准识别资料档案还是存在一些逻辑矛盾。由于户主不同，致贫原因和帮扶措施就无法一致。按街道的资料，陈平是户主，那致贫原因应该是疾病，帮扶措施主要是医疗救助。但资料上显示的致贫原因是缺资金，帮扶措施主要是产业扶持，而产业扶持项目不突出，效果并不明显，实际上主要还是靠赵寿祥打工，属于劳动力转移。这样反推，应该是缺技术，通过技术培训增加外出打工的机会。总之，资料档案还需要完善。

临走的时候，陈孝发送我们出门，我看见陈平也跟在后面同我们打招呼。她面带微笑，喉咙咕噜着，使劲儿地说出一个词，我们听不清她说的什么，通过陈孝发"翻译"，才知道是"谢谢"。陈孝发说，陈平虽然是一个残疾人，但她重情，凡是来家里看望她的，她都要用她的方式致谢。

穿着统靴进村去

今天上午,我们赶到金溪镇检查验收。这几天的雨不但没停,反而下得更大了。

金溪虽然是镇的建制,过去先后是区工所、区工委所在地,但实际上这里是黔江最贫困的乡镇,按标准全镇有4500人可以列为贫困人口,但只有528户1596人建档立卡。也就是说,系统外或"编外"贫困人口占贫困户总人数的60%以上。金溪镇的特殊贫困群体也较多。据介绍,该镇有低保户259户573人,五保户95户95人,残疾人513人,有精神疾病者45人,在册艾滋病患者24人。这些艾滋病患者,大都是第一代农民工,他们由于参与黑市卖血感染上艾滋病毒。他们现在在家里养病,稍有不满,就到镇政府上访,轻者哭诉,重者吵骂甚至抓扯工作人员。

这次金溪镇被抽检户数是35户,涉及6个村居。我们同另一个小组被分在金溪居委,检查验收15户贫困户。我和朱文刚检查验收8户,包括七组的4户和一组的4户。由于这些农户都住得比较集中,我们还帮助另一小组验收了一户,就是金溪居委三组的张洪周家。

上午听完汇报,在镇政府食堂吃了午饭,镇卫计办主任张绍恒作为七组的帮扶联系人,带领我们出发了。检查验收的4户人家分别是七组的张忠华家、张忠情家、田应松家、田井安家,他们散居于一个叫靛厂沟的地方。虽然户数不多,到靛厂沟路程也不远,但因为下着雨,村道又在维修,泥泞难行,穿普通的运动鞋根本走不进去,张绍恒就给我和朱文刚各买了一双统靴,车子也是镇政府找的一辆四轮驱动的越野车。一切准备就绪,我们就穿起统靴坐上车,冒雨出发了。

进靛厂沟的路,弯大坡陡,上一坡又下一岭,一般坡度都在30度以上。路又烂又窄,汽车轮子陷进泥泞里,退也不是进也不是,稍有不慎,就可能连人带车掉进山沟里。我坐在副驾驶室里,驾驶员一边操作一边叫我们别担心。但实际上,他把控的方向盘总是不听使唤,摇摆得很厉害。我的心怦怦直跳,脚趾扣得紧紧的,额头和脚板都冒出了汗,觉得随时都可能要以身殉职了,此时,我很想跳下车步行。快到目的地的时候,坡越来越陡,车子嘿哧嘿哧地吼了几声,再也爬不动了。我们下了车,深一脚浅一脚地向村民家里走去。

在张忠华家，检查验收得比较顺利，原因是张忠华的收入账说得很清楚，今年也能按标准脱贫。一聊，才晓得张忠华是20世纪60年代的高中毕业生，虽然没能上大学，但也当过民办教师。由于自己说话直，几次让校长不悦，校长便找了由头难为他，张忠华很生气，便卷起铺盖回家务农。给人印象最深的是他的两个儿子，大儿子今年在镇上开了餐馆，老伴也在儿子的餐馆帮忙，餐馆一年纯收入有好几万。但如今张忠华家里有一个最大的心结没有解开：他小儿子几年前初中毕业后去黔江城里读中职，由于不到两个月就花掉了一学期的费用，被张忠华骂了一顿，于是负气出走，至今下落不明。从相关表册资料上看，这家贫困户是以张忠华一人建档立卡的，致贫原因是张忠华患有支气管炎，帮扶措施是产业扶持，帮助其养殖生猪2头、土鸡20只、能繁母牛1头。见张忠华有文化，也比较健谈，我就问，区里对贫困户的帮扶政策文件有20多个，你知道多少呢？张忠华说，晓得一些。我说，那你具体说说产业扶持政策嘛。但张忠华只知道，区里要给每户贫困户2000元的产业扶持资金。

只隔张忠华家一条街的，就是张忠情家。张忠情家也比较特殊：无子女，妻子精神失常，但操持家务没有问题，听说她是从其他乡镇跑来的，几十年都没有户口。全靠这次精准扶贫，才由帮扶单位奔波给她办好了户口。他家的致贫原因是缺资金，帮扶措施是产业扶持。夫妻俩今年通过养猪、养牛、养鸡、种植猕猴桃，全家纯收入可达1万元以上，也能按标准脱贫。只是他家的房子有些旧了，如果能改造一下就更好了。

后来我们来到田应松家，家里只有他和老伴。田应松是当地有名的猕猴桃种植能手，曾经当过大队会计，有经营头脑，也有经营能力。与儿子分家多年，他本人年龄大了，老伴又有风湿病，因此生活上有了困难。他家致贫原因也是缺资金，帮扶措施是产业扶持。从收入来看，产业收入是实实在在的，加上各类补贴，一年有3万多元进账，也能按标准脱贫。他家的木屋打扫得很干净，旁边新建了一幢三楼一底砖瓦房，是他儿子修的，只是还没有装修好。我说，老田，你知道区里的产业发展政策吗？老田说，只晓得优惠政策多，具体说不清楚。

最后我们看的是田井安家，他家就在田应松家屋坎上。按字辈，田井安是田应松的侄儿，两家关系向来较好，田井安家的存折、户口本等都放在田应松家。田井安目前在南京打工，主要是帮别人看工地。几年前，他的妻子离家出走，留下8岁的儿子田秀林，全托在黔江蓝天留守儿童学校。家里没有女主人，住的一间木房铁将军把门，院坝里杂草丛生，弥漫着一种人去楼空的凄凉。田井安的致贫原因也是缺资金，帮扶措施是兜底搬迁。目前存在两个问题，一是他家里没有产业，扶持资助的一头猪，还是由田应松代养，主要收入还是靠打工，每年有三四万元的收入；二是住房狭窄，没有达到脱贫标准，兜底搬迁也没落实。严格来说，只要田井安家的新房没建好，就是达到了收入标准，也不能从贫困户花名册上销号。田井安的理想就是等手里筹够了钱，早点儿回家把新房建好。

从靛厂沟回到镇上，天色还早。为了抓紧时间，我们又就近去看了金溪居委三组的张洪周。他家就在金溪镇街上。还没走到他家，远远就有一幢新房映入眼帘。房前屋后，鸡声欢叫。老张家里有三口人，致贫原因是缺资金，帮扶措施是产业扶持。两个女儿在新疆打工多年并在那里安了家，资助父母在老家修起了新房。张洪周从小就喜欢搞家庭养殖，曾在新疆打工十几年，在那里主要是种棉花，有了十几万元的积蓄后，他就到阿克苏办起了养鸡场。但由于当地气候变化大，养鸡失败了，投进去的钱打了水漂。后来年纪大了他便回到家乡，同老伴王永菊一起发展家庭养殖业。他把自己原来的住房改造成圈舍，利用房屋地处山林边的优势，养起了山林鸡。在政府帮扶下，他家今年养山林鸡400只，已出售了320只，收入1.9万元，卖鸡蛋收入5000多元。镇上还帮他找了一个环卫工的活儿，每年工资性收入有7000多元。儿子在城里当保安，年收入1.2万元。加上其他转移性收入，全家今年纯收入接近4万元。王永菊说，他们从新疆回来时，连一双筷子、一个碗都没有，屋也是个烂屋，只得在街上租房住，可怜得很。政府现在帮助我们发展养殖业，又帮老张就近联系了扫街的工作，加上各种补贴、养老保险收入，日子一下子又好起来了！

由于时间太晚，检查验收小组在镇政府食堂吃晚饭。大家围上桌的时候，我突然想起：今天去靛厂沟，差点儿以身殉职了！我说你们好像都稳得起啊，难道没被吓倒吗？大家都笑了，说当时其实也很害怕，心脏都要掉出来了，只是"翻车"两个字不好说出口，怕说出来不吉利。

产业扶持需加油

今天继续在金溪镇检查验收，上午要去看的，是金溪居委一组的陈伦英家、田景成家、田景川家和金溪居委三组的张珍家等四户贫困户。张珍家本来没有分给我们组,是我们帮另一个小组的忙。

今天看的几户都在街上,虽然路近,但雨下得大,必须打伞去才行。

陈伦英离异了,没有抚养子女,家庭人口仅一人,致贫原因是缺资金,帮扶措施是产业扶持,主要是支持她发展饮食服务业。她在街上有一幢老房子,但因为设施差,整体有些歪斜,没法住人。她只好在街边租了一间带门面的房屋,上面住宿,门面经营,做米粑粑卖,一年有8000元左右的纯收入。但镇里的干部说,那房子是不付租金的,因为这是她同前夫的共有财产,只是她没有房产证。如果是这样的话,身体健康、年龄不大的陈伦英,在街上有老房子,经营门面又不要房租,纳入建卡贫困户进行扶持,感觉有些勉强。

田景成的家紧挨陈伦英的老屋,也是木房,致贫原因是田景成经常患病,帮扶措施是产业扶持,主要是帮助其发展种植猕猴桃三亩。他家有五口人,有四个劳动力,两个女儿,一个在浙江一家笔厂上班,一个在新疆种棉花。从收入来看,他家各类补贴一年有3800多元,两个女儿在外打工一年有七八万元。但经营性收入不多,今年家里栽种的三亩猕猴桃,因溃疡病发作,经营没跟上,只有几百元收入。虽然收入账算得清,但从产业扶持来说,脱贫是不成功的。也就是说,靠家里的生产经营性收入,而不外出打工,田景成一家是根本脱不了贫的。家里虽然劳动力多,但由于土地少,特色产业又没有发展起来,脱贫压力还是很大。

田景川家同田景成家一样,也是五口人,四个劳动力,但家境要比田景成家好,致贫原因是缺技术,帮扶措施是帮助其发展种植猕猴桃两亩。一家人住的是一楼一底的砖房,收入来源主要是靠两个儿子外出打工和妻子搞家庭副业。田景川参加过对越自卫反击战,目前在家里活得洒脱,不太管事,连两个儿子在哪儿打工都说不清楚。但一说到当兵上前线的事,他又娓娓道来,如数家珍,他们团长是谁、师长是谁,两位首长是什么脾气,他都十分清楚。田景川的大儿子在城里的工业园区上班,小儿子在浙江打工,两个人的总收入一年在7万元左右。他妻子每天推绿豆粉卖,年收入也在2万元以上。种的两亩猕猴桃因为遇到了溃疡病,经营没跟上,收成不好。

最后我们看的是张珍家,他家有三口人,两个劳动力,致贫原因是缺资金,帮扶措施是产业扶持,也就是新发展种植猕猴桃一亩。他家也在街上修了新房,全家人外出打工去了。两个劳动力都外出了,怎么发展产业呢?还不如把帮扶措施变为劳动力转移就业,更符合实际一些。

由此看来,这些贫困户虽然脱贫希望很大,但农业产业发展得不是很理想。这里有两难:一些贫困户不发展农业产业不行,发展农业产业也不行。不发展农业产业,持续增收就是空话;但发展农业产业,因各种原因效益又不好,说不上有什么增收,可能还亏了不少。金溪镇这些年来培育出了一个金牌产业就是红心猕猴桃,但由于溃疡病等肆虐,产业发展受到影响。金溪居委有93户建卡贫困户,其中80户都是靠产业扶持脱贫。但事实上,如果这些人全都参与农业产业,发展猕猴桃和家庭养殖,根本就不能脱贫,特别是产业效益不佳的时候。绝大部分家庭必须至少有一个劳动力外出打工,人均收入目标才能实现。还有一个问题就是对产业的理解,农村贫困人口是不是非要从事农业产业呢?答案当然是否定的,还是要宜农则农、宜畜则畜、宜商则商、宜旅则旅。像金溪镇街上的这些建卡贫困户,他们最有条件从事餐饮、销售等第三产业,为什么不在这方面重点支持他们呢?

检查验收收获多

今天上午,检查验收第一小组全体人员在区卫生局会议室开会,对城南街道和金溪镇检查验收情况进行汇总分析。会议由检查验收第一小组组长、区卫生局局长冯本学主持。

通过这次检查验收,我们既看到了成绩,也发现了不足。城南和金溪两地,对精准扶贫都高度重视,措施比较有力,效果较为明显。根据检查验收要求,大家对成绩说的不多,主要谈的是发现的不足。查找问题,添加措施,是这次区里检查验收的主要目的。

发现的问题主要有这些:一是精准识别上,个别贫困户识别不精准。主要原因是以过去建档立卡的贫困户为主要对象,但现在情况已经发生了变化。而没有进入扶贫信息系统的一些农户,境况并不比这些贫困户好,有的甚至更差。二是对贫困户的收入账算得不精准,甚至很多都是糊涂账。如果只算产业扶持收入,根本就脱不了贫,现实农村的现金收入,主要还靠外出打工和从事其他经营获得。产业发展是方向,但除养殖业外,其他项目短时间内难以奏效。还有一种情况,帮扶联系干部总认为,只要收入够越线标准就行了,没有过多考虑到帮扶措施与实际效果的关系,对"两不愁、三保障",对解决贫困户"八难"、实现贫困村"八有"之间的内在逻辑关系也梳理得不清。三是统计数据不精准。主要致贫原因与主要帮扶措施对不上号,出现逻辑性错误。比如主要致贫原因是疾病,而这里的病应该是大病,一般的小毛病不能作为主要致贫原因,因为人吃五谷杂粮,或多或少都会生病,而大病的主要帮扶措施就应该是医疗救助,但填写的却是产业扶持。有些表册还存在低级错误,比如把人的性别都弄错了,把兄弟排序都弄颠倒了,等等。而弄错的一个最主要原因,是表册更换频繁。据基层干部反映,今年精准扶贫,光是填写表册,就累得够呛,上面经常叫换,今年就换了好几次,口径又统一不起来,负责信息录入的工作人员只能连夜加班加点,还做得不好,被领导批评和同事埋怨。四是政策宣传不是很到位。建卡贫困户对区里出台的多项优惠政策知之甚少,说明帮扶联系干部在政策宣传上花的功夫还不够。

这四五天里,我以一个小学生的态度走村串户,感悟最深的就是精准扶贫、精准脱贫是一种大责任、一门大学问,也是一项要求特别精细的技术活。几天来的走村串户,也相当于给我这个第一书记上了入门课、见习课,使我得到了绝佳的学习机会。虽然只走访了十多户,但这些生动鲜活的案例,让我知道了什么是贫困、以什么措施脱贫攻坚、真正的难度在哪里,也让我看到了基层干部在脱贫攻坚中的坚守与付出。金溪居委的帮扶单位是区政府办和区供电公司,他们为每一位帮扶干部印制了《脱贫攻坚工作手册》,把居委基本情况、贫困户情况、主要帮扶项目规划、驻村工作队及镇村干部通讯录等汇聚一册,一目了然。这个做法很用心,值得李子村驻村工作队学习借鉴。

六　村情难透怎么办

年末加力

检查验收刚打完句号,我们又接着在区委党校参加太极乡脱贫攻坚推进会。会议由区领导杨蕻瑛主持。她是区人大常委会副主任兼区总工会主席,负责联系太极乡李子村和石槽村。参加会议的有太极乡党委、政府主要领导,两个村帮扶单位的主要领导和分管领导、第一书记和驻村工作队队长。

先由太极乡汇报,大家针对困难和问题,提出了看法与主张。会上,我汇报了帮扶单位的工作措施、存在的问题及下一步的打算。主要工作措施是抓项目规划,抓产业帮扶,抓村级党组织建设,抓社会扶贫,抓结对帮扶,抓解急难。存在的主要问题有三个方面:一是村级党组织的作用发挥还不够明显。个别党员对扶贫工作不但不支持,反而还有排斥抵触情绪;不但不冲锋陷阵,反而在背后说三道四。二是精准识别不太精准。在贫困户识别方法上都是以2014年建卡贫困户为基础进行识别,存在"漏贫""冒贫"问题,群众有意见。三是贫困户只叫穷,不露富,不说真实情况,甚至有意隐瞒被帮扶事实。他们都有一种心理,爱哭的娃娃有奶吃。在算帮扶账时,有意装糊涂。下一步工作打算:一是发挥好党支部和党员的正能量,做好群众情绪疏导工作和安抚解释工作。教育群众说老实话,做实在人,怀感恩之心。二是做好贫困户查漏补缺工作,迎接今年贫困户脱贫的检查验收。三是同步推进项目建设、产业发展和后进党支部建设。项目建设和产业发展是贫困村摘帽、贫困户脱贫的关键,而基层党组织建设是贫困村发展的内生动力之一,必须同步推进。

杨蕻瑛做了总结讲话。她说,还有不到一个月时间,今年的脱贫攻坚就要交成绩单了,但目前还有欠账,必须加快冲刺。为此,她提出,要扎实做好2015年扶贫工作验收准备,扎实推进村组骨干产业发展,扎实做好基础设施项目建设推进工作和开工准备,扎实做好深度贫困户的重点帮扶,使产业、基建、党建同步协调发展。她要求在座的各位切实肩负起责任。杨蕺瑛说,该她自己做的事,她定当全力以赴。针对贫困户瞒报收入或隐瞒帮扶的问题,我们还是要做好其思想工作,晓之以理、动之以情,让他们说真心话、做实在人。系统外的贫困户,目前两个村共清理出来34户(李子村、石槽村各17户),这可以说是对第一次精准识别存在问题的补救,对他们一定要兑现落实帮扶措施,稳定其情绪,促进和谐。杨蕺瑛最后强调,扶贫是低调的事业,必须把头揣进口袋里。虽然我们不似古人之卧薪尝胆,枕戈待旦,但我们也要不辞辛苦、兢兢业业地干上两年,无愧于时代,无愧于自己。

节前慰问

参加检查验收、开会等一耽搁,我已经有七八天没在村里待了。今天上午回村,我做了两件事:开展节前慰问,与村两委干部和驻村工作队队员进行交流。

节前慰问的对象是李子村2015年计划脱贫的28户贫困户。作为一项规定,区里要求各区领导、区级各部门和企事业单位,要组织干部职工进村入户,集中在新年期间开展一次帮扶活动,问民需、帮民困、解民难、助民富。我们两家帮扶单位为28户贫困户分别送去了500元慰问金。大家通过座谈交流,给贫困户算收入账,看产业发展情况,提振脱贫信心,增添必要的措施。区主流媒体《武陵都市报》、黔江广播电视台还派出记者组跟踪采访。当晚,电视台在新闻节目中报道了李子村开展活动的情况。

我是第三次到我的联系帮扶户刘明香家中调研。从环境卫生和精神面貌上看,这个家又有了新的变化。她家的院坝已全部用水泥嵌好了,显得更加干净、整洁。鸡圈上面已经用稻草搭起了窝棚,几十只鸡在里面追逐啄食,看起来更活跃了。刘明香坚持不喂饲料,只喂玉米和青草,鸡长得不大,只有一斤半的样子,但鸡肉更紧实。她家还喂了一头大肥猪,估计有300多斤。今年过春节,全家的油和肉都没问题了。从收入来看,家庭养殖业收入6000元,劳务收入3万元,脱贫、越线达标没有问题。慰问结束后,已是中午。党校学苑宾馆餐饮部经理叶宗锦还以当前市场最高价,买下了贫困户喂养的一些肉鸭。此前,党校学苑宾馆与李子村签订了购销协议,保证优先购买李子村贫困户养殖的家禽产品,解决其销售难问题。

回到村委会办公楼，同黄代敏、孙文春、冉金山等人碰头，我们对近段时间以来的帮扶工作进行了交流。他们的脸上，除了微笑，更有遮掩不住的疲倦。黄代敏说，这段时间扶贫工作好累，累就累在资料表册填写反反复复，始终没个准儿，昨天填写清楚了，今天又来一个新要求，只好全部返工把昨天做的推翻了。我说，精准扶贫，不仅是理念创新，更是工作方法的创新，需要边探索边总结。过去大家做事，缺乏精准意识和细节意识，导致现在难以适应精准扶贫的要求。实施精准扶贫，我们的工作理念与工作方法都应该得到改进，就是要在精细化管理方面有所突破。当然，光是把表册资料"打扮"得像印刷品那么漂亮，而没有把主要精力花在对贫困户的帮扶上，那也要不得！这样的扶贫，实质就是"数字扶贫"，我们必须警惕"四风"问题穿着马甲，像鬼子进村一样暗害扶贫事业。

我给大家通报了区里有关会议的精神，并谈了自己参加检查验收的感悟体会。

自去年7月启动精准扶贫以来，集中督查工作加强了，其密度达到每两个月一次。第五次集中督查结束后，区里召开了2015年脱贫攻坚检查验收工作汇报会，通报了自查验收发现的103个问题。这么多问题，又可归纳为四个大类：一是扶贫政策宣传没有做到全覆盖。部分干部和群众对扶贫政策了解不准不全，尤其是教育、医疗、民政兜底扶贫政策，没有做到家喻户晓。二是扶贫政策的落实显得简单、片面。有的乡镇街道对政策理解不透，简单地认为扶贫就是给贫困户钱、物，没有从长远考虑统筹规划贫困户持续增收项目。有的乡镇街道对产业扶持资金有"撒胡椒面"现象。三是精准脱贫措施实施不力。有的乡镇街道对贫困户的致贫原因分析不透彻，没有做到因户因人施策，有的路子不对，致贫原因与解决措施之间逻辑关系不清。四是档案资料不齐不全，漏洞较多。所有乡镇街道均不同程度上存在着此类问题。因此，区里要求各级各部门、各乡镇街道要对照扶贫信息系统锁定的2015年"户越线、村脱贫"目标，认真开展"回头看"，把握好关键环节和重要因素，进行查漏补缺。

经过交流讨论，大家都认为，以上这些问题，李子村或多或少都存在着。有些地方表面上看没问题，其实是没有发现。

我说，这次参加区里的检查验收，我学到了很多东西。比如帮扶单位编印的金溪居委《脱贫攻坚工作手册》，就值得李子村借鉴。当然金溪居委在产业扶贫上还存在软肋，李子村又何尝不是？我提醒大家要注意两个关键环节，一是要针对李子村脱贫,对照"解决八难、实现八有"的定性标准和"贫困发生率低于3%"的定量标准,从基础设施、产业发展、公共服务、社会保障等方面去查找差距和不足;二是要针对贫困户越线,从定性"两不愁、三保障"和收入定量"越线"两个方面,逐户会诊,逐户把关,在看收入指标的同时,更要结合教育、医疗、住房等方面查找差距和不足。这次区里检查验收是自查,听说市里马上要来黔江检查验收,大家一定不要掉以轻心,必须把各个细节都抓实。

最后我说,我现在最担心的是脱贫攻坚优惠政策被浪费的问题。我花了好几天时间,才把这么多政策的内容梳理出来,普通群众哪有我这么多时间来学习政策呢?这些政策汇编,驻村工作队发了,但村(居)两委干部手上没有,贫困户手里更没有。群众对政策的落实是最关注的,但他们对这些政策并不知情。无论是这次检查验收的沙坝社区、金溪居委,还是我们李子村,一些政策要么在手上没有兑现到户,要么伸手给错了人。因此,我们必须要像区里所要求的那样,政策落实一定做到不打白条、不欠一分、不漏一人、不差一户、不丢一人、不留一户。只有做到这"六个不",才能说扶贫政策实现了精准到户。

紧张与失落

时间过得真快,转眼就到了2016年1月中旬,扳起手指头一算,我接任第一书记已整整三个月了。今天一起床就得到通知,明天市里要派工作组来黔江,检查验收全区脱贫攻坚工作。区里要求,各乡镇街道干部和驻村工作队队员,明天务必在帮扶现场待命,一个都不能少。

市里的这次检查验收,方法同上次区里的自查大同小异。为了保证脱贫攻坚成效的真实性,这次检查验收有一个最大的创新,就是聘请重庆市社科院和重庆市社情民意调查中心,在抽中区县独立开展第三方调查。同时,市里还对工作纪律提出了明确要求,必须严格执行中央八项规定,不能超标准安排食宿,严禁向检查验收组工作人员赠送任何礼品或纪念品。

市里检查验收组要来,而且是独立开展第三方调查,大家还是头一回遇到。要说不紧张,那是假话。我同黄代敏商量,由我给大家介绍一下检查验收关键环节和处理办法,然后由他率领全体村干部和驻村干部,分头到申请脱贫对象家中做最后的准备工作,以做到万无一失。

因为有上次参加区里检查验收的经验,我认为迎检工作的着力点,就是把握好定性和定量两个指标，这也是脱贫攻坚检查验收的关键环节。按照市里要求，贫困人口达到"两不愁""三保障"，这是定性指标；家庭年人均纯收入稳定越过国家扶贫标准线，即按2010年不变价，年人均可支配收入超过3000元，这是定量标准。从贫困村来看，要解决"八难"、实现"八有"，这是定性指标；贫困发生率降低到3%以下，这是定量指标。两个指标中，贫困户家庭收入账最不好核算，因此一定要帮贫困户算准收入账。从农村居民收入分类来看，主要有五类，一定要抠细。五类包括工资性收入，主要是务工收入；经营性收入，主要是种养业、商贸业、餐饮业、运输业收入；财产性收入，包括房屋门面出租、土地流转、土地复垦、银行存款利息、有价证券等；各类补贴收入，这一类项目多，最复杂，主要包括：养老保险收入、农业补贴收入、低保收入、住房改造补助、产业扶贫补助、医疗救助收入、教育扶持收入等；赠予性收入，主要是帮扶单位慰问金等由他人无偿援助的资金。

搞准了农村居民的收入明细后，下一步就是以什么为依据进行核算的问题了。我主要讲了几个方法：一是从佐证材料上查算。请贫困户拿出户口簿、土地证、林权证、房产证、银行存折、残疾证、民政优抚证等佐证材料，特别是银行存折，贫困户所有补贴收入都进入了由重庆农村商业银行开具的专业账户，只要一笔一笔抄录下来，通过合计就能算清。二是向当事人询问。像工资性收入、经营性收入、财产性收入、赠予性收入，只能通过座谈询问，由受访对象据实说明。一般情况下，贫困户都不愿意"显富"，对收入都会从少的方面说。这需要引导他们说实话、说真话，不要隐瞒收入。三是从实物上分析。比如经营性收入中的种养业，就要查看种的粮食有多少，查看养殖的猪牛羊有多大、鸡鸭有多少只。四是从邻居口里打听。像房屋门面出租等，可以通过左邻右舍打听，房屋有多大，经营面积多少等，都调查得出来。只是这种情况在贫困村里不多，如果有房屋门面出租，也不会是贫困户了。李子村的粮食只能自给自足，粮食收入很少，可以忽略不计。要对贫困户的收入账进行固化，就是要把贫困户一年来的收入明细做成简单的表格，每类收入有多少，总收入有多少，一表显示，一目了然。同时让贫困户把表格张贴在墙上，并在大脑里记住自己一年的收入明细。

还有一个问题不能忽视，就是要帮助贫困户"学会说话"。由于贫困户的文化水平大都不高，语言表达能力较差，除对脱贫攻坚情况说不清楚外，对礼仪用语也较为忽视。因此,迎接检查验收前,一定要帮助贫困户学会说话。客人来了,"欢迎""请坐"等客气话不能少;客人走了,"慢走""谢谢"等客气话一定要有。贫困户得到了真心帮扶,打心眼里对党和政府、帮扶干部是充满感激的,只是茶壶里煮汤圆——倒不出来。要引导他们通过对比、通过细节、通过讲故事来说明家庭、村里发生的变化。帮助他们学会说话,激发他们的精气神,我觉得也是很必要的。

最后我给大家打气。我引用毛主席的话说:世界上怕就怕"认真"二字,共产党就最讲"认真"。确实,"认真"成为我们干好事业的重要原则。只是一段时期以来,由于片面追求政绩,一些干部不认真做工作,成天玩"数字游戏"。而精准扶贫是真扶贫、扶真贫,是对虚假的宣战,绝不允许"数字脱贫"或"被脱贫"。我说,我们李子村靠认真来完成脱贫攻坚工作,我们不靠侥幸取胜。只要认真做事,我们经得起任何严格的检查验收。

为稳步脱贫,根据区里调整,李子村2015年申请脱贫户由原来的28户减少到17户。下午,黄代敏带领大家分别到主动申请脱贫的17户农户家中,认真检查每户的迎检工作。结束后,大家回到村委会办公室集中,汇总情况,看还有什么普遍问题需要解决。

此时,从多个渠道传来消息:这次市里检查验收,黔江区被抽查的贫困村、贫困户,分别在黄溪、黑溪、石会、濯水、马喇、中塘等六个乡镇。太极乡没有被抽到,也意味着李子村没有"中奖"。

这样的结果,我以为大家会高兴,但大家反而有些失落。就连平时胆子比较小的李明芬,也没有了笑容。这是为什么呢?你们刚才不是怕吗?我说道。大家活跃起来,你一言我一语地分析原因。从紧张到失落,就像参加一场重大演出,接受任务时心有惶恐,认真排练后自信满满,特别希望一展风采,但在临近演出时节目却因故被取消。怕抽检又想被抽检的心理,说明大家对脱贫攻坚充满信心。我提醒说,今天没"中奖",不等于明天不"中奖"。脱贫攻坚,既要有"黄沙百战穿金甲,不破楼兰终不还"的百倍自信,也要有"如临深渊、如履薄冰"的万分谨慎。我们村的脱贫攻坚,始终都要以精准为要求,以解决问题为导向,才能在今年年底给区里交一份满意的答卷。我希望大家今晚回家睡个安稳觉,明天起床后,打起十二分的精神阔步上路。

雨中问路

这一天同孙文春一起,到构家河、李子垭、大坪上、龙洞沟、北井寺、金鸡坝、梅子沟、蒲家河等寨子,就我最担心的基础设施建设和产业扶贫项目推进情况,进行调研。由于这段时间一直下雨,走一天下来,我们的鞋子、裤子上,到处都是稀泥。

从总体来看,李子村的基础设施建设项目包括人行便道、村道改扩建项目和新建项目、村道硬化项目和饮水安全工程等,与邻村比较,推进得比较顺利。但这些项目的布局落子与投资规模,都与区里下达的计划不同,有所调整。

先说人行便道。人行便道总共修了七条,总长20.5公里,总投资123万元,目前已全部完工。修通人行便道的寨子,从这户走到那户,就是下雨天也不会湿鞋,舒适性和安全度大大提高。但还没有做到全覆盖,像蒲家河、梅子沟等小寨子和少量散居农户,还没有纳入计划,群众意见较大。孙文春估计了一下,蒲家河、梅子沟两区域至少有30户农户没有修人行便道,里程约3公里。

村道改扩建项目有两个,目前毛路都已修通。从村委会办公楼到构家河这一条,中间要经过大坪上,长2公里,投资10万元,主要是解决三组大坪上和四组构家河等村村民的出行问题。毛路是由区水务部门以太极水库后续扶贫项目的名义修建的,2015年又进行整改扩建,平整了路面、修好了边沟。从石槽村村委会办公楼(占的是李子村二组的地)到二组界牌坝、从大坪上至蛇家岩两段算一条共一公里,投资5万元。这条路主要是蚕桑产业路,为陈云和、孙文春等全村蚕桑产业户提供了便利条件。在界牌坝,陈云和是多年的蚕桑产业户,2015年养蚕8张。在蛇家岩,孙文春流转了一百多亩撂荒地建设标准桑园,2015年养蚕80多张,仅此一户,产量占了全村三成以上。但由于这些村道大都修在半坡,坡陡弯大,如果不硬化,一到雨季便泥泞难行。因此,必须硬化才能发挥村道公路的效应。

村道新建项目有两个。在一组的长田到翻垭口修了一条,具体就是从余清合家到冉淑光家。2015年,修通了从对门户孙和声家到长田余清合家的水库后续扶贫路。为了发展蚕桑产业,在这条路上延伸一公里。在四组的构家河修了一条,大走向是高家岩至上河,具体就是从构家河的昌姆塘到孙文松家,全程一公里。主要是为了支持四组的家庭养殖业,把孙文高和孙文礼两家的养猪场连贯起来。新建的两条公路总长 2 公里,总投资 24 万元。这里边还有个插曲。一组从对门户到翻垭口这一条,本来没有规划,原规划的是从对门户孙和声家到吊嘴孙章春家的养猪场,主要是支持孙章春等养猪大户发展养殖业。孙章春的养猪场占地 20 亩,早在 2012 年利润就高达 80 万元。但养猪场距离大公路较远,进出很不方便。孙章春主动向乡里请缨,承包修路,表示就是自己贴钱也要把这条路修通,但由于沿途要占用石槽村十余农户的稻田,又由于上面没有补偿政策,大家就不准他开工。乡、村多次给农户做工作,没有一户让步。于是,乡里就把这条路的修建计划搁置了,改为在一组的对门户到翻垭口之间修一条产业路,支持马长仙等蚕桑大户发展蚕桑产业,开发这一带的撂荒地,建设一个上百亩的标准桑园。目前,两条公路毛路已经挖通,百亩桑园已经成型,其中马长仙栽种 70 亩,孙和声栽种 10 亩,冉香翠栽种 10 亩,余清合栽种 10 亩,孙明清栽种 3 亩。另外,投资 40 万元,把从大公路到对门户的近一公里公路进行了硬化。这条路的路基路面,是孙和声率领对门户十几户村民自费修建的。

还有两条村道硬化项目,目前没有实施。一条是从李子村村委会办公楼到构家河村道,也就是前面提到的从村委会办公楼到构家河这条村道改扩建项目,硬化项目总长增加到了 2.28 公里,投资 102.6 万元,正在走公开招投标程序。还有就是金鸡坝大公路至湾底村道硬化,即文化广场到刘明香家,长 1.5 公里,投资 67.5 万元,已通过竞争性比选,即将开工。

另外从邓家湾到梅子沟、从梅子沟到构家河、从大坪上到李子垭,都是太极水库后续扶贫项目,总共近 7 公里的毛路,在 2015 年已全都修通。但路面狭窄,弯大坡陡,需要进一步改扩建,才能发挥其应有的效应。

饮水安全工程项目一个,已动工实施。该工程总投资 120 万元左右,需新建 200 立方米蓄水池一口,提水泵站一座,减压池一处,安装管道近 1.1 万米。目前蓄水池已修好,安装管道 4500 米。这项工程完工后,可解决全村所有人的饮水安全问题,家家户户都可吃上干净、清洁的自来水。

以上项目,总投资 454 万元,2016 年底必须全部完工。一些工程项目进展缓慢的原因主要有三个:一是天气原因,去年冬天和今年春天雨水偏多,增加了施工难度;二是上 100 万元的工程,比如,从李子村村委会办公楼到构家河村道硬化项目,必须实行公开招投标决定施工方,然后才能施工,这个过程前后至少要一个月时间;三是处理占地纠纷耗费了大量时间。比如,前面提到的吊嘴到下湾这条路,承包人都确定好了,但沿途农户不愿意被占地,不但耽误了开工时间,甚至搁置了建设项目。

我们又到石槽村去了解了一下相关情况。石槽村村委会办公楼就修建在李子村二组一个叫吊嘴的地方。由于基础设施比李子村相对薄弱一些,这次精准扶贫,石槽村村道、公路等投资规模更大,达到627万元。但13个基础设施项目,目前只动工了一个,也就是农网升级改造工程,总投资147万元。

李子村的村道、公路建设,不仅是为了解决群众出行难的问题,也是为了解决农户产业发展难的问题。因此,看路也是看产业发展。由于交通条件的改善,李子村发展蚕桑产业更具优势。今年可以新增桑园面积150亩,使桑园总面积达到420亩,蚕茧产量达到230担;预计2017年桑园面积可以扩大到550亩,蚕茧产量达到310担。但构家河、李子垭、龙洞湾等半山区域还有大片撂荒地没有开发,如何通过修建产业路带动其他产业发展,还需要有切实的行动。

心里挂进一幅图

调研李子村的交通等基础设施建设,花了整整两天时间。通过调研,我不但对李子村精准扶贫基础设施工程的布局落子有了大致把握,也对李子村的产业发展有了真切了解。还有一个额外收获,就是对李子村的山川形胜、族群聚落有了一定掌握。在我心里,渐渐地挂进了一幅李子村的村情地图。当然,这幅图还只是一幅草图,或者还是一幅蓝图。要绘得精细,一目了然,要把心中美景变成眼前美景,还有大量的工作等着我们去做。

我们若到一个陌生的地方,首先考虑的就是道路怎么走。如果你光临李子村,要我来给你当向导,我大概会这样来给你引路。假如你现在从城里来,你行驶的公路叫黔枫公路,从李子村腰间绕过,先到李子村北井寺、烟房坝,再进白果坝、金鸡坝,然后拐进太极场,至石家镇,至鹅池镇,再远一点儿还能到酉阳县,到彭水县。因此,李子村是太极乡的门户村,开门纳客的事,就由李子村来办。李子村人把这条路称作"大公路",如果用河流来形容,它就是李子村的干流。它对半腰之下的河谷地带,恩惠最甚,但对半腰之上的构家河、李子垭、大坪上、龙洞湾,虽然也洒甘露,毕竟鞭长莫及。

有干流,当然就有支流了。李子村的支流在哪里呢?那就是从李子村擦肩而过、连接黔枫公路的太白乡道。这条路从李子村进入白土乡,沿途将李子村的北井寺、爱子沱、李子垭等寨子贯通起来。支流与主干相交成"Y"字形,犹如我们小时候自制的木弹弓。白土乡的山塘盖景色优美,是驴子们奔跑的天堂,过去养在深闺人未识,现在准备打造4A级景区,发展特色乡村旅游。我们李子村人也可以一起看热闹,或者吃旅游饭了。

世上的路只有联通了家家户户,让每个人有路可走才是好路。李子村有了干流和支流,更需要涓涓细流。它们就是李子村的村道和人行便道,一条一条,纵横驰骋,与干流和支流实现无缝对接,让肩挑背磨这段历史,一夜之间倏地翻了过去。你看,从一组开始,从大公路到蒲家河有村道,有产业路,当然也有人行便道,还有从大公路到湾底,有硬化村道,也有人行便道。金鸡坝和蒲家河这两个主要寨子,一下子就气顺了。蒲家河的公路不仅可以连接乡场,还可以下濯水古镇。二组呢,有从大公路到梅子沟,再到构家河的村道,当然也有人行便道,还有从大公路到界牌坝的硬化村道。三组更不用说了,从大公路到大坪上再到蛇家岩,都修通了硬化村道,人行便道通向家家户户。四组的路,到构家河这个大寨子的,其实前面已经说了,从大公路两个方向都有村道进入。而李子垭这个寨子,也是两条村道相连,一条从大坪上到李子垭,另一条从太白公路到李子垭。构家河和李子垭,也是家家户户修通了人行便道。五组主要聚居于北井寺、大坪、龙洞湾这些寨子,一条村道从烟房坝的大公路开口,爬上大坪,过龙洞湾,再与太白公路相接。另一条公路当然就是太白公路,把爱子沱、老屋基等寨子的住户都照顾到了。

有了这些河流般的路,李子村这方土地就被激活了,全村人也有了更多的出路。他们或在土地上坚守,或从村寨走出去,有了更多的选择,也有了更多的收获。我希望几年之后,我心目中的这幅图,展现在大家面前时,处处流金淌银,一路鸟语花香。

他们的名字有点儿乱

今天没有到农户家去,而是待在客栈里,集中精力阅读李子村的农户资料,对全村农户的土地、林地、人口,有了大概了解,同时也有一些困惑。

李子村不算大,但情况比较复杂。我以户籍资料为底本,把土地、林地、人口等情况综合在一起。在这个过程中,我发现这些资料上的名字前后矛盾,特别是户主的名字,有的甚至同一个人的名字有三种写法。

　　比如一组，户籍户主上是"邱仕菜"，在土地户主上是"邱仕荣"，在林权户主上是"邱翠银"，不知道她的真名到底是什么。户籍户主上是"邓桂华"，在土地户主上是"邓贵华"；户籍户主上是"陶宗元"，在林权户主上是"陶宗原"；户籍户主上是"邓桂珍"，在土地户主上是"邓贵珍"；户籍户主上是"孙桂林"，在土地户主上是"孙贵林"；户籍户主上是"陶宗太"，在土地户主上是"陶宗态"；户籍户主上是"孙禄声"，在土地户主上是"孙六声"；户籍户主上是"孙章连"，在土地户主上是"孙章莲"；户籍户主上是"孙文彬"，在土地户主上是"孙文兵"。

　　比如二组，户籍户主上是"张吉军"，在林权户主上是"张吉均"；户籍户主上是"张和习"，在林权户主上是"张和锡"；户籍户主上是"马长玖"，在土地户主上是"马长久"；户籍户主上是"陈中棉"，在林权户主上是"陈中绵"；户籍户主上是"龚叔明"，在土地户主上是"龚淑明"；户籍户主上是"孙元声"，在土地户主上是"孙元生"；户籍户主上是"马长禄"，在林权户主上是"马长六"；户籍户主上是"张家发"，在土地户主上是"张家法"；户籍户主上是"张山洋"，在林权户主上是"张三洋"。

　　比如三组，户籍户主上是"黄方林"，在土地户主上是"黄芳林"；户籍户主上是"管仲平"，在土地户主和林权户主上是"管中平"；户籍户主上是"黄远甫"，在林权户主上是"黄远虎"；户籍户主上是"孙阳波"，在林权户主上是"孙洋波"；户籍户主上是"汪壁垒"，在土地户主上是"汪碧垒"；户籍户主上是"冉景芬"，在土地户主上是"冉景分"；户籍户主上是"李其香"，在土地户主上是"李柒香"；户籍户主上是"汪清蜜"，在土地户主上是"汪清密"；户籍户主上是"冉思甫"，在土地户主上是"冉思虎"；户籍户主上是"汪增六"，在土地户主上是"汪增禄"。

　　比如四组，户籍户主上是"金思冲"，在林权户主上是"金世冲"；户籍户主上是"田景毅"，在土地户主上是"田景利"；户籍户主上是"田景明"，在林权户主上是"田井明"；户籍户主上是"田癸卯"，在林权户主上是"田贵卯"；户籍户主上是"金文炽"，在林权户主上是"金文值"，且身份证号码与户籍身份证表册上的号码不一致；户籍户主上是"田景良"，在林权户主上是"田井良"。

　　比如五组，户籍户主上是"陈桂荚"，在土地户主上是"陈桂甲"；户籍户主上是"陈杨"，在土地户主上是"陈扬"；户籍户主上是"陶安君"，在土地户主上是"陶安军"；户籍户主上是"张朝宪"，在土地户主上是"张朝现"；户籍户主上是

"陶宗极",在土地户主上是"陶中吉";户籍户主上是"田应合",在林权户主上是"田应和";户籍户主上是"陶安毅",在土地户主上是"陶安义";户籍户主上是"陶健华",在土地户主和林权户主上是"陶建华";户籍户主上是"陶宗伟",在土地户主上是"陶中伟";户籍户主上是"陶宗其",在土地户主上是"陶中其";户籍户主上是"陶宗良",在林权户主上是"陶中良";户籍户主上是"田景芬",在土地户主上是"田井芬";户籍户主上是"陈许礼",在土地户主上是"陈许理"。

我这样不厌其烦地罗列,是因为李子村户主姓名不一致的问题,不是个别现象,而是普遍现象。如果这些差错给他们的生产和生活带来麻烦,那也一定是普遍性的。名字前后不一致,实质上也是数字虚假。对国家管理来说,所有重大决策都需要最基层的真实数据做支撑,如果依靠的是虚假数据,就会引起决策失误。为什么会产生这种差错呢? 这是因为,过去李子村在社会管理上,方法比较简单,工作比较粗疏,人口登记主要靠村干部手写,只要音同义近,除了姓一般不会弄错,字辈和名字,是越简单越好。这样,就造成了名字书写的前后不一致。但李子村人取名字,一般是按字辈,同辈的人,中间那个字是一样的,字辈后面才是名字。由于某个记录的村干部敷衍了事,一个好端端的名字就被弄成不知所云了。

我也从这几份资料上发现了其他问题。无论是土地或林地,都存在着分配不均问题。如一组有的人家有11亩多地,人均达到2.3亩以上,有的人家人均只有半亩多地;有的人家,一人有13亩林地,而有的人家10人才有6亩林地,有10多户人家,一点儿林地也没有。

李子村还有太多的疑惑,需要我去解答。这些天虽然研读了脱贫攻坚政策,参与了区里的检查验收,也同村组干部进行了交流,但看了李子村一些贫困户的背景资料后,我觉得自己对李子村的认识,仍然是肤浅的。我还没有真正同大家面对面地交流,看他们所为,听他们所思。我还是一个浮在半空中,对农村生活一知半解的驻村干部,我必须平视他们。

那采取什么办法呢?

我决定走进每户农家,来一次全户调查。

让笨办法活起来

早晨起床推窗,看见久违的太阳,心里格外舒坦。到老乡家里去走访的愿望,也变得更强烈了。

说干就干。上午,我用了几个小时,在电脑上设计好全户调查表。然后,到村委会办公楼,把进村入户走访的想法告诉了黄代敏、孙文春、冉金山。他们先是惊讶,转而十分支持。他们惊讶,是因为他们所认识的各级干部中,还没有任何人这样做过;就是他们这些在村里土生土长几十年的村干部,也没有人把每户都走完过。那他们为什么支持呢?他们认为这是件好事,对推动全村如期完成脱贫攻坚,一定会有很大帮助。

进村入户走访,这个办法很实用,但在当下这个信息社会,却显得有些笨拙。那我为什么非要坚持这样做呢?我认为,无论信息工具如何发达,面对面的交流永远都不会过时,很多问题不是打一个电话、聊几句天、刷一下朋友圈就能解决的。我的这个全户调查,不只是到每家每户走一走、逛一逛,还必须把对每户的调查内容填写在问卷上,把重要的事情记录下来。具体方法是以组为单位,进组后先请小组长或联系该小组的村干部大致介绍一下本组情况,包括人口状况、村落分布、资源状况、产业发展、就业情况、社会事业发展、逸闻趣事、历史传说等,同时要问明村里目前最需要解决的困难和对未来发展的建议。然后再由他们带路入户,按问卷表进行调查。调查问卷包括家庭基本情况、家庭收入支出情况、劳动力就业情况、责任地利用情况、家庭生产生活资料情况、家庭住房情况、子女教育情况、家庭成员未来就业意向、对村里发展和政府工作的主要建议,还有访问感言或重要事项记录等十个方面。每一个方面都分得较细,特别是收入和支出,尽量把所有内容都包含进去,比如收入包括工资性收入、家庭经营收入、财产性收入、各类补贴性收入或转移性收入,每一项里又包括若干个小项。与此相对应,支出包括家庭经营支出、购置生产性固定资产支出、建造生产性固定资产支出、税费支出、生产消费支出、财产性支出、转移性支出等,每一项里也包括若干个小项。通过这样的变化,笨办法就变活了。

问卷调查表设计好后,我又同大家进行了沟通。听了我的详细计划后,大家商量着由五个组的组长或由联系各组的村干部给我带路。黄代敏还给大家提出要求,希望村组干部通过带路,学会调研,及时发现脱贫攻坚中存在的问题，及时化解各种矛盾。

我铁了心要这样干，而且决定从明天开始就来做这件事。于是，下午我赶回城里，到打印店印制了《李子村农户访问表》，备齐了电脑、相机、录音笔等办公用品。因为每一户访问表足足有八张，我还购置了几个能防水、容量又大的文件袋。最后想到进村入户穿皮鞋肯定不方便，又到商场去买了一双防滑防湿的运动鞋。

一切准备就绪，像战士枕戈待旦，大脑皮层始终兴奋着，至黄夜仍无睡意。

第二部

问苦

七 在对门户

【走访户数】

今天是腊八,是我在李子村开展全户调查的第一天,主要是在一组的对门户活动。上午同一组组长孙和声交流情况,顺便了解了他一家4户(每个户头算一户,下同)的情况。下午我们一起走访了13户人家,包括对门户的孙连声、张金芝、孙家兴、孙奎声、邓桂华、孙节声、孙章云、孙淑明、杨光英、周显菊、孙刚、毛群家和茶林沟的孙章才等家。今天走访的农户中,邓桂华家是建卡贫困户,孙节声家是农村低保户。

【贫困档案】

● 作为建卡贫困户,邓桂华家的致贫原因是她患糖尿病18年,年均支出医疗费用在1万元以上,帮扶措施是为其争取医疗救助。邓桂华一家共四口人,包括丈夫孙奎声、儿子孙铁林和孙江林。2015年,孙奎声、孙铁林在江苏建筑工地上开叉车,两人一年有8万元左右收入;邓桂华、孙江林在黔江打工,邓桂华打零工,孙江林当理发师,两人一年有4万元左右收入。加上家里没有学生读书,一家人生活不算太困难,如期脱贫问题不大。只是因常年不在家,属于D级危房的住房,还未改造。

● 孙节声和张菊英夫妇住在孙和声家隔壁,住的是两间木房。两口子年届花甲,养女孙凤玲已外嫁湖北,儿子孙千秋几年前因婚姻纠纷失踪,半年后其尸体在黔江舟白湾塘一带被渔民发现,但死因至今不明。2015年张菊英患阑尾炎,在医院动过两次手术,共花去5万元,只报销了2万元,导致家庭欠债,生活困难。2015年,夫妻二人在家务农,农闲时孙节声在本地打点儿零工,一年有4000多元收入。2015年,孙节声家被评为农村低保户。

● 孙连声一家有六口人,包括妻子谭翠芹、儿子孙文勇、儿媳赵长艳、孙女孙玉玲和孙玉琪,一家人的生活主要靠孙文勇、赵长艳外出打工来维持。而孙连声总是失眠，导致精神失常，被认定为精神二级残疾，无法参加劳动。疾病发作时爱把家里的衣服、小家具背在背上，跑到河沙坝去玩耍，有时还赤裸着身子又唱又跳。照看两个多病的孙女和做农活的重任，就落在谭翠芹一个人肩上。2015年，孙连声和两个孙女身体不好，共花去医药费2.6万元，虽然孙文勇、赵长艳外出务工一年有4万多元的收入，但家里仍然有2万元以上的债务。加之修砖房已欠下的6万元债务，全家的总债务接近10万元。

在老队长家长谈

孙和声一家住在对门户，这个地方有一条村道连通大马路，目前一家人住的房屋还是吊脚楼，位置在金鸡坝算是最高的。站在木楼前远眺，远山近水，土地房舍，尽收眼底。在房前的堡坎下，原来还有一口池塘，在池塘里盛水养鱼，栽种莲藕，尽显山居况味，但有一年涨洪水时，池塘决堤，差一点儿冲走了下方的房屋，从此池塘再不敢关水，现在里面栽种了一些蔬菜，还到处长着杂草。

在马路边紧挨着老屋的地方，儿子孙文胜的三层新砖房，其主体工程已基本完工。孙文胜和哥哥孙文向等人一起，正在屋里加紧粉刷，按计划新屋在过大年时要全部完工入住。

原本认为，今天的全户调查会很顺利，但没想到的是，在孙和声家的火炉前一坐，大半天就没挪过屁股。今天，孙和声的老伴常顺兰、大儿子孙文向及女儿孙娜、小儿子孙文胜及妻子满涛和儿子孙浩然都在家里，修房的修房，煮饭的煮饭，闲聊的闲聊，让这拥挤的木屋变得十分热闹。孙娜在城里读高中，高高的个子，姣好的面容，在班上成绩好，她的理想是考民航大学当空姐。孙文向的儿子孙章恒也在城里读书，但这次没见到他，其妻子王小兰也没有回来。孙文胜的妻子叫满涛，他们的儿子孙浩然是个小帅哥，在城里读小学，见生人来，问我是什么校长，能管他们校长不。说完这话后，大家都笑了。我说，看你孙浩然这聪明伶俐的劲头，今后考个博士应该没问题，我现在就先把你这个孙博士喊上。常顺兰笑着说，若能考上博士，那就是祖坟上冒青烟了，那当然安逸喽！

我把乡里给我的户籍人口名册拿出来，请孙和声核对组里的人口。孙和声一看，发现这个表格排列混乱，大都不是按户主和与户主的关系的顺序排列的，这就造成人物关系难以识别。孙和声说，不是世代居于本组的人，就连村组干部，要看懂这个表格都很困难，何况你这个外乡人。没有办法，我只好同孙和声一起,坐在火炉前,把表格里涉及李子村一组的人和户主进行了归位。常顺兰和满涛给我们泡上茶,拿来水果后,就到厨房里忙去了。孙文向和孙文胜本来在忙着修新房,也来同我们打招呼。户主与户主关系人的有些细节拿不稳时,孙和声还叫大家来合计合计。两三个小时下来,名册上到处是我写的字。见我来了,住在对门户的一些邻居也来孙和声家耍。其中一老者,还专门提供了一条新闻线索,说某某唱本如何写得好、如何感人、如何珍贵。对涉及李子村的人文资料,包括家谱资料等,我当然也感兴趣,还准备专门抽时间找来读读。听说孙和声家就有一本新修的《孙氏家谱》,我说我要借来看看。

清理完户籍名册,时间已是下午。常顺兰和满涛已经在厨房里备好了饭。孙和声叫声"吃饭",一家人端菜的端菜,拿筷子的拿筷子,倒酒的倒酒,转眼间,摆了满满一桌。那菜是自家种的园子菜,肉是自家养的土猪,连苕粉都是自己做的,吃起来十分可口。

围坐在一起吃饭,也是大家相互交流的好时光。孙文向和孙文胜都是心直口快的人,让他们困惑的问题都是一个:公平。他们说,村里人哪些人真穷,哪些人真富,大家心里都有杆秤,但现在评出来的建卡贫困户,有些就不是真穷。听了大家的话,我也很有感触。精准扶贫理念新、力度大,触动了各户利益,如果把握不好公平这块平衡木,普通农户心有怨气,建卡贫困户遭人白眼,村干部会陷入信任危机,本来是一件天大的好事,到头来却让各方都高兴不起来。

孙文向又说,他老汉这个组长也太不值得了,一天的误工补贴才五块钱,村五职干部的补贴是他的十倍,哪个愿意当哟? 未必组长一天做的事情只有村五职干部的十分之一吗? 孙和声说,也不能这样算账,现在的村干部,确实事情多,小组长也不是光挂个名,待遇低也是事实。孙文胜说,五块钱一天,还不够买三个土鸡蛋呢! 现在一个稍有点儿技术的农民工,一天没有200块钱,你想都别想去请! 父子俩这样一说,大家都笑起来,一起碰杯。

然后开始谈收成和收入。孙和声买了不规范征(占)地养老保险,加上当组长的收入,一年有1.3万元,常顺兰参加了农村居民养老保险,加上农业性补贴,一年收入有2000多元。去年孙和声还养了八张蚕,经营收入有1.6万元。加之蔬菜、稻米是自种自吃,两口子可以说是衣食无忧。但这一家人都非常重视子女的教育,孙文向、孙文胜在黔江城里的建筑工地做木工,他们分别把孩子带到城里读书,并在城里租了一套房子,由妻子陪读。这样的花费是很大的,光房租一年就是七八千。为了补贴家用,王小兰和满涛一边陪读,一边在超市上班。虽然他们两家一年在城里都能挣上四五万元,但各种开销后,手头已所剩无几。老两口就伸出援手,最近几年,他们每年要拿出2万元左右资助孙子(女)上学。读书固然重要,住房条件也需要改善。有了修新房的启动资金后,他们就决定拆除部分木楼,空出地基,在下面建一幢砖房。但修房子加装修要十几万元,差的钱只能向亲友借。房子修好后,再通过打工来还债。孙文胜说,自己未结婚之前,曾经种过葡萄、食用菌,由于技术和资金都比较欠缺,做得不太成功。结婚生子后,小孩要读书,每个月都要支付现金,必须外出打工才行,不敢在家里冒险搞产业了。

趁大家酒酣耳热,孙和声谈起了自己的家世。孙和声的父亲叫孙家语,母亲叫胡清香。在当地都是仗义疏财之人。孙家语做生意,自己开榨坊,又经营桐油,成为当地首富,人们形容他们家的钱"多得要从房梁上冒出了"。但孙家语富了不忘贫困乡亲,只要晓得哪家有难,他必前往抚慰,还经常在自己的家门口摆一个粥棚,给路过的人解渴。

孙和声说,现在这个时代日子越来越好,任何人都没有理由抱怨。作为农村人,你穷苦,你缺钱花,还是要从自身去找原因,不要动不动就说这也不公,那也不平。孙和声不但勤快,为人也豁达,除了要完成组里的一些事务,他还要栽桑养蚕。他同常顺兰一起,把一大家管理得和睦融洽。我想,如果村子里每户都像他家一样,那就好了。

孙和声今年65岁了,当了多年的生产队长,现在又当小组长。因为对他的敬重,我决定从此就称他为"老队长"。

修路的往事

在老队长家听到一件有关修路的往事,让人感慨。

1999年前,对门户这一坡住了11户人家,包括孙文榜、孙刚、孙建忠、孙文正、孙节声、孙和声、孙文向、孙文胜、孙家兴、孙连声、孙忠声等家。如果他们要到乡场买东西,或有点儿土货要卖出来,就靠肩挑背驮。究其根源,主要是交通不便。如果说居住在大山深处,周围十里二十里都没有公路,那也算了。问题是对门户离大马路不过两里之遥,每天都能听得见汽车经过时的喇叭声。这声音刺激着大家的神经。渐渐地,大家都有一个共同的心愿:一定要把公路"嫁"

到寨子里来。孙和声作为乡人大代表,深知大家的苦楚,每次开会都要呼吁。

上面没项目,乡里也不给钱,那就自己来修。没有钱,就大家来凑;占了别人的地,就拿自己的好地去换;既没钱又少地的,就多出点儿劳力。孙连声、孙忠声两户是不久前才搬迁到这里来的,人多地少,他们就卖猪卖粮,各凑了450元钱,拿来买砂石。孙和声等其他9户人家,共出了5亩多地。孙和声当时一家有6口人,共出了半亩地。大家没有钱,但有的是力气,修路的工具主要是挖锄、撮箕,比较现代点儿的工具只有钢钎。

一切准备就绪后,大家择好吉日,定于腊月十三开工。但11户人家的男女老少赶到开工现场时,一些土地被置换了的人家却反悔了,不准大家施工。老湾湾孙章云、孙章连等几户人家,还组织了一些人来工地找茬,最后竟酿成打斗事件,冲突中孙文向被孙章连等人砍伤。大家扭到乡政府去讲理,乡领导出面调解,事情才得以平息,但路还是要修。

路不到两里,但两头落差大,坡坡坎坎的,工程难度不小。其中龚家堡是最大的拦路虎,如果搬不掉这座小山,路永远无法连通。大家用愚公移山的精神,用蚂蚁啃骨头的办法,共用去500多个劳力,硬是把龚家堡这座小山搬走了。大家农忙务农,农闲修路,没有任何人缺席过。一年后,从对门户到大公路的毛路,终于修通了!

有了路,大家十分珍惜,于是达成维修公路的君子协定:每年正月初一凌晨,大家早早起床放了迎接新春的火炮后,再到水井里挑金水,然后吃糍粑等点心,接着就拿起工具、挑起撮箕到公路边集合,一起动手维护公路。有的铺路面,有的清边沟,有的固堡坎,大家干得热火朝天。多年来形成的这种约定,甚至成了对门户这个寨子的一种风俗。平时,就由孙和声和孙节声两家人义务护路。因为维护得好,路虽然是碎石路,但路面平整,无论天晴落雨,大车小车都能顺利通过。因为有了路,大家走出山寨更方便了,看到了外面更精彩的世界。孙文向和孙文胜等山寨后生,虽然只读了初中,没能继续升学,但凭借木工手艺,出门闯荡,不仅挣了钱,更开阔了视野。孙文胜说,如果没有这条路,如果他们没有走出去,他们对子女的教育就不会这么重视。

但从2015年开始,有两件与路有关的事,把对门户的平静打破了。一是乡里把这段路纳入管护范围,但村里推举出的护路工却不是对门户的人,对此大家想不通。这段路本来就是对门户的人家出地、出资、出劳力修建的,十几年来也是大家义务养护的。现在要配专门的护路工不是不可以,但应该征求大家的意见。专门的护路工每月有几百元的报酬,如果认真护路也是可以的,但只偶尔看见那位护路工来过一次,喷了一会儿除草剂就走了。路被大雨冲垮了,还是对门户的人自己去处理的。二是在精准扶贫规划中,要将这条路拓宽硬化,并从对门户起头再修一段新路延伸到蒲家河去,新路作为产业路不硬化。这涉及补偿,问题又来了,上面有规定,对门户修好的这段路,是没有任何补偿的,只有新修部分占了土地才有补偿,标准是每亩地补偿 1200 元,每亩田补偿 1500元。对此,大家更是想不通。

孙和声说,把原来修好的泥碎路硬化,再延伸一条产业路来,这确实是好事,但都占了农户的土地也是事实,为什么不可以一碗水端平呢?乡领导给他打电话,要他积极做大家的工作。他一家一家去磨嘴皮子,虽然大家不再发火,但心里的气并不顺。

"水管效应"与"衙门化"

年关将近,此时在村子里比平时好找人。

我同老队长一起,沿着村道公路和新修的入户便道,进屋询问。针对村民不太理解的事项,孙和声在旁边耐心地提示;村民不愿意说的事,孙和声鼓励大家一定要说真话。访问时,人口状况、土地状况、住房面积、政策性补贴等内容,都要大家拿出户口簿、土地证、林权证、房产证和银行存折等佐证材料来证明,我边填表边询问,同时还要看看住房、内部设施和家庭经营现场等情况。有些觉得非常重要的物件,还要拍摄成照片保存。

今天走访的这十几户人家,给我的印象比较深刻。从居住情况看,人均居住面积都超过了 50 平方米。除张金芝、孙节声还住的是木房外,大都修有砖屋。从就业情况看,几乎每家都有人在外打工或在乡内打短工,田地大都免费请别人种,在家的人一般都从事种植业或养殖业,主要是种粮、养蚕、喂猪。如果不出去打工,靠几亩薄田,只能填饱肚子。如果有稳定的打工收入,收支能够持平,少数人家略有节余。从消费情况看,如果要送子女读书,或者有大病、慢性病要医,靠种田一定是入不敷出。如果修新房,一般都要举债。也就是说,教育、医疗、住房,是这些农户花钱最多的地方。

从与村民的谈话中,我发现农村一些现象值得注意,突出的是三个方面。

首先，是政策的"水管效应"。大家都说，这些年，党的政策确实好，但存在着政策越到基层效应越小的问题。这就像接通到每家每户的自来水管，水管越长，水量会越少，越到最后，越吃不到水。这些政策都带着指标，并不是普惠的，首先在区县一级被切割一次，然后到乡镇一级被切割一次，最后到村居一级再被切割一次。由于越到基层，受人情关系影响越大，符合条件的人不一定有份儿，有份儿的不一定符合政策。"水管效应"除了造成政策失效，还会引起乡村不公，甚至撕裂村落与村落之间、住户与住户之间守望相助的情感。

其次，是乡村干部的"衙门化"问题。按理说，乡村干部特别是村干部，身居乡镇或村里，同村民接触很多，但实际上，一年到头他们很少到每家每户走访。主观原因是他们认为对情况熟悉，通讯又发达，有事儿打个电话就搞定，没有必要踏入家门槛。客观上，受事务性工作羁绊，应付上面的表格、数据等就够他们累了，加之村干部还有自己的农活要做，哪有时间走访呢？俗话说，人不走不亲，水不打不浑。乡村干部由于缺乏同农户面对面的沟通与交流，干群之间的感情就越来越淡薄。在调研中，有农户对我讲，像你这样级别的人来我们家聊天，我还从来没有见过。听了这话，我很愧疚，因为我有使命在身。但基层干部确实应该去"衙门化"，应该更加接地气，上面对他们的考核也应该有制度上的安排。

最后，村民对做假很反感，尽管这种做假也让村民获得了益处。比如，上面给农民种粮补贴，包括玉米、水稻、油菜等，对稳定农户种粮确实起到了促进作用，但应该是补贴种粮大户。这些年由于外出打工的人越来越多，村子里没有种粮大户，于是就把一大块地拍成照片，说是由某某大户种植的，然后将钱领取后，再按每亩多少的标准分配给所有人。但这个所谓的大户，实际是不存在的，而利益当然是大家均沾了。

八　大雪中的脚步

【走访户数】

今天冒着大雪，在对门户、老湾湾和茶林沟走访了15户人家，包括孙红军、孙望、孙文彬、孙文辉、孙文海、孙文章、张金林、孙章连、孙文高、孙桂林、孙章全、孙章林、张翠银、张永珍、张翠香等家。在这些农户中，孙文高家是建卡贫困户，张永珍家是农村低保户。

【贫困档案】

●作为建卡贫困户的户主，43岁的孙文高，致贫原因按村上填写的登记表是"户主患有轻微精神病"，帮扶措施是劳务输出和争取医疗救助。实际情况是，孙文高外出打工时曾受过伤，颈椎里至今还有钢针未取出，让孙文高家致贫的真正原因，是供孙辽读大学，孙辽是孙文高的儿子。孙文高同前妻王香离婚后，至今未娶。由于家里没有女人操持，连住房都没有。从收入上看，孙文高和另一个儿子孙江坤2015年在新疆建筑工地打工，但收支相抵，入不敷出。

●45岁的孙章全，患有支气管炎，加之腰椎间盘突出，三天两头就要打针吃药。15岁的小女儿孙珍有智力障碍，小学肄业后一直在家。19岁的大女儿孙霜在黔江民族中学读高三，每年需要一万多元费用。还有一个9岁的儿子孙华洲，现在在太极小学读书。2015年，一家人教育、医疗费用支出至少2万元，但家里的主要经济来源，是孙章金妻子黄春仙在浙江务工，年收入只有3万多元。孙章全带病在家种地，但土地只有一亩左右，再怎么刨，也刨不出"金娃娃"。孙章金家庭的这种现状，引起了孙和声的注意，他曾提出将孙章全家纳入建卡贫困户，但建议未被村委会采纳。孙章全说，今年过春节后，他也要出门打工挣现钱，不然日子真的就熬不下去了。

●一般人都希望叶落归根，但66岁的张永珍却无法实现这个愿望。她的三个女儿均已出嫁，丈夫孙文平过世后，她的生活更孤苦。大女儿孙秀云病故后，二女儿孙秀英把她接到城里照顾。但孙秀英的家里也比较困难，张永珍就在城里拾荒，偶尔在饭馆打小工。张永珍希望能回家居住，但村里又无房。她虽然能在城里挣点儿小钱，但主要还是靠国家给她的低保补贴、养老保险收益和种粮补贴过日子，一年一共三四千块钱。2015年，张永珍享受了农村低保户待遇。但如果能把她调整为建卡贫困户，房子的问题就好解决一些。

●在村里，孙望家是典型的无房户。因为无房，一家人多年未回家。孙望在上海务工，儿子孙皓在浙江务工。孙望本来有半间旧木房，堂兄弟孙章成在修房子时买了他的房子地基，当时他因为手里有点儿钱，打算另择地修大房子，就对这点儿地基不在乎。2014年孙望得到一个承包工程的机会，便从亲戚朋友处借了110万元投入进去，没想到这是个骗局，投进去的钱全都打了水漂。孙望现在身负债务，无家可回。

"四多"让人日子紧

包括孙文高在内，今天看到的农户，大都日子过得比较紧，具体体现在"四多"。

一是残疾病痛多。孙文辉由于小时生病打针，造成右脚三级残疾，现在走路一跛一跛的。孙章连的妻子陶春花，是一个耳聋、说话又口吃的残疾人，也有一些智力障碍，连小孩都照顾不好。无奈之下孙章连只好放弃外出打工的机会，在家里照顾小孩。孙文辉的哥哥孙文海、嫂子李树云，都在外出打工时负过伤，由于治伤不及时，现落下一身病。年过古稀的孙文章，曾突发过脑溢血。孙章全有支气管炎、腰椎间盘突出，三天两头就要打针吃药，女儿孙珍有智力障碍，目前已经辍学。

二是破裂家庭多。孙文高和孙文辉是胞兄弟，十几年前，孙文高就离婚了，自己一人拉扯两个儿子。几年前，孙文辉的妻子张泽美也抛下一对儿女，离家出走，至今杳无音讯。由于经济困难，孙文辉的儿子孙章培初中就辍学了，现在外打工。孙望与周显容也已离婚十多年，因为无房，多年未回家。孙文高的二哥孙文海，也同妻子李春燕感情不和，李春燕丢下一岁多的儿子离家出走，至今杳无音讯。

三是无房户多。除了孙旺、张永珍外，孙文高也是典型的无房户。孙文高的情况将在后面细谈。

四是举债多。孙文章2015年养了8张蚕，收入有1.5万元左右，夫妻俩均购买了不规范征（占）地养老保险，年收入有2.4万元左右，本来有这些钱过日子应该是宽裕的，但妻子王绍香生病，在重庆做手术花了18万元，目前还欠债10万元。孙章连、陶春花夫妻二人2015年由于没有外出打工，入不敷出，一年欠债一万多元。

他为何不享受扶持政策

作为建卡贫困户的户主，孙文高能够享受住房改造和贫困家庭子女助学贷款政策，但这两项政策他都没有去享受。这是为什么呢？

孙文高住的地方叫茶林沟，就在大马路下面。去他家时，只有他儿子孙辽在。孙辽在长春读大学，放寒假已回来。但由于家里没房，就住在幺叔孙文辉家。孙辽说，他父亲孙文高和弟弟孙江坤在新疆打工，今年春节不回来了。2015年，父子俩只挣了不到4万块钱，而孙辽在北方读大学每年的费用要2.5万元以上。孙文高家虽然因他患病成为建卡贫困户，但他的病无法享受到大病医疗救助政策，只有住房改造和贫困家庭子女助学贷款能够对他有所裨益，但恰恰这两项政策他都没享受。

我给孙辽讲了有关的帮扶政策，希望他同自己的父亲商量一下享受政策的事。孙桂林、孙文辉也在现场，但感觉他们对这两项政策的兴趣都不大。本来，孙文高离婚多年，也想安个家，要安家得先把自己的房子建好，而建卡贫困户是可以享受3万元建房补贴的。但他们为什么对这项政策不太感兴趣呢？原来建房补贴不直接补现金，需要先垫资修好房屋后再补贴这笔钱。先垫资修一层砖房，至少要6万元。而孙文高和孙江坤去年在新疆打工的收入除去开支，留下的钱是给孙辽读大学用的，如果全部用在修新房上，孙辽读书就没钱了。如果要修房，就只能先借钱。而修一层三间的砖房，包括装修至少需要15万元，除去3万元建房补贴，还有12万元没有着落。与其修房负债累累，不如放弃建房补贴。

按照有关规定，孙辽是可以享受贫困大学生生源地助学贷款政策的，每年可以贷款8000元，还款期限可以延长至20年，同时还可享受每年3000元以上的国家助学金。孙辽告诉我，他父亲认为贷款不是白给的，总要还的，就没去办这个，至于国家助学金政策，自己确实没有享受。我希望孙辽读了大学也要立志,家里有困难,自己也要学会扛。助学贷款政策就是鼓励大学生顺利完成学业后,尽快找到工作,自己来还这个贷款,为家庭减轻负担的。

修房子也好,供学生读书也好,对孙文高来说都不是容易的事,虽然家里有两个劳力在外打工挣钱,但生活上也是左支右绌,一年生活能过得去,对他来说就不错了。如果二者选其一,孙文高只能选择供学生读书。

孙文高享受不到扶持政策,确实有他的难处,我还是希望他不要轻言放弃。孙辽说,他一定会把我的话转达给他父亲。离开时,我给孙辽留了电话号码,叫他有事就联系我。

张翠香为什么要拾荒

年过七旬的张翠香,一个人住在一间腐烂的木房里,穷得连电饭锅都买不起。由于责任田都分给了两个儿子,在村里,她主要靠拾荒补贴家用。

也许有人会问:既然这么穷,为什么她吃不上低保,也没有被纳入建卡贫困户?

这是因为,张翠香是儿孙满堂的人,吃低保,当贫困户,她都不够格。张翠香的两个儿子孙章云和孙章才,也都通过外出打工修起了砖房,但由于修房时欠了债,这几年都没给她赡养费。张翠香住在两个儿子家附近,外嫁新华乡的女儿孙美菊一年给她几百元钱,再送点儿猪肉、菜油等物资,她自己每年还有1000多元的农村居民养老保险收益。这些钱当然不够开支,于是,她便在村里捡拾垃圾,补贴家用。

对此,张翠香感到很无奈:过去想的是养儿防老,但儿子们也有自己的难处,特别是两家都由儿媳妇当家,儿子说不上话,想赡养她,也是心有余而力不足。我说,儿女赡养父母,没有任何理由,但儿女不赡养父母,就有无数条理由。两个儿子不管家庭怎么困难,都应该尽到赡养的义务啊。

2015年结合精准扶贫,区城乡建设部门出台了一项政策,对农户的C级危房进行改造,张翠香得到了6500元补贴,但钱到她手里的时候只有500元了。儿子们说,另外6000元钱之所以没给她,是要拿来给她老人家买棺材送终的。张翠香不以为然,她说,活着连饭都吃不好,走了就是用金盒子装又有什么意思呢?她希望儿子们能把这些钱全拿给她,趁她还有一口气,能吃得好一点儿,住得好一点儿。

乡村人口怎么算

通过对访问表上填写的内容进行整理,我产生了一个疑问:乡村人口到底应该怎么算?

乍一看,这似乎不是什么问题。因为按照统计惯例,无论乡村人口还是城镇人口,一般都是按户籍人口和常住人口两种方式来统计。一般情况下,城市户籍人口要少于常住人口,但对落后的农村来说,恰恰相反。乡村户数和乡村人口两个概念也涉及农村的人口变迁。这些概念,共同点是都强调人口在本区域内的居住时限,人口的经济、生活同家庭的关联。

根据在李子村的调查,我发现,无论用户籍人口、常住人口,还是乡村人口,都无法反映李子村人口的全貌。

说户籍人口无法反映李子村人口的全貌,理由有三。一是人虽嫁进嫁出,但户口没有变化。一部分人已出嫁到外地,但并没有迁移户口;一部分人嫁进本村,但户口又没有从外地迁来。二是前几年大规模"转城"时,部分村民变成了城镇居民,户口也外挂到太极乡政府所在地的村里,但这些所谓的城镇人口,从来就没有离开过李子村,虽然户口不在本村,但又是本村的常住人口。三是一些"半边户"家庭,家里过去有国家公职人员或企事业单位人员,现在这"一半"已退休,虽然他们的户口不在本村,但长期居住在本村。

那么,常住人口呢?常住人口更不能反映农村的人口情况。因为常住人口要按照"居住半年以上"的时限来算,这就将农村大量外出务工人员排除在外,而他们恰恰是当前农村脱贫致富最快捷、最有效、最稳定的群体。他们在外一般都在二、三产业从业,一年回家一次,或者时间更长。"居住半年以上"就把他们排除在外,实际是剥夺了他们的农村居民身份。

最接近实际面貌的概念,就是乡村人口。但乡村人口中"现役军人、中专及以上(走读生除外)的在校学生以及常年在外(不包括探亲、看病等)且已有稳定的职业与居住场所的外出从业人员,不应当作家庭常住人口"这一义项中,中专及以上(走读生除外)的在校学生有的迁移了户口,有的没有迁移户口,更重要的是,他们的生活费用需要乡村供给,并且是很大一笔支出。如果不把他们算作家庭人口,农村居民送子女入学的教育支出就无法生根。也就是说,这一群体虽然人在城市,供养来源却在乡村。不把他们算作乡村人口,似乎也不合理。

　　既然以上三个概念都无法真实反映乡村人口的现状,那只能重新思考。

　　经过思考,我想到了一个办法,就是用"家庭实际人口"来进行统计。这个概念包括"家庭"和"实际人口"两个关键词。家庭是社会的细胞,是国家最小的集合,也是最稳定的生产生活单元。国家进行农村改革,土地、林地等资源的使用权,也是以家庭为基本单元进行配置的。"实际人口"主要是指与本村资源配置和生产生活关联性强的人口,像中专生、大学生和研究生等在校学生,他们不但没有割断与乡村的经济联系,反而把乡村作为他们最主要的供养依靠。结合"乡村户数"的概念,农村家庭人口以每一个户主为标志进行统计,一个户主及其家庭人口即为农村家庭人口,农村家庭实际人口包括:一是户口在本村并长期(一年以上)居住的人口。这种情况占绝大多数,他们既是户籍人口,又是常住人口。二是户口不在本村,但在本村居住一年及以上的人口。这种情况把"转城"后并没有离开本村的人口,退休后在本村长期居住的国家公职人员、企事业单位人员、工勤人员,户口不在本村,但长期寄养在本村的人口等,都囊括了进来。三是户口不在本村,但嫁入本村居住的人员。这把那种嫁入本村生活但还没有迁移户口的人也涵盖了。四是有本村户口,但已经外嫁或当上门女婿并不在本村居住的人员,不算是家庭实际人口。因为他们从原有家庭中分离,组成了新的家庭。这种情况在村里还不少。五是有本村户口,但举家外出谋生一年以上的人员,无论是否保留承包耕地,都不算本村家庭实际人口。因为他们的户口虽然在本村,但家庭所在地不在本村。这种情况在村里已不多见。所以,家庭实际人口这个概念,它强调家庭与本村的依附性,同时又强调人口与本村资源配置、利用的关联性,既要在村里见户口,更要在村里见家见人。

　　使用家庭实际人口的概念还能解决"一户多主"的问题。通过这几天的全户调查我发现,本来是祖孙三代一家人,却存在着少则两个、多则五个户主的现象,有的人没有成家,也单立了一个户头,甚至夫妻二人因为一方"转城"后各立户头,总之立户头的随意性很大。以每个户主为单位统计户数当然简便,但割裂了家庭的代际关系,也人为地缩小了家庭人口规模。户主本是一家之主,一般情况下由长辈中的男性担任,也应该有一定的承继性,法律上对分户也有明确的规定。一般而言,户内因婚姻、分家等需要分户,且房屋所有权、使用权已经分割的,可以凭能够证明房屋所有权、使用权已经分割的证明材料申报分户登记。房屋所有权、使用权未分割的,不予分户。但在实际操作中,前些年乡村分户是很随意的事。由于分户没有得到严格的控制，一些人就借机骗取国家扶持资金。

当然，家庭实际人口概念，也只是我个人为研究而提出的一个概念。

九　进入蒲家河

今天彤云四开，雪后放晴，我和老队长一起，走访了孙家孝、余清华、余兴奎、余清合、余长六、余长发、邱翠银、陶宗元、陶仕兵、邓桂珍、陶仕永、陶宗发、陶宗洪、陶安其、王彩云、孙友明、孙云华、孙海明、孙木声、孙炳生等20户人家。这些人家主要分布在翻垭口、院子嵌、长田、蒲家河一线。去这些地方有两条路，一条是从老队长家出发，沿着新修的村道可以到蒲家河，另一条是从乡场上走，沿着联结濯水的公路到蒲家河。今天去的这个寨子，从大区域看都属蒲家河，只有当地人还能说出一些更小的地名。今天访问的农户中，孙炳生家是建卡贫困户，孙家孝、陶安其、陶宗洪、余清华、余长六等家是农村低保户。

【贫困档案】

● 过去在院子嵌居住的孙炳生，其父亲孙家凡已经去世，母亲陈庆之同兄弟孙明清居住。孙炳生的老房子已复垦，他现搬到本乡新鹿村居住，相当于是去当上门女婿，自己还在那边修了砖房，妻子徐贵香的户口也在新鹿村。儿子孙潇、女儿孙红梅，去年都在外面打工。孙炳生在李子村有近4亩田地、4亩林地，田地全部拿给别人耕种了。孙炳生因为当上门女婿，长期不在本村居住，也不在本村搞农业。村里的建卡贫困户登记表上显示，孙炳生家的致贫原因是"女儿孙红梅在校读书"，2015年产业扶持是支持其养鸡50只，教育扶持是争取助学金。实际上，孙红梅在2015年7月建卡时已经19岁了，本该上高中或读中专的她，没有继续上学，而是选择了外出打工。因此，把孙炳生家纳入建卡贫困户，周围邻居认为理由不充分。

● 低保户孙家孝家的情况，前面已经说了一些。考虑到他家的实际情况，2015年他家被列为农村低保户。孙家孝曾经当过会计，在那个年代他算是村里比较有文化的人。由于有第一次拜访的经历，对我的又一次到访，老两口十分

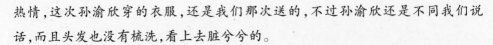

热情,这次孙渝欣穿的衣服,还是我们那次送的,不过孙渝欣还是不同我们说话,而且头发也没有梳洗,看上去脏兮兮的。

● 陶安其73岁,妻子陈云碧67岁,2015年,夫妻二人成为农村低保对象。陶安其患有支气管炎,陈云碧有胃病,陶安其次子陶宗太在新疆打工多年,陶宗太一家三口都迁移到了新疆,但陶宗太的土地还没退出,还在领取农业补贴。陶宗太每年都要给父母一点儿钱,加上种地,陶安其老两口才能把日子过下去。本来,陶安其会篾匠手艺,过去蒲家河一带的乡亲要打撮箕、背篼什么的,都会找他,但现在他年纪大了,手艺早已荒废。陶安其跟陈云碧说,日子过得苦不可怕,他最希望陶宗太能够迁回来。陶宗太在电话里说,重庆发展越来越好,自己老了,可能还是要回蒲家河。

● 陶宗洪是陶安其的大儿子。一家五口挤在一间半木房里。三个孩子,其中两个在上学,妻子管永琼是聋哑人,不仅要带孩子,还要种地。2015年,陶宗洪只身一人赴新疆打工,但只干了三个月的活,挣了万把块钱。光孩子上学的费用一年就要3000元以上,自家衣食难保,孝敬父母也是力不从心。村里也尽了最大的努力解决他家的实际困难,2015年,陶宗洪、管永琼和女儿陶书玲,都享受了农村低保户待遇。

● 71岁的余清华和61岁的妻子邓桂术都是文盲。余清华在5岁时因病误治,成了哑巴,有听力、语言方面的障碍。2015年,余清华享受了农村低保待遇。但前几年,老两口的日子并不难过,因为儿子余兴奎、儿媳肖万琼均在浙江打工,余兴奎还当过几年的企业高管,听说年收入在20万元以上。但由于余兴奎爱打牌,输多赢少,加之两个孩子余滔、余销都在浙江读初中,一家人的开销很大,现在连一分钱也不给父母寄了。余清华还有一个女儿叫余娜,是抱养的,已远嫁到浙江,反而是她,一年会给养父母寄些钱来。

● 78岁的余长六,一家七八口人,目前是一个户头。余长六是老党员,还当过生产队长,同妻子陈国芝都是文盲。因为视力不好,又有听力障碍,他失去了劳动能力,2015年,老两口享受了农村低保户待遇。长子余清阳是退伍军人,2015年在浙江、湖北等地建筑工地打工,其妻张琼英在家务农,带着三个小孩。余长六的次子余泽治30多岁了,还没有结婚,也在浙江、湖北等地建筑工地做木工。从收入上看,余清阳和余泽治打工,去年至少有5万元收入。

儿孙满堂福安在

今天在蒲家河走访的第一户，就是82岁高龄的王彩云。她的房子孤零零地立在一块菜地边，有十几平方米，小得只能安下一张床。这情景引起我的好奇，因为农村修木房，没有这样单独修一间的。

王彩云有三个儿子、四个女儿。61岁的大儿子陶宗元，两口子都在家务家，农闲时打点儿零工，住的是一楼一底的砖房，其子陶仕兵在外打工，修了两楼一底的砖房；王彩云的二儿子陶宗富十多年前已病故，由龚长江巴门（今天在王彩云家走访时，还学到一个词：巴门女婿。在李子村人的话语体系中，上门女婿与巴门女婿是不同的。上门女婿是男到女方家成亲落户，成入赘女婿，即倒插门。而巴门女婿实际是填房，即儿媳妇的丈夫死亡后，不再嫁出去，而是叫当丈夫的人到女方家居住，他并不是真正的女婿，也不是干儿子，因此碑文以"培男"称之，而称干儿则谓之"契男"，称干女则谓之"契女"。如果是哪家的儿媳妇死了丈夫，她不外嫁，而是与本族同辈兄弟再婚，这叫过房。李子村的人对这些称呼是很讲究的，他们认为，把巴门女婿误当成上门女婿，是不对的），一家人住的也是一楼一底的砖房；46岁的三儿子陶宗发，一家三口都在浙江打工，住的也是一楼一底的砖房。王彩云与三个儿子家，一共有十多口人，王彩云曾孙陶庆卓都12岁了，可谓儿孙满堂。王彩云还生了四个女儿，女儿陶宗淑就嫁在本寨子里，住的也是大砖房。王彩云子女多，又都住在屋上坎下，她打个喷嚏子女都能听到，按理说王彩云的日子应该过得很舒服，但现实情况恰恰相反。

原来，三个儿子每年用实物尽其赡养义务，分别给住在旁边的老两口称150斤稻谷，送些肉、油等食物，另外还给点儿零用钱，老人的日子算是过得下去。但丈夫陶安吉去世后，赡养方式改为三个儿子轮流照顾，老人在每家吃住一个月，赡养难的问题就冒出来了。当时，陶宗发夫妻俩都在浙江打工，家里有学生要读书，王彩云在他家吃住的时候，会尽力帮忙做点儿家务，这引起大儿媳等人的不满，大家认为要做家务每家都要做，不能只做一家。于是，每月轮流坐庄赡养的办法被推翻。王彩云个性要强，就同大媳妇吵闹。当时，村支书马再全、组长孙和声都去劝解过，但效果不好，最后闹到乡里，问题也没有彻底解决。龚长江和邓桂珍愿意管她，给她拿点儿吃的和钱，女儿陶宗淑和女婿孙明清一年也给她点儿生活物资。但这些年来，她与另外两个儿媳的关系始终没处理好。在旁边住,又没有房子,王彩云就借了点儿钱,龚长江和邓桂珍也拿了些钱,把老祖屋上的木料拆下来,重新在菜园子边修了个小木屋,让她总算有了个栖身之地。小木屋刚修起时电都不通,是前不久才拉通的。

像王彩云这样的条件,吃低保是不行的,但确实又可怜。考虑到她的实际情况,村里让她享受了C级危房改造政策。当乡里把6500元危房改造补贴发给她时,两个儿媳又不满,扬言不再管她。王彩云现在还能种点儿菜,但吃的米靠买,吃的肉和油靠买,加上吃药,一年至少要5000元钱才过得去。

王彩云说,我没文化,一直命苦。过去想通过养儿来防老,但儿孙大都没靠上,只有人民政府才是真正的靠山。问题是,危房改造补贴款吃完了怎么办?王彩云无奈地说,自己脖子以下都已经入土了,过一天算一天吧。

守望清静

邱翠银的家,坐落在一个叫长田的地方,金溪河与太极河在此交汇,坐在她家的院落里,耳边充盈着哗哗的水声。这里背靠青山,前临清溪,空气清新,进出方便。邱翠银一个人住在这里,图的就是这里的清静。

邱翠银马上要满84岁了,目前身体还比较硬朗。邱翠银生了三男三女共六个孩子。大儿子余清红通过参军走出了大山,然后转业到四川乐山工作,还带动两个弟弟余清凯、余清安也去了乐山成家立业。除了过年过节,儿女们平时很少回来。

2014年,邱翠银跌倒过一次,损伤了骨头,现在腿脚不太方便了,要拄棍步行,但精神状态很好。她无法从事农业生产,有近8亩田地,地给了别人种蚕桑,田荒起了,而13亩林地没有被利用。2015年,她有1200多元的农村居民养老保险收益和450多元的农业性补贴,这些钱当然不够生活费,她主要靠儿子赡养。三个儿子每月分别给她500元赡养费,一年下来有2万元左右,她一个人用这些钱,已经足够了。子女孝顺,邱翠银衣食无忧,只是一个人住在这六间半宽敞的木房里,实在是太空了。

自从丈夫余长生去世后,邱翠银就一个人在这里过日子。儿子们希望邱翠银跟他们一起过,方便照顾,但邱翠银在这寨子里生活惯了,不愿意到城市里久住。她说,老家这么大的房子,只要她活一天,就要好好守一天。

由于过去乡村办事人员的疏忽,邱翠银的名字,只有林权证上的是正确的,而土地证上是"邱仕荣",身份证上赫然印着的是"邱仕菜",让人啼笑皆非。由于名字不统一,办事时特别不方便。她也曾跑了三四趟派出所,但一直都没把错误的名字改过来。木已成舟,将错就错,她的名字只能是"邱仕菜"了。谈及此事,老人风趣地说,自己的名字没取好,喝水都要磕牙齿,邱仕菜就邱仕菜吧,反正比老大老二老三好听嘛。说完,哈哈大笑起来。

我从王彩云和邱翠银两位老人身上,看到了农村老人的两种孤独。王彩云家人丁兴旺,她却享受不到天伦之乐,邱翠银一个人守在农村,虽然衣食无忧,但如果遇到疾病还是让人揪心。过去农村是养儿防老,现在看来这种方式不太靠谱。李子村人爱说这样一句话:麻布口袋,一袋传一袋。意思是上一代孝顺与否,往往对下一代有示范效应。如果上一代不孝顺,下一代往往仿效,形成恶性循环。

想分户与想修路

陶宗富因病去世后,邓桂珍与龚长江结了婚,生了龚艳琼、龚艳春两个女儿,加上同陶宗富所生的儿子陶仕永和女儿陶清梅,邓桂珍一家共有4个孩子。儿子陶仕永与儿媳陈小芳于2010年9月和2012年7月,分别生下孙子陶建程和孙女陶诗涵。这一大家子,分工明确,相处得也算和谐。龚长江、陶仕永、陶清梅常年在外打工,邓桂珍和陈小芳在家务家,照看小孩。但毕竟是两家人在一个锅里吃饭,龚长江又是巴门,有些地方不是很方便,大家都希望能够分户,特别是陶仕永与陈小芳,分家立户的想法更是强烈。他们认为,分户不但能让大家生活都方便些,也能享受更多政策上的好处。

过去分户要求不那么严格,李子村的人,总觉得多一个户头比少一个户头好,好多人都去另立户头。但现在户籍管理严格起来,分户的难度很大。邓桂珍和龚长江希望我能帮助他们一下,并当即拿出纸笔,请我帮他们写一份申请。我说,分户的事,写申请是程序问题,还必须满足条件,如果条件达不到,写了申请也没用。关于条件,我可以帮他们打听,如果他们条件够了,我再帮他们写申请不迟。龚长江表示了感谢,并存了我的电话号码,加了我的微信,好随时联系。

蒲家河这一片,目前还有陶安其、陶宗元、孙明清、陶宗发、龚长江、孙家孝、冉淑光、余清阳、余清和、余清华、余长六、王彩云、邱翠银家等13户人家,没有修通入户便道。修路作为贫困村基础设施建设项目,没有被列入修建计划,群众觉得相关部门办好事不彻底,因此意见很大。我向大家宣传了区里的相关政策。我说,区里的政策是人户超过20户的寨子,才可以规划修建人行步道。蒲家河这一片13户人家,修人行便道没有被纳入规划,主要是没有达到20户以上的聚居规模。但大家觉得,这个政策不太公平,因为人户多的寨子,特别是上百人的寨子,往往都会通公路,有的公路还硬化了。恰恰是那些人口少的寨子,更需要帮扶,因为人口少的寨子,一般都不通公路。蒲家河这一片虽然公路现在修好了,但人行步道不通,也影响大家出行。精准扶贫要求再远的旮旯、再小的死角都不放过,否则还是搞大而化之、"大水漫灌"那一套。20户聚居的限制条件,与精准扶贫的精神确实产生了冲突。不如将其改成人行便道全覆盖,联接所有农户。这可能会增加一些投入,但解决"最后一米"问题,才是精准扶贫的核心要义。

孙云华遇险

2007年11月,煤矿的一次重大事故,让孙云华和陈绍福两个同乡的命运,紧紧连在了一起。

孙云华家住在李子村一组院子嵌,陈绍福是新华乡人。两人都在陕西的煤矿打工。虽然不在同一个矿井,相隔也有四五十公里,但因为是黔江同乡,两人关系较好。2007年11月的一天下午,孙云华在矿井开车拉煤时,不慎头部受伤,顿时七窍出血。矿友们将他紧急送往医院,经过几个小时的抢救,孙云华保住了性命。陈绍福到医院看望了孙云华,第二天就赶回去上班。离孙云华出事不到五天,陈绍福又出大事了。那天,他带着徒弟进洞挖煤,不想煤矿上方突然塌方,他下意识地往外猛冲,仅一步之遥就要逃出死亡区了,但最终被死神追上,他被埋进了厚厚的煤炭里,再也没有醒来。而陈绍福的徒弟因为没来得及逃跑,反而安然无恙。

听到这个噩耗,孙云华猛然从病床上爬起来,坐上出租车就往陈绍福出事的地点赶。

陈绍福的突然遇难,也让妻子何云兰无法接受。家里的顶梁柱倒了,何云兰想一走了之,但两个孩子无依无靠,让她无法割舍,她决定再难也要坚强地生活下去,把一儿一女拉扯大。在孙云华等人的帮助下,何云兰拿到了煤矿40万元的人身伤害赔偿。送走了何云兰,孙云华继续在陕西挖煤。两个月后回家过年,看到孙云华40多岁了还是单身汉,老队长孙和声等好心人就劝他同何云兰相依为命。孙云华同意后,找媒人去提亲,何云兰也同意了。何云兰嫁给孙云华以后,看到他家里的半间木房已被复垦,在李子村已没了栖身之所,决定从那笔赔偿金中暂时拿6万元出来,在李子村二组环山沟买了一块地,准备筹到钱后修一幢新砖房。2008年11月,何云兰为孙云华生下儿子孙意富。由于两个孩子都到了上学的年龄,家里的开支越来越大。孙云华在黔江城里租了房子,让何云兰专门带孩子,自己不再外出打工,而是在朋友的介绍下,在黔江一家建材门市部找到了拉钢筋的活。

现在,三个孩子,一个读高中,一个读初中,一个读小学,个个伸手张嘴都要钱。孙云华虽然每天早出晚归,但一个人挣的那点儿钱,还是让一家人的日子过得紧巴巴的。加之那家建材门市部因为生意不好关门了,孙云华也失业了。孙云华一时找不到工作,一家人又要吃饭,搞得他焦头烂额。孙云华也考虑过回到村里养蚕,毕竟自己还有八九亩责任地可以利用,但老家的房屋复垦了,没有落脚处,连个搭蚕棚的地方都没有,养蚕的事也就搁置下来。

孙云华只好同何云兰商量,要再次回到那个伤心地。何云兰开始死活不肯,但三个孩子吃饭要钱,读书要钱,自己又要在家带孩子挣不来钱。生活上左支右绌,如果孙云华不出门挣钱,一家人真的就会饿死!无奈之下,何云兰千叮万嘱,含泪送走了孙云华。

孙云华说,现在,陕西煤矿的安全是更加有保障了,但煤矿生意不景气,自己上班时间少,一年拼着老命干,也只有三四万元的收入,对这个特殊的五口之家来说,这些钱只能是老鼠喝面汤——够糊嘴。

孙云华家这种情况,如果按精准扶贫识别标准,完全可以被评上建卡贫困户,致贫原因是供小孩读书。而且,家里不能没有住房,孙云华还要修新房!但供三个孩子读书就够艰难了,他哪还有钱去张罗修房的事啊!

孙氏老屋基

院子嵌是李子村孙姓人的老屋基,但现在仅有孙家孝一家在这里居住。从孙氏老屋基的变迁,可以窥见时代发展的影子。

孙氏是李子村第一大姓,这里三成左右的人口都姓孙。自孙氏姓祖孙旺到黔江扎根,已640余年。孙旺祖籍山东曲阜,后移居江西凤阳,其父孙乔,生有兴、旺、耀、建四子，均随父迁居重庆府。孙旺在明洪武五年（1372年）受朝廷派遣，随凉国公蓝玉率兵到黔江平定龚、胡、秦、向"四蛮"，驻扎在黔江南部九党乡（今冯家街道）小江坝，防御酉阳土司北侵，故改乡名为"镇夷乡"（清雍正十三年"改土归流"后更名为"正谊乡"）。因孙旺有功，又被派遣到湖北，攻打散毛土司秦家寨子"女儿寨"。明洪武二十三年（1390年），孙旺执任黔江守御千户所副指挥，之后嫡长相传，防御千户所，到后裔孙应槐时，凡12代人，历时272年。孙旺病逝后，葬于湖北省咸丰县大路坝。

孙氏早期有"洪丹应世"四个字派，用完后又续了"永维祖德，克振家声，文章华国，孝友盈庭，大事承绍，光耀崇兴，昌宗继启，思绪先明，裕后钟贤，善士天登"40个字派。现李子村孙氏已取到"国"字辈，而在世的最高字辈是"家"字辈，像孙家仁、孙家孝、孙家全等人，都已80多岁。古人讲究一个家族要根系不乱，血脉清晰，于是就创造发明了字辈，要求取名时必须严格执行，做到长幼有序、尊老爱幼。但现在很多孙氏年轻人都不按字辈取名，加之又以取单名为时尚，这样在辈分上就容易让人混淆。

李子村孙氏，原也是逐水草而居，主要由黔江冯家坝迁移而来，再繁衍成两支，院子嵌是一支，牛脑石是一支。其一世祖为孙锦，二世祖为孙承佑，三世祖为孙琳，生有六子。牛脑石一支为孙琳四子孙永乐所繁衍，生有孙维聪、孙维举两子；院子嵌一支为孙琳五子孙永怀所繁衍，生有孙维戟一子。孙维戟生有孙祖术、孙祖尧、孙祖舜、孙祖纯四子。从孙永怀算起，孙氏已在李子村繁衍了12代人。

现在民间修谱盛行，黔江的主要姓氏，大都完成了修谱，对发扬姓氏文化、增加族群认同、树立良好家风，都起了积极推动作用。修谱热的背后，折射出人们在温饱解决后，对寻根留本的渴望和追求。李子村的孙姓，也在几年前完成了修谱。老队长给我提供的新编《孙氏源流史》中，除了家族历史等内容，还有对旧谱编撰体例、内容的丰富和发展。但由于参与者大都是本族中热心的老年人，其编辑文稿等专业技能欠缺，因此错漏之处较多，印制也比较粗劣，特别是没有把孙氏支脉理顺，比如现在还在世的孙家全、孙家贤，以及孙和声的父亲孙家语等人，他们的上辈人是谁，从族谱上看不出来。为了消除非专业带来的错漏，聘请专业机构承担修谱工作，应该是更好的选择。

十 在蒲家河与老湾湾之间

【走访户数】

今天天气晴朗,我同老队长一起,走访了 19 户人家,包括蒲家河的陶宗文、田维高、陶安全、孙家仁、孙合声、陶宗海、孙明清、陈庆之、舟淑光家等 9 户,老湾湾的孙文波、马菊香、孙宏伟、吴清菊、孙章明、孙文明、孙健棚、孙章成、孙清华、陈菊香家等 10 户。在这些住户中,孙家仁家享受了农村低保。

【贫困档案】

● 82 岁的孙家仁,是孙家孝的哥哥。他虽然也享受低保,但他的境况比孙家孝好得多。他患有高血压,但有药保着,不像孙家孝那样有病拖一天算一天。孙家仁虽然单独立户,但同儿孙一起吃住,衣食无忧,而孙家孝是留守老人,不但自己无人照顾,还要照看孙女上学。在精神生活上,孙家仁也有自己的乐趣。孙家仁的父亲孙振煦爱藏书,喜读书,听说走人户都要带书,而且请书童帮他挑书,只是不求甚解,连个秀才也没考上。孙家仁受其影响,也喜欢读点儿古书,特别喜欢古书中蕴含的道理。他给大家摆龙门阵时,经常引经据典。

合口塘边的遐想

今天继续在蒲家河开展全户调查。住在乡场上的客栈里,我仍然按平常的作息时间,7 点准时起床。穿过乡场新修的房屋,不久就到了太极河边。再沿着昨天回来的公路,步行到蒲家河与老队长会合。

天气特别晴好,前天降下的大雪,昨天融了一天,残雪躲藏到林梢,与蓝天、白云交相辉映。山上有雪,坝上生霜,空山无言,河水喧哗。一路上,我头顶蓝天,脚踏冰凌,冒着霜风,倍觉神清气爽。

因为起床早了,到蒲家河的时候,老队长还没到,而农户也大都没起床,我就在河边转了一圈。这里有一座公路桥,通过这里可以到达濯水镇。由于两溪相汇于此,形成了一个湾塘,当地人叫合口塘。过去,这里是一个热闹的场所,每当溽暑时节,周围的青壮年男人就来这里撒野。他们洗光胴胴澡,打漂漂岩,比谁的雀雀屙尿射得远,戏水的欢笑声、比赛的叫骂声此伏彼起。

我突然想起一个问题:这个地方为什么叫蒲家河呢?

黔江人喜用姓氏来对地方命名,像龚家坝、胡家湾、秦家屋、向家山、彭家村、杨家坳、石家河、庞家沟、谢家寨都很有名气。但这种做法在李子村不多。尽管孙姓是李子村的第一大姓,却没有一处地方的取名与孙姓有关。如果蒲家河是用姓氏来命名,周围应该有蒲姓人家,但李子村没有一户是姓蒲的。昨天问老队长,他也没说出个子丑寅卯来。那么,蒲家河是不是"蒲花河"之口误呢?过去黔江有龙潭乡的建制,当地人将太极河称为龙潭河,后来改为蒲花乡,这一段又称为蒲花河。现在蒲花乡已归并到濯水镇,但蒲花河之名还保留至今。这样想来,是不是由于李子村人的口误,把蒲花河说成"蒲家河"了呢?当然,这只是我的猜想。

黔江的水系,以八面山为分水岭,东南为阿蓬江、诸佛江支流,西北为郁江支流,均属长江水系乌江支系。阿蓬江在黔江境内有九条支流,曰段溪河、黔江河、袁溪河、太极河、金溪河、南溪河、深溪河、细沙河、马喇河,都没有蒲家河的名字。

我从一些方志中得知,我站的这个地方,是金溪河与太极河的交汇处。清咸丰年间的《黔江县志》记载,金溪河发源于金山盖之二坳河,合数小沟向东流至大坝,有田家沟水自西北注之,王家堡水东来注之。又东南流至筲箕滩,长春沟水、丛树岭沟水俱东北来注之。又南至麻王屽,史家沟水注来会,麻王屽洞水注之。又南至干沟,红感沟、伍家沟水东南注之。又至田家坡,赵家河自西北来会。又至金鸡坝,脉池水注之。双乾鱼溪东南注之,又转东南石槽,小干沟水注之。又东至金鸡团,与石钟溪水会。光绪年间的《黔江县志》中又说,金溪河又南至合口塘与石钟溪相会,石钟溪又东至合口塘,金溪河自东来会,始合流出泉门峡口,东入阿蓬水。这些表述,对我这个外地人来说,难免有些难懂。实际上,按现在通俗的说法,流经李子村的金溪河发源于三塘盖二坳河,流经大坝、筲箕滩、麻王屽、干沟、田家坡、金鸡坝、石槽,至金鸡团入太极河,而太极河发源于石钟嘴(又名石钟溪),一源由东进入太极场、金鸡团,汇金溪河,出龙潭坝入阿蓬江。两水汇合的地点,就是我脚下的合口塘。

这样想着的时候，老队长赶到了，我立即收回思绪，开始今天的工作。我们走访的第一家是陶宗文家。陶宗文有两个小孩在乡里读书，家里经济压力较大。去年他在福建、湖北、黔江建筑工地上到处转，由于活路不好找，只做了一个多月，就再没出去。

孙合声的"合声"

亦工亦农支撑家庭，还有教师教书育人，分工明确又配合默契。孙合声一家，正如他的名字一样，既有独唱，又有合声。

2015年，孙合声主要在广东、广西等地建筑工地做木工，一年有4万元左右收入，妻子龚明秀在家种地，还养了4张蚕，一年有8000元收入。龚明秀准备今年花3万元建一个100平方米的蚕棚，假使每季养蚕达到5张，全年就有20张蚕，收入有可能达到4万元，这不比孙合声在外面打工挣得少。孙合声的长子孙江林原本在深圳电子厂打工，由于企业倒闭，日本老板跑了，只做了半年就回来了。女儿孙艳秋从幼师毕业后，现在在太极幼儿园教书。一家人经营性收入和工资性收入，加起来有八九万元，日子过得比较殷实。孙合声的父亲孙家仁，虽然单独是一个户口，但由于年老体弱，行动有些不便，吃住都在孙合声家，主要靠龚明秀和孙艳秋照顾。

也许是受祖父的熏陶，孙艳秋读书时语文成绩突出，还考上了中专，当了一名幼儿教师。孙艳秋是孙渝欣的堂姐，她对孙渝欣的学习情况比较了解。孙艳秋说，作为留守儿童，孙渝欣不爱说话，性格比较孤僻，学习上也不主动，衣服穿久了也不换洗，这主要是由隔代教育造成的。孙艳秋虽然是"90后"，看问题还是挺有深度的。孙艳秋说，孙渝欣的父母连过年都不回家，很不利于孩子的教育。我说，这个家庭有留守儿童，又有留守老人，困难很多，你要多劝劝你的叔叔。

孙合声一家人，打工务农，教书育人，互相配合，既挣钱养家，又照顾好了老人。龚明秀在家种地、养蚕的经历也说明，家乡的土地也能生长黄金、白玉。而孙艳秋像现在的大多数女孩子一样，完全可以留在城市追逐梦想，但她没有这样做，而是当了一名乡村教师，虽然工资不高，但离亲人近，随时可以帮助照料亲人。

孙明清的"顺"

按孙明清的家境,他的母亲不应该一个人在城里拾荒。但事实上,母亲陈庆之就在黔江城租房住,她平时就靠拾荒补贴家用。而且怎么劝她,她也不愿意回去。无奈之下,大家每年给她五六千块钱,顺着她,让她待在城里。

孙明清前些年出门搞建筑,每年至少有三四万元的现金收入,也有了一些积蓄,同时靠房屋复垦补助的4万多元钱,修起了两层八间大砖房。因为修房,目前还欠2万元债务。房子有客厅、阳台,里面的设施一应俱全,不比城里人布置得差。2015年,孙明清没找到合适的工作,就同妻子陶宗淑一起在家种地、养猪。儿子在城里读初中住校,每年要4000多元费用。

我和老队长一起,坐在孙明清家二楼的阳台上,一边同孙明清摆谈,一边享受着乡村干净的阳光。陶宗淑上楼来,客气地给我们泡上茶,就到一边忙去了。

"听说你母亲一个人在城里,是怎么回事呢?"了解到他家的基本情况后,我直截了当地问。

孙明清说,他父亲孙家凡2015年去世后,母亲陈庆之就决定出去住一段时间。陈庆之今年已满77岁了,身体不是很好,谁放心她外出呢?但大家拗不过她,只能由着她。"你看到的,我们家房子修得这么宽敞,她一个人住一层楼都可以呀!但叫她回来,她就是不肯,说自己喜欢自由一点儿的生活。"

面对这种情况,外人当然会说三道四。有人就认为是孙明清不孝顺,才造成这个局面。对这样的议论,孙明清觉得很冤枉。孙明清说,多次去城里请老人家回来,叫她什么事都不用做,她就是不愿意回来。老人家在城里生活,就是捡垃圾都不愿意回来,孙明清和陶宗淑商量,那就顺着她吧,每年给她几千块钱让她在城里住。孙明清说,先顺她一段时间,再继续做她的工作,最后一定是要把老人家接回来居住的。

这些天我在一组进行全户调查,已发现了三个拾荒老人,但她们拾荒的原因都不一样:张翠香拾荒是因为儿女经济困难,无钱赡养她,只能靠自己想办法过日子;张永珍是因为家里的房子已烂,无法居住,只好在城里栖身,一边在饭馆打小工,一边捡垃圾补贴家用;陈庆之是喜欢自由自在,在城里过日子是为了清静。但不管是什么原因,我认为都属于非正常的老人生活状况。

余霞荣的"手"

这几天我多次问蒲家河有什么土特产,大家都毫不犹豫地回答:手工红苕粉。今天因为天气好,几乎家家户户都在晒红苕粉。作为这一带的土货,红苕粉拿来炖猪蹄、烫火锅,都是上好的食材。现在马上要过年了,大家都想多准备一点儿。

在冉淑光家,我用手机拍摄到了他妻子余霞荣和外孙女田灵俐互相配合,手工制作红苕粉的过程。

蒲家河的红苕粉,全部用手工制作,吃起来口感很好。先是用本地红苕磨成淀粉,通过自然沉淀漂白后,再将淀粉稀释做成浆子,然后开始制作苕粉。通过对祖孙二人劳作的观察,我发现步骤大致有五步:一是用开水制作粉块。大锅里烧一锅开水,将浆子均匀地敷设在铁盘上,利用开水将铁盘底部烫热,使浆子凝固起粉块。二是用冷水揭开粉块。凝结的粉块放在冷水里,用手把粉块揭开。三是在院坝晒粉块。将粉块挂在院坝平时晾衣服的绳子上晾晒,让水分流干。四是将晒干的粉块切成粉条。将水分流干的粉块切成条状,薄薄地铺在晒席上直至完全晒干。五是将粉条捆扎成把加以储存。将粉条捆成一斤左右的小把,放在干燥的地方储存,除了自己吃,还可以在逢场天背到乡场上出售。

用这种方法制作的苕粉,不加任何添加剂,耐煮劲足,吃起来绵软,深受乡亲们欢迎。如果算经济账,每斤售价在10～12元,100斤鲜苕可制作10斤左右苕粉,至少有100元的收入。而100斤鲜苕如果不加工,只能卖20元,还少有人问津。因此,做苕粉的经济效益还是很好的。从劳动成本看,两个一般劳力,一天可以做10斤苕粉,家里的老人、妇女最适合做这项工作。如果把它做成小产业,一亩地产鲜苕按5000斤计算,可以生产500斤苕粉,收入在5000元以上,效益还是不错的。

既然东西这么好,何不做成产业?通过成立专业合作社的方式,将李子村手工苕粉注册,把广大农户组织起来,通过网络和实体店营销,一定会赢得更大的市场,还可以促进老人、妇女在家就业。老队长说,这个想法很好,但要做大也不容易。最大的问题,就是李子村的土地资源有限。

据介绍,冉淑光、余霞荣都转了城镇户口。2015年,老两口养了8张蚕,有1.5万余元的收入,加上房屋复垦费和养老保险收益,两人共有3万元的现金进账,日子比较好过。田维高是上门女婿,因为有高中文化,曾经当过代课教师,2015年在成都建筑工地打工,有3万元收入。田维高的妻子冉翠香在家种地,同时照顾在太极乡小学读书的女儿田灵俐。

孙章明的"明"

在老湾湾,作为村里为数不多的"60后"高中生,孙章明的聪明能干是出了名的。调查发现,他真正聪明的地方,是十分重视子女教育。

孙章明在黔江的建筑工地上开车,妻子周兰香在黔江做家政,女儿孙婷也在黔江工作,2015年一家人的年收入在10万元以上。但他家至今还住的是木房,并没有像其他人一样,打工赚钱后迫不及待地修房,修房欠了一屁股的债后,再出门打工还债。孙章明夫妇俩赚的钱,几乎都投到了四个子女的教育上。夫妻俩含辛茹苦,培养了三个大学生、一个中专生,其中两个已经参加了工作。

四个孩子中,长女孙念已大学毕业,在重庆主城工作并安家;二女孙婷,中专毕业后在黔江城里工作;三女周丽君现在华中师范大学读大三;四子孙豪在长江大学读大二。现在家里有两个在读大学生,教育支出一年就要5万元左右。孙章明说,再坚持一两年,他们都毕业了,自己就轻松了。

我想,现在就是吃国家饭的人,两口子要送四个孩子上完大学、中专,都是非常困难的。我问他们两口子是怎么做到的。孙章明说,孩子首先要能读,只要能读,父母都愿意供,但有些父母没有耐心,一旦孩子学习成绩不稳定,就放弃了,我们从来都是鼓励孩子们不放弃。至于经济方面,两口子拼命挣钱,全力支持。现在农村人压力大,主要是送孩子读书要钱、修新房要钱、大病就医要钱,但通过做产业挣现钱不容易也不保险。要供孩子读书,建新房就只能推迟。现在两个孩子毕业了,她们能帮一些了,这样父母帮子女、子女互相帮,压力就减小了。

还有父母要赡养,这不是可做可不做的事情,怎么办呢?我问孙章明。孙章明说,赡养父母要趁早,不能等父母白发苍苍了才孝敬。他说他抓住了一个机会,就是给母亲吴清菊买了不规范征(占)地养老保险,2015年的年收益有一万多元,她的生活就不愁了。当时,购买不规范征(占)地养老保险,要交很大一笔钱,但从长远看还是很划算的,他就到处借钱,给母亲买了。现在看来,这步棋是走对了。

由于多年在城里打拼,夫妻俩已适应了城市生活,加之孩子都快毕业了,他们就决定在城里购买商品房。

孙文明的"精"

在老湾湾,人们常说:要吃土鸡蛋,就找孙文明。2015年,孙文明挑起箩筐收购土鸡蛋,年纯收入有2万元。孙文明做这一行有几十年了,从没停歇过,由于口碑好,近年来效益一直不错。

孙文明的儿子孙健棚,去年在湖南等地建筑工地做木工,活不多,一年收入不到2万元。儿媳邓芹在家务农、带小孩。孙女孙愿在重庆读大一,孙子孙锦程在太极小学读六年级。2015年一家人的教育支出至少3万元。让孙健棚放心的是,父亲孙文明、母亲程帮兰都转了城镇户口,分别购买了不规范征(占)地养老保险,一年共有2万多元收益。加之孙文明收购土鸡蛋赚的钱,一家人生活无忧。

但收购土鸡蛋并不像人们想象的那么轻松。孙文明说,干这一行必须吃得苦,也要懂行,才有钱赚。在收购环节中,由于李子村人没有把东西拉到你家里来卖的习惯,你必须主动上门,挑着箩筐,翻山越岭,一家一家去打听,有时还会扑空,或被人家的狗咬。即使收到了鸡蛋,由于存放的时间过久,有些鸡蛋拿进屋没几天就坏了。鸡蛋一坏,肯定不能销售给别人,这个亏空只有自己填。过去公路不畅,很多时候是步行,李子村周边七沟八岭,近处如金溪、白土,远处如石家、鹅池,没有哪个地方孙文明没去过,哪户人家散养了土鸡,他也是一清二楚。解决了收购问题后,销售也比较麻烦,如果没有客户,收到的鸡蛋就销不出去。鸡蛋放久了,不新鲜了,就没人要了。所以开始做的时候,孙文明也吃过不少亏,有些年不但没赚到钱,还倒贴。

现在,孙文明对收购土鸡蛋的窍门,已掌握得一清二楚,并建立了客户群,很多时候已经实现订单销售。这些客户群,有饭店,有单位食堂,也有城市家庭,信息资料都密密麻麻地记在本子上。大家非常信任他,需要货的时候,一个电话就能解决问题。由于孙文明额头上有一个暗红的胎记,村里人开他玩笑,说他是"脑壳上都盖有公章的人"。这话的意思是说,孙文明这人实诚,值得信任。

这几天,随着春节的临近,打电话向他要土鸡蛋的客户越来越多。孙文明一算,总共还需要3000多枚鸡蛋。由于天气变冷,农家里那些土鸡都开始变得无精打采,蜷缩成一团,哪个还会下蛋?再说,农户过年要留用一些,能给孙文明的货确实有限。卖不出去和没货卖,都恼火得很!但没办法,答应了别人,费再大的劲也要去办啊!孙文明虽面露难色,但话语里透露出的是一种自信。

今年的行情好,每个土鸡蛋收购价1.5元,销售价2元,自己收一个可以赚0.5元。一年下来,能销售4万多个土鸡蛋,收入达2万元。孙文明这几天到各地收土鸡蛋,脚都走肿了。而他在2015年9月,就要迈进古稀之年了。

我说,你同老伴都有不规范征(占)地养老保险,生活无忧,为什么还那么拼呢?孙文明说,两个孙子要读书,开销大,儿子打工又没挣到钱,能拉一把还得拉。万一哪天身子骨动不得了,那就只能放手了。

十一　在金鸡坝

【走访户数】

今天同老队长一起,在老湾湾、高家岭、梁梁户、老房子、染坊、四斗种、吊嘴、湾底、龚家堡等金鸡坝区域,转了35户,包括:孙平安、孙天宝、孙国洪、孙文和、周菊香、孙建飞、孙文林、燕佑青、蔡明秀、孙健、孙涛、孙文康、孙文迪、孙文全、孙章波、孙章奎、王宗兰、龚彩云、孙文会、孙云声、刘明香、孙银华、孙章超、孙章文、龚节平、孙章怀、王绍芳、孙章春、孙章伦、孙禄声、孙华润、孙建声、杨举珍、龚正培、张钰等家。在这些住户中,王宗兰、刘明香家是建卡贫困户,孙文迪、杨举珍家是低保户,孙云声是五保老人。

【贫困档案】

● 建卡贫困户原户主孙文超,2015年因患癌症去世,妻子王宗兰成为户主。这个家庭原有四口人,除王宗兰和孙文超外,还包括女儿孙美庆、儿子孙未。由于孙美庆已经出嫁,现家庭人口只有三人,包括她本人、现任丈夫窦兴奎、儿子孙未。作为建卡贫困户,她家的致贫原因是疾病。2015年,王宗兰养肥猪一头,喂鸡100余只,加上同窦兴奎一起打零工,儿子孙未在浙江打工,一年总收入超过4.5万元。他们住的房屋是砖房,家里没有其他负担,按标准脱贫问题不大。

● 作为我的帮扶联系户,刘明香家的情况,在前面已经多次提到过了,只是刘明香家的档案资料有些混乱。按户口簿上的记录,刘明香的丈夫孙明章才是户主,夫妻俩一个户头,而儿子孙银华、儿媳伍迎春、孙子孙梦佳和孙霖枫四人是另一个户头,户主是孙银华。但在建卡贫困户资料里,刘明香是户主,并把儿媳妇伍迎春拉进来,这样就变成刘明香、孙明章、伍迎春三人是建卡贫困人口。致贫原因是疾病,她的胃溃疡比较严重。孙明章、孙银华在大连建筑工地打工,年收入有6万元左右,伍迎春在大连带小孩。刘明香在家务农,养鸡80只,一年有3200多元收入,养肥猪一头,收入3100多元。一家人按标准脱贫,是没有问题的。

●51岁的孙建声是孙忠声的哥哥,由于智力二级残疾,至今未婚,家庭困难。但由于他过继了孙忠声的儿子孙攀,有关部门认为他是有子女的,按照政策就不能享受低保待遇。实际上,过继孙攀,是孙忠声为规避超生才这样做的。孙攀长大以后,既没有同孙建声一起生活,也没有在经济上和其有来往。孙攀现在城里读高中,孙建声也没有能力供养他。在户口簿里,孙攀与户主孙建声的关系写的是"长子",这样徒有虚名的过继关系反而影响了孙建声。如果到了60岁还保持这种过继关系,那他五保老人的待遇也会受到影响。

●五保户孙云声家和低保户孙文迪家、杨举珍家的情况,放在后面说。

懒四

70岁的孙云声是五保老人、孤寡老人,既无地也无房,住的是原白果大队废弃的卫生室。屋子本来就窄小,还在里面塞满了杂物,喂养了两条狗,整个房间弥漫着一种难闻的霉臭味。

孙云声有一个外号,叫"懒四"。村里人这样喊他,是因为他确实不爱做事。懒四的"懒",意思很明显,就是不爱劳动,不爱收拾自己,吃得不好,穿得也脏,而"四"的意思是排行老四。久而久之,孙云声成了"懒得做事"的代名词,村里人教育子女,爱挂在嘴边的一句话就是:"如果你懒得做事,你就学懒四嘛!"

孙云声的习性,主要是家庭影响的结果。听说他祖父就好吃懒做,甚至染上抽鸦片的恶习,而父亲因为偷盗,被人乱棍打死。十四五岁时,孙云声帮别人看马,把马看丢了自己都不知道。也是在那个时候,母亲又去世了,从此再无人管教,遇到哪家饭熟就在哪家吃,不给他好吃的,他还有意见。孙云声脾气比较火爆,一个堂叔希望他立志,叫他再莫懒了,有机会还是找个媳妇。孙云声认为找来媳妇,自己就受人管束,不自由了。为表达自己的不满,他趁天黑的时候,拿起石头把堂叔家的窗子打破了。20世纪70年代初,他把父辈留给他的两间木房拆了,柱头卖给孙家全、孙怀生,听说只得了几碗面条钱,而把木板打捆卖给孙家仁,一块钱一捆。他的祖业在对门户,与孙和声的木房挨在一起。木房卖了没有住处,他就跑到梁梁户这个地方,住进废弃的集体苕洞里。不久,他把苕洞上几十片瓦也卖了,苕洞遮不住雨,他又盯上了大队废弃的卫生室。最后,他把仅有的田地也卖了。乡里看到他居无定所,拿出1000元钱叫他修房,他觉得住卫生室挺好的,拿着钱不愿意修。村党支部书记马再全怕他把钱搞丢了,就帮他存起来,后来房子还是没修,老马就拿这笔钱帮他买了一口棺材。

孙云声不讲卫生,也是出了名的。他一年难得洗几次衣服,因此身上总是发臭,实在不行了就到河里洗个冷水澡。有时生病到村卫生室买药,村医孙健,也忍不住要捏起鼻子,劝他还是要多洗澡,这样才不会生病。孙云声不以为然,说臭不死人,还说恰恰自己洗澡容易得病,搞得孙健哭笑不得。

孙云声虽然懒惰,但不偷不抢,也有自己的乐趣,就是爱狗成癖,也喜欢喝两杯。听到哪里有流浪狗,他一定会牵来自己喂起,与狗同住一屋,相依为命。孙云声虽然无地可种,但另谋了一门不需要土地的活路,就是替即将入棺的死者净身。这活儿在城市殡仪馆称为入殓师,是专门为死去的人化妆整仪、纳入棺中的职业,但乡村的入殓,主要是为死者洗洗身、修修面,换上专门的寿衣,让他们像串门一样,干干净净地走向天堂。这样做一次,他可以得到300~500元的酬金,还有饭吃、有烟抽。一年下来,总共有5000元左右收入。加上一年五六千元的低保收益和农村养老保险收益,孙云声的基本生活保障是不用愁的。孙云声经常同死者打交道,照理说他应该对生死、对利益看得很淡,但他给人的感觉是孤僻难处,与邻居的关系也不太好,对政府给他的帮助也并不那么领情。

因为他没房,村里动员他到敬老院去。但孙云声说自己懒散惯了,不愿意和别人住在一起。他其实是觉得没面子,因为无儿无女意味着"断子绝孙",在农村是诅咒别人的话。对他来说无儿无女是实,但他还是听不得这四个字。由于他选择的是分散供养,2015年国家每月给他的供养资金是400多元,通过银行打到他的账户上。2015年,孙云声还养了5只羊,由于羊肉价格低,他没舍得卖,而是自己杀来吃了。孙云声喝酒比较凶,吃肉也厉害,只要逢场,他都要上街逛一圈儿,回来的时候,手里提的不是酒,就是肉。

孙云声虽然基本生活有保障,但目前住的确实是危房,也无法进行改造。只能想办法让他搬迁建新房,才能彻底解决他的住房保障问题。

杨举珍的低保

杨举珍儿孙满堂,却享受低保待遇。

年过八旬的杨举珍,命运比较坎坷。她先是嫁给铁匠之子龚天锡为妻,生下儿子龚正培。1958年,龚天锡因历史问题被判刑10年,在秀山劳改农场服刑。龚正培当时还在襁褓之中,母子俩成了孤儿寡母,无奈之下,杨举珍只好与同村青年孙国清结合,一连生下孙桂林、孙文海、孙文高、孙文辉、孙文翠五个子女。

龚天锡回来后,考虑到杨举珍已嫁于别人,便不想再回到老家,有关部门就安排他在农场放牧。杨举珍到秀山走亲戚时,偶然听说龚天锡的下落,就立即去见他,希望他回到老家。龚天锡回到家后,生产队还给他分了责任地。他不但种地,还利用金鸡坝田多的优势开始养鸭,有了积蓄后,重修了一幢木房。儿子龚正培现住的就是这房子。龚正培快60岁了,还同儿子龚节军、儿媳李林一起在大连打工,连孙子也在大连读小学。虽然孙家人多,但大都在外打工,一年难得回家一次。因此,有六个儿女的杨举珍,却没人专门陪护,生活靠自己打理。

龚孙两姓这么多子女,都是杨举珍手心手背上的肉。把他们养大,吃的苦受的累就不用说了,她只要子孙后代有吃有穿就行。如今,孙子孙辽很争气,考上了大学,杨举珍当然高兴。只是子孙们在婚姻方面都有些不顺。龚正培十多年前就已离婚,至今还单身。孙文高也在几年前与王香各奔东西,至今未娶。孙文辉与张泽美也在两年前分了手,至今未娶。李春燕与孙文海大吵一架后,也负气出走,至今杳无音讯。虽然离婚并不是什么丢人的事,但这些事频繁地出现在杨举珍面前,她有些承受不了。她甚至认为,这是命运的嘲弄。

由于无专人照顾,加之年龄偏大,2015年,杨举珍享受了低保待遇。虽然钱不多,但像她这种儿孙满堂的人,享受这样的待遇,总会遭到一些人的质疑。

教育投资有回报

孙文康和张恩琼的砖房,立在大公路上面的高家岭。站在他家的院坝远眺,金鸡坝尽收眼底,一览无余。

孙文康名字中有个"文"字,是字辈,排到这一字辈的人,目前在李子村很多。孙文康一家特别重视对子女的教育。从这个家庭中走出了两个大学生。孙文康的大儿子孙章质,考取的是重庆邮电大学,毕业后在成都一家企业工作;二儿子孙章应,在河北上的大学,学的是与煤炭有关的专业,毕业后在山西工作。两个儿子都很孝敬父母,逢年过节都要给老两口寄钱补贴家用,让他们不用出门打工维持生计。

孙文康和张恩琼都是"60后"。孙文康高中毕业后,虽然成绩不错,但因家庭贫困,便没有机会上学了,张恩琼只读到小学毕业就辍学了。两人结婚生子后,都有一个共同的心愿,就是再穷不能穷孩子。他们外出打工,含辛茹苦,什么苦活都干；他们在家种地，披星戴月，勤耕苦作，把挣来的钱几乎全花在两个儿子读书上。

张恩琼回忆说，两个儿子读书确实花了不少钱，最多的时候一年要四五万。由于孙文康有高血压、支气管炎，张恩琼有骨质增生、肾炎，两人也曾有过放弃的念头，但最终还是一咬牙，坚持了下来。现在好了，两个儿子都有了一份稳定的工作，又很孝敬父母，每年都主动给家里寄钱。

老队长说，你们家坐的屋基，在李子村一组算最高的，一定是站得高看得远嘛。张恩琼说，在金鸡坝，哪家哪户都希望自己的子女能把书读好，改变一下命运。但供孩子读书，越读花费越大，大家都在为小孩的未来拼血本。只是有的小孩不专心，不肯读书，有的人家确实没钱，就是想读书也供不起。孙文康说，供孩子读书，就像种庄稼一样，图的是个希望，如果不种，永远都没有希望。张恩琼说，两个儿子现在好了，就是离家远了点儿，如果在重庆工作就好了，周末就可以回来看一下我们。她的眼睛里既充满了自豪，又隐含着一丝无奈。

确实，供孩子读书就像投资，有的人得到了回报，有的人没有得到，但无论如何，你都必须投入。幸运的是，对孙文康两口子来说，两个儿子开始反哺了，教育总算给他们带来效益了。

新时代的李顺大

李子村人说，账多不愁，蚤多不痒。话虽如此轻松，但一些欠债大户，每天还是急得焦头烂额。那他们的债务是怎么来的呢？概括说来，或因在家乡修房，或因在城里买房，或因身体遭遇疾病，或因供子女读书……

疾病、求学是建卡贫困户的主要致贫原因。从李子村的实际情况看，还有一种隐性的致贫原因，就是建房。新修住房或在城里购置商品房，使很多人家成为欠债大户，少则几万，多则10万，有的甚至上20万。这些人就像新时代的李顺大，要用"吃三年薄粥，买一头黄牛"的精神拥有一幢新房。何况，修房还可以得到国家上万元的补助呢！目标坚定如斯，莫说用牛就是用火车也拉不回来。只要手里有个两三万元的积蓄，梦想的星火便开始燃烧，便东拼西凑开始建房。于是，在打工修房、修房欠债、打工还债的旋涡里，他们沉沉浮浮，难以自拔。比如，孙章波在广东搞建筑，两个孩子，已有一个读小学。由于建房，共花了21万元，现欠债15万元，以他现在的收入水平，不吃不喝至少要四年才还得清。比如,孙健在黔江开车,他的妻子万书琼在黔江陪读,一个小孩上大二,一个小孩读初一,2015年一家人的教育支出达2万元以上,他们在黔江按揭购买了一套商品房,一年需还房贷3万元左右,目前至少已欠债4万元以上。

高家岭的孙文迪2015年在上海打工时,不慎手脚受伤,被送进医院救治,取了钢板出院后不久,又发现脑袋里长了瘤子,只好到医院开刀。妻子任凤兰下肢瘫痪,几乎丧失了劳动能力。一家人因为治病,本就欠了一屁股的债,可他们还是想方设法要修新房。这是为什么呢?原来孙文迪的儿媳查雪琴是江西人,在打工期间同孙文迪的儿子孙章阳相识相受,虽然嫁到了重庆,但至今无法上户口。原因是查雪琴的父母不想女儿远嫁,就用8万元彩礼相逼,但孙家哪拿得出这笔钱?拿不出钱,对方就不准迁户口,没有户口就拿不到结婚证。孙章阳同查雪琴只好同居,并生下女儿孙好。因为没有结婚证,孙好也上不了户口。孙好出生后,家庭人口增加,原有的房子不够住了。因此,他们决意在原屋基上拆旧修新,建一幢砖瓦房。除任凤兰外,虽然家里有三个劳力都在外打工,但挣的钱却不多,于是他们就向亲戚朋友借钱修房。目前,房子总算修好了,造价高达20万元,欠债就有16万元。

2015年,孙文迪和任凤兰夫妻俩,因为疾病,两人都享受了农村低保待遇。

十二 农户的各种活法

【走访户数】

今天在湾底、老房子、坪上、梁梁户、染坊这些地方转了一整天,一共走访了24户。包括:孙文华、龚节香、孙文春、王艾、孙家贤、刘华容、孙毅东、龚秀云、孙家全、邓明芹、孙海生、孙乾生、孙志兴、孙于生、孙文谷、张吉平、孙奎阳、孙建维、陈开元、孙阳生、陈桂兰、孙锡生、孙章政、孙忠良等家。其中,龚秀云、孙海声、孙建维、孙章政四家是建卡贫困户,孙文谷家是低保户,孙锡生家是五保户。

【贫困档案】

● 龚秀云一家有四口人,丈夫孙毅东原是邮电局的合同制工人,后下岗回家务农。龚秀云的大儿子孙龙胜在重庆主城读大学,小儿子孙玉胜在黔江读初中,家庭属于因学致贫。村里制订的帮扶措施是发展家庭养殖业和争取助学金。但夫妻俩身体都不太好,龚秀云有肝炎,孙毅东有支气管炎,手指受过工伤,加之家里地少,2015年两人都在上海打工,因此搞家庭养殖业不现实。而孙龙胜的学习费用,主要由爷爷孙家贤和奶奶刘华容资助。孙玉胜在城里读初中,一年要上万元的费用。全家人的经济来源主要靠打工,2015年有6万元以上的收入。

● 孙海声一家有四口人,女儿孙徐在云南医科大学读大四,儿子孙月在黔江读初三,2015年全家教育费用支出近3万元,致贫原因也是供孩子上学。但贫困户登记表上,还登记了一个致贫原因是"户主因车祸骨折后不能干活",帮扶措施是劳力输出和争取助学金。孙海声确实曾因车祸受过伤,身体一直不太好,但说"不能干活"就有些言重。既然不能干活,劳力输出就不可能了。实际上,2015年孙海声同妻子徐翠香一起,就在浙江打工,一年收入有7万元左右。除了教育支出大,一家人的住房条件也比较差,虽然有3间木房,但住房安全保障方面还没有达到脱贫要求。

● 26岁的孙建维一家有四口人，妻子李艳梅还是"90后"，比孙建维小两岁，夫妻俩可谓年轻力壮，儿子孙懿轩2岁，女儿孙可馨才1岁，两个小孩还是婴幼儿，因此家庭还谈不上有多少教育支出。2015年，孙维建在湖南建筑工地打工，有2万元收入。李艳梅在黔江租房带小孩。李子村建卡贫困户资料显示他们的致贫原因是"无职业技术"，帮扶措施是产业扶持和养殖技术培训。但孙建维是高中毕业，李艳梅念的是职高，应该说具有一定的现代职业技术。产业扶持是帮扶他们养鸡，但由于夫妻俩常年不在家，家庭养殖无法落实。入户调查时发现，孙建维实际上无地、无房。2015年，由于打工收入有限，一家人又要住在城里，只能靠借钱硬撑，已欠债上万元。

● 44岁的孙章政一家有四口人，他同41岁的妻子常树兰都是小学文化程度，但他们对子女的教育都比较重视。现在，女儿孙红霞在重庆主城一所高职读大二，儿子孙鹏在黔江人民中学读初三，两个孩子一年需要费用近3万元。因此，造成家庭贫困的原因主要是供学生上学。2015年，孙章政和妻子常树兰都在浙江打工，但只做了两个月，收入不到2万元。孙章政一家还因为修砖房，欠债16万元。送子女读书、欠债等压力，逼迫夫妻二人必须外出打工挣钱，以保证家庭正常运转。

● 孙文谷年届60岁，同52岁的妻子张吉平一起在2015年享受低保待遇。孙文谷一家有五口人，祖孙三代同堂。儿子孙章远在黔江当厨师，儿媳韩原麟也在黔江打工，两人去年有7万元左右的收入。平时，孙文谷在城里接送孙子读幼儿园，农忙时回老家种点儿地。张吉平有严重风湿病，走路困难，肢体二级残疾，基本丧失了劳动能力，待在家里。群众认为，孙文谷和张吉平两口子年龄都不大，虽然张吉平有病，但孙章远收入不错，还住在城里，夫妻俩不应该全都享受低保待遇。

耕读之家

在李子村，孙家全、邓明芹夫妇经营的这个大家庭，用"耕读之家"来概括，实不为过。

他们一共生了四子四女，四个女儿已经出嫁，四个儿子都是四口之家，整个大家庭人丁兴旺。改革开放后，李子村一组的第一个大学生、第一个博士，都出自这个大家庭。四个儿子虽然家庭开支大，但每户每年都要给父母一千五百元的赡养费,加上孙家全购买了农村居民养老保险,邓明芹购买了不规范征(占)地养老保险,老两口的生活保障没有问题。

孙家全81岁了,邓明芹76岁,身体都还好。孙家全原有一套100多平方米的木房,但四个儿子长大成家后,房子显然不够住了。儿子们都希望拥有自己的住房,但光靠父母的能力根本不可能实现他们的愿望。从20世纪90年代开始,"60后"的孙于声、孙志兴、孙海生都相继出门打工,直到现在,他们仍然在外闯荡。只有"70后"的孙乾生在家务农,并担任村文书。孙氏三兄弟长期坚持在外打工,先是想改善住房条件,但随着孩子长大,挣钱供孩子读书成了坚持在外打工的主要理由。

老大孙于声、程远菊夫妇,把女儿孙耀、儿子孙令都培养成了大学生,现在两人已经参加工作。孙耀是改革开放以后李子村一组走出的第一个大学生,毕业于西南农业大学(后与西南师范大学合并为西南大学),现在璧山工作。从1992年开始,孙于声夫妻二人到大连打工,孙于声搞建筑,程远菊在内衣厂上班。为了节省开支,他们过春节都很难回来一次,孩子也没带在身边。孙于声清楚地记得,他自己是六年回来一次,程远菊是八年回来一次,孩子们几乎都不认识他们了,大家才刚刚熟悉,他们又要离开。无奈之下,孙耀和孙令放假后,就到大连去看望他们。孙耀大学毕业后,才真正理解父母的苦衷。不过现在好了,两个孩子都供出来了,债务也只有万把块钱了,是该回家了。

老二孙志兴(原名孙回声)、常宗会夫妇的女儿孙颖正在中国社科院读博士,儿子孙帝中专毕业后远赴阿曼谋职。夫妻二人没有像大哥大嫂一样出远门,而是就近在黔江打零工,常宗会主要是在城里擦皮鞋。2015年,两人的收入只有4万元左右。由于老家的房子已复垦,他们在黔江按揭购买了一套100多平方米的商品房。由于孙颖还在读博士,一年需要4万元左右的费用,虽然她自己能解决一些,孙志兴和常宗会也会给女儿分担一部分。现在,两个孩子都有了出息,但因为供孩子读书和在城里购房,两人身上还有四五万元的债务没有还清。

老三孙海声、徐翠香夫妇,把女儿孙徐培养成了大学生,孙徐学的是医学专业,儿子孙月读中学,成绩也较好。孙徐、孙月姐弟俩读书一年要3万多元的费用,只能靠夫妻二人在浙江打工来维持,如果在家里种地,很难挣到这一大笔钱。

老四孙乾生、刘香夫妇,其儿子读高二了,也有望考上大学。5岁的女儿孙玉涵在乡里读学前班。对于他们来说,小孩读书费用不愁,因为孙乾生在村里办了一个砂砖厂,年纯收入在10万元以上。

子孙们圆梦,孙家全在欣慰的同时,也有自己的遗憾,那就是自己的参军梦始终没能实现。孙家全十四五岁时就是村里的干部。他两次报名参军都没走成。第一次,领导说下次;第二次,又说独子不能去。其实是因为他年龄太小,村里又人手奇缺,乡里不想让他走。唉,没有背"七斤半"的命啊!孙家全说到这里,眼眶含泪。当不了兵,孙家全沉心务农,还当过生产队长。为了养家活口,他什么活都干,在县运输队当过搬运工,在公社当过炊事员,还给公社企业煮过酒,还做过木材生意。每当回忆起自己打拼的经历,他总是滔滔不绝,如数家珍。

耕耘之家

孙忠良、龚良凤夫妇都是"50后",他们不愿外出打拼,但他们在家里围绕"农"字精耕细作,硬是从自己的一亩三分地里刨出了金元宝。

按孙忠良的文化程度和人生经历,他应该不是那种甘心于躬耕的人。他是太极农业中学的首届毕业生,在当时那个年代,高中生是非常稀缺的了。后来,他又当了兵,进入铁道部队,只是遇上铁道部队改革,才没有在部队留下来。复员后,他在家里安心生产,成为村里的种养能手。2015年,夫妻二人务农的纯收入超过一万元,比一些外出打工的人挣的钱还多。

2015年他们的生产和收入情况,大致是这样。种植业方面,生产稻谷2500斤、玉米2300斤,收入5600元,还种了一点儿油菜,收入1000元。养殖业方面,他们养蚕6张,收入1.2万元;喂肥猪2头,收入7000元。种养业相加,全年总收入达到2.56万元,除去1.069万元成本,纯收入达到1.491万元。

现在不是说种粮和养猪都不赚钱,还亏本吗?我问。孙忠良说,还是有赚头的,关键看你怎么做。种粮成本是高,特别是规模小的,但还有钱赚。比如去年玉米一斤可以赚两角,稻谷一斤可以赚三角,油菜一斤赚五角。养殖业方面,猪肉一斤可以赚六角,蚕一张可赚1500元。

我向他请教:有哪些成本呢?孙忠良说,现在不是讲生态种植和养殖吗?如果多用农家肥,少用或不用农药,可以减少很大一笔成本。至于养猪,因为都是喂熟食,喂自家的红苕、洋芋、潲水,不会买多少饲料,所以除了买仔猪和进行防疫的费用,其他成本不多。当然,自己的劳动力不能算进去。这样看来,孙忠良一家种养业的平均利润接近六成,加之老两口都购买了不规范征(占)地养老保险,更是衣食无忧。

这几天在李子村一组发现,除了身体有残疾的,大多数青壮年都外出打工了,留下来种地的,大部分是60岁到70岁的老人。像孙忠良等人,他们在家里搞种养业,精打细算,精耕细作,也能保证衣食无忧。

军人之家

孙家贤和孙平安是亲兄弟,孙家贤68岁,长孙平安6岁,他们先后通过参军,冲出了大山。现在,他们都在农村颐养天年。他们唯一没有磨损掉的,是军人的精气神。

孙家贤1968年2月入伍,参加过战斗。在前线,作为班长,他被分配到部队当给养员,日夜奔波,为官兵送医送药,长期在完达山原始森林里住帐篷。完达山又称王达岭,属长白山山脉北延,是黑龙江东部主要山地。冬天来临的时候,驻扎在零下40多度的冰天雪地,大家饿了吃压缩饼干,渴了以雪代水。因为这样,孙家贤留下一身病痛。从部队退伍后,他被安排到邮政局工作。现作为退休职工在家养老,同老伴刘华容一起生活。

孙家贤告诉我,前几天市里搞民意调查,专门打了他家的座机,请他谈谈黔江的干部工作作风、扶贫帮困等情况。他说他是实事求是地讲了情况。现在农村手机已经普及了,家里安座机的人并不多,这段时间搞全户调查,我只发现孙家贤家里有一部。我接着干部工作作风这个话题,诚恳地说,如果我们驻村工作队有什么做得不好的地方,请孙老革命一定指出。孙家贤说,现在乡村干部的事情太多,出点儿差错也是难免的。只要是公平公正为群众办事,出了差错群众也会谅解的。

孙家贤每月有2500多元退休工资,刘华容每月有1000多元的不规范征(占)地养老保险收益,如果这些钱全部用在两人身上,那日子肯定是好过的。但孙家贤有风湿病,刘华容有心脏病、高血压、风湿病,两人一年的医疗支出要四五千元,特别是还要资助孙子孙龙胜读大学,一年要花费2万多元。因此,一年下来所剩无几。但老两口对现在的政策和生活状况非常满意。

孙平安1970年入伍,当的是工程兵,先在成都随部队搞水利工程,不久到湖北参建葛洲坝水利枢纽。他在部队表现突出，于1971年11月26日入党，还被评为优秀士兵。三年后，因患上严重风湿，只好带病复员，但普通士兵的本色一点儿没变。回乡后，他带头挑大粪，吃苦在前，什么重活都抢着干，晚上睡觉全身都痛。1979年至1987年他先后担任白果大队的大队长和党支部书记。这期间正值全国实施土地大包干，不久又实行土地承包到户的政策。孙平安说，那时因为家里兄弟姐妹多，才想到当兵，一方面是报效祖国，一方面也是找口饭吃。落实土地承包责任制，大家都想分好田好地，要分配得很公正，很不容易。没有办法，只能当干部的吃亏。他家分的田地，大都是边边角角的，先等别人选完，剩下的才是自己的。土地承包到户后，农村干部最难的一件事，就是搞计划生育。孙平安执行政策，也从不敢走样。由于劳累和疾病，在他卸任党支部书记的那一年，牙齿几乎脱光了。他清楚地记得，当年他才35岁。

孙平安现在每月享受364元的民政优抚补贴。虽然钱不多，但他心存感激，称那是"保命钱"。他说，如果没有党和政府的帮助，他这个农村兵的日子，肯定过不下去。他说，他在部队的这三年影响了他的一生，使他始终有一种坚定的信仰。正是这种信仰，让他无论身体如何疼痛，都坚持咬紧牙关向前冲。

养蜂之家

孙阳生退休了也没有闲着，他从事的是甜蜜的事业，同时又要把身体残疾的哥哥孙锡生照顾好。

2012年孙阳生从金溪畜牧站退休后，赋闲在家。几天清闲之后，他感觉百无聊赖，退休的日子也不是那么好过。想到自己还有一技之长，他便开始搞起了家庭养蜂。

养蜂虽然技术要求并不高，但是一个细活儿，马虎不得。孙阳生养蜂，蜂群是靠自己招。当地的土蜂，学名中华蜜蜂，比较好养。孙阳生说，有技术也不等于可以养蜂，因为蜜蜂讲究环境卫生，如果哪家乱七八糟的，蜂子来了也待不久，会飞往他处。孙阳生家住的是木房，房前有个院坝，房后是树林，到处打扫得干干净净。一走过院坝，就看见群蜂在空中嗡嗡地飞舞，抬头一看，搁在木楼上的蜂桶大大小小有15个。孙阳生说，三年来，最多的一年他养了10桶蜂。只是2015年气候异常，蜜蜂走了不少，只剩下4桶，一共生产了20多斤蜂蜜，卖了3000多块钱。

成本大概是多少呢？我问。孙阳生说，蜂桶是一次性投入，劳动力不必算，偶尔喂点儿糖吧，养一桶蜂不过50元成本。这样的话，孙阳生养蜂4桶的成本不过200元，应该说效益很好。何况对孙阳生来说，养蜂实为养生，图的是个快活。

孙阳生还是他哥哥孙锡生的监护人。孙锡生今年70岁了，智力二级、语言三级残疾，未婚无子女，生活不能自理，每月享受400多元的五保待遇。由于精神方面的原因，孙锡生有时还要打人。我们离开孙阳生家的时候，孙锡生就站在坝子里吼。孙阳生打了招呼，他才默默走开。本来他可以到敬老院，但他不愿意去，只有靠孙阳生一家来监护照顾了。像孙锡生这样的情况，虽然政府给他们解决了温饱问题，但如果有兄弟姐妹帮助照顾，日子就会过得更好一些。由于大脑不听使唤，孙锡生上街赶场的时候，有时还要到肉摊上拿东西，大家就是看到他把肉往口袋里塞，也假装没看见。

十三 政策落地才有力

【走访户数】

今天在坪上、对门户、梁梁户、老房子、高家岭走访了22户。包括：孙文洪、胡章兰、孙忠声、孙文彪、孙维声、孙海前、孙文建、陈秀芝、孙尧生、陈香兰、孙文政、马世菊、张洪敏、孙文江、孙章安、马美云、孙保楼、杨科菊、孙华勇、马再仙、李金霞、孙章海等家。其中，孙忠声家、孙章安家是建卡贫困户，孙文建家、陈香兰家是低保户。

【贫困档案】

●42岁的孙忠声一家有五口人，大女儿孙威在四川外国语大学读二年级，小儿子孙攀在黔江新华中学读高二，两个孩子去年的教育费用在3万元以上。孙忠声的妻子曾书秀45岁，患有风湿病，一年要2000元医药费。作为建卡贫困户，他家的致贫原因是供学生上学，帮扶措施是技能培训和教育扶持。孙忠声2015年在贵州、湖南、浙江等地建筑工地做木工，年收入3万元；妻子曾书秀在黔江南海城搞批发，年收入2万元；大儿子孙力高中毕业后没有考大学，在广东的一家企业打工，年收入3万元。家庭住房条件在当地属中上水平。村里给他们的产业扶持是免费送猪和鸡让其喂养，但因为三个劳动力都不在家，猪和鸡都是由别人代养。

●47岁的孙章安一家有五口人，除他外，还有妻子马美云和孙也、孙佳、孙玄三个孩子。致贫原因是孙玄在黔江中学读高三，孙佳在黔江新华中学读高三，家庭教育开支大。孙章安是党员，原金溪供电所下岗职工，从1991年到2005年，他一直担任李子村文书。孙章安本想在家搞产业，但由于两个孩子读高中，并即将考大学，每个月都需要现金，只有外出打工才有活钱来。2015年，孙章安、马美云和大儿子孙也都在浙江等地打工，但孙也只做了一个月，全家打工收入有6万元左右。由于他们常年不在家，2015年产业扶持送给他们养殖的

208只鸡,都是由孙章超代养。

● 孙文建的家庭比较困难,主要是因为妻子余全云有病。2015年,余全云患胆总管结石,在黔江中心医院动了三次手术,花费近10万元,基本丧失劳动能力。由于相关政策未下来,报销部分未落实。加上三女儿孙洪肖读中专,一年要六七千元开支。孙文建在家种地,收入少,主要靠二女儿孙庆在重庆主城打工来维持,但孙庆2015年的收入也只有3万元左右。余全云不仅仅有身体上的病痛,精神上的痛苦更让她难以忍受。2010年,在重庆读大学的女儿孙燕飞,假期里到同学家去玩耍,突然失踪,至今下落不明。余全云一说到这事,总是泪水直流。余全云享受了低保待遇,但由于余全云没有重庆农村商业银行账户,经乡里同意,用了户主孙文建的银行账号,于是孙文建就成了低保受益人。

● 45岁的张洪敏,这几年巨大的压力是债务。债务主要是子女读书和自己修房造成的。张洪敏有两个儿子,大儿子孙鑫在重庆读高职,每月生活费要1200元,每年学费要1.2万元;小儿子孙龙在黔江中学读书,一年花费9000元左右。两个孩子的教育支出总计3万多元。丈夫孙文江是原金溪供电所下岗职工,2015年在四川广安打工,做的是电工。张洪敏在家务农,种蚕桑,照顾父母。从收入情况来看,孙文江外出打工每年有5万元,张洪敏在家养7张蚕,每年收入有1.4万元。除去两个小孩的教育费用,收支相抵,所剩无几。几年来,全家因修房、送子女上学,已欠债15万元以上。

● 陈香兰享受低保的事,放在后面说。

另一种贫困

家庭成员,特别是家里的顶梁柱如果失足,也能导致家庭贫困。孙文彪这个家就是这样,因为他的违法犯罪,直接导致两个小孩辍学。

孙文彪已满48岁,小学文化,前些年主要在陕西煤矿挖煤,工资较高。因此家里修的一楼一底六间大砖房,全部用的火砖,造价高,包括装修,新房一共花了20多万元,在对门户一带也算豪华的了,为此欠下了10多万元的债务,加之两个孩子读书,家里经济压力很大。在煤矿,他主要司职放炮,安装雷管炸药,为此接触了大量爆炸物资,后来,在利益驱使下他偷偷帮别人运输爆炸物资,2011年10月被当地公安机关抓捕。2012年3月26日,陕西省府谷县人民法院作出刑事判决,以被告人孙文彪犯非法运输爆炸物罪,判处有期徒刑10年,于

2012年11月5日送往陕西省红石岩监狱服刑改造。

孙文彪一家有五口人,家里有三个孩子。大女儿孙冬梅已出嫁到金溪镇,妻子易正琼长期患鼻炎,还有子宫肌瘤,几乎丧失劳动能力。孙文彪作为家里的支柱,过去在外打工,一年至少要挣四五万现钱回来。由于孙文彪服刑,家里失去了顶梁柱,易正琼只好带着多病之身,到浙江打工还债,这几年已偿还了七八万元。同时,也正是这个原因,大儿子孙章酉在大学里仅读了一学期,就辍学了;小儿子孙海峰也只读了初一,就离开了校门。

易正琼说,如果不是家里发生这场变故,孙章酉现在大学已毕业,虽然没指望他有什么大出息,但自己找个工作是没问题的。而最对不起的,是小儿子孙海峰。孙文彪刚开始服刑时,孙海峰才11岁,小小年纪就失去了学习机会,辍学后在家里帮不上什么忙,出门打工年龄又太小。

孙文彪深陷牢狱,主要是不懂法造成的。违法犯罪致贫,咎由自取,虽然不值得同情,但不能不引起重视。违法犯罪导致的贫困也是一种贫困,造成的伤害比其他原因导致的贫困更具破坏性。法律是乡村治理的重器,同时又是乡村治理需要补齐的短板。

令易正琼略加宽慰的是,孙文彪在服刑期间,认真遵守监规,积极参加学习和劳动,计分考核成绩累计获12个"积极",2014年度被评为监狱改造积极分子。红石岩监狱认为他确有悔罪表现,于2015年和2016年连续两年为他提出减刑建议书,得到陕西省延安市中级人民法院裁定支持,两次分别减刑九个月和十个月。易正琼说,希望他好好改造,能早一点儿回家。

这家低保户受到质疑

2015年,61岁的陈香兰和5岁的孙子孙乾坤都享受到了农村低保待遇。为什么这祖孙俩都享受低保呢?

2009年,孙乾坤出生才几个月,在大连打工的父亲孙文顺就不慎从楼上摔下遇难。孙文顺去世后其妻陈秀芝还不到30岁。不久,陈秀芝与白土人赵海涛结为夫妻。陈秀芝不是再嫁出去,而是由赵海涛来巴门。2010年12月底,再婚后的陈秀芝生下儿子赵俊焯,一家三口住的房子,仍然是孙文顺原来修的砖房。赵海涛把孙乾坤视为己出,外出打工挣到的钱都是交给陈秀芝统筹安排。陈秀芝在家务农,既要照顾赵俊焯,也要照顾孙乾坤。

陈香兰的丈夫孙尧生，因为买了不规范征(占)地养老保险，转成了非农业人口，现在每月有1000余元的养老保险收益。他虽然单独立了户头，但还是同陈香兰、陈秀芝、赵海涛、孙乾坤、赵俊焯在一个锅里吃饭。陈秀芝和赵海涛结婚生子后，并没有单独立户。赵海涛在外打工，一年有三四万元收入，陈香兰同陈秀芝一起在家务农，她们种了八亩多地，还喂了两头肥猪。应该说，这个六口之家一年有六七万元收入，经济上不算困难。这让我想到：无论是评低保户还是评贫困户，都应整体地判断、全面地看困难，否则好政策也会被错误采用。

政策落地还有差距

在孙忠声和孙章安两户建卡贫困户家里摆谈后，我发觉教育扶贫政策宣传还远远不到位。

我们去孙忠声家走访的时候，只有他女儿孙威和儿子孙攀放寒假在家。我看见他们家里放了一把吉他，还有手提电脑。孙威学的是英语专业。我请她看了我的一篇论文的摘要部分的英文翻译，她很快就把中文说出来了，并对里面的译法提出了自己的意见。由于他们对有关扶贫政策知晓不多，我就向姐弟俩宣讲了一下区里制定的教育扶贫政策。我说，你家是建卡贫困户，你可以享受大学生生源地贷款政策，而且有国家助学金政策，你弟弟孙攀读高中，可以被免除部分学费，也可以享受国家助学金。孙威说，贫困大学生生源地贷款，她还没去申请，至于国家助学金，她还没有。我又说，有好政策，但你们父母常年不在家，你们自己也要过问一下，不要让好政策浪费了。孙威说，记下了，还保存了我的电话号码。

孙章安虽然过去当过村文书，但和家人常年在外打工，对区里、市里的教育扶贫政策不甚了解。考虑到他家今年有两个孩子高中毕业，都有可能考上大学，我就说，你家今年两个孩子如果考上大学，到时一定要打电话联系我。孙章安说，要得要得，谢谢您的帮助。我说，你们自己也要留意相关信息，现在区里出台了很多政策，村里也向大家宣传过，但由于你们没记住，很多好政策没有得到落实。

从这段时间的调查看，建卡贫困户对扶贫开发政策知之不多，一般农户对国家的惠民政策也了解甚少。政策落地有差距，原因是多方面的。在李子村，老一辈的村民大都没有文化，相当一部分人还是文盲，他们根本无法主动学习政策。青壮年虽然有一定的文化,也有一些见识,但他们常年在外打工,对家乡的具体政策了解不多。地方主流媒体《武陵都市报》和黔江广播电视台,也经常进行扶贫政策宣传,但村民家中既没有订阅《武陵都市报》,也看不到黔江广播电视台的节目。驻村后我发现,只在村委会办公楼里有一份《武陵都市报》,而因为没有网络,村民根本收看不到黔江广播电视台办的节目。

这段时间的全户调查让我更加明白:好政策一定要有好执行,就像射击一样,光枪好还不行,枪法也必须好,这样才能打中靶心,政策效应才能凸显。

孩子改名这件事

今天上午入户调查的时候,我接到刘香打来的电话,她说自己儿子改名成功了,还说感谢我的关心。我说,改了就好,可以免除以后孩子在学习、工作中可能遇到的麻烦。

刘香的儿子取名孙燻,从火,从熏,取其"和暖"之意。平时用笔书写,没有问题,但这个字在现代汉语里已经废弃不用了,因为这个"燻"同"熏"是异体字,目前已经统一为"熏"。我没有从文字学的角度,给刘香讲这些知识,我只说,古人把一个字弄成了多种写法,实际是当了错字师傅或白字先生。现代汉语要规范使用。刘香说,有点儿懂了,接着又问有什么麻烦。

我说,以这个字为名,名字在电脑里面打不出来,那么在办理户口证明或身份证时,就可能遇到麻烦。现在你儿子马上要上大学了,在外的时间更多了,坐飞机、乘高铁、办理银行账户等,网络系统都可能不认你儿子的名字。我说,给孩子取名字,一定不要用怪字或生僻字。想用哪个字,最好是先查一下字典,看这个字现在还在使用没有,如果已废弃不用,一定不要以这个字为名。刘香说,本来是想把名字取雅致一点儿,不想却弄巧成拙。我说,不要紧,应该是可以改的,我帮你打听一下。

在刘香家走访那天,我当场拨通了区公安局伍警官的电话。伍警官说,刘香儿子的名字属于"名字冷僻、怪异,使用不便"这种情况,按照规定是完全可以更改的,解决的办法有三个,要么按照其本意就用"孙熏"这个名字,要么变通为"孙曛",要么另改为同音的"孙勋"。改名程序是这样的:先由她儿子所在学校出一份证明,再到户口所在地派出所填写一份申请,然后拿到区公安局户籍科审批。

昨天上午,我还给刘香发微信了解情况,但她没回我,今天上午接到她发来的微信,说孩子改名的事,已经成功了,现在叫"孙勋",字音不变,意义一看就明白。看到这个消息,我心里当然高兴。

老队长的期盼

一组的全户调查,今天全部完工。临别前,老队长叮嘱,李子村大堰整治的事,要我多费点儿心。我说,老队长放心,你交办的任务,我一定尽力而为。

这些日子在一组搞全户调查时,几乎天天都要经过李子村大堰。在金鸡坝这一片,大堰主要有两段,一段从茶林沟孙文辉家开始,由高到低,从梯田间直插而下,延伸到河岸;一段从湾底户刘明香家开始,平缓蛇行于稻田,没入远处的河里。大堰兼备防洪、灌溉、道路等综合功能,是李子村的主要农田水利工程,发挥了较好的综合效应。但由于年久失修,目前步道塌陷,堤坝破损,堰内淤塞,除道路功能尚在发挥外,其他功能已经衰减。老队长说,这条大堰修成已有十年,但一直没有维修过。一到夏天,经过这里的洪水不但排不出去,反而会漫进农田,毁坏庄稼和田坎,还会使垃圾堆积,发出难闻的臭味。加上步道多处毁损,人畜行走也存在安全隐患。由于没有整治,这条长4100余米、惠泽金鸡坝、白果坝、烟房坝几百农户的福堰,如今已经成为一条让人难受的"害堰"。

老队长说,他当乡人大代表时曾呼吁多次,乡里也说"要整要整",但就是没整得下来。老队长希望我这个第一书记,利用自己的人脉优势,尽快玉成此事。我说,这事到底归哪个部门管,我目前还不清楚,回城后我一定专门去跑一次。

十四　进入白果坝

【走访户数】

今天下午，由二组组长陈云和带路，我们进入二组开始全户调查。

今天在二组的界牌坝、鸡嘴、曹家堡走访了20户，包括：陈云和、龚节芹、陈秀艮、陈中海、陈执谷、陈中怀、陈中举、陈宗余、陶淑芹、陈克军、陈克群、陈中棉、孙文富、孙金华、孙章和、常中淑、孙杰、张家成、孙文春、陈云祥等家。由于时间紧张，对孙文春一家的调查，还是在他家吃晚饭时进行的。在这些住户中，陈中棉家、孙文富家是农村低保户。

【贫困档案】

● 家住鸡嘴的陈中棉，因为视力三级残疾，家里又没有女主人，被评上了低保户。2015年，陈中棉一家三口都享受了低保待遇，每月共有500多元的低保收入。他的两个女儿陈盼、陈缘春，分别在乡里读小学五年级和小学三年级，因为是走读，又有免费午餐，一年下来的花费并不高。陈中棉的这两个孩子，都是与白土人刘举秀非婚生育的。据邻居反映，由于两人感情不和，刘举秀在五年前便离家出走了。因为家里没有女主人收拾，他家的四间木房里乱七八糟，两个孩子也穿得邋里邋遢。虽然有低保收入，但光靠这点儿钱生活难以为继。陈中棉学会了电子配钥匙的手艺，每逢赶场，就背起工具箱到太极、金溪去配钥匙，平时也在家里配，但生意比较清淡，一年只有几千元收入。全家有近九亩地，土地没种，田地种上了水稻。别人想租他的田栽桑养蚕，嘴皮都磨破了，他就是不答应。他说，田是用来保命的，种上水稻，才能保证一家三口有米吃。

● 家住曹家堡的孙文富，因为肢体四级残疾，2015年享受了低保待遇。大儿子孙章和、儿媳王建华，小儿子孙金华、儿媳张秀玲，均在浙江打工，他们都把各自的两个孩子（孙海芹、孙华鑫、孙红英、孙雪峰）放在家里，全都要由老两口来带。孙海芹在太极乡场上读书，孙文富腿脚不方便，接送孩子的事就靠妻子龚正平了。两个儿子都在外打工,虽然挣了几个现钱,但生活仍很拮据,能够寄给父母的就很少了。又因为修房,儿子两家都欠了几万元的债。儿子、儿媳在外面挣钱不容易,老两口虽然身体不好,又分灶吃饭,但能够分担的还得分担,身体再不好,还得种一点儿水稻,养几头肥猪,好让儿子、儿媳回来过年也有土猪肉吃。由于龚正平没读过书,孙文富只读过初中,辅导四个孩子的作业就成了夫妻俩最恼火的事。

接受媒体采访

初春时节,细雨霏霏,远处的山峦,近处的房屋,都被茫茫雨雾包裹着。

到李子村二组开展全户调查,原打算从上午开始,由于上午要接受电视台记者的采访,原来的计划被打乱。

到达白果坝时,孙文春和陈云和正在家里等我。经过商量,我们决定请五组的建卡贫困户王桂淑接受采访,并叫陶安纯先赶到王桂淑家里等着。但电视台主持人小刘执意要我和孙文春出镜,我们只好一起到王桂淑家。

王桂淑虽然是第一次接受采访,但无论回答问题还是叙述细节,都落落大方。她打心眼儿里感谢党和政府的帮扶,特别是驻村工作队牵线搭桥,把她介绍到肉牛养殖场打工,使她实现了在家门口赚钱的愿望。面对镜头,我说了很多,就像一个食材采购员,只要是好食材都想把它抱回来。而镜头剪辑权在编辑,一道新闻大餐最后由这些大厨来完成。电视新闻类节目,镜头金贵得很,能在里面呈现几十秒,就很难得了。由于这次做的是扶贫干部的专访,他们让我出镜了好几分钟,好多朋友都知道我上电视了。

四天前,我也接受过同一家媒体采访。记者主要是报道我们两家帮扶单位对李子村帮扶承诺事项的落实情况。采访除了现场镜头,还要录制同期声。我先是婉拒。但记者说,这是区里宣传部门的要求,不光要采访我,还要采访朱文刚,请我们支持一下。后来我一想,采访虽然对我个人没有什么,但对李子村的脱贫攻坚是一种鼓励,于是我爽快地答应了。我把李子村的产业发展、政策入户、存在的问题、今后的措施等,给记者做了介绍,也谈了自己驻村的感想。我说,脱贫攻坚对我来说,是人生的一次重要洗礼。因为通过精准扶贫,扎实践行全心全意为人民服务的根本宗旨,锤炼了自己的党性;通过精准扶贫,生动实践了"三严三实"的根本要求,规范了自己的行为;通过精准扶贫,进一步学会了运用调查研究的工作方法,一切从实际出发,从群众中来,到群众中去,提升了自己的工作能力。

"陈广播"

今天在白果坝走访的第一家,就是陈云和家。在这个大家庭里,务农、打工、经商、求学等,各种经历一个都不少。

陈云和身材瘦削,一脸笑容,走路像一阵风,让人不敢相信他已经是年过六旬的人了。到他家里的时候,看见他家坐了一屋客人。我问:今天又没过什么节,你家怎么这么热闹啊? 陈云和笑而不答。我怕触犯什么禁忌,没好多问。

陈云和的儿子陈中海,去年在福建、广东、上海等地搞建筑,年收入有4万元左右;儿媳韩桂英在黔江开了一家小旅馆,年收入也有4万元左右,同时还要照看两个在城里读书的儿子。陈云和的大孙子陈港在黔江民族中学读高一,小孙子陈俊男在黔江人民中学读初二。陈云和的女儿陈秀艮中专毕业,学的是旅游专业,曾在乡广播站工作了四五年,也是单独立户。她本已出嫁到湖北浠水,但舍不得离开黔江,就在黔江与人合伙开了一家旅行社,年收入3万元左右。陈云和与龚节芹老两口都转成了非农户口,一个买了高龄养老保险,一个买了不规范征(占)地养老保险,2015年共有3.12万元的收益,完全没有必要再搞农业生产了,但两人都闲不下来。2015年,他们养了8张蚕,一年下来纯收入有1.5万元。

晚上在孙文春家调查后吃饭,我才知道今天是陈云和的64岁生日。今天中午来到他家的都是至亲,包括在城里创业的儿媳韩桂英和女儿陈秀艮,都赶回来了。陈云和并没操办什么生日酒席,只是在家里扯了张桌子,由老伴、儿媳和女儿准备饭菜招待大家。陈云和本来今天要休息一天,在家里和大家喝喝酒、摆摆龙门阵,但因为村里安排他给我带路,就没时间陪亲朋好友了。陈云和说,生日年年都过,现在日子好了,天天都像过生日。听了这话,我更内疚了。就借孙文春家的酒,敬了他一杯,祝他生日快乐。

陈云和曾在乡政府干了16年。他先当农技员,再当广播员,是当时乡里聘请的"八大员"之一,相当于现在的聘用制干部。但后来机构改革,"八大员"岗位中只有计生员等少数人正式端起了铁饭碗,大部分人只能回家务农。陈云和工作认真,本来是有多次机会转正、端铁饭碗的,但由于家庭出身不好,陈云和不但没有端上铁饭碗,入党的愿望也没有实现。陈云和回到农村后,很快成了种田能手。同时养成了长期坚持用收音机听广播的习惯,只是后来电视兴起,听广播的时候就少了。现在全国有多家电视台,节目众多,但他最想看的,还是黔江的地方新闻,比如,区委、区政府有什么大政策,黔江哪里又在搞什么大建设,这才是他这一代人最想了解的。如果都像李子村这样,看不到黔江的电视新闻,那就意味着黔江至少有一半人处在本地新闻的盲区。从大的方面说,意味着区委、区政府的声音无法进入农村的千家万户!

陈云和反映的这个情况,十分重要,我从此不再叫他老陈,而是叫他"陈广播"。

蚕桑产业领头羊

若问李子村蚕桑产业第一人是谁,大家百分之百都会回答:村党支部书记孙文春。

孙文春高中毕业后,选择在家里养兔,一年赚了几千块钱,算是捞到了人生的第一桶金。但由于修砖房欠了5000多元债务,1995年,他同村里其他年轻人一起远赴浙江打工,干的是建筑活儿,当时他21岁,每天才16元工资。后来,他又辗转到上海,当酒店服务员,从事后厨管理。1997年他同马敏结婚后,夫妻双双到北京,从事餐饮业。在灯红酒绿的大都市打拼,除了学习到了谋生的技能,现金收入也不少,但一天下来总感觉心里空落落的。特别是儿子孙锐1999年出生后,孩子放在家里由父母照看,夫妻俩的这种感觉越来越强烈。父母、儿子,故乡的土地故乡的人,都在呼唤他们早点儿回家。

2003年6月,夫妻二人经过反复思考,毅然决定回乡创业,主攻栽桑养蚕。他们在李子村二组承包了40多亩水田用来栽桑,将自家的底楼改建成蚕房,当年养蚕40多张,共育60多张。这样的规模至少要4个壮年劳动力才干得过来,但他们没有请人,而是自己夜以继日地干。孙文春说,这十多年来因为养蚕,他同马敏养成了早起的习惯,就是节假日也没睡过懒觉。特别是采桑叶的时候,他们四点半起床,采几背篓桑叶回来后,寨子里其他人还在被窝里。吃饭的时间常常控制在10分钟以内,做饭全靠岳母王翠平帮忙,吃几口饭又开始干活,每天都要忙到晚上11点才睡觉。当听说他们养的蚕是由两个劳力完成的时候,乡蚕茧站的工作人员都十分惊讶,认为这是不可能的事。我说,你们为什么这样拼命呢?马敏说,主要还是因为修新房的时候欠了债,必须通过发展产业赚钱,然后尽快还债。有人说,农村太苦。但孙文春认为,在农村,不苦,确实就没收获;但在城市,不苦也吃不开啊!

多年的坚持,让他们积累了丰富的经验,他们想要扩大规模,但平坝上的田地又不多。怎么办? 2012年,夫妻俩决定移师蛇家岩,利用山上的撂荒地新建桑园。做出这样的决定,主要是因为原来承包的土地,大都是白果坝的水田,随着城市工商资本下乡,土地租赁费越来越高,扩大种植面积越来越难。

在蛇家岩,他们承包了李子村三组村民闲置的125亩荒地,搭建蚕房和工棚,建设道路,接通水电。不久,一个标准化的桑园在高山上建成了,这拓展了孙文春发展蚕桑产业的腾挪空间。2015年,孙文春一家养蚕90张,产茧80担,毛收入15万元,剔除肥料、种子、劳务费、土地租金,加上补贴,有10万元的纯收入。从产量上看,他一家人的产茧量占了全村总产量的36%以上(全村产茧220担)。自己有了收获后,他们还吸纳了本村三组和四组近30户村民在桑园务工,在家门口挣钱。2015年,孙文春付给大家的劳务费为7200元,土地租金为1.25万元,为每户增加近700元的现金收入。经过回乡十多年的打拼,不光夫妻二人,就连儿子孙锐,都成了全村栽桑养蚕的行家里手。孙文春说,孙锐几乎是在蚕棚里长大的,对栽桑养蚕十分熟悉。孙文春还用一家三口的名字,申请注册了"黔江春敏锐家庭农场"。我说,作为新型农业经营体系的载体,家庭农场的作用更多体现在对农村产业的精细管理上,它不在大,而在精,在精中出效。如果家庭农场只是挂一个牌子,那没有意思。孙文春说,你这一说,我有点儿开窍了,但具体怎么做,我还没有想好。

孙文春的父亲孙元声很小就失去了父母,得到过众多乡邻的帮助,他从记分员干起,最后成长为原白果村的村主任,一当就是19年。孙文春执着坚定,热情乐观,想干就干,要干就干好。如今,作为全村产业发展和勤劳致富带头人的孙文春,家里电视、电脑、热水器等设施应有尽有,交通运输工具齐全,除了摩托车、货用三轮车,还有越野车。正是因为在脱贫致富路上干得出色,村民选他当村文书,他还入了党,后来被选为村党支部书记。

只是,对于李子村来说,像孙文春这样规模发展特色产业的人,实在是太少了!外出打工能快速挣到钱,但留下产业萎缩、"三留守"等诸多后遗症。产业兴,农村才兴。只有产业发展了,农村才留得住人,才能解决"三留守"等社会问题。在重新审视乡村、重新建设乡村方面,孙文春一家的经历,给了我们许多启迪。

不速之客

今天在二组孙文春家走访时，除了同他谈蚕桑产业，再一次谈到了十几天前豹子出没的事情。这个事情虽然有了初步结论，但因为不是小事，我也把它记录在案。

豹子出没的时间是在腊月二十八。那天因为放年假，我已经回到城里。孙文春在电话里说，蛇家岩一带疑似有豹子出没！听到这个消息，我大吃一惊。毕竟豹子是凶猛动物，搞不好要伤人。我当即决定，第二天赶到李子村去一探究竟。《武陵都市报》的记者徐朝政听说了这件事，也决定同我一起赶到现场，准备做一篇新闻报道。

孙文春的桑园就在李子村三组的蛇家岩。这一段的公路坡度有些大，但路面还宽，只是还没有硬化，车子底盘低，走到半路就磨不动了，我们只好步行上山。路上聊起来豹子出没事件，三组组长汪长清说，这事千真万确，他媳妇张梅香就是目击者。

爬了十几分钟的山路，到达目的地，看到张梅香正在孙文春的桑园里帮忙剪枝。她指着上面那片树林说，豹子就是在那里出现的。在桑园里，张梅香向我们讲述了事情的经过。

腊月二十八那天，天气晴好，阳光明媚。接近中午的时候，张梅香上山去找牛。那天山上特别冷清，就连给桑园建设产业路的施工队，也在头天下午收工，过年去了。他们建的那条通过孙文春蚕棚的水泥步道，有一截因为是头天下午才施工，到第二天中午张梅香上山找牛时才干透。看到自家的小牛在山上吃草，张梅香便穿过这一截水泥步道，上到山坳。就在这时，她突然发现小牛站着不动，瞪着眼睛，身体微微发抖。而离小牛不远处，有一头野兽，那野兽额头上有一圈花纹，尾巴较长，尾尖是白色的，盯着小牛一动不动。张梅香认为是哪家的狗在同牛嬉戏，便吆喝一声，想把它吓跑。但那野兽不但没跑，反而转过身，死死盯着张梅香。张梅香这时看得更清楚了，原来这不像是一只狗，而像一只大猫，它的身段同小牛差不多长，但没有小牛高。张梅香小时候曾看见过豹子，样子与这野兽近似。张梅香心虚了，拿着刀子，站在原地，既不敢进也不敢退。大概过了一分钟，那野兽慢吞吞地钻进密林里不见了。张梅香赶忙去牵自家的小牛，那牛受了惊吓，前蹄往下蹬，扭着鼻头，不愿意走。

慌里慌张地回到家里，张梅香给丈夫汪长清说自己看到了豹子，汪长清立即向孙文春汇报，孙文春带着附近的村民赶到现场。但现场没有找到豹子的体毛、粪便等物证，只是在水泥人行便道上，发现了野兽的多个脚印，大的差不多有成年人的手掌那么大。

张梅香给我们讲述了经过后，我们去水泥人行便道查看脚印。这些脚印很大，都凝固在路上，来回两个方向，一共有40多个。这条水泥人行便道上下都是蚕棚，目前还没有到养蚕的季节，里面只有养蚕的工具，没有其他东西。根据脚印方向判断，这野兽曾在蚕棚边徘徊，试图在寻找什么。真是豹子出没？仅凭张梅香的讲述和这些脚印，豹子出没的说法很难得到支持。但有一点是肯定的，当天确实有一只野兽在这里活动，从脚印的形状看，应该是大型猫科动物。

徐朝政说，他可以把脚印的照片发给市里动物学方面的专家，请他们帮助判断一下是什么动物。如果是真的，当然有应对处置办法，如果发一条假新闻，那就麻烦了，不但媒体诚信受损，也会在当地引起恐慌。

孙文春说，去年八九月份，对门山上的养羊专业户刘重培，在山坡上放羊，不到两个月时间，坡上的山羊消失了30多只，经济损失达三四万元。从现场看，有的山羊连皮毛都没留下，还没被全部吃掉的山羊，身上留有爪痕，而且致命伤全在喉咙上。刘重培向当地政府和黔江林业局反映过此事，政府也派人实地查看过，但没有确定是什么野兽干的。为安全起见，他只好把养殖场里剩下的山羊全部转移。我们站在孙文春的桑园，能够清晰地看到峡谷对面刘重培的养殖场，确实已是羊去圈空。

还有，李子村的人，掌握的野生动物方面的专业知识较为有限，他们把豹猫叫山猫，把豹叫金钱豹，把云豹叫狗豹子。从历史记载上看，黔江出没的豹子，主要是云豹，属国家一级保护动物，濒临灭绝，但云豹伤害事件却没有记载。在清光绪年间的《黔江县志》里，我找到了九条关于"兽害"的记录，其中豺入城食人畜三条，大猴入城骚扰一条，野猪入城骚扰一条，麂入城骚扰一条，马彪入城食畜一条，近乡有虎食人一条，乡民毙虎一条，但没有一条是云豹干的。在1994年版的《黔江县志》里，没有增加新的"兽害"记录。过去，当野兽袭击人畜或接近人的生活区的时候，人兽关系是对立的，往往都是由人将野兽捕杀或捕食。这些归为"兽害"的记录，其实有些对人是无害的。因为野兽也需要迁徙觅食，不能因为它们经过人的活动区域，就认为是来害人或害畜的。在 120 年前,黔江还有老虎出没,特别是八面山一带多虎。据记载,有一次,二小虎下河饮水,遭到乡民围剿而死,后来有乡民看到,二小虎的妈妈还来到小虎的罹难地"奔号"不止……

十五　沟里沟外

【走访户数】

今天天气晴朗，我同"陈广播"一起在李子村二组的环山沟、上坝、梅子沟、下坝几个地方，走访了32户，包括：张建、龚节明、张德全、张组如、张兴华、陈素梅、张光前、陈记荣、张保全、张德纯、张主奎、易家菊、李远香、张主贵、张光凡、张主军、张光群、马世伦、孙文桂、张德安、张光恒、冉晓寒、田井发、张万银、龚节奎、马仕全、冉明凤、胡尚琼、马再良、张光沛、程绍培、龚向春等家。在这些住户中，张德全家是建卡贫困户，胡尚琼家是农村低保户。

【贫困档案】

●家住环山沟的建卡贫困户张德全一家有三口人，妻子马文华在家务农，儿子张新春在太极中学读初二。几年前，张德全外出打工安装水管时，不慎摔伤，造成腰椎骨折，并留下后遗症，无法干重活，每年还要花3000元医药费用，他们家是因病而致贫的。但村里的贫困户登记表上显示他的致贫原因为"因腰椎骨折无法干体力活"，这实际上有些夸大其词。因为2015年，张德全就在太极乡境内打零工，主要是帮人修房子，一年有2万多元收入，说明他能干重活。妻子马文华在家搞养殖，主要是养蚕和喂猪。2015年种了8亩蚕桑，养了4张蚕，收入8000多元，还养了一头肥猪，有2000多元收入。由于只有一个孩子在乡中学读书，家里开支并不大。村里制订的产业帮扶措施，是支持张德全新栽蚕桑30亩，医疗帮扶措施是为其争取医疗救助。但由于劳动力不够，目前30亩的蚕桑还没有完全落实。夫妻俩最大的愿望，还是通过打工多挣点儿现钱，像其他人一样修一幢新砖房。目前他们住的是一层三间的木房。

●低保户户主胡尚琼快70岁了，多年来她的日子都过得孤苦伶仃，她又患有风湿病。责任地没分到田地，靠种7亩土地过日子。2015年她还养了一头肥猪，自己一个人半年吃肉吃油不犯愁。加上低保收入，胡尚琼一年只有七八千元的收入,还要靠嫁在城里的两个女儿给她拿点儿钱。胡尚琼的丈夫叫马世锡,年轻时由于胡尚琼脾气比较急,经常同马世锡吵架,马世锡抛下母女三人,一走了之,后到湖北鹤峰县与别人结婚。

●在马世伦的户头上,有七口人,包括妻子、儿子、儿媳、孙子、外孙。但这一家人不是因为人多生活压力大,而是因为病人多而生活艰难。马世伦患支气管炎已有40多年,已经十多年不能劳动了,目前步行都比较困难,每年光他一人就要上万元的医药费。妻子杨美兰有胃病,每年药费也要5000元以上。儿子马冬生患银屑病,皮肤一见太阳就发痒,抓得全身是血,目前身上到处是黑的,基本丧失了劳动能力,每年医药费也是上万元。为治三个人的病,2015年全家共花去医药费五六万元。目前全家因病欠债十万元以上。全家的生活靠儿媳李芳在乡场上开小超市来维持,一年只有几万元毛收入,入不敷出,只能靠借债度日。

"猪客"转行

白果坝的人把从事生猪销售者称为"猪客"。家住环山沟的龚节奎,从初中毕业后就开始充当这样的角色,一干就是20年。

本来,当猪客是有利可图的,但由于最近几年猪瘟较严重,饲料成本上升,村里养猪业效益下滑,一些猪客失了业。2013年,龚节奎另谋出路,瞄准农村兴起的建房热,干起了他并不擅长的建材销售。卖猪和卖建材虽然都是"卖",但卖建材竞争更加激烈。开始干这行的时候,由于客户少,亏损不少,他只能在挖掘自身优势上想办法。他依托家在公路边又邻近乡场的优势,在自家底楼建立门市部,不但销售建材、套装门、铝合金门窗,还开展水电安装服务。用自家的房屋开门市部,不但节约了大笔房租,而且妻子程芝秀、儿子龚露都可以参与进来,劳动力成本可以忽略不计,此外还解决了三个人的就业问题,算起来比自己一个人当猪客强多了。2015年,门市部的纯收入有4万元。龚节奎的理想是办一家微型企业,把建材生意做大。他说,在自己家里做生意,还有一个好处,就是能把土地全部种起,经商、务农两不误。龚节奎一家人的这种兼业化模式,值得借鉴。

龚节奎因为常年在市场上摸爬滚打,转行相对容易。而今天看到的其他农户,要转行发展就非常困难了。主要是土地资源稀缺,让他们寸步难行。特别是环山沟一带紧邻乡场，在推进城镇化过程中，一些农户的土地被乡里征用建设居民点，除留有一点儿菜地外，几乎无地可耕。比如张兴华的田地被乡里征收建设居民点后，现一家三口仅剩一亩地了。2015年，张兴华辗转广东、广西、重庆、贵州等地的建筑工地做木工，但只做了五个月，挣到的一点儿钱，都在东奔西走的路途上耗损了。张兴华的家门前有一口山坪塘，夫妻俩想租来养鱼，但发现这口塘经过整治后反而关不住水了，只好作罢。

张德纯的牢骚

住在环山沟的张德纯是一个残疾人。我们同他交谈的时候，他一直在抱怨。了解到他的遭遇后，我们又对他的不幸深表同情。

张德纯一家有五口人。大女儿张娇初中毕业后曾考进黔江中学读高中，因家里经济困难，没有继续上学，现已嫁到浙江，但张德纯没让她把户口迁去。儿子张涛在重庆读大二，小女儿张丹在太极小学读四年级。张德纯在黔江境内打零工，一年有2万元左右的收入。妻子徐沛仙由于要照顾张丹读书，加之身体有病，只能在家务农。由于家里开支比较大，收入来源又不多，近两年家里每年欠债2万元以上。

张德纯抱怨说，这么多年来，他没有享受过国家任何政策恩惠，原因是他人际关系没搞好，什么好事都落不到他家头上。2004年，张德纯在陕西煤矿挖煤时，突遇瓦斯爆炸，张德纯脸部、手部严重受伤，医治时双手被重新植皮。一起去的黔江工友，有七人受伤、一人罹难。当时，煤矿老板给死难者赔偿了10多万元，给受伤者仅仅赔偿了8000元。后来受伤的工友去找煤矿老板理论时，煤矿老板早跑得无影无踪。张德纯说，自己受伤回到家里后，村干部从来没关心过他，让他心灰意冷，他甚至连残疾人证明也懒得去办了。后来，在短短几天之内，他的父母又因病双亡。屋漏偏逢连阴雨，不久他家的木房不慎失火，烧成了光架架，村干部也没有来过问一下。

我一边填写访问表，一边听他的抱怨。当时，旁边还站了一些人，大家都没有作声，"陈广播"也没有反驳他。张德纯还伸出手，主动让我看了他的伤。我也相信，张德纯的苦难经历都是真实的。目前他家既不是低保户，也不是建卡贫困户，他说自己家从来没有享受过政策恩惠，也可能有他的原因。但他多次说，他从来没有得到政策的好处，这个"从来"就不是事实了。那么，用什么办法来消解他的怨气呢？首先肯定是不能同他对吵，要让他平静下来才有进一步沟通的可能。

　　填完了访问表，请他签了字后，我同他进行了沟通。

　　我说，你去申请办一个残疾人证明，理由充分，不管有没有关系，都可以办的。但你不主动去办，不能怪大家呀。还有，就是你儿子张涛读大学，国家有一个经济困难大学生助学贷款政策，像你这个家庭，是可以办的，一年贷款8000元，由政府贴息，毕业后才还。这么好的政策，你却不知道，难道你自己没有责任吗？还有，你说自己家从来没有享受过政策恩惠，也不对，比如农业政策性补贴，你家有近十亩地，算下来每年有570多元的补贴，虽然钱不多，你也是享受了啊，钱就打在了你的银行账户里。还有你女儿读小学，上学一天就有一顿免费午餐，是国家出的钱，你家享受了吗？你家修砖房，1万元的高山移民扶贫搬迁国家补贴，你得了吗？张德纯承认，农业补贴这些都是得了的。我说，那你怎么说从来没享受过国家政策的恩惠呢？张德纯沉默了。最后我说，兄弟呀，你的遭遇我十分同情，我看你也是有骨气的人，但我们总不能在黑夜里过日子。你要解决一个心态问题，就是不要太偏激，不要把所有吃公家饭的人都想得那么坏嘛，我们这个社会还是好人多。如果你过于悲观地看问题，不但自己心情不好，也会给一家人带来影响。我希望你们一家人都有好心态，这样对过日子才有好处。

　　说完这些，我同"陈广播"向另一户人家走去。刚才围观的人，并没有立即散去。我们听见背后有人笑着说：咦，张德纯啊张德纯，你平时不是巧言善辩吗？今天那个校长比你更能言善辩，你服了没有？哈哈哈哈……

马长翠的眼泪

　　我们敲开马长翠家的门时，看见她的女儿张露正坐在炉桌前看中医方面的书。见我们到访，她热情地给我们泡茶。"陈广播"说明来意后，张露马上给她母亲马长翠打电话，说家里来客人了。

　　马长翠一家的新砖房，修在乡场的新街上，三楼一底，建筑面积有300多平方米，造价至少30万元，是我近两天在二组看到的最大的一幢砖房。我想，住在这么大的房子里，一家人应该很舒心吧。正在这时，马长翠回来了，她按我们的要求找来了户口簿、存折等资料。不久，她丈夫张万银也开着小货车回来了。

马长翠坐在我的旁边，说起一家人的发家史，竟泣不成声。她要表达的意思，大概是四层。一是怨。这么多年来，他们一家没有享受过什么政策恩惠，就连"双女户"政策，他们家都没享受过。二是苦。婆婆田井发已经93岁了，眼睛都失明30年了，赡养老人家这么多年很辛苦。三是病。她同张万银为支撑这个家，落下一身疾病：丈夫因骑摩托车摔倒，腰椎受伤，同时又患有结核病；她自己身体也不好，如今面部开始瘫痪。她说，两口子身上的病痛都是劳累过度引起的。四是债。目前他们靠在街上开的一家床上用品商店，支撑全家的生活。但因为修房子、女儿读书等，一家人欠债15万元以上。马长翠说，这些钱都是从亲戚朋友那里借的。

马长翠自尊心强，不甘居人下，又特别能吃苦，所以在街上修了大房子，又供女儿读大学，确实令人佩服。加之她感情丰富，说起自己的遭遇时控制不住流下了眼泪。她的眼泪，是一种真情流露。

我叫马长翠别伤心，我说你应该高兴才对。因为你们通过自力更生，修起了大房子，这叫苦尽甘来。欠债确实有压力，也只能慢慢还，比如你们修起这么宽的房子，又是在乡场上，就可以考虑租出去嘛。女儿读大一，学中医，有希望有前途，而医生又不会失业。至于享受政策问题，我是这样认为的，如果没有集镇建设方面的政策，你们也没机会在乡场上修大房子住啊！这也是享受了政策优惠嘛！等今后集镇变大了，人气旺了，你们的住房就更有价值了。马长翠停止了啜泣，露出了笑容，说过去自己连做梦都没有想到，自己能在街上修房子。

马长翠最后说，姚校长，我们家从来没干部跨过门，你是第一个哟！我说，我也很荣幸，能够看见你们通过辛苦劳动过上好日子，我也非常高兴。只是，这个"第一"并不光荣，说明我们的干部，在联系群众、深入群众方面还存在很大问题。

两妯娌的"战争"

54岁的冉晓寒一家有六口人，他自己有心脏病，眼睛高度近视，基本丧失了劳动能力。儿子张主伦、张主元均在浙江打工，每年分别有3万多元收入，丈夫张光恒在乡内打砖，每年也有近一万元的收入。家里有3个劳力挣钱，按说日子是可以过得风平浪静的。但因为与邻居李素兰争夺田地边界，矛盾愈演愈烈，双方大打出手，最后闹上法庭打了两场官司。

张光沛的妻子李素兰46岁，与冉晓寒是两妯娌。2015年3月17日上午，李素兰与冉晓寒在太极乡乡场赶场时发生争吵,继而相互抓住对方的头发,扭打成一团,经旁人劝解才停止抓扯。此时,冉晓寒倒在地上,李素兰径直走进太极乡政府院内。冉晓寒的哥哥冉光念知道情况后,赶到太极乡政府院内,要求李素兰将冉晓寒送进医院治疗,双方发生争吵,冉光念动手打了李素兰肩部两拳和两耳光。当日,李素兰被家人送往黔江中心医院治疗,入院诊断为全身多处软组织损伤。2015年4月15日,李素兰在住院29天后好转出院,治疗花去医疗费7494.45元。2015年5月6日,李素兰、冉光念、冉晓寒分别受到黔江区公安局金溪派出所给予的200元罚款、500元罚款、200元罚款的行政处罚。不久,李素兰将冉光念告上法庭。黔江区人民法院受理后,于2015年8月13日公开开庭进行了审理。2015年12月23日,该院依法追加冉晓寒为被告,并于2016年1月6日公开开庭进行了审理,判决被告冉光念赔偿原告李素兰医疗费、误工费、住院伙食补助费合计7479元,驳回原告李素兰的其他诉讼请求。冉光念、冉晓寒不服,向重庆市第四中级人民法院提起上诉。最终该院判决维持原判。

不久,冉晓寒又以同样的理由将李素兰告上法庭。黔江区人民法院受理后,于2016年2月15日公开开庭进行了审理。但被告李素兰拒不到庭参加诉讼,也未向法院提交书面答辩意见和证据,法院依法进行缺席审理。经法院查明,原告冉晓寒的损失合计1939.97元,按照双方应承当责任的比例,由被告李素兰赔偿冉晓寒969.98元。法院为此判决:被告李素兰自本判断生效之日起十日内赔偿原告冉晓寒医疗费、护理费、住院伙食补助费、交通费、误工费合计969.98元。驳回原告冉晓寒的其他诉讼请求。

两妯娌由同一件事而打了两场官司,互为被告与原告,从场面上看算打了一个平手。如果就此握手言和,那当然算圆满了。问题是,树欲静而风不止,两家人并没有因为法院的判决而冰释前嫌,反而变本加厉,视对方为仇雠。

仅仅为几寸田土边界,不宽容,不谦让,拳脚相向,冤冤相报,对谁都没有好处,这又何苦呢?这让我想起了六尺巷的典故。六尺巷始于纠纷,终于和谐,给人的启示是多方面的。我劝冉晓寒和李素兰,大家都谦让一点儿,退后一步天地宽,为几寸土地争得你死我活,最后是得了芝麻丢了西瓜。但从她们的表情判断,两家人的矛盾怕是一时难以化解。

十六　两个书记同访农家

【走访户数】

今天"陈广播"家里有事,就由孙文春带路,在二组转了白果坝、曹家堡、塘湾、挨山、下坝、上坝、环山沟、相公坪、中间沟等地方,走访了42户村民。包括张青松、张山洋、罗金兰、张群英、孙家香、张光红、张吉全、张家祥、孙仲良、张家楼、孙文方、孙仲声、孙文选、孙金华、孙文均、孙文质、余显碧、孙文平、张家友、张吉红、孙章菊、孙文现、孙章胜、马仕碧、陈荣昌、孙文健、孙章永、陈云波、滕建容、孙芹方、张吉超、龚良选、张吉文、张吉辉、张健康、冉光会、张世文、张万良、张和礼、张家胜、张家举、张和永等家。其中,孙仲良、张家楼、孙文方、张和礼、张世文家是建卡贫困户,张群英、张万良家享受低保。

【贫困档案】

● 建卡贫困户孙仲良一家有三口人,致贫原因是"孙仲良体弱多病,孙浩在读大学"。这里有个问题要纠正一下。孙浩应该叫孙源均,是孙仲良的儿子,现在成都读大二,一年要2万多元费用。致贫原因也表述得比较含糊,具体情况是孙仲良有脑膜炎、胸膜炎,走路走快了就累,确实干不了重活;妻子龚良朴动过手术,同时又因脑供血不足,一感冒就头昏眼花,也干不了重活。这种情况,还要送儿子读大学,也只能找两个已出嫁的女儿帮助了。村里制订的帮扶措施是支持其养鸡100只,种冬洋芋2亩,外加争取医疗救助。他们在村里有40平方米的木房,很拥挤,平时只好住在女儿家。因此,帮扶措施都不太对路。再加上夫妇俩一个67岁、一个57岁,已年老体弱,现有的土地都是拿给别人种的,哪还有能力发展种养业呢?

● 建卡贫困户张家楼一家有四口人,致贫原因是妻子汪月芹体弱多病,不能干重活。2015年,张家楼、汪月芹在福建打工,女儿张春华、儿子张秋石在浙江打工。一家四口均在外省就业,年收入超过10万元。一家人劳动力多,又正值壮年,没有什么大的负担,按计划脱贫没有问题。只是目前他们住的还是3间木房,花20来万元修一幢新砖房,是一家人的最大愿望。不过据邻居们反映,他们没有在村里修新房,是因为他们已在黔江城里购买了一套80平方米的商品房。

●建卡贫困户孙文方一家有四口人,致贫原因是儿子孙消肢体二级残疾。2012年8月,孙消在建筑工地打工时,不慎从三楼摔下,致左手骨折,大脑、内脏受损,昏迷一个月零五天,在上海华山医院做的手术,责任方只赔偿了9万元。但村里的建卡贫困户统计表上显示,孙文方家致贫原因是孙消在建筑工地摔倒致"一级残疾"。孙消的肢体二级残疾证明是2015年9月由区残联发的,而精准识贫在这之前就已完成,很明显,"一级残疾"的说法就不对了。孙消属于肢体残疾,其中一级肢体残疾与二级肢体残疾差别较大,如果是一级肢体残疾,就会完全丧失劳动力,但孙消2015年曾在浙江温州建筑工地做杂工。对他们的帮扶措施是支持养鱼一亩和争取医疗救助,后来产业帮扶又改为支持养鸭300只。2015年,孙文方的妻子黄永芹在家种地,养了60只鸡、90只鸭。孙文方跑运输,另一个儿子孙迪在黔江手机专卖店卖手机,父子三人的打工年收入超过10万元。全家人过去住的是木房,现在正在建一楼一底共200多平方米的砖房。

●建卡贫困户张和礼一家有六口人,全家致贫原因是疾病。原来,张和礼在修建自家新房时,不慎摔倒,致肋骨撕裂。女儿张清琳、张慧奕和儿子张汶杰都还小,妻子甘仕波在家务农、带小孩,2015年养鸡50只、喂猪2头,收入上万元。由于甘仕波一个人忙不过来,产业扶持中的春洋芋种植项目还没有落实。家庭住房条件较好,目前有一楼一底砖房200平方米以上,花费17万元,欠债7万元。父亲张家举还需张和礼赡养。尽管身体不适,张和礼还是要出门打工,既为了还债,也为了全家人的生存。2015年张和礼在重庆建筑工地当钢筋工,年收入4万元左右。

●建卡贫困户张世文一家有五口人,致贫原因是缺技术。帮扶措施是帮助其发展产业,即养鸡200只,并进行技术培训。而实际上,他家用产业发展资金搞家庭养殖,养的猪病死了一头,对他们的技术培训也没有开展。夫妻俩都选择外出打工维持生计。2015年,张世文在重庆国博城打工,妻子陈福容在黔江打工,但只做了下半年。夫妻俩2015年的收入有4万多元。女儿张鑫怡在乡里读小学,儿子张钰霖还是婴幼儿,由张世文的母亲冉光会在家照顾。现在一家人住的是木房,希望通过打工挣钱,修建一幢砖房。张世文的父亲张万良系原

27队金溪搬运站职工，企业破产后成为下岗失业人员，只好回乡务农，但没有田地，2015年靠城镇低保生活。

●孙文质一家有五口人，家里有两个学生、两个病人。孙文质的大女儿孙玉娟在重庆读大学，小女儿孙林霞在乡里读小学，两人一年开支一万元以上。母亲余显碧患有高血压，还有风湿病，一年医药费至少2000元。2015年，孙文质和妻子冉春树在上海建筑工地务工。孙文质被桁梁打到，身体严重受伤，只上了半年班，一年下来入不敷出。从住房条件来看，全家虽然住的是砖房，但只有一间正房，半间堂屋，人均住房面积不足15平方米。

●54岁的张群英，因为肢体有二级残疾，2015年每月享受低保待遇。她的残疾是先天性的，一生下来脚板就反着长，从小靠一根拐棍勉强能行走，但身子总是一晃一晃的。张群英的丈夫徐树林已过世，儿子农转非，户口迁移到了外地。张群英无法下地种庄稼，靠到乡场上摆摊子缝补衣服维持生计，但收入微薄。她有三间木房，平时因为要在街上看摊，一般都不在家居住。

现场办事

由于"陈广播"今天有事脱不开身，仍由孙文春给我带路。驻村第一书记和村党支部书记一起搞全户调查，今天是第一次。我们两个利用这个机会，在调查走访的同时，也现场给农户办事。

这一天，从早到晚，孙文春接了20多个电话。虽然说的事都不是什么大事，但对村民来说，鸡毛蒜皮的小事，就是他们的大事。由于在家里的村民大多是留守老人，他们对政策不够了解，也很难通过新闻媒体去学习，只有打电话找村干部求解。我们就针对每一户的特殊情况，给他们讲解脱贫攻坚的相关政策，帮助他们解决实际困难。这一天，光是帮留守老人打开自来水水龙头，就有三次。我们去他们家，看见自来水管不出水，问什么原因，他们说没通水。我们去检查，发现水表开关还关着，当然不能出水。我和孙文春一边给他们演示，一边给他们讲解开关自来水的一些知识。看到我们两个一起串门，大家要询问的事情就更多。一些不熟悉情况的村民，看见瘦削的孙文春后面，跟着一个提着帆布文件袋、戴着眼镜的陌生人，以为是区里来人在查户口。孙文春就耐心地给他们解释，说我是某某某，是驻村工作队的干部，来帮助李子村脱贫攻坚的。这样一介绍，大家更是热情地招呼我们进屋喝水。

给村民现场办事，并没影响调查进度，那是因为我们在调查方法上做了一点改进，就是实施"拦路调查"。因为全户调查不能叫农户在家里等你，村民要么在家里，要么在地里。我们从这家出来，到另一户人家去，会看到一些村民要下地干活，时间上不将就，我们干脆就站在路上调查。等把调查访问表填好，他们又去干活了，我们就到他们住的地方去看看。这样既不耽误他们干活，调查的进度也没受大的影响。

从早晨7点半出发，到晚上7点半收工，今天连续工作了12小时。晚上回到住地时，才发现脚有些肿，腰有些酸，累得连晚饭都不想吃，就叫老板给我送了两瓶开水。我一边泡脚，一边撰写调研日记，直至羹夜方寝。

"陈氏水稻栽培法"

居住在对门坡的陈荣昌，今年已年逾古稀。小时候由于父母早逝，自己没钱读书，连名字都写得歪歪扭扭的。但陈荣昌爱动脑筋，特别对传统的水稻种植技术情有独钟，甚至形成了他自己一套独特的栽培方法，我管它叫"陈氏水稻栽培法"。

陈荣昌一直是村里的种粮大户。他的水稻栽培方法大致是这样的：农家肥打足底，秧苗稀疏栽，严格控制农药或不用农药，这样产出来的稻谷，颗粒饱满，吃起来口感好，连很多城里人都慕名而来买他的稻谷打米吃。区里有关部门听说他种的水稻好吃，特地进行了化验，结果表明，他种的水稻农药含量少，属于绿色农产品。

2015年，陈荣昌种的田收了5000多斤稻谷，打出近4000斤稻米，每斤卖到3元的好价钱，赚了1.2万元。陈荣昌说，儿子陈宗永去年在江苏食品厂做饼干，才挣了一万多块钱，说自己用完了，一个子儿也没带回来。陈荣昌说，年轻人总认为外面好挣钱，但钱又不是树叶子。为了种出高品质水稻，陈荣昌还同老伴王平淑一起，专门养了5头猪、几十只鸡和一头耕牛。养猪养鸡不光一年吃肉吃油有保证，还能产生大量农家肥，而养牛主要是为了犁田，也是为了积存农家肥。这些农家肥，是保证稻谷品质的关键。一心扑在生态稻米的生产上，陈荣昌甚至连手机都懒得用。陈荣昌开玩笑说，要买他家的大米，只能联系他的"贴身秘书"。他的"贴身秘书"就是老伴王平淑。

座谈中，陈荣昌给村里提了两条建议。一是把李子村的稻米做成品牌，最好向有机水稻方向发展。但目前大部分好田都流转给几家企业了,可种水稻的田越来越少,让他感到英雄无用武之地。同时,现在一些农户只要种地,就必撒化肥,农药污染也越来越严重。必须有控制用量的硬性规定。二是尽快整治李子村大堰,教育大家不要在大堰里乱倒垃圾。他说,在白果坝的大堰有一段因垃圾堵塞,污水到处跑,他自己拿起挖锄掏了两天,才疏通水。这大堰再不修,那就真正变成一条"害堰"了。

追寻"互联网+"

一直想帮李子村做一点儿有关电商方面的研究,但苦于村里没人才,就不了了之。今天的调查让我看到了一丝希望。希望是由孙文健和冉琼两口子带给我的。

作为"70后",孙文健读过大专,学的是中医专业,冉琼读的是中职护幼专业,因此他们是村里少有的高学历夫妇。起初,孙文健只是利用所学,负责村卫生室工作,每年有2.5万元的工资收入。冉琼则利用自家住房宽敞,又在公路边的优势,开了一家便民超市。负责村卫生室和开超市,让两人一年能挣到七八万元,但因为儿子孙宇在重庆读大学,女儿孙颖在乡里读小学,家里又买了小车,除去一家人生活所需,已所剩无几。

电子商务兴起后,脑子灵活的他们看到了施展才干的机会。

他们买来两台电脑,开始尝试。通过网络,孙文健一年之内给朋友发出了几十副中药,而冉琼则对网购产生了兴趣。在尝到了"互联网+"带来的便捷后,他们决定利用邮政的物流渠道,建立村邮乐购点,一边为自己的便民超市采购商品,一边为网友免费寄送中药。他们认为,虽然农村物流还不像城里那么畅通,但会越来越好的。通过发展电商,两口子增加了收入。我看到,他们家里,除了目前村里几乎每家都有的电视机、电冰箱、洗衣机外,他们还有空调、微波炉、热水器,交通工具有自行车、摩托车、家用轿车等。为了发展电商,他们拥有4部智能手机、3台家用电脑。这段时间的全户调查,我看到的家庭设施最现代、最齐全的一户,应该就数他们了。

李子村有土货卖出去吗?我问。冉琼说,这个确实卖得少。李子村目前还缺乏有优势的农副产品,或者有名气的土货。令他们苦恼的正是卖与买的不对称,也就是说买进来的多,卖出去的少。孙文健说,如果能够把李子村的土鸡蛋、土猪发展起来，那就好了。

我明白了，李子村发展电商，制约因素不是渠道不畅，而是好产品不多，甚至无货可售。就像高速公路，虽然修得又宽又直，但公路上要么没有车辆跑，要么跑的都是拖拉机和马车。我原来认为，李子村的销售人才少，其实不是的。老一代如一组的土鸡蛋销售大户孙文明，中年一代如今天走访的张吉超，都是很有经验的销售人才。张吉超2015年搞生猪销售，纯收入达8万元。听说这些年因为搞生猪销售，他家存款上百万，大家都戏称他为"张行长"。更可喜的是，张吉超的儿子张锦目前正在读中专，学的就是电子商务。

奶奶更是妈

居住在曹家堡的宋书兰，身份是奶奶，但为了照顾孙子，她更像是妈。

孙文现、宋书兰老两口，有一个儿子叫孙章胜，由于感情不和，孙章胜离了两次婚，分别留下两个小孩。现在，孙章胜没有再婚，与前妻李芳生的儿子孙瀚坤，只能由孙文现、宋书兰夫妇抚养。

本来，儿子婚姻不顺，由父母抚养孙子，也是应该的，毕竟这是血缘亲情。问题是，抚养孩子需要精力，也需要钱。对于孙文现和宋书兰来说，这两样东西都缺乏。

孙文现和宋书兰同年，都满65岁了，家庭主要经济来源是养蚕。2015年老两口养了8张蚕，除去成本，有1.2万元纯收入。但家里没有喂猪、喂鸡，吃肉吃油都要到乡场上买。加上孙文现有甲亢和心脏病，宋书兰患有高血压，还经常头痛，两人一年的医药费要4000元以上。孙子孙瀚坤在太极小学读二年级，虽然没住校，一年也要几百元费用。宋书兰抱怨道，万把块钱，三个人用，吃饭、看病、上学，怎么都不够用。

孙文春说，大嫂啊，孙章胜不是在新疆建筑工地打工吗？一年挣几万块钱没问题吧？听了这话，宋书兰气不打一处来，眼泪也掉下来了。她说，你快莫说我那个儿子哟，说起就让人生气。他说他去年才挣了2万块钱，自己都不够花。今年过春节孙章胜是回来了的，但他只给了父母200元。宋书兰说，两百块，说出来我都觉得没脸，这点儿钱，能做什么呢？

宋书兰说，孙瀚坤从生下来，就是她带大的。由于家庭变故，孙章胜基本没有管过自己的儿子。更让宋书兰担忧的是，孙章胜与前妻童隆芳生的一个女儿,目前由童隆芳抚养。他们在离婚协议中写得很明白,女儿满7岁之后,就要由孙章胜承担抚养责任了。

现在养这一个都吃力,几年后还要加进来一个,不知道怎么办啊!宋书兰说着,发出一声长长的叹息。接着,她用手支着头,一脸的痛苦。她说,最近脑壳越来越痛,都像要炸了。我们都劝她,一定要到医院去检查一下。她摇摇头说,兄弟,哪有钱啊!

十七 在白果坝与挨山之间

【走访户数】

今天同孙文春一起，转了白果坝、环山沟和挨山几个地方，走访了37户村民。包括张家模、张和兵、张家发、龚淑明、张尧飞、张吉荣、马再明、周会兰、马长寿、马长海、马长春、张和东、周翠平、陈云波、陈云清、陈健康、陈中伟、张吉军、孙晓平、张吉江、冉竹青、张淑娥、张吉良、周方梅、陈中寿、陈中华、陈执远、张和习、张和祥、陈中奎、陈克松、张主兵、陈自平、张主高、张光全、马长安、马文艺等家。在这些住户中，陈中伟、陈健康、周方梅、张主兵、张吉军等家是建卡贫困户，陈克松家是低保户。

【贫困档案】

● 建卡贫困户张吉军一家有四口人，家里是因病致贫的。建卡贫困户登记表上显示，张吉军"因视力二级残疾不能从事体力活"，由此确定为建卡贫困户。帮扶措施是劳务输出和争取医疗救助。张吉军"视力二级残疾"是事实，"不能从事体力活"就与劳务输出的帮扶措施相矛盾。而张吉军的眼睛残疾不属于大病，医疗救助也就无从谈起。实际上，张吉军家致贫原因是供小孩读书。2015年，张吉军的大女儿张春燕在黔江中学读高二，小女儿张冰冰在黔江民族小学读六年级，一年全家教育支出超过2万元。张吉军在大连等地的建筑工地打工，东奔西走做了两个月，光住的地方就搬了五六次，只挣了8000元。妻子孙晓平在城里陪孩子读书，处于失业状态。家里修了300多平方米的新房，花了20多万元，到2015年，累计欠债超10万元。

● 建卡贫困户周方梅一家有三口人，家里是因病致贫的。周方梅原先患有甲亢，身体怕热，现转为甲减，身体又怕冷。由于要调整用药剂量，她每个月都要去医院检查，2015年光她一个人的医药费就花了3600元。11岁的女儿罗佳瑶和9岁的儿子罗双棋，均在乡里读小学，开支也不少。罗佳瑶还患有慢性鼻炎。原来家庭的所有开支,都靠丈夫罗兵外出打工来解决,但2015年9月22日,罗兵骑摩托车去贵州沿河讨要工钱的途中,因遭遇车祸当场遇难。不久,早在1986年就因车祸高位截瘫的公公罗朝发,也因心脏病发作撒手人寰。一个家里一年之内失去了两个男人。村里制订的帮扶措施是产业扶持和争取医疗救助。产业扶持是支持养鸭200只、种春洋芋3亩,后改为喂猪2头。但由于2015年猪瘟比较严重,喂养的两头猪都生病了,虽然都医活了,但生长得很慢,出售了一头只赚了1000元。周方梅原来住的是危房,目前修了一层砖房。周方梅的婆婆陈云菊也有病,她希望政府多支持一下,把房子修成一楼一底。如果这样的话,房子框架加装修,至少还要10万元。

●建卡贫困户陈健康、陈中伟、张主兵三家,以及低保户陈克松家的情况,放到后面说。

光荣家庭的贫困问题

家住白果坝的陈云清,1973年11月参军,1977年3月因病退伍,2015年全年享受了5568元的带病回乡退伍军人补助。陈云清还患有骨质增生、高血压、癫痫病,2015年光医疗费用就花去上万元。党和政府的优抚政策,让这个军人家庭得到了一定保障。但是,贫困仍然困扰着他们。陈云清有两个儿子:陈健康和陈中伟。两个儿子家都成了村里的建卡贫困户。因为陈健康家是我的帮扶联系户,我对这两家人进行了更细致的了解。

陈健康一家有四口人,按照建卡贫困户登记表上的说法,致贫原因是陈健康"因腰椎骨折丧失劳动能力",帮扶措施是产业扶持和医疗救助。目前家里因治病、修房,欠债7万多元。女儿陈州在太极小学读四年级,儿子陈鑫在太极小学读学前班,由爷爷陈云清、奶奶马仕红在家照顾。经过调查发现,陈健康是在建筑工地务工时不慎摔倒,造成腰椎骨折,但还能劳动,并未完全丧失劳动能力。陈健康2015年就在厦门修地铁,如果丧失了劳动能力,怎么能修地铁呢?产业扶持是帮助其栽种春洋芋2亩,由于夫妻俩都没在家,无法实施。而陈健康的伤病也不在大病医疗救助的范围,因此两项帮扶措施都难落实。陈健康说,目前家里欠了那么多债,在家搞产业哪还得起,只能外出打工挣现钱。但2015年陈健康只做了4个月,挣了2万多元。目前,这个家庭还有一个难题是妻子王秀琴沉不下心。2015年家里修房子正需要人手的时候,王秀琴却外出不归,说是在外面打工。今年过春节她又回来了,也不知道挣到钱没有。把两个孩子丢在家里,不闻不问,让马仕红很不高兴。陈健康的母亲马仕红说,两个孩子放在家里由两个老人照看,也是可以的,但陈健康和王秀琴两口子关系要和睦。还有,两个孩子要吃要喝,钱是一方面的问题,关键是怎么带呢?马仕红发了一阵牢骚后,我和孙文春劝她:陈健康目前花了20万元修起了200多平方米的新房,但没装修,经济压力确实大,老一辈搭把手,也是应该的。没有家和,哪来家兴?至于夫妻俩关系问题,我们一定好好开导他们。

陈健康的弟弟陈中伟,全家也是四口人,作为建卡贫困户,致贫原因是儿子陈彦羲有病。2013年4月初,生下来才8天的陈彦羲,就患上了骨髓炎、败血症,在重庆西南医院动手术后住了4天院,花费10万元以上。现在陈彦羲虽然生命无忧,但脚上落下了残疾。陈中伟原有50平方米的木房,去年花了15万元新修了砖房,住房面积扩大到150平方米。包括新建房屋支出11万元、教育支出1000多元、医疗卫生支出1万元,2015年陈中伟一家支出了12万多。目前,由于治病和修房子,欠债11万元,其中欠银行贷款3万元、欠私人借款8万元。建卡贫困户登记表上的帮扶措施之一,是争取医疗救助,问题是手术早做了,手术费用不可能再报账了。在产业扶持上,养鸡200只没有实现,只养了1头猪,卖了2000元。还有就是种春洋芋3亩,也没有落实。迫于债务压力,陈中伟和妻子赵春艳在太极场上租房开了一家摩托车维修门市部。由于生意不太好,2015年收入不到2万元。摩托车维修说是开门市部,其实就是摆的一个地摊,也没有办理工商营业执照。

遭遇"克罗恩"

家住环山沟的建卡贫困户张主兵一家有四口人,打工的打工,读书的读书,守家的守家,日子虽不殷实,也过得去。如果不是张主兵生了一种罕见的疾病,这家人的日子应该好过。

2015年以前,张主兵和妻子陈美均在浙江杭州打工。张主兵在物流公司看管仓库,月工资1800元;陈美在酒店当服务员,月工资2000元,两人打工一年收入超过4万元,除去食宿等开支,一年下来纯收入有2万元。儿子张帝在黔江中学读高二,成绩较好,考一本没问题;女儿张静雯在太极小学读三年级,由奶奶陈自平在老家照看。虽然到了用钱高峰期,但夫妻俩通过打工,还是能支撑下去。但张主兵遭遇"克罗恩"后,这个家庭从此元气大伤。

我是第一次听说这种病的名字。听译音,估计与外国人有关。于是我去查了一下资料。原来,美国人Crobn等人在1932年最早描述过这种疾病,因此被世界卫生组织命名为克罗恩病。我的一个在医学院工作的学生告诉我,该病是免疫性疾病,上至口腔,下至肛门,都可能出现消化道炎症性病变。最直接的症状,就是不停地拉肚子,然后身体消瘦,全身乏力。这病虽不会直接致命,但如果不及时干预、科学治疗,就会丧失劳动能力。

张主兵碰上这种病后,经常拉肚子,大便还出血。他每月都要到医院检查一次,过一段时间还要到医院做一次手术,每个月的医疗费要6000多元,2015年的医药费高达7万元,合作医疗报销后,自己还要分摊4万多元。治病要钱,孩子读书也要钱。2015年,他们借钱就达3万元。到现在,包括修新房在内,一家人已欠债10万余元。母亲陈自平也患有骨质增生和甲亢。2015年,由于脑部血管堵塞,还在医院住院两次,花去医药费9000元。

如果张主兵的病没有得到救助,这家人脱贫就没有希望,而且债务会像滚雪球一样。同时,儿子张帝又即将上大学,家庭将面临新一波用钱高峰。张主兵一家因病致贫,但他的病不属于12种大病救助范围。如果将一家纳入民政兜底扶贫,效果应该更好些。

今天是走访贫困户最多的一天,也是我感悟最深的一天。理论上,贫困是必然与偶然、客观与主观、物质与精神等矛盾范畴的交集。从与张主兵家等建卡贫困户的接触中我发现,距离贫困对象越近,越能感觉到贫困的复杂。贫困像穿着铠甲的怪物,凡胎肉眼根本看不透它,仅凭一般功力也打不垮它。

天上掉下个"林妹妹"

36岁的陈克松住在挨山,因视力一级残疾,2015年享受低保待遇。又因生活无法自理,陈克松与父亲陈中奎和母亲敖树香住在一起。陈中奎一家的贫困,不仅是物质上的,也是文化上的。

陈中奎、敖树香和儿子陈克松、儿媳妇"朱翠平",全都是文盲。由于没有文化,陈中奎、敖树香一直在家务农,从没出门见识过大山外的世界。更不幸的是,敖树香还有精神疾病,时不时就发作。一发作起来,陈中奎就守着她,怕她乱走乱跑出事。而儿子陈克松,一出生就是盲人,长到30多岁,几乎没出过家门。为照顾这娘儿俩,陈中奎没少费心思。

由于陈克松的身体条件不好,找媳妇非常困难,一直靠父母照顾。一天,有人看见马路上有一个神情恍惚的女子在闲逛,邻居们想起陈克松是单身,顿生一计,大家像赶野兽一样,吆喝了几声,将这女子赶进了陈克松的家门。真是天下掉下个林妹妹,陈克松喜出望外,但把她接进屋一问,才发现这个女子有智力障碍。问她的名字,她用笔写不来,只说自己叫"朱翠平",但不知道娘家在哪里,家里还有哪些人,自己年龄有多大,是什么民族。问她愿意同陈克松一起过不,她说"愿意"。但由于"朱翠平"没有户口,就开不了结婚证。无奈之下两人同居,于2014年10月生下一女,取名陈凌薇。在这一家人的户口簿上,"朱翠平"是不存在的。

"朱翠平"虽然为陈家生了一个女儿,但她并不清楚当母亲的责任,她甚至连去赶金溪场都找不到回来的路。陈克松知道,这样的女人随时都可能出走,但自己眼睛看不到,连自己都照顾不了,也就过一天算一天。他现在唯一的希望,是能解决她的户口问题,好有机会享受政府的帮扶政策。但"朱翠平"的户口问题非常难办,因为她没有身份证,也没有其他能证明身份的资料。

在菜园子里种出"阴阳鱼"

天气很好。早上7点起床后,我推开客栈的窗,看见河里有几只鸭子,正在嬉戏觅食,比我起得还早呢。河的中间有棵柳树,枝条上已冒出鹅黄,春天从地上、树上散发出的味道,是越来越酽了。

洗了个澡,我便提着文件袋出门了。7点半刚过,乡场上还没有人,大多数店铺也大门紧闭。但乡中学的学生,已经散在操场里,东一堆西一堆地蹲在地上吃早餐了。天气这样好,我也想在这早春里走走,就没有给孙文春打电话。在大马路上走了半个小时,才看见孙文春开车来接我了。

太阳照在白果坝上,山村顿时温暖明丽起来。一块块的油菜田,青枝绿叶,黄星点点。还未翻耕的稻田,泛着明亮的波光。远处的山峦,薄雾萦绕,树影婆娑,像挂了一幅水墨画。一阵和风吹过,满身沾染的都是田园气息。我们沿着新修的人行便道,走进各家各户。

就像一组以大地名金鸡坝来统称,二组也是由大地名白果坝来泛指。白果坝之名,源于寨子的大公路边的一棵上百年的银杏树,当地人称之为"白果树"。

听说这棵白果树几经雷劈,多年前曾枯黄过一次,看上去奄奄一息了。但自从几年前大公路路面拓宽并铺上柏油后,这棵白果树不但没死,反而开始枝繁叶茂,百鸟云集。从此,寨子里的人把这棵树当成神树,爱护有加。

站在白果坝,我和孙文春考虑的是如何让"阴阳鱼"重现生机。

听说太极乡名的由来,就与白果坝上的风景有关。这里临河的地方,有如骏马奔腾的山峦,将河水拦进白果坝,形成太极图形。远在京城里的某大师掐指一算,大呼不妙,说此处乃"龙兴之地",如不及时破坏,皇帝江山不保,于是建议朝廷将"骏马"从颈部斩断,让河水从上面流过。至此,太极图形不再,和谐的"阴阳鱼"变成了破碎的玻璃田。

我第一次进白果坝时,曾与村组干部交谈,提出过打造"我家菜园子"的设想。具体方案是这样的:先计算城市三口之家每年的蔬菜用量,再计算出一亩土地每年的蔬菜产量,然后用每亩的蔬菜产量除以每户的蔬菜用量,就能计算出城市三口之家吃蔬菜所需要的土地面积和一亩地能保证供应多少城市三口之家的蔬菜。据孙文春初步计算,大概种20平方米的蔬菜,就够一户城市三口之家吃了,这样的话,一亩地至少可以供应30户。"我家菜园子"聘请当地的蔬菜种植能手来种植,保证蔬菜施用农家肥,不打农药。蔬菜的品种,由客户来决定。每户人家只需要交纳2000元的委托种植费,就可以保证全年有绿色蔬菜吃,而且还可以交换自己吃不完的蔬菜。那么一亩地光是委托种植费用可以收入6万元以上。物流配送方面,在黔江城区建立"我家菜园子"直供站,基地每天配送一次蔬菜,并建立"我家菜园子"网站,吸引客户加入"我家菜园子"行动计划。对每个客户的专属地块,都要挂牌,装上远程视频进行监督。周末的时候,一家人可以开车前来,进行种植和采摘体验,并把新鲜蔬菜带回家。我们认为,如果这个设想能够变为现实,不仅能为城市人提供绿色蔬菜,并让顾客享受"乡客"的乐趣,还能为乡村土地精细化利用找到出路,创造出更多财富。

"我家菜园子"建立后,通过引河入园,在项目区种植花卉、莲藕、水稻,形成"阴阳鱼"图形,达到一种田园美与人文美的统一。当然,作为创意农业,"我家菜园子"还是具有一定风险的,除了要寻找合适的投资人,在先期营销上也需要花费很大精力。

马氏三雄

去白果坝马再明家走访时，他家里只有马再明和马文锦两人。

马再明今年68岁，妻子周会兰66岁。虽然他们两人每月都有上千元的不规范征（占）地养老保险收益，但三个儿子丢给他们的近9亩责任地，是不能荒芜的，老两口要把它们全部种起来，好让儿孙们回来的时候，能吃上不打农药的稻米。在李子村，像这样年龄的人一般都还要下地劳动。

俗话说，家不分不发。马家祖孙三代15口人，分家后组成4个家庭。正是因为改革开放政策和分家经营，马长寿、马长海和马长春三兄弟能够走出大山，创造比他们祖辈父辈更加精彩的生活。

大儿子马长寿，刚满45岁，一家有四口人。他同妻子常冬梅，都在上海打工，他自己开吊车，妻子做保洁。女儿马锦淑从卫校毕业后，在黔江民族医院上班，儿子马文锦在黔江职教中心读中专，学的是汽修专业。四口之家有三个人挣钱，2015年一家人的收入在10万元以上。目前，他们修起了300平方米的新砖房，花费了25万元。

二儿子马长海，比马长寿小3岁，家里也有四口人。在三兄弟中，他的经历最丰富，也是把个人创业与孩子的教育较好兼顾起来的典型。他高中毕业后没有考上大学，而是考进了上海的消防队，并在这个高危行业干了整整10年，练就了自己临危不乱的性格。离开消防队后，他到张家港某钢厂当炼钢工人，不久当上管理干部，学到了丰富的经营管理经验。后受朋友邀请，到一家中韩合资炼钢企业当副厂长，年薪高达30万元。但马长海一家的开支也很大，他的大女儿马丽媛在黔江民族中学读高一，小女儿马健媛在黔江人民小学读二年级，妻子金小红在黔江城里照顾小孩上学，还在城里购置了商品房。除了吃饭穿衣，一年的家用轿车相关花费要2万元、教育支出要2万元、还房贷4万元。由于目前钢铁企业不景气，马长海有意回乡创业。

马长春是家里的老三，刚满39岁，一家有五口人。和两个哥哥比起来，他的经济压力更大，因为三个小孩都到了读书年龄，大女儿马坤宇在黔江中学读初一，二女儿马杰、小儿子马正营都在黔江城里读小学，光是教育支出一年至少要2万元。加之他家在黔江按揭购买了商品房一套，一年要还3万余元的房贷。他家还买了家用轿车，一年也要有2万多元的开支。为了照顾三个在城里读书的孩子,妻子孙春兰专门在城里陪读。马长春主要是在黔江承包工程,一年有20多万元收入,但收入不稳定,风险也大,有时就是赚到钱一时也收不回来。

马氏三兄弟的经历说明,在目前的李子村,如果想拥有同城市人接近的生活,主要出路还是外出打拼,否则就没有现钱满足教育、住房等大宗消费。

在浙江的"打工之家"

一家九口人,全部在浙江闯荡。2015年全家人打工收入超过20万元,还拥有家用轿车等高档消费品。家住白果坝的张吉江家,是李子村典型的"打工之家"。

现年50岁的张吉江和比他小一岁的妻子冉竹青,婚后不久就外出打工,如今已有20多年。2015年,在浙江一家配件厂打工的张吉江,每月工资有2500元;在浙江一家染布厂打工的冉竹青,每月工资有4000元。两口子有三个儿子,大儿子张国庆和二儿子张望都先后成家,并各有一个女儿;小儿子张野21岁,尚未结婚。张国庆和妻子陶华云在浙江一家绣花厂打工,每月工资有4000多元;张望在浙江建筑工地打工,每月工资有4000多元,妻子陶洪梅2015年也在浙江务工,但只上了两个月班。只有张野还在浙江上驾校,没有打工。张吉江的孙女张雨涵、张玲英也跟着他们,因为是婴幼儿,还没上学。2015年,6个劳动力的打工收入总计超过20万元。

张吉江说,自己外出打工也是被形势所逼。因为家里的责任地只有四亩多,要养活这么多人根本不可能。特别是家里人口达到九口后,人均不足半亩责任地,巧妇难为无米之炊,如果不出门去闯,一家人肯定没有活路。

虽然一年挣的钱不少,但花费也大。光是租房,九口人在浙江一年就要2万余元。他们一共租了3处房子,张吉江、冉竹青和张野租住在一起,两个儿子每家租住一处。还有,吃饭的花费也大,一家九口一年至少要7万元。

其实,两代人都打工,是张吉江最遗憾的事。本来,他同冉竹青都希望儿子们通过读书改变命运,但儿子们不爱读书,只有张国庆读到高中,而张望和张野初中毕业后,就背起行囊,踏上了打工之路。

张吉江和冉竹青的想法是,再干两三年,等把家里修新房欠的几万元债务还清了就回老家。老家花30多万元修的大房子,目前空闲着,他们还没好好住一下。张吉江说,他要在老家带好孙子,让孙辈把书读好,决不让他们成为第三代打工者。

不停歇的打米声

今天听到打米机的轰鸣声，着实让我激动了一番。

用打米机打米，这是如今乡村很少见到的景观了。记得先前乡村是用碓窝舂米，后来引进打米机，碓窝渐渐淡出人们的视线。再后来，由于乡村种田的人少了，大家要吃米大都到市场上买，沸腾一时的乡村打米声，几乎听不到了。

住在挨山、52岁的陈宗寿，至今仍在坚持打米。因为这打米机不但让全家人解决了温饱问题，还让一家人在16年前就修起了200多平方米的新房，另外，他还用打米赚来的钱，让儿子陈苗读了大学，在成都找到了理想工作。更重要的是，有了打米机，他和妻子王绍菊避免了外出谋生来回奔波之苦。

陈宗寿是村里与他同龄的人中少有的高中生。他开始是在生产队的打米房打米挣工分。土地承包到户后，他就把生产队的打米房盘过来私人经营。由于他为人实诚，服务态度好，米打得干净，村里人都爱来他家打米。陈宗寿说，打米就是赚几个分分钱，有时个别村民一次打二三十斤谷子，他也不收加工费。渐渐有了一些积蓄后，他花了13万元，于1998年在公路边修起了一幢200多平方米的砖房，同时扩大了打米房的场地，重新添置了机器。2015年，他家的打米房打谷子20多万斤，每100斤收7元加工费，除去成本，年纯收入有1.5万元。李子村过去家家喂猪都需要用米糠。现在喂猪的人家越来越少了，他们打米都不要米糠了。陈宗寿打米赚的就是米糠钱。两口子就用这些米糠，搞家庭养猪，2015年喂了几头肥猪，纯收入有6000元。

前面提到的种粮大户陈荣昌，是陈宗寿的叔叔，祖父那辈是一房人。他们虽然一个种粮，一个打米，但经常在一起交流，话题当然离不开米。陈宗寿的打算是建立一个以打米为主营业务的家庭微型企业，但他去城里跑了一段时间后没成功。听说可以网上申报，他家又没有电脑，再说自己也不会操作电脑。后来才知道自己的房屋没有房产证，申办微型企业的事就搁置了。家庭微型企业没批下来，但他家的打米机，还在乡村继续轰鸣。

爱记流水账的老马

住在环山沟的马长安，听力不好，我必须大声一点儿说，他侧耳才能听见。他同妻子陈桂芝一样，今年63岁了。老两口有一儿一女。儿子马文艺、儿媳伍晨均在上海务工，推销电器，已达20年，连孙女都在上海读书。女儿马红出嫁到本乡石槽村，离环山沟不远。儿子一家虽然常年在外，但赡养父亲还是尽了责任。马长安前些年治病花了近8万元，这些钱都是马文艺给的。光2015年一年，马文艺就汇了1.5万元回来，主要是给父母治病。

老马虽然只有初中文化，但他自称是有文化的人。他说一般人写的字，都没他写得好，而他妻子则认为他有点儿癫，字写得像鬼画桃符。听了老伴的奚落，老马只是笑。同他们交流结束后，我把自己写的一张毛笔字从手机里翻出来拿给他看。老马说，咦，搞得这么好啊！佩服！佩服！我说，我也喜欢写字，只是平时太忙，没认真练。

老马最好的一个习惯，就是爱记账和精算。比如家庭收入多少、支出多少，他都一笔一笔记在本子上，相当于会计做流水账。如果有单据，还要附在后面。他算出的都是纯收入，比如2015年他家卖的稻谷，纯收入是2600元；卖的8张蚕茧，纯收入是1.36万元；卖的一头猪，纯收入是840元。李子村的人大都认为家庭小规模养猪要倒贴，但老马不这样看。2015年，他家养了两头肥猪，出售了一头，自家食用了一头，肉的重量是550斤，一般算法是5500元毛收入。而老马通过精算得知，他家养猪一天的纯收入是3.5元，两头猪共养了8个月，这样就算出纯收入是840元。根据他账本的记载，2015年老两口在家里搞种植、养殖，杂七杂八加在一起，有纯收入1.704万。

老马这样精打细算，用在种养业上是很有意义的。李子村的住户，无论发展种植业还是养殖业，收入、支出核算往往都是"过估"。老马给我们的启示是，种地也需要精细化思维。

离开他家的时候，老马又看了一下我手机里的字，发了一通感慨。老马说，过去写字是打门锤、敲门砖，现在写字好像没那么重要了，但写得好总比写得不好要有意义。陈桂芝又在旁边嘟囔：他一天都想当秀才，看到有人字写得好，他脚就软，站在旁边半天也不挪一步。我对陈桂芝说：老马有这个爱好总比天天搓麻将好嘛，要鼓励他写，最多花点儿纸墨钱！我又给老马打气：你都这般年纪了，没必要下地干活了，如果你多拿点儿时间练练字，可望成为李子村的书法家哟。老马连连点头，说：要得，要得！满脸洋溢着笑容。

十八 家庭养殖业及其他

【走访户数】

今天是晴天,阳光射在地上有些晃眼。路边,田野里,桃树挂红,李树吐白,花儿们在春天的舞台上尽情绽放。今天乡场逢场,很多村民都赶场去了,上午不好找人,只好等等停停,在"陈广播"的带领下,全天辗转于环山沟、纸茶沟、上坝,跑了20户人家。包括张祖成、马再宣、马长仙、马长禄、马冬顺、马长玖、马再全、马滨、张华会、张光平、张祖祥、陈一香、李光会、张艾琼、张光芹、马长芳、马文星、马文波、李方越、李泽会等家。在这些住户中,马长玖家是建卡贫困户,张光芹家是低保户。

【贫困档案】

● 住在纸茶沟的马长玖、孙素梅夫妇,全家有六口人,致贫原因是马长玖为智力一级残疾,帮扶措施是帮助其发展养殖业和对其开展蚕桑技术培训。

2013年马长玖在太极场上搬运货物时,不慎从车上摔下,造成头部严重受伤,做了两次手术,还进行了颅骨修复。他的命算是保住了,但引发了癫痫,发作时人会突然倒地,只能靠长期服药进行控制,一年的药费少说也要5000元。由于伤残加癫痫,马长玖已基本丧失劳动能力,智力也受到严重影响,待在家里,连扫地等简单的家务活也干不了。孙素梅在家种地,搞养殖业,除了照顾马长玖,还要带2岁多的孙子马宇,因此日子过得十分辛苦。急需的大钱,还靠儿子马文亮、儿媳黄丹和小儿子马文胜外出打工来挣。2015年,大儿子马文亮和儿媳黄丹都在江苏船厂打工,两口子每月共有8000元收入;小儿子马文胜在重庆火锅店打工,每月有2000元收入,但只做了半年,没给家里拿回多少钱。家里的产业收入有3000多元。从收入上算,马长玖一家脱贫问题不大,但主要靠打工,发展蚕桑产业的规划没完全落实。

● 家住上坝的张光芹,因小学毕业后患眼疾,没有医治好,造成视力一级残疾。她现在还不到40岁，对她来说，如果眼睛能重见光明，就是享受到了世界上最美妙的奢侈品。丧失劳动能力，又没有生活自理能力，连走路都要小孩牵。张光芹的长子肖其胜，从小身体也有问题，因为有些痴呆，小学才读到一半就辍学了。除肖其胜外，张光芹还有一个儿子叫肖万全，在太极小学读四年级，前年又添了一个女儿肖雪，还不满两岁。吃饭的人多，做事的人少，一家人的生活重担，全落在丈夫肖金成身上。2015年肖金成靠帮别人捡瓦，一年有一万元左右的收入。人多，地少，病人又多，造成张光芹一家生活艰难。2015年，她享受到了低保待遇。

蚕宝宝的"托儿所"

住在环山沟的马长仙，是村里少有的女党员，从30岁开始，她就一直在农村特色产业发展上努力不懈，并起到了模范带头作用。2008年到2015年，她连续8年荣获黔江区"优秀小蚕供育户"称号，2015年一家人的养蚕纯收入超过4万元。

我们讨论的话题，就从小蚕供育开始。

什么是小蚕供育呢？马长仙说，小蚕供育说白了就是为养蚕户培育蚕宝宝。这些小蚕经过十几天时间培育成功后，再送给养蚕户养殖，直到成茧。由于小蚕要求高温环境，蚕农需要时刻做好保温工作，十几天中几乎寸步不离。过去李子村养蚕，都是自己供育，由于饲养不当，小蚕死亡的现象时有发生，造成了较大的经济损失。现在，马长仙等人建立的小蚕供育室，不仅优化了小蚕的生长发育环境，减少了病菌感染机会，也为养蚕户节约了人力、物力，保证了小蚕的质量，增加了鲜茧的产量。所以，马长仙的小蚕供育，实际上是建立了一所蚕宝宝"托儿所"。不仅为村里人养蚕提供了方便，也大大减少了自己养蚕的成本。

2015年，马长仙的小蚕供育室共培育小蚕240张，每张售价80元，产值1.92万元。她还租赁农户的土地扩大规模，使桑园面积达到30亩，全年共养蚕20张，产值达到4万元。两项相加，总产值达到5.92万元，除去土地租赁费1.8万元、其他成本7800元，纯收入有3.34万元。同时，政府对蚕桑还有每亩230元的补贴，马长仙种植30亩，就有6900元的补贴。这样一合计，马长仙一年的养蚕纯收入超过4万元。马长仙决定今年再发展30亩蚕桑，使蚕桑面积达到60亩，蚕茧产量翻番，争取纯收入超过7万元。

你蚕桑产业发展得好,有什么秘诀呢? 我问。马长仙说:哪有什么秘诀哟! 硬要说有,那就是吃苦耐劳。每年采桑叶的时候,我都是三四点就起床,中午吃了饭打个盹儿,下午四五点又接着干。总之,养蚕与养儿女一样尽心才行。这些年来一家人的辛苦,难以用语言形容。

马长仙养蚕,不但自己富了,还让一些乡亲到她的桑园打零工,去年给大家的工钱达2万元。

马长仙的儿子张小龙20岁了,刚刚中专毕业,女儿张小珊在黔江民族中学读高一。家里如果靠马长仙一个人,这么多活怎么忙得过来? 我不禁提出疑问。这就要说到她丈夫张清海了。张清海是上门女婿,太极道班的工人,道班工房就在马长仙家的旁边。道班实行承包制,道班忙的时候,马长仙就帮张清海养护公路,养蚕的关键时刻,张清海就帮马长仙养蚕。一年到头,该养蚕时养蚕,该养路时养路,没有农忙农闲之分。夫妻比翼,勤劳兴家。通过对家庭劳力的优化整合,他们用最少的劳力干出了最多的活路。

想养兔的马长芳

住在上坝的马长芳,两个儿子都已成家并外出打工挣钱,马长芳却坚守在家,潜心于养殖业。对养猪养鸡颇有心得的他,最近又开始琢磨起家庭养兔这个行当来。商品兔有两大类,一类是毛兔,一类是肉兔。马长芳想搞肉兔养殖,听说目前行情不错。

马长芳的大儿子叫马文波,2015年在大连建筑工地打工,但只做了9个月,儿媳胡晓芹在福建鞋厂上班,两人每年有5万多元收入。孙子马宇航在家,由马长芳和妻子龚云英带。2015年,马长芳的小儿子马文星在黔江搞钢结构电焊,儿媳陈银在黔江正阳工业园区上班,两人每年有10万元左右的收入。孙女马思琦在黔江城里读小学,由夫妻俩自己带。为方便出行,马文星还买了一辆家用轿车。

马长芳原来也养蚕,还建起了小蚕共育室。但由于家里田地太少,桑园全部靠租地,成本不小,没赚到多少钱。于是他放弃了本来效益不错的蚕桑业,瞄准养猪业。马长芳2015年在家喂了6头肥猪,除杀了一头年猪自家吃外,卖了5头,有2万多元收入。另外还养了50只土鸡,但他不卖,留着一家人过年过节时吃。

马长芳说，自己搞养殖业其实是土地少逼出来的。马长芳一大家共八口人，只有2亩地，人均土地不足0.3亩。自己无法在地里刨食，又不能像两个儿子那样外出打工，只好在家庭养殖上绞尽脑汁。

为了保证猪肉的品质，马长芳坚持给猪喂熟食，在催肥期间绝不喂饲料。这样喂养，需要大量苞谷，马长芳自己无田地，只好租别人的地来种。由于近两年外地企业在村里办起了大型养牛场、甘薯种植基地以及牧草场，租用了大量好田地，抬高了租金，马长芳如果要续租别人的地，就必须提高租金，这样势必增加养猪成本。

养猪似乎要走到头，但马长芳没有气馁，而是努力寻找出路，并把目标锁定在肉兔养殖上。他原来养过长毛兔，积累了一些经验。他的打算是利用房前屋后的空地和原来养猪场的设施，兴办一个肉兔养殖场。他也到区内的一些肉兔养殖场参观考察过，认为养兔技术难度不大，市场前景较好。为了把这项产业做大，他还准备成立专业合作社，带动大家养兔增收。

我说，关键是要把市场行情摸透，如果市场行情好，完全可以做。同时，一定要树立无公害养殖理念。马长芳说，现在就是环保关不好过，解决的办法是建沼气池，既密闭了兔子的粪便，又可以用来生产沼气，沼液还是很好的有机肥。我说，这个想法好，可以先请环保部门的同志来把一下关，按他们的要求去实施，环保关就好过些。我还建议，如果现有场地狭窄，可以考虑去租撂荒地。马长芳说，这个办法要得！

一封令我惭愧的感谢信

今天在村里走访时，我接到单位办公室主任任卫彬打来的电话，他说前几天办公室来了一位不速之客，交了一封感谢信，也没留下姓名和联系方式什么的，就悄悄走了。任卫彬说，感谢信的内容主要涉及我。任卫彬还叫信息科的副科长田富拍了照片，通过QQ发给我。晚上回到驻地的时候，我浏览了一下，知道了信的大致内容。由于感谢信大都是表扬我的，也有不准确的地方，我怕引起误会，就在信的后面写了一个注解及说明，准备适当时候在单位的职工会上进行说明。

感谢信

尊敬的黔江区党校瑶(姚)元洪(和)校长:

我是太极乡李子村一普通村民,在这里首先代表我村广大村民对你说声感谢。为什么呢? 理由有三:一是你进住(驻)我村后,走遍了全村各家各户,充分体查(察)了民情,对老百姓问寒问暖;二是在走访的进程中得知一组孙家孝家庭特别困难,孙女孙益鑫(渝欣)在天寒时却只有一套较薄的衣裤穿着,在外务工的父亲又没有挣到多少钱,几年都没回家了,80多岁的爷爷奶奶也无钱给孙女买衣服穿,是你瑶(姚)校长组织捐赠了几套衣服,同时自己还掏腰包给了现金几百元;三是进住(驻)本村后你自己掏钱四五万元给村办公室更换了电视、电脑等设施。

通过上述的所见所闻,像这样的住(驻)村干部值得广大村民的欢迎和敬佩,这些年来区、乡对我村也有过派住(驻)干部,但没有像你这样吃得苦、耐得劳、脚踏实地地户户到位,实事求是地体查(察)民情。在党的十八大上提出实现中国梦,要像你这样的干部才能实现。

最后,希望你和乡村(干部)一道,为我村致富奔小康,园(圆)上全村民众的梦。

太极乡李子村一普通村民
二〇一六年三月十日

注解及说明:

感谢信是用大红纸写的,但不晓得具体是谁写的,看毛笔字还写得不错,应该是这个村民请别人代笔的。其中有一些错别字和语句不完整的地方,我在其后面用括号进行了注解,而我的职务是副校长,这样称呼我是因为口语上尊重别人的习惯,现实生活中称副职时,人们喜欢去掉这个"副"字。

看了这封感谢信,我感到惭愧,因为我的工作没做好。驻村本来就是基层干部最好的工作方法,也是应尽之职。我只是履行了这个职责而已,不值得群众夸奖。即使取得了一点儿成绩,光荣也是属于黔江党校的,工作是大家做的,像给孙渝欣捐衣服,主要是由朱文刚、李倩、冉敏芳、向玉兰、杨英姿等本单位职工和周艳红、向银艳等外单位职工做的,其中朱文刚夫妇还捐了两套新衣服和一双新鞋子,发挥的是大家的力量,我只是一个联系人而已。特别需要说明的是,给李子村村委会办公室增添的设施是投影仪,是我们单位的原有设备,折合成钱是4万元左右,不是我出的,是由党校出的。还有更重要的一点,李子村的脱贫攻坚,只是刚刚起步,还没有到喝庆功酒的时候,特别是未来的转型发展还任重道远。

十九 一沟的低保户

【走访户数】

今天上午陪区委书记余长明等领导,在李子村检查指导工作,因此没有入户开展全户调查。下午同孙文春一起,在梅子沟、白果坝、中间沟走访了30户。包括马顺超、马孝中、龚明娥、敖洪亮、马再军、马仕权、马再然、王翠平、谢光菊、马海生、龚叔芹、马再康、吴正祥、吴清全、吴正福、张光沛、陈宗尧、张家科、张胜、马长生、何菊香、张家易、张和均、孙仲平、马仕云、马仕清、马菊梅、张万顺、张主明、马文海等家。在这些住户中,马再然家是建卡贫困户,马再康、马顺超、龚明娥、敖洪亮、马孝中、龚叔芹等家是低保户。

【贫困档案】

●马再然一家有五口人,因病致贫,帮扶措施是争取医疗救助,产业扶持上是支持其养肥猪2头。但实际上,马再然的妻子王克珍患的是风湿病,也还能劳动,争取医疗救助不可行,产业扶持上,也只支持其养了一头肥猪。小儿子马俊涛在黔江中学读初三,2015年教育支出在7000元以上。2015年,马再然在上海当搬运工,每月有3000元收入;大儿子马雄健在上海当消防员,每月有4000元收入;妻子王克珍在家务农,养蚕2张,有4000元收入,养猪一头,有2000多元收入。一家人住的房子是砖房,面积超过120平方米。

●家住梅子沟、48岁的马再康,在陕西挖煤时受伤,下肢被截肢,为肢体一级残疾。2015年一家四口每月共享受732元的低保。由于无法参加农业生产,马再康和妻子王兰香长期靠在城里开茶馆养家糊口。虽然家里没有修新房,但有4间木房可以居住。只是由于长期不在家里,房子部分部件已经发霉,几亩土地也全部荒芜。

●马顺超本人有智力障碍,妻子余华云的脚有残疾,但不影响他们进行简单的劳作。马顺超在乡内打零工,主要是搞搬运,有活儿干的时候每天有50元收入。余华云在家种地,田地超过10亩。儿子马理想在太极职业中学读初中,成绩在班上排前三名。他们目前住的是不到60平方米的木房。一家人贫困,除了身体原因,孩子多也是重要原因。两口子一共生了4个子女。2015年,马顺超和儿子马理想享受到了低保。

● 年过七旬的马孝中是马顺超的父亲,患有严重风湿病,妻子谢会平视力为四级残疾。夫妻二人虽然有5亩多地,但均是贫瘠的坡地,再费力也刨不出什么宝贝。由于二人几乎丧失劳动能力,他们只能在地里种些蔬菜。2015年,夫妻俩都享受低保。由于身体有病,马孝中2015年住院两次,医药费花掉3000多元。他们与儿子马顺超共住一幢木房,两家被称为"父子低保户"。

● 16年前,龚明娥的丈夫马再华在新疆挖煤时不幸死于矿难,留下儿子马剑飞、女儿马玉容和马玉娇,由龚明娥一人抚养。龚明娥从此不提婚嫁,一心只想把3个孩子拉扯大。3个孩子读书都还争气,马剑飞大学毕业后,在黔江正阳工业园区找到了工作,马玉容目前在重庆读大四,还有一个学期就毕业了。马玉娇在黔江新华中学读高一,成绩也不错。龚明娥在浙江打工,年收入有3万多元。2015年全家教育支出高达2.5万元。一家人至今住的仍是不到100平方米的木房,2015年龚明娥同女儿马玉容享受了低保待遇。

● 年过七旬的敖洪亮,同妻子冉光合住在3间已经歪斜的木房里。3个女儿都已出嫁,敖琼远嫁江西,敖香嫁到本乡石槽村,敖慧嫁给本村张健康为妻。夫妻俩都到了古稀之年,基本丧失劳动能力,身边又无人照顾。2015年,夫妻俩都享受低保。

● 年近六旬的龚叔芹,为听力一级、言语一级的残疾人。她同丈夫张家易一样,都没有读过书。两人在家种地,2015年喂养了一头肥猪,有300多斤重。由于身体有严重残疾,2015年龚叔芹享受低保。

新甘薯旧红苕

今天陪区委书记余长明、副区长林光等区领导一起,对天禹人蔬菜种植专业合作社在李子村的发展情况,进行了详细调研。合作社建立的育苗基地在李子村五组。虽然我还没到五组去开展全户调查,但还是把这个合作社的事情写在这里。

成为李子村驻村干部后,我一直都想去看看天禹人。原因是这个专业合作社以种植红苕为载体,对传统农业的产业化进行了探索。早在一年前,我就看过关于这个专业合作社的新闻报道,报道中说他们的红苕可以像瓜果一样,藤条可以爬上架子,在空中成长。我想,能够把红苕做成这样,天禹人肯定有几把刷子。

甘薯的俗名叫红苕。在我们小时候,红苕是渝东南一带农村人的主食,被称为"救命粮"。红苕对土壤要求不高,但产量很高,既是人的主食,也是家畜最重要的饲料。红苕的嫩叶,还可以做菜。但我不知道,天禹人种植的甘薯与我见过的红苕是不是一样的。

2010年12月2日,天禹人在李子村五组建立起来。合作社基地占地30亩,目前已建成10亩继代苗移栽钢架大棚、500吨种薯恒温储存库、10亩大田生产种苗繁育基地。合作社每年可生产脱毒甘薯80万条,生产脱毒甘薯种苗800万株。天禹人的育秧是在大棚里完成的。在翻耕好的大棚内做成长方形的苗床,铺上电热丝,盖上土,将甘薯种均匀摆放在苗床上,杀菌后再撒上细泥覆盖,最后用塑料薄膜盖上。这种育苗方法,从育苗到大田移栽到出秧,只需要50来天时间,比传统方法育秧要节约一个月,同时还保证了种苗的纯度,防止由于混杂引起的种性退化,这样更有利于甘薯的生长,也能使甘薯的淀粉更丰富。合作社现在主要是开展育苗服务,免费给农户提供种苗。2015年,天禹人的甘薯产值达到500多万元。

天禹人除了自己发财,还带动周边群众鼓起了腰包。合作社负责人告诉我们,2015年,合作社带动种植户600户,发展种植面积1600余亩,平均亩产达4000斤。其中太极乡发展400亩,带动农户36户。合作社还负责回收甘薯,然后再销售给彭水等地的红苕粉加工企业。只要农户按要求进行种植,他们都是按每斤0.9元的价格进行回收,一般农户每亩经济收入可达2000元以上,除去肥料、劳动力等成本,每亩纯收入至少1600元,比种粮效益要好得多。更为重要的是,基地平均每天需要15个工人,每年的2月至6月是育苗、剪苗季节;9月做一些收甘薯的准备工作,像清理大棚、编稻草等;10月是收甘薯的季节,搬运甘薯需要劳动力。因此,当地农民一年在这里至少可做半年的活,每人每年打工收入在8000元以上。在基地打工的都是妇女,包括本村的龚淑云、田秀英、孙文英、杨正碧、徐凤菊等人,其中龚淑云家是低保户,而家里是建卡贫困户的来这里打工的人还不多。公司按每天50元给她们支付劳务费,但活儿还是比较辛苦,特别是在大棚里剪苕秧,需要长时间蹲在地上,里面气温也很高。

我和孙文春都觉得,合作社对贫困户的带动力还不强,需要引起重视。因为全村的贫困劳动力,不是全都外出务工了,像二组的周方梅、五组的王桂淑等,都在家务农。这位负责人说,合作社现在只是育苗,需要的劳动力不是很多。基地建在李子村,村里却没有多少人种甘薯,这是最令人遗憾的。合作社也曾向贫困户宣传,免费提供种苗,包回收产品,但没有贫困户响应,原因是贫困户要么土地资源少,要么有土地但没有劳动力,有劳动力的又全都外出打工了。为了改变这一现状,他们计划搞薯干加工。按薯干加工流程,一台蒸机蒸一次,一台烘机烘4次,需要六七个工人。如果机器数量变成两套,用工量相应增加一倍。这样,育苗、栽种、加工,形成一条龙,需要的劳动力当然就更多了。

真心希望天禹人把红苕产业做大,把农户过去曾经的"救命粮"变成"金元宝"。

爱看新闻联播的王老太

在梅子沟,71岁的王翠平每天吃了晚饭后,要做的第一件事就是坐在电视机前,认真观看中央电视台的新闻联播。

她记不清这种习惯是什么时候开始养成的,只记得自从有了电视机后,她就是这样做的。因此说她是李子村的电视新闻迷,一点儿都不为过。

在李子村,像王翠平这样年纪的老太太,一般都没有进过学堂,即使有的在扫盲班读过几天书,学到的也大都还给了老师,因此,虽然很多人户口簿上写的文化程度是小学,其实连自己的名字都写不出来。而王翠平不但读了小学,还读了初中,当过班干部,还在学校入了团。她现在不但能写自己的名字,还能读书看报。

王翠平的丈夫马世祥,曾当过公社的领导,病退后由儿子顶班。由于表现积极,王翠平也当过大队干部。但由于马世祥50多岁就去世了,王翠平只好一个人支撑这个家,抚养孩子们。现在,她的子女都承继了勤俭的家风,女儿马敏还成为全村蚕桑种植第一大户。女儿、女婿回乡创业之初,摘桑叶很忙的时候,王翠平每天给他们煮饭吃,尽量帮他们一把。

儿女长大成家后,王翠平就一个人在梅子沟的老屋里生活。白天,到坡上干农活,晚上回到家,打开电视看新闻,了解国家大事。电视新闻最直观,一看就懂。她对中央电视台的新闻联播最感兴趣,但对看不到黔江的电视新闻很是失望，因为她很关心黔江发生的事情。在她那客厅兼饭厅的屋子里，电视是保护得最好的物件。墙壁上也擦拭得干干净净，墙上挂着毛泽东、周恩来、邓小平等领导人的画像，还有朱德等十大元帅的像章。她甚至知道毛主席有一个儿子壮烈牺牲在朝鲜战场，名字叫毛岸英。

喜欢看电视新闻的王翠平，虽深居简出，但心气平和，从不同别人吵架，同周边邻居关系都搞得很好。交谈中，她多次说，一个人，不论你官有多大，地位有多高，凡事都要忍一点儿、让一点儿。

王翠平最大的愿望是能尽早看上黔江的电视新闻。"你想嘛，黔江人看不到自己在做些啥子，那不是打起电筒照别人，自己眼下一片黑嘛。"王翠平说。

谢光菊的悲痛

谢光菊家里的那幢木房，踞于梅子沟的最高处，俯视着沟里的一切。但这样的位置并没有给自尊心强的谢光菊带来什么好运。相反，她却是一个苦命的人，白发人送黑发人的悲痛，她竟然遭遇了两次：儿子马再华，死于矿难；儿子马青山，服毒自杀。

谢光菊年过七旬，满头白发。虽然她个头小，但种起菜来，梅子沟的人没有不服她的，特别是她种的豌豆尖，在乡场上卖得很好。自从丈夫马世和十多年前去世后，她一个人住在这幢木房子里。2015年，她享受的不规范征（占）地养老保险收益有一万多元，种菜收入有5000多元，应该说吃饭是不成问题的。但谢光菊精神上始终得不到安慰，总爱同人争吵，有时甚至大动肝火。

16年前，谢光菊的大儿子马再华在新疆挖煤时遇难，留下三个孩子，大儿子马剑飞11岁、二女儿马玉容8岁、小女儿马玉娇才1岁。马再华遇难，当时补偿了10多万元。妻子龚明娥没有再嫁，一个人拉扯着三个孩子，让马剑飞和马玉容都读了大学，马玉娇也正在读高中。村里把龚明娥家评上低保户，给予特殊照顾。但谢光菊同大儿子一家关系不好，虽然住在屋上坎下，却很少走动。

13年前，谢光菊的二儿子马青山喝农药自杀，时年31岁。马青山高中毕业后，没有考上大学便回乡务农，后与钟小平结婚，并于1996年和1998年先后生下儿子马海生、女儿马润。由于婆媳俩经常吵架，互不相让，谢光菊要马青山惩罚自己的媳妇。但马青山喜欢钟小平，不愿意责怪她。最后钟小平被迫离开了梅子沟。苦闷之中，马青山走上了绝路。在户口簿上，马海生和马润是双胞胎兄妹,其实不是这样。当时计划生育政策有个规定,两个孩子生育的间隔时间必须是4年。但马润出生时,马海生才两岁多,为了规避计划生育罚款,兄妹俩就被谎报为双胞胎,并完成了户口登记。马青山自杀后,钟小平带着儿女嫁到黔江城里,此后两个孩子再也没回过梅子沟。但马海生、马润的户口还在李子村,谢光菊经常以此为由,要求村里和乡里解决她家的困难。

谢光菊的三儿子马辛酉,也是她的一块心病。马辛酉好不容易被谢光菊供养到了大学毕业,但30多岁了还没有成家。由于户口转移出去了,他很少回到梅子沟,村里只有少部分人知道马辛酉的名字。

谢光菊这人吃苦耐劳,在农村也算是有能力的人,就是太好强了,凡事都要争个输赢。这样的性格,虽然能得到一些小利,但让自己的心态难以达到平衡。在她家里,既没摆电视机,也没摆电冰箱,这在李子村我还是第一次看到。

谢光菊认为,她所有的难题,都应该由政府出面解决,她从来没有从自身寻找过问题。从梅子沟到构家河的村道公路,有一段是新修的,作为扶贫路,路面要拓宽,要占她一点儿田。包工头找她说,她不干,她说不认识他。她非要孙文春找她谈。在她家里,我同孙文春与她沟通这事,说修村道公路国家没有补偿。谢光菊说,她争的是"一口气",而且说非常相信我。我说,无论乡干部还是村干部,都是农村干部,都在为农村群众办事,因此要相信大家。至于我,你今天才认识,有些事情我也无法解决。问她讲的"一口气"具体指的是什么,她没有明说。最后她提出,孙子马海生正在学开挖机,学费要一两万,看村里能不能给点儿补贴。孙文春说:你要这种补贴,没有政策依据啊,何况马海生都没在村里。我说:你想一下,看看哪些你能享受的政策还没享受,如果有,我这个第一书记一定帮你兑现。

一直说话的谢光菊,此时不言语了。木屋里安静了下来,我看见静静地坐在那里的她,头发花白,身体看起来也萎缩了。此时,她心里在想些什么,我不知道。我所知道的是,我和孙文春同她讲的道理,并没有打动她。她家的遭遇,却刻在了我的脑海里。无论苦果是谁酿成的,她的遭遇还是令人心酸。

二十　在大坪上

【走访户数】

从今天开始,由李明芬和汪长清带路,我在三组开展全户调查。今天走访的农户居住在小地名叫牛脑石、汪家口、大坪上的三个地方。几十户人家的房屋,散落在一段长长的缓坡上。我们从位置最高的一户开始,从坡上走到坡下,到晚上收工的时候,共走访了34户。包括孙章华、孙文祥、孙文明、孙礼、孙润生、孙阳波、孙品生、孙文全、孙文超、孙文刚、孙章云、孙章和、孙文志、杨爱琼、汪文礼、代安书、汪增恺、汪文静、汪增开、汪华均、汪文举、汪文波、汪碧垒、汪增职、汪文界、郑孝萍、程祖先、汪文彪、汪志华、汪长清、汪文帅、汪将军、汪长生、汪长安等家。在这些住户中,孙章华的儿子孙沪杭、孙阳波家是建卡贫困户,汪文彪是低保户。

【贫困档案】

● 孙阳波一家有五口人,家里有三个学生,属于因学致贫。2015年,孙阳波本人在贵州等地建筑工地务工,妻子黄翠平在黔江建筑工地打零工并带二女儿孙夏林、儿子孙俊熙在城里读书。孙俊熙是超生的,还被罚了款。大儿女孙静2015年秋季大学毕业后,在重庆某企业当会计。一家三个劳动力,全年总收入在9万元左右。由于全家人都不在家,土地租给了孙文春种蚕桑,产业扶持中给他们的仔猪也是由别人代养的。孙阳波家里有3间砖房,成为建卡贫困户后,他又在黔江城里购置了上百平方米的商品房。动态调整的时候,他家建卡贫困户的资格就难保了。

● 48岁的冉素英和20岁的汪文彪是母子俩,2015年母子俩均享受低保待遇。他们都还年轻力壮,为什么会吃低保呢?原因是几年前冉素英的丈夫汪增贤因肝癌去世。为给他医病,家里花了很多钱,也导致汪文彪高中未毕业就出门打工。但从2015年的情况看,全家并不是特别困难。一是住房条件好。家里有一幢两层6间的砖房,同时冉素英再嫁城里后,在城南街道还自建了住房。二是母子俩都年轻力壮,基本生活都不受影响。2015年汪文彪在浙江打工,一年至少有4万元收入。

● 建卡贫困户孙沪杭家的情况,放在后面说。

贫困户今年13岁

这家建卡贫困户,贫困人口只一人,今年才13岁。我最初看贫困户资料的时候,认为他是孤儿。但当我到他家走访时我才发现,事实并非如此。他不但有年轻力壮的父母,自己还在城里的中学读书。他自己没有户头,长期跟父母一起生活。这个13岁的建卡贫困人口叫孙沪杭,他到底是怎么回事呢?

孙沪杭在黔江民族中学读初二。他的父亲叫孙章华,母亲叫张凤琼,都刚30出头。夫妻俩一直在上海、浙江等地打工,直到儿子读初中后,才回到黔江就近打工。为了纪念他们在外省打工的经历,孙沪杭的名字都没按字辈取,而是用出生地作为名字。但建卡贫困户是以孙沪杭的名字登记的,致贫原因是上学,帮扶措施是教育扶持,争取助学金。2015年,孙章华在黔江打零工,张凤琼在黔江一家超市上班,夫妻俩全年打工收入有4万多元。为方便食宿,也为了给儿子创造一个好的学习环境,一家三口还在黔江租了房子,一年租金五六千元。

孙沪杭没有户头,也不是孤儿,贫困户以他的名字建档立卡,有点儿让人费解。他的父母30出头,风华正茂,身体健康,脑筋也好使,负担一个初中生读书,是没有问题的。现在孙沪杭成了建卡贫困人口,按照脱贫的收入标准,每年需要挣3000多元可支配收入。他一个初中生,还属于纯消费者,到哪儿去挣这么多钱呢?还有产业扶持方面,村里免费发了仔猪叫他喂养。他一个初中生,哪有时间和经验喂猪呢?由于一家人都没在家,只好由孙沪杭的爷爷孙文祥代养。家里的田土,也是由孙文祥来种。

孙沪杭成为建卡贫困人口,与其说是为了他读书,还不如说是全家想搭他的顺风车改善住房条件。因为一家人目前住的还是3间木房。木房长期没人居住,柱头、板壁等,都已霉烂损坏。孙章华也有修新房的打算。按2015年的脱贫攻坚政策,纳入建卡贫困户的家庭,修建新房至少有3万元的补贴。

汪家的闹心事

年过六旬的汪增开、邓桂平老两口,这两年家里的闹心事有点儿多。汪增开扳起拇指一算,至少有三件事摆在面前,堵在大家心里。

排在头名的,当数儿子的伤,儿媳及两个孙子的户口问题。

老两口有三个孩子,女儿汪秋莲、汪兰曲都已远嫁到杭州。而儿子汪华均在浙江一家印染厂务工,2015年由于脚受伤,几次往返家里,没挣到什么钱。在浙江打工期间,汪华均认识了罗超英。罗超英是贵州独山人,父亲是退伍军人,同母亲在家务农,由于父母身体都不好,娘家在当地也是困难户。两家相距较远,罗超英的父母不同意他们交往,但两人坚决要在一起。办结婚证明的时候,罗超英的父母好说歹说都不拿出户口簿,说如果非要拿,必须给4万元彩礼。汪华均哪儿来那么多钱呢?无奈之下,两人只能同居。2013年1月,生下女儿汪晨曦;2014年5月,生下儿子汪擎苍。由于非婚生育,两个小孩办不了户口。汪增开希望村里帮助他们解决一下这事。李明芬说,按目前的政策,办户口需要身份证、结婚证、户口簿、准生证、出生证明等,他们家这种情况是办不了的。我说,这事我也帮老汪咨询一下。我记得去年12月底国家出台了一个政策,全面解决无户口人员登记户口问题。我当场用手机一查,果然查找到了《国务院办公厅关于解决无户口人员登记户口问题的意见》,是2015年12月31日发布的,要求各省、自治区、直辖市人民政府加紧组织实施,文号是"国办发〔2015〕96号"。我说,根据这个意见,你老汪家两个孙子的户口问题有望解决。同时,解铃还须系铃人。我希望你老汪也不能闲着,一定要把家庭建设得更好一些,好让你贵州的亲家放心。如果有时间的话,背着孙子,到亲家那边"负荆请罪",估计亲家握着户口簿的手再紧,也会慢慢松开。如果能把你儿媳妇的户口迁移过来,办事就要方便一些。老汪答应试试看。今年,由于浙江那个印染厂已停工,汪华均还不知道到哪去打工。由于经济困难,女儿和儿子的衣物,都是靠两个姐姐买来。

这第二件闹心事,就是邓桂平的病。

邓桂平的脚是跛的,属肢体二级残疾,只能做一些简单的农活。她还患有高血压,靠药保命,一年要2000多元的药费。她也晓得这个病的厉害,如果不注意,随时有生命危险。我说,血压高确实危险,一定要遵医嘱吃药,你可以到医院检查后开一个慢性病证明,这样既能保证得到可靠的治疗,药费也要便宜一点儿。邓桂平说,自己不晓得有这么回事,现在晓得了马上去办。今天在寨子里调查时我了解到,这里有病痛的人特别多。过去在农村人身上少见的疾病,如心脏病、高血压、冠心病、糖尿病等,现在越来越多了。这些顽固的疾病,像一个深不见底的黑洞,一年又一年地耗去村民大笔钱财。

第三件闹心事是什么呢?那就是宅基地复垦费拿不到手。

2009年,汪增开花了10多万元,修起了200多平方米的砖房,让老屋在那儿空闲着。汪增开的父母生育了10个子女,最后养大了8个,8个孩子中只有汪增开和汪增良是儿子,人多地少,贫困始终困扰着这个家庭,家里唯一的祖业就是那间老屋。汪增开因为服侍母亲有功,最后给汪增良补了点儿钱,老屋和屋基就归汪增开了。而汪增良也在2014年另外找地修了一座200多平方米的砖房。实施房屋复垦政策后,汪增开把老屋复垦,搞了农转非,并获得了5万多元的补偿费。这下,汪增良就反悔了,他认为汪增开卖的是老房子而不是老屋基,要求汪增开分一部分补偿费给他,搞得两家人不和睦。汪增良一大家原有九口人,两个儿子、一个女儿,两个儿子都结了婚并有了自己的孩子。大儿子汪少林的媳妇生了孩子不久就跑了;二儿子汪江林和媳妇由于感情不和,最终也分了手。考虑到叔叔一家人日子过得不容易,汪增开的儿子汪华均就给汪增开做工作,提出给汪增良分2万元补偿费,后经协商,达成一致意见。但由于兄弟俩的扯皮,5万多元的房屋复垦费至今还未拿到手。

汪增开会修车,靠这点儿手艺,2015年有一万多元收入。但由于家里的闹心事多,这点儿钱可谓杯水车薪。

在新疆的两兄弟

童代会在寨子里是儿孙满堂的人,但年近八旬的她并没有享受到含饴弄孙的乐趣。丈夫汪增禄去世以后,她就像寨子里的那块石头,独守在自己的老屋里,已经记不清这样的日子有多久了。儿女、孙子如果坐在一起有一大屋,但都离她十分遥远,她只知道他们在西边,听说走路要几个月才能到。但她始终不明白,他们为什么要到那么远的地方去谋生。

童代会生了两个儿子、三个女儿。女儿汪素琴嫁到重庆长寿区,汪芝菊嫁到彭水县,汪芝碧嫁到黔江区新华乡。汪芝菊和汪芝碧都在城里做生意。女儿们平时也忙，只能偶尔来看望她一下。而远在新疆的儿子汪文举、汪文波，因为路途遥远，平时从不回来，最多春节时回家一次。

大儿子汪文举55岁了，和妻子邱执桂一起，在新疆阿克苏打工至少有20年了。他们做的也是农活，主要是种植棉花、管理果园。他们的小儿子汪艳伟，初中毕业后也奔赴新疆打工，并在新疆结婚。大儿子汪艳飞选择在重庆主城建筑工地打工，由于有了两个小孩，汪艳飞叫妻子杨静在黔江城里租房带小孩。

小儿子汪文波也同汪文举一样，全家人在新疆阿克苏打工。汪文波初中毕业后就选择外出打工。打工期间结识了四川女子文华兵并同她结婚，他们干的也是种植棉花、管理果园的活儿。汪文波的两个女儿在新疆阿克苏读书，汪晴芳读高二，汪雨婷读初三，现在正是家里最需要钱的时候。最近几年，他们甚至连春节都没回来。

家里有3间老屋，汪文举和汪文波各分一半。但他们住在里面的时间很少，是童代会一直看守着老屋。童代会一直等待着，她相信他们会回来居住的。毕竟两个儿子的户口还没有迁移出去，这也许是她能够坚持下去的理由。她多么希望他们回来，修起大砖房，然后像城里人一样摆上家用电器，让她这辈子也能享受享受。

只是背了一个名

孙文明在寨子里比较有威望，因为他当过民办教师，算是有文化的人，还有一个原因就是他好酒，酒量也大，一天要喝一斤白酒，大家都认为他豪爽直率，敢讲真话。我们去他家走访的时候，他就"放了一炮"。他炮轰的对象，就是前些年农村转户"大跃进"。

事情的起因是我们发现寨子里转为"非农"的人较多，按照一般的理解，既然是非农业人口，那就应该居住在城镇，也不应该拥有土地等农业生产资源。孙文明一提起这个话题，就有点儿冒火。

孙文明说，前几年农村转户"大跃进"，让这里的孙文明、孙润生、汪增恺、汪增开等人，一夜之间由"泥腿子"变成了"城市人"。当时为了完成"转户"任务，市里划任务到区里，区里划任务到乡里，乡里划任务到村里，但真正动心的村民不多。为了完成任务，乡政府甚至出现了巧舌如簧的"转城媒婆"。他们来到这里，硬是把孙文明等人变成了"城市人"。当时，孙文明同妻子张香、孙女孙运慧,孙润生同妻子邓明香,汪增开同妻子邓桂平等人,都转成了城镇户口。然而几年后,转户的承诺并没有兑现。孙文明说,当时承诺了很多政策,可没有一样是落实了的,他们现在仍然是地地道道的农民,只是背了一个"城市人"的名。

我那时还在新闻单位工作,对这事也了解一些。当时市里转户的重点群体是两类:一类是有条件的农民工及新生代,包括在主城区务工或经商5年以上、在远郊区县城里务工或经商3年以上的农民工、农村籍的大中专学生和新增退役的农村士兵;另一类是历史遗留问题,包括1982年以来全市已用地未转非人员、大中型水利水电工程建设失地未转非人员、城中村未转非人员和农村集中供养五保对象。但孙文明他们都不属于这两种情况。当时宣传转非有"八大好处",但仔细分析,含金量并不高。只有转非又退出宅基地使用权和农房的,即参与"土地复垦"的农户,才能够得到一笔补偿金,还可以购买土地复垦养老保险,但买保险的钱是自己出。当时还出了一本小册子,叫《重庆市农转城户籍制度改革100问》。各区县还成立了专门的工作机构,推进这项工作,可以说搞得轰轰烈烈。但最后各区县很多转为"非农"的,都不是上述两类重点群体。

孙文明等人,现在能享受到的仍然是农村合作医疗、农村居民养老保险、农业性补贴等政策。但拿着"非农"户口办事的时候,会受到一些影响。

故乡与他乡

汪长安、刘碧都已迈过知天命的坎,住的木房向一边倾斜,基本可以判定为危房,但夫妻俩对现在的生活已经知足。他们日出而作、日落而息,生活谈不上富裕,但过得安稳,心里也不再有那么多的牵挂。女儿汪琼香远嫁湖南,儿子汪登位大学毕业后,先是在云南工作,后又转到重庆,除自食其力,还时不时给父母寄点儿钱物来。

汪长安和刘碧的户口簿上显示两人的文化程度是小学,其实他俩都不识字,汪长安的眼睛还有病,但他对农村家庭经营很有经验。2015年,全家种植水稻收入一万元,养猪收入3000元,养牛收入4000多元,加上其他补贴,家庭总收入达到2万元以上。他们躬耕家乡,通过发展家庭种植业和养殖业,生活过得还不错。

汪长安说,这个村寨里的人,出门找生活的占绝大多数,看到有的人家大把大把地挣现钱回来,他也曾心动过。但自己没有文化,眼睛又不好,就打消了外出的念头。我在调查时也发现，这里举家外出的特别多。有的全家去了新疆，在那里租地，种植棉花，经营果园；有的全家去了黔江城里，租赁民房或按揭购买商品房，一边在黔江打工，一边陪孩子读书；有的全家到了其他乡镇，从事批零贸易业，甚至还当了商会会长。他们找到了机会，也承担了更多的生活成本。他们的根在这里，户籍在这里，土地等资源也在这里，但人没在这里。他们早已熟悉了他乡的一切。他们还会回来吗？他们会像汪长安、刘碧等人一样，成为山寨的坚守人吗？

40岁的孙章云，因为有肝病，身体不好，外出打工时沾染上赌博的恶习，输多赢少，如今债台高筑，家贫如洗，听说欠债已超过40万元。45岁的孙文刚在外打工，也沉迷于赌博，输了以后到处借钱，还动辄打骂妻子。人们见到他，像躲瘟疫一样，唯恐避之不及。孙文刚为什么会沉溺于赌博？大家认为主要是他重男轻女。由于生的两个小孩都是女孩，没有男丁，他认为断了香火，背上了思想包袱，觉得人生没有意义，不如过一天算一天。他已故去的父亲孙育声十分节俭，思想上也很开明。他曾对儿子的行为十分不解。孙育声在世时曾质问孙文刚：你只有两个女孩，就灰头土脸，认为今后没有人孝敬你了，对不对？我可是有儿子的人哟，他叫孙文刚，每天有了钱就去赌钱，请问他把我孝敬好了没？

二十一　山寨之痛

【走访户数】

今天是周末,由李明芬带路,我在大坪上走访了 27 户人家。包括陈家辉、陈顺、陈家全、汪学远、汪学洪、吴和英、汪增良、马仕英、汪登芹、汪增建、汪增超、汪德纯、汪文兴、汪文全、胡章琼、汪学清、汪川、汪学宽、汪学义、汪学勇、陈清菊、汪登全、汪松林、汪增彩、汪增辉、汪松涛、汪文考等家。在这些住户中,汪文兴家、胡章琼家、汪登全家、汪松林家是建卡贫困户,陈家辉家是低保户。

【贫困档案】

●建卡贫困户汪文兴一家有四口人,属于因病致贫。汪文兴1977年成为铁道兵,曾获部队嘉奖。退伍回乡后,在一次救火时,他不慎从房子上摔下,昏迷高烧引发腹膜炎,医治了9个月才好,但现在还经常会腹痛、恶心、发热。妻子张华香因手术留下后遗症,经常头昏、全身乏力。对他家的帮扶措施主要是对其进行产业扶持,计划养鸡50只、种春洋芋3亩,但因为劳力不足,春洋芋未种,养鸡也改为养猪,2015年杀了200多斤的肥猪一头。汪文兴2015年在浙江一家布厂打工,有3万元收入。张华香在家务农并照顾孙子,因为儿子汪学问还在服刑,儿媳又离家出走,在太极职业中学读初二的孙女汪学梅,在太极小学读五年级的孙子汪登浪,还需要奶奶监护、抚养。女儿汪琼英离了婚,带着女儿刘飞雨也住在汪文兴家里。家里建起的200多平方米的砖房,一共有六口人住在里面。

●胡章琼,66岁,因病致贫。胡章琼的背部曾受过伤,留下了后遗症,经常隐隐作痛,影响生产和生活。村里的资料上说,她的家庭人口为一人,但实际上她同丈夫汪文全住在一起。汪文全年届八旬,有胃炎、肺炎、肾炎。老两口2015年的医药费在5000元以上。村里制订的帮扶措施是医疗救助和产业扶持,但老两口的病都进不了大病医保范围,产业扶持中的养鸭也变成了养猪,2015年杀了200多斤的肥猪一头。胡章琼单立了一个户头,但与汪文全一起吃住,而

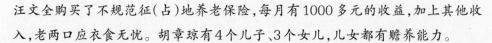

汪文全购买了不规范征(占)地养老保险,每月有1000多元的收益,加上其他收入,老两口应衣食无忧。胡章琼有4个儿子、3个女儿,儿女都有赡养能力。

● 汪登全一家有三口人,因病致贫。几年前,妻子田维书在给自家修房子时,在菜园里不慎摔了一跤,致颈上骨折破裂,住院近一个月,花去医药费3.7万元,但只报销了一万多元。2015年上半年,汪登全和儿子汪亚在家务农,9月初父子俩远赴新疆阿克苏采摘棉花,两个半月共有纯收入2万元。田维书在家一边养病,一边种地喂猪,杀了200多斤的肥猪一头。汪登全同汪亚都读过高中,在寨子里算有高文凭的人了。他们除了有100多平方米的木房外,还修建了200多平方米的砖房。修房花去20多万元,加上医疗费用支出,目前欠债5万元。

● 汪松林一家有六口人,三个劳力都有病,疾病是造成一家人贫困的主要原因。汪松林肝部有肿瘤,不能动手术,还有胃溃疡,妻子冉素琴有肝囊肿,夫妻俩基本上丧失了劳动能力。儿媳谌海容患有肠结石,发作起来疼痛难忍。2015年,一家人的医药费用超过2万元,家里因病已欠债6万元。加上孙女汪梦颖在李子村小学读三年级,孙子汪睿渊在太极乡场读学前班,家庭教育支出也多起来了。村里给他们规划的帮扶措施,包括医疗救助和产业扶持,但医疗救助只有汪松林的病属于大病,产业扶持是帮助其发展种养业,包括种姜2亩,种洋芋2亩,养鸭50只。由于儿子儿媳两个主要劳动力都在乡场上经营窗帘和床上用品,种姜和种洋芋并没有落实,养鸭也改成了养猪,2015年杀了200斤的肥猪一头。同时,汪松林喜欢养蜂,2015年养了3桶蜜蜂,每斤蜂蜜卖到120元,养蜂总收入达到5000元。2015年,由于竞争激烈,儿子和儿媳妇经营的项目效益不太好,收入不到4万元。

● 低保户陈家辉家的情况,放到后面说。

一病致贫

我把低保户陈家辉家放在这里来写,是因为他一家人的状况令人唏嘘。

陈家辉在村里是手艺较出众的木工,也曾经同村里的其他壮劳力一起走南闯北,在建筑工地上大显身手。前几年,他就曾创下一天收入超千元的纪录。那时,他一天的收入再少也是两三百。一年下来收入10万元没问题,除了生活开支、供孩子读书外,还剩余一大半。有了一大笔积蓄后,陈家辉决定把自己家的木房掀掉,在老屋基上建一幢大砖房。

但天有不测风云，在备齐了修房的木料后，陈家辉忽然感觉头部疼痛，全身不适，到医院一检查，发现脑部有肿瘤，必须马上动手术。在医院花去20多万元，所有积蓄全部用光后，还留下近4万元的债务。陈家辉的命虽保住了，但留下了后遗症，大脑控制不住动作，手脚行动不便，只有在平地上可步行，有坡度就走不动。现在，光是他每个月的药钱就要500多元。因为治病，已累计欠债6万多元。无奈之下，妻子宋远芝出门打工，她自己身体也不舒服，但她根本不敢去医院检查。

值得欣慰的是，小儿子陈顺正如他的名字那样，还算遂人心愿。他从中专毕业后，本来可以继续深造，但考虑到家庭的实际困难，毅然决定外出打工。2015年，他到杭州一家电子厂找到一份工作，挣的钱除了自己用外，还给家里交了一万元。更可贵的是，陈顺在杭州打工时，看到种柚子赚钱，就从杭州买了200多棵柚子苗，种在自家的田里。他说，如果家乡的产业发展有政策优惠，他愿意回家办果园。

目前，因为砖房梦破灭，全家人挤在不足50平方米的木房里。原准备用来修砖房的那些木料，还一根不少地堆放在楼上。为了帮助他们，政府让陈家辉和宋远芝都享受了低保待遇。

对这个家庭的未来，陈家辉有些悲观。他特别担忧的是宋远芝。我说：你这个家能否支撑住，除了政府的帮助外，你两个儿子最关键，一定要让他们有一技之长，通过勤劳的双手把这个家支撑起来。最好是让他们去学一门实用技术，比如厨师、驾驶什么的，这样就不怕找不到饭吃。陈家辉点头说：是，是，是。

马仕英的不明白

83岁的马仕英，生育了六个子女，身体有疾病，一犯病就头昏。她年纪大，身体又有病，生活费、医疗费等，都靠儿子汪登光、汪登芹拿。他们每人每年拿6000元赡养费，靠这些钱，马仕英一个人住在寨子里，日出而起，日入而息。

四个儿子中，汪登峰、汪登奎、汪登光都把户口迁移到了城里，并且靠努力打拼，还买了商品房。只有汪登芹的户口还在农村，但他同妻子赵昌凤、儿子汪前飞、儿媳伍兴玲、孙女汪怡玥全家五口人都在浙江，男的在建筑工地打工，女的在绣花厂绣花。2015年全家四个劳动力打工收入超10万元。家里的木房快倒了，他们也懒得管，因为他们也不打算回寨子居住了。马仕英一个人住在汪登峰的房子里,儿子们很少回来看她。儿子们见她年纪大了,接她到城里居住,她说住城里不自由,自己又不敢坐电梯,刚到城里就嚷着要回寨子。由于她没有文化,很难融入城市生活。她虽然希望儿孙们都有出息,但不明白的是为什么个个都要朝城市奔。

马仕英这辈子最后悔的事就是没有读书。本来,她是有机会进学堂的。她记得当时的村里有所小学,就在梅子沟她娘家的堂屋。看到年龄同她一样大的娃娃坐成一大堆,在叽里呱啦地念书,她羡慕不已。但父亲重男轻女,不准她念书,说认字哪有养牛重要,只有男人才念书,男人念书才能做大事。因此,马仕英户口簿上记录的学历是"小学",其实她根本不识字,她连一个人到乡场上去赶个场,都害怕走丢。

二十二　在烟房坝和冒水洞

【走访户数】

　　早晨7点起床,洗了脸,用电火炉烤了脚后,我就出门了。今天同李明芬走访的这些农户,大都住在烟房坝和冒水洞。烟房坝为李子村文脉所在,李子村小学就建在这里。今天走访的30户,包括韩继全、郑孝全、汪文应、冉思彪、杨超、杨光宇、余清秀、杨华波、汪鸿波、杨光会、汪文艳、韩继生、韩涛、韩鹏、汪德芝、陶安平、韩继红、汪文昌、汪建军、汪增联、韩远清、冉兵、冉清山、陈正碧、冉思龙、冉思虎、杨光勤、田景翠、汪文琼、汪文中等家。在这些住户中,汪增联家、冉兵家、汪文中家是建卡贫困户,杨光宇家是低保户。

【贫困档案】

　　●建卡贫困户户主汪增联正值壮年,因残疾导致贫困。汪增联因手残疾,难以从事农业生产。但他的残疾情况,在民政部门没有登记在册。为了生存,他在黔江租房住,主要是开着面包车,到街上去卖一些小物件。他已经在黔江待了四五年,过年都没有回家。他同邓义兰离了婚,分了一间半砖房,膝下无子女,而邓义兰已再嫁,但建卡贫困户登记表上显示他家有两个劳动力,帮扶措施是产业扶持,主要是扩大中药材经营规模,并且要对他进行中药材种植技术培训。实际上,2015年,给他家的产业扶持项目只有养殖项目,由于他没在家,免费送给他的鸭苗,还是由别人来代养的。至于扩大中药材经营规模,更是空话一句。

　　●建卡贫困户冉兵一家有四口人,致贫原因是冉兵骨质增生,干不动农活,2015年光医药费就花掉了4000多元。帮扶措施是医疗救助,但冉兵的病不在大病医保范围。产业扶持是帮助其养猪,而因全家人都外出了,猪由妻子张琼的哥哥张超来代养。猪养得较肥,有300多斤。冉兵一家的砖房有200多平方米,花了17万元建成。2015年,冉兵和儿子冉彦在浙江一家布厂打工,共有7

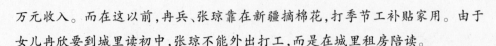

万元收入。而在这以前,冉兵、张琼靠在新疆摘棉花,打季节工补贴家用。由于女儿冉欣要到城里读初中,张琼不能外出打工,而是在城里租房陪读。

●建卡贫困户汪文中一家有三口人,建卡贫困户登记表上显示其致贫原因是汪文中颈椎骨裂,丧失劳动能力。但汪文中2015年在云南修高速公路,还赚了三四万元,如果丧失了劳动能力,就不可能到建筑工地上打工。帮扶措施是产业扶持,包括帮助其种洋芋3亩,养鸭子50只,养猪2头。妻子吕素香从小患脑膜炎,未进学校读书,不识字,在家务农,只能干些简单的农活,养猪、养鸭等比较麻烦的事,她都干不了。2015年给她家的产业帮扶项目就没有落实。夫妻俩也经常因为小事吵架。2015年发生一次争吵后,汪文中一气之下喝了农药,幸好抢救及时,花去3000多元医药费才保住性命。汪文中有两个孩子,女儿汪娜已经出嫁,儿子汪彪有智力障碍,几乎在家闲着。

●杨光宇为视力一级残疾,还患有高血压,生活不能自理,妻子余清秀也有风湿病。由于大儿子杨华波、儿媳李国琼,小儿子杨超、儿媳程方珍都在浙江等地打工,他们的孩子杨磊、杨博、杨思佳都要由余清秀带。余清秀每天除接送孙子、孙女外,还要给大家煮饭,特别是要照顾杨光宇的饮食起居。其余时间就在地里种点儿庄稼。对于这个家庭来说,最忙最苦的,恰恰是余清秀这位留守老人。2015年以前,杨光宇同余清秀都享受了低保待遇。

行走在春天里

早晨下了点儿雨,空气清新,视野开阔,风景如画。我这个所谓的城里人,好久都没有在这样的春天里行走了。

这是一个花的舞台。花儿们都是活跃的,似乎听得见它们跳出花骨的声音。金黄的油菜花,像一块土家织锦,镶嵌在银灰色的稻田之间,铺陈出乡村春天的主色调。

春风用她的巧手,先是点燃跃跃欲试的李花,又叫梨花纷至沓来,两种纯白,在田边地角、房前屋后,你追我赶,让人目不暇接。正在惊叹之间,眼帘里突然横斜出几枝桃花来,放射出玫瑰般的红,还有那豌豆花、蚕豆花也来凑热闹,似乎要与桃花争红斗艳。而在山坡、林下、灌丛和田边地角的梦花,散发出幽幽的芳香,空气一经它渲染,流动得更快更醺了。

有了花的搭台,水就更加有灵气了。在镜子般的稻田里,鸭子们轻轻地划过,那皱起的波纹,让人误认为是乐谱上的音符。在嘎嘎嘎的欢呼声里,它们求欢,追逐,觅食,都展示了凫水的高超技巧。偶尔也飞来几只白鹤,在田野上空盘旋,寻找它们的仙食。只有小鸟儿还站在树上观望,似乎刚刚睁开眼睛,对飞进春天还准备不足。

唯独剪了枝条、刷了石灰的桑树,谦逊地挺立在田里,悄悄地冒出绿芽,如果不走近,根本看不出它们已经把春天挂在枝头。桑树是李子村人的钱串子,人们更看重的是它的经济价值。但桑树是美的,从春天到秋天,叶子都一直绿着。它的背后,书写的是生命的大美,是蚕茧带给我们的柔和。

行走在乡村的春天里,也是在寻找乡村的精气神。大自然是如此蓬勃向上,我们没有理由不把乡村扮靓。春天的乡村是美丽的,而到处有人辛苦劳作、挥汗如雨的乡村,更是美丽的。

"潮人"杨光勤

杨光勤嘴里叼着香烟,坐在卧室里玩微信,间隔一段时间会猛咳几声。邻居家有手机的几个孩子,听说他开通了网络,也要了密码,躲在他的房前屋后偷着乐。

那些崽崽呀,就占我便宜,管他们呢,就当我家的哨兵吧。杨光勤咳嗽一声,苦笑着说。

杨光勤住的木屋,已经有些破旧了。早年他也有把木房修缮一番,或新修大砖房的打算,但两个女儿出嫁后,他觉得修那么宽敞的房子,没什么意思,除了多装一些吹进来的风,里面就只有他们夫妻俩了。

村里上年纪的人都用"老人机",只能接电话,无法上网,但杨光勤的手机还能上网。他花了1000元,在家里开通了无线网络,可以用3年,每天的费用大概一元钱。开通了无线网络,他上网更方便了,与亲朋好友建立了微信群,互相联系就更多了。有了方便的网络,他足不出户,可知天下,国计民生,家长里短,一网全罗。杨光勤有严重的支气管炎,加之烟瘾很大,经常咳咳吐吐。耍起智能手机后,杨光勤觉得支气管炎都不那么难受了。

在李子村,有40年党龄的杨光勤算是一个传奇。1976年,杨光勤在三塘盖修水库时,是金溪区的民兵连长,由于工作积极,在工地上火线入党。1977年5月,23岁的他就当上了李子大队党支部书记,是当时金溪区最年轻的大队党支部书记。从1978年开始,他又在太极乡人民公社当了5年不脱产的副书记,当时每个月有15元补助。后来,公社变乡,不再设立这一职位,1992年他被安排到金溪供电所工作,兼任党支部书记,1994年当上了所长。后来由于供电所减员,于2001年7月下岗。在供电所工作了这些年,他只得到4万多元的补助。他觉得不公平,曾上访了11年。问题没有完全解决,但这期间区里的领导给他回过信,后来他就再不上访了。

杨光勤和妻子田景翠都购买了不规范征(占)地养老保险,老两口一年有上万元的收益,加上自己种地、养鱼,生活无忧。田景翠没有文化,但任劳任怨,少言寡语,几乎所有的事情都依着他。杨光勤热心村里的公共事务,只要有需要他的,他一定随喊随到。

家庭经营有门道

在李子村,传统的家庭经营方式逐渐式微,是不是就真的进入死胡同了呢?住在烟房坝的韩继全,用事实做了回答。

韩继全一家四口人,包括妻子常元菊、儿子韩春、儿媳黄录明,全部在家搞农业,只是他们的思路不一样,种养业并举,手工业助阵,把传统的家庭经营搞得风生水起。2015年,全家人的收入超过10万元,其中纯收入超过4万多元。在家搞产业,人均纯收入一万多元,这比很多常年在外打工的家庭效益要好得多。

韩继全刚满50岁,常元菊比他小两岁。在李子村,像他们这个年龄,外出务工的人比比皆是。而韩春和黄录明2015年才结婚,20岁刚出头的人,最喜欢的就是出门闯荡了,但他们也没有背井离乡,而是在家里同父母一起,在土地里刨黄金。

种植业方面,他们主要种植稻谷和玉米。2015年,全家种粮面积达到20多亩,除了自家的4亩多地一寸不荒外,还把别人闲置的10多亩地也种上了。为了节省劳力,家里养了一头大水牛,还买来一台微耕机。2015年,收获稻谷一万余斤、玉米3000多斤,产值超过2万元,纯收入4000元以上。养殖业方面,主要是养鸭和养猪。他们利用自己的居住地临河的优势,每天7点准时放鸭进河。他们每天在河中投放一点儿玉米,让鸭子去抢食,但鸭子在河里吃得更多的是鱼虾、水草,这样喂养出来的鸭子,品质很好,成为饭店和加工商的抢手货。为了把生态养鸭做大,他们花了6000多元钱,购买了两台机器来孵化鸭苗,既方便自己养殖,也出售鸭苗给乡亲们。2015年,全家共喂养蛋鸭270只,产值近5万元,纯收入近3万元。同时他们还杀了3头肥猪,产值7000余元,纯收入4000元左右。

韩继全还是个石匠,能给故人打墓碑。在李子村,乡村传统手艺人如木匠、铁匠、裁缝、瓦匠、劁匠、篾匠、油匠、陶匠等已越来越少,而韩继全却让石匠这门手艺找到用武之地。2015年,他用自家的底楼做场地,打了20多口墓碑,产值3万余元,纯收入一万多元。

韩继全说,在农村搞家庭经营,吃得了苦是基本前提。你有再好的思路,有再好的项目,都必须起早摸黑地干才行。我们农村人,猪、鸭、鸡、牛等都可以养,就是不能养懒汉。不怕家里穷,就怕家里出懒汉。他认为李子村的一些贫困户,讲这样那样的客观原因,但最重要的原因他们不讲,这个原因恰恰就是自己懒。

带着婆婆去打工

马桂菊决定今年不再出门了。她要在老家,照顾好自己的三个宝贝:半边身子已经瘫痪的婆婆是一个宝贝,挺着大肚子的儿媳是两个宝贝。

今天早晨,她小心翼翼地把婆婆汪德芝从床上抱起来,扶她坐到火炉前,帮她梳头、洗脸,然后给她喂饭。汪德芝住的房间,明亮干净,隔壁装了洗手间,里面马桶、淋浴设备一应俱全。这些都是马桂菊特意安排的,目的是让行动不便的汪德芝起居饮食更加方便。

把汪德芝的这些事忙完后,她才背起背篼,急匆匆地爬上山去找水源。马桂菊从上海回来才知道,原来烟房坝一带村民吃的水2015年就已经被污染了,为保证自己家里的三个宝贝吃上干净清洁的山泉水,她决定亲自上山去寻找水源。

汪德芝今年已经75岁了,不识字。村里的人说,在全村六七十岁以上的老人中,汪德芝是在大都市里住得最久的一个。汪德芝患有脑梗死,2011年在黔江医治后,不见好转。马桂菊同丈夫陶安平毅然决定把老人家接到上海去动手术。当时,马桂菊在家务农,陶安平在上海打工,两个儿子陶晋峰、陶云龙都在黔江读书。在上海动手术后,汪德芝脱离了生命危险,但浑身使不出力气。为了照顾婆婆,马桂菊在上海留了下来。她在医院旁边租了一间地下室,同婆婆住在一起。为了补贴家用，马桂菊在医院附近找了一个工厂打工。就这样，马桂菊每天6点起床，先把婆婆安顿好，然后骑着自行车上班。中午，她又回家给婆婆做饭，然后再赶回工厂上班。一日三餐，从没怠慢过。遇到节假日，她还要背着婆婆下楼，推着她逛街。马桂菊在上海一边打工，一边照顾婆婆四年多，嘘寒问暖，从无怨言。但毕竟汪德芝年纪大了，身子越来越不灵活，最后身体半边瘫痪。看到马桂菊这么累，汪德芝也不忍心，执意要回老家。加之儿媳王艳霞有喜，马桂菊带着汪德芝、王艳霞于2015年10月回到老家。

回到老家后，实际上，马桂菊身上的担子更重了，她除了服侍婆婆外，还要照顾待产的儿媳。而她回到家发现最担心的一件事，是原来吃的山泉水，因为被污染无法饮用了。她必须要找到新的干净的水源，让一家人喝得放心。

2015年，马桂菊一家四个主要劳动力都在上海挣钱。丈夫陶安平、儿子陶晋峰当码头工人，儿子陶云龙当消防员，儿媳王艳霞在电子厂打工，全家总收入超10万元。但在上海这样的大都市生活，光是租房就是很大一笔开支，一年全家能省下来的，最多有3万元。

我们的泉水去哪儿了

这几天在三组走访，烟房坝一带村民抱怨最多的就是水。

烟房坝一带的村民，大都把新砖房建在公路上下两边。在公路上边的半坡上，有一眼汩汩而出的泉水叫冒水洞，是附近20多户人家的主要水源，这些人家包括汪文应、汪增连、陶安平、冉思彪、杨光宇、杨华波、杨超、汪文艳、伍良宣、韩江龙、冉金山、韩继生、韩继洪、冉青山、冉思虎、冉思龙、冉兵等家。冒水洞的水长年不涸，清澈甘甜。在枯水期，冒水洞的水流进旱塘储存起来，每家每户拉一根水管，在家里就能接水吃。在丰水期，冒水洞的水还从公路下方一处泉眼冒出来，形成一口水井，不但能保证大家生活用水，还浇灌了大片稻田。因为泉水好，这里的稻谷也特别好。大家用这股泉水磨的豆腐，又嫩又香，煮的苞谷酒，醇香满口。还有李子村小学的师生们，吃饭、洗漱，也靠这股泉水。

但这样的日子，最终被一个大型石料场隆隆的机器轰鸣声打破了。好水变成了污水，再也没人敢问津这口泉。

为了探明究竟，我同李明芬等人一起爬上半坡，专门去了一趟冒水洞。

走近以后，听不见泉水流淌的声音，看不见泉水的身影，有的只是机器在轰鸣。这里早已变成了一个大工地,尘土飞扬,站在这里久了,感觉要窒息。

到了现场我才知道,烟房坝的人所说的旱塘,其实就是山坪塘,那块石碑上写得很清楚,这个山坪塘的功能就是保障人畜饮水。石碑上的文字表明:2014年冬天,水务部门投资3万多元,对山坪塘的大坝、溢洪道、放水设施进行了整治,同时进行了清淤,使坝长达到28米,坝高达到6米,库容达到3000立方米。但目前,这里修建了一座大型采石场,山坪塘出水口已被坚硬的水泥板覆盖,采石场的废水、工房用水就直接排进塘里,同时塘里的水被作为机器工作用水。这样循环污染,山坪塘成了污水凼。受害的农户还认为,采石场破石时,一般需要膨大剂,膨大剂中肯定含有污染物质,一旦倒进水里,这水就更不能饮用了。

面对水源遭到破坏、污染的状况,一些有特殊情况的家庭,比如马桂菊家里有孕妇,就必须到山上重新寻找水源,目前有两家人已找到了新的水源,但无法保证一年四季都有水喝。更多的村民,则是希望上级部门加以解决。冒水洞是水源保护地,政府还出钱进行了整修,按说是不能在这里建设采石场的。

群众反映,采石场是由村里一位吴姓村民投资建立的。听说在建设的过程中,也遭到村里、乡里的干部反对,但最后还是建起来了。为了求证,我打通了国土部门有关科室的电话。一位负责人说,他没有在系统里查到李子村这家采石场在国土部门办理的开采许可证。他特别强调,要办理矿产开采许可证需要经过多道程序,在符合国家有关规划的前提下,先由区政府同意,然后报市国土交易中心,取得采矿权后,还须到区国土部门办理采矿许可证,才能进行开采。

那么,采石场到底是怎么建起来的?水源保护地受到破坏后为什么再没人来管?

村干部与政策红利

在前几年家庭分户管得不严的时候,韩继生把两个儿子都另立了户头。他想,反正儿子们今后都要成家立业,分户是迟早的事,早分户也许对孩子读书、就业有好处。如果妻子李明芬不是村干部,韩继生设想的早分户可能带来的好处就实现了。

韩继生以前是家里的顶梁柱,外出打工一年挣五六万元没问题。而现在,他有肾病综合征,发病半年多了,只能憋在家里,做点儿简单的家务,还得担心自己感冒,只要一感冒,身体的抵抗力就会下降,容易引起上呼吸道感染和肺炎等并发症。得了这个病后，韩继生每月药费要3000元，到重庆主城检查一次要1000元，目前已花去医药费3万多元。虽然大儿子韩涛孝顺，但在黔江打工收入不高，又在忙着结婚的事，2015年也只是给家里拿了一万多元钱。小儿子韩鹏还在海南读大学，包括生活费、书费、学费在内，一年至少要花费2万元。过去，全家主要经济来源靠韩继生打工，现在，主要经济来源断了，而妻子李明芬当村综合主任，每月只有1200元的误工补贴，这点儿钱对目前的家庭来说可谓杯水车薪。

韩继生大病缠身，又有孩子上大学，村里和乡里也想从扶贫的角度，解决一下他们的困难。比如将全家确定为建卡贫困户，或给韩继生办上低保。由于李明芬是村干部，又是党员，按照相关规定，这些政策红利都不能分享。李明芬也曾考虑，通过辞职来解决这一难题，但被韩继生阻止。

由此我想到：村干部能否分享扶贫政策的红利？

这个问题明确而完整的表述是，如果政策是普惠的，作为村民的一员，村干部应该分享政策的红利。但为了平息部分村民的怨气，乡里往往采取"一刀切"，所有村干部都不能享受扶贫、低保等政策。这些天的入户访问中，我每天都会碰到村民谈论和评价村干部处事的公平问题，我也就政策的执行与大家进行了讨论，虽然一时让村民平息了怨气，但从他们半信半疑的目光里，我仍然无法肯定自己的说服力，因为，真正的冰释前嫌并不是那么容易做到的，一件事情处理得不公平，往往就给村民造成所有事情都不公平的印象。现实中还有一些人，总认为别人借他谷子还他糠，永远都生活在牢骚里不能自拔。在这样的环境下，村干部只能吃亏，以免增加一些村民对村干部的负面评价。问题是，韩继生家不能被评为建卡贫困户，他本人又不能享受低保，那应该通过什么渠道来帮扶他呢？

烟房里面有名堂（一）

李子村的烟房建在现李子村小学的校址上，这里原是陈姓人家的一块大稻田，名叫福家田，后被安徽詹姓商人高价收购。福家田左右两侧各有一龙洞泉水，分别称为小龙洞和大龙洞。大龙洞就是前面提到的冒水洞下面的那口泉眼，是当年烟房生产油烟的冷却供水基地。每到数九寒天，井口热气腾腾，温度保持在10度左右，而到三伏酷暑，水则冰凉透骨。若遇大雨涨洪水，其出水孔会喷出水柱,其声轰隆,老远就能听到。在自来水没有通之前,大龙洞还是附近十几家和李子村小学师生的饮用水井。小龙洞则在现在的村委会办公楼的右侧,是白果坝村民的主要生产、生活水源地,饮用、养殖和煮酒等,都靠这股泉水。

据当地老人杨增锡回忆,这个烟房取名裕和成,其斗大的金字招牌就挂在第一道八字大门上。裕和成有十间烟室,还有储油房、办公住宿区、绿化区、养鱼池、园圃等。其中,经营办公区域至少有8亩地,菜园子有2亩地,除边界植以石榴、枇杷、橘、柚等果树外,地内常种植时鲜蔬菜以供食用。房屋后坡上还有几亩松林,也属于烟房。因此屋宇较多,加之每间烟室及走廊的结合处均建有用来通风透气的小天井,在办公住宿区又建有大天井,另外在大门前和大门内又分别修建了两个细錾龙骨石板铺成的宽阔坝子,光是建筑占地面积至少有10亩,形成一座规模宏大的砖木结构兼土木结构的手工作坊院落。

裕和成的主要建筑布局由十个烟屋、两个油房、两厢住房构成,附属设施有两个院坝、十三个小天井、一个大天井、两亩菜园和一口鱼塘。院坝、天井均为细錾龙骨石铺就,就连梯坎、石凳、鱼塘,也由细錾龙骨石砌成。两个院坝都比较宽广,大门外的院坝呈半月形,可安放六七张八仙桌供人吃饭,五六十人在这里活动也绰绰有余。大门里面的院坝,大约有60平方米,两端各置大型月台,内植玉兰、铁树和桂花,墙壁上还有一副对联,上联是"结三益友",下联是"栽四时花",可见主人的品位。两厢住房在院内院坝后面,中间有木架瓦面的长廊相隔,平时可在这里散步或纳凉。长廊后面就是中门,进去后便见左厢花厅、右厢柜房,正屋中堂房檐四合,围成一个大天井。石凳上置有大花钵,植有梅、桂、冬青等苗木。正屋各有几间窗子镶有彩色玻璃的内室,上下有木板楼,作为主管先生的卧室或办公地点。中门以内的房屋,都比较讲究,内面全部是木架木壁,门窗都精细雕刻,木房架外面,封以斗砖高墙,冲出屋面,全部屋脊和墙顶,叠脊竖鳌,做成各种立体图案。从石院坝和天井,可以看出烟房的建筑群落具有徽派建筑特色。在土石、土木结构之外,考虑到牢固安全,还融入了铁石结构。原来,福家田原系烂泥田,地质不稳。建设时,先将基槽掘一人多深,再以碗口粗的杉木打下几尺长的梅花桩,然后层层置以卵石、砂浆,逐层夯实夯紧后,再在上面安置75厘米厚、2米左右长的龙骨石,在上面斜砌一层片石后,才开始筑墙。在每堵墙壁中间,均置以杉木板作为墙筋,一直接到椽桷。墙壁四周,均有铁条铁板相互拉扯加固。整个墙壁筑成稳定之后,才在上面安放檩子,钉上椽桷,盖上青瓦,使得该建筑牢固坚实、结构合理,外观宏伟,兼具厂房、住房和休闲功能。

裕和成的10间烟屋是土木结构,每间烟屋占地约50平方米,墙壁高约8米,无楼、无窗,只在靠外边的一面墙脚开了几个直径10厘米大小的圆洞,称为"扫风眼"。屋顶安装了几盏玻璃罩灯,但光线暗弱。每间烟屋内,四方各置一条木枧互相衔接,每条枧上安放数个深桶形铁灯碗,碗内注满桐油,油中置入数根灯草作为灯芯,每个灯上悬挂一个订制的烟大碗,收集油烟。引大龙洞凉水至灯碗底部,以降低温度,防止温度过高而致灯碗爆炸。每间烟屋,一般有5个工人。他们日夜遭受烟熏,全身变得黝黑,形如一块黑荞粑,难以洗净,被称为烟娃。油烟收集储存于木箱内待运,其木箱分囤箱和运箱两种,全用杉木薄板制成,内裱一层皮纸。囤箱高大,内部可置棉絮十床;运箱为正方形,长宽高均为一米。运走时,除了高价雇请身强力壮的脚力组成运输队伍外,还要雇请几名带哨(镖师)保住去来路途的安全。每个脚力用三合撑木架扛着重达百斤的运箱,步行到酉阳龙潭镇,然后装上小木船运至常德,再用火轮或大木船运到安徽。在启程时,烟房老板要用长竹竿十余根,缠上全红子母鞭炮鸣放欢送,一直要把运输队送到离这里五里的石槽为止。烟房所需银钱,又由安徽汇到龙潭,然后由运烟箱的脚力作为回货带回黔江,并附带运回一些油烟精墨供应当地。烟房老板颇重义气,与李子村当地的陶姓和陈姓两位贡生以及附近白土的秀才田曰周等知名人士交往频繁,并经常宴请他们,赠以徽墨,意在借地方势力维持烟房的经营发展。

到了清末民初,国家处于多事之秋,局势动荡不安,烟房被迫停业关闭。其房屋建筑和田产等,全部由查荫亭代管并处理善后。查荫亭是黔江石会人,人称查三老爷,本是安徽徽州人氏,来黔江为詹姓老板经营烟房。他招聘邻人陶希永一家住进烟房,照管房屋和器具,其田地也交给他耕种,前后有50余年。其房后有一大坡松林,民国十八年(1929年)又由查荫亭卖给陈仲亭家作柴山。由于时局动荡,房屋建筑逐渐损坏。初经军阀混战,黔军汤子模部驻节于此,每有毁损。部分木质油缸被劈作柴烧。民国十年(1921年)左右,黔江人龚照临在此组建团防,驻扎部队,并曾在烟房内建立过兵工厂,制造步枪、子弹等武器数年。抗战时期,一支国民党部队驻此休整、训练,竟将10间烟房的房盖拆除,将全部土墙推倒夷平,辟为练兵场。之后,酉阳、黔江两县地方势力发生冲突,又利用这些场地创建集市,并设立联英会,每月农历初一和十五,都在这里开展活动。新中国成立前夕,烟房的房屋、田土等产业,由查荫亭全部卖给了陈育林。后来,一度成为生产队的公共食堂、集体粮仓和社员集会场所。20世纪80年代初,太极公社小学迁移在此,公社小学搬迁后,这里成为李子村小学的办学场所。

如今,除了旧址上建立的小学里不时传出的琅琅书声外,原有建筑早已不见踪影,那一缕缕传承中华文化、引得满室墨香的烟炱,早已随风而去,无迹可寻。李子村烟房的盛况已不再了,但有些东西还是值得反思。比如,如果150多年的烟房遗址没有被破坏,而是被保留了下来,那么这里至少可以成为省级文物保护单位。如果李子村在三村合一时能够仔细研究一下当地的历史文化,而取名"烟房村"的话,那么这片土地上厚重的历史文化也算有人惦记。还有,从李子村烟房的兴盛可以看到支柱产业对乡村就业的重要性,从李子村烟房的兴盛和衰落又可以看出营商环境对城乡工商业发展的重要性。

烟房里面有名堂(二)

黔江烟房又称"烟号",是清代晚期徽州一带的工商业者在黔江各地开办的一种加工工业。它以桐油为原料,在专门建筑的厂房里通过特制的加工器具,使其缓慢地燃烧,燃烧后产生的大量烟炱积聚下来,就是墨锭的原料——油烟。再将油烟装箱运往徽州加工成墨锭,通称徽墨。作为中国文房四宝之一,徽墨驰名中外。徽墨之所以著名,是因为它的主要原料是优质油烟,并配以牛胶、颜料、香料,制作工艺很是讲究,用水研磨后满室生香。徽墨从南宋时代起即为徽州商人致力经营,每年要定时作为贡品呈送朝廷,皇帝每以徽墨赏赐大臣及文人学士,以示恩宠。

烟房对黔江的开放和发展起到了积极的作用。其一,促进了当地油桐特色产业的发展。黔江出产油桐,但由于外运困难,导致其桐油的价格较为低廉。烟房的建立,为黔江油桐产业的迅速发展提供了新的机遇。由于市场行情转好,当时只要有土地的农户,大都要在田边地角栽种油桐树。后来,黔江桐油最高年产量达到100万公斤。烟房兴旺时节,每年收购的桐油在100万公斤以上,光绪年间每年运出的油烟达2万多公斤。黔江当年光是出售桐油,按现在的价格收益至少在2000万元以上。其二,促进了各地榨油业的发展,为当地无地少地的农民带来了就业机会。当此之时,每个乡都有几个榨油坊,每个榨坊至少需要十来个强劳动力,虽然榨油很辛苦,但增加了村民的工资收入。其三,促进了黔江手工业的发展。从咸丰十一年(1861年)开始,徽州商人陆续来黔江建立烟房,先后在黔江境内办起了16处烟房。每处用地10亩左右,均修建上千平方米的厂房熏制油烟,还配有宿舍、厨房、客房、客厅、花园等。烟房的经营管理方式严格规范,为黔江手工业的发展提供了借鉴。

当时黔江地处边壤,而大部分武陵山区都适宜种植油桐,为什么烟房独能在黔江兴盛一时?究其原因,主要得益于政府主要官员的引荐。清朝年间,来黔江当知县的安徽人较多。清代,先后来黔江任知县的官员,有6任都是徽州附近的人。如乾隆四十二年(1777年)在黔江当知县的姚茂轮,是安徽桐城人;嘉庆三年(1798年)在黔江当知县的孙学治,是安徽黟县人;咸丰十一县(1861年)在黔江当知县的胡明晋,是安徽绩溪县人;同治六年(1867年)在黔江当知县的桂衢亭,是安徽石埭县(今安徽石台县)人;光绪十一年(1885年)在黔江当知县的虞恩霖,是安徽合肥人;道光三十一年(1905年)在黔江当知县的朱家庚,是安徽含山县人。但真正对黔江烟房发展有直接影响的应该只有胡明晋、桂衢亭、虞恩霖和朱家庚4人,他们的任职时间,刚好与黔江烟房兴衰起讫的时间相吻合。随同他们来黔江的人也很多,他们不仅为安徽工商业带去黔江盛产油桐的信息,还为经营徽墨的人来黔江办厂牵线搭桥。

油烟熏制的过程是这样的:8间烟室,在每间置放4个大油缸,每缸可盛桐油2500公斤。熏制油烟时,将桐油分注于铁灯碗内,加上灯草让其在不甚通风的条件下慢慢缺氧燃烧,上面扣以挡接油烟的大碗或竹、纸制成的笼盖,使烟炱集聚其上,然后扫下装箱。待油烟积聚到几十箱后,由镖局派人押送至酉阳县龙潭镇水码头,再搭船转运至徽州,然后在龙潭将烟墨成品、布匹等物质运回黔江。

黔江烟房的经营者是徽州詹姓家的一名寡妇,但她本人并未来过黔江。派人来黔江主持经营业务的是二老板、账房、买办及搭股投资的人员,故黔江烟房都称为詹家老板的烟房,他们各有分工,各打各的招牌。他们在黔江城修了一个会馆叫公安会馆,黔江人习惯称为安徽会馆,会馆还在官坝置有田产。由于烟房对当地经济作用很大,当时的烟房老板与当地官员、士绅关系良好,有"一品官、二品商"之称。这些商人一个个穿戴讲究,凡出行都是骑马坐轿,甚是风光。他们习惯随身带一块獭皮,时不时用以擦拭眼睛。像冯家的烟房老板,住房计有大小九十天井,分前厅后厅,还有戏楼等建筑。逢年过节,都要用景德镇名瓷餐具宴请当地权贵和生意伙伴,场面豪华热闹。

黔江各地的烟房,从开始建立到全部倒闭,前后达半个世纪。辛亥革命兴起,特别是庚戌年黔江温朝忠起义,要推翻清政府统治,对依附于清朝的油烟巨贾有很大冲击。进入民国之后,社会更加动荡,兵灾匪祸肆虐,良好的经商环境荡然无存,烟房倒闭成为必然。在50年时间里,从业人员屡经更换,有的仍回老家安徽,有的则就地买田修屋,有的想定居而无恒产,有的甚至投水自杀。

烟房不在,但桐油的价值并没有泯灭。作为一种优良的带干性植物油,桐油具有干燥快、比重轻、光泽度好、附着力强、耐热、耐酸、耐碱、防腐、防锈、不导电等特性,它是制造油漆、油墨的主要原料,也是防水、防腐、防锈的环保涂料,大量用于建筑、机械、兵器、车船、渔具、电器,还可制作油布、油纸、肥皂等用品。黔江桐油年产量曾达到200万公斤,按现在的价格计算,产值在4000万元以上。油桐既可成片种植,也可在"四旁"(村旁、宅旁、路旁、渠旁)、"四边"(地边、沟边、路边、渠边)栽种,并不占有好田好土,但收益很好。油桐树满山,又促进了生态环境改善。油桐花开,洁白无瑕,被称为"五月雪",也是一道美丽的乡村绿色风景。桐籽榨油后,枯饼又是上好的有机肥料。若政府能出台政策加以引导,黔江油桐产业的复兴是有希望的。

二十三　在狮梨垭口

【走访户数】

今天风和日丽，我们在三组的烟房、狮梨垭口两个地方，走访了35户，包括伍良会、黄方龙、郑仁安、郑孝显、郑孝波、张桂琼、郑仁方、陶仁现、郑从远、何翠平、郑先伟、郑先军、郑长江、郑仁发、郑仁波、郑仁涛、黄义良、管仲书、王绍芬、管阳云、管金生、管阳康、管仲平、黄方成、黄方林、郑清中、郑仁旭、李其香、李方会、郑清洁、郑仁书、郑仁超、郑仁才、龚良爱、郑孝钧等家。在这些住户中，郑清中家、黄方成家是建卡贫困户，黄义良家、李方会家、陶仁现家是低保户。

【贫困档案】

●建卡贫困户黄方成一家有两口人，属于因病致贫，帮扶措施包括争取医疗救助和产业扶持。建卡贫困户登记表上的描述是"黄方成体弱多病，何翠英全身无力，无法干活"，显得不具体。调查的结果显示，前几年黄方成外出打工时，不慎摔倒，头部受伤，而妻子何翠英长期痛风，做不得重活。两口子患的都不是大病，医疗救助肯定实现不了。夫妻俩年届花甲，女儿黄秋菊因病早逝，另一个女儿黄菊花嫁到金团村，两口子住的是两间比较旧的木房。产业扶持是帮助其养鸡50只，栽种春洋芋2亩，并帮助其在当地就业。从实际情况看，由于黄方成在外打工，何翠英在家几乎没做事，产业没有搞起来。2015年由于活不好找，黄方成打工只挣到了一万多元的毛收入。

●刚满60岁的李方会住在狮梨垭口，她一辈子都没有离开过这里。李方会的丈夫孙文财已过世。夫妻俩未生育子女，只捡了一个弃婴取名孙翠菊，现已出嫁到重庆璧山。她患有支气管炎、胃溃疡、肺气肿等多种疾病，发作起来十分难受。目前她一个人住在两间砖房里，每天都要忍受病痛的折磨。因为有病，她十多年没有下地干活了，6亩多责任地都是让别人种。在亲戚的资助下，李方会勉强修了两间砖房。2015年，李方会开始享受低保待遇。

●伍良会没读过书,为了打电话,这几年下蛮劲儿记住了几个阿拉伯数字。伍良会的丈夫黄义忠已不在世,两个女儿都已出嫁。黄光菊嫁到本乡鹿子村,黄光梅嫁到白土乡。她有一个儿子叫黄方龙,2015年在贵州等地建筑工地打工,没挣到多少钱。黄方龙初中读了一年就辍学了,直到35岁时才与云南人陈燕结婚。伍良会因为走路时不慎摔倒,造成左手骨折错位,左脚又经常疼痛麻木。现家里的9亩多地,只种了一小部分。家里有3间木房,整体歪斜,没有参与危房改造。

●郑清中、陶仁现、黄义良三户的故事,放在后面去说。

累出来的贫困户

郑清中、冉隆杰两口子都十分勤劳,是寨子里出了名的勤快人。前些年两口子身体好时,在家什么都做,又是种水稻,又是种植蚕桑,还要养猪养鸡。为了节省开支,他们甚至连打谷子这些季度性重活,都舍不得请帮手。因为长年累月的勤耕苦作,家里吃穿从没愁过,他们从来没想到自己家会成为建卡贫困户。因为劳累过度,不注意身体,冉隆杰患上了癌症,家庭境况一下子糟糕起来。邻居们都说,这家人是"累出来的贫困户"。

2015年上半年,郑清中家作为贫困户建卡立档时,家里有六口人,属于因学致贫,帮扶措施包括产业扶持与教育扶持。冉隆杰患上重病,家里为给她医病,2015年就花去了2万多元,还不包括丧失劳动能力的损失。因此,致贫原因肯定是疾病,而且是因为大病才造成一家人的困难。2015年11月,冉隆杰不幸病故。在郑清中家成为建卡贫困户的半年时间里,都应该围绕医疗救助进行帮扶。

那为什么会把致贫原因确定为因学呢?

冉隆杰去世后,家庭人口变成五人。郑清中在家务农,儿子郑仁旭在广东建筑工地做木工,儿媳彭素香在黔江车站开旅馆,两人的年收入共8万元左右。郑清中的孙子郑健在重庆读大一,孙女郑小霜在黔江中学读高一,2015年两个孩子的教育支出超3万元。家庭教育开支大,说因学致贫也有道理。但问题是,如果是因学,那应该以郑仁旭为建卡贫困户的户主。这样问题又来了,彭素香在城里开旅馆,实质就是经商行为,有能力经商的人,家里肯定是不能认定为贫困户的。但彭素香这个"商人"实际上一年只有几万元的收入。还有一个问题,由于郑仁旭和彭素香都没在家里务农,产业扶持计划中的养鸡50只、栽种春洋芋2亩,帮助其在当地就业等就很难实现。他家确实也养了50只鸡,还杀了200多斤的肥猪一头,但都是别人代养的,至于教育扶持,并没有落实。

郑清中一家至今住的还是3间木房。郑仁旭正在建砖房,但资金主要靠借,到2016年初,全家共欠债务11万元。

残疾人家的困惑

陶仁现有听力障碍、牙痛,妻子田凤梅也有听力障碍,还有肺气肿,为智力二级残疾,夫妻俩基本丧失了劳动能力。两个儿子、一个养女也都有特殊困难。大儿子陶安犬有听力障碍,说话也不清楚,属智力二级残疾,45岁了还没婚娶,抱养了马艳梅作养女。小儿子陶安华也有听力障碍,虽然有力气,但家里穷,41岁了也没有结婚。陶仁现、田凤梅的养女马桂艮又离了婚,现住在娘家。陶仁现一家有六口人,除马桂艮、马艳梅两人外,其余四人全都有听力障碍,其中两人是智力二级残疾。因为残疾,他们都没读过什么书,一家人的生活比较困难。他们住的虽然是3间砖房,但有六口人住在里面,还是比较拥挤。

残疾带给这个家庭的困惑,除了贫困,就是三个主要劳力的婚姻问题没有解决。让他们早日脱单,才是真正的解困之道。

2015年,陶仁现、田凤梅、马桂艮在家种地,陶安犬在村里的养牛场做杂工,陶安华在浙江打工,全家一年有3万元左右收入。这些钱,让六口之家只能维持基本生活。2015年,全家只有陶仁现享受了低保待遇。

远离与守候

85岁的郑清洁,患有心脏病、低血压等疾病,由于年纪大了,想要在屋子里活动筋骨,也只能喘着气,走两步,停三步。对郑清洁来说,生命的最后时光是以分秒计算的,每天起床能看到太阳照进屋子,他就心满意足了。

此时此刻,他住的狮梨垭口,处处春意盎然。浙江那边,也应该春暖花开了吧。而遥远的新疆,此时肯定还是冰天雪地。站在门前,他想起了远方的两个儿子。

郑清洁一家人丁兴旺,有郑仁书、郑仁才、郑仁超三个儿子,共18口人,除郑仁书在家种地,孙媳妇吴园园在家带孩子,孙女郑海燕在乡中读初中,郑清洁自己在家养老外,其余10多口人全部在外闯荡。

作为长子,郑仁书在家里一边种地,一边照顾父亲。妻子周兴琼在浙江一家布厂打工,儿子郑孝钧在湖北建筑工地打工,一年下来,种地和打工收入超过8万元。郑仁才在昆明建筑工地打工,儿子郑孝顺和儿媳汪霞在浙江做窗帘生意,由于缺人手,郑仁才的妻子龚良爱就帮他们带孩子,两个孙子(女)郑金龙、郑文茜都是在浙江出生的,他们对家乡的记忆是一片空白。郑仁才一家的年收入,至少有15万元。郑仁书和郑仁才两家,虽然大都在外打拼,但根还在乡村,每年春节,他们都会回到故乡的老屋聚会。在这个时候,多病而怕冷的郑清洁的心里才会感到特别暖和。

郑清洁最不放心的是郑仁超一家。郑仁超十七八岁就到新疆打工,至今快30年了。他自己的户口还留在村里,妻子田素梅、儿子郑小强、郑周,女儿郑小红三个孩子的户口已迁移到新疆,现一家五口,全部在新疆安家。虽然从事的仍然是种棉花、办果园的农活,但那里人少地广,搞农业比家乡更有效益。由于路途遥远,一家人就是春节也很难回来。郑清洁给郑仁超分了一间木房,他经常会去里面坐坐,对着板壁、柱头、瓦片发呆或喃喃自语。

在李子村,郑清洁这一家的知名度较高,除了家庭人口多外,还因为有"父子书记"这一荣光。

郑清洁虽然没有读过书,但在大队党支部书记岗位上干了27年。他从20出头就当起,直到土地承包到户。当支部书记,从20多岁干到50出头,这个纪录,在李子村至今还无人打破。他卸任后,接任者就是自己的大儿子郑仁书。郑仁书是当时村里为数不多的高中生,又当过兵,也干了10多年村支部书记。

郑孝显的"照得住"

开展全户调查以来,农户访问表里"参加农村专业合作组织"一栏,除了孙文春的"春敏锐",其他户全都是空的。今天访问的郑孝显,算是第二次没有让表格留白。

郑孝显在村里创办了重庆市黔江区"照得住种养殖专业合作社",并任理事长,由村民汪增联、郑孝波任理事,儿子郑静任执行监事,妻子管方、村民郑孝权任监事。从这些任职情况可以看出,郑孝显想搞的是一个家族式合作社。

在郑孝显家砖房的堂屋,专业合作社的章程、理事会成员等内容,全部赫然在墙。专业合作社的牌子也放在堂屋。但如果不走进郑孝显的家,几乎没人知道他成立了一个专业合作社。在李子村人的话语体系里,"照"是看守、看护的意思,比如放牛称"照牛"。这样,"照得住"就是看得住、拿得下来的意思。合作社以此为名,是讨一个口彩,希望红红火火。

合作社主要发展肉牛养殖。郑孝显的养殖场建在中塘乡的连红台,合作社出成本,由农户喂养,收益按五五分成。由于让利于农户,当地两家农户一共喂养了30头牛。按这样的方式,2015年合作社共养殖50头肉牛,平均每头肉牛卖了6000元钱,总收入达30万元。但由于大部分利润都给了农户,郑孝显的专业合作社只赚了3万元钱。我问他,为什么不把养殖场建在李子村呢?郑孝显说,李子村地方小,山场不大,建大型养殖场受限。

今年,郑孝显的合作社要扩大肉牛养殖规模,至少常年保持存栏80头。他还计划养羊200只。牛羊齐跑,使合作社的产值达到60万元,实现利润10万元。

郑孝显说,如果不是父亲郑仁安工作的变故,他们一家不会走现在的路。郑仁安是酉阳师范学校毕业的,在当时能读上这所学校,是非常有前途的。但郑仁安当老师教书才几年,就因为患肝炎、家庭经济困难、家庭人口多等原因,舍别教鞭,握上锄把。郑仁安希望儿孙都能好好读书,但儿孙们都没如他所愿。儿子郑孝显只读了初中,孙子郑静高中毕业后去当兵,2015年12月退伍。现在,孙女郑明霞在黔江中学读初中,成绩较好,可望为郑仁安圆梦。为了保证女儿考上一个好的大学,郑孝显叫妻子管方专门到城里租房陪读。

病魔来敲门

几天之中,一场怪病夺去了管仲平妻子和儿子的生命,这成了他永远都抹不去的剧痛。

管仲平的前妻叫李云英,先后生下一儿一女。2002年4月25日,儿子管阳波突然感到走路无力,周身疼痛难忍,揭开衣服看,发现身上长满了青疤。送到乡卫生院治疗,不见好转,医生建议转院治疗。上午正联系往城里送,不想下午儿子就离世了。还没等儿子安葬,5天以后,李云英又染上同样的病,被送到乡卫生院,医生要求住院观察,但管仲平没钱,只开了一点儿药回家,服药后没有好转,第二天再把李云英送到乡卫生院住院,不想当天李云英就在医院撒手而去。还没等妻儿安葬,管仲平又患上同样的病,双脚像一根木棒,没有任何感觉,大脑也是一片空白。那时由于没有班车,路又难行,乡亲们好不容易找了一辆摩托车,把管仲平送到黔江中心医院就诊。医生通过抢救,把他从死亡线上拉了回来。管仲平要求回家处理妻儿的后事,但医生说病由还不清楚,必须住院观察。

由于事发突然,加之经济困难,家里急需的两副棺材,都是由村主任郑清良和邻村的族人易朝文担保,找乡亲赊的,这样才让娘儿俩入土为安。当时,由于一家人都患上怪病,没几个人敢去吊唁,更没几个人敢去帮忙,而管仲平又住在医院。郑清良等村干部就亲自出面恳请大家,才勉强凑齐了抬丧的人。

管仲平在医院住了一个多月,虽然命保下来了,但至今左脚经常疼痛,连上厕所都困难。

一家三口患同样的怪病,还丢了两条性命,让寨子里的人百思不得其解,有人甚至想到"投毒"二字。那几天,狮梨垭口一带,人们谈病色变。村里把这一情况紧急报告给乡里,乡里紧急报告区里,区里紧急报告市里。区卫生防疫部门还派人下来调查,但从水源、食品等检查情况看,都没发现什么异常,排除了投毒的可能性。这种病如果是传染病,那为什么只有他们一家三口染上呢?种种疑问,让寨子里的人至今都想不明白。

管仲平现年57岁,曾在成都某部队当过3年炮兵,服役期间也生过一次大病,当时连部队的首长都到医院看过他,让他感受到部队大家庭的温暖。退伍后回到李子村务农,当过原李子大队生产队长,他把军人冲锋陷阵的作风带到农业生产中。土地承包到户后他又任原李子村小组长。他前后当过10年村组干部,为人正直,处事也公平。他这辈子最遗憾的事,就是没有保护好妻子和儿子。他想,现在村里交通条件好了,如果灾难发生在现在,到城里一小时的车程,说不定妻子和儿子就抢救下来了。他说,这些年来,他脑子里经常会有一家三代围坐在一起、怡然自得的幻觉!回过神来,不免潸然泪下。但他仍坚强地活着,同第二任妻子王平一起,把儿子带大。随着家庭人口增多,住房越来越紧张,一家人都希望努力挣一笔钱,然后修一幢大房子。

管仲平见过大世面,从来不相信什么鬼神。他现在还有一个愿望,就是希望有关部门能把这件事再细查一下,找出真正的病因,好让他解除困惑。

青春在牢里

李明芬家里有事没空煮饭，就把我今天的午饭安排在黄义良家吃。

黄义良家是重新组合的家庭，黄义良73岁，刚好大他老伴李光葵10岁。老两口都很热情，除了备了炒菜下酒，李光葵还特地弄了一锅可口的炖菜。

黄义良爱画画，字也写得不错，但他一生坐过三次牢，累计在监狱里生活的时间达13年半。

在他家，黄义良给我讲了他三次入狱的经历。

黄义良祖籍酉阳龙潭镇，老家就在灯笼铺。黄义良读小学时，由于受到一个美术老师的引导，对美术和书法产生了浓厚的兴趣。在旧学堂，写一手好字是学生的基本功，但美术是新学的内容。黄义良对美术着了迷，画什么像什么，但苦于家里贫困，小学毕业后再没进学校深造。为了生计，他学做小生意，酉阳、黔江、秀山到处去赶场，增长了见识，加之他为人讲义气，结识了一些生意朋友。他能写写画画，鬼点子又多，成了大家心目中的"军师"。

1965年，他做生意时认识的三个朋友因为违法犯罪，被公安部门抓获，关押在湖北来凤看守所。有人找到黄义良，请他雕刻一个公章，然后造一个假证明。后来东窗事发，结婚才几个月的黄义良被判刑半年。

出狱后，黄义良才24岁。妻子李明香希望他不要再犯错误了，但黄义良觉得这事是为帮助朋友才摊上的，没觉得有什么不妥，仍然我行我素。

1972年5月，全国上下到处都在搞"文化大革命"，生产停顿，粮食供应十分紧张，没有粮票就吃不上白米饭。黄义良同原来的几个生意朋友一合计，觉得搞粮票一定赚钱。但粮票从哪里来呢？那可是按计划发放的啊，平时很多人出门，都是把国家粮票放在口袋里呢，别人偷不到，也抢不来。大家绞尽脑汁，一时想不出计策来。黄义良一拍大腿说：有了！没有粮票算什么，自己动手造嘛，而且要做就做一单大的。于是大家花大价钱，把各式粮票弄到手，叫黄义良来仿造，然后悄悄地把仿造的粮票拿出来在城里出售。第一次上街才两三个小时，他们的口袋里就全部装满了钱。不久事情败露，黄义良被判刑10年，先在秀山服刑，后转移到垫江服刑。李明香一个人带着两个女儿生活，受尽了白眼。1982年黄义良出狱后，年届不惑，而两个女儿黄琼、黄秋都10多岁了，根本不认识他。

这一辈子，黄义良最不甘心的，就是生了两个女孩，没有男孩接续香火，他便对李明香看不顺眼，动辄就冒火，还经常动手打人，这也导致他第三次进了监狱。

1983年，李明香又怀孕了。黄义良带着李明香到秀山躲避计划生育。由于没有钱，在朋友的怂恿下，他又想出造假钞的歪点子。印钱的版子，他画了20多个，但钱还没印出来，就被人举报，作案的三人同时被抓获。这一次，黄义良被判刑三年，再一次到秀山服刑。出狱后，黄义良已经45岁了。

黄义良聪明反被聪明误，青年时光大都在牢狱中度过，最后终于明白搞歪门邪道是没有出路的，决定痛改前非。他自学木匠，主攻雕刻，几年后又成了掌墨师傅。黔江小南海景区有一个亭子，上面的木雕就是他主的刀。黄义良现在年龄大了，不再做木工活了，就在家里设计制作木雕小品。堂屋神龛上方挂的那幅"祖德留芳"的木雕，就是他的作品。他用楠木雕刻的观音、莲台，还有用竹根雕刻的人物、花鸟，虽然刀工略显粗糙，但也比较生动。吃了午饭，他还给我讲解了他堂屋神龛上方张贴的四段文字。神龛上，"天""地""君""亲"四个大字呈"十"字方向，各写一句话延伸到边，再与每一句话形成圆圈，这样来回都可以读。虽然有点儿像做文字游戏，但意思是劝恶扬善，也有回文诗的味道。

黄义良现在住的是3间木房，厢房是两间砖房，做厕所和圈舍用。两个女儿自从嫁出去后基本没有回来过，老两口住在这里，面积够大了。但黄义良还有一个梦想，就是把现有的两间砖房拆除，重新修建两间木房。有人逗他：还要修房啊，难道你要找新媳妇吗？黄义良不回答，只是嘿嘿地笑。他告诉我，他这一辈子生儿子的梦想是实现不了了，但他的木匠手艺还在，他要按自己的想法再造一幢木屋。说这话时，个子瘦削的黄义良一脸坚定，没有一点儿开玩笑的意思。也许，喜欢画画的黄义良，是把这幢木屋当作他这辈子最后的艺术品了。

二十四　这面镜子及其他

【走访户数】

早晨起来,发现屁股有些疼痛,大概是这些天久坐村民的木板凳,又缺少其他运动的缘故,屁股上出现了瘀血。今天只做了半天活,在三组的大坪上、烟房、狮梨垭口走访了14户。包括汪学志、邓桂菊、汪文阔、汪青山、冉金山、庹廷英、冉小龙、汪学文、汪登明、李其香、韩江龙、韩远甫、杨胜、杨玲等家。在这些住户中,汪学志家、汪文阔家是建卡贫困户,邓桂菊家是低保户。

【贫困档案】

●见到汪文阔的时候,他正在离村委会办公楼不远的公路边修新房。他家的3间老木房立在牛脑石,是李子村三组住得最高的人户。由于家里住房紧张,25岁的汪文阔和30岁的汪青山,都没能把媳妇娶进门。汪文阔家成为建卡贫困户的理由是缺资金和技术,帮扶措施是劳务输出。汪文阔的父亲叫汪路绪,因患癌症去世。母亲陈绪碧患有支气管炎、哮喘,还有高血压,身体不好,但家里的土地还由她种。汪文阔当过兵,2010年退伍后在黔江职教中心当保安,每月有2000元左右收入。汪青山在新疆阿克苏建筑工地打工,2015年一年有3万多元收入。汪文阔中专毕业,说他缺技术有点儿勉强。实际上,这家人的贫困应该是因病导致的。汪文阔说,为给父亲医病,家里欠债3万元。母亲身体也不好,一年要5000元医药费。为了改造住房,维持全家生计,兄弟俩外出打工,拼命挣钱。新砖房修在大马路边,有200平方米左右,要借钱才修得起。这样,治病欠债的3万元未还清,修新砖房又要欠债5万元以上。

●由于汪学志家的情况比较复杂,邓桂菊又是他的母亲,他们的情况统一在后面说。

一面镜子

对于那些贪生怕死、唯利是图、处事世故的人来说,年过八旬的共产党员、志愿军老战士汪学文,是一面很好的镜子。汪学文说,他从小命苦,要不是共产党领导的人民解放军把他从火坑中拯救出来,他根本不可能活到今天。

汪学文家里很穷,他五六岁就开始帮家里放牛、上山砍柴,练出了一身力气,特别是他臂力过人,只要是掰手劲比赛,同龄人没有能胜过他的。因为家里穷,父亲汪文林、母亲黄世云一辈子都想家里能添置几亩好田地。

汪学文17岁那年,这个梦想实现了,但结果不是欣喜,而是一场噩梦。当一家人高高兴兴去种地时,当地恶霸地主汪清阳派出家丁阻挠,还动手打了黄世云。黄世云是一个不向恶势力低头的人,她同这些人对打起来。为了霸占这块土地,汪清阳口出恶言。但黄世云并不惧怕,仍然在自己的地上耕作。汪清阳就花了60块大洋,勾结当地土匪韩孝顺,叫他派人来绑架汪学文的哥哥,逼迫汪学文的父母就范。1950年3月23日凌晨,汪学文听到窗外声音异常,就叫同睡一床的哥哥马上藏匿到蚊帐后面。土匪破门而入,没见到汪学文的哥哥,就把汪学文捆绑起来,带走了。无奈之下,汪学文的哥哥只好跑到龚云龙匪部入伙,并托亲戚请韩孝顺放人。韩孝顺说放人可以,但要300块大洋,有钱交现钱,没钱打欠条,并要汪学文的哥哥请三个知名人士当保人。汪学文的哥哥先请龙洞湾的二先生和保长陈玉芝担保,还把家里的田地卖给外祖父黄玉庭,并请他当保。黄玉庭是做桐油生意的,他叫汪学文挑着桐油到黔江的新华、西泡和彭水的大厂等地去卖,以此来抵账。那时,一担桐油能卖5块大洋,汪学文因为年龄小,一次只能挑半担,每天不间断,300块大洋要挑4个月的桐油才能凑齐。

解放军来到金鸡坝剿匪,汪学文连续三天跑到解放军部队驻地,控诉恶霸地主和武装土匪的罪行。后来,汪学文参加了当地的农民协会,还当上了乡里的武装队长,进行清匪反霸,工作十分积极。1951年3月,18岁的汪学文参了军。

1956年,他在部队光荣地加入中国共产党。1957年转业后,被安排在太极乡供销社工作,后又在粮站工作。在那个缺吃少穿的年代,这些单位都是令人羡慕的部门。但由于无法照顾家在农村的祖母、母亲,汪学文最后只好辞职回家务农。

汪学文虽然回到了农村,但军人的行事风格没有变。1963年1月,他被选为李子大队大队长。在当大队长的11年时间里,他怀着一颗感恩的心,带领群众,花两年时间修通了李子大队的主要村道。他还义务为全乡训练民兵,力所能及地为当地做好事。1974年,他又到小南海修了4年大堰。这项工程十分艰苦,被称为黔江的"红旗渠"。作为退伍军人、共产党员,汪学文为人正直,坚持原则,在大是大非上是明白人。1982年,土地承包到户,一些人浑水摸鱼,想趁机从集体财产中攫取好处。当时有个大队干部擅自做主,要变卖大队的养猪场给私人。汪学文说,这是群众辛辛苦苦修建的,任何人都没有权利私分集体财产。他还阻止个别干部擅自变卖集体酒厂和电站。这些人就对他怀恨在心,有人甚至整起黑材料,威胁要开除他的党籍。汪学文说,身正不怕影子斜,你就是把材料送到北京,我也奉陪到底。还有一件事也让大家印象很深。当时大队有个姓孙的干部要求入党,汪学文认为此人入党动机不纯,品行不端,硬是没有让他加入党组织。就是现在,哪个入党积极分子要转为预备党员,村支部在召开党员大会进行讨论的时候,汪学文认为不行就绝对不会举手同意。而有些会议上,大家不愿意得罪人,搞的是"你好我好大家好"那种一团和气。从这个角度说,汪学文确实是我们的一面镜子。

现在,汪学文虽年逾80,但他还要照顾瘫痪了三年的妻子陈中敏。他说,党和政府没有忘记他,他现在每月享受到的各种补贴有2200多元。干部和群众没有忘记他这个老兵。他说,是共产党救了他一家人,他从骨子里始终相信党、忠诚于党;是群众的信任和支持,让他始终坚持原则,始终坚持为群众办好事、办实事。在聊天中,他给我讲得最多的一句话是,没有共产党的领导,就没有他的一切,他也必须把一切都献给党。

村主任的养殖经

李子村现任村主任冉金山,一家有六口人,住在烟房坝,距离李明芬一家很近。冉金山当村主任,每月有1600元误工补贴,加上每月400元的交通劝导费,一年下来有2.4万元的收入。儿子冉小龙、儿媳周光琼在浙江一家电子绣花厂打工,一年有7万元的收入。年轻人外出打拼,年纪大的在家坚守,一家人相携相持,过得和和睦睦。2015年,冉金山一家收入超过10万元。但冉金山和妻子庹廷英勤俭的日子过惯了,总是闲不下来。冉金山有痛风,还有关节炎,走路一拐一拐的,无法干重活,他就买了一辆三轮车代步,顺便送大孙子冉浩扬到乡场上读书,拉运养牛的饲料等。小孙子冉腾宇还没读书,庹廷英就一边在家带孙子,一边给冉金山当帮手。

村里有了养牛场后,冉金山根据自己的实际情况,投资3万余元建起了家庭养殖场。2015年6月,他从养牛场买来4头小母牛,放在离家半里的山坡上圈养。他还租赁了8亩地,种植高粱、玉米、牛草作青饲料,买来一台粉碎机打青饲料,每天早晨6点和下午5点各打一次,每天还要到圈舍里清理粪便一次,让牛在比较干净的环境里生长。由于照料得好,他家的牛长得快。今年下半年可望出售3头,到明年7月再出售一次,4头商品牛纯收入至少有2万元,每头牛纯收入5000元以上,比养一头猪要划算得多。但冉金山并不放弃养猪,今年他计划喂养5头猪、50只山林鸡。

冉金山说,农村养猪不要只从经济上考虑。过年前,家里杀一头年猪,不仅全家一年有肉吃,还能让亲朋好友来吃泡汤,摆龙门阵,巩固感情。养山林鸡也是好门路,同时也是李子村的优势,成本小,特别是土鸡蛋供不应求。冉金山表示,自己年届花甲,今年下半年村委会换届,他将不再参加选举,而是专心致志地搞家庭养殖。近年来李子村的养殖业萎缩,他想在这方面多做点儿尝试,积累一点儿经验。他希望通过发展家庭养殖业,每年有3万元以上的纯收入。

令乡亲们津津乐道的是,冉金山养牛还用上了高科技。受城市装备安防系统的启发,他花了2600元钱,为养殖场配置了远程监控系统。但冉金山配置远程监控系统主要是为了监控母牛的生长情况。监控白天不开,晚上才开,一旦情况异常,即使没有实时看到,也可以通过调动回放找出真相。有一次,冉金山喂牛时把备用手机丢在养殖场了,庹廷英给他捡了回来,却忘记告诉他,他通过监控回放,看到了庹廷英捡回手机的场景。冉金山笑着说,没把警情监控到,却把自己最亲的亲人监控到了。

今年58岁的冉金山,小时候日子过得很苦,是人民政府把他从死亡线上解救了出来。他说,这些年自己当过计生员、林业员、组长,还入了党,上一届被推选为村主任,都是靠党的培养。

冉金山的祖父一辈,共有五个兄弟,属于"茂"字辈,分别以"秤能称银子"取名。老大叫冉茂秤(又叫冉国恒),是当地的土豪,太极场半条街都是他家的住房,手下有几百人并有几百条枪。逢场天就在太极场上"过斗",凡出售大米者,均要以他家的斗作为标准,少者要添平,多者要刮平,实际是在斗底做手脚,设置机关盘剥卖米人。仅此一项,每场下来搜刮的大米达200多斤。出售大米的人,只能忍气吞声,敢怒不敢言。为预防别人打劫,冉茂秤将巧取豪夺来的家产转移到山洞中,在洞里修了住所,筑了碉堡,并安排人员把守。

一山难容二虎。金团村深洞水韩孝顺,也拥有自己的武装,他想干掉冉茂秤。看见冉茂秤防范甚严,韩孝顺先与他讲和,两人在太极场一茶楼里歃血为誓,结为兄弟。其实,按辈分算韩孝顺还是冉茂秤的舅舅。这样,冉茂秤就放松了对韩孝顺的警惕。有一天,韩孝顺在太极场上赶场时,趁冉茂秤不备,突然摸出短枪,将冉茂秤打死。为了斩草除根,韩孝顺还带领队伍,一举杀死了冉茂秤的另外四弟兄。此次劫难,冉氏一家共13口人被害,几乎遭到灭门。冉金山的祖父冉茂能被害后,出生才3个月的冉光华靠好心人把他藏匿在干粪桶里,才逃过一劫。由于家庭变故,冉金山的祖母隐姓埋名,带着冉光华嫁到罗平安家。后来罗平安成为农会主席,把冉光华拉扯大。冉光华13岁就参加革命工作,先在黔江县商业局,后到金溪区供销社,直到2007年退休。

冉金山说,人要有感恩之心。他祖父一辈,家大业大,也做过坏事,几乎遭韩孝顺灭门。他和父亲这两代人的生活,靠的是党和政府。因此,冉金山将永远不忘家族的劫难,也永远铭记党和政府的帮助。

怎一个"病"字了得

今天走访的第一家,是居住在大坪上的建卡贫困户汪学志家。大坪上其实是一个小缓坡,只有汪学志家门口一带,地势较平。他家门前原有一丘干田,用竹篱笆拦成了鸡圈,里面养了几十只鸡。屋前有四五丘梯田,田里有一群鸭子在嘎嘎地觅食。

如果不是病,凭着勤耕苦作,汪学志一家人日子不会过得很差。但如今,病魔把这个家庭蚕食得支离破碎。几年前,汪学志的妻子周美容嫌汪学志有病,家里又穷,丢下女儿汪洪芳、汪淑梅,离家出走了。汪学志没有再婚,他带着病痛,靠在乡场周边跑摩的维持一家三口的生活。由于汪洪芳在读中专,汪淑梅在读初中,自己又要治病,一年下来开支不小。汪学志的母亲邓桂菊年过七旬,患有哮喘、风湿病,2015年享受低保,由于家里穷,她甚至连手机都没有。丈夫汪文才2013年去世后,她就与儿子汪学志相依为命。

20多年来,最让邓桂菊无法忍受的,是自己经历了三次白发人送黑发人的悲痛。

他的大儿子汪学生,因肺结核早逝,孙女汪凤明嫁到贵州后不久也去世。儿媳张泽梅改嫁后,留下汪华祥、汪凤龙两个孩子由邓桂菊抚养,而汪凤龙也因为患小儿麻痹症,长期瘫痪,于2012年大年三十夜病亡。张泽梅改嫁后生了一个儿子,听说也患了小儿麻痹症。现年19岁的汪华祥是邓桂菊养大的,2015年在重庆餐馆打工,包吃包住一个月1500元工资,除了必要的生活费用,余下的钱他全部给了奶奶。邓桂菊说,汪华祥这孙儿孝顺,是她最大的安慰。命运虽然对邓桂菊不公,但她并不抱怨,除了在家种地,还要帮忙照顾汪学志。汪学志一个人带病撑持全家,还要送两个学生读书,实在太不容易。

邓桂菊说,汪学志年轻时就患上了严重的肺结核,还有甲亢、心脏病,近年又查出了肝病,可以说是病魔缠身。汪学志在乡场上跑摩的,一个月最多能挣2000元钱,但家里的开支很大:送两个女儿读书,再节约一年也要1万元,自己一年的医药费要2万多元,特别是医肝病的药很贵。汪学志拖着有病的身体,无论怎么拼命挣钱,家里还是入不敷出,无奈靠借债度日,到现在已欠债3万元以上。家里的新砖房,主体早已完工,但因为没钱装修,看上去还是一个冰冷的水泥桶子。李明芬说,汪学志特别能吃苦,修新房子时,砌墙壁这些活就靠他一个人弄,房子主体修成这个样子,几乎没请人帮过忙。

根据汪学志的贫困现状,村里制订的帮扶措施是医疗救助和帮助其发展养殖业,具体是养鸡300只,养鱼4000条,养鸭200只,最后落实的是养肥猪一头(最后养了200多斤),还养了90只蛋鸡。其实,作为建卡贫困户,汪学志家是因病、因学致贫的,只有靠政策帮扶,才能真正渡过难关,特别是治好他的病才是帮扶关键。干部群众都希望汪学志的身体快点儿好起来,让全家早点儿脱贫。但汪学志的病越来越严重,他说他自己不知还能活多久,但只要活一天,就要好好干,决不辜负大家对他的期望。

要强的苦命女人

71岁的李其香住在狮梨垭口,她是一个苦命的女人。但由于她嘴巴刁钻,又比较要强,与左邻右舍关系搞得不太好。

李其香一家有三口人,儿子郑仁科2015年在广东打工,一年有3万元左右的收入。郑仁科的儿子郑茗涵,在黔江读小学三年级,由李其香租房照看。李其香有4亩多田地,稻田由别人代种,而土地已经荒芜。家里只有一间砖房,平时很少看到李其香住在里面。

李其香的父母是从水田乡迁移来的,在狮梨垭口属于独姓人。在过去,这种人户由于人少势弱,往往容易受到欺负。但李其香的丈夫郑清军是粮站的站长,又当过煤矿的领导,也是水田乡人,来这里当上门女婿,本来可以让李其香扬眉吐气了,但由于双方感情不和,郑清军又嫌她生的第一个小孩郑玉芹是女孩,最终两人由法院判决离婚。在那时,离婚的人要低人三分,总是抬不起头。李其香说,自己那时就是堂屋挂粪桶——臭名在外,日子很难过。李其香说村里一些人见她家孤儿寡母,就欺负他们,不但经常殴打郑仁科,还有人半夜三更用石头砸她家房子上的瓦片。郑仁科被李其香拉扯大后,先与彭水赵姓人结婚,不久双方离婚。之后,郑仁科与贵州人吴成英同居,于2007年5月生下儿子郑茗涵,3年后吴成英就跑了。李其香说,吴成英在家里从不做事,一天只晓得上网。两代人婚姻的不幸,让李其香更是觉得低人三分。她发誓一定要把孙子教育好,绝不让他走父辈的老路。于是,从郑茗涵上小学一年级开始,郑仁科就在广东等地打工挣钱,李其香就在黔江租房陪孙子读书。但祖孙俩在城里住的吃的,都是最差的。村干部也劝过她回老家,李其香坚持不回,理由是再辛苦也不能让孙子在读书上吃亏。

李其香说,姚书记你看嘛,我这个人就是个破落户,像河滩里的岩头,一辈子都没齐整过。确实,李其香作为单亲妈妈,辛苦就不必说了,郑仁科又缺乏父爱,性格也有些孤僻,郑茗涵更是无辜,才3岁就失去了母爱。

我说,你家里确实有特殊困难,这些年村里也没有帮助到你家。你的事情,我会找村委会商量一下。李其香说,麻烦你了。我现在还没有给李其香什么帮助,但我这样的态度,已经让她脸上有了一丝难得的笑容。

谢绝当贫困户

家住烟房坝的韩远甫和妻子杨润碧,都已年过六旬,但他们仍没有停下劳作的手脚。2015年,韩远甫先是在公路工地打工,后又在村里的甘薯基地打零工,一年挣了2万元。杨润碧在家种地、喂猪,杀的年猪有200多斤。

韩远甫有高血压,原先靠打碑赚钱,有同样手艺的韩继全是他侄儿。但打碑是苦活儿,每天还要吸粉尘,他肺部被感染并得了肩周炎后,才割舍了这门赚钱的手艺。

韩远甫心直口快,一见面他就说上面的政策确实好,但政策好也要靠自己做,你不去做政策就得不到落实。韩远甫敢于这样说,是因为他有充足的底气。

2002年,因为电线老化短路起火,韩远甫的木房顷刻间化为灰烬,家里的东西一点儿都没有抢出来。当时村里开会评贫困户,看到很多村民都在争名额,完全有资格被评上的韩远甫,默默地退出了会场。他想,只要自己还有一双手脚,只要不懒惰,就不怕房子盖不起来。房子被烧成那样,他没有为家里申请贫困户,仍然借钱把女儿韩月华嫁了出去。从此,他同妻子杨润碧、儿子韩江龙一起,一边在土地里勤耕苦作,一边利用闲暇就近打短工。几年后慢慢有了积蓄,他就选择吉日开始修房。因为有亲戚邻里来帮忙,政府又补助了他1万元的修房补贴,不到3个月,200平方米的砖房就修好了。

曾几何时,懒惰成为李子村一些人炫耀的光环,他们甚至说:偷懒偷懒国家有贷款,不做不做政府有照顾。韩远甫很鄙夷这种行为。他悟出一个道理:只要你不懒,农村仍有活路。他希望,不要让好政策成为懒人的护照,而应作为勤劳致富者的奖章。

二十五　进入李子垭

【走访户数】

今天进入第四组开展全户调查，冉金山骑着三轮摩托送我上山，由组长田景良带路进入各家各户。在李子垭这个寨子，我们今天走访了27户村民，包括金正海、金定江、田癸卯、金文书、金文太、金正东、金正涛、金正锡、金正才、费兴珍、杨长江、孙文江、金正全、金文培、余永菊、孙文明、田应纯、金正发、金正波、田景宣、田维举、金应发、金建、田应瑜、谢会良、田应瑜、田景凡等家。在这些住户中，金正海家、金文书家、孙文江家、田景凡家是建卡贫困户，余永菊享受低保。

【贫困档案】

●金正海一家有六口人，因学和因病致贫，帮扶措施是产业扶持和教育扶持。金正海曾在劳动时肋骨骨折，干重活吃不消。金正海的小儿子金鑫在黔江读中职，每年费用8000元左右。2015年，金正海在黔江区内建筑工地打工，但只做了半年，有1万多元收入。妻子万春香一直在家务农，不但种了自家的2亩多责任田，还种了其他人的地。大儿子金定江在西安等地的建筑工地务工，一年有4万元左右的收入。因为家里添了孙子孙丽航，儿媳李华容一直在家带小孩。产业扶持是支持其养鸡100只，养猪3头，种春洋芋3亩，都基本落实，200多斤的肥猪杀了一头，只是养的鸡还没卖成钱，主要收入来源还是靠打工。从住房来看，金正海家2010年花了10多万元，建起了200多平方米的新砖房，目前尚无欠债。2015年下半年，金定江还购买了家庭轿车。

●金文书一家有六口人，也是因病和因学致贫，帮扶措施是产业扶持和教育扶持。2015年，金文书在劳动时曾摔断3根肋骨，花了6000多元医药费，合作医疗报销了一半。金文书还患有高血压、骨质增生等疾病，只能做一些简单的农活。妻子刘遂香身体较好，在村里的养牛场打零工，每天有50元工钱，全年有1万多元收入。金文书只有一个女儿，招了上门女婿。女婿陈清春在黔江区建筑工地打工,全年有3万元收入。外孙女陈娟在黔江民族中学读高三,外孙女陈愉在黔江城南小学读二年级,2015年两个孩子读书的费用要1万多元。女儿金秋菊在黔江城里租房,陪两个学生读书。产业帮扶是帮助其家养鸡100只、养猪2头、栽种春洋芋2亩。目前200多斤的肥猪已杀了一头、出售了一头,养猪收入达到5000元,但养鸡不太成功,只有十几只鸡存活。现在他们住的是100多平方米的木房,已完成了危房改造。建卡贫困户登记表上显示,一家人的致贫原因是"金文书患有脑溢血",写得既不准确,也不全面。

● 建卡贫困户户主孙文江63岁,一家有五口人,属于因病致贫。妻子姜兴菊因患甲亢等疾病,瘫痪了八九年,为此家里欠下了一大笔债务。在2014年10月,姜兴菊在家里想取东西时,不小心掉到了火炕里,被烧成重伤,医治无效死亡。但建卡贫困户登记表上显示,这家人的致贫原因是缺资金、缺技术,帮扶措施是帮助其养鸡50只,栽种春洋芋2亩,最终落实的是养肥猪一头,主要还是靠儿子孙章平在外打工挣钱来支撑这个家。2015年孙章平在上海打工,全年有4万多元收入。由于5岁的孙女孙乾毅和3岁的孙女孙华轩都在城里读书,儿媳樊先敏租房陪读,没有就业。2015年,孙文江在家种地,享受城市低保(因户口转为"非农"),现一家人住的是3间木房。既是建卡贫困户,又是低保户,孙文江家在李子村是独此一家。

● 建卡贫困户户主田景凡40岁,一家有六口人,属于因学致贫。他们有三个孩子:田维敏、田维化、田维派,大的两个是女儿,分别在金溪镇中心学校读初三和太极乡中心小学读五年级,小的一个是儿子,在李子村小学读四年级。父亲身体不好,也需要他们照顾。田景凡在贵州建筑工地务工,全年有4万元收入。40岁的妻子李国云因为要照顾3个孩子和父亲,只有在家务农,闲时就到村里的肉牛养殖基地做杂工,一年有1500元现金收入。目前全家修好了一幢一楼一底的新砖房,但欠私人债务上万元。村里给他们的帮扶措施是产业扶贫和教育扶持。产业扶贫是养鸡50只,种洋芋2亩,养猪2头,同时帮助一个劳动力外出打工。教育扶持按政策要求,也全部落实。夫妻俩正值壮年,按计划脱贫没有大的问题。

● 余永菊今年72岁,丈夫金玉振已过世。余永菊有两个儿子,一个叫金文培,家里孩子多;一个叫金文全,因车祸遇难。还有两个女儿,金文英嫁到白土乡,金文仙嫁到金溪镇。由于年龄偏大,加之儿子车祸遇难,她的精神有些恍惚。余永菊无法独立生活,现跟儿子金文培、儿媳赵长术一家在一起吃住。金文培常年在外打工，赵长术在家种地、带小孩。余永菊的文化程度在户口簿上显示的虽然是"小学"，其实她从来没进过学堂，连人民币上的几元几角都不认识，也算不了账。2015年，余永菊享受低保。

● 虽然金正才家不是建卡贫困户，也没有享受低保待遇，但一家人有两个留守老人、3个留守儿童，全靠金正才一个人外出打工撑持。金正才的父亲金文其，患肠粘连动过4次手术，还有严重的支气管炎，发作时必须住院输氧才行，2015年就花去5000多元医药费。妻子文振芳已离家出走3年，但还没有与金正才正式离婚。2015年，金正才在广州建筑工地打工，只做了3个月，拿回家的只有1万多元钱。金正才有3个小孩，女儿金潇在金溪镇读小学四年级，儿子金志龙在金溪镇读小学一年级，小儿子金智博才3岁还未读书，他们全都由奶奶常桂芹在镇上租房照顾。现一家有六口人，还挤在3间木房里艰难度日。

第一书记的"专车"

早晨，冉金山骑着三轮摩托，把孙子冉浩扬送到乡中心小学时，我也步行到了这所学校的门口，看见他正在同一个熟人搭话。我们会合时刚好是8点，与头天约定的时间一分不差。孩子们大都提前来到学校，教室里、操场上，到处是他们的嬉戏声。

为了等我，冉金山的三轮摩托一直没熄火。我坐上去后，他开玩笑说，让一位党校副校长、教授坐三轮摩托进村，抱歉抱歉哟！我说，能让村主任亲自接送，荣幸荣幸啊！见我们两个逗乐子，旁边那位熟人也笑了，说这个车坐起，包你校长凉快嘛！我说，今天就是专门来享受村里给我配备的"专车"的。

冉金山一声"坐稳了"，便踩下了油门，三轮摩托轰隆隆地向前冲去。顿时，一股冷风吹来，我的脖子像被套了一根钢丝绳，勒得一阵生疼。无论脸朝前，还是后脑勺朝前，都让你不舒服。我是第一次坐三轮摩托。这玩意儿对我的脑壳和屁股，一点儿也不友好。

爬进货箱的时候，我才发现，里面除了几块硬纸板，就只有一条木凳了。坐在硬纸板上容易保持平衡，但上面布满了泥巴灰尘，我选择了坐木凳。三轮摩托转弯的时候，那木凳左摇右晃，根本就坐不稳，特别是遇到路面不平的时候，木凳会猛然蹦起来，四只脚把货箱杵得"轰轰轰"地响。冉金山一直都在喊"坐稳起"，我说，我是坐稳起的啊，就是屁股抖得止不住，稳不起嘛。冉金山说，他的孙子冉浩扬就是坐着它上学的,你一个校长还不如小学生啊。我不再说话,感觉是"上他的当"了。

李子村第四组的100多户人家,大都居住在李子垭和构家河两个寨子。虽然到大公路的直线距离并不远,但因为修路,最近的那条村道走不通了。冉金山带着我,从大公路往金溪方向走,然后在李子村与金溪镇的交界处,拐上去白土乡的公路。但越往山上走,屁股越难受,风也刮得越猛。车子任性地颠簸,我无法控制,但对付冷风,我想到了办法,那就是紧紧抓住货箱的边沿,背对着前进的方向,让冷风吹后脑勺的头发去吧。

这样走了近半个小时,终于到达目的地李子垭。走访的第一户,就是住在山顶上的金正海家。

这第一书记的专车,坐起安逸吗? 我要下车时,冉金山问,还调皮地笑。

安逸安逸,减肥第一,也辛苦村主任大人了! 我说着,急忙跳下车。站了一会儿,才让紧张的心情平静下来。我虽然不是第一次到李子垭,但这里的地势之高,水资源之缺乏,还是让我惊讶。冉金山说,李子垭人平常吃水靠水井,到了枯水季节,大家就要到两里外的田湾去挑。田湾在半坡上,地势陡峭。如果遇到干旱,就只能到三四里外的构家河去挑,就是壮劳力,一个早上最多也只能挑两趟水。

金木匠的烦忧

金文太是李子垭有名的木匠,但已20年没摸墨斗、刨子了。除了年纪大,主要的原因是这些年农村木匠发挥作用的空间小了。金文太说,他们那一代的木匠几乎是不用钉子的,而现在的木匠,和他们几乎完全不同,空有一身好手艺的金文太无可奈何。

金文太说,过去,李子垭的人全部住木房。从进深来说,三柱二骑、三柱四骑、三柱五骑、三柱六骑、三柱七骑的都有,圆木为柱,方木为枋,木板为壁,檩子、椽角、泥瓦为盖,其长有连三间、连五间、甚至连七间。一般是居中的那间做堂屋,相当于我们现在所说的客厅,作为祭祖、迎客、婚丧等重大活动之用;左右两间叫住房,又有前房与后房之分,前房为火铺,为聚餐、向火、议事之用,后房为卧室。如果房子的地基够宽,主人家境又比较富裕,则在房子的右边配上偏房,用作灶房、柴房和牛栏、猪圈;在左边配厢房、楼子,楼子下安排碓磨和粮仓,楼子上做书房或闺女的绣房。房基临坎，楼子则吊脚，无坎则柱与正屋齐，只在二楼走廊上吊些假柱头。不管吊脚与否，在楼子外侧，一定要翘檐转角，故称转角楼。房子是木头做的，用的家具也都是木头做的，甚至连农具都是木铁合璧的。金文太说："我们那个时候的木匠，时刻都与木打交道，斧头、推刨、锉子、锯子、钉锤、墨斗、尺块等，工具都是一大挑，那才叫真正的木匠呢！"金文太说起这些，自豪之感油然而生，仿佛周围邻居家的木房都是他们修的。金文太家至今还住在木房里，木房对他来说，有一种特别的亲切感。

我向他请教了一个问题，就是当地木房如何计算建筑面积。金文太说，这个简单，因为农村建造木房，也要讲一定的规制。比如，三柱二骑连三间，中间的堂屋进深一丈三、长度一丈二，两边的两间正屋，进深都是一丈三、长度都是一丈一。而三柱四骑连三间，中间堂屋的进深是两丈，长度一丈二，两边的两间正屋，进深都是两丈，长度都是一丈一。也就是说，骑越多，房子的进深越长，面积也越大。

我说，那这样就好计算了。先算平方丈，再换算成平方米，三柱二骑连三间的建筑面积是4.42平方丈，也就是49平方米，三柱四骑连三间的建筑面积是6.8平方丈，也就是75平方米。金文太说，应该是这样的。至于配上偏房和厢房的，一般也是三间，但面积一般都不会大于正屋。偏房和厢房的面积，按正屋的七成算比较恰当。

通过数据比较可知，农村木房只要住上三代人，就非常拥挤了。三柱四骑连三间，再加个偏房，也就120多平方米，三代人一般是六口之家，人均20平方米，这就是农村居住的刚需，因此大家拼死拼活都要修建比较宽大的砖房。木房的优势是冬暖夏凉，住起来比较环保，但最大的问题就是私密性差，加之一些基本功能，如厕所、洗澡间等，按现代人的生活方式，布局得不科学，改造住房就成了农村人的梦想。特别是木房的厕所，往往与猪圈混搭，又脏又臭，且没有私密性，让很多城市人根本不敢在农村如厕。

金文太的好手艺得不到发挥，主要是因为现在农村一味修建"水泥桶子"，对传统民居进行了毁灭性破坏。

另外一件让金文太心烦的事情，就是家人的疾病。他自己有高血压、颈椎炎、肾结石，药费开支很大。妻子余炳容身体也不太好。儿子金正东患甲亢，头发都脱得差不多了，儿媳杨小容又有子宫肌瘤，2015年儿子、儿媳两个人的医药费用支出超过2万元。金正东的大儿子金龙在黔江读中职，小儿子金钱龙在金溪镇读小学,教育开支一年上万元。为了撑持这个家,2015年,金正东和杨小容都在浙江打工,两个人的年收入有5万元左右。金文太的小儿子金正涛家里也有重病病人。2015年,金正涛在浙江一个厂里开车,维持一家人的生活。儿媳余雪平同金正涛一起,带着女儿余双在浙江读小学二年级。但余雪平由于血管堵塞,长期头痛,生第一个小孩时就差点儿丢了性命,因此无法正常参加劳动。

金正发的"墨宝"

我们到田癸卯家走访时,先要路过几户人家。刚走进一段弯弯曲曲的田坎,就听到一个妇女在家门口大声说话,好像是在骂人,话语里显然有针对我们的意思。看来,已经有村民事先通报我们要到来的信息。

走过这家后,又路过一家破旧的木房,这时听到一个中年男人的斥责声。大意是说自己这么多年来什么优惠政策都没享受过,他一定要上访讨说法云云。我见田景良没有理他,也不好同他搭腔。那男人见我们不去他家,大声地说,未必你们不来吗?我有重要情况要报告!田景良说,莫急莫急,我们等会儿就来!

这个向我们大声发火的男人,就叫金正发。

上午走访了10多户后,冉金山把午饭安排在金文书家,由金文书的老伴儿刘遂香帮我们煮鸡蛋面吃。面条加两个煎鸡蛋,还有些瘦肉什么的,满满一大碗,香喷喷的,端到我们面前。冉金山笑着说,哎呀,这个面条好吃,姚校长也喜欢吃面条!是啊,我确实喜欢吃面条,说完大口大口地吃了下去。

金文书一边吃面条,一边给我们介绍了金正发的情况。吃完午饭,我们去金正发家走访。

金正发家的木房,还保留了土家吊脚楼的风格,板壁看上去尚好,但里面空天通地的,到处还有他用毛笔写的字,有的写在纸上,有的直接写在板壁上。文字内容是一些骂人的话,但东一句西一句,逻辑思维混乱,语言表达也不清晰。不过,毛笔字还写得不错。田景良慢吞吞的,像有点儿怕见他,反倒是我越走近他家越想了解他。

才走到金正发家的屋檐下,他就像遇到了不共戴天的仇人,怒从心头起,说话咬牙切齿的。他很自豪地说,今年过春节时,他就到乡政府前放过火炮,拉起标语喊冤。他说这话的意思,是要给我一个下马威。我说,那你这样做,乡政府有人理你吗？你的问题解决了吗？金正发说，解决个屁！但他说没解决，也是假的。实际上，黄代敏私人就给过他500元钱，是分两次给的，一次是200元，一次是300元，但钱一到手，金正发就迫不及待地跑到茶楼打牌去了。

他想吵，我们不能针尖对麦芒。我笑着说，我们坐下来谈谈吧。因为金正发并不知道我是谁，田景良就向他做了介绍。看我们两个的态度平和，金正发也冷静了下来，他还从屋里找来板凳，我们就在他家的吊脚楼上聊起来了。

我说，你的毛笔字写得不错啊，你小时候读书肯定行吧？金正发说，还可以。我说，我也喜欢写毛笔字，只是没时间练，还写得不好。然后我打开手机，把我写的字翻出来，让他同田景良看。看了一会，金正发说，你这才叫字哟。我说，写毛笔字，不但字要好看，内容也要积极上进才行。你金正发是一个有面子的人，但写在板壁上的这些骂人的话，语句还不通，说白了是亮家丑，有什么意义呢？你的亲人，你的朋友，包括你将来的媳妇，他们看到这些，会对你嗤之以鼻的，会看不起你的。因此，你要写，也要写那些让人感到暖心的才对。

接着，金正发讲起了他的遭遇。

1992年，22岁的金正发背井离乡外出打工。一开始还是赚了些钱，有钱他也大方，讲哥们义气。后来同一个叫陈素英的女子好上了，还把她接到老家居住，虽然没有结婚，但关系如同夫妻。后来金正发一个人外出打工，把陈素英放在家里，从不寄一分钱回来。陈素英生活没有依靠，就跑回娘家了。金正发认为陈素英不能生育，还欺骗了他。从此，金正发怀恨在心，甚至对老家都产生了怨愤情绪，过年过节也不回来了，连最了解他的堂叔金文书都不知道他的行踪，也无法联系上他。引起亲族邻居公愤的是，他的父亲金文瑞去世，他都不回来；他的亲兄弟金正阳病死，他也不回来；最喜欢他的孃孃金文淑去世了，他还是不回来。这些亲人都是靠金文书、金世冲、金建华、金建康、金思碧等族人抬上山的。20多年来，他家的近4亩地，都是由金文培、金正权种。他还有近10亩林地，都荒芜着。由于20多年没回家，大家对他的行踪有多种猜测，有的人甚至认为他已不在这个世上了。

然而，金正发2015年9月突然回来了。他听说，因为精准扶贫，新修的村道要经过他家的门口，还要占他家的地。而回来后看到大部分有木房的人家又得到了改造补贴，绝大多数人家都修起了新砖房，他心理失衡了。木房没得到改造，又听说村道占地没有补贴，他顿时火冒三丈。转眼到了春节，金正发想弄出点儿响动，就买起炮仗、拉起横幅，到乡政府去闹腾了一番。当时，田景良还劝阻过他,并给了他100元钱,叫他莫去折腾。

金正发最后说,他现在是单身汉,一贫如洗,房子也烂了,穿草鞋的不怕穿皮鞋的,如果政府不解决好补贴、帮他找媳妇等问题,就别想让公路从他家门口过。他还说,修公路还会增加被盗的机会,他的房子要修围墙防盗,这个损失哪个来补偿?

听了这些,我给他讲了三点。第一,吵吵闹闹解决不了问题。你一天到晚骂来骂去,还把家里的事儿写在板壁上,其实是软弱无能的表现。真正的汉子是牙齿打落在嘴里,也要带血吞下去。第二,政府不可能帮你找媳妇。找媳妇得靠自己振作起来,改变想问题的方式,多在外面赚点儿钱,把新房修起来,还要学会处事。第三,村道公路修建,不仅关系到寨子里的其他人,也关系到你的未来,最好不要冲动行事。如果政府有这方面的政策,肯定不会少你一分补贴。比如,你的木房完全符合C级危房改造补贴条件,但当时村里联系不上你,时间过了你才回来,这不能怪村里啊。

金正发沉默不语。

我知道,我讲的这些不一定能解开他的心结。但我更知道,解决这类问题我们基层干部迎着上总比绕道走好,因为回避矛盾总不是办法。说完,我要去给他的房子拍摄照片,他很乐意地带着我,看了他睡觉的地方。因为没有床,被褥就铺在地上。电饭锅是家里唯一的电器,煮饭、煮面条都用它。离开时,金正发说:你慢走,下次来要。我说:我真心地希望你金正发变成"真正发",同时也把你的新生活和好心情,用毛笔字写出来。

二十六　占地补偿及其他

【走访户数】

今天天气晴朗,在鳞次栉比的房屋中穿行了一天,终于把李子垭寨子的人家走访完了。今天在李子垭跑了36户,包括金思成、金思祥、田进、金文典、吴和平、田维其、田茂忠、田兵、张凤仙、汪文碧、田景寿、田景明、田毅、金文信、金胜、金思和、金建华、金应举、金保成、金思碧、金思冲、金保全、金长江、田应坤、田景文、田景奎、田应林、孙文昌、田应师、魏元兰、金刚、汪增碧、田景良、田刚、金思华、田春彦等家。在这些住户中,金保成家、田春彦家是建卡贫困,吴和平、金思成、金思祥、金思和家享受低保待遇。

【贫困档案】

●86岁高龄的吴和平,患有风湿病,虽然行动不便,一日三餐,还需要自己解决,同时还要照顾在白土乡中心小学读二年级的孙子田想。田想是吴和平大儿子田维其的第二个儿子。2015年,田维其和妻子黄桂云都在浙江打工,其长子田立在上海打工,他们3人的总收入超过10万元。吴和平的另一个儿子田维泽,在修白土公路时不幸遇难。田维泽的儿子田茂忠,在城里工作。吴和平现在住的房子,就是田茂忠出钱修的。今年春节后,田维其不再外出打工,而是计划在家发展蚕桑,同时打点儿零工,照顾母亲和儿子。2015年,吴和平享受城市低保(因转户为"非农")。

●56岁的金思祥,至今未婚,又是无房户。由于没找到媳妇,他捡了一个弃婴作养女,取名金雪莲,并把她抚养成人,现已出嫁到黔江城里。他的贫困源于15年前的一场火灾。2000年夏季的一个夜里,家里电线短路起火,金思祥和哥哥金思成的房子,一同化为灰烬,卧病在床的母亲王德芬也丧命火海。当时乡里动员捐款,最后只收到600多元的捐款。这对一无所有的金思祥和金思成来说,可谓杯水车薪。金思祥修不起房,只能外出打工。2015年,金思祥在上海一家企业当仓库保管员,每月有1200元固定工资。2015年,金思祥享受低保待遇。

● 66岁的金思成,曾当过兵,立过三等功,并任过代理排长,退伍后有一点儿民政优待金,借钱新修了房子。金思成的三个女儿都已出嫁。金思成患尿结石、胆结石等疾病,65岁的妻子张明英患严重风湿病、颈椎炎、腰椎间盘突出、骨质增生、皮肤病等疾病,夫妻俩已不能干重活。因为身体多病,近两年他们花去的医药费就超过2万元。2015年,金思成在黔江给女儿金小燕带小孩,张明英在家看屋,顺便种点儿蔬菜。2015年,金思成、张明英享受低保待遇。

● 72岁的金思和与41岁的儿子金建康住在一起,父子俩都受到病痛的折磨。金思和患阑尾炎动过手术,又有腹膜炎,这个病医生也不敢给他动手术。金建康患黄疸型肝炎,全身乏力,食欲不振,一干重活这个病就会复发。两人全年的医药费用至少要5000元。金建康也因为身体有病,至今未婚,外出打工又受限,就只有在家做点儿轻活,搞家庭养殖,有时到周边打点儿零工,去年只挣了2000多元钱。2015年,金思和享受低保待遇。

● 田应林一家有三口人,家里不是建卡贫困户,也没有人享受低保,但贫困却是客观存在的。他家贫困,除了疾病,就是没文化造成的。年届古稀的田应林自己是文盲,儿子田冬云和儿媳黄春秀也没读过书。田应林患水肿病,又有肝病。2015年发现肚子肿得越来越大,到医院医治,不见好转,随后医院下了病危通知,无奈之下回家。为了缓解病痛,田应林顺便买了一瓶青霉素片回家吃,不想吃了几天,胀块竟然消了下来。但现在肚子都还有些肿,无法劳动。由于没有文化,田冬云和黄春秀外出打工受阻,只能在家务农、养猪,住的还是不到100平方米的木房。

● 建卡贫困户金保成家、田春彦家的情况,放在后面说。

爬了一次山

今天没坐第一书记的"专车",而是坐的"两脚车"上的山。这些年在城里工作时,几乎每天都要锻炼,平时走路从不会感到吃力,但今天爬的这一段路,是一个大陡坡,越往上爬,脚越挪不动,累得我一路上气喘吁吁的,全身大汗淋漓。

由于冉金山要参加乡人代会,不能陪我到李子垭去,孙文春要列席会议也不能陪我。早晨,冉金山先用三轮摩托把我接到他家里吃早饭,然后由庹廷英给我指路,从他家旁边的水泥步行道直接上山,再由田景良来半路上接我。在三组调研时，为了实地查看冒水洞被污染的情况，我曾从这条路上走过。这条路是条独路，像一根肠子从山脚贯到山顶，一点儿都不难找。我对庹大姐说，这条路我走过，不会迷路的，但她非要送我，还背着小孙子冉腾宇陪我去。这条路至少有70度的坡度，一个人空手往上爬都很吃力，她还要背一个小孩，真是难为她了。我说让我来背冉腾宇，庹大姐怎么都不干。爬到冉金山家的养牛场时，我叫庹大姐回去，她又跟我仔细交代了一番，才背着孙子下山，还不时回头看一看，生怕我迷路了。

此时，太阳还没有出来，林子里、山坡上，浮着一层薄薄的纱雾，油菜花睡眼迷蒙，芬芳着鲜活的空气，这样的景色也减轻了我爬山的劳累。走着走着，从步道上蹿出一条大狗，发现我也是早行者，就小跑着上山了。走过冒水洞，前面就是那个大型采石场，山体已被开膛破肚，满目疮痍。加之机器的轰鸣打破了山村的宁静，让人心烦意乱，我早已没有了赏春的心情。人行便道越来越陡峭，我喘着粗气使劲儿向上爬去，感觉鼻子都要顶到石梯上了。正想停下来喘口气的时候，忽然听到上面有人在喊我，仰头一看，是田景良来接我了。我们一起爬了一段，就到了山顶，进入寨子。此时，我已大汗淋漓。一看手表，这一个大坡，我竟然爬了半个小时。我们走访的第一户人家，是复员军人金思成家。当我们敲开他家的门时，他们还没吃完早饭呢。

李子垭由于地处山坡，大部分人家做饭还在烧柴，用煤炭、煤气的人家很少。交通等基础设施建设也比较落后，村道公路只经过山顶，半山腰的农户靠人行便道贯穿。为了把蛇家岩和山顶的公路连贯起来，这里新规划了一条村道，今年上半年完工。这些天，乡里、村里都有干部来这里协商村道建设问题。由于路线没协商好，挖掘机一直停在山顶，不能进场，黄代敏、王长生等乡干部今天一直在这里协调。孙文春和冉金山开完乡人代会后，下午也赶来了。最终把线路确定下来时，已是夕阳西下，挖掘机随即开进场，寨子里响起了隆隆的机器轰鸣声。

如果多一点儿细心

如果多一点儿细心，覃梅就不会改姓。如果多一点儿细心，金保成的贫困原因就不会错得那么离谱。

金保成家被评为建卡贫困户，让很多人都不解。面对别人的质疑，他们家人又有些无辜。金保成的妻子本来叫覃梅，派出所在办户口时，把她的名字弄成了"谭梅"，她想更改过来，派出所又不愿意，只好将错就错。他们两口子在上海打工近10年，已经有三四年没回老家过春节了。2015年，金保成在上海一家公司开车，覃梅在上海一家餐馆当服务员，一年下来两人的收入有近8万元。儿子金浩在黔江职教中心读中职，2015年也去了上海的企业实习。在老家，他们修有200平方米的砖房，没有因为修房、供孩子读书欠下债务。

那么，作为建卡贫困户，金保成一家的致贫原因是什么？建卡贫困户登记表上显示是"金洗上初二"。注意，这句话中，有两个地方都是错的，首先是把金浩错写成了"金洗"，其次是金浩读的是中职，而不是普通中学，在收费上中职要比普通中学少，家里又没有大学生在读。因此，说金保成家因教育致贫，比较勉强。村里给他制订的帮扶措施是教育扶持和产业扶持。农村孩子读中职，基本上都是免费的，是普惠政策。产业扶持包括养鸡50只，种洋芋2亩。由于夫妻俩都在上海，产业帮扶措施中的养鸡改成了喂猪，由其父亲金思碧代养，种秋洋芋等项目没有落实。

如果要给这家人评为贫困户，实际上金保成的父母条件更合适一些，因为他们都年届古稀，基本丧失了劳动能力。金保成的父亲金思碧有听力障碍，属于听力二级残疾，母亲龚节英有风湿病，两人身体疼痛，天天药不离口，一年光药费就要4000元。他们没有享受低保，被纳入建卡贫困户是说得过去的。

扶不起的光棍汉

田春彦今年34岁，是个光棍汉。由于老家没有父母兄弟等亲人，房子又烂得住不下了，他有好几年都没回李子垭了。

田春彦的父亲叫田应全，10多年前去世了，田春彦的母亲张素银再嫁到水田乡。田春彦只读了小学就辍学了。田春彦还有个哥哥叫田景福，20多年前到四川攀枝花挖煤，并在那儿当了上门女婿。前几年，田春彦在浙江打工时，不小心从楼上摔下，致腿部骨折，无法从事重体力劳动。2015年，田春彦在浙江一家企业当保安，每月有1000多元的固定工资。由于没有多余的收入，到目前，田春彦家里还是那一间木房，走进去一看家徒四壁。从这些情况分析，将田春彦家列为建卡贫困户，不存在任何异议。

村里给他家制订的帮扶措施是劳务输出。因为他长期在外打工，也跟帮扶措施相符。但2000多元的产业扶持资金,他却没得到。这是为什么呢?因为产业扶持资金不能给现金,必须发展产业。田春彦不在家,搞养殖业肯定不行,拿给别人代养也没人愿接手。作为建卡贫困户,他家的危房也没有得到改造,理由是他不在家,叫他回来他不回来。黄代敏还多次给他打电话,叫他回来把房子修起,然后按规定给他补贴,他最后甚至连电话都不接了。

田春彦对精准扶贫政策不领情,也可能有他的考虑,因为修新砖房成本较高,不能完全依靠政策补贴。但从本质上看,是他缺乏脱贫致富的志向,没有自力更生的动力。把田春彦家确定为建卡贫困户没有错,但没有落到实处,浪费了有限的建卡贫困户指标。

田春彦不买账,是内生动力出了问题。按政策规定,住房没有保障,是不能脱贫的。因此,还得继续做他的思想工作,先把他的志气激发出来才行。有了志气,修好了房子,还要考虑他的个人问题,如果能找到媳妇,田春彦不就像他的名字一样,"春风满颜"了吗?

"占地补偿陈案"之林地权属归谁

李子村水库林地补偿纠纷从2004年就开始扯起,牵涉数百群众,情况十分复杂,历时多年都没有彻底解决。2011年12月,太极乡政府主要领导接到村民代表的申请后,还予以回复,表示一定能把征地补偿纠纷协调解决好,并及时将补偿款支付给相应受益人。但事情又过去了4年,李子垭的田应坤等人,仍然对这件陈案有话要说。

事情的起因还得从一块面积为45.37亩的林地说起。林地位于李子村与新华乡交界处,小地名叫枷担湾,在原太极乡李子大队二队、三队界内,即现在的李子垭一带。林地共计四宗,以太极河为界,河东一宗,河西三宗。因为修太极水库,这块林地先后被征用,有39.9243万元的补偿款要落实。如果是集体用地,就应该作为集体经济收益,或者补偿给原行政区域内的所有村民;如果是土地承包给了农户,那当然就可以按名归位,补偿到每一户。

这笔近40万元的补偿费,像一块巨石抛进了太极河里,在村民心里激起了层层波澜。不但李子垭(原李子大队二队、三队)的农户坐不住了,烟房坝(原李子大队一队)、大坪上(原李子大队四队)、构家河(原李子大队五队)的农户,也跃跃欲试。他们围绕林权归属和补偿费分配,互相争执,调解不成,还不断上访,甚至走上法庭。虽然政府对林权的归属已有定论,法院以土地补偿费的分配问题属于村民自治的范畴为由没有做出判决,但村民田应坤等人至今还坚持认为,林权只能归属李子垭的36户村民,政府应该把补偿费足额发放到户。

那么,这块林地到底是集体用地,还是已经承包给农户的承包地?

原李子大队二队、三队(小地名叫李子垭)的36户农户认为,他们才是林权的真正归属者,因为这些林地一直由他们在看管、使用。1983年落实责任制时,大队召开会议,决定以抓阄的方式将这些林地全部划分到户,并由他们看管、使用至今。2006年,还上报太极乡政府及林业主管部门办理了林权证。李子垭的这36户林权拥有者,又分为李子大队二队和三队两个部分:原李子大队二队有21户,共有林地面积15.265亩,应得补偿费13.433288万元;原李子大队三队有15户,林地面积为30.1035亩,应得补偿费26.49108万元。2009年5月21日,太极乡政府部分干部曾表态该笔补偿费是这36户的,叫大家自行商定分配方案。经大家商议,补偿费采用平均分配方式,如果农户家庭内部发生矛盾,由该户自行解决,经签字按手印,并由村委会于当日盖章确认。按照这个方案,原李子大队二队21户平均每户获得6396.80元的补偿费,原李子大队三队15户平均每户获得17660.72元的补偿费。

正当大家准备高高兴兴数钱时,原李子大队一队、四队和五队村民开始反对,他们推选管仲平、黄义良、孙品声、陈兴浩、孙文顺为申请人代表人,于2009年7月10日,向黔江区人民政府提出林地确权申请。原李子大队二队、三队为被申请人,田应坤、田景恒、田景良、陈素英为被申请人代表人。申请人称,从"土改"到"四固定",柳担湾河西及河东的山林,明确为原李子大队集体林,一直未承包到户,现主张争议林地为申请人和被申请人共有。被申请人称,柳担湾河西及河东的山林原为本队村民金玉禄、金文辉、金玉香等几户的"老业",争议林地一直由被申请人看管和使用,1983年,被申请人将争议林地承包到户,一直由农户看管和使用,主张争议林地第一宗、第二宗、第三宗属被申请人共用。但申请人和被申请人双方都没有拿出有力证据,予以证明各自的主张。经查黔江区林业档案,亦没有找到争议林地的相关登记记录,经调查孙家兴、郑仁安等人,均证实争议林地在落实责任制之前属大队集体所有。在落实责任地的过程中,曾有人提出分大队林地的主张,但乡里没有认可,说是扯皮,于是李子大队二队、三队就自发召开群众会,通过抓阄,将争议的第一宗、第二宗、第三宗林地全部划分到户。之后,争议的三宗林地一直由二队、三队的村民看管和使用。2003年修建太极水库便道,征用了争议的第一宗林地的一部分,被征地的补偿对象,就是原李子大队二队、三队1983年落实责任制分林到户看管和使用的户主,申请人没有提出任何异议。2004年2月,因修建太极水库,又征用第二宗及第三宗部分林地共计45.37亩,公示对象为原李子大队二和三队的36户村民,并分别在2004年2月、2009年2月进行公示,在公示期内,申请人也没有提出异议。在法院调查审理过程中,乡政府还于2009年10月13日召集双方进行调解,但因分歧过大,调解未能成功。2009年12月8日,重庆市黔江区人民政府发布的黔江府林决〔2009〕4号林权争议处理决定书,决定争议的四宗林地使用权属于原李子大队二队、三队和五队的承包人所有,但争议林地的所有权属于体制调整后的太极乡李子村三组、四组共同所有。也就是说,争议林地的使用权属于36户,而所有权属现太极乡李子村三组、四组共同所有。这一决定照顾到双方的诉求,但对处理双方争议作用不大,因为农村土地所有权的权利主体是很明确的,就是农民集体所有。但由于土地又早已承包到户,在具体实践中这个"集体所有"最后成了"集体没有"。比如,农户土地被征用得到补偿,或擅自出让承包地得到收益,村集体组织往往无权过问。

"占地补偿陈案"之补偿谁分

由于其他农户要求分割补偿费,乡政府也没有及时将补偿费情况及时告知36户村民,导致大家被占林地的补偿费迟迟不能到手。这让36户村民急得焦头烂额。有点儿法律常识的田应坤等村民,号召大家运用法律武器维护自己的合法权益,他们聘请律师,决定将对方告上法庭。但从一审到终审,都只明确了林地权属问题。

36户村民认为,主管征地拆迁部门的拆迁公告、面积公示、付款花名册均明确了征地补偿费属他们所有,费用也已划至太极乡人民政府,主管征地拆迁部门已完成了征地补偿的行政职责。但由于在征地后乡政府一直未将征地补偿费告知他们,后大家通过堵塞工地的形式才迫使乡政府承认该笔补偿费,现在应该将这笔费用拿给他们。又由于现李子村三组、四组的其他村民提出分割补偿费的要求,由此产生了争议,致使补偿费至今都未给予他们。大家是在现李子村三、四组其他村民就如何分配补偿款进行了所谓"一事一议"、要平分补偿款的情况下,才迫不得已提出的诉讼。

一审法院认为,土地补偿费是对集体土地所有权的补偿,归农村集体经济组织农民集体所有,集体经济组织再通过民主议定程序在本组织内部对该费用进行分配。而关于征地补偿费的计发问题(发放对象、标准等)属于主管征地拆迁部门的行政职权范围,关于土地补偿费的分配问题属于村民自治的范畴,人民法院不宜参与处理。本案争议的实质是土地所有权及使用权因行政体制及区划调整引发的争议,应当由当事人协商解决,协商不成的由人民政府处理,故本案不属于人民法院主管的民事案件受理范围。2010年9月27日,重庆市黔江区人民法院裁定驳回原告的起诉。

这一裁定虽然表明了一些态度,最后还是把烫手山芋又还给了政府。36户村民对该裁定当然不服,以金正渠、田应纯、田景良为上诉人的诉讼代表人,以重庆纵深律师事务所律师李科作为共同委托代理人,向重庆市第四中级人民法院提起上诉,请求撤销重庆市黔江区人民法院做出的(2010)黔法民初字第03833号民事裁定书。2011年1月19日,重庆市第四中级人民法院做出(2011)渝四中法民终字第0007号民事裁定书,决定驳回上诉,维持原裁定。

二审法院认为,根据《中华人民共和国土地管理法实施条例》第二十六条规定,土地补偿费归农村集体经济组织所有。案件所争议的林地补偿费,属于因集体所有的土地被征用造成土地所有权丧失而取得的土地补偿,又因土地的所有权性质决定其属于集体所有的公有财产,因此应该归原太极乡李子村三组和四组集体经济组织集体所有,因为土地补偿费的受益主体是该集体经济组织内部全部成员。而36户村民主张被征地补偿费属承包农户的使用权的补偿,因而该笔费用属被征地农户所有的理由不成立,法院不予支持。法院还依据《最高人民法院关于审理涉及农村土地承包纠纷案件适用法律问题的解释》第一条第三款规定和《中华人民共和国村民委员会组织法》第二十四条规定,认为征地补偿费的分配问题应由村民自行讨论决定,属村民自治范围,不属于人民法院受理案件的范围。

涉及村民利益的事项,由村民会议讨论决定,但牵扯这么多人,涉及这么大金额的纠纷,村民会议能够讨论决定吗?最后,还不是要由乡政府来处理。搁平就是硬道理,要平衡好各方的利益。在这种情况下,上级政府做出的林权争议处理决定书,成为解决争议林地补偿纠纷的主要依据。按照这一处理决定,争议的四宗林地所有权属于现太极乡李子村三组、四组共同所有,也就是补偿费不能全额补偿给原李子大队二队、三队的36户村民,而应该补偿给原李子大队的所有村民,但又必须尊重使用权为重的事实。因此,对于其他权利人,乡政府决定按当年土地承包到户时有田地的人数,人均补偿951元。这相当于对集体所有权的补偿。而现在公示的第二宗、第三宗部分林地共计45.37亩,仍按2009年5月21日村委会盖章确认的名单进行平均分配,户均为10111元。这相当于对林地使用权的补偿。

这样,原李子大队二队21户村民的补偿费,就比原先确定的要少得多,这当然引起大家的不服。2009年5月21日,他们核算到每户的补偿费是17660.72元,2012年4月24日,他们通过协商,一致同意将该笔补偿费以户为单位进行平均分配,算下来补足后的金额应为每户21787.8元,但36户每户只得到了10111元的补偿。

"占地补偿陈案"之法律推手

在这个法院裁定多年后都还让人记忆犹新的占地补偿陈案中,村民田应坤可以说是其中最重要的法律推手。

今年72岁的田应坤,患有冠心病、高血压,脚还受了伤,走路一跛一跛的。虽然身体不好,但只要有乡村干部到他家,他都会戴起老花镜,拿出厚厚一叠案卷材料,表达他对占地补偿费陈案的看法。

这些年来,只要有空,田应坤就奔走申诉,同时动员大家参与诉讼,由此得了一个"土律师"的外号。

有两件事,一直让田应坤耿耿于怀。除了太极水库占地补偿费,另外就是自己的土地复垦款一直没有到账。他认为一审法院的裁定在以下几个方面都是站不住脚的。首先,原裁定认定"土地补偿费是对集体土地所有权的补偿,归农村集体经济组织农民集体所有,集体经济组织再通过民主议定程序在本组织内部对该费用进行分配"一说是站不住脚的。其理由有三:一是农村土地的集体所有权系理论意义上的所有权,非实质意义上的所有权。真正的权利人是土地的承包人员,而征地补偿费是对被征地农民的补偿,即是对使用权的补偿,不是对所有权的补偿。他还用《中华人民共和国物权法》《中华人民共和国土地管理法》《国务院关于深化改革严格土地管理的决定》《国务院关于加强土地调控有关问题的通知》等法律法规、部门规章来印证土地补偿是对被征地农民的补偿。二是按照约定俗成，征地补偿费均是全额支付给被征地农户的，黔江区范围内均是如此，太极水库的征地涉及的其他几个乡镇征地补偿费也都是全额支付。三是上诉人从土地承包到户到2002年10月行政村合并前，均是独立的经济组织，不能因为行政村合并就认定上诉人的征地补偿费的分配权由现李子村三组、四组的其他村民来行使。其次，原裁定认定"争议的实质是土地所有权及使用权因行政体制及区划调整引发的争议，应当由当事人协商解决，协商不成的由人民政府处理"是站不住脚的。本案中关于土地的所有权和使用权问题已由黔江区人民政府做出的黔江府林决〔2009〕4号林权争议处理决定书进行了处理，行政区划的调整与本案中上诉人的诉讼请求没有因果关系，且上诉人请求的是确认应当支付给上诉人的补偿费支付给上诉人，不是解决上诉人应在哪一个组的问题。最后，原裁定适用法律是站不住脚的。原裁定认为土地补偿费系所有权的补偿，本案应由政府处理或直接进行行政诉讼，但没有引用相关的法律条款。

土地复垦款一直得不到的事，更让田应坤冒火。田应坤说，2012年3月，乡政府动员他搞土地复垦。经他本人及全家同意，将自家老房子宅基地、院坝、猪圈等地块拿出来，并与同组的田应师、田景波、金刚等户的地块纳入规划并实施。项目竣工验收合格后，田应师、田景波、金刚等3户的复垦款如期到账，唯独自己竹篮打水一场空。对此，他多次找相关人员交涉，均无结果，他分别于2014年1月、2015年9月两次以书面形式向太极乡人民政府和黔江区人民政府进行了申诉，但均无结果。我问他原因是什么，田应坤说，没有复垦款，是说他没有房产证。田应坤说，他的木房无房产证属实，但当时并没有人告诉他，房子复垦后需要房产证才能领取补偿费。

过去，田应坤为人处事比较偏激，也爱与人争个高下。李子垭的人大都记得，田应坤儿子田小军小时候放牛时，牛吃了金文太的庄稼，遭到金文太妻子余炳容辱骂。田应坤气不过，同儿子田小军一起，把余炳容按倒在地，用柴刀割掉了她的一只耳朵。因为故意伤害，父子俩被判刑。后来田小军在上海打工时，因盗窃出租车被判刑两年。田应坤认为，犯下这些错误，都是自己不懂法造成的。为了不重蹈覆辙，也为了利用法律保护自己，田应坤买来书籍，钻研法律。特别是为复垦补偿到位，他多次到乡里、区里上访，甚至在家门口堵公路。后来，乡里委派黄代敏处理他的困难，帮他解决了2.1万元的土地复垦补偿费。但他认为自己的房屋复垦面积600多平方米，应该得到的补偿费至少也是10万元。

二十七　在构家河（一）

【走访户数】

今天到四组的另一个寨子构家河开展全户调查，一共走访了39户村民。包括孙明杨、张桂芝、孙明章、孙文余、孙明清、朱林香、孙文楷、游绍琼、孙文君、孙文举、孙明学、孙文普、孙文冬、孙明礼、孙文政、孙文泽、孙文有、孙义声、孙文德、孙明生、孙小云、谢月光、孙文中、孙文长、孙章奎、孙章华、孙文昌、孙文建、孙文高、龚节兰、孙久明、孙长寿、孙文刚、陈家平、舟林香、孙胜、孙权、孙文意、孙鸾生等家。在这些住户中，孙文楷家、孙文冬家、孙文泽家、孙权家是建卡贫困户，孙久明家、孙明杨家、张桂芝家是低保户。

【贫困档案】

●孙文楷一家有四口人，因学致贫。儿子孙章旺在天津工业大学读大一，每年要2万多元费用。帮扶措施是教育扶持和产业扶持，教育扶持是争取助学金，产业扶持是帮助其养鸡100只，栽种洋芋2亩，劳务输出1人。但家里的土地是让别人种的，养殖业还搞得不错，只是把养鸡改成了养猪，养了两头超过500斤。家里除了3间木房，又修了6间砖房，只是还未装修，并欠了4万元债务。2015年，孙文楷在李子村采石场打工，全年有3万多元收入；妻子游绍琼在黔江商店当营业员，月工资1500元，但只做了5个月，其余时间在家务农。女儿孙秀娟已出嫁到鹿子村，现一家只有三口人。

●孙文泽一家有五口人，致贫原因是供孩子上学。女儿孙秋在黔江民族中学读高二，儿子孙浩在太极职业中学读初三，教育支出一年上万元。帮扶措施是教育扶持和产业扶持。产业扶持包括新栽桑10亩、养鸡500只、栽种洋芋5亩。由于妻子吕天英有风湿病，女儿孙春联有肝炎，种养业的规模没有达到规划的要求，蚕养了10张，鸡只养了200多只，养殖业收入有3万多元，加上打零工的1万多元，全年收入可以达到5万元以上。建卡贫困户登记表上显示，孙文泽家劳动力只有两个,如果夫妻俩加上女儿孙春联,其实是三人,只是孙春联身体不太好,收入不多。2015年孙文泽和吕天英在家务农,闲时打点儿短工,孙春联在黔江、温州等地打工。全家人的住房,是上百平方米的砖房。

●孙权一家有四口人,致贫原因是妻子童桂华有肝病,无法做重活。帮扶措施是争取医疗救助,帮助其发展家庭种养业,具体是养鸡100只、栽种洋芋3亩。2015年孙权在浙江建筑工地做木工,有四五万元收入,童桂华在家照看小孩,由于身体不好,种养业的帮扶措施没完全落实,家庭收入主要还靠孙权外出打工。孙权的父亲孙文才当过中小学教师,现已退休在家,同孙权、孙胜两个儿子,三户人家十口人挤在3间木房里,住房显得十分狭窄。孙胜一家四口人,也在浙江。孙胜夫妻二人在绍兴的一家绣花厂打工,两个小孩在当地学校读书。孙文才还有一个儿子叫孙祥,平时住在太极场上,但40岁了还未结婚。由于住房紧张,孙权利用打工的积蓄,并东拼西凑借了一些钱,才修起了一幢三楼一底、300多平方米的砖房,算是解决了住房问题。2010年孙权一家名义上转户到了太极居委,但一直在本村四组居住。

●年过六旬的孙久明风湿病严重,靠偏方自配药物医治;妻子程组兰有痛风。孙久明参过军,在唐山大地震中头部受伤,留下残疾,精神有些恍惚。他本来可以享受伤残军人待遇,但他的有关证件交给有关部门后,被弄丢了,他现在每月只能享受退伍军人补贴。他家里有3间木房,两个女儿都不在身边,孙文菊出嫁到黔江城东街道,孙艳玲远嫁安徽省。2015年他家养了2张蚕,还杀了一头300斤重的肥猪,有六七千元的养殖收入。2015年,夫妻俩都享受低保。

●步入耄耋之年的志愿军老战士孙义声,因为儿子、儿媳都有病在身,赡养乏力,每月靠300多元的民政优待金生活。儿子孙文友小时候不慎掉入火坑,脸部被烧伤致残,致左眼失明,为视力四级残疾。儿媳胡章英,因患脑膜炎,智力有些障碍。由于家庭贫困,孙子孙福顺、孙福兴都是读到初二就辍学,目前还没找到工作。为了支撑这个家,孙文友、胡章英带着有病之身去江苏打工。几年前,孙文友享受低保。上面来人暗访,看到孙文友家修这么大的房子,就取消了他的低保待遇。孙文友说,他是靠借钱才修起了200多平方米砖房,至今都还没钱装修。

●建卡贫困户孙文冬家和低保户孙明杨、张桂芝家的情况,放在后面说。

第二次坐"专车"

今天比平时出门得早,但步行不到10分钟,冉金山的三轮摩托就朝我开来。这第一书记的"专车",我是第二次坐了。在冉金山家吃了早饭后,喝饱了茶水,我们就早早出发上山去了。

冉金山说,今天到构家河这段路还没硬化,路不好走,坐三轮摩托更是抖得凶,叫我做好思想准备。我说,这样的路,我当记者时多次走过,只是没坐过你驾驶的三轮摩托在上面走,不妨把这当作一次生活体验吧。话虽这么轻巧,其实心里还是有些害怕。一路上,没有硬化的土石路面坑坑洼洼,有的地方还有小潭的积水,加之坡多路陡,三轮摩托轰隆隆地走得很吃力。为了我的安全,冉金山尽管技术娴熟,这种路况也征服得多,但仍然开得很慢。在三轮摩托的货厢里,我坐的仍是那条木凳子,遇到路面不平的时候,我必须轻轻跳起来,屁股才不会疼痛,我甚至有几次都想下车,步行去目的地,但一想人家冉金山腿脚有病,年纪又比你大,还拉着你拼命跑,你还有什么不能坚持呢?这样想着,不久到了山顶,道路变得平坦一些,三轮摩托也不再那么抖了。但路况确实不好,到构家河的时候,感觉身上像散了架,腰似乎要断了。

在一般人的想象中,构家河这个寨子肯定有条河吧,但实际上这里没有河,而同李子垭一样,是一个大坡,房屋都立在坡上,大部分家庭都以木柴做燃料。只是这里比李子垭开阔敞亮一些,每家房前屋后都比较干净整洁。这个寨子叫构家河,来历也无可稽考。首先感觉名称与世居此地的姓氏有关,百家姓中有构姓,但是这里也没有一户是姓构的。

我同冉金山一起,从寨子的上方往下走,第一户走访的是孙文余家。孙文余一家有四口人,2015年他同妻子任敏都在家里务农。大儿子孙博在黔江民族中学读高一,小儿子孙粲在太极乡中心小学读四年级,夫妻俩在家里务农,生活难以维持。

不爱上学的女孩子

孙文冬一家有四口人,致贫原因是他妻子刘慧琼患有慢性胃病,帮扶措施是医疗救助和产业扶持。2015年,孙文冬和刘慧琼在区内打零工,大女儿孙章凤待业,小女儿孙章容在太极中学读初二,全家包括打工、家庭经营等各种收入,总共2万元左右。让刘慧琼伤脑筋的,除了去年家庭养殖不成功,就是孙章容的读书问题。

因为孙文冬热衷于家庭养殖,帮扶措施也在这方面着力,帮扶其养鸡200只、养猪2头。孙文冬和刘慧琼集中精力养殖土鸡,规模一度达到700只,但由于鸡瘟,最后只剩下200多只土鸡,肥猪也只喂了一头,养殖总收入不到3万元。由于土鸡病死得多,亏损了近2万元。养殖业不给力,他们只好通过打零工来补亏,使全家总收入超过2.5万元。全家现有砖房1幢,3间正房加3间厢房,居住条件不错。但刘慧琼的慢性胃病不在大病救助范围。

孙章容在太极中学读书,目前已经辍学。两口子怎么劝,她都不听,是铁了心不读书了。我同她交流了一下,希望她继续上学,因为她才14岁出头,就是出门打工也不到用工年龄,也没有企业敢录用,何况打工也要有一定文化才不吃亏。如果不读书,又不做事,就有可能在社会上走偏路,因此辍学对自己对家庭都没有什么好处。我讲的这些道理,孙章容肯定懂,但她为什么不爱读书呢?孙章容说,我成绩不好,肯定考不上高中,就是叫大人花高价送我去读高中,也是白花钱,肯定考不上大学啊,就是考上大学也不一定能找到好工作,还不如等年龄大了,就去打工。她这样的想法甚至比一些大人还现实。我说,也不能总是把读书与就业混为一谈啊。在学校读书不光是学知识,还要学见识,还要塑造品格,既要培养智商,也要培育情商。至少你应该把初中读毕业,你才有资格去外面闯荡。孙章容最后答应,读书的事,她再考虑一下。

孙章容的辍学,给这个家庭的脱贫出了一道难题。按照有关规定,义务教育阶段有辍学学生的家庭,除智障、残疾等原因导致辍学的外,一般是不能脱贫的,当务之急还是要做好孙章容的返学工作。如果她确实不愿就学,教育部门、扶贫部门又劝导无效的话,她本人或监护人需要出具一个书面说明,留档备查。

规模养猪有账算

今天走访了两个养猪大户,一户是孙文高,一户是孙章华。他们大规模养猪,不仅瞄准钱袋子,更是掂量钱袋子,给人以很大启发。

孙文高在寨子里算是有文化的人,刚过而立之年的他,遭遇过人生的重要磨炼。1992年8月,父亲孙明建在烤烟房里打理烤烟时,一氧化碳中毒,昏迷七天七夜才抢救过来,造成大脑受损,记忆衰退,完全丧失了劳动能力,生活也不能自理。母亲陈忠秀,腰肌劳损,需要经常吃药,也基本丧失劳动能力。两个老人一年的医药费,至少要3万元。结婚成家有了两个孩子后,孙文高与何清朋遭遇了感情挫折。两人离婚后,孙文高认识了贵州姑娘方璐,并同她结婚。为了赡养父母,照看两个孩子,在大连等城市打工10年以上的孙文高做出了一个大胆决定:回家养猪!

2015年,孙文高同方璐一起,养了330头肥猪。由于瘟病的袭击,猪死亡了27头,损失7万余元,但仍然成功出售300头,产值80余万元,除去养殖成本和瘟病损失,纯收入15万元,这比夫妻俩在外面打工的收入要高得多。更重要的是,在家里搞经营,同时照顾好了父母,带好了孩子。

近年,政府出台的政策对建卡贫困户关注多,对产业大户有所忽略。比如,对家畜家禽的防疫治病问题,畜牧卫生防疫部门并没有做到上门服务,对产业大户的鼓励、奖励问题,政府也没有专门的政策规定。而实际上,农村要真正脱贫致富,关键要靠产业的发展,而产业的发展又需要产业带头人的坚持。孙文高希望,政府能出台一些支持养殖大户的政策。

除孙文高外,孙章华家是构家河另一个比较成功的养猪大户。他能留在农村养猪,得益于父亲孙文礼的引导。刚过六旬的孙文礼,是当时构家河唯一的高中生,虽然没能跃出农门,但他吃过公家饭。当过6年民办教师的经历,让他对乡村教育格外关注,他相信农村有农村的活法。在他的劝说下,儿子孙章华和儿媳安秀丽没有出去打工,而是专心致志在家养猪。2015年,全家养猪110头,卖活猪70头,收入超过20万元,但由于猪瘟病严重,一共死亡30头,损失9万多元,去年纯收入只有3万多元,目前圈里还有8头小猪、2头架子猪和1头300多斤重的能繁母猪。目前,猪的价格上涨,仔猪达到18元一斤,他们希望今年稳赚一把。儿子、儿媳搞家庭养殖,孙文礼当然也不闲着,他不但帮忙料理家务,还负责接送读学前班的孙子孙华岑。

在两个养殖大户家中座谈时,我给孙文高和孙章华提出三条建议:一是在发展方向上,要多向生态养猪上靠;二是在经营体系创新上,要多向家庭农场、养殖专业合作社上靠;三是在销售方式上,要多向"互联网+"上靠。总之,家庭养猪既要有规模,又要有经济效益和生态效益,要在经营体系上有所创新。

血腥与温情

对于构家河的孙明杨和张桂芝夫妻俩来说，困扰他们的，不仅仅是身体的疾病，还有一个噩梦。

孙明扬今年63岁，患有慢性心脏病，伴有间歇性精神病，一旦发作，就在家里乱砸东西。张桂芝今年61岁，因痛风造成肢体残疾，走路时不扶着板壁就站不住，上厕所还要带一个凳子。夫妻俩因为有病，几乎丧失了劳动能力。2015年，夫妻俩花去的医药费有上万元，只报销了3000多元。因为家里的田修公路被占了，地已租给别人种蚕桑，家庭经营收入为零。由于两个女儿孙文英、孙红梅早已出嫁，夫妻俩修建新房、含饴弄孙的希望，寄托在唯一的儿子孙文进身上。但孙文进在2007年制造的那起血案，彻底打碎了他们的梦想。也正是因为这一变故，让孙明扬更加疯疯癫癫，甚至一度让张桂芝失去了活下去的勇气。

我赶到这家调查时，正下着大雨。张桂芝给我讲述了儿子杀人的经过。

2007年5月，27岁的孙文进因恋爱关系破裂，对女友怀恨在心，一怒之下，失手杀害了女友姐妹二人。同年12月3日，重庆市黔江区人民检察院对涉嫌故意杀人的犯罪嫌疑人孙文进依法批准逮捕。一年后，也就是2008年12月3日，孙文进因故意杀人罪，在黔江被执行死刑。儿子残忍地杀死两人，当然要以命抵命。孙文进因为一时的冲动，造成连他自己在内的三条年轻生命的殒落，也给孙明扬和张桂芝以沉重打击。几乎在一夜之间，这个家就像抽去了中柱的木房，轰然倒塌了。

张桂芝一边说着，一边流泪。此时，雨下得更大，哗哗地飘进了木房里，溅在身上，我禁不住一阵寒战。我压抑着自己的思绪，不去想象那一幕血腥的场面。

你们两口子身体有病，土地又少，这么多年坚持活下去，靠的是什么呢？我问。张桂芝停止啜泣，立即把思绪拉回现实。她真诚地说：我要感谢政府，感谢那些好心人，如果没有政府和好心人的帮助，我和孙明扬活不到今天！

张桂芝说，首先是现在的政策好。2015年，她和孙明扬分别享受每月418元和350元的城市低保（因二人都转了城市户口），每年低保收入有9000多元，还有农村居民养老保险收入有2500元，农业性补贴收入有600多元。这些钱按时打在专门的银行卡上，没有人会扣他们一分钱。但因为两人都有病，这些政策性收入只能够医药费。那吃饭怎么办呢？就靠左邻右舍和其他好心人赞助了。虽然孙文进犯了重罪，害了别人，也害了自己，但乡亲们并没有嫌弃他的父母。2015年，他们吃的粮食、肉、油等，都有人赞助。比如，构家河的陈兴潭给她家送了20斤大米，马桂珍送了10斤大米，王天祥送了5斤半猪肉，张桂菊送了6斤菜油，白果坝的易家香送了20斤大米。还有人送鸡苗给他们喂，也有一个匿名的好心人，送了2000元现金。

二十八 在构家河(二)

【走访户数】

今天是在四组开展全户调查的最后一天,在构家河走访了37户人家,包括孙云声、马长珍、孙文辉、孙文松、孙洪、易家芝、谢庭英、张桂兰、孙章奎、孙中合、马贵定、孙文念、孙明安、孙文华、孙吉声、张桂菊、孙合声、孙明海、朱启寒、孙文顺、孙文犬、张树兰、孙文其、孙文波、郑孝蓉、陈小兵、谢元周、刘举兰、陈兴浩、孙文彩、陈兴潭、陈家德、陈兴全、孙明桂、孙文木、孙文林、陈进等家。在这些户中,孙文顺家是建卡贫困户,孙文犬家是低保户。

【贫困档案】

●51岁的孙文犬,因肾结石切除了一个肾,妻子李国娥因病在3年中动了3次手术。由于疾病的折磨,夫妻俩无法外出打工,只能在家里做点儿农活,但土地不到2亩,靠种地肯定无法保证生存。2015年他们养了3张蚕,有6000多元钱收入,而一年的医药费就超过6000元。孙文犬还是双女户,大女儿孙冬梅已出嫁,小女儿孙江丹2015年中职毕业后,到广东打工,但只做了两个月,没有能给家里带回来钱。2015年,孙文犬享受低保。

●16年前,孙文甫在四川攀枝花挖煤时,因发生瓦斯爆炸而遇难,当时儿子孙章鑫才两岁。企业仅赔偿了3万元,亲戚们前去帮忙处理后事,费用就花了1万元。随后,孙文甫的妻子周兴琼改嫁,孙章鑫只能与爷爷孙云声、奶奶马长珍相依为命。爷爷奶奶没有文化,在家里务农,加之马长珍4岁时生病,导致左眼失明,现左脚又痛,几乎丧失了劳动能力。所有的重担都由孙云声来扛,孙云声把孙章鑫供到中职毕业。2015年,孙章鑫在广东打工,但除去生活花费,所剩无几。幸好孙云声每月还有1000多元的不规范征(占)地养老保险收益,否则这个家庭根本就运转不下去。他们现在住的是不到50平方米的木房,孙章鑫决定今年内借钱也要修好砖房,以报答爷爷奶奶的养育之恩。但由于家里人已转为非农户口,要建农房又批不了手续。

●陈兴潭一家有五口人,他本人、妻子周志梅、儿子陈洲、儿媳王洪民、儿子陈永福,都是壮劳力。除王洪民外,其他四人都在重庆主城打工,年收入超10万元,但仍然修不起新房,住的还是3间木房。一家人最大的担忧,就是王洪民的病。王洪民有肾病综合征,每两周要到医院透析一次,一个月要花费5000元左右,2015年在她身上就花去了6万多元。疾病像一个黑洞,无情地吞噬着一家人的血汗钱,他们再怎么努力打拼,也堵塞不住这个洞口。更让人伤心的人,疾病几乎剥夺了王洪民生育的权利,同陈洲结婚都快10年了,他们还一直不敢要孩子。

●陈进的父亲陈家其曾在太极粮站当炊事员,因里应外合盗窃太极粮店大米,被判刑7年,刑满释放后一直未归。陈家其入狱后,母亲带着陈进改嫁到濯水镇。母亲去世后,陈进由二伯陈家林接回养大。由于贫穷,陈进几乎没有读过书。多年后,其土地、房产等也被族人瓜分,因此,陈进至今连一间木房都没有,快30岁的人了,还是光棍一条。脱贫攻坚中政府给他补贴3万元钱,修起了2间砖房,但由于位置偏远,至今还没拉通电。

●建卡贫困户孙文顺家的情况,放在后面说。

在雨中

这天早晨7点钟起床,我发现昨晚下了大雨,公路上、山坡上,都是湿漉漉的,在路上早行的人都打着伞。我同冉金山商量,看他能不能去。他说,今天雨太大,到构家河的路太滑,骑三轮摩托肯定上不去,叫我不如休息一天再上山。

我用手机查阅了一下天气预报,天气预报显示近两天都有雨,这就意味着这一周都没有晴朗天气。如果天晴才上山,不知要等待多久;但如果今天冒雨上山,冉金山的三轮摩托确实难上去。最后我决定:只要不下大雨,就步行上山。到了山上,下再大的雨,对我走访都影响不大。但我还是怕冉金山吃不消,就再次打电话同他商量。冉金山说,只要你不怕累,我也不怕痛,陪你上去就是。电话里,冉金山还给我指了上山的路线。驻村这么久了,对从乡场到构家河的路,大方向我是清楚的,只要边走边问,就不会走错。

8点的时候,雨下得小了。我早饭也没吃,就提着文件夹,拿着雨伞,朝山上走去。刚走了10分钟,快到梅子沟的时候,雨又忽然下得大起来。我右手撑着伞,左手尽量贴紧腋下,好让文件夹不被雨水弄湿。走着走着,迎面来了一个年轻人,接着又来了一个中年人,他们都热情地同我打招呼,并能叫出我的姓氏和职务。我问他们到哪儿去,年轻人说上街去买点儿东西,中年人说去办一个高血压慢性病证明。到了梅子沟后,公路立即变得陡峭起来,坡度都在40度以上,因为下雨,走在上面比较吃力。多年来我登山有个体会,再难的山路只要一鼓作气,不停地爬,都会有尽头,非万不得已不要歇息。一路上,我满头大汗,衬衣都被浸湿了,但我没顾得上擦去脸上的汗水,我必须不停向前冲。爬了半个小时,我看到山上有了人烟,便大喊了一声,终于到达了目的地。

今天在构家河走访的这些人家,大都全家外出打工去了,只能由其他户的知情人介绍情况。没有外出打工的,因为今天下雨,都窝在家里烤火。我才走访了几户,冉金山就赶来了。他竟然是冒着危险,骑着三轮摩托上来的!

构家河的房屋稀稀拉拉地散落在一个大陡坡上,虽然都有步行道相连,但户与户之间距离很远,有时需要上一坡又下一坡。冉金山虽然脚痛,仍同我一起在寨子里爬上爬下。遇到大的梯坎,我还要拉他一下他才能上去。实在走不动了,特别是下坡的时候,他就拿出雨伞当拐杖。晚上我们离开构家河的时候,他那把雨伞的伞帽都杵坏了。

回驻地的时候,雨停了,天空还露出昏黄的太阳,我是坐着他的三轮摩托回的乡场。虽然他开得稳,但路太滑,有时三轮摩托在行进中突然歪一下,让人提心吊胆的。回到了乡场,我从他的三轮摩托上跳下来,发现自己的脚有些肿。我一拐一拐地走进客栈,向老板要了两瓶开水,把脚泡了泡,感觉身上轻松了许多。

都市飘荡的青春

62岁的孙文松至今都没弄明白,儿子孙洪为什么非要到大城市里混日子。

有人说,大城市好啊,大城市机会多。可只有小学文化的孙洪,刚一出来就碰到了搞传销的。

孙文松会木工,又有初中文化,在构家河也算贤达人士了。但他有一块心病那就是儿子孙洪今年已经42岁了,还是光棍一条。本来,从孙洪20岁时,家里就开始帮他找媳妇,但直到现在,希望儿子成家的愿望还没有实现。经过多年的焦虑后,孙文松现在对儿子的婚姻大事已不抱任何希望了。

娶妻生子没有着落，但人总得生活下去。孙洪如果干正事，不管是在家还是外出，都能让孙文松宽慰一点儿，但孙洪外出，已经3年没回家过春节了，并一直说自己在北京找到了好门路，还叫孙文松也去北京做，还说自己找到了女朋友。孙文松想去看个究竟，就带了6000元钱、50斤腊肉赶到北京。先是参加培训，听了一天的课后，孙文松发现儿子所谓的好门路，其实就是做传销。他决定第二天就买火车票回黔江。虽然遭到传销人员的阻止，但孙文松还是回到了家里。孙洪还骗了其他一些亲戚朋友。孙文松后来才知道，孙洪所谓的女朋友，其实是传销组织的一个小头目，她通过QQ聊天认识了孙洪，最后把他发展成她的下线。

孙文松说，他自己有冠心病，老伴儿王天祥有高血压，每年的药费要五六千元。但两口子一般的农活还干得动，加之一年有1万多元的不规范征（占）地养老保险收益，不需要孙洪负担什么，只希望他能找个正经的事情做，有机会的话找个媳妇成家。孙文松说，现在家里又不是活不下去，孙洪非要在外头飘来荡去，居无定所，弄得像个叫花子，到底为什么啊？

孙文松还希望，政府要加大对传销组织的打击力度，特别是对那些害得别人家破人亡的传销头目要严惩，好让自己的儿子过上平常人的日子。

贫困户的"摘帽"

建卡贫困户户主孙文顺与其他建卡贫困户不同的地方，是他拥有大专文化，又是第一个被非正常"摘帽"的人。

孙文顺经过自学取得了大专文凭，他头脑灵活，能说会做，在教育程度普遍较低的构家河，算得上一个人才，为此他还当过几年村综治专干。2015年，他在太极中学当保安，每月有1000多元收入。他的妻子陶治娥在城里租房陪孩子读书。儿子孙一峰在黔江民族中学读初三，女儿孙江英在黔江民族小学读六年级。陶治娥有时也打点儿零工。孙文顺的父亲孙明海、母亲朱启寒非常勤苦，既种地又喂猪，还种植蚕桑。2015年喂了两头大肥猪，共600多斤，养了4张蚕，收入七八千元。另外，孙明海买了不规范征（占）地养老保险，加上朱启寒的农村居民养老保险，两项收益有1万多元。从这些情况看，孙文顺家被列为建卡贫困户确实有些勉强。

孙文顺家的致贫原因是"孙一峰在黔江民族中学上初三"，两个小孩都在城里读书,因学致贫理由也充分,帮扶措施是教育扶持与产业扶持,但产业扶持中的养鸡150只、种洋芋2亩并没有落实,家庭养鸡变成了养猪,由在家务农的父母代养。2016年初,孙文顺家的建卡贫困户资格被取消。这是为什么呢?2011年,孙文顺曾在太极乡场上开了一个手机销售店,并通过注册申请,成了一家微型企业。孙文顺说,由于经营不善,手机销售店早在2013年就关门了,但他没有完善注销手续,仍然被视为经商办企业的人,于是他家被取消了建卡贫困户资格。知道这个情况后,我也向有关部门反映过,但回答是,只要企业没在工商管理部门注销,就说明还在办企业。这话听起来有理,但细思又觉蛮横。我不知道古人为什么要造"名存实亡"这个词,我也知道,在工作中要真正做到实事求是有多么难!

一朝变成城里人

长期分割的城乡二元结构,让农村与城市差距拉大,有朝一日成为城市人,几乎是每一个农村人的梦想。今天在构家河走访的大部分农户,正是在一夜之间变成了城市人,但徒有其名,却无其实。他们大部分仍然住在农村,过的还是农村人的生活,只是在统计城镇化率的时候,才涉及他们。由于转为城镇户口,他们在申办建房手续等事宜时反而不方便了。

2010年,为响应上级政府号召,完成"转户"任务,乡里派人来到构家河,向大家宣传"转户",但村民对这个新鲜事物并不领情,应者寥寥。如果叫大家自愿"转户",肯定完不成上面规定的任务。无奈之下,乡里的工作人员想了一个办法。一天,太极乡政府一位副乡长在一名村干部的带领下来到构家河,叫大家把户口簿拿来,说是要拿到乡政府去清理核实户口,如果户口簿烂了的,还可免费为大家更换新户口簿。村民们信以为真,纷纷把户口簿交给他们。不久,新户口簿到了大家手上,但很多人并没有注意到户口簿正页的内容有了改变,"农业户口"的红章悄悄变成了"非农业户口"的红章,而目录页上,变更内容一栏添上了"落户小城镇"等字样,变更时间一栏里,写上了某年某月某日从"李子村四组迁来"字样,落户地点上面没写,最后大家才得知,他们已经"落户"到太极乡太极居委,这里是乡场所在地,可以理解为小城镇。除了像陈家平、陈家兴、陈进、陈中秀等少数几户当时不在家外,整个构家河共70多户人家,都稀里糊涂地成了"城市人"。孙文高了解到实情后,立马跑到乡政府要回了户口簿,母亲陈中秀才没转成。从此以后,构家河的农户"转户率"(实在不能用城镇化率这个概念)达到惊人的94.6%!"转户"的70多户中,有的是转户主一人,如孙胜、谢月光等;有的是转夫妻二人,如孙明礼、孙鸾生等;有的是全家都转,如孙文冬、孙文楷等。

陈家平的丈夫郭顺礼等人称,没转户口,算是"逃过一劫"。他们为什么这样说呢?原因是"转户"这些年,除了少量农户因到城镇创业或迁移到市外就业外,其他农户依然是真正的农村人,他们也没有享受过城市人的待遇。不仅如此,户口的变化还带给他们很多烦恼:他们居住地的门牌号是李子村某组某号,身份证上的居住地又是太极居委某组某号;要办什么事,李子村村委会不能办,还得到太极居委去办;因为是城镇户口,有些政策得不到享受,如孙久明两个女儿都出嫁了,是典型的"双女户"家庭,如果是农村户口,国家有政策照顾,但因为"转户"了,就不能领这笔钱。张桂菊全家六口人都"转户"了,他们想在农村建房,但办不到农村建房手续,只能无证建房。不但农村建房手续办不到,房产证也办不到了。更恼火的是,很多户新房修好3年多了还通不上电,因为城镇户口不能在农电上搭火,只好把老房子的电线拉到新房子去,增加了不必要的成本和安全隐患,比如孙文德家的电从老屋拉到新屋,电线足足有200米长。孙全、孙明桂等农户,新房通电的问题一直无法解决。有的只能高价从别人家搭火,如孙文中就是在张桂芝家搭火。还有,他们摩托车的年审,要比农村户口的多花65元钱。在这几天的走访中,大家一谈到"转户",或摇头,或埋怨,或冒火,他们都希望能把户口改回来,以恢复本来面目。

二十九　在"八角村"(一)

【走访户数】

从今天开始到五组走访。李子村并村之前,原八角村的主要地盘就在五组。上午,村五职干部在乡里开会。从下午开始,我同汪文锐一起,在正坝、大坪、龙洞湾、生基湾等地走访了20户,包括张朝华、倪子龙、汪文东、伍明素、蒋素兰、汪文锋、汪旭华、汪文礼、陶宗极、胡章梅、易正中、倪子纯、陈周、陈东、陈西、陶仁仲、陶安纯、汪增全、王孝云、汪文锐等家。在这些住户中,伍明素家、陶宗极家、陈周家是建卡贫困户,王孝云家是低保户。

【贫困档案】

● 建卡贫困户伍明素一家有四口人,因病致贫,帮扶措施是争取医疗救助和产业扶持。但伍明素患的是风湿病和高血压,并不属于大病医疗救助范围。产业扶持是帮助其养鸡50只,种洋芋3亩,养猪2头。从实施的情况看,只有养猪效果还不错。2015年出售商品猪一头、杀肥猪一头,养猪收入5000多元,加上女儿汪雪淋在浙江打工,全家年收入在4万元以上。伍明素家现已新修了6间砖房,但还没钱装修,已欠债8000元。

● 建卡贫困户陈周一家有六口人,因病致贫,帮扶措施是医疗救助和产业扶持。陈周在黔江当搬运工,儿子陈钊在黔江读中职,女儿陈颖在黔江读小学,妻子田超琼在城里租房陪读。父亲陈桂眉患有支气管炎、脑梗死和糖尿病,现已双目失明,瘫痪在床,生活不能自理,由母亲汪增良照顾,但汪增良身体也有病。产业扶持方面是支持其养鸡100只,种洋芋3亩。但陈周两口子都不在家,父母又年老多病,最后落实的是养肥猪1头,还是由别人代养的。2015年,全家收入不到3万元,而支出方面,包括子女接受教育要1万元,陈桂眉治病要5000元,还有在城里租房要6000元,加上吃穿的消费,可以说入不敷出。陈周准备修一楼一底6间新房,但目前只修了一底3间,已欠账3万元。

不和也致贫

陶宗极58岁，一家有三口人，家里是建卡贫困户，致贫原因是缺技术，帮扶措施是技能培训和产业扶持。由于陶宗极在本乡内做零工，妻子陈顺菊年龄偏大，技能培训基本没落实，儿子陶健在浙江打工，产业扶持是养鸡200只，种洋芋1亩。最后落实的是帮助其养肥猪一头。2015年陶宗极打零工有六七千元钱的收入，而陶健在浙江打工，收入支出不知，即使得到的钱，也自己一个人花，没钱的时候，还要向陶宗极要。现在一家人住的还是3间旧房，想修新房没钱。

其实，造成陶宗极一家贫困的原因，我认为并不是缺技术，而是家庭不和谐。第一个原因是没处理好婚姻关系。陶宗极的第一个妻子叫张世菊，比陶宗极小十几岁，生下儿子陶健、女儿陶飞后，因好吃懒做，爱慕虚荣，被人骗走。后又跑回来，同陶宗极住了一段时间，一番花言巧语，搞到陶宗极几千元后，又离家出走。后来，张世菊还把陶飞骗卖到陕西，强迫她同一个老头结婚。陶飞想尽各种办法，才得以逃离，然后跑到浙江打工，遇到一个好小伙，两人相爱并结婚。陶飞准备起诉张世菊，被丈夫制止，认为骨肉相连，再有错都要原谅。张世菊离开后，陶宗极又与大他10岁的白土人陈顺菊结婚。陈顺菊虽然年纪大了，但任劳任怨，尽心操持家务，可就是这样，家庭还是不和睦。这就涉及第二个原因，对陶健的教育。由于读书少，陶健从小就任性。他对继母态度粗暴，动辄就要打她。陶健在浙江打工，30多岁了还是光棍，陶宗极也从来不晓得他挣了多少钱，也不敢向他要钱，倒是陶健没钱时，经常找陶宗极要，如果不给的话，回家就要打陶宗极。寨子里的亲族、邻居都看不惯了，纷纷鼓励陶宗极报警。但陶宗极性格懦弱，不想报警，说这样的话怕陶健把他打得更凶。陈顺菊说，她和前夫生的儿子也在浙江打工，现准备接她到浙江一起住，她马上就要离开这个家了。

陶安纯的辞职

村综治主任陶安纯辞职了。这个消息在村里传开后，大家都在问为什么。

在李子村现有的五职干部中，陶安纯是为数不多的拥有大专文凭的人。他的妻子张仕芹是五组的组长，也很能干。两口子都是村组干部，给村民办事有误工补贴，如果不想外出打工，这个位置还是有吸引力的。

但陶安纯为什么执意要离开呢？经过同夫妻俩摆谈，我理出一些线索来。

陶安纯同张仕芹都年届50，是上要担老下要挑小的年龄。而偏偏他这四世同堂、九口之众的大家庭，又有特殊困难。首先是他的养父陶仁仲已83岁高龄，小时候右手手指被烧掉，青年时腰又被摔断，前几年曾误食耗子药，差点儿丧命，现在饭要靠喂，大小便失禁，必须有专人照顾。其次，陶安纯有两个儿子，都已成家。大儿子陶江龙，在黔江城修理车子，工资较高，但2012年8月因犯强奸罪被黔江区人民法院判处有期徒刑11年又10个月，现在南川监狱服刑。儿媳谌小琼在浙江打工，虽然与陶江龙不离不弃，但把孙子陶进田放在老家，由爷爷奶奶带，因为要上小学，还需要专人接送。陶安纯的小儿子陶晒和儿媳冉春霞，这几年都在大连打工，除了自己吃住，没有给家里多少钱，2014年4月有了孙子陶进冉，小孙子现在还不到一岁，也是由陶安纯两口子带。还有，陶安纯的岳父张桂芳患高血压，曾致脑溢血，幸好抢救及时，性命保住了，但行动不便。岳母王美珍也有高血压、骨质增生，身体不好，需要陶安纯和张仕芹经常去照顾。

村里的精准扶贫工作启动后，村干部特别忙，要求一周值班一次，实际上有时候天天都要到村里转。除了精力不济，养家糊口的压力也很大。家庭生产几乎停顿下来，两口子的收入主要是当村干部的误工补贴，加起来一年不到2万元，但要养活在家的五口人，每年至少还要2万元。为了减轻家庭负担，陶安纯希望把陶仁仲纳入低保户。但由于自己是村干部，这一合理要求被村两委否定。陶安纯则认为，虽然自己是村干部，但村干部也是人，也有各种各样的家庭困难，何况自己的养父单独立了户头。陶安纯无奈之下离开了村干部岗位，另谋出路。

去意已定，陶安纯写下了辞职书。由于村里脱贫攻坚工作正忙，直到第二次递交辞呈时，村里才批准他离职。我问陶安纯辞职后的打算，他说他还是只能就近找事做，初步的想法是到村里的养牛场参加管理，一年可以有3万元收入。这点儿钱虽然还无法满足养家之需，但每天中午还能回家照看养父和孙子。他还说，在新的一年里他还要办的一件事，就是要把全家的住房改造一下。

汪氏一家人

陶安纯辞职后，汪文锐被聘为村综治主任。汪文锐同父亲汪增全、继母王孝云各立一个户头，但一家人吃住在一起。

汪文锐刚过不惑之年，个子高而胖，是个大块头，穿着西装，戴副眼镜，威武之中透露出斯文。他话语不多，但进村入户，跟人打招呼时，又热情洋溢。同他接触了半天，感觉他不太像农家子弟，倒像一位仗剑江湖的侠客。之前，他也长年在外打工，主要是在建筑工地当木工，活好时一天有五六百元收入。由于他比较讲义气，又有点儿功夫，曾在广东东莞一家玩具厂当过13年的中层干部，从事企业管理，收入比较稳定，并于1997年认识了江西姑娘施许萍，两人相爱并结婚。村委会请他回来的时候，他正在外面打工。在父亲汪增全的鼓励下，汪文锐接受了聘请。汪文锐说，村委会看得起我，我一定要努力为乡亲们办事，同时抓住机会在村里创业。

汪文锐现有两个孩子，儿子汪豪初中毕业后，正在学习汽车修理，女儿汪学诗在乡里读幼儿园。妻子施许萍是江西萍乡人，由于远离家乡，施许萍的父母一直希望汪文锐能到江西落户，但汪文锐不愿意，汪文锐的生母也坚决不让。勤劳善良的施许萍很快适应了重庆的生活，只是对全家人都钟爱的苞谷野葱稀饭，还喝不习惯。为了让汪文锐安心当村干部，她在家种粮食、喂猪、带小孩，任劳任怨，把家里打理得井井有条。

汪文锐的父亲汪增全精神饱满，身体硬朗，与共和国同龄。汪增全读过书，系带病回乡退伍军人，土地承包到户期间担任过原八角村党支部书记。他为人爽快，处事谦和，又是村干部，当时家里分到的田地，都是别人不愿意要的边边角角。2015年除了种地，汪增全还在村里的养牛场打零工，全年有1万多元收入。汪增全说，在自己家门口打工，相当于在门口捡钱，都是纯收入。汪增全现在的老伴儿叫王孝云，户口在李子村一组，她喜欢文体活动，学过裁缝，还会制作牛肉干。她与前夫有两个孩子，儿子孙洪桥大学毕业后在黔江工作，女儿孙园在读大三。王孝云患有风湿病和高血压，加之女儿读大学，家庭比较困难。作为继父，汪增全还要拿出一笔钱送孙园读书。而孙园读小学、初中的钱，大都由汪文锐拿。汪文锐说，送她读书是花了点儿钱，但多了个妹妹，何乐而不为？2015年，王孝云、孙园母女俩都享受低保。

"鸡司令"

陶宗维想搞家庭养殖的念头，是在去年冬季产生的。他曾给我打过几次电话，还到我的办公室找过我，让我帮他合计合计。我问了区畜牧局，家庭养殖有没有优惠政策，得到的答复是：对于非建卡贫困户，目前没有优惠政策。那天天气晴朗,阳光射进屋里,我分明看到陶宗维脸上透露的失望。我赶紧劝他:只要产品好,又有规模,加上营销模式的创新,家庭养殖还是有赚头的。一个月后,陶宗维打来电话说,他要在家里养鸡了。他要利用老屋周围山场多的优势,搞土鸡养殖,利用电商进行销售。

能实施这样的计划,我当然替他高兴。

陶宗维决定利用10多亩山场发展家庭生态养殖,规模是1500只土鸡、500只鸭子,实现产值10万元,力争纯收入5万元。目标既定,先要做的就是建孵化室。他把自家老屋的一间厢房整理出来,装上灯光,安上温度计,铺上水泥,周围的墙壁用石灰刷成白色,经过一番消毒后,一间标准的孵化室就建成了。在灯光照耀下,孵化室里暖意融融,雪团似的小鸡破壳而出,宣告新生命的诞生。看到小鸡孵化成功,陶宗维别提有多高兴了。

目前,陶宗维正在孵育小鸡,除了出售鸡苗,自家还要养殖上千只。了解到这些情况,我给他提了三点建议:一是散养,让鸡自由自在地生长;二是只喂玉米等粮食,一定不要喂饲料;三是注意防疫治病,家庭养殖,防疫治病特别重要。汪文锐说,现在林子越来越密,黄鼠狼多了起来,鸡怕得很,这个也要注意防。我还鼓励陶宗维,希望他成为李子村最大的土鸡养殖大户,那他就是李子村的"鸡司令"了。同时还可以搞专业合作社,利用微信或电商平台,销售土鸡、竹笋等山货。对专业合作社,区里是有扶持政策的。

在大坪上,陶宗维一家人的勤快是出了名的。他们都希望通过勤劳改变面貌,但命运并不眷顾这一家人,他们的日子一直过得很苦。有点儿迷信的父亲陶安平最后做出一个决定:离开住了几十年的老屋,到山下的大马路边修建新房。没想到这个决定让一家人的日子过得更苦,还让陶安平丢了性命。那是2014年11月,陶安平在修自家新房时,不慎碰到电线,从二楼跌落到底楼,致颈椎断裂,身上多处重伤,送到医院抢救,花去医药费10多万元,仍没有抢救过来。陶安平为了修新房,半夜三更就起床,只要能自己做的,绝不请师傅帮忙,整幢房子的木工都是他一个人做完的。邻居说,他就是不被电打死,也可能因为修新房累死。本来,电力部门发现他家新房的位置与电线太近,要求他出资2000元搬迁,由于修房差钱,他没有搬迁,最终酿成惨祸。

修新房不仅丢了一条命,还欠下了巨额债务,这让一家人感到绝望。陶宗维说,新房只修好了一个架子,就已欠债10万元以上,加上新房装修还需要十几万元。钱从哪儿来？大家先想到的是外出打工。母亲蒋素兰由于年纪大，只能在近处找活，最后在黔江城里做保洁。陶宗维还不到25岁，正是年轻力壮的时候，在贵州建筑工地打工，但活不多，只勉强做了3个月。因为有小孩要照顾，妻子宋小琴只能在家务农。一年下来，除了吃用，已没有多少结余。自己家的新房，还是一个空空的"水泥盒子"。

在这种情况下，作为家庭的顶梁柱，陶宗维毅然决定回家创业。

车祸发生之后

年过六旬的田翠菊坐在自家的院坝里，对着眼前的3间老屋，长吁短叹。阵阵山风从屋后的林间吹来，拨弄着她的头发。

虽然是初春，大坪上的这个寨子，仍被寒意紧紧包裹。

李子村人说，家有良田万顷，不如薄艺随身。那意思是说，在李子村，只要有一门手艺，都不会穷到哪儿去。这些手艺包括木匠、石匠、篾匠、瓦匠、劁匠、杀猪匠等。这些手艺人被请到农户家做工，不但要挣手艺钱，还要被招待酒肉。遵循古训的汪增福，成了当地有名的石匠，他不仅能打磨子、碓窝，还特别擅长打墓碑。汪增福的妻子田翠菊在家一边务农，一边相夫教子。如果不是一场车祸，全家人的命运就不是现在这个样子。

1994年9月，在给客户送墓碑的途中，因司机错把油门当刹车，导致货车翻车，汪增怀、汪增福等两人死亡，汪增全、陶安全、汪增培等多人受伤。当时，汪增福的大儿子汪文锋16岁、二儿子汪旭华11岁。汪增福遇难后，整个家庭失去了顶梁柱，田翠菊只好从濯水镇招来周良迪当巴门丈夫，帮忙撑持这个摇摇欲坠的家。由于家里贫困，儿子汪文锋、汪旭华也再没有入学的机会，年纪轻轻就进入社会谋生。

几年前，通过QQ交友，30多岁的汪文锋认识了一个叫李启会的云南女子。两人同居后，于2012年1月生下儿子汪栋。后来汪文锋发现李启会已经结婚并生有子女，加之李启会也嫌汪文锋家里穷，两人产生矛盾，汪栋才一岁的时候，李启会就跑回云南了。现在37岁的汪文锋，仍然是单身汉。这段事实婚姻也给汪文锋带来了影响。因为有了儿子，外出打工不方便，他只好在家种蔬菜。他原来外出打工时，在一个农场种植过蔬菜，对这门技术比较熟悉。他种的菜，只用农家肥，不用化肥，也基本不打农药，因此拿到城里去卖的时候，大家都认识他,他的菜几乎是被"一抢而空"。生态种植蔬菜获得初步成功,增加了他大力发展绿色蔬菜的信心。2015年,他本来想扩大规模,建设一个20亩的绿色蔬菜基地,由于资金短缺,又没有结婚证和房产证,到银行贷款受阻。这对汪文锋打击很大,如果在家种蔬菜赚不了钱,他只能再次外出务工。

33岁的汪旭华,10多年前与白土乡人何芳结婚,并生了儿子汪浩阳。2015年,他贷款5万元买了辆货车跑运输,想尽快改变家庭贫困面貌,但何芳却选择与他离婚。离婚时,汪浩阳已经在黔江城读小学三年级,汪旭华无法到外地打工,只能在黔江租房,一边带小孩,一边靠做小买卖维持家用。田翠菊说,汪旭华读初中时就比较调皮,一次,他同几个小伙伴一起,发现一个工地有炸药、雷管,就将其偷走。大家用玻璃瓶制作了一颗炸弹,到河里去炸鱼。点燃引线甩到河里后炸弹未响。大家认为是引线出了问题,就跳进河里,把玻璃瓶子摸起来,在拨弄引线时,炸弹突然爆炸了。汪旭华手被炸伤,围观的几个小伙伴身上脸上受伤。他简单做了包扎,回家后还不敢说明真相,半夜三更痛得大叫,才被家人送到医院救治。虽然保住了性命,但手落下残疾,对生活生产都有影响。

由于家庭困难,至今祖孙三代共住的还是三间木房。田翠菊还有两个女儿,一个嫁到金溪镇,一个嫁到河南。亲人们的离散,家庭的困难,让田翠菊心力交瘁,疾病缠身,后来发现身上有肿瘤,但她只能拖着,不敢去医院,因为动手术需要一大笔钱,钱还得两个儿子来筹,她不想给他们增添更多的负担。

不回老家的老党员

53岁的胡毅,是村里为数不多的女党员。我到李子村驻村任第一书记后,从没看见她参加过村党支部开展的各种活动。原因是胡毅与邻居发生过一次大的纠纷后,就到黔江城里谋生去了,几乎没回老家住过。

胡毅的丈夫叫易正中,大胡毅10岁。易正中有裁缝手艺,年轻时家境较好。他与第一个妻子张桂芝生有一女叫易家芹,嫁到了石槽村。胡毅学裁缝时,是易正中带的徒弟,易正中与张桂芝分手后,胡毅嫁给了他,婚后生育易小红、易小芳两个女儿,均嫁到了黔江城里。老两口现在在黔江城里生活,裁缝手艺已无用武之地,主要靠收废纸板、卖油炸洋芋为生,连过年都很少回村里。

在老家,胡毅两口子有近7亩地,全部都荒芜着。因为家里没人住,三间木房里空荡荡的。但2015年近400元的农业补贴,按时打到了他们家的银行账户里。村里在实施C级危房改造时，他们也享受了国家给予的6500元的补贴。

　　农村党员如何做到离乡不离党，流动不流失？从胡毅身上我们看到，"三农"方面的政策，她作为村民得到了分享，但对党员的有关义务，她却没有履行。她为什么会这样？我认为，一方面是她的党员意识较为弱化，先锋模范作用没有发挥，另一方面也与基层党组织主动服务意识不强有关。如果说流动党员是一只"风筝"，那么党组织应该始终是牵引"风筝"的那根"红线"，这就需要我们牢固树立服务党员的意识，主动与流出地党组织加强联系，设立流动党员服务站点，这只"风筝"应会按党组织的召唤回家。

三十　在"八角村"（二）

今天同汪文锐一起，在五组的正坝、达桥沟、桐子堡和白井寺，走访了37户村民。包括汪文太、陈桂超、邱小会、陈旺、陈清晰、张仕芬、汪文庆、汪文举、汪文远、汪文章、陈许宗、陶安全、陶宗新、陶健华、陶宗福、陈许格、陈许波、陈许章、陈卫、汪文刚、汪文泽、汪文昌、汪学维、陈桂田、汪文辉、汪学礼、张仕奎、马小红、陈桂福、张仕清、张仕兵、田景芬、陶宗其、王桂淑、陶渊、徐宝香、陶宗伟等家。在这些农户中，陈旺家、陶宗其家、陶渊家是建卡贫困户，陈桂福家、马小红家是低保户。

【贫困档案】

● 建卡贫困户陶宗其一家有五口人，因学致贫，帮扶措施是教育扶持和产业扶持。大女儿陶春琳在重庆读大三，小女儿陶昭君在太极乡中心小学读二年级，一年的教育支出要2万元以上。除了教育支出压力外，陶宗其有风湿病，母亲田景芬长期有高血压，妻子王桂淑有脑血栓，一家人的医药费一年要三四千元。在教育扶持上，陶春琳办理了助学贷款，第一年贷款6000元，第二年贷款8000元，大大缓解了家里的经济压力。产业扶持上是帮助其养鸡100只，种洋芋3亩。实际上，一家人不但养鸡，还喂养肥猪，养殖收益在4000元以上。2015年陶宗其在外打工，王桂淑一边在家务农，一边在家门口的养牛场打工，两人的打工收入有4万元以上。目前全家人住的是6间砖房。

● 在建卡贫困户登记表里，陶渊一家的人口是一个，但其实应该是两个。陶渊的女朋友熊小丽是河南人，由于父母不愿她远嫁，就不给她开户口证明，没有户口证明，就拿不到结婚证明。他们不能正常结婚，只好未婚同居。陶渊一岁多时，父亲陶宗贤就因肝癌去世，5岁时，母亲又离家出走，陶渊是靠奶奶田景芬、叔叔陶宗其、婶婶王桂淑帮忙带大的。陶渊家的致贫原因是缺技术，但因为长年在外,陶渊并没有参加什么技术培训。村里给他的产业发展资金主要是用来养猪,由王桂淑代养,养了250斤。2015年,他和熊小丽都在浙江打工,年收入4万元左右。但因为熊小丽已有身孕,现在家待产。陶渊那间不到40平方米的木房,已经腐烂,无法住人。

●58岁的马小红户口转成了"非农",她患有癫痫病,发作时口吐白沫,经常昏倒,基本丧失了劳动能力。2015年,她的丈夫张仕奎在家务农,农闲时在村里的养牛场打工,但现金收入只有七八千元。儿子张雍、儿媳杨艮现在上海打工,但没有给家里寄过钱,今年春节都没回来,说没有路费,并且还要张仕奎给他们2000元生活费,还把两岁的女儿张欣茹放在家里,由爷爷奶奶带。2015年,马小红享受城市低保。

●建卡贫困户陈旺家和低保户陈桂福家的情况,放在后面说。

乡村鸟鸣

还不到6点半,天就放亮了。从窗外传来的鸟鸣,揉碎了我的梦。

推窗细观,见一群鸟儿集结在河中那棵柳树上,扑腾着翅膀,正亮开嗓门歌唱。柳树傲然挺立于水中,瘦弱的树干插进沙石里,经受长年的风吹水击后,它是坚强的,又是诗意的,它在碧波里欣赏自己的身影,再用柳枝抚摸那些漩涡和涟漪。按照一般常识,柳树应该栽在河岸,黔江古城沿河两岸,过去就叫万柳堤,意思是栽种了上万棵柳树,让古城变得婀娜多姿。但乡场上的这棵弱柳,如果栽在河岸,就没了窗前的这番景致。因为柳树,鸟儿来这里歌唱。它们身躯娇小,奔跳急骤,鸣叫时像在嬉戏一般,使这棵紧张而诗意的柳树,成了小鸟儿流连忘返的乐园,柳树梢头冒出了一阵又一阵欢笑。

临窗远眺,山挂了一层白纱,还在梦中熟睡。空旷的远处,鸟音由近及远,此起彼落。我听出来了:那鸣唱得特别起劲的,是高调的画眉,声音清脆悦耳,让人禁不住侧耳倾听;还有土家人的吉祥鸟——阳雀,也开始"归归阳""归归阳"地试嗓,那声音既是提醒,又略带伤感;最后是群鸟的合鸣,阳雀和画眉是主唱,布谷、喜鹊、燕子、麻雀都来亮嗓……

乡村这样的早晨,空气是干净的,声音是干净的。我没有急于出门,而是伫立在窗前,静静地享受着这种干净。

然后我惬意地走出门去,同汪文锐会合。

昨晚下了一场雨,山被雨洗过,春山更明,路被雨刷过,公路更净。天气尚早,又是双休日,路上很少有行人和车辆,空气清新,伸手一抓,感觉就能捏住一大把负氧离子。我和汪文锐骑着电动摩托车,小心翼翼地在公路上滑行,仿佛穿越一路花海,大大小小的鸟儿在我们头上飞翔。公路两边,山坡上,田野里,一些坟头挂起了"青",洁白或红色的纸带在空中飘扬,这才想起临近清明,是慎终追远的日子,我放慢了脚步。"清明前后,种瓜点豆。"按农村的老规矩,此时应该是农事最繁忙的时候。由于农业技术的进步,像玉米、水稻等农作物,其播种期都已提前。桑树也早早地挂出绿叶,把春天的意境渲染得更酽。从早到晚,鸟鸣不辍,像手机里的提示音。乡村的春忙,却早已提前。

"富老冒"的压力

在邻居们的眼里,陈桂超是"富老冒",家庭属于数一数二的殷实人家。确实,陈桂超这些年来开砂石场赚了不少钱,在城里还置办了多处房产。但有钱的陈桂超压力也很大,并不如乡亲们想象的那么潇洒。

陈桂超有个哥哥叫陈皓。陈皓虽然脚有点儿跛,但有经济头脑,不爱在田坎上跑,而是喜欢在生意场上闯,曾两次犯罪入狱。出狱后他曾给过儿子陈旺一点儿钱,但不久后又失去了联系。陈皓既不能照顾自己的儿子,也无法赡养父母,这就给陈桂超增加了压力。

陈桂超说,他先在金溪镇境内开了一个砂石场,正当生意红火的时候,由于修太极水库,砂石场被占。陈桂超又在李子村开了一个砂石场,2015年砂石场纯收入超过20万元,还带动了3个村的村民就业。虽然有这么多收入,但陈桂超也有自己的难处。送子女、侄子读书,赡养父母,穿衣吃饭等开支,一年下来要十几万元才过得下去。

陈桂超有两个孩子,儿子陈虹霖在黔江中学读高二,女儿陈鸿宇在黔江民族小学读五年级。为了照顾孩子的学习,妻子邱小会在黔江城里专门陪读。三个人在城里一年的费用不少于5万元。这是养家糊口之难。

陈桂超的父亲陈清晰和母亲陶安福都还健在,但他们年过七旬,又有高血压、风湿病、白内障等疾病,陈桂超必须负担起赡养义务,治病、起居等都要照顾。好在父母都买了不规范征(占)地养老保险,两人一年共有2万多元收益,能够减轻一些负担,但这点儿钱只够两个老人一年的医药费。

由于家庭变故,陈旺基本上是陈桂超抚养大的。陈旺从小学到大学的费用,也一直是陈桂超出的。作为建卡贫困人口,陈旺是因学致贫。村里也给陈旺补助了产业发展资金,主要是用于喂养肥猪,但他还是学生,不可能在家里搞养殖,仔猪是由别人代养的。陈旺在海南读大学,每年要2万多元的费用,他没有申请助学贷款,他的读书费用全靠陈桂超拿。因为没有住房,平时放假,他也住在陈桂超家里。陈旺还希望大学毕业后到英国留学。如果能成行,出国留学这笔钱也需要陈桂超承担。

亲上加亲

住在正坝的陈桂芳和李世学,夫妻俩均已去世。他们育有陈许礼、陈许章、陈许宗、陈许波、陈许格、陈卫、陈珍7个子女,除了陈珍嫁到了金溪镇,6个儿子均在本村生活。

最令人津津乐道的是两件事:大儿子陈许礼在原八角村当了10多年的村支书,还懂医术,目前在乡场上开药店;二儿子陈许章和小儿子陈卫,既是兄弟又是连襟,是亲上加亲。

从年龄上看,陈许章61岁,妻子谢恒术52岁;陈卫43岁,妻子谢恒琼41岁。谢恒术和谢恒琼是白土乡人,两人为亲姐妹。两个亲姐妹嫁给两个亲兄弟,其中,姐姐嫁给哥哥,妹妹嫁给弟弟。从关系上说,谢恒术和谢恒琼既是姐妹又是妯娌,陈许章和陈卫既是兄弟又是连襟。更有意思的是,谢恒术是经过媒人介绍嫁到陈家的,而谢恒琼的介绍人,就是姐姐谢恒术。当时还遭到娘家的一些人反对,因为陈卫小时候调皮,生产队打豆子时,坝子上要烧豆秆,他就跳进火里去找豆子吃,结果脚被火烧成残疾。

兄弟俩虽然是亲上加亲,但两家人的生活境况却大相径庭。

陈许章和谢恒术年龄不大,已是三世同堂。儿子陈胜和儿媳冉凤莲都在外面打工,为了照顾孙子、孙女,陈许章和谢恒术住在城里带孩子,不再参加农业劳动。儿子、儿媳打工挣了钱,在老家修了新砖房,准备今年把房子装修好。陈许章说,等把孙子、孙女带大些了,进大学了,他们老两口还是要回到李子村来。

与哥哥、嫂嫂不同的是,陈卫和谢恒琼结婚不久就出门打工。他们主要是在大连搞建筑,已经10多年没回家了。女儿陈霜在大连出生,现在又在大连读大学。20岁的她,对遥远的故乡没有任何记忆,最多是听父母偶尔谈及。陈卫在老家有一间木房,因为长年没人居住,大部分木头已经腐烂,歪歪斜斜,快倒塌了,人都不敢进去。一家人在大连购买了商品房,打算在遥远的北方扎根。

劝低保户修新房

62岁的陈桂福原来的小家庭过得不错,但是后来家庭的两次重大变故,让他家成了村里的困难家庭。精准扶贫启动后,他本可以靠兜底政策建起新砖房,又因为他同养女没想到一处,至今他住的还是在李子村早应绝迹的土坯房。

1982年11月,陈桂福的女儿陈淋才7个月大的时候,妻子涂清玲在洗头发时,因癫痫病发作,头埋进脸盆窒息而亡。陈桂福怀着悲痛与思念,勤耕苦作,一把屎一把尿地把女儿拉扯大。女儿7岁时,陈桂福满怀希望地把她送进村小学读书。读小学第一学期时的一天,女儿放学后过河,准备一个人到自己三娘家去耍一会儿,不慎跌落到水里。有人从远处看到她被河水冲走,跑到河边去救时,早已不见踪影。3天后,才打捞到女儿的遗体。从此,这个本已艰难的家里再也听不到了笑声。两次意外事故对陈桂福的打击很大,一度让他萎靡不振。陈桂福觉得既对不起女儿,也对不起妻子。为了消解思念妻女之苦,几年后陈桂福捡了一个弃婴来喂养,取名陈义。陈义长大开始读书后,家庭经济更为困难,为照顾他们,村里让父女俩享受低保。这些年陈桂福一直在家务农,陈义初中毕业后为减轻家庭的负担,决定不再读书,而是到重庆餐馆打工。几年来虽然经济有了一定好转,但陈桂福住的还是自己年轻时垒的三间土坯房。由于年久失修,房子存在极大安全隐患,一般的修修补补已无济于事。因为是低保户,上面有政策,可以兜底8万元为他换房。但陈义认为,自己已到谈婚论嫁的年龄,按目前的发展她不会在李子村定居,修这个房子意义不大。她还劝说陈桂福莫去找麻烦,将就老房子住算了。黄代敏听说这一情况后,曾几次动员陈桂福修房,陈桂福都不为所动。

今天我们走访他家时,也给他做了工作。我说,你老陈少说还要活二三十年吧,为什么不把房子翻修一下呢?我们村里的人,现在到处借起钱都要修房,你是国家给你包了,你自己不出一分钱,你还不修?我不晓得你是怎么想的?旁边的人都笑他,说他仅仅是因为女儿的一句话就浪费了一次极好的机会,脑子里肯定有根筋搭错地方了。陈桂福红着脸争辩道,上面的政策确实好,但8万元又不是先拿给我修房用啊!要先自己垫付,我怎么拿得出这笔钱?

看来,陈桂福不想修房是假,没有钱垫付是真。

这确实是个问题。无论建卡贫困户还是低保户,他们最现实的困难就是缺钱。兜底修房要求修房户先垫付,确实勉为其难。最后,汪文锐给陈桂福想了个点子,说用8万元钱包给别人修,由村里派人监工。最后陈桂福算是动了心。

三十一 在"八角村"(三)

【走访户数】

今天在五组的白井寺、正坝、桃子坪、老屋基、何家湾、龙洞湾、高坎子等走访了31户。包括费秀、陈益芬、张朝宪、张朝谷、张朝君、张朝明、倪子辉、倪绍勇、倪东升、万书碧、万旭东、陈许礼、陈杨、张桂芳、张仕波、汪文曲、汪龙、汪文海、汪文其、汪文池、汪学军、汪文兵、田应合、徐沛秀、张仕东、张桂红、张桂品、张春雷、张桂祥、张桂福、陶安徐等家。在这些住户中,张朝宪家、倪子辉家、汪文曲家、张桂红家是建卡贫困户,张桂芳家是低保户。

【贫困档案】

●建卡贫困户倪子辉一家有两口人,因病致贫,帮扶措施是医疗救助和产业扶持。倪子辉曾在电站当了20多年工人,患有严重风湿病,还有高血压、骨质增生等疾病,长期吃药。妻子胡清芝患有严重风湿病、慢性支气管炎,2015年两人的医药费用支出超过5000元。产业扶持是帮助其养鸡50只、养猪1头、养羊3只、种洋芋3亩。由于两口子身体都不好,最后落实的是喂养肥猪1头,有200多斤。这里有一个矛盾的地方,就是建卡贫困户登记表上显示他"丧失了劳动能力",既然丧失了劳动能力,那就无法发展产业。但从实际调查看,夫妻俩身体有病不假,但说丧失劳动能力就有些言过其实,因为两口子种地、养殖等农活都还在做。问题是仅靠在家种地和养1头猪,全家人要达到脱贫的收入标准还是勉为其难。

●建卡贫困户汪文曲一家有四口人,因病致贫,帮扶措施是产业扶持。从村里的资料看,把他家纳入建卡贫困户的原因是他的妻子黄仕琼"患有慢性胃病"。但根据调查,黄仕琼身体不好属实,主要是患风湿病和白内障,而汪文曲则有严重的胆结石,需要住院动手术。2015年,光是黄仕琼一个人的医药费支出就在5000元以上。村里为他们制订的帮扶措施主要是产业扶持,即支持其养鸡300只、养猪2头、种洋芋2亩。由于其耕地大都租赁给肉牛养殖场和甘薯基地,种洋芋无法落实,主要是喂养了2头肥猪。2015年,汪文曲和黄仕琼都在村里的养牛场打工,加上逢场天到周边的金溪、石家、新华等场镇赶转转场,做鸡蛋、豆子生意,全年有3万元左右的收入。儿子汪于川在广东打工,由于活不好找,一年只有1万多元收入。由于汪于川已离婚,他在太极中心小学读六年级的儿子汪龙,还需要汪文曲两口子照顾。目前一家人住的还是3间木房,还没有修新房的打算。

• 79岁的老党员张桂芳是陶安纯的岳父,曾经发生脑溢血,虽然活了下来,但行动不便,而且没有其他经济来源。2015年,张桂芳享受低保。张桂芳同妻子王美珍虽然是两个户头,但吃住在一起。因为王美珍购买了房屋复垦养老保险,2015年每月有800多元收益。正是因为这一点,有人认为张桂芳不该享受低保待遇。

• 62岁的汪文池患有肺结核,基本丧失了劳动能力。2015年他一个人医病就花了5万元,只报销了1.5万元。老伴儿杨华清因为带孙子,没有时间做农活儿,因此老两口几乎没有经济来源,住的还是3间木房。他的房子是复垦了的,包括烤棚、猪圈都拆除了,但乡里说他没有房产证明,最后就没有给他相关补贴。汪文池说,他实际上是有房产证明的,只是在2015年弄丢了。

• 张朝宪、张朝明、张朝谷、张朝君是同胞兄弟,祖上给他们留下的财产就是两间木房,每户平分只有半间,其中张朝君住的那半间已经倒塌。张朝君夫妻二人1996年就到新疆打工,主要是摘棉花,女儿张飘现在新疆读初中。因为没地方住,张朝君一家连春节都没回来。但他们在新疆也没有买房,而是住的廉租房。张朝君说,等女儿考上大学了,他们还是要回来修房子的,毕竟根在老家。这四兄弟中,张朝谷、张朝明的家境要好些。张朝谷在老家修建了6间砖房,张朝明在老家修了2间砖房,听说还在黔江城里购买了1套商品房。

• 建卡贫困户张朝宪家、张桂红家的情况,放在后面说。

乡村教师的心愿

我曾经读过《黔江旧志类编》,在"祠庙""寺观"等条目里,找不到白井寺的有关记载,倒是有金鸡寺的记载。金鸡寺位于原金溪乡,与北井寺接壤。金鸡寺与白井寺是不是同一个寺观,无可稽考。汪文锐说,白井寺这个地方过去香火旺盛,据说还经常出现一些灵异现象,住在周边的人晚上起夜时,会看到寺庙的屋脊上盘着一条大龙。龙是不存在的,这只是他们在夜间产生的幻觉。

今天我们到白井寺走访的第一户人家是费秀家。费秀在家务农,丈夫陈桂谷在李子村小学教书。费秀的儿子陈维大学毕业后,在成都一家大型国企工作。老两口本来想把住房条件改善一下,但儿子在城里工作没有住房,难找女朋友,为了儿子的幸福,陈桂谷一咬牙,拿出这些年全部积蓄50多万元,给陈维按揭购买了一套商品房。夫妻俩现在住的还是三间木房。

陈桂谷已经有37年教龄了,一辈子都在家乡任教的他,对李子村小学感情很深,尽管他两个月前左手摔伤,骨头上还打着钢钉,但他仍坚持上课。当说起学校的现状时,他很伤感,原因是现在的李子村小学,可能要停办了。陈桂谷介绍,现在的李子村小学只有两个班,即一个四年级、一个五年级,总共才20个学生。老师只有3名,另请有一名临时工当炊事员,给师生做免费午餐。谈起李子村小学的过去,陈桂谷一脸自豪。他说,李子村小学从来不愁生源,学生人数最多的时候达到三百人,比原平溪乡中心校的学生还多。教学成绩也一直在全乡名列前茅,与太极乡中心小学在伯仲之间。看到汪文锐同我一起,陈桂谷又举例说,有一年全县小学搞数学竞赛,全乡第一名出在李子村小学,推荐这个第一名到县上比赛,得了全县第三名。这个人近在眼前,就是汪锐!李子村的人称人名,爱"节约"语言,取双名的也往往只喊前后两字,把中间的字辈省略,汪文锐就"节约"成"汪锐"了。

汪文锐得到老师表扬,憨厚地笑起来。陈桂谷说,你汪锐的数学天赋,还没有在村里发挥出来呢!你给我算一下嘛,李子村小学还会不会办下去?大家都笑起来。陈桂谷最大的心愿,就是李子村小学能保留下来,理由很简单,方便村里孩子读书,在师资条件相同的情况下,小班教学质量往往比大班教学更好。

我对陈桂谷说,我也当过几年中学教师。陈桂谷听到这儿,感觉找到知音了,又说了很多村小学的事,又提到白井寺的话题,但都离不开教育这个主题。陈桂谷介绍,你要去庙上那户人家走访,他家有个读书郎,如果培养得好,今后一定是个人才。

庙上人家

建卡贫困户张朝宪一家有四口人,是因病致贫的。但建卡贫困户登记表上显示,张朝宪的家庭人口是"两人"。实际情况是,同张朝宪夫妇一起吃住的,还有儿子张贵勇和孙子张海元,只是张贵勇的户口在重庆市渝北区,张海元的户口在重庆市黔江区正阳街道。帮扶措施主要是帮助其养鸡50只、养猪2头、种洋芋3亩。由于张朝宪家地方太狭窄,养鸡不现实,家庭养殖主要是养猪,效益还不错,2015年杀了200多斤的肥猪1头,目前还喂了2头。但主要经济来源还是靠张贵勇外出打工,2015年张贵勇收入3万元以上。全家目前已拆除了危旧木房,在原屋基上修建了2间新砖房,政策补贴8万元。

陈桂谷说的庙上那户人家,就是张朝宪家。

在张朝宪家的新房旁边,是一间狭窄的破屋,立在白井寺的遗址上。此时,张朝宪10岁的孙子张海元,就坐在破屋里,聚精会神地做作业。他现在是太极中心小学四年级学生,从2012年至2015年连续4年获得三好学生、优秀学生奖。"寒门出学子"这句话,能在这家人户找到佐证。

张朝宪读过几天书,但现在只能写自己的名字,因此算是半个文盲。老伴儿汪增兰从没进过学堂,一字不识,而且还有间歇性精神疾病。发起病来,神情恍惚,还要砸东西。儿子张贵勇,也只读过初中,毕业后就出门打工。张海元还不到5岁时,张贵勇因不务正业,打架斗殴,被判刑入狱3年,妻子曾丹也同他离婚了。正是这样的贫寒之家——不仅仅是物质基础薄弱,也存在精神贫困问题,却偏偏出了一个十分可爱的读书郎。

我们去他家访问的时候是上午,新修的砖房里没人,就到他们原来居住的那间木房,看到张海元正坐在灶房的桌子前做作业。屋子里东西杂陈,电灯瓦数很低。光线从窗子里射下来,照在张海元安静的脸上,他专注地写着作业,我们不问他话,他也不理睬我们,只是偶尔向我们笑笑。这一幅令人感动的"乡村学子图",我是多年都没看见过了。再看那板壁上,敷了一层报纸,吸引眼球的是张贴得整整齐齐的奖状。这些奖状作为张海元成长的痕迹,和他小小生命中坚强的印章,让这间简陋的屋子不再那么冰凉和灰暗。

关于这个家,张海元只能简单地回答一些问题。因为他才10岁,对过去没有多少记忆。他在认真地做作业,我们也不想打扰他。治贫先治愚,治愚在教育,教育是治贫的根本。张海元不仅是全家的希望,也预示着美丽乡村建设的文化路径。我甚至认为,乡村之美,教育最炫色,人文最恒久。

我从已有的档案中,早已掌握了李子村建卡贫困户的情况,但档案让我记住的主要是一些数据,而这些数据还不一定完全准确,也不能反映贫困家庭的真实面貌。我从对张朝宪这个家庭的走访中得到启发:对于建卡贫困户来说,只有近距离地观察他们,才能真正了解他们,才能洞悉精准扶贫的奥妙所在。

"借"出来的大学生

建卡贫困户张桂红一家有五口人,因学致贫。家里有两个孩子在上大学,一年的教育支出要4万元以上,争取助学贷款和产业扶持是主要的帮扶措施。村里给他家规划的产业扶持项目是养鸡200只、种洋芋3亩,但最后落实的是养猪1头,最后养了200多斤。

白井寺另一个有意思的故事,同样与教育有关,就是张桂红、朱素兰夫妇在6年中含辛茹苦,把家里的三个孩子都送进了大学。目前,第一个大学生、女儿张娇已经毕业并开始工作。第二个大学生、儿子张静正在重庆医科大学读大四,第三个大学生、儿子张松在浙江丽水学院读大一。6年来,全家人用在教育上的支出已超过20万元。

到张桂红家前,我一直在想:6年要供三个大学生读书,就连我这个工资还算高的城市工薪阶层也难以承受,何况是既无固定工作又没经商办企业的普通农户。张桂红、朱素兰他们是如何做到的呢?

先算算他家目前在读的两个大学生2015年读书的花费。张静是定向生,按国家政策不需要付学费,只要生活费。家里每月给他寄1000元,一年就要1.2万元。而张松就不同了,学费和生活费每年需要2.5万元。加上其他费用,两个大学生一年要5万元左右。再算算夫妻俩一年的收入。2015年,张桂红在家种地,同时在村里的甘薯基地打零工,全年收入只有5000元;朱素兰在浙江一家企业打工,除去生活费和房租,能够拿回家的现钱一年只有1.5万元。加上土地流转收入1355元、养殖业收入2200元、教育扶持收入1200元、赠予性收入1300元,家庭全年的可支配收入约2.6万元。收入和支出相抵,家庭赤字近2万元。

这么大的资金缺口,用什么来填补呢?办法只有一个:借。

这些年来,张桂红借款总额超过10万元,其中,向私人借款9万余元,向银行贷款1.7万元。私人方面,主要是向哥哥张桂祥借。张桂祥、李元香夫妇在黔江开了一个汽配门市部,收入不错,对弟弟张桂红几乎是有求必应,特别是对他供学生读书十分支持。张桂红说，细娃读得书，那必须供，不能像我们上一辈，就是读得也没钱送。但我们家收入有限，就是砸锅卖铁也凑不齐这么多钱，只能求哥哥、嫂嫂帮忙。我心态好，反正账多不愁，但必须还。有时怕哥哥、嫂嫂不喜欢，就提个大公鸡送去，不是他们差这个，而是要表达对哥哥、嫂嫂的感恩之情，家里也只拿得出土鸡表达心意。张桂红说，这些债务我不担心，只要孩子们读出来，找到工作了，还清债务并不难。

有人说，教育是一种投资，也类似于买彩票，投了钱不意味着赢，但不投钱一点儿赢的机会都没有。对于农村贫困家庭来说，为了孩子读书，愿不愿意去借，敢不敢去借，考验着家长的见识与胆识。从这点来说，张桂红、朱素兰两口子是令人钦佩的。

山寨来了弗莱维赫

驱车从金溪镇进入太极乡地界，要经过的第一个地方就是李子村五组的北井寺。这里过去有一大块平整如弯月的水田，大公路从山根穿过。现在除了鳞次栉比的民房，最显眼的当属这里的养牛场。坐在车上就可以看到养牛场的景况，几排长长的大钢棚下，牛儿正悠闲自在地吃着饲料，时而发出"哞哞"的叫声，养殖工人进进出出，有的在运饲料，有的在打扫圈舍……而在旁边的办公区域，则挂着"重庆宝牛农业技术服务有限公司""重庆市黔江区牛业专业技术协会""黔江区肉牛养殖科技专家大院"等招牌，让人知道这里不仅是一个养牛基地，还是一个养牛业的科研之地。更让人惊奇的是，这里养殖的不是本地普通的牛种，而是来自德国的弗莱维赫牛，这个品种是以良种西杂牛为母本，以乳肉兼用型弗莱维赫冻精为父本进行改良的。经营这个养殖场的是重庆三东科技有限公司。也就是说，这个养牛场，牛种是外国的，公司是外地的。

得益于脱贫攻坚的重大机遇，万里之外的德国洋牛才进入李子村。公司负责人赵同增说，2010年，注册资本1000万、以扶贫开发为己任的重庆三东科技有限公司成立。公司现在黔江太极、黑溪、黄溪三个乡镇建立了母牛养殖基地，共种植牧草1200余亩，养殖良种母牛480余头。2014年，公司经营的"黔江区精准扶贫肉牛养殖繁育示范场"被评为重庆十大扶贫示范项目。公司还带动全区养牛人成立了黔江区牛业专业技术协会，成立了重庆首个牛业专业服务公司，建成了黔江区肉牛养殖科技专家大院，探索了土地集中使用的土地入股模式、扶贫全覆盖的一头牛互助扶贫模式等可复制的发展路子。目前,公司正在同德国、新加坡等国家的专业公司洽谈合作事宜,在李子村等地规划建设弗莱维赫育种场。

弗莱维赫来到李子村,给当地发展带来了活力。养牛场就在家门口,陶宗其、汪文曲、张朝宪、张桂红、张仕奎、陈桂福等贫困村民来这里打零工,一年有几千甚至上万元的现金收入。还有农户租了200亩土地给养牛场种植牧草,平均每亩收益为550元,其中孙文方、张吉军、张世文、周方梅、张桂红、陶宗其、张朝宪、陶渊、陈桂福等贫困户或低保户受益。赵同增说,养牛基地的建立,除每年为李子村贡献11万元的土地租赁费外,还为李子村农户带来20余万元的打工收益和80余万元的草料销售收益。

但他们在推广贫困户借牛产犊模式时,没有多少人响应,而在黄溪镇共林村,这个模式却普遍受到欢迎。什么叫贫困户借牛产犊模式呢?说穿了,就是公司将怀孕的母牛交给贫困户,牛犊产下后归贫困户所有,喂养大后,公司按保底价进行收购。但贫困户认为,母牛一年产一只牛崽,算是最好状态了。母牛要吃喝拉撒,本身是赔钱项目,主要靠国家补贴的两三千元,才有微利。还有贫困户说,弗莱维赫属于平原牛,爬不了重庆的山。在李子村养牛,也只能在构家河、李子垭、龙洞沟等山坡上,怕这些洋牛爬不上去。加上建圈舍的投入,贫困户是承担不起的。赵同增说,这些牛走平路或爬山,也是靠练出来的。大家对借牛产犊模式兴趣不大,主要还是怕担风险。实际上,一家人养七八头牛,收入便有四五万元。这些牛又主要吃牧草,花费的成本不是很高。他对李子村一直有一个梦想,就是"荒山变牧草,牛儿满山跑"。他觉得李子村的荒山资源丰富,应该通过养牛项目的实施,把部分条件好的荒山改造后,以牧养牛,这样可以解决坐拥母牛基地,却没有牛崽满山的尴尬。

确实,要让洋牛走进农户的家中,还有很多事情要做,不仅要解决转变思想观念的问题,也要解决好资金、技术、劳力等问题。牛过去曾是农户最珍视的家畜,那是把牛作为劳动力的时代。而把牛当作商品出售的现在,赚钱是吸引农户养殖的前提。随着农村挣钱的手段越来越多,人们对养殖业的兴趣也越来越低。

三十二　在"八角村"(四)

【走访户数】

今天在垭口户、龙洞湾、马闲洞、中堡、牛滚塘、大土、南地沱、高坎子、爱子沱、烟房等走访了23户。包括陶安犬、陶仁超、陶仁汉、陶安鹏、陶安谷、陶安军、张泽于、张永仙、徐沛荣、刘玉容、陈桂英、陶安毅、陶安礼、陶仁基、陶仁书、陶远志、张凤明、陶安正、陶安永、陶宗良、陶宗钱、陈海林、汪文楷等家。烟房本来是三组的地盘，由于陈海林把新房修在烟房，我们只好把他家作为五组的最后一户进行了走访。在这些住户中，陶仁超家、张凤明家是建卡贫困户，龚淑云享受低保。

【贫困档案】

●住在牛滚塘的张泽于一家是双女户家庭。张泽于、刘长秀两口子，经历了一场白发人送黑发人的悲痛。两口子欢欢喜喜招了上门女婿王天友，是想让这个家更加和美，没料到王天友因患脑瘤，不久就去世了。此时，王天友的儿子刚刚1岁，妻子张永仙还不到26岁。正是王天友的重病和离世，使这个殷实的家庭一下陷入困境。王天友患病期间，在黔江和重庆主城医院前后医治了6个月，花去医疗费超过25万元，除他自己的17万元积蓄全部花光外，他还向岳父张泽于借了8万元。最后，连安葬费都是张泽于出的。为了尽快还清债务，今年春节刚过，张永仙就把1岁多的儿子丢给父亲照看，自己到浙江打工，刘长秀也到黔江餐馆打工，张泽于在家务农并带孩子。但张泽于有胃溃疡，刘长秀患有高血压，一年医疗费用要三四千元。

●陶远志同村里的唯一经济关系，是2015年自己的银行卡里被打入了10元钱，这钱是乡里打给他的种粮直补款，名目是他种了1亩油菜，但陶远志多年都没回过家了。陶远志今年41岁，一直未婚。1991年他到大连打工至今从未回过李子村。因此，他是典型的"三无"农户：无土地、无房屋、无家人。陶远志系陶仁杰之子。由于陶仁杰过世得早,其妻王氏改嫁到了白土乡,陶远志主要由亲叔叔陶仁基带大。他同汪文锐是关系要好的同学,但两人多年未有联系,汪文锐最后是通过QQ联系上他的。当得知他在村里连户口都没有时,汪文锐帮他准备资料上了户。实际上,这些年来,陶远志一直在大连,帮一个老板出海捕鱼。一年收入不错,有七八万元。但钱由老板娘管着,当然也管吃管住。汪文锐希望陶远志回来,还积极协调陶仁基给陶远志让了一点儿土地。陶远志说,有了地,他就要回来修房子了,毕竟自己年纪不小了,不能再在外面晃了。

● 建卡贫困户陶仁超家、张凤明家,低保户龚淑云家的情况,在后面说。

救火

今天在高坎子走访时,临时参加了一次救火行动。

今天走访的第一户是陶安毅家。他有两个孩子,女儿陶艳华已经出嫁,儿子陶宗臣在金溪镇读初二。2015年,陶安毅同妻子陈兰都在浙江打工,两人一年的收入一共有5万多元。由于浙江那边现在工作没有原来好找,今年出不出门,陶安毅还在犹豫,而陈兰过了春节就先到浙江去了。陶安毅说,不出门打工也难,家里人均只有1亩地,再怎么用力刨,也刨不出金元宝来啊。前几年,陶安毅和陈兰都出门打工,一门心思想改善住房条件。他们原来住的老屋,是祖上分下来的木房,不慎毁于大火,他们要在废墟上重建家园。经过几年打拼,他们终于建成了三间新砖房,而且还不欠债。陶安毅对现在的生活比较满意,他最大的希望就是把儿子培养成大学生。我们在聊天的时候,陶宗臣一个人正坐在屋里专心致志地做作业。我想,就凭这种认真劲儿,他考上大学是有希望的。

结束聊天后,陶安毅陪我们走访了陶安礼家。途中他还回了一次家,说是要在灶房里烧点火,炕一下腊肉。

当走访完陶仁基、陶仁书、陶远志家,再返回陶安毅家门口时,我发现他家灶房里烟雾很大,就对汪文锐大声说:他屋里烧这么大的火做啥子哟?正在做作业的陶宗臣答话道:是我老汉在炕腊肉啊!嗯,好像不对哟?说着,走出卧室,见情况不对又跑进灶房。突然,陶宗臣大声喊:着火了!着火了!快来救火!我和汪文锐也大声喊起来。汪文锐一个疾步冲进灶房,我放下文件袋,也找来水桶去提水。短短一分钟,陶安毅、陶安礼、陶安徐跑来了,正在树边招蜜蜂的张凤明等人也赶来了。

　　大家飞跑着到处提水,幸好地坝下面有一个水池。大家拿着水桶、盆子,像传接力棒一样,迅速把水向火中浇去。火苗借着燃烧的玉米棒,冲上屋顶,陶安毅不顾危险,迅速爬上去用水泼火。汪文锐借着楼梯爬上正屋,我一边扶楼梯,一边给他递水向下猛浇。大家一鼓作气,用短短20分钟就控制了火势。火势稍弱后,陶安礼冲进火海,把正在燃烧、蹿着火苗的碗柜一脚踹倒,只听"轰"的一声,碗碟碎落一地。陶安毅又喊:还有液化气罐,快点儿抢!陶安徐听到这,不顾烟雾弥漫,冲进灶房,把里面的一个液化气罐抱了出来。庆幸的是,液化气罐没有被引燃,否则,后果不堪设想。

　　等火完全熄灭后,我叫汪文锐马上给孙文春打电话,报告失火的情况。我对陶安毅说:别怪你儿子啊!陶安毅说:没事!没事!大家都说幸好不是木房,又发现得早,否则一幢房子早化为灰烬了。

　　我同汪文锐一起再次安慰了父子俩一番,就离开了。汪文锐说,过去李子村人住的,大都是木房,经常因为用火不慎、电线老化或短路等引起火灾,老木房一接上火,像点了汽油,有时甚至殃及整个寨子。现在,李子村大部分人家住进了砖房,但因为炕腊肉或冬天烤火,火灾事故也时有发生。陶安毅家这次失火,从起火到酿成火灾,只有短短的10分钟,但火的毁坏性是很大的,先是火把腊肉的油烤出来后滴在灰里,然后形成较长的火焰点燃了腊肉,腊肉形成更大的火焰点燃了碗柜,碗柜形成更大的火焰点燃了楼上的玉米棒,最后点燃了玻纤瓦。如果没有人及时救火,陶安毅家的灶房肯定是保不住了。

回家才最好

　　"归归啊!归归啊!"

　　我们坐在陶仁超家的院坝,听到后阳沟的树林里,有阳雀在声声地呼唤。陶仁超的新房子,修在龙洞湾的半山腰。坐在他家的院坝上,春色满眼。山风拂来时,泛起阵阵春寒。

　　陶仁超患有严重的风湿病,妻子何贵芝患有慢性肝炎,儿子陶安周外出打工,杳无音讯。一家三口人,有病的守在家里,身体好的长期在外不回家。

　　陶仁超说,他的风湿病让他睡觉时连翻个身都痛,何贵芝的病,也是久拖不愈。对于这家因病致贫的建卡贫困户,村里给一家人制订的帮扶措施是医疗救助和产业扶持。但两口子的病,进入不了大病救助范围,产业扶持是养鸡50

只、种春洋芋3亩。最后养鸡换成了养猪一头,有200多斤。从收入看,一年养殖收入有2000元、农业补贴有2000元、土地租赁费有500元,加上农村居民保险收益2500多元,一共才7000元左右收入。全家本来有8个人的土地(其中耕地21亩、林地12亩),但由于缺乏劳动力,这些土地没有得到很好的利用,加之陶安周没有给家里寄过一分钱,这家人今年要脱贫摘帽,几乎是不可能的。比较可靠的措施,是把家庭养殖业做大一些,多喂几头猪,来增加五六千元的收入。

对老两口来说,物质贫困已经让他们度日如年,而精神上的苦恼,更让他们寝食难安。

陶仁超和何贵芝一共生了6个孩子,5个女儿都已出嫁,陶安周是唯一的儿子,也是老两口最大的寄托。但奇怪的是,儿子已经有3年没有给他们打过电话了。前些年,陶安周在外面打工,虽然没有给家里寄钱回来,但偶尔也会打个电话,只是打电话时一般都是向家里要钱。更让父母担忧的是,已经32岁的他,还是单身一个。陶仁超听别人说,陶安周现在可能在福建打工,因为爱赌,赚了点钱全输了,所以不好意思回来,也不愿意打电话说明实情。但老两口不相信这种说法。把他弄回老家,是老两口最大的心愿。这个心病不解决,这个家庭就是物质贫困解决了,也缓解不了精神上的苦痛。

实际情况是,陶安周在浙江打工期间,因盗窃罪被判刑3年。女儿们都不希望两个老人知道实情,怕他们接受不了,就一直瞒着,也希望亲朋好友帮忙瞒着。反正3年也不长,哄一哄就过去了。我同汪文锐也知道这个实情,但确实不忍心把这层纸捅破。

陶仁超新修了3间砖房,因资金困难,房屋还是毛坯房,连电线都没拉好。修房欠账5万元,都是向5个女儿借的。说是借,其实是硬性摊派,陶仁超要求每人必须借1万元出来。

"归归呀!归归呀!"

早春的山谷里再次传来阳雀的呼唤,点燃了一坡的映山红。我看见何贵芝的脸上,两行热泪夺眶而出……

修房子与育孩子

家住爱子沱的陶宗钱与龚淑云,两口子虽然没有多少文化,身体又有病,但在修房子与教育孩子之间做选择时,他们毅然选择了后者。两个儿子,一个已进重点大学读书,一个正在读高三,也有望考进名校。

　　陶宗钱和龚淑云两口子身体都有病。陶宗钱得的是癫痫,发作起来比较危险,加之2015年脚被撞伤,身体更不结实了。龚淑云因支气管扩张,一发病就吐血,还没筹到钱去医院动手术。2015年,两人的医疗支出超过5000元。母亲孙梅生82岁高龄了,也住在陶宗钱家里,需要赡养。由于经济困难,一家人至今还居住在3间木房里。龚淑云说,如果不是两个儿子读书,他们家就是再难,也修起了新砖房。但考虑再三,他们还是放弃修新房,而把能挣到的钱都花在两个孩子的读书上了。平时沉默寡言的陶宗钱说,只要有钱,房子随时都可以修,但孩子读书像种粮食一样,一天都耽误不得。

　　从地势上说,爱子沱是一个大陡坡,从太极到白土的公路,从山顶通过。公路下方,是一个废弃的爆炸物资仓库,是修太极水库时建的。陶宗良和陶宗钱两兄弟家就在仓库的下方。陶宗钱的大儿子陶练松就读于西南大学,属于免费师范生,每年只需要1万元左右的生活费用。但他从不乱花一分钱,一双鞋子穿了3年还舍不得扔。为了减轻家庭负担,陶练松初中毕业后准备放弃学业外出打工,还是陶宗钱和龚淑云动之以情,晓之以理,才让陶练松没有中断学业。小儿子陶建勇在黔江中学读高三,成绩在全年级排前20名,考进一本院校没问题。2015年,两个孩子一个读大学、一个读高中,总费用接近2万元。这些钱,都靠两口子打工来挣。由于身体有病,家有老母,他们无法出远门。2015年,陶宗钱在太极水库工地打工,龚淑云在村里的甘薯基地打工,两人的现金收入有1.4万元,加上产业、农业补贴、低保等,收入有6000多元,刚刚够孩子们上学的费用。孙梅生虽然年过八旬,但身体硬朗,上坡种地,在家养猪养鸡,样样能做。因为是低保户子女,加之学习成绩好,陶建勇在读高中期间每年都有助学金,这样减轻了家庭的一些负担。

　　座谈时,龚淑云一直在大口地喘气,说话很吃力。看来,她的病确实不轻。我到村里上任第一书记时就表示,自己要资助村里一名优秀贫困大学生。我承诺在3年内资助1.5万元。李明芬、陶安纯向我推荐的拟资助对象就是陶建勇。但我也把话讲明了,一定要看今年的高考情况,如果成绩不理想,我将另找资助对象。我认为,既然是资助优秀贫困学子,就必须选好对象。我鼓励龚淑云,叫她儿子陶建勇努力读书。龚淑云说,按孩子的成绩,考一本应该没问题。孩子也有自己的志向,就是考取重庆大学。我说,那就好,只要考上重庆大学本科,我就一定资助他。龚淑云说,那就感谢你了,并表示一定把我的话带给孩子。

家庭养殖助脱贫

建卡贫困户张凤明一家有三口人，住的还是4间木房，致贫原因主要是女儿陶玉莲读大学开支大。帮扶措施是争取助学金，同时发展产业，帮助其养鸡200只，种洋芋3亩。

张凤明心灵手巧，做事麻利。丈夫陶安康除了种地，还有"敲家伙"的手艺，遇到哪家"当大事"时，他就同伙计们一起，到死者家里去"敲家伙"，每天有150元的收入。两口子正值壮年，勤耕苦作，全家人的日子过得有滋有味。不幸的是，2014年，陶安康在去水田乡一户人家"敲家伙"时，突发脑溢血，离开了人世，时年46岁。陶安康突然一走，这个家庭的重担就靠张凤明来扛了。

张凤明偷偷地哭过，也害怕过，但她没有抱怨，更没有退缩，既当妈又当爹，坚决要把这个家支撑下去。女儿陶玉莲正在重庆读大三，她鼓励女儿自强自立，陶玉莲申请了国家助学贷款，平时认真读书，假期参加勤工俭学。由于品学兼优，陶玉莲2015年还获得了5000元的国家励志奖学金。这样，大大减轻了家里的经济压力。儿子陶宗晋2015年在贵州建筑工地打工，自己挣的钱每年只有2万多元，但省吃俭用，还是给母亲寄回了1万元。张凤明有高血压，她就在家里种地，搞家庭养殖。她把政府给她的2500元产业帮扶金和1000多元慰问金，全部拿来搞家庭养殖业。她养了1头肥猪，重300多斤，收入3000多元；喂养土鸡100只，去年冬天到今年春天光卖鸡蛋就收入3000元。现在，她又养了300只小鸡，争取养鸡规模要达到500只以上。同时她又养了1头母猪，目前已卖了一抱，价格还不错，进账5000元。母猪一年只要两抱，就能实现现金收入1万元。张凤明说，家庭养殖风险大，也要靠运气，但如果一天只是坐在家里晒太阳，再好的运气也不可能落到头上。

她甚至盯上了养蜂，2015年养了两桶蜜蜂。今天上午我们到高坎子的时候，就看到有一桶蜜蜂分家，聚集在高高的树上。张凤明先是用水泼，再用竹竿捅，想把蜜蜂引进蜂桶里。张桂红等几位邻居也前来帮忙。但由于蜜蜂聚集的位置太高，折腾了半天也没有把蜜蜂引来。汪文锐看到这一幕，一撸袖子，恨不得长一对翅膀飞到树上去。但他身体较胖，爬树不是他的强项。那蜜蜂最终还是没被招进他家的蜂桶，而是另寻高枝了。

张凤明不但要把一家人的生活照顾好，还要照顾好侄儿。陶安康的亲兄弟陶安政,1991 年到大连等地打工,20 多年一直未回家。陶安政后来与妻子离婚,儿子陶润雄在大连出生,回到李子村后读了初中,现在家待业,寄居在张凤明家。张凤明把陶润雄当作自己的亲生儿子对待,要吃给吃要穿给穿,从没亏待过他。

不变与多变

在李子村五组,四口之家一般只有 1 亩田、2 亩地,人多地少的矛盾十分突出。这点儿地只要一流转,一家人几乎就无地可耕了。在想种地的人没地可种的情况下,又存在有地闲置的问题。

为什么会出现这种情况呢?主要是农村土地有承包期限的规定,如耕地的承包期为 30 年,草地的承包期为 30 年至 50 年,林地的承包期为 30 年至 70 年。这种规定是刚性的,发包方和承包方都是不能违背的。而每一时期的惠农政策,又比较灵活,时不时冲击承包期限的刚性规定。

《中华人民共和国农村土地承包法》第二十九条规定有三种情况,土地应当用于调整承包土地或者承包给新增人口:一是集体经济组织依法预留的机动地;二是通过依法开垦等方式增加的土地;三是发包方依法收回和承包方依法、自愿交回的土地。第一种情况,法律规定,集体经济组织在 2003 年 3 月 1 日起,不得再留机动地。李子村也是这种情况,现在没有一亩集体机动地。第二种情况,土地承包经营到户后,集体经济组织不再开垦新的土地,李子村也不存在开垦新的土地这种情况。第三种情况,法律规定,集体经济组织成员依法平等地行使承包土地的权利,也可以自愿放弃承包土地的权利。问题是,李子村没有人自愿放弃承包土地,因为有土地就意味着根在农村,同时又可享受农业补贴政策。

而李子村五组的问题是,有因为买不规范征(占)地养老保险而转为非农业户口的,有因为买房屋复垦养老保险而转为非农业户口的,有因为落户小城镇而转为非农业户口的,但都没有退回土地承包权。所不同的是,前两者自己需要投入较大一笔钱,但收益是成倍的,寿命越长收益越高;而后一种虽然没有投入,但含金量很低甚至没有含金量,还可能给生活带来不便。李子村五组的这三种情况,都有研究之必要。第一种情况,因为买不规范征(占)地养老保险而转为非农业户口的,如果自愿放弃土地承包权,也应该允许,甚至政策上还可以进行奖励。第二种情况,因为买了房屋复垦养老保险而转为非农业户口的,属于"承包方全家迁入设区的市,转为非农业户口的,应当将承包的耕地和草地交回发包方"这一条,应当严格执行。第三种情况,因为落户小城镇而转为非农业户口的,属于城镇化"大跃进"的产物,应该正本清源,让这些"城市人"回到农村。这里举一个例子。南地沱的刘玉容是半边户,87岁的母亲陈清兰,因为买了不规范征(占)地养老保险而转为非农业户口,刘玉容本人因为买了房屋复垦养老保险而转为非农户口,两个儿子陶东、陶海因为考上大学而转成了城市户口,房屋复垦后他们在五组也没有新修房屋,也没有在农村开展农业经营活动,但他们拥有的7个人的承包地都没有退出,包括22亩耕地和9亩多林地,2015年领取的农业性补贴高达1197元。

土地承包期按照法律的规定,是30年不变的,但农村各种惠农政策的出台顺应不断变化的形势,又是一种多变的状态。在不变与多变之中,如何把农村最重要的土地资产激活,确实值得好好研究。当前,随着农村人口流动性增强,农村集体产权归谁所有、由谁支配、归谁收益都缺少明确的规定,成为农村经济社会发展中越来越突出的问题。农村土地既要落实集体所有权,稳定农户承包权,又要激活土地经营权,还要落实产权归属,赋予农民更多的财产权利。同时,要鼓励那些离开农村、在城里有了落脚点和工作的农户,自愿有偿退还承包地,这应该是制度创新的题中应有之义。

农业补贴政策不该搞"大水漫灌"

这几天一直在思考一个问题,就是农业补贴政策的调整。我希望,农业补贴政策不要搞"大水漫灌"了。

李子村五组目前主要存在以下三个问题。第一,普遍存在着土地占有不均问题。土地最多的户达到21.9亩,而土地最少的户只有1.7亩,像陶远志等少数人户甚至没有土地。由于农业补贴政策搞的是普惠制,土地占有越多,得到的补贴也就越多。如土地只有1.7亩的那户,得到的补贴为142.18元,而土地达到21.9亩的那户,补贴达到1197.42元,相差悬殊。第二,普遍存在着补贴得不准确的问题。就是只要有土地,管你种没种粮,都要补贴,即使是通过不规范占地或房屋复垦方式转移到城镇居住、已经成为城镇人口的居民,也可以坐拥补贴费。所谓水稻补贴多少、玉米补贴多少、油菜补贴多少,都是写一个数字。种粮直补应该补给种粮食的农户，但实际上五组大量的好田，有的租赁给了养牛场种草，有的租赁给甘薯基地育种，大都没有种植粮食。第三，补贴标准过低的问题。种粮农民每亩直接补贴1.48元，这个标准实在是太低了。总之，农业补贴政策虽好，但这样执行的结果，违背了制定政策的初衷。

农业补贴是国家强农惠农政策的重要组成部分，迄今为止已经实施了十余年。从2004年起，国家先后实施了农作物良种补贴、种粮农民直接补贴和农资综合补贴等三项补贴政策，促进了粮食生产和农民增收。从李子村五组的实际来看，2015年良种补贴标准，水稻每亩是15元、玉米每亩是10元、油菜每亩是10元；种粮农民直接补贴标准，每亩是1.48元；农资综合补贴标准，是每亩52.74元。无论你是否种粮食，只要有土地就有补贴。三项补贴已经演变成了农民的收入补贴，无法发挥财政补贴资金对种粮的激励和支持作用。

调整的思路大致可考虑以下几个方面。首先，是否给予补贴要看土地是否种了粮食。由于产业结构调整、城市工商资本下乡等因素的影响，如今农村的很多土地，种粮早已不是唯一的用途。田地不种粮食，当然就不能给予补贴。其次，把补贴的焦点对在种粮能手上。就李子村五组来说，无法培植50亩以上的种粮大户，但可以对种粮颇有心得的种粮能手进行补贴，鼓励他们适度发展规模经营。他们种粮，如果每亩能够补贴200元以上，基本上就能抵得上种子、肥料等农资开销，对鼓励他们种粮是大有帮助的。当然，也可以把补贴直接给予从事种植业集约经营的企业。

这种调整，也是突出"精准滴灌"，终结农业补贴"大水漫灌"的状况，从而促进农村特色种植业的蓬勃发展。

感谢的话

今天下午5点就回到驻地。刘老板惊讶地说，今天你这么早就回来了啊，还要出去吗？我说，今天忙完了，不出去了。刘老板忙把两瓶开水递给我，说我这段时间下乡太辛苦了，叫我晚上泡个脚，早点儿休息。自开展全户调查以来，我每天都是下午7点以后才收工，难得像今天这样下个早班。

经过几天的努力，今天终于把五组走访完了，也意味着我在李子村的全户调查完美收官。虽然下午回来得早，但写完驻村日记，已是深夜，突然电闪雷鸣，下起了大雨。想早点儿躺下，却兴奋得很，翻来覆去睡不着。这些天在农户家里记下的那些喜怒哀乐的故事，变幻成一幕一幕的电影镜头，不停地在脑海里闪过。在最繁忙的季节，我完成了对李子村的第一个承诺：走完所有的农户。我同他们进行面对面的交流，收获是沉甸甸的，无论对我的驻村帮扶工作，还是对我的教学、研究，都将产生深远影响。脚沾泥土，去去来来，无论是村组干部，还是全村村民，都对我的调研提供了力所能及的帮助，在此，我深表感谢！

我首先要感谢李子村的村组干部，他们是：一组组长孙和声，陪我在一组前后走了八九天，每天由常顺兰大姐和儿媳妇满菊给我们准备午餐，还陪我在大雪天喝小酒。村党支部书记孙文春，他陪我调研了二组的大半农户，每天开车接送我，还叫马敏给我煮好吃的鸡蛋面。村主任冉金山，虽然腿脚不便，但每天骑着三轮摩托陪我进村，完成了对四组的调研，还叫庹大姐安排好我的生活。村综合主任李明芬，一边要照顾重病的丈夫，一边陪我完成了对三组的访问，每天亲自下厨给我煮饭吃。汪文锐虽然刚刚接任，但每天骑着电动摩托接送我，陪我用三天半时间一口气走访完了五组的村民，他的爱人小施和母亲王姐每天按时让我们吃上热饭。还有村文书孙乾生、二组组长陈云和、三组组长汪长清、四组组长田景良、大学生村官吴聪等，都对我的全户调查提供了很大帮助。我还特别要感谢李子村的全体村民，你们大都纯朴善良，为家庭的发展含辛茹苦，虽然我的访问没能帮助到你们什么，但你们热情待我，端茶送水，对我寄予厚望。

感谢了李子村的人，我还要感谢我寄居的那个小客栈。小客栈里面有一台长虹牌电视，但遥控器只能选择频道，无法控制开关机。还有一部红色的汇成牌电风扇，但因为季节问题，它没有给我送来凉意。两条凳子、一张饭桌，就是我晚上写驻村日记的书桌了。有一张镜子，固定在墙上，方便我刮胡子和洗脸。有一张红色的宣传单，上面写有温馨提示：注意防火，讲究卫生，贵重物品，妥善保管。本是草绿色的窗帘，应该是几年都没洗过了，黑乎乎的已看不出本色，因为挂钩掉了几个，像一张皱巴巴的牛皮挡住大半边窗口。再看天花板和墙壁上面，都有一些蜘蛛网，窗玻璃上方还网住了一只蝉，干瘪得只剩一个外壳，说明上面至少从去年夏天就没打扫过了。厕所的门上还贴了一个符，只认识上面的"吾奉祖师"字样，其他似字非字的东西我根本看不出什么意思。厕所有窗无帘，私密性虽然差一点儿，但安装了太阳能热水器，基本保证早晚有热水，这是我最需要的。床铺里的床垫，因弹簧老化，身体一靠上去就立即塌陷，影响夜里翻身，但宽大，也干净。对一个普通的乡场而言，这已经是"总统套房"了。反正我这人睡眠好，在这样的房子里我每天都睡得很好。

我还要感谢客栈里的那个小家伙，就是我花15块钱从乡场上买来的电火笼。它用铁丝把发热管围绕起来，像一个鸟笼，插上电源，两根发热管便红起来，笼子里顿时像关进两道绚丽的彩虹。等到管子全部发热，我会把柑橘等水果放在上面，烤热了再剥开吃，潮湿的房间里，竟然飘起一种甜酒般的味道。由于厕所漏水，客栈的地板总是潮湿的，又没有拖把，在最冷的那些日子，每天晚上都是小火笼陪着我写驻村日记。如果没有它的温暖，晚上想问题、写东西就根本坚持不下来。当我每天起床早浴之后，还用小火笼烤脚烘袜，再出门进村。

在这些日子里，我还要感谢窗外那些陪伴我的风景。窗外，有哗哗的流水声，有油菜花的芬芳，有柳枝的婆娑，有鸟儿每天清晨对我的鸣唱，还有几只鸭子划开我的梦境。我记得，我开展全户调查时，柳树还没发芽，毫无生气地站在干枯的河中。但现在，柳树已挂满翠绿，枝条低垂，生机勃发。从冬天到春天，只要我住进这间房子，柳树就像保护神一样守在窗前。而河水就成了琴师，无论是水瘦还是水肥的季节，它都昼夜不息地为我弹奏，或低吟浅唱，或咆哮如雷，澎湃着我的心灵，让我不能懒惰。我记得，鸟儿是最先醒来的，它们同鸭子一起，每天早晨准时在窗前叫我。我祝愿李子村每一户人家，房前屋后，田边地角，处处永驻这些美丽的风景。

第三部

纤围

三十三　全户调查的反响

帮扶工作要更"挼拢"

今天早晨,河水的轰鸣声把我从梦中惊醒。临窗一看,只见桥下翻滚的洪水,如两条黄龙从桥孔怒吼而过。以前天天下河游弋的几只鸭子,今天也止步于岸前,唯独河中那棵杨柳,依然坚强地挺立着。

昨天完成了对李子村的全户调查,晚上又睡得很晚,醒来的时候,已是上午9点。好多天没有睡懒觉了,起床后感觉脚有些痛。找了点儿东西吃,然后打开电脑,把在全户调查中发现的全村脱贫攻坚存在的一些问题进行梳理,下午到村委会办公室,同黄代敏、孙文春等人进行了交流。针对我提出的一些问题,我们三个人开了个"诸葛亮会"。

我说,李子村的脱贫攻坚工作,总体上推进得比较顺利,但按标准严格地来衡量,至少还存在七个方面的"没完全挼拢"。哪七个方面呢?一是精准识别没完全"挼拢"。存在建卡贫困户家底不清、致贫原因不清等问题,也存在致贫原因概括不准确的问题,精准识别趋于简单化。比如,生搬硬套"因病""因学"等致贫原因,没有考虑到对应的帮扶措施有没有用上。二是对建卡贫困户的帮扶措施没完全"挼拢"。比如大部分因病致贫家庭,其病症种类或是高血压,或是风湿病,或是胃溃疡,或是糖尿病,都无法纳入12种大病救助范围。我区作为重庆市农村贫困群众实施大病救助项目试点区县,所采取的措施是对农村建卡贫困户中相应的患者,原则上每年救助一次,每次3000元左右。李子村因病致贫的贫困户中家人的疾病大都不属于这12种大病。产业扶持大都是养殖业、种植业等短平快项目,但由于贫困人口大都外出打工,养殖业项目一般由他人代为实施,而种植项目大都能落实。三是基础设施建设规划没完全"挼拢"。如蒲家河和梅子沟等寨子的人行便道建设、李子村大堰的整治、从李子垭到构家河的产业路建设,群众意愿都非常强烈,但未能纳入规划中。四是脱贫攻坚政策宣传没完全"挭拢"。由于传统主流媒体宣传的缺位,建卡贫困户和其他群众对脱贫攻坚政策知之不多,加之村干部和驻村工作队也很少入户专门宣传,脱贫攻坚政策落实不到位。五是对贫困的复杂性的认识没完全"挭拢"。我们大部分村组干部和驻村干部,不能运用经济学、社会学原理对贫困现象进行分析,对全村贫困形成的原因、机理缺乏全面、正确的把握,只求一知半解,搞简单化。理念上的偏差,容易让行动错位。六是主动服务群众没完全"挭拢"。比如,一些村民在分户、上户、办残疾人证明时,村干部没有主动积极入户为他们指导,大部分时间是坐在村委会办公室让群众找上门来。七是信访工作没完全"挭拢"。李子村在农转非、房屋复垦、水资源保护等方面,都存在信访案件,有的长达10年都没有得到解决,群众意见大,信访案件多。

经过讨论,大家认为,七个方面的"没完全挭拢",第一个、第二个、第四个、第六个、第七个是村里自己可以解决、而且是必须要解决的问题。这五个没完全"挭拢",有客观原因,更有主观原因,需要驻村工作队再对全部建卡贫困户的情况进行一次仔细摸底,把致贫原因和帮扶措施搞准。第三个是必须由村里来报告吁请,由乡里、区里来帮助解决的问题。特别是基础设施建设规划,不是解决"最后一公里"的问题,是解决"最后一米"的问题,资金大概要200万元,要由区里再次规划实施,难度很大,但我们必须去试一试。至于第五个不到位,是可以通过帮扶单位为村里的全体党员、村组干部上党课的形式,加以解决的。

具体应该如何解决这七个方面的"没完全挭拢"呢?讨论商量的结果是:由我牵头负责跑村里的基础设施建设规划工作,由黄代敏牵头负责信访工作和督查帮扶干部的作风问题,由孙文春牵头负责督查和落实贫困户的产业发展问题。我们三个牵头责任人所承担的工作,都是烫手山芋,但大家都表示,再烫也只能烫自己,绝不能抛给别人。

我最后说,脱贫攻坚涉及方方面面,光凭村里一班人埋头苦干不行,但一味向上伸手也不是办法,必须调动各方面积极因素,举全社会之力才能实现既定目标。精准扶贫、精准脱贫是一门来自实践的大学问,必须在学中干、在干中学,这样才能领悟其深刻内涵。这次全户调查也让我对第一书记的职责使命有了更深切的体会。如果现在有人问我:第一书记是干什么的?我想我一定有自己的答案。

把自己的工作做好

今天上午,召开村干部和驻村干部会议。我在会上通报了我开展全户调查的情况,并结合迎接上级督查,就全村脱贫攻坚存在的问题进行了认真研究。我说,我们只要把自己的工作做好了,就不怕上级督查。我要求驻村工作队和全体村干部,在工作作风上更加严谨,工作措施上更加到位,工作方法上更加精细。黄代敏主持会议,并对各项任务进行了分解。

我先是传达了区里开展脱贫攻坚督查通知的有关精神。这次区里的督查,内容主要包括八个方面:对有关会议要求和精神的贯彻落实情况、贫困人口动态管理和信息采集工作情况、到户脱贫措施的制订情况、脱贫户的巩固情况、贫困村脱贫项目建设情况、档案资料和两个台账的公示情况、"四类人员"的政策清理情况、各驻村工作队及帮扶单位的脱贫攻坚工作开展情况。督查方式主要是由督查组先听取乡镇街道负责人的汇报,然后通过实地踏看、查阅资料、座谈交流、入户调查等方式来把握真实情况。这次督查采取抽查的方式,哪个村"中奖"就督查哪个村,所以我们不能有侥幸心理,但只要我们把工作做实了,就不怕任何督查。何况如果能得到督查,还能帮助我们发现问题,改正错误,又有什么不好呢?

然后,我结合这次全户调查,对李子村脱贫攻坚工作中存在的七个方面的"没完全捱拢",从表现形式、危害、原因和解决办法等方面,进行了认真分析。我说,按照"两不愁""三保障"的基本要求和人均可支配收入的要求,今年年底我们村的贫困户要全部如期脱贫,难度不小,特别是人均可支配收入指标,必须找准关键,增添措施,才能按要求完成。我特别指出,我们村建卡贫困户的档案资料中致贫原因与帮扶措施对应不起来,甚至还存在逻辑矛盾。比如,致贫原因是疾病使其丧失劳动能力,但帮扶措施除了争取医疗救助,还有产业扶贫,问题是劳动能力都丧失了,如何搞产业?还有,贫困家庭中的壮劳力大都外出打工去了,帮扶措施中的种植业项目也难以落实。个别家庭被纳入了建卡贫困户,也不排除有看人做事、优亲厚友的问题。

发现问题,就必须解决。黄代敏提出,一是对脱贫攻坚的档案资料重新进行调查清理,绝不允许低级错误再次出现。二是出台产业扶持方面的补救措施,把短平快项目与外出打工和就近务工结合起来,特别是对村里的几个企业,要求其必须接纳本村的建卡贫困人口打工。三是要求两个帮扶单位的帮扶联系人,近期要到贫困户家中走访一次,一对一解决问题。

孙文春也发了言。他说,我们村干部天天都住在村里,但并不意味着我们的工作就做扎实了,包括我自己作为村党支部书记,这些年也没有做到把所有农户都走遍。单从这点来说,姚书记就值得我们学习。脱贫攻坚存在这样那样的不足,其实都与我们村干部工作不深入、方法简单有关。只要这点改变了,我们李子村的脱贫攻坚工作就会做得更好。

会议结束后,我和黄代敏、孙文春又商议了一下孙文高修新房的事。孙文春说,前几天,因为孙文高母亲杨举珍病逝,孙文高回来了几天,还到村委会办公室谈过修房的事,当时,黄代敏、孙文春、王长生、孙乾生等人都在。孙文高的意思是希望变通一下,把建后补贴改为现金补助。大家都说,那肯定不行,政策就是这样规定的,不是为一个人而制定的。黄代敏和孙文春都希望他把房子修起来,孙文高觉得先修房再得补贴,对他来说确实有难处,修房的事情就搁置下来了。

全户调查的效果

区里的督查没有抽中李子村,大家又松了口气,但工作仍然有条不紊地推进。

晚上,我给中央党校主办的《学习时报》撰写了一个全户调查案例,案例的题目就叫"全户调查及其效果",内容包括全户调查开展背景、主要内容、实施过程、主要效果,字数有3000字。

为什么我要搞全户调查?主要原因是我这个第一书记是接任的,没有参加精准识贫这个精准扶贫最关键的环节,工作起来总感觉到心里没底、脚下虚飘。对村情的了解,也只停留在几笔简单的数据上,缺乏有血有肉的鲜活实证,而且这些数据的真实性也让人不放心。村情不明,社情不透,如何能当好第一书记?经过慎重考虑,我才决定用最传统的走访办法,开展一次村情大调研。由于每一户都不能落下,我把这次调查命名为全户调查。在调查内容的设定上,突出全面两字,包括家庭基本情况、家庭收入支出情况、劳动力从业情况、责任地利用情况、家庭生产生活社会保障情况、家庭住房建设情况、子女教育情况、家庭成员未来就业意向、对村里发展和政府工作的主要建议等九个方面,也就是我通过全户调查希望了解的主要内容。在调查表格的设计上,体现"简洁"两字,用填空、表格、单项或多项选择等方式填写,做到一表在手,每户情况一目了然。

访问完毕,还要请受访问人签字,并填写好访问时间。调查结束时,全村的访问表累计达到5500多页。

从2016年1月15日启动至2016年4月5日结束,全户调查前后跨越80天时间,其间,有30天时间我还要处理村里的事情和单位的事情,因此,真正用在全户调查上的时间有50天。在这些日子里,不论天阴天晴、下雨下雪,我每天早晨7点出发,晚上7点回来,工作时间都在10个小时以上。回来后稍作休息,还要对表格进行简单的整理,特别是要把每天印象最深的事情,用驻村日记的形式进行记录,常常是晚上11点以后才能睡觉。调查表格重在数字记录,而驻村日记重在案例记录,无论正面的负面的,只要是典型的案例,都要把它写下来,同时还要写出自己的思考。有几次,因为下着大雪,或落着暴雨,或没有交通工具进村,我曾经想放弃。但仅仅一瞬间,我就坚决地把这个念头撵走了。作为第一书记和扶贫工作队队长,限时让李子村脱贫,让贫困户越线,让后进村支部摘帽,是我工作的主要目标,而全户调查是实现目标的前提。关系如此重要,我又怎能放弃?

这种全户调查主要通过走访、询问、交流,来掌握每一户的情况,因此我还必须睁大眼睛仔细观察。观察村民的居室,眼光掠过那些老旧的木房,或新修的砖房,仿佛在读一部建筑史,感觉木头、砖瓦都是会说话的。通过观察村民的表情,甚至从他们的微笑里,从他们的叹息或埋怨里,我能感受到中国农村跳动的脉搏。通过观察村民的族谱,或用雕版印刷的发黄的孤本,或用电脑打印的新修的复制本,我仿佛听到他们祖先迁徙的脚步声,从湖广等地来到巴渝,他们对古老的故乡和现在的故乡都是那样眷恋。走在李子村的土地上,我不仅是在同村民对话,我也在同脚下的土地对话,同溪流和山林对话,同乡村的历史对话。

也许有人会说,大数据时代你这种方法太笨了吧。我说,笨是笨了点儿,但这种办法最显实诚、最接地气、最有温度,没有任何先进的办法能够替代。何况,大数据时代的很多基础数据,不也是这样得出来的吗?

我的结论是,全户调查的效果至少有四个方面:它是一个精准了解实情的过程,是一个精准推动工作的过程,是一个精准为民办事的过程,是一个精准学习、提高的过程。总之,50天的全户调查,收获是十分丰厚的,正如习近平总书记所强调的那样,调查研究多了,基层跑遍、跑深、跑透了,我们的本领就会大起来,我们的认识就会产生飞跃,我们的工作就会做得更好。

第一书记的职责及角色

因为全户调查这段经历,我对第一书记的职责及角色做了一些思考,对第一书记是干什么的、怎样才能当好第一书记有了真切的认识。

第一书记是干什么的呢?

中组部的有关通知,给第一书记规定了建强基层组织、推动精准扶贫、为民办事服务、提升治理水平四大任务。但这些要求一是很原则,二是很笼统,能否掌握其中的真谛,还要靠自己的悟性。小岗村原第一书记沈浩同志,就是全国第一书记的标杆,有部电影叫《第一书记》,讲的就是他的真实故事。沈浩说,要得到群众的信任和支持,就必须融入小岗,了解民意,踏踏实实干几件事,让村民了解自己、认识自己。这话强调的是要深入群众,体现的是方法论。我们要当好扶贫第一书记,还得靠自己在实践中探索、思考。

应该怎样当好第一书记呢?

我认为,要当好第一书记,必须把握好两个关键:书记要去干什么,"第一"意味着什么。围绕这两个关键环节,我有了自己的一些想法。

第一个关键"书记要去干什么",这是职责所在,就是要当好"五员",即党建统筹员、村情调研员、政策宣讲员、项目协调员、群众办事员。为什么要当好党建统筹员?因为农村要发展,农民要致富,关键靠党支部。农村基层党组织是党在农村全部工作和战斗力的基础,是贯彻、落实党的扶贫开发工作部署的战斗堡垒。因此,第一书记必须当好党建统筹员,以建设服务型党支部为目标,统筹抓好以村党组织为核心的村级组织配套建设,把基层党组织建设成为带领群众脱贫致富、维护农村稳定的坚强战斗堡垒。为什么要当好村情调研员?因为精准扶贫的关键是识贫。要识贫必须知贫,必须谙熟村情。即使在交通、通信发达的今天,我认为走访仍然是最有效的了解村情的办法。因此我通过全户调查,走遍了全村所有农户。为什么要当好政策宣讲员?因为只有将精准脱贫的系列政策、措施入脑入心,才能宣讲政策给村民,以发挥政策的作用。为什么要当好项目协调员?因为贫困村需要解决的困难和问题很多,需要第一书记对实施项目进行协调,对已有项目的实施进行监督,坚决杜绝项目建起来、干部倒下去的现象发生。同时还要策划和争取项目,解决"最后一米"问题。至于为什么要当好群众办事员，那更好理解了。对贫困村来说，如期脱贫摘帽当然是最大的好事实事，但一个村就是一个小社会，每家都有一本难念的经，他们想要办的事情，对他们来说都是大事。所以，第一书记要乐于当好群众办事员。我认为，只要明确并履行了"五员"职责，第一书记就算是当到位了。

第二个关键"'第一'意味着什么"，这是角色定位。第一书记因脱贫攻坚而生，必须统筹抓好脱贫攻坚工作，这是第一书记的主业。因此，第一书记的"第一"，主要体现在统筹抓好脱贫攻坚这个主业上。在抓好主业这个问题上，村党支部书记必须配合好第一书记，同时要负责抓好村党支部的日常工作。更进一步理解，就是"第一"不是取代，不能越俎代庖；"第一"更不是唯一，不能凌驾于村党支部书记之上，不能搞独断专行。如果再形象一点儿说，首先，第一书记既是先生又是学生。在利用自身优势指导村两委班子开展工作的同时，还要多向村党支部书记和其他村组干部请教，在学习基层工作方法方面要甘当小学生。其次，第一书记既是船长又是大副。在扭住脱贫攻坚这个牛鼻子、落实脱贫攻坚政策方面，必须发挥好掌舵人的作用，目标坚定不移，像沈浩同志那样，宁肯让自己多受累，也要让群众快脱贫，宁肯让自己掉几斤肉，也要让群众走上致富路。但在具体事务的处理上，又要勇而退其次，甘当村党支部书记和村主任的帮手。最后，第一书记既是队长又是外长。第一书记一般兼任驻村工作队队长，必须与副队长（一般由联系村的乡级副职领导兼任）同心合拍、步调一致，协调处理好上级帮扶部门和贫困村所在乡镇党委政府的关系。与此同时，第一书记要利用自己人脉资源丰富的优势，当好贫困村的"外交部长"，在项目协调、招商引资、为群众办实事等方面奔走呼吁。

总之，在脱贫攻坚大决战中，第一书记既是导演也是演员，既是主角也是配角，既是指挥员也是战斗员。所处的位置不同，扮演的角色也不一样，但有一点是相同的，第一书记无论是什么角色，脱贫攻坚这条主线都必须贯穿于工作的始终。

三十四 "最后一米"

一封情况汇报信

今天上午我集中精力写了一封信。下午通过邮局寄出。当听到邮戳"咚"的一声击中信封时，我像完成了一件重要使命似的，全身顿时轻松了下来。

现在通信工具发达，有事一般打个电话、发个短信，或在QQ里留个言即可。因此，写信的人越来越少，非重大复杂的事情，一般都懒得写信。虽然我受父亲影响，对传统书信始终情有独钟，讲究见字如面，但现在也很少主动给别人写信，除非别人写信来，我才因为礼节写一封回复。我今天主动写的这封信，其实是李子村扶贫工作的情况汇报，是写给区委书记余长明的。

我从来没有给上级领导写过什么信件。做出这种决定前，我还犹豫过。因为一个地方的主要领导，公务十分繁忙，哪有专门的时间来关注一个村的事情呢？但犹豫之后，我又想，像李子村的入户便道、大堰整治、政策宣传、环境污染等问题，不是个别现象，在贫困村具有一定的共性，是"最后一米"问题，如果没有区委、区政府的支持，仅凭驻村工作队的努力是无法解决的。如果这些问题不迅速解决，又会直接影响脱贫攻坚的进程和效果。再说，收我这封信的领导是联系李子村脱贫攻坚工作的区级领导，他一定希望得到基层真实的情况，作为第一书记写信反映该村的真实情况，也是职责所系。纠结再三，最后，我下定决心，必须要完成好写信这件事情。

于是，我打开电脑，郑重地敲下一行标题：就李子村脱贫攻坚有关问题，致区委余长明书记的汇报信。

我主要汇报了李子村部分村户入户便道不通、部分村民房屋复垦补偿一事未解决、部分村民饮用水污染、村民"转户"后办事困难、李子村大堰年久失修、李子村产业发展滞后、主流媒体政策宣传"缺位"等方面的问题，并提出了具体建议,希望引起区委、区政府的充分重视并加以解决。这些问题和困难,来源于自己的全户调查,也在驻村日记里有所记录。由于对情况熟悉,5000字的情况汇报信,我在电脑里不到半天就写好了。我还向余长明书记简单汇报了我开展全户调查的情况,认为这项工作对第一书记了解贫困、宣讲政策、疏导情绪、精准施策可起到重要作用。只是由于内容较多,我用的是电脑打印稿。

　　下午4点,我亲自将信件拿到邮局,寄的是挂号。

愧对表扬

　　今天下午5点刚过,收到周艳红发来的微信,说我成典型了,向我致敬。我莫名其妙地问,啥子典型哟? 周艳红说,区领导表扬你咧!

　　周艳红是《武陵都市报》的年轻记者,过去我在报社工作时,她就是采访骨干,现在已经是报社采写要闻的大笔杆了。她断断续续地给我发来一些话,大意是说今天下午召开了全区扶贫开发领导小组会议,区委书记余长明和区长徐江都在会上表扬了我。而且,一个下午的会,表扬了我三次。周艳红说,她当记者这么多年,还是第一次见到这种情况。

　　散会后,周艳红又给我打来电话,讲了详细情况。这次会议先是由今年有整村脱贫任务的20个乡镇主要领导表态发言。在进行中,余长明书记插话说,太极乡那个李子村,驻村的是区委党校的副校长,人家花了近两个月时间,一户一户地走访,工作真的是做得扎实,驻村工作就是要向他学习,做实、做到位。徐江区长接着说,我们有的贫困村还处于休眠状态,区委党校那个副校长人家是花了近两个月时间,一户一户地、认认真真地走访做记录的,要向他学习。接着,余长明书记又说,对,要向他学习,真正地走近群众,全面掌握贫困户的情况。最后,余长明书记在讲话的时候又一次提到我驻村调研这件事,而且直呼其名,让大家知道党校那个副校长其实就是我。

　　李子村的驻村帮扶工作能得到区里领导的认可,我心里当然暖和,但静下来一想,又觉得自己这样做只是职责所在,不值得表扬。虽然了解了一些实情,但解决问题的对策和措施还不成熟,有时不免书生意气,面对脱贫攻坚大任,自己破釜沉舟的勇气还不够,拼命三郎的精神还欠缺,背水一战的决心还不大。因此,虽然领导表扬了我,但我没有任何一点儿沾沾自喜的资本。为了让李子村改变贫困面貌,我必须率领驻村工作队和村两委一班人,付出更多、更大的努力。

区委书记的现场办公会

今天是"五一"假后的第一个工作日。上午,区委书记余长明率区委办、区扶贫办、区交委、区农委、区水务局等部门的主要负责同志,在三组大坪上的建卡贫困户汪登全家,召开了一次现场办公会,为全村发展把脉问诊,进一步落实帮扶措施,当场解决实际困难。会议时间不足一小时,但效果很好,受到当地干部、群众欢迎。区委常委、政法委书记王春华,副区长林光等参加会议。

余长明首先听取了汪登全的情况介绍。汪登全说,现在上级帮扶很得力,但他自己也要自立自强。他家今年圈养鸭子200只,卖鸭蛋的纯收入突破1万元。同时,他儿子外出务工可以增加2万多元的现金收入。抛开吃喝等日常开销,全家今年实现1.5万元的纯收入、如期实现脱贫没有问题。余长明听后,鼓励汪登全说,你有头脑,有项目,有信心,你家今年脱贫无忧,我很高兴!但现在是脱贫攻坚的关键时刻,可以说是火烧眉毛,各部门一定要把帮扶措施做得更给力,这样才能如期打赢脱贫攻坚战。

随后,他就李子村在脱贫攻坚中要解决的困难,请区里相关部门的负责人表态。他说,前几天,李子村第一书记、驻村工作队队长姚元和同志给我写了个汇报材料,提出希望解决的问题。这些问题,实际也是李子村的"最后一米"问题。大家别小看这"最后一米",我们做一件事情就像长途跋涉一样,"开头一米"重要,"最后一米"更重要。现在很多贫困村还存在精准扶贫的"最后一米"没有解决好的问题。今天,区里几个帮扶部门的一把手都来了,我们就在老汪家议一下,该怎么解决,当场解决。我今天主持召开这个会,也算是对元和同志这封情况汇报信的正式批示。

随后,他叫我简要说一下需要解决的问题,然后大家表态。我主要讲了李子村人行步道完善、大堰整治、水源污染、扶贫政策入户等问题,希望区里相关部门加以解决。听了我的汇报,区交委、区农委、区水务局的主要负责同志,都把问题记在本子上,并表态尽快解决,最后决定由区农委负责解决人行步道的建设、完善问题,由区水务部门负责解决水源污染的问题,由区国土部门负责解决大堰整治的问题,由区委宣传部、武陵都市报负责编印扶贫政策送给全区贫困户。

余长明最后说,扶贫除了给钱给项目,还要解决贫困户的思想贫困问题,激发内生动力很重要,宁愿苦干、不愿苦熬的黔江精神永远都不能丢。黔江的脱贫攻坚工作,既要扶贫政策进村入户,人人皆知,也要扶贫故事和脱贫故事有板有眼,家喻户晓。他要求由区委宣传部牵头,请武陵都市报、黔江电视台等主流媒体加大脱贫攻坚政策宣传、脱贫攻坚事迹报道,形成人人关心脱贫攻坚、人人支持脱贫攻坚的浓厚氛围,如期圆满打赢脱贫攻坚战。

区委书记来到建卡贫困户家里召开现场办公会,为贫困村解决困难,大家都很高兴,也很感动。为此,我还特地给报社写了一篇时评,认为在精准扶贫、精准脱贫向前推进的关键时期,相关会议也应当精准。不能搞以会议贯彻会议,会后山河依旧;不能搞领导念稿子雄赳赳,与会者听稿子软绵绵;不能搞抓而不实,开也白开;不能搞本来可以省略却还阵势不小,小会折腾一大群人的事情。我们改进会风的着眼点,就是要深入基层解决问题,把"一级讲给一级听"进一步变成"一级干给一级看",把抓落实的工作做得更具体、更扎实。唯有如此,我们打赢脱贫攻坚战才有更充足的底气。我还认为,上级部门不是"老爷",工作不能只停留在检查督查、发号施令上,而应该深入贫困村去解决实际困难。如果上级部门检查督查过多过滥,就成了新的形式主义。下级部门一天到晚都在迎检迎督,哪还有时间帮助群众脱贫致富。

润民细无声

用上自来水是李子村人做的一个梦,也曾是乡政府给村民画的一个饼。当白花花的自来水从水管里喷出来的一刹那,住在李子垭的金建康认为这是在做梦,他把自己的脸狠狠捏了一下,又把那本绿色的《自来水缴费证》摸了又摸,才相信是真的。李子垭等全村缺水地方的村民,大都有这种感受。

李子村属于太极水厂的供区范围,李子村饮水工程的全面完工,实现了自来水百分之百入户。近11万米的自来水管道,联结全村的每一个角落,让村寨增了灵气,少了叹息。

从通电、通大公路到通自来水,李子村人的好日子又向前跨了一大步。通水工程是悄无声息地进行的,既没有开工典礼,也没有竣工仪式。

这项工程的建设责任单位是黔江区润民农村水利工程有限公司,具体是由太极乡水利农业站分两个时段施工的。2015年底,公司主要解决了大公路两边农户的饮水问题。孙文春家的《自来水缴费证》就是2015年11月11日颁发的。

到2016年上半年,公司采用最高点建大水池提灌方式,使所有高山村民喝上了干净的自来水。至此,全村自来水使用率达到100%。由于自来水是安一户通一户,施工时动静不像修公路那么大,村里很多人都不知道工程进展情况,只知道自己家里何时通的自来水。

我到李子村驻村后,在全户调查时也涉及了村民的吃水问题。李子村现在的供水方式为分散式供水,主要以溪沟水、地下水作为水源,也有一些村民自寻水源、自建水池来满足用水需要。但因溪沟水未进行处理,水质不达标,而且水量受季节因素影响很大,供区经常缺水。遇到连续干旱月份,水源枯竭的情况时有发生,当地村民需要乡里安排送水才能满足基本的生活用水需求。在村民自建的水源处,又未进行水源保护,水易受污染。还存在自建蓄水池小、未进行引水管道和供水管道维护、管道爆裂等问题。在实施精准扶贫之后,也就是2015年8月25日,黔江区水务局就批复了《黔江区太极乡李子村饮水安全工程实施方案》,要求2015年8月30日以前开工。在规划设计过程中,当地群众主动配合主管部门与设计单位开展实地调查,为供水线路选线出谋划策,提出了很多建议。本项工程完工后要收取水费,大家都表示理解和支持。在设计时,个别地理位置偏高、偏远的住户提出,水压上不去怎么办,技术人员让大家放心,因为这个问题早已考虑,在配水管网供水水压的控制条件不符合所需的水压时,会采用局部加压的方式满足村民的用水需要。

管线主要依公路而布设,但为了尽量避开滑坡、塌方等不利的工程地质地段,同时要不占农田,少损毁植被,工程施工难度还是较大。除了需要安装10.7440万米的管道,还要新建200立方米蓄水池一处、提水泵站一座,工程投资按121.93万元控制。具体来说,全村平均每户要安装176米长的管道,户均投入2002元,人均投入594元。虽然投入不算大,但对村民的生产和生活影响却不小,用"水润万物、利泽千户"来形容,不算夸张。

消除危旧房

当大城市的一些房子不是拿来住而是拿来炒的时候,李子村有近三成的农户还住在危旧房里担惊受怕,有的人甚至居无定所。

在精准扶贫启动之前,黔江区就实施了高山生态扶贫搬迁政策,通过整合易地扶贫、生态移民、专项扶贫、农村危房改造等项目,计划用4年时间完成5万人的搬迁任务。在实施过程中,实行差异化的建房补助标准,给农村低保户、建卡贫困户和D级危房户按户补助3万元,其他农户按户补助1万元。我在李子村搞全户调查时也发现,凡是修建了新砖房的农户,都按这个政策标准得到了建房补助,并挂了识别标牌。修新房还要得补助,大家对这个政策当然很赞赏。因为李子村在20世纪80年代以前修建的住房,大都是木房,很多甚至是修了几十年的老屋,随着时光流逝老房子破破烂烂已不能住人。

2015年4月,区里发出通知要求做好2015年农村危旧房改造工作。区城乡建委充分发挥牵头协调作用,积极主动协调相关部门,加强业务指导,加大督查力度,确保年度目标任务顺利完成。具体程序是农户自愿申请,村民会议或村民代表会议民主评议,乡里审核、区级审批,改造前中后都要有照片为证。审批确认后,农户按标准自备材料、自筹劳力进行改造或新修,经验收合格后由乡政府及时、足额、准确地发给补助资金。是年底,李子村扶贫搬迁13户,按政策标准,6户建卡贫困户各得补助3万元,7户一般扶贫搬迁户各得补助1万元,一共补助25万元。

同时,全村危旧房改造179户,共计补助140.95万元。具体来说,全村危旧房改造是按贫困程度、危房等级来设定四个档次补助标准。第一档是对建卡贫困户中的D级危房改造,每户补贴3万元,有张朝宪、陈健康、陈中伟、孙文方、汪文中、张吉军、孙章政等7户享受到,共补贴资金21万元;第二档是对一般困难户中的D级危房改造,每户补贴1万元,有马长禄、孙桂林、张光平、杨超、杨胜、郑孝全、金文培、孙文胜、孙文洪、孙礼、张和兵、陈云清、孙文顺等13户享受到,共补贴资金13万元;第三档是对建卡贫困户或低保户中的C级危房改造,每户补贴8000元,有敖洪亮、陈中棉、龚明娥、马顺超、马孝中、马再康、黄方成、汪松林、陈兴全、金思和、金文书、孙久明、孙明杨、孙文江、龚淑荣、陶宗极、汪文曲、张凤明、龚秀云、孙家孝、孙建维、刘明香、孙文谷、余清华等24户享受到,共补贴资金19.2万元;第四档是对一般困难户中的C级危房改造,每户补贴6500元,有135户享受到,共补贴资金87.75万元。

李子村实施的农房安全工程,惠及了全村近三成农户,其中,C级危房改造159户,D级危房改造20户。在这个基础上,2016年又为五保户孙云声家、低保户张永珍家和陈桂福家等困难农户张罗修建住房。管仲平的住房问题也有了眉目。他在李子村小学旁边找了块地,也筹集到了大部分资金。考虑到他家的实际困难,亲戚朋友和左邻右舍都表示要帮助他家建房子,不收工钱。村两委也发出号召,希望大家对贫困家庭伸出援手,这更增添了一家人乔迁新居的信心。现在,除孙文高等放弃享受政策的个别困难户外,李子村基本解决了农村危旧房改造问题。2016年,全村人均安全住房面积超过60平方米,已经高于同期全国农村居民住房平均水平。

大堰整治项目开工了

没有鞭炮齐鸣,没有锣鼓喧天。李子村大堰整治项目工程,今天终于开工了。当工程机械进入第二工段白果坝时,一些村民甚至还不知道是怎么回事。老队长孙和声感叹地说,整治李子村大堰,我都呼吁了六七年,现在终于要如愿以偿了。

老队长高兴,我当然也高兴,毕竟自己对这个项目的立项付出了心血。那段时间,我趁回城开会的空隙,先后到区水务局和区农委了解李子村大堰当年的立项、实施情况。后来终于搞清楚了。这个项目是由区国土部门立项实施的。然后我去区农村土地整治中心,找到中心主任田应培。田应培说他们手头有这样的项目,并带领技术人员到村里查看了现场。这个项目最终由黔江区农村土地整治中心立项,项目全称叫《黔江区太极乡李子村区级高标准基本农田建设项目》,项目中标实施单位是重庆鸿榜实业有限公司,施工区域类型属于中低山山塬缓坡区。工程开始施工后,项目部人员就住在三组烟房坝韩继生家。

在韩继生家,项目负责人邓杰拿出施工设计图纸,对项目投资、建设目标等情况进行了介绍。从投资看,预算总投资165万元,其中工程施工费140多万元,超过总投资的84%。从建设目标看,项目实施区面积4770亩,预计建成高标准基本农田1828亩,耕地质量提高等级≥1等,梯田化率达到73%以上,适宜小型农机化率达到76%以上,有效土层厚度为61厘米,耕作层厚度为27厘米,抗旱天数为30天以上,水田、旱地的排涝标准均为十年一遇。项目同时还包括两部分补充建设内容,一是建设灌溉与排水工程2991米,另建沉沙凼3个;二是新建田间道路工程2240米,新建混凝土田间路倒车位一个,拦污栅6个。邓杰说,这个项目分金鸡坝、白果坝、烟房坝3个工段,计划3个月的工期,业主单位要求两个月内完成,时间确实有点儿紧。

和那些大项目相比,这个项目投资确实不值一提。但对李子村来说,作用却不小。工程竣工后,不但穿梭田间的大堰修好了,从田间联结各家各户的道路也畅通了,以后发展生态农业、农业旅游或建设田园综合体,基础条件都更好了,经济效益和社会效益都会有较大提升。按孙和声的话说,以后我们金鸡坝人种庄稼,无论天晴落雨,脚都不会被打湿,还可以开着农用车直接到田地,再也不用肩挑背扛了。

然而,现实距离蓝图还有很远。项目开始施工后,那些沉淀在水下,过去没有解决的矛盾可能浮出水面。一些村民从工程中捕捉到了"揩油"的希望,明里暗里的种种私欲,会形成一股阻力,让施工方变成调解委员会,甚至可能造成项目无法正常施工。我对邓杰说,项目来之不易,希望鸿榜公司能站在助推李子村脱贫攻坚的高度来对待这项工程,除了工程质量要做到精益求精外,还要尽量请李子村的建卡贫困人口来工地打工。邓杰表示,反正都要请民工,他们公司非常欢迎大家来。

修堰遇堵

尽管大家对大堰施工中可能遇到的困难有所预设,但现实中出现的阻力往往要大得多。整治大堰不仅仅是技术活,它还像木棒遇到支点,迅速撬动了各户的利益天平。这项工程,对多数村民来说是"花好月圆"之事,少数村民却认为是"拆屋毁田"。工程刚刚开工不久,各种麻烦事就找上门来。邓杰这几天最苦恼的就是,项目部每天不但要处理技术方面的问题,还要协调突然出现的各种矛盾。

邓杰原是学医的,经过努力,实现了从医生到职业经理人的转身。这段时间,邓杰带领项目部的技术人员,主动为当地群众做好事,缩短了彼此间的心理距离。家里是低保户的马顺超和女儿马可虽然身体有疾病,邓杰还是安排他们到工地上打工,每人每天给100元工钱。马顺超说,这是他打零工得到的最高工资。当得知建卡贫困户周方梅家的进屋公路没解决时,邓杰决定免费为她家修建一条3米长、4.5米宽的入户车道,预计需要增加工程经费5000余元。

邓杰说,工程在烟房坝工段实施得比较顺利,主要是李明芬协调得好。在金鸡坝和白果坝两个工段,却遇到了一些阻力。从施工开始到现在,处理了大大小小的矛盾20余起。这些阻力,大都是过去搞基础设施建设时遗留下的。比如白果坝的吴正祥家,当时也是修李子村大堰,施工路从他们原来修通的一条机耕道经过。当时的政策是，只有新修公路每平方米才有4元补偿。因此大堰工程完工后，他们也没有得到补偿。这次大堰整治工程开工，吴正祥带头堵了两次，后来在施工队协调下，没有再堵路了，但前提就是必须得到补偿。还有，2006年新修大堰时占了陈云波家的养猪场，现在大堰整治时他们就不准在堰上盖板。因为大堰要从他家地坝前经过，施工队答应施工时把他家的地坝一同硬化一下，他们才答应可以盖板。

由于这些矛盾纠纷，工程进度受到一定影响，只能靠增加施工力量来加快进度。邓杰说，他们昨天和今天请的农民工都达到28人，包括工程技术人员在内，施工力量达到了36人。等其他作业面出来以后，人手还会增加，每天至少要保持40人以上，才有可能如期完成施工任务。

我告诉邓杰，这段时间由于自己到重庆市委党校担任精品课比赛的评委，已经有一个星期没在村里了，对大堰整治工程关注不够。大堰整治工程是脱贫攻坚基础设施建设项目，希望鸿榜公司无论遇到什么困难，都必须迅速推进。驻村工作队和村两委，都会为公司排忧解难。

吃喝也是赚

今天上午同孙文春、邓杰、田谦等人一起，再到大堰整治工地转了一圈，了解施工中的困难，现场解决群众提出的诉求。我们从白果坝大银杏树下穿过，步行到白果坝工段。这一工段工程快要完工了，看上去施工人员并不多，只有那挂在树上为工程加油鼓劲的横幅标语，让这方田园增添了繁忙的气象。

从银杏树直对团山堡，过去有一条100多米长的村道贯通，按设计这次要用水泥硬化，使之成为白果坝的主要通道，但设计时并没有把这条村道边墙损坏的因素考虑进去。邓杰他们如果睁一只眼闭一只眼，损坏的边墙是可以不处理的，但这是昧着良心做事。他们决定必须先把边墙处理好了，路基压实了，再铺设水泥。田谦说，光是修砌边墙这一项，就让公司增加投资2万元以上。田谦也是鸿榜公司的，来协助邓杰完成这个项目。他个子高大，话语温和，我与他是第一次见面。

对项目设计，他们也进行了必要的优化，因为有些地方不做调整优化，工程就做不下去。比如，原设计中排水沟上的盖板是预制板，虽然施工起来更省力，但这些排水沟不全是直线的，大都弯来拐去，如果用预制板镶嵌拼接，肯定到处都是稀牙裂缝的样子。在村民们的建议下，邓杰他们决定现浇，但要购置大量木条来镶边固定泥沙，这不仅增加了人力成本，还增加了辅助材料成本，共5万元以上。

原材料上涨，也给施工带来了困难。比如钢材从原来的每吨2100元上涨到现在每吨3400元，水泥从原来的每吨320元上涨到现在每吨380元，碎石从原来每吨65元上涨到现在每吨80元。如果按年初的价格，整个工程的材料费只要30万元，而现在，材料费至少要50万元。

邓杰说，由于项目在施工过程中增加了内容、优化了设计，加之材料费上涨等因素，大堰整治工程肯定是赚不到钱了。公司考虑到这是一项脱贫攻坚项目，不赚钱也要赚吆喝，要保证质量和工期，把它建成同类项目中的"标美"工程。

我们继续往下走，快到河边的时候，听见挖掘机在一段水沟里咆哮。这段工程是新修的，过去大堰到此为止，排涝的时候就成了阻碍。施工涉及李子村孙健、孙涛和石槽村陈家华等几户村民的田地，这些田地已经荒芜，栽上了白杨。李子村一组的孙健、孙涛在这里有地，但他们平时都在城里做事，他们的父亲孙文林、母亲蔡明秀都是退休教师，现居住在金鸡坝的四斗种。听说这里大堰施工，挖出的淤泥已经倾倒在田地里，他们就以事前不知为由，叫父母前去干预。前两天，孙文林曾赶到现场，不准挖掘机施工。孙文林说，整治大堰是好事，他很赞成，但总该事先打个招呼。意思是说，施工队一点儿面子也不讲，何况自家的田地已经受到影响了。但今天并没有看到孙文林在现场，挖掘机仍在作业。邓杰说，公司已同孙文林做过沟通，孙文林表示不再阻工。我提议，大家一起到孙文林家去坐坐。于是我们沿着小路，翻过一座小山梁，径直赶到金鸡坝，然后来到老屋基，看望了刘明香等建卡贫困户，再到小地名叫四斗种的这个地方，孙文林和蔡明秀就住在这里。5间木房，只有两口子住，显得有点儿空。天气转冷了，屋檐下那桶蜜蜂，还在呼啸着飞进飞去，要抢在冬季来临之前多储备一些食物。

两位老师见我们来，都很热情。蔡明秀还给我们泡上茶，摆了一盘瓜子。驻村以来，我是第三次到孙文林家摆龙门阵，加之孙文林读中师时的同学李顺舟还是我教中学时的同事，大家一说起就很亲切，而孙文春的小学老师就是孙文林，大家坐在一起，话题自然就多了起来。孙文林说，大堰整治是个好项目，李子村人喊了好几年盼了好几年,现在才上马,算是搭上了脱贫攻坚的顺风车,对此他们一家是支持的,何况工程完工后,李子村生产生活环境更好了,发展农业旅游也更容易了。他去干涉,主要是施工队先斩后奏,甚至是斩了也没奏呢。总之,施工队正常施工他们不反对,但应该给他们先打个招呼。

听了两位老师的话,我急忙说,这事首先要怪我这个第一书记宣传工作不到位,让你们受了委屈,我向你们检讨。孙文春也说,自己作为村党支部书记,沟通工作没做好,也请求老师批评。我接着说,工程施工前,是准备要召开一个村民代表会议的,但这段时间脱贫攻坚任务特别重,就没有来得及开会跟大家沟通。

孙文林和蔡明秀都笑了。孙文林说,他们两口子都是老教师,这点儿境界还是有的,他们一定会支持这项民心工程。他们只要求,等沟渠修好后,能够把施工中挖掘机搬在田地里的淤泥清理干净。邓杰马上承诺,等边墙砌好后,再把淤泥运来作回填,并对田土进行清理,恢复原样,还可以用挖掘机给这些地松松土。

今天我还同孙文春一起,去蒲家河和梅子沟,查看了入户便道施工情况。由于工程量不大,短短一个月时间,总共3公里的工程已全部完工了,从硬度、厚度和宽度看,都符合质量标准。现在李子村的入户便道百分之百建设完成了,保证基本出行的"最后一米"问题,算是彻底解决了。这两个寨子的入户便道,原来都没有被纳入精准扶贫规划,是区委书记余长明在李子村召开现场办公会后,区农委出资在这里组织规划实施的。

"我是群众我怕谁"

白果坝工段阻工问题解决了,金鸡坝工段又有人阻工了。真应了那句俗话:按下葫芦又浮起瓢。

今天下午,我同孙文春、汪文锐、邓杰、田谦等人一起,专门到金鸡坝工段了解大堰整治工程受阻情况。

与白果坝、烟房坝两工段形成对比的是,金鸡坝工段目前还冷火秋烟,原因是老湾湾的孙文辉等人,以修公路自家未得到补偿为由,堵塞了进出通道,不准施工车辆从他家门口经过。这里唯一能看到的施工迹象,是孙文辉房屋旁边堆了一大堆砂石,是由孙乾生拉到这里的。由于孙文辉家院坝下面的步行道很窄,如果不拓宽,这些材料根本进不了大堰整治施工现场。如果要拓宽,又要占孙文辉家院坝的一点儿地。

我们沿着金鸡坝的那条最长最直的大堰往上走。看到处处垮塌的大堰里污水直流,矿泉水瓶子、垃圾袋漂浮水上,水中散发出阵阵恶臭。邓杰说,金鸡坝工段因为受到孙文辉等人的阻工,连大堰清淤都还没做,工程已无法按原计划完成了。

孙文辉、孙桂林、孙文海、孙文高四兄弟,他们的住房背靠大马路,在半山腰一字排开。2006年修李子村大堰时,为方便施工,从孙氏兄弟的房屋后开了一条施工便道,确实占了他们的土地,但按当时的标准给予了补偿。后来他们几兄弟自己出力出钱,给这条便道修了堡坎,使路变得更宽了。为方便村民出行,2015年乡里动用扶贫资金,对这段公路进行了硬化。为了帮扶他们,孙文高家还被村里确定为建卡贫困户。孙氏兄弟认为,公路堡坎是他们修的,应该有补偿,但按政策又不能享受补偿,因为这段路的路基夯实、水泥硬化都是国家出的钱。目前村里进行了三次协调沟通,但孙氏兄弟始终不准施工队车辆进场。

因为孙文高外出打工未归,孙文海干活去了,只有孙桂林、孙文辉在家。本来孙文辉也在新疆打工,因为金鸡坝要整修大堰,运送材料要从他家院坝过,他就闻讯从新疆赶了回来。几兄弟商量,如果不解决遗留问题,就不准施工。他们说的遗留问题,就是认为政府没有给他们自己修堡坎进行补偿,并说其他地方都补偿了,还说他们这些年什么好政策都没有享受到,这次整治大堰至少要给他们补偿1.5万元才允许开工,否则他们就要把自己修的这条路堵上,不让施工队从这里进场。

搞清了他们的诉求,我说,你们几兄弟说的历史遗留问题,是修公路应该享受补偿问题,与李子村大堰没有关系,不要把两件不相干的事情扯在一起。孙文辉说,事情确实各是各,但施工队要从我这条路上过,就有关系了。反正不给补偿,就不准施工队过。听了这话,我有点儿生气。我说,照你这样说,我们今天来的人从这条路上过,都还要交买路钱哟?孙桂林说,那当然不交了。我说,那就对了嘛!再说,这条路是国家拿钱硬化的,你们为什么要从上面过呢?孙文辉嘟囔道,又不是我们喊国家拿钱来硬化的!

孙文春说,孙文辉,你们这一段路,是自愿修的,确实不能享受国家的补偿政策。这点,你们可以去周围打听。但孙文辉和孙桂林一口咬定,哪里哪里都是享受补偿了的,我们修的路就应该获得补偿,何况为了修这段路,还有人受了伤,现在生产生活都受影响呢。

两兄弟的底牌亮出来了,态度又如此坚决,那就是要补偿。但我们也有我们的底牌,那就是必须按政策办事。作为施工方,邓杰和田谦在努力寻找第三条道路。田谦提出一个办法:由于工程施工需要,确实要占孙文辉家一点儿地,但又不能补现钱。他们公司可以把孙文海家房屋前的这一段公路拓宽,让车子能直接开到院坝,而且可以把院坝铺上水泥,看起来更干净利落。邓杰说,这一弄,说不定你孙文辉那跑了的媳妇,马上就回心转意了!

大家都笑起来,气氛有所缓和。孙文辉心有所动,火气少了许多。大家当场算了一下成本,30平方米左右的院坝,如果浇铸水泥硬化,至少要花3000元,加上拓宽进院坝的路面,至少要花5000元以上。

正在这时,老队长孙和声也赶来帮助协调。在大家的劝说下,孙文辉答应了。

但孙桂林提出异议,认为兄弟各是各,孙文辉放弃补偿是他的事,其他三兄弟的补偿还没有解决呢。听了这话,孙文辉又反悔了,说如果公司要帮他整修院坝,必须先给他拿3000元押金才行!

翻脸比翻书快。没有人再接两兄弟的话。我心里直冒火,忍了又忍,才没有发作。我说,大家好心同你们沟通,好话说了一大箩,你们怎么就不进一点儿油盐呢?你们要知道,整修大堰是民生工程,涉及几百户人的利益,它不是"唐僧肉",随便哪个都想啃几口。再说,阻止民生工程施工,如果一意孤行,法律是要站出来管的!

我们没有给两兄弟打招呼,就离开了。一路上,大家都愤愤不平。精准扶贫开展一年多来,李子村发生的变化有目共睹,村民的思想境界也有了一定的提高。但在部分村民的心目中,凡是上级出钱修建的项目,就是一块"唐僧肉",沾边与否都想跑来咬一口。在一个时期的话语体系里,基层群众都是没有缺点的,只要发生什么矛盾,板子总是打在当地干部身上。这样的评判方式,在一定程度上让某些人变得蛮横刁钻、是非不分。更可怕的是他们的法治意识十分淡薄,总认为"我是群众我怕谁",法律对他们而言,就是糊在窗子上的纸,他们对此没有任何一点儿敬畏之心。

关于大堰整治工程阻工问题,驻村工作队和村两委立即向乡党委做了汇报。米仁文提出,李子村大堰整治项目来之不易,必须建设成真正的民心工程、样板工程。由于李子村部分村民不配合,所以必须先做好思想工作,做到话明气散,只要思想关过了,心是块石头也能被焐热。乡村干部多做群众工作,把矛盾纠纷协调解决好;施工企业要在安全生产、文明施工上多动脑筋,同时也要学会与当地群众沟通。对于那种不听劝阻、执意阻工的行为,必须依法坚决进行打击。

受伤之后

金鸡坝工段阻工的事情还没解决,在烟房坝工段打工的村民田景翠的手又骨折了,双方在村调解委员会的调解下化解纠纷,但一方挨了痛,一方花了钱,都是受了伤。

今天上午,同李明芬一起,去烟房坝看望了受伤的田景翠。

田景翠家在李子村小学前面,从大公路下去,走两分钟就到了。田景翠的丈夫杨光勤正在自留地里采摘柑橘,田景翠背着背篼,在帮忙背果子。见我们来,老两口停下手中的活,招呼我们到家里坐,并捧来一大堆柑橘,剥了一个柚子让我们吃。田景翠虽然身子能活动,但右手绑着绷带,打着石膏,稍微一运动就痛。田景翠不善言辞,杨光勤替她讲述了受伤的经过。

那天下午,在大堰整治工程工地打工的田景翠,像往常一样,帮忙挑沙子。当她走到一条沟边时,脚陷进了松土里面,身子一歪摔在地上,不一会儿右手就肿了。田景翠认为是小毛小病,当时并没在意。在大家的劝说下,她回家擦了点儿止痛药,又回到工地。邓杰知道这事后,就帮她到村卫生室弄了些药。过了一天后,手不见好,还肿得更厉害。杨光勤决定送田景翠到金溪镇卫生院去检查,经拍X光片,初步诊断为骨折。

俗话说,伤筋动骨100天。杨光勤这下着急了:如果手真的骨折了,不但田景翠难受,他自己连一日三餐也成问题。他把这个事情告诉了孙文春、汪文锐和李明芬,同时打电话通知了邓杰和田谦,希望大家坐下来商量一下。在村调解委员会的主持下,那天晚上双方在杨光勤家里进行了商讨。杨光勤提出,田景翠是在工地打工时受的伤,希望公司承担医疗费用和误工费用。邓杰表示,愿意为田景翠受伤承担一定的责任,但还是要做进一步的诊断,最好是到城里的专科医院做鉴定。由于意见不一,没有达成调解协议。后来,经城里专科医院鉴定,田景翠确定为右桡骨远端骨折。之后,村调解委员会两次组织双方进行调解,最终达成协议:由鸿榜公司一次性补偿田景翠医疗费及误工费6000元。村调解委员会的三位调解员孙文春、汪文锐、李明芬和双方代表人杨光勤、田谦,分别在简易民事纠纷调解记录上签了字。

事情已经圆满解决,我希望田景翠早日康复,同时也希望杨光勤继续支持村里的工作。杨光勤说,那是肯定的,田景翠手受伤,自己心里着急,现在处理好了,心里也平和了。杨光勤表示,村里有什么事,只要喊到他,他一定到场。

离开杨光勤家时,他们两口子硬要塞给我们一些柑橘和柚子,让我们在路上解渴,我没有推脱。杨光勤还指着门前的那丘田说,有时间请来他家吃鱼,他养在稻田里的鱼,味道同河里的野鱼差不多。我和李明芬都说好。

田景翠受伤这件事情的发生及处理,让我有了一些感慨。随着见识越来越广,村民保护合法权益的诉求不断增多,但诉求表达如果能依理依法地走正规程序,效果就会更好。在这次事件中,当事双方都显得比较理性。对企业来说,邓杰他们一开始态度就比较诚恳,最后赢得了村民的赞许。村民与企业出现纠纷后,村民调解委员会主动承担起责任,促使问题圆满解决,说明基层自治组织是大有作为的。

支柱产业添跑道

农投公司加入李子村的帮扶大军后,给蚕桑产业增加了腾飞的跑道。

蚕桑是李子村的支柱产业,但由于各种原因,还没有做大,更说不上做强,就是在乡内比较,与其他村也有较大差距,主要原因是李子村租赁给当地企业的土地较多,造成适合蚕桑种植的平整土地供应不足。但另一方面,李子村又有大量的土地荒芜着。而土地荒芜的原因,主要是位置偏远、交通不便、水利设施落后。特别是构家河、李子垭和龙洞沟等区域的半山坡上,土地荒芜现象比较严重。如何解决这个问题?我也就此向村民和村干部讨教过。大家认为,要让这些荒地真正活起来,必须实施路、田、水、林、山综合治理,这样才能提高综合生产能力,实现经济、社会、生态效益的有机统一。

黔江区农投公司成为李子村帮扶单位后,策划实施了黔江区农业综合开发2016年太极乡生态综合治理项目,项目所在地就在李子村,生态综合治理面积达到4080亩,项目总投资477万元。从投资规模看,很显然,这是李子村迄今为止最大的单个投资项目。

主要建设内容包括哪些呢？区农委农综办的工作人员介绍，该项目建设内容包括水利、农业、科技、林业等方面。水利方面投资298.74万元，新修蓄水池6口，新修排水沟1793米，新修排水沟带便道3114米，新修沉沙池10口，人行过沟板23处，Φ300砼涵管13座，Φ600砼涵管6座，开挖、清理渠道2800米。农业方面投资121.26万元，新修机耕道2124米，新修便道2629米，新修错车道7处，新修堡坎600米。科技方面投资18万元，新栽植蚕桑200亩，管理脆红李果园50亩，培训200人次。林业方面投资28万元，栽植美国红枫200亩、红叶石楠10亩。还有其他方面，投资11万元。

实施后，本项目的效益是可观的。从经济效益看，农业综合生产能力显著提高，年新增总产值90万元，项目区农民人均纯收入每年可增加350元。从社会效益看，项目建成后预计可新增和改善有效灌溉面积905亩，助推李子村农民种植猕猴桃、蚕桑和蔬菜。从生态效益看，通过对项目区进行综合性整理，可基本实现耕地园林化、灌溉节水化、种植标准化、经营产业化、服务社会化的预期目标，促进农业产业结构调整，为提高农业综合生产能力和增产增收创造条件。

这么好的项目花落李子村，大家有理由奔走相告。特别是该项目要修通李子垭到构家河的产业路，像设下一步妙棋，让李子垭和构家河两个寨子活络起来。产业路从李子垭四组的金建康家修起，然后穿越小地名叫田湾的地方，最后与构家河下半寨的陈兴浩家连接，使李子村四组的两个寨子贯通一气，并形成交通环线。除了改善交通，还能把所经之处的田湾那一大片撂荒地利用起来，建成一个200亩的标准大桑园，年可养蚕400张，产茧400担，实现产值80万元。除了产业路，还要建几口蓄水池，同时要给大马路进入梅子沟一段约700米长的村道公路修上堡坎。

然而，当超过两公里的产业路刚要动工时，就遭到李子垭几户村民的阻挠，因为公路要占他们的承包地，又没有占地补偿。纠纷一时解决不了，项目业主单位甚至打起了退堂鼓，直到米仁文等太极乡主要领导出面承诺一定处理好阻工问题，项目业主单位才最终下决心开始实施。但在项目实施过程中，不但没有一帆风顺，还差点儿闹出人命。

金建康喝农药

"金建康喝农药了!"这一消息通过手机传给孙文春时,他仿佛接到的是一个惊天雷,一下子头被炸蒙了!

理智让他在短短十几秒中清醒过来:赶快打"120",喊救护车,金建康可能不行了! 在村委会办公室,他对旁边的汪文锐和陈云和吼道。汪文锐在当村主任以前,曾当过一段时间的综治委员,对突发事件反应更敏锐。汪文锐正拿起手机拨打的时候,孙文春已经打通了急救电话,并叫车子先开到村委会办公楼。不久,"120"救护车呼啸而至,三人赶忙上车,朝金建康的家里赶去。

金建康的家在李子村四组,大地名叫李子垭,小地名叫垭口上。那天下午,因为修李子垭到构家河产业路的事情,他与邻居金应发一家发生冲突而喝下农药……

金建康与金应发两家,几乎是屋檐挨屋檐,只是中间一条路把两家隔开,路的中间有一块不到10平方米的集体用地。从李子垭到构家河的蚕桑产业路,就是以这里为起点,然后经过田湾,最后到达构家河的陈兴浩家,这样就把李子垭和构家河一大片撂荒地利用起来建设桑园。该项目得到区里的资金支持,两个寨子的人也希望尽快修通这条路。但修路要占一些农户的承包地,按规定又没有补偿,开工后自然受到一些农户阻挠。金建康因为身体有病,年过不惑仍是单身,同年过七旬的父亲金思和同住,但三间木房他与哥哥金建华平分后,他只有一间半木房,其中半间还是堂屋,另一间打了一个隔墙,由父亲和他各住半间,屋里也没有什么值钱的家什。哥哥金建华一家六口都在浙江打工,目前已修起了一幢三楼一底的砖房,家境比金建康家好多了。金建康虽然身体不好,但他热心村上的公益事业。村组在他家院坝开会,他免费为大家提供茶水;村里搞环保宣传,他积极到河边捡垃圾……这次修产业路,要占李子垭金思碧、田癸卯、金文信、田应林等农户家的承包地,他们开始都不愿意地被占。作为村民代表,金建康就一家一家去劝,累计花费了10多天时间,用真诚打动了大家,大家才答应把地让出来修路。

劝了这么多农户让地,却没料到自家屋檐下的这块地,差点儿让他丢了性命。

这块地有个标志就是栽种了一大垄阳山竹。因为地块太不起眼,村里在分责任地时把它遗忘了,没有具体划分到户,成为无人经管的一块集体地。后来李子村四组村民田景恒在这块空地上栽了阳山竹,就与土地形成了看管关系,一直无人质疑。2011年,金建华开始建新房,要在该地块进出,因此毁掉了部分阳山竹,同田景恒产生了纠纷。这地本来与金应发一家无关,但他们却不准金建华堆放建筑材料。2012年8月22日,村委会进行调解,并就这块地的边界、权属做了进一步明确。最后指出,这块地属集体所有,田景恒只有使用权。并特别指出,如果中途遇到国家征地或其他项目占地,所产生的收益归集体所有,在该地块上修路,属于合理要求,田景恒或其他任何人不得干涉。

这次修建产业路,金应发和妻子孙文琼又从中作梗。他们在这块地上栽桂花树和桃树,以此表明地块的使用权是他们的。金建康当然不允许他们这样干,就去制止,但他们根本不听。这天上午,金建康就同金应发和孙文琼吵了一架。下午,乡综治办的工作人员来到这里劝阻,叫金应发和孙文琼拔掉这些树木,但他们不同意。乡综治办的工作人员走后,金建康再次去拔这些树,金应发和孙文琼喊来一些亲戚助阵。下午5时许,孙文琼拿起斧头,金应发拿起锄头,准备向赤手空拳的金建康动武,并推搡了金建康几把。金应发还说:我今天两锄头挖死你!你信不?他们逼着金建康让开,金建康只好退到自己的屋檐下,拿起棍子自卫。金思和一边哭,一边把他抱住。看到对方恶狠狠的阵势,金健康被吓蒙了:你们不是要让我死吗?那我就自己死给你们看!他放下棍子,挣脱父亲的怀抱,跑进屋里抓起一瓶农药就喝。金思和跟进去抢过药瓶子,但金建康已把一口农药喝了下去,然后抱着肚子,痛苦地倒在地上……

金思和一边哭喊,一边打通了孙文春的手机。

救护车风驰电掣,把金建康送到城里的医院救治。经过抢救,三个小时后金建康终于醒来了。医生说,如果金建康再多喝几口,命就保不住了。因为被逼喝农药,金建康两次住院,花了11800元的医疗费。现在胃因喝农药受到刺激,一解大便就带血,原有的肝病也加重了,才四十出头的他,脸色蜡黄,瘦弱不堪,走路只要遇到上坡下坎就会大口喘气。

金建康住院期间,汪文锐代表村委会对他进行了慰问。同时孙文春和汪文锐还找金应发和孙文琼谈话,对他们的行为进行了严肃批评。说大家都是乡里乡亲的,有事应该好好商量,不要动辄就刀棍相向。孙文春和汪文锐还告诉他们,如果金建康丢了性命,他们是要负法律责任的。

这天上午,我去李子垭看望了金建康。他说,现在想起这事,都还感到后怕。我表扬了他的仗义执言,热心公益,但也委婉批评了他的不理智。金建康说,他当时确实是被吓坏了,才做出了这样的行为。为表示对他的敬意,我给了他一点儿慰问金,叫他买点儿营养品补补身子,他没有推脱。现在,新修的产业路,毛路已经挖通了,我们沿着这条路边走边谈。从发生纠纷的地方,也就是产业路的起点,我们往下走,这一段叫田湾,是个大坡,有土有田,有草有树,半山有泉,山脚是河。天空碧蓝如洗,公路逶迤泛红,空气中洋溢着新鲜泥土和岩石的芳香。路修通后,这里将建成一个面积达200亩的标准大桑园,李子村的支柱产业蚕桑,一定会更好更强。我希望村里的人腰包鼓起时,一定不要忘记金建康、金思碧、田癸卯、金文信、田应林等农户为修这条路所做的贡献。

第七次磨嘴皮

因为修产业路,李子垭的金建康差点儿丢了性命,但这样的代价并没有让阻工现象停下来。构家河又冒出一个孙文有。好说歹说他都不让公路从他家的责任地中穿过。今天,我同孙文春、汪文锐、孙文举和施工队的马长春等人一起,专程到构家河,第七次做孙文有的思想工作。孙文有总是反反复复的,头天晚上还说可以,第二天早上又变卦,因此大家对今天的思想工作都不抱任何信心。

我们到达孙文有家里时,只有他妻子胡章英和两个儿子在家。胡章英头顶敷着药膏。一问才知道,她前段时间因掉到火里而烧伤。胡章英站在地坝,用怪异的眼光看着我们,既不同我们说话,也不请我们进屋坐。我们就站在他们家屋后的公路边,等孙文有回来。

经过精准扶贫,从乡场和烟房两个方向都可以进入李子村四组了。我们今天走的这条村道已经硬化,另一条村道有推土机正在整修边沟,也准备硬化。站在山上的公路看下去,村道像主动脉,入户便道像小血管,把家家户户联结在一起,交通出行条件大为改观。不足的是,公路没有把李子垭与构家河下部寨子的农户联通起来,没有形成交通环线。而目前规划实施的这条公路,就是要解决这个问题。其中一段约50米,要经过孙文有家的地。经过丈量,地不到半亩。平时,孙文有夫妇和两个儿子都在外面打工,这块地他自己也没种。由于是修产业路,政府对被占的地没有补偿政策,孙文有就坚决不把它让出来。村干部到他家里,或把他喊到村委会,反复做了六次思想工作,他都不松口。有时松口了,也是头天答应,第二天又反悔。施工队进场施工挖路基,到了他家的地界,他就站到挖掘机前面拦截。因为他的阻工,工期耽误了两个月。孙文有平时火气就大,遇到这事后,一天到晚更是怒气冲冲,加之胡章英一个月前不慎摔倒在火盆里,头顶被炭火大面积烧伤,孙文有一肚子的气无处撒。只要同村干部一说话,总是按捺不住心里的激愤。

其实,孙文有家的情况,村里是很清楚的。因为身体残疾,2007年他家就被评上了低保户。后来由于住房困难,他找亲戚借来钱,拼起老命备材料,修起了三层大砖房。当时孙文春还劝他,说他本身家庭困难,房子修一层三间先住,等两个孩子长大了再修宽敞点儿也不迟。但孙文有很犟,坚持负债修房。大房子修好后不久,区民政局派人暗访,发现孙文有家有这么大的房子还享受低保待遇,就取消了他的资格。孙文有对此耿耿于怀,认为是村干部在整他。建卡贫困户新一轮动态调整时,村里先是考虑了他家的,但因为名额有限,他家没有通过村里的评议,后来村里决定把低保户的名额给他家一个。但孙文有在陈述自己的困难时,情绪很激动,村民代表很反感,大都不愿投他的票,还是村党支部、村委会做工作,他才达到了民政部门要求的赞成票数,现在正在走公示程序。但孙文有认为,村里帮他家申请低保,是因为修路占了他家的地,因此是在同他做交易。

半个小时工夫,孙文有回来了。他个子不高,走路急匆匆的,面带不悦,极不情愿地把我们引进屋。底层的屋里放了一个节能炉,炉子里面烧的是柴,既可烤火,又可煮饭,一根大铁管把烟子引到屋外。屋子里没有像样的家什,墙壁没有粉刷,地上也没铺地板。见来了这么多人,孙文有的两个儿子离开了座位。我同孙文春、汪文锐、孙文举、马长春坐下来,孙文有也坐在胡章英的旁边。其余的人没有座位,就站在我们身后。屋子里一下子涌进十来个人,显得格外拥挤,气氛也有些紧张。

孙文春首先说明来意,还没把话说完,孙文有一怒而起,劈头盖脸给孙文春一阵吼:吃低保你们愿给就给,不给就算了,无所谓。至于修路占地的事,我不会答应的,天王老子来,我都不会答应的!孙文有说话的时候,每次都按捺不住,要站起来,被孙文举强行按下。我们在座的其他人,根本就插不进话,只有孙文举同孙文有在交流。孙文举说:什么交易不交易的,你啥都不懂!孙文有说:修路要占我地我不干,你们来找我了,平时你们从不找我。几年前好不容易让我享受了低保,才搞几个月就给我取消了。你们要用低保做交易,我坚决不搞！他的一个儿子在旁边附和：是啊，我妈上个月头被烧伤，就是遭人暗害的，给你们村里报信，你们看都不来看一下！孙文举说：你们这是进庙摸错了门，如果真是坏人干的，你们首先应该向派出所报警啊！

就这样，屋子里一直是孙文有和他的儿子在发泄不满。然后是孙文举不停地劝，声音大得要把屋子抬起来。孙文举一口一个老三哥，既有劝解，也有批评；既有软语，也有硬话。胡章英拿着孙文有的手机，一会儿把孙文有拉一下，一会儿又走出屋子，不知道是打电话还是接电话。我和孙文春、汪文锐等其他人，都烤着火听着双方交锋，没有机会搭话。我心里想，今天的调解，结果不会很妙。但经过半个小时的吵闹，我终于听出了孙文有一家的诉求。

孙文有似乎感觉到冷落了我有些不妥，就拿出残疾人证明给我看。我这才有机会近距离打量他：他才50出头，但头发已掉得遮不住顶，左脸因为烧伤而肌肉萎缩，看上去比实际年龄苍老许多。残疾人证明上的照片也照得变形了，甚至把他的脸都照歪了。我从孙文有的目光里，读出了他内心的柔软，他的内心并不像他说话时那样张狂。

孙文举又继续劝说：老三哥啊，其实你说的是两个事，地不能占，低保要搞。这样，占了你多少地，去量出来，我用一块地换给你种。至于低保，村里早就在积极争取，这事肯定能成。大家都可以给你担保！正在这时，胡章英"有电话！有电话！"地喊着，拿着手机跑进屋来，叫孙文有到外面去接。而孙文举也跟着出去，抢过孙文有的手机，同对方交谈起来。不一会儿，两人走进屋来。孙文有坐在板凳上，情绪平静了些。

孙文春向我示意：姚书记，您该出场了！

我见时机来了，谈了我的看法，我的口气甚至有些严厉。我说，老孙你可能不记得，我到你家里来访问过。但当时只有你父亲在家，并且我还知道你父亲上过朝鲜战场保家卫国，而党和政府也没有忘记他，给了他必要的生活保障。孙文有听到这里，点了点头。我继续说，包括现在你一家人的难处，我们也是考虑过的。你因为视力四级残疾，加上其他困难，原来不是也享受低保了吗？如果不是村里照顾你，你也不能享受低保待遇啊。当时孙文春还劝你房子莫修大了，你偏不听！低保依政策被取消，你又怪村里。实际上，村里没这个权力取消你的低保，只有区民政局才有这个权力。人家每年都来暗访，就是看享受低保的人家是不是情况属实。就凭你现在这么大的房子，取消你的低保也是应该的。我还知道,你这房子是借钱修的,至今还欠了七八万元的债务,但这不能作为不取消你享受低保的理由。前段时间村里帮你申请了低保,是因为目前你家里确实有困难,这与修路无关,更不是什么交易。我们当干部的,无论村干部、乡干部,还是区里的干部,没有任何人有权拿国家的政策同你做交易!而恰恰是你,在用个人的利益同集体的利益做交易。听你今天说话的语气,你觉得每个人都对不住你。话不能这样说啊,如果别人都不对,那你肯定也有错。你孙文有其实并不是看重那不到半亩的地,你要的是一份尊重,包括左邻右舍对你的尊重,村里干部对你的尊重,因为你的内心比较自卑。但是,尊重是互相的,你要别人尊重你,你必须首先尊重别人。比如,你申请低保时,当着评议群众的面,跳起脚吼,好像每个人都借了你谷子还给你的是糠。你这样的态度,哪个人愿意投票给你呢?你肯定不晓得,你申报低保能达到规定的赞成票数,其实是村党支部、村委会做了大量工作的。

我最后说,路修通了的好处,我不想多说,我只想说路不修,对你全家人的坏处。不准修路这件事,你一家人是把两个寨子的人都得罪了。大家当面不好说你们,背后一定会指着你们的脊梁骨骂。但你放心,你享受低保的待遇,不会受到影响。

我说完后,立即站起身,准备告辞。大家都站起来,走出屋外。孙文举说:老三哥,你表个态吧,耿直点儿!

孙文有最终亮出了底牌:如果低保的事情能够解决,也可以嘛。他还提出,挖路的时候,莫把他家的祖坟碰了,一定要留足位置。他还要求将他家的地坝也用水泥铸一下,好下雨天也干爽些。马长春代表施工队爽快地答应了。站在他家的地坝,大家目测了一下,地坝面积有20平方米左右,铸上水泥至少要三四千元费用。

我平时不抽烟,但在高兴的时候会抽一支。孙文春知道我的习惯,递了一支给我,我抽了两口,就咳嗽起来。临走时,孙文有主动握着我的手说:姚书记,对不起啊,我们农村人没文化,说话大句小句的,有什么说什么。我说:没关系,只要你的困难解决了,比什么都重要! 孙文有点了点头说:低保的事,请你一定费点儿心哟。此时,他的眼里有些湿润,脸上的怒气也看不见了。而在孙文有家房屋的下面,一台正在整修村道边沟的挖掘机,正伸出长长的铲斗工作着,整个山寨的沉沉暮气,似乎都被这机器的轰鸣驱散了。

一份承诺书

> **承诺书**
>
> 此公路(大公路至黄方成院坝街阳)硬化后,保证所有车辆永久通行。
>
> 承诺人(手印):谢福琼、管仲书、何翠英、何翠平、王平
>
> 某年某月某日

这份承诺书,也是因为修路而写的,对乡村治理留下了启示。

家住三组狮梨垭口的郑仁方,现一家有六口人。2015年,他同妻子谢福琼在家务农,还要照看孙子郑飞跃和在太极中学读初二的幺女郑春兰。儿子郑孝举受表哥邀约,远赴阿尔及利亚打工,虽然挣了不少钱,但由于在国外开销大,回到村里时四个荷包一样空,连家里修房子也没买过一块砖。儿媳谭燕飞在浙江打工,也没有给过家里钱。由于谢福琼脚痛、腰疼,做不了重活,家庭重担主要靠郑仁方一个人来挑。郑仁方农忙时起早摸黑种庄稼,农闲时就开着三轮车在乡境内收废铁,打零工。因此,一家人的日子过得比较艰难。虽然家里修起了大砖房,但也欠了些债务。砖房宽大,还有一个地坝,由于地势较高,地坝还修了栏杆。

郑仁方家的砖房,就在村委会办公楼背面的大公路下边,路口有一篷高大茂密的阳山竹,门口是一丘如簸箕形的大稻田,平时栽水稻,周围环绕着十几户人家,还栽种了红橘、李子等果树。小寨子平时安安静静的,充满了田园气息。如果在夏天的夜晚来到这里,还可以在郑仁方家的地坝上乘凉、喝茶、听蛙鸣、闻稻香。村里在规划扶贫基础设施建设项目时,这个寨子有一条从郑仁方家门口经过的入户便道。便道把十几户人家联结起来,然后与大公路相接,这样既方便大家出行,又可促进黄方成、管仲书、管仲平、郑丛远家等困难家庭发展产业。由于郑仁方家的砖房前地势较低,按原规划入户便道只能修成梯步。但梯步修成后,又窄又陡,牵着牛,背着背篼都过不了。2015年底,郑仁方为了让自己的三轮车进出更方便,就自己拖石头、沙子、水泥,把地势垫高后,请人把梯步改成平路,修成后自己贴了5000多元钱。由于是自己出的钱,占的又是自己的承包地,当时曾叫受益户每户凑100元钱,却没有一户响应。自己花钱为大家,反而热脸贴了冷屁股,因此他又失望又生气。他曾找村里、乡里说明这个情况,

希望能给他补偿一点儿材料费，但被拒绝了。于是郑仁方就放出话：此路只准步行，如果寨子里的人要驾车通过，就要付出代价。左邻右舍觉得郑仁方这样做不厚道，但也无可奈何，只好找村里、乡里诉苦。

过了一段时间，为了让寨子里的人出行更方便，村里向上面申请将这条路铺上水泥。动工之前，孙文春、汪文锐和李明芬等村干部，先后给郑仁方两口子做工作，希望他们晓大义，团结互助，路面硬化后收回先前说过的气话。同时也给其他受益户做工作，要大家记住郑仁方的好。郑仁方也是明事理的人，终于答应既不要补偿，也不再阻拦车辆通过。邻居们也表示，远亲不如近邻，近邻不如对门，如果今后郑仁方家有什么困难，大家也要尽力帮忙解决。

为了把双方的承诺固化下来，培育村民的诚信意识，孙文春他们要求当事双方做出承诺，共同监督遵守。于是，双方共同写下承诺书，一式两份，一份自留，一份村委会保存。四级残疾人管仲书作为户主，高高兴兴地在承诺书上签了字。由于郑仁方当时不在家，谢福琼代表一家人在承诺书上签了字。相关的其他3户人家，建卡贫困户户主黄方成没在家，由妻子何翠英代签；家庭困难户户主郑丛远没在家，由妻子何翠平代签；退伍军人、身体有疾病的管仲平没在家，由妻子王平代签。但他们都认为，说过的话是收不回来的，必须一诺千金，不能反悔。

近年，李子村村委会在调解此类矛盾纠纷时，有些村民当场答应的事，由于受人怂恿，不久又变卦，不但造成人与人之间信任感下降，还使村里的发展受到影响。比如，修村道公路要占用村民的地，通过协商后村民答应让地。但如果下次有什么建设项目要从这条公路上过时，一些村民往往又站出来要这要那，如果不答应，就堵路阻工。鉴于以前的教训，孙文春、汪文锐等人想出这个写承诺书的招数。作为法律合同的一种，但愿这一张小小的承诺书，能对一些村民的任性起到约束作用，扭转一下不讲诚信的风气，同时让守望相助成为常态。

三十五　招商与产业

皇竹草与荷包蛋

今天吃了早饭，我就同朱文刚一起，赶到村委会办公楼。今天要做的事有两件：一是迎接徐江区长到村里来检查指导工作，二是把招商项目皇竹草的事情落实。我俩到的时候，黄代敏、王长生和村两委成员全都到齐了。不一会儿，乡党委书记米仁文、乡长穆进红等人也赶来了。

9点半的时候，徐江带领区政府、区农委和区扶贫办的同志到达这里。他一下车就同村干部一一握手，站着同大家攀谈。米仁文介绍了李子村脱贫攻坚情况和驻村工作队情况。徐江要求，要在发展产业上下足功夫，在金融扶贫上有更大动作。徐江握着我的手说，你不但走访了李子村所有的农户，还要为全村建立数据库，不错不错！只有第一书记、驻村工作队对村里的情况了如指掌，精准扶贫、精准脱贫才能实现。他还同我开玩笑说，你搞全户调查时，吃了群众多少个荷包蛋呢？如果一个都没吃，说明你同群众没打成一片，不受人待见呀。我说吃得比较多，像坐月子。大家都笑了。徐江说，我们搞农村工作，没有深厚的群众基础肯定不行，我们一定要放下身段，要愿意喝农家的水，吃农家的饭，说农家的话。徐江所说的荷包蛋，与农家的待客礼数有关。过去李子村人生活困难，把鸡蛋当作万能食品，特别是妇女生小孩坐月子时每天必吃，人们夸张地说，有些产妇和婴儿出汗都有鸡蛋味。现在李子村人仍然视荷包蛋为最好的待客之物，给你煮来吃说明你是稀客。但他们待客又很低调，当他们热情地说请你喝碗白开水的时候，你一定注意了，这白开水其实就是用醪糟煮的一碗热腾腾的荷包蛋。

送走了徐江等区领导后，驻村工作队和村五职干部开了一个短会，研究落实皇竹草项目涉及的土地流转问题。最近区里一家企业要在黔江发展皇竹草，出于对李子村的关心，区领导决定把这个项目拿到李子村来做。上次副区长林光在李子村调研时,就同我说过这件事,但当时我以为是意向性的就没重视。李子村要做这个项目,前提是平坝地区要流转五六百亩田地。在过去这并不难,但现在由于甘薯基地、养牛基地租赁了大片土地,平坝上的好田好地流转得差不多了,要成片流转几百亩田地,不是件容易的事情。黄代敏先讲话做了动员,提出皇竹草项目主要采用"公司+基地+农户"的经营模式,由企业提供种子和技术,由农户流转土地建设基地并在基地打工,产品由企业收购。土地流转费用按当地的大行大市,每亩每年不低于500元。黄代敏说,能不能把土地流转到位,是皇竹草产业能否在李子村生根的关键,要求大家分别到烟房坝、白果坝和金鸡坝的农户家去动员,做一个全面的摸底。孙文春表态说,每亩好田好地村民若能拿到500元左右的租赁费,大部分人应该愿意把地拿出来。

由于皇竹草对我来说是新鲜事物,黄代敏叫我发表意见,我只讲了一些原则性的东西。我说,李子村产业扶贫还做得不够,如今有企业来村里兴办产业,应该是一件好事,我们必须积极支持企业玉成此事。但大家也要有比较清醒的头脑,不能盲目乐观。因为,皇竹草这个名字可能大家都是第一次听说,不但对我们干部来说是新鲜事物,对村民来说更是新鲜事物。这家企业在李子村种植皇竹草,主要是做牛的饲料,但养殖场并不在当地,皇竹草的市场在哪里,我们看不见,也无法预测。表面上看,"公司+基地+农户"这种经营模式,对农户来说不但没有风险,还有土地流转收入和务工收入,但如果没有摸准市场,或者盲目发展导致最后经营不好,企业就可能拖欠农户的土地流转费用,也不会请大家到基地打工,这种产业就可能夭折。如果产业发展失败,对农户来说,最大的损失还不是经济上的,而是在心理上会形成"恐产症",认为企业发展产业都那么困难,自己发展产业不是天方夜谭吗?

村里急需发展产业,但又对发展产业有疑虑,就像到农户家吃荷包蛋,不吃不行,吃多了也不行。皇竹草与荷包蛋,本来风马牛不相及,却让我产生了这样一种怪异的联想。

短平快项目还不能丢

今天同黄代敏、孙文春、王长生、朱文刚等人一起,研究了贫困户发展短平快项目的问题。

会议首先通报了皇竹草项目的实施情况。经过动员和协商,有70户农户答应拿地,最后公司租赁了200亩水田,年租金总计11万元。每亩水田从扦插、田间管理到收割,一年大概要10个劳动力,按平均每人每天80元计算,200亩水田可另增劳务收入16万元。两笔收益相加,每亩水田年收益为1350元。这不是李子村走出去招到的商机,而是送到李子村门口来的商机。大家都说,李子村人有贵人相助,脚刚踏出门就有钱砸到头上了。

但这样的好事,不会天天都有。立足于现实,大家看到的是全村特别是贫困户产业发展的难度。黄代敏说,倪子辉、陶仁超家等贫困户,因为没有外出务工,现金收入很少,按目前进度,收入要达到脱贫标准,还有一定难度。陶仁超家虽然去年脱贫,但作为脱贫巩固户,巩固措施不是很有力。我提出,对贫困户而言,在收入增长长效机制尚未完全建立以前,作为产业扶贫的短平快项目还必须要有,而且要尽快启动。

倪子辉、陶仁超都是因为身体有疾病,今年没有外出务工,现金收入很少。对这两户来说,他们不能外出务工,但有时间和精力搞家庭经营,其中养殖业最适合。如果一家能喂养2头肥猪、200只以上的土鸡,一年毛收入至少1万元,纯收入6000元以上。只要购置仔猪、鸡苗的资金解决了,就可以对他们进行帮扶。根据党校和民族中学商量的结果,今年我们两家帮扶单位再次给李子村资助7万元的产业扶持资金,用于贫困户的产业扶贫。资金划拨需要一点儿时间,但最迟于10天内可以划到乡政府的账户上。我也请求过米仁文,他也非常支持用短平快项目解决倪子辉、陶仁超等人的脱贫问题。米仁文说,帮扶单位的产业扶贫资金,乡里必须一分不留地用于贫困户发展产业。其他劳力强又有土地的贫困户,除了养殖业,还可以种植油菜和洋芋,所需种子和肥料,可用产业资金来补偿。

短平快项目包括养殖业、种植业等,一般是一年见效,比如养一头200多斤的肥猪,一年至少有3000元的毛收入。短平快项目怕的是不能坚持,如果年年都坚持下去,积累了经验和资金,就可以变成长效项目了。李子村有经验的养猪大户,年出槽有100多头的,有300多头的,有的还建成了大型养猪场,出槽上千头的,都是由家庭小型养殖慢慢壮大的。俗话说,一锄不能挖个金娃娃。那种对脱贫攻坚短平快项目不屑一顾的人,其实是没有悟到"短中含长"的辩证法。

刚商量完这些事,就接到重庆嘉穗农业发展有限公司总经理秘书小刘打来的电话,说是明天想带人到李子村来考察项目,我说:欢迎啊,我就在村里等你们!

桑菌共舞

今天是周六,骄阳似火。上午,我陪着嘉穗公司的秘书小刘、股东代表老周和技术顾问小陈,在李子村考察。下午,洽谈和落实李子村食用菌示范基地建设事宜。

这段时间,虽然事情成堆,我仍然保持着与嘉穗公司的联系。记得第一次同李子村全体党员和村组干部见面时,我就承诺要为李子村招商引资出点儿力。调研发现,李子村发展羊肚菌条件较好,但土地供应略显不足。几天前,嘉穗公司负责人了解到我在李子村扶贫,就打电话给我,请我帮他们的企业在李子村找一块地,建设100亩高档食用菌生产示范基地。这是好事啊! 我满口答应:一定亲自协调!

经了解,嘉穗公司是一家致力于食用菌研发、生产、加工、销售的农业产业化企业,已注册包括红菇、花菇、姬松茸、茶树菇、黑木耳、竹荪、虫草花、蟹味菇、白玉菇、杏鲍菇、海鲜菇等在内的系列品牌,产品主要是出口,目前正计划在黔江建立集研发、生产、加工、销售、旅游观光为一体的食用菌产业园。为保证园区建设顺利推进,公司决定先期在乡镇建立羊肚菌生产示范基地。经过调研,公司形成了6000字的《李子村羊肚菌生产示范基地建设项目策划实施方案》,目标是通过示范基地建设和"桑菌共生模式"推广,在李子村发展羊肚菌示范基地100亩,桑菌共生模式200亩,投产后每年可为李子村增加纯收入60万元以上。在种菌的基础上,逐步形成采菌、赏菌、食菌的生态饮食文化风尚,助推李子村生态农业、美丽乡村建设和乡村旅游发展。公司把各种效益分析和投入成本分析做成了表格,让大家讨论时一目了然。

上午,大家先到蛇家岩考察了孙文春的桑园,然后查看羊肚菌生产示范基地的初步选址。大家边走边看,认为采取桑菌共生模式,比如在桑田里种植竹荪,能够增加桑园的效益。在经过一片林子的时候,技术代表小陈还发现了长势良好的野山菌,这说明这一带的土质适合种植羊肚菌。示范基地初步定在白果坝,这里地势比较平坦,适合搭建大棚种羊肚菌。有一个农户本来要在这里栽种草莓,连大棚都搭好了,听说要搞羊肚菌生产示范基地,他答应积极参与,并愿意把田地让出来,放弃原来的种植计划。参观完现场已是中午。大家顾不上吃饭,又召集蚕桑大户陈云和、马长仙等人座谈。孙文春、陈云和、马长仙等蚕桑大户都纷纷表示要加入股份合作社。嘉穗公司的股东代表老周认为,只要土地流转顺利,示范基地建设就有成功的把握。但适合羊肚菌连片种植的土地,在李子村已经不多,这要请村里进行协调。孙文春说,基地建在白果坝,从目前看是最合适的,至于100亩土地,由他出面找养牛场商量,请他们把已经租赁的地让出来,再在其他地方给他们找地。但就是这样也只能流转50亩左右。为了土地的事,大家讨论了很久,都没有找到更好的办法。最后我提出,羊肚菌基地先搞50亩,明年再来想办法,大家都赞成。

反反复复讨论,直到下午3点才吃上午饭。饭桌上,老周又想到一个问题,"桑菌共生模式"今年实施有困难。老周说,公司的两位技术顾问主要是搞羊肚菌的,虽然也会种植竹荪,但没有种羊肚菌那么专业。而种植竹荪时,营养土里需要竹块,而竹块的腐烂变质需要几个月的时间。何况,李子村周边并不盛产竹子原料。我说,那就请两位技术顾问把在桑园种植竹荪的设想再论证一下,而最终实施与否,决定权在公司董事会。

由于一整天都在忙碌奔波,晚上睡觉时我全身疼痛。夜里还做了一个梦:在一片青翠欲滴的桑园里,我同孙文春等人一起兴奋地采摘竹荪,采着采着,看见森林仙子翩跹而来,还不等我们看清她的芳容,她就幻化成一株硕大的羊肚菌,挺立在半空。大家争先恐后地涌上去,一时人头攒动……

主城"找"商

今天下午,搭乘朋友的便车到重庆主城,去找嘉穗公司负责人,再次对接羊肚菌生产示范基地建设问题。

嘉穗公司在李子村要建设100亩羊肚菌基地,一开始就遇到了土地制约。好不容易在白果坝相了一块地,面积又只有50来亩,养牛场还在里面种了35亩牧草,另有几户村民种了15亩庄稼。养牛场老板答应将这块地交给嘉穗公司,但搬草的工作要由嘉穗公司负责。其他让地的农户也要求有青苗补偿。这本来是正当合理的要求,但嘉穗公司的两位股东犹豫不决。他们认为,自己在四川一些地方建设羊肚菌基地时,钢架棚等基础设施都是当地政府出资建好的,相当于把房子修好了让客商拎包入住。现在他们在李子村投资建设基地,不但钢架棚等基础设施要自己出资建,而且建设中产生的损失也要他们补偿,因此他们觉得投资成本太高了。嘉穗公司的负责人也感到压力很大,股东之间的分歧越来越大。原来是他们天天催我搞这个项目,现在是我天天催他们搞这个项目。加之嘉穗公司负责人很少待在黔江,两个福建股东又经常到全国其他基地处理事情,我只好到重庆主城去找人。

会合的地点是江北,我到时已是晚上。嘉穗公司的负责人安排我们在龙头寺公园一带吃火锅。利用吃饭的时间,我们就目前羊肚菌基地建设的进展情况进行了交流。我说,青苗补偿、牧草移栽等问题,是影响目前进度的主要因素,需要嘉穗公司尽快解决。说话间,孙文春打来电话,说的也是基地建设问题。我就把手机递给嘉穗公司的负责人,让他们之间认真沟通一下。嘉穗公司的负责人最后承诺:项目必须做,不讲什么价钱;青苗补偿、牧草移栽的价格由村里商量,由村里说了算。

接下来我们又讨论了前期费用问题。孙文春在电话里算了一下,前期费用大约需要1万元,其中,牧草移栽需要105个工人,用工总费用5250元;青苗补偿按每亩300元计,需要补偿4500元。要花的这些钱,嘉穗公司的负责人都认可,并要求技术员加快工作进度。

谈完,已是凌晨。带着一身的火锅味,坐出租车赶回宾馆,途中电闪雷鸣,暴雨如盆倾瓮倒。由于气温降了不少,住在宾馆甚至不用开空调,倒在床上就呼呼大睡,不知东方之既白。

成立股份合作社

今天上午,在李子村村委会办公室召开会议,筹备成立李子村食用菌专业股份合作社。黄代敏、孙文春、陈云和以及嘉穗公司的小陈、小刘参加了会议。经过认真协商,大家达成一致意见。嘉穗公司还派来财务代表,带来了土地租赁费用。有了嘉穗公司负责人的保证,我似乎听见了李子村"桑菌共舞"来临的脚步声。李子村的首个食用菌专业股份合作社,像那吃饱了桑叶爬上蚕蔟的"胖小子",终于要变成白花花的茧子了。

会议上我先介绍了有关背景和工作推进情况。我说,成立李子村食用菌专业股份合作社,是在李子村建设100亩高档食用菌基地的经营组织基础。这个经营组织就像银行户头,没有它,嘉穗公司建设费用投入、土地流转资金注入等都无法进行。那么,加入这个合作社,有什么搞头呢?也就是说收益如何,这是大家最关心的。对此,我用数据做了说明。假如一亩羊肚菌纯收入1万元,那么按照比例,公司设施投入收益为4000元、公司生产技术投入收益为3000元、农户土地资源投入股收益为2000元、合作社管理投入股收益为1000元。以此类推,产品行情上涨,各股东的收益随之增加;产品行情下滑,各股东的收益随之减少。但为保护农户的最基本利益不受损害,公司将保证农户土地资源每亩收益不得低于1000元(含租金)。如果农户愿意自己投入、自己管理,则由公司投入生产技术并包收产品。公司生产技术投入的收益部分,也按上述方式计算。就"桑菌共生模式"而言,假如一亩竹荪纯收入1万元,那么,蚕桑产业大户收益为5000元,公司生产技术投入收益为4000元,农户土地流转再分配收益为500元,合作社管理投入收益为500元。

大家随后谈了意见。经过商议,孙文春、陈云和、孙乾生、马长仙、周方梅、张和礼、孙芹方、张世文等成为合作社的农民股东。其中孙文春、陈云和、孙乾生、马长仙是以蚕桑专业大户集体经济管理入股,周方梅、张和礼、张世文是以建卡贫困户贫困资金入股,孙芹方是以土地租赁户土地资源入股。合作社的最大股东当然是嘉穗公司,他们主要是以资金、技术和市场入股。

在会议现场,各位农民股东按成立合作社的要求,复印了相关资料,并拍摄了视频和图片。为了保证真实可靠,工商行政管理部门要求各位股东要亲自到区办事大厅签字。而现在正是养殖二季蚕的关键时期,养蚕大户大都脱不开身,要他们亲自到城里去办证,确实为难了他们。我说,大家先把资料报上去再说,尽量不要耽误大家的农活。

招商失败

今天上午,由于身体不适,我坐也不是,站也不是。在这种状态下,我听到了一个不好的消息:这次招商失败了。我的沮丧,无法用语言来形容。

嘉穗公司说好的建设项目,土地流转协议签了,合作社也成立起来了,但快要开工建设的时候,竟然联系不上公司的人了。这几天,农户一天到晚都在催孙文春,问这个项目还搞不搞,如果不搞了,他们就要自己安排这些地了。到底是做,还是不做?我打了几次电话联系嘉穗公司的负责人,他一直都没给出肯定的回答。孙文春给嘉穗公司的负责人打电话,但是无人接听。我又将孙文春发给我的短信,直接复制、转发给嘉穗公司的负责人。直到第三天,他总算给我回了一个电话,意思是说,对项目持异议的那个周股东,已经退出了这个项目。他们目前正在处理相关纠纷,等处理完后一定给我回话。但直到今天,嘉穗公司的负责人才给了我答复。原来周股东对基地选址持反对意见,他认为面积小、成本大、效益不好。他们还担心,李子村人对桑园除草会使用除草剂,这对竹荪的正常生长可能会造成影响。关于农药污染这个理由,孙文春也承认他们村的大部分桑园都是用除草剂除草,这样除得干净,又节省劳动力。除草剂对竹荪的正常生长能否造成影响,我没有这方面的专业知识。除了土地资源有限,这也许就是"桑菌共生模式"最大的硬伤。

前前后后谋划了半年,大家都费了很多的心血,最后竹篮打水一场空,这对我的打击很大。那几天,我一天到晚都是垂头丧气的。我觉得自己既对不起领导,也对不起村里的父老乡亲。因为我曾对区领导汇报过李子村的"桑菌共生模式",当时我踌躇满志,志在必得。而准备租赁土地的农户,每天都给孙文春打电话,询问还要不要这些田地。

下午3点,接到嘉穗公司小刘打来的电话,她问我下午有空没,说要来拜访我一下。小刘说,她已不在嘉穗公司上班了,目前就职于重庆圳垌农业有限公司(以下简称圳垌公司)。这家公司也是专门从事食用菌菌种研发、示范种植、出口销售的。今天上午,她和公司的两位负责人去了一趟李子村,下午想同我谈一下李子村的食用菌基地建设问题。我"哦"了一声,没回过神来。小刘又重复了一遍她说的话,我才恍然大悟:欢迎啊,我泡起茶等你们!

下午4点半,小刘一行如约而至。我介绍了李子村的脱贫攻坚情况和食用菌基地项目情况,希望圳垌公司能接盘,把策划的这个项目搞起来,特别是在"桑菌共生模式"上能开花结果。圳垌公司的两位负责人介绍了他们公司在酉阳实施食用菌项目的情况。他们认为要接盘李子村的食用菌基地,需要解决多方面的问题:在两天时间内与农户签订土地流转协议,备齐搭大棚用的400根竹子,保证基地周边农户不能烧煤,保证基地用水不受污染,希望乡政府能解决"搬迁"牧草相关费用,还必须要有贫困户作为股东。针对这些问题,我一一做了回答。我认为除了乡政府解决"搬迁"牧草相关费用问题有难度,其他问题都好解决。交流结束,已是华灯初上。我同孙文春通了一次电话,说明这一情况,希望他能把农户的情绪稳定下来。

给李子村招商建设羊肚菌基地，虽然我尽力了，但仍然没能留下嘉穗公司，至于圳垌公司能否成功接盘，也只能试试看了。作为第一书记，自己心中的那份失落感，是无法用"钓胜于鱼"来宽慰的。

有人来救场

嘉穗未"惠"，圳垌不"动"。致力于食用菌生产的两个专业公司，像梦一般在李子村上空飘过，转眼之间就无影无踪了。

所有的付出归零，一切又回到原点。

正在这时候，一个在外闯荡了十多年的打工仔，悄悄地走进了李子村，像是来给我救场似的，要洽谈种植羊肚菌的事情。因为当天我没在村里，孙文春接待了他。

他叫龚节福，金溪镇人，刚刚 36 岁。此前他一直同妻子李芙蓉一起在外地建筑工地打工，有了一些积蓄。近年来黔江出台了多项优惠政策鼓励农民工返乡创业，龚节福也希望抓住机会，回到家乡干一番事业。当他听说李子村要建设食用菌基地时，他找到孙文春，希望能到李子村发展。

孙文春带他到白果坝察看了食用菌基地的位置。这个地方，过去有河水流过，形如太极图，只是河水改道后，河滩变成了良田。但由于能够租赁的地块有限，嘉穗公司和圳垌公司都没看上这个地方。孙文春坦诚地给龚节福讲了这些情况，他说目前这里可以租赁出来做食用菌基地的土地只有 20 多亩，另有 20 多亩地由养牛场租赁种牧草，通过村里协调，老板愿意把这些地置换给龚节福种植羊肚菌。

龚节福说，羊肚菌可药用，益肠胃，化痰理气，含有异亮氨酸、亮氨酸、赖氨酸、蛋氨酸、苯丙氨酸、苏氨酸和缬氨酸等七种人体必需的氨基酸。他考察了李子村的气候条件，认为这里非常适合羊肚菌的生长。他还传授经验：当你发现一个地方生长着羊肚菌后，如果不立即采摘，不到两天羊肚菌就会变烂。从事羊肚菌种植的老师傅也有一个特别的经验要告诉徒弟：小姑（菇）不能见生人。就像过去待嫁的姑娘只能住在闺房，在羊肚菌生长期间，他们一般都不会带别人进棚观看这美丽的小姑（菇）。

仔细察看了现场，龚节福盘算了一下，如果 50 亩地全部用来种植羊肚菌，至少要投入 60 万元。但考虑到自己第一次涉足这个行业，他还是比较谨慎。他决定把现在能租赁的 20 多亩地利用起来，试种羊肚菌，因为他在四川绵阳学习的也是羊肚菌栽培技术。他心不大，步子也迈得稳，不好高骛远。种植1亩羊肚菌，第一次投入比较大，光是种子加营养袋就要4200元，如果建设钢棚，每亩还要8000元投入；如果建设简棚，每亩也要3000元投入。也就是说，每亩至少需要投入7000元，最高需要投入1.22万元。按正常情况，每亩羊肚菌产量可达300斤，产值3万元。为了节约成本，他决定这20多亩地都搭简棚。就这样，20多亩地种植羊肚菌，他投入了30万元。当地王中兰、陈桂容等五六户村民还在这里打零工，一年至少有6000元收入。10多户人家每亩承包地的租赁费，也达到了600元。羊肚菌基地建设不仅调整了李子村的产业结构，也增加了农户的财产性和工资性收入。龚节福两口子保守估计，除去各种成本，这20多亩地至少有10万元纯收入，比在外面打工强多了。

整土、搭棚、制种，当龚节福把第一把菌种撒进棚里时，黔江区开始规划食用菌产业规模，目标是到2020年，全区食用菌实现总产量1.8亿斤，总产值10亿元，建成食用菌国家级龙头企业1家、市级龙头企业2家，食用菌科技支撑体系基本完善，建成全国最大的羊肚菌种植基地和最大的食用菌优质示范基地。政府扶持力度也很大，包括基础设施补助、生产专项补助、科技专项补助等。在基础设施建设方面，食用菌种植户新建钢架大棚，按每平方米15元的标准予以补助。那么建设1亩基地，补助大约就是1万元。普通栽培（简易大棚）食用菌种植户，按每平方米1.3元的标准予以补助。那么普通栽培1亩地，补助大约就是866元。食用菌龙头企业、种植户建成300立方米食用菌冷藏库补助5万元。优先安排食用菌生产基地田间基础设施项目建设。在生产专项补助方面，按每亩1400元的标准给予羊肚菌种植户菌种补助。合格菌种生产企业的羊肚菌菌种繁育，按生产能力10万瓶（袋），满足200亩用种为一个生产单元，一个生产单元定额补助15万元。给予羊肚菌种植户的生产保险费补贴，按《黔江区政策性食用菌种植保险（试点）实施方案》执行。在科技专项补助方面，区财政每年划拨120万元用作食用菌产业科技支撑和技术培训补助，主要用于对外科技交流与合作，新技术、新品种的引进、试验、示范、推广，技术培训和食用菌科技人员队伍建设等。

这样的政策利好，让龚节福这些追梦者如虎添翼，发展羊肚菌的决心更坚定了，劲头更足了。他加入了黔江区食用菌产业协会，结识了不少专业种植能手。他了解到，黔江区羊肚菌亩产最高达到600斤。这给了他极大的鼓舞，他还要成立专业合作社,形成种植、采摘、技术传授、餐饮服务的羊肚菌产业链条。当然,他也可以办成用"节福农庄"命名的家庭农场。对此,他和妻子李芙蓉信心满满。

伊普吕落户翻垭口

这里是李子村一组的翻垭口,树木葱茏,荒草丛生。这里还是金鸡坝孙氏家族的老屋基,但几十年来,这里的大部分人都已搬到公路两边,只有孙家孝一户还孤零零地住在附近。要不是精准扶贫修通了从大公路到蒲家河的公路,这里的清净寂寥还会延续下去,李子村的人,也没有哪个会料到这里能崛起一座大型养兔场。

居住在二组上坝的马长芳、马文星父子俩,硬是在这块撂荒地上,建起了李子村独此一家的肉兔养殖场。养殖场占地1000多平方米,里面有养殖室、小兔产室、兔肉烘烤室、办公室等设施,还建起了标准沼气池,粪便、污水等通过管道排到池里,形成的沼气用来照明、煮饭,留下的沼液用来种植有机蔬菜,通过循环利用,保证周围环境不受污染。

我和孙文春去参观的时候,正是中午,冬天的阳光从树叶里筛下来,撒播在养殖场的顶篷上,顶篷上布满了银色的光斑。这几年,在李子村的家庭养殖业式微之时,马长芳父子俩的养兔业,却如早晨的一缕红霞,让人眼睛一亮。那兔从法国来,洋名伊普吕,身如白云,头如骏马,眼如宝石,奔如流星,煞是可爱。除了这些主打品种,父子俩还试养了一身灰白的野兔品种,准备进行杂交后用来繁殖。半年来,养殖场存栏保持在1000只以上,如果饱和养殖,规模可达4000只。看着这些可爱的兔子,我油然而生亲切感。在我的心目中,家畜就数兔子最爱干净、最温顺、最招人喜欢了。何况兔肉鲜美,是餐桌上的珍馐,民谚不是有"飞禽莫如鸪,走兽莫如兔"之说吗?

在村里,大家都知道马长芳喜欢搞家庭养殖。他原来就养过长毛兔,后来市场行情下滑,他又养蚕,还养过猪。2015年一年他就养了6头肥猪和40只土鸡。马长芳说,他搞家庭养殖是逼出来的。他有马文波、马文星两个儿子,一家八口人分成三个户头,而承包地一共只有2亩,如果光靠种地,这一大家人肯定要饿肚皮。两个儿子分家后,马文星住的是马长芳的砖房,马文波住的还是马长芳养蚕时改建的共育室,他们原都希望外出打工挣些钱,改善一下住房条件。但近几年打工没有原来好挣钱,马文星滋生了回家谋出路的念头。马长芳也早有养兔的打算，父子俩经过商量，决定在特色养殖上下功夫，最后把目光锁定在肉兔养殖上。

父子俩一拍即合，说干就干。他们先是考察了周边市场，特别是到石柱、秀山等地详细了解行情。经过对比，他们决定养殖法国伊普吕肉兔，因为这个品种产量高、生长快、肉质好、病害少。自己没有地，他们就在翻垭口租了孙友明、张吉军、孙奎阳三户的撂荒地，租金一年4000多元。而建立这么大的肉兔养殖场，总投资要60万元，自己的积蓄只有10万元，钱从哪里来？马长芳说，当然只有借了。他们从银行贷了10万元，又从私人手里借了40万元。养殖场从动工修建到投产，只用了半年时间。

马长芳虽然养过兔子，但在繁育仔兔时仍然遇到了挫折。最先，他们培育的10多胞共200多只仔兔，在没有任何疾病的情况下，竟然一只都没成活。这是什么原因呢？父子俩绞尽脑汁，不得其解。经过仔细观察，他们找到了症结所在。原来，为了给仔兔保暖，他们把锯木面放在产室里，温度和湿度都保证了，但这些仔兔在窝里拱来拱去，嘴上敷上了大量锯木面，堵塞了气管，全都窒息而死。为了保温保湿，又不让仔兔窒息，他们重新设计了保温箱，在里面铺上干净的稻草来代替锯木面，再在保温箱上盖上毛毯。从此以后，仔兔安然无恙，再也没有发生过死亡事件了。

搞特色养殖，仍然要算效益账。从目前来看，效益初现。仔兔成活半个月后，从产室移至子母笼，到40天左右断奶，先是喂养青草，然后再吃饲料。之后再喂养3个月，一只六七斤的商品兔就可出栏了，每只毛收入60元左右，成本只需30元。父子俩还把出栏的兔子制成腊兔，有麻辣味，有五香味，行情看好。我们参观养殖场的当天，就有十几只腊兔发往成都。为了把肉兔养殖做大做强，父子俩成立了重庆市黔江区兴琦养殖股份合作社和重庆市黔江区芳星肉兔养殖家庭农场，两块牌子醒目地挂在养殖场的办公室门口。马文星还通过微信朋友圈，营销自己的产品。但考虑到每季度出栏就有三四千只，一年出栏达1万多只的规模，搞好营销仍需要花更多力气。如果营销渠道畅通，他们的养殖场年收入可达100万元以上，纯收入50万元以上。这当然比在外打工收益强多了，但风险也确实很大。

三十六　服务莫拒细

帮贫困户卖鸡

今天上午回城，我参加了区里的一个会议。刚刚到家，就接到刘明香的电话，说是要把她家养的鸡送到城里来卖。

去年，为支持建卡贫困户发展家庭养殖，乡里给刘明香送了90多只鸡苗。经过几个月的散养，土鸡已经长到三四斤大，有40多只可以出售了。当时我去看她时，她很高兴，同时又很着急。她说这些鸡喂的都是苞谷籽，如果卖不出去，长得越大，成本就越高。我叫她别急，一定帮她解决这事。我马上给党校宾馆餐饮部的经理叶宗锦打电话。叶宗锦说没问题，价钱可以按市场最高价给养殖户，只是因为收购的是活鸡，还要拿到专门的地方宰杀，这样会增加客户的成本，希望刘明香在价格上不要喊得太高。我说，这个问题由我来沟通，我相信刘明香能理解。在我的撮合下，双方最后成交：鸡由刘明香自己拉到城里来，党校宾馆餐饮部负责接货，价格按活鸡每斤12元结算，宰杀费由购买方负责。这样，一只鸡平均可卖40多元，收益是不错的。

刘明香上次说的是40只鸡可以出售，这次她又说要卖70只，问我行不行。我说，我要同叶宗锦商量一下。我打通了叶宗锦的电话，叶宗锦爽快地答应了。我就叫刘明香中午的时候把鸡送到南海城菜市场的杀鸡户那里，由她过秤，然后杀好，有多少斤算多少斤。我直到吃完午饭，也没见到刘明香打电话，生怕刘明香没对接上，我打的赶到南海城菜市场。到杀鸡的地方到处找，也没发现刘明香的影子。打电话问情况，刘明香说她因为家里忙已经回村了，说70只活鸡一共称了266斤。我说，那好吧，按大家议定的价格，这些鸡共3192元，钱由我先帮她收起，要么我回李子村时把钱拿给她，要么我把钱打在她的银行卡上。刘明香说怎么都行。

晚上的时候,刘明香通过另一个手机发来了自己银行卡的卡号。她打电话说,她自己的手机发不出信息。我说,放心吧,我会尽快把钱打给你。

老管的心事

今天下午,接到三组村民管仲书的电话,说他的残疾人证终于办好了。听到这个消息,我为他感到高兴。老管十多年来的这桩心事,终于可以搁下了。

2002年3月7日中午,管仲书在李子村自家采石场采石。当时破石要用钢钎在石头上打炮眼,然后放进炸药、雷管压紧,加上引线引爆。由于引线受潮,燃得较慢,岩炮几分钟都没响。管仲书认为引线出了问题,前去查看。还没等他靠近,岩炮轰的一声突然炸响,飞溅的石头将管仲书打昏在地,导致他左眼模糊,右眼失明,右耳失聪,头部受伤。送到黔江医院抢救了5个小时,命是保了下来,但右手食指被迫切除。由于治疗时间长,出院后欠下几万元债务。2007年,管仲书前去村里询问办理残疾证的事,村里说需要自己到乡里去拿一张证明,然后经村、乡盖公章后,到医院鉴定。管仲书找熟人询问了一下,听说只有双眼或双耳、双手或双脚全部有问题,才能称为残疾,才能办理残疾人证明。对照自己的情况,他放弃了办残疾证的打算。管仲书受伤已经十多年了,对自己仍然办不到残疾证耿耿于怀。他认为,自己伤残大家有目共睹,但因为没有权威部门的证明,导致政府给予弱势群体的照顾政策,都落不到他头上。他家里目前也比较困难,这么多年了连砖房都没修成,祖孙三代至今还挤在两间老旧的木房里。

开展全户调查的时候,我到管仲书家走访,他同妻子宋书梅都不在家,是他儿子管阳勇和儿媳任春菊接受的访问。管仲书有三兄弟,大家共同分了上辈的一幢木房,他自己分得两间,全家五六口人一起住,人均只有10多平方米,是全村住房建设刚性需求的典型。这么多年来,修房成为管仲书最大的愿望,但由于自己身体残疾,妻子宋书梅又经常头痛,维持家庭开支都要靠儿子和儿媳妇外出打工。2015年,管阳勇在贵州看管建筑工地,上半年没找到活做,全年只做了3个月,只有1万多元收入。任春菊在黔江婚纱店务工,也只做了半年,收入也只有1万多元。由于工资低,任春菊还开了一个内衣店,通过微信来销售产品。就管仲书这种情况能不能办残疾证的问题,我先打电话咨询了一下区民政局副局长方林。方林说,这项业务已经移交给区残联了。紧接着我又问了区残联的纪检组长窦鞠。窦鞠认为，双眼、双耳或双手、双脚全部失去功能，那肯定是残疾，但部分重要器官失去功能，也应该叫残疾，只是说程度不同而已。要办残疾人证明，必须要到乡里拿一张表格填好，并贴上本人照片，经村、乡盖章后，到城里有资质的医院进行鉴定，最后凭医院鉴定结果，由区残联发给有关证明。经窦鞠这么一说，我觉得像管仲书这种情况，还是可以办残疾人证的。由于鉴定单位是黔江中心医院，我又打电话咨询副院长孙章华。他通过咨询专家给我的答复是：像管仲书这种情况，右眼已经失明，而只要左眼视力低于0.3，就应该算视力残疾。

那天离开管仲书家后，我就给孙文春、冉金山打电话，请他们关注一下管仲书的残疾问题。比如，办残疾人证需要村委出具相关证明，应该快速如实给他办。这期间，管仲书通过儿媳任春菊，用微信给我传来了有关他伤残的文字和图片资料。但直到半年之后，管仲书才到黔江中心医院鉴定，结果是视力四级残疾。凭借鉴定结果，管仲书到区残联办理了残废人证明。我对管仲书说，这事半年才办好，让你久等了。管仲书说，过去我等了十多年都没办成，驻村工作队进村后，半年就办好了，何况这事也怪自己，认为这次也没希望，就有些拖延。我说，办残疾人证这事，主要是程序复杂，以后你有什么事，都可以找我。管仲书说，要得，要得。

帮龚长江跑分户

今天利用在城里的半天时间，我给李子村一组龚长江一家打听分户的事情。几个月前在他家走访时，我就承诺一定帮他们办这事。但因为回城的时间不多，就没有及时去有关部门落实。

农村居民怎么办理分户？需要什么证明材料？针对这些问题，我先是打电话咨询了区公安局的伍警官。半个小时后，伍警官用QQ给我发来一份资料。资料上说，重庆农村居民有三种情况是可以分户的：一是农村居民结婚后在本村社另有合法住房的；二是离婚后在本村社另有合法住房，或在本村社无合法住房，但已离婚半年以上的；三是在本村社另建有合法独立住房的。这三种情况中，有合法住房是分户的核心条件。但第一种情况的"另有合法住房"和第三种情况的"另建有合法独立住房"的表述，容易引起歧义，而龚长江一家又不属于第二种情况。龚长江家里有一幢两层的砖房，共6间，面积有200平方米左右。他家有九口人，包括他本人及其妻子、三个女儿、儿子和儿媳、两个孙子。九口人住一幢房子，这种情况能否分户？按上述界定，应该是不能分户的。但龚长江一家九口人，吃大锅饭，众口难调，老老少少，生活习惯也不太一样，确实有分户之必要。李子村有句俗话：家不分不发。分户不是目的，分户是为了刺激家庭更小单元发家致富的积极性。那么，有没有其他办法，让他们实现分户的愿望呢？

我详细阅读了伍警官给我的资料，特别是"需要什么证明材料"一部分。资料中说，符合以上三种情况，可持以下证明材料到户口所在地派出所申请办理：一是书面申请书；二是申请人居民户口簿、居民身份证原件及复印件；三是结婚证或离婚证（包括法院的离婚判决书）原件及复印件；四是农村合法住房证明（包括农村房屋所有权证、农村房屋分割的公证书或见证书、村［居］委调解委员会对农村房屋分割的调解书、人民法院对农村房屋分割的判决书）。细看第四种证明材料括号里的注解，其中"农村房屋分割的公证书或见证书"让我眼前一亮。这句是不是意味着，虽然住一幢房子，但如有必要，就可以分割，只要有房产分割证明，就可以分户呢？像龚长江这种情况，把房子分割成两部分：夫妻两口加三个女儿一层、儿子儿媳和两个孙子一层，达成分割协议，就应当属于第一种情况，即在本村社另有合法住房了。

我把自己的想法告诉了伍警官。伍警官说，她原来也在户籍部门工作过，这种办法应该可行。为了得到权威解答，她说她马上去找公安局户籍科的同志探讨一下。不久，伍警官打来电话，说这种方法确实可行，具体去办理的时候，需要一份全体当事人签字、村委会盖章的分家协议。伍警官吩咐，分家协议中，特别要把房产分割情况写清楚。

分户的事情总算有了结果，我立即给龚长江打电话，告诉他分户的事情可以解决了，但涉及房产分割等内容的分家协议，还得一家人坐下来商议，并形成正式协议，同时还要到当地派出所去办理。这些事都需要当事人自己来做，别人不能代劳。龚长江听了，表示感谢，说让我操心了。他说他现在还在江苏张家港船厂打工，回家后一定按我说的去做。我说，你还可以把签订分家协议的事情，先同妻子、儿子、儿媳和儿女们商量一下，总的原则是，分家不分和气，分家重在发家。

龚长江一家的情况让我对农村工作多了一份理解。像农村居民分户这些政策,看似简单明了,但真正落实起来并不那么容易。因为这些政策比较专业,就是村干部也很少有人真正了解。加之这些办理程序越来越规范,普通村民要掌握起来并不容易。我想,如果有关部门把所有的涉农政策进行研究梳理,然后编一本图文并茂的《农村居民办事指南》,每户送一本,或放在村委会,让有需求的村民前来阅读,岂不是做了一件实事?

2016年下半年,按照《国务院办公厅关于解决无户口人员登记户口问题的意见》和重庆市有关实施意见,非婚生育子女也可以上户口了,因此,一组高家岭孙文迪的孙女孙好,三组大坪上汪增开的孙女汪晨曦、孙子汪擎苍等人,都顺理成章地按照要求解决了户口问题。但与二组陈克松同居的"朱翠平",属于什么证明都没有的"其他无户口人员",本人或者承担监护职责的单位和个人可以提出申请,经公安机关会同有关部门调查核实后,也可办理常住户口登记。

解决房屋复垦遗留问题

再次到田应坤家走访时,田应坤告诉我:他家的房屋复垦补偿款,算是基本落实了。

最先接触这个话题,是在李子村三组汪增开家走访时。由于汪增开与兄弟汪增良产生争议,汪增开的房屋复垦补偿费一直未落实。房屋复垦补偿费没有落实的,光是太极乡就有70多户。其中,李子村除三组的汪增开外,还有四组的田应坤,五组的汪文池、陶仁基、张东、汪文太、张桂福、陶鹏等农户。经了解,房屋复垦补偿无法到位,大致是由有争议、没有主体房、没有房产证明这三种情况造成的。作为历史遗留问题,补偿款无法到位也不是太极乡的特例。有的人还多次到区里上访,甚至进行群体上访。田应坤就多次到乡里、区里上访,甚至还在自己的家门口堵过公路。

其实,早在2011年12月8日,黔江区人民政府就出台文件,对房屋复垦补偿问题做了明确规定。由于在实施过程中产生了诸多矛盾和问题,2015年12月底,黔江区相关部门研究决定,2012年及以后实施的复垦项目对于"其他建(构)筑物"(主要包含只拆除附属设施未拆除主体房屋或养猪、养蚕等不符合复垦政策的建筑物)已拆除未认可的,按照每平方米100元的单价,面积以原建(构)筑物占地面积为依据进行补偿,但需扣除新建筑物的占地面积。

我在调查中了解到这些遗留问题后,向有关部门的领导做过口头汇报。我认为,这些历史遗留问题,应该按尊重历史、依据事实的原则量力解决。但这个问题的最终化解比较复杂,需要一个认定的过程,资金从哪里来,也需要落实。后来,区国土、房管部门和太极乡政府的工作人员组成调查组,来到李子村进行调查核实,黄代敏也参加了相关认定工作。到2017年初,上述农户的房屋复垦补偿费得到了落实。四组的田应坤这次得到了2.1万元,这些钱没有达到他的心理预期,因此他认为只是基本落实。他说自己的房屋复垦面积有600多平方米,按原来的标准应该得到的补偿费至少有10万元。但田应坤的老房子在复垦前就拆除了,只留下屋基,也就是没有主体房,没有办房产证明。专家组在评审时,觉得这不符合复垦补偿条件。但当时施工队已经进场施工,并给了相同情况的其他住户一定的拆迁预付款。田应坤就觉得,当时在宣传这个政策时,乡里并没有告知他必须有房屋主体才能拆迁,因此,这个责任不能由他一个人承担。最后认定他的复垦面积是210平方米,补偿费为2.1万元。三组的汪增开得到了5万多元补偿费,按原先的约定给汪增良分了2万元,剩下的3万多元,刚刚够他买养老保险。又因为他已年过六旬,可以领取养老保险金,因此2017年他获得了6000元的养老保险收益,以后每年还有增加,这对他这个经济困难的家庭来说,可谓久旱逢甘雨。汪文池、陶仁基、张东、汪文太、陶鹏等其他住户,也根据有关部门意见,得到了一些补偿。但张桂福家的蚕棚复垦不符合补偿对象规定要求。

看懒四住新屋

孙云声终于乔迁新居了。今天上午,我同孙文春一起,再次去看望了他。孙云声现在住的新屋,是村里拿了3万多元帮他修的。新房位于大马路与对门户的村道交叉口,出行、吃水都很方便。

孙云声住的地方能够搬迁,得益于脱贫攻坚的一个硬指标,就是贫困村必须有一个文化广场。李子村的文化广场选址颇费周折,村里找了几个地方都不合适,最后决定选在一组坎上户,这里算是全村的中心位置,地处金鸡坝和白果坝之间,人口密集,在这里举办文娱活动也比较方便。要修文化广场必须把原有集体用房拆除,这就涉及孙云声住的原大队卫生室。村里考虑到他作为五保老人的实际,决定先给他异地修房,让他搬迁入住后,再来修文化广场。孙云声本来是受益者,但在搬迁过程中,施工企业不小心弄断了他家的水管,他不问缘由,一气之下,把连接到下游的主水管砍断了。施工企业的车子停在他家门口,挡了他的出路,他竟然要去砸人家的车窗。由于资金紧张,计划给他修的两间砖房大约有40平方米,但孙云声不干,说没有专门的灶房。于是又给他修了面积为10平方米的灶房,他看了还是不认可,说没地方搁木头。只好依他的意,再修一个柴房。修好新房准备搬家时,他说自己没有力气搬东西,于是乡里、村里又派人给他搬东西。东西搬完后,他又说没有床铺,乡里又给他弄来床铺。住进来几天后,他又说窗子是木的,不安全,于是又给他装上防盗窗。他又说地面没硬化,被水泡了会损害房屋基础,于是又给他的地面敷上水泥。如此这般折腾之后,孙云声终于离开了他那个住了20年的房屋。但乔迁那段时间,他脸上并没有喜色,倒是嘴里嘟囔着,说这也缺那也差。

我同孙文春到他家看望他的时候,他指着满屋的杂物说,家里还缺个冰柜。我说,你要冰柜做什么啊?你又不是做生意的人。他说,一个人煮点儿好的,一顿吃不完,放在冰柜里,可以多吃几天。一听这话,我同孙文春都明白了,他要的是冰箱而不是冰柜。我说,这个要不了多少钱,如果有这个政策的话,第一个就考虑你。他说,要得嘛。

我同他交谈时,核实了一些情况。比如砸别人车窗的事、砍断水管的事,希望他能同邻里之间和睦相处。听了我的话,孙云声只对砍断水管的事做了辩解,认为施工企业事前不跟他打招呼,还先弄断他的水管,他又到远处挑不到水,所以才做出了不理智的举动。他说自己没有文化,缺乏见识。他说他现在想明白了,党和政府是真好,如果没有党和政府的帮助,他这条老命都不知丢在哪里了。我说,你老孙也是见过多少生死的人,人都会百年归西,到那时候给你送终的,还是乡里乡亲,因此一定要同大家搞好关系!孙云声听了,点了点头。

孙云声现在的新房只有一层,钢筋混凝土结构,卧室、厨房、厕所、柴房俱全。特别是他最看重的木头,也有地方搁了。孙云声自从责任地转卖以后,就再没种过地,这次搬迁,还在他新房前帮他物色了一块菜地。孙云声修新房和种菜的地块,都是村民常腊梅的责任地。考虑到村里的难处和孙云声的困难,常腊梅答应让地。村里也表示,如果孙云声百年归西后,这房子的产权就属于常腊梅。

我同孙文春屋里屋外转了几圈,总感觉有什么不对劲儿,原来是新房缺乏收拾,卫生没有搞好。屋里杂物横陈,东丢一堆,西放一堆,两个窗子,一个用捡来的广告布遮挡，一个用捡来的石棉瓦揞住，窗台上还胡乱地放了一些豇豆，看不出是在晾晒还是丢弃的。我同孙文春都劝孙云声，东西不要乱堆，要经常把新房的卫生打扫一下，村里时不时要来检查环境卫生。孙云声"嗯"了一声，算是答应。

我们离开时，孙云声说，谢了哈，你们慢走啊！孙文春说，这是他第一次听到孙云声说这样客气的话。李子村的脱贫攻坚，也应该把"懒四"的帽子一同摘掉。懒四——孙云声的故事，也应该有新的情节了。

垃圾站的建与搬

根据村民提供的线索，今天上午去二组的对门坡，查看太极乡垃圾中转站的污染情况。同我一起去的，除了孙乾生，还有陈云波等几个村民。孙乾生建的砂砖厂，就在这个垃圾场站下方。垃圾站离村委会办公楼也是咫尺之隔，步行两三分钟就到了。但驻村这么久了，我还从来不晓得这里建了一个垃圾站。只知道种粮能手陈荣昌就住在旁边，而李子村著名的小龙洞泉也在这里。

垃圾站就在大公路旁边的陡坡上，离大公路不到50米，靠一条岔路相连。但由于位置比较隐蔽，一般人发现不了。目前，垃圾站的进口处已堵了一辆拖拉机，不准运垃圾的车辆进出。我们还没走近垃圾站，就能看到蚊蝇乱飞，一股腐臭气扑鼻而来。

陈云波说，这是目前太极乡唯一的垃圾站。乡场上的垃圾收集起来后，先运到这里停放，堆积多了再运到其他地方处理。垃圾站3年前就修好了，最近才启用，但一启用，就对周围环境造成了污染。从垃圾站里渗出的污水，顺着公路流下来，再流进溪涧，流进鱼塘和下方的农田，并伴有阵阵刺鼻的臭味，滋生和招引来大量蚊虫。受害村民把这些情况反映给了村里和乡里，但因为这是区里投资建设的项目，村里没有能力进行处理。乡党委、政府对此很重视，米仁文也参加了研究，并提出了整改方案，决定在建筑主体上搭上钢篷，使垃圾站由露天式变成封闭式，这样来阻隔蚊虫，然后重新硬化垃圾池，使污水不能溢出。同时，在垃圾站周围建设围堤和管道，阻隔雨水流入。但村民认为，这个方案并不能治本，因为垃圾站是在一个废弃的矿山和沟壑里建立起来的，污水渗漏问题不能得到彻底解决。

到了现场，第一个感觉是垃圾站的选址确实存在问题。这里地质脆弱，山体比较薄弱，加之过去曾有企业在这里开采煤矸石，岩石多处被炸开裂，进垃圾站的公路也是由一条深沟填出来的，污水容易渗漏。这里地势太高，垃圾站几乎是修在半坡上，只要下雨，污水就会顺势而下，无法阻挡，一直会流到白果坝上。小龙洞泉的出水口，就在垃圾站的下方。我们在现场看到，村民在这里接通了密密麻麻的水管，在没修通自来水前，白果坝的人祖祖辈辈都是吃这股泉水。陈云波说，虽然现在家家户户都接通了自来水，但一些村民还在继续喝这里的山泉水。这里的水源滋润了白果坝20多户农户近100口人，还有两个养猪场、一个酒坊都需要由这个地方来供水。正因为是重要水源地，水务部门还在垃圾站的下方投资整修了一口山坪塘，目前由一户村民承包养鱼。

那么，在项目选址和修建过程中，有没有村民的参与呢？陈云波说，建筑主体快完工了，他们才晓得是一个垃圾站。有村民参与了垃圾站的修建，但都不知道修来做什么，当时施工单位也对此讳莫如深。听说只有3户占地农户因为涉及补偿，晓得建设项目的用途。陈云波他们是看到最近这里有车辆进进出出，并有污水溢出，才晓得这里建的是什么。

垃圾站的项目不公开、选址不公示，自然引起村民不满。陈云波等村民提出，这个垃圾站要么停用，要么搬走。在问题没有解决前，有人用拖拉机把进站的道路堵塞了。我对陈云波说，问题一定要解决，但不能用极端手段来解决。我当场就垃圾站污染问题，给米仁文做了汇报，并谈了我的看法。米仁文说，这个垃圾站的选址确实存在问题，在没有协调好以前，垃圾站不再作业。如果整改方案得不到大多数村民的同意，那就只能停用另建。

太极垃圾中转站建于2013年，占地面积899平方米，其中建筑面积127平方米，项目总投资89万元。建成后主要用于集中收集太极乡的垃圾，收集来的垃圾经压缩处理后转运至黔江垃圾场集中处理，以减少太极乡垃圾随意填埋、污染环境的情况。该垃圾站早在2011年就立项并申报中央资金，2012年开始启动修建，2013年建成，但因道路未硬化一直未投用。2016年7月道路硬化后，这里开始堆放垃圾，但由于环境受到污染，垃圾站的运行遭到村民阻止。

为李子村做数据库

今天下午，扶贫工作添喜，因为李子村的家庭数据库，也利用空闲时间做出来了。

把全户调查的纸质表格做成电子文档，是我驻村帮扶工作的一部分，我原计划用一个月的时间来完成。但前前后后、陆陆续续花费了四十多天时间，才在今天完成。

为什么要做这样一件事？对脱贫攻坚有何意义？我大概想到了以下这些理由。

贫困不仅仅是收入低下，还包括能力缺乏、社会排斥、健康状况差、缺乏医疗保健、缺少机会和权利等因素。基于贫困因素多元理论，我构建了一个不仅仅是建卡贫困户档案，而是能够体现所有农户全面情况的数据库，内容包括人口状况、收入支出情况、子女教育情况、基本医疗情况、住房情况、交通通信情况、就业情况、发展需求等，从中不仅可以看到建卡贫困户的情况，也可以看到一般农户的情况，还可以看到产业发展好、生活富裕农户的情况，通过统计分析，还可以看到整个贫困村的情况。

还有一个原因是，李子村目前几乎所有的数据都不太准确。比如部分村民的姓名在身份证、房产证、土地证、林权证上存在不一致的情况，老一辈村民的学历大都被人为拔高，对建卡贫困户的致贫原因描述不准确，等等，我都通过建立数据库进行了订正。李子村的数据库其实就是"最小数据集"，通过收集最少的数据，最好地掌握一个研究对象所具有的特点或一件事情、一份工作所处的状态，其核心是针对被观察的对象建立一套精简实用的数据指标。一库能知村，方便大家查询研究，我希望这是一项具有开创性和服务性的工作。

从个人来说，我想利用自己建立的这个数据库，以李子村这个"斑"来窥中国农村这个"豹"，通过李子村做经济学的观察，形成教学、科研成果。我特别想做的就是以这些数据资料为基础，给李子村写一部《脱贫志》。

既然给李子村做数据库有这么多的好处，我何乐而不为呢？这个数据库做起来并不难，就是以全户调查所获取的一手资料为依据，通过完善一些数据，以家庭为单位、以村为单元把《李子村农户访问表》这个纸质文档变成一个电子文档。每户都有一个编号，方便查阅。就这样一边驻村，一边把节假日全部利用起来，终于完成了这项工作。在做数据库的过程中，我还发现原来全户调查存在着不足，甚至出现了一些重要遗漏。我又把做好的数据库以每户为单位打印成纸质文档，然后分别找到原来和我一起搞全户调查的各组带路人，逐户进行了核实和补充调查。因此，我的全户调查，实际上是搞了两次，不同的是第二次比第一次容易一些，但我仍然不能保证我做的这个数据库能达到百分之百的准确无误。

让贫困户学会借钱

今天把全村的建卡贫困户喊来开会，主题只有一个：宣传金融扶贫政策，推介小额信贷产品。但听完孙文春的详细介绍后，大家一脸漠然，没有一个人当场表示愿意申请小额贷款。借钱修房子，大家愿意；借钱送孩子读书，大家愿意。但借钱发展产业，大家兴趣索然。小额贷款好处那么多，为何在李子村响应者寡？

长期以来，人们认为小额信贷是一种真正的炼金术，它能使借钱这种行为变成某种能使人发生彻底转变、实现自我的难得的人生经历。而得出这种观点，当然要归功于尤努斯。翻开世界小额贷款发展史，无法绕开的话题就是尤努斯创办的格莱珉银行。2015年10月，黔江区启动扶贫小额信贷工程。主要针对贫困户发放扶贫小额信用贷款，特点是无抵押、无担保、期限3年、额度5万、利率优惠、财政贴息、风险共担。支持重点除了贫困户发展烤烟、生猪、蚕桑、乡村旅游、高山蔬菜、中药材、林果业、草食牲畜等扶贫特色优势产业，还探索支持贫困户高山生态扶贫搬迁和帮助贫困户家庭子女完成学业。

额度5万元，说是"小额"，其实已经是"大额"了。与乡村银行比较，客户几乎没有风险，风险是由政府和银行共同承担，具体是：政府安排扶贫小额信贷专项风险补偿金500万元设立风险补偿金，存入合作金融机构，按照1∶10的比例投放扶贫贷款，当风险金不足时，按比例及时补足。风险补偿金用于补偿金融机构发放扶贫小额信贷坏账损失，扶贫小额信贷发生损失时，由发起贷款金融机构、风险基金分别承担30%和70%。从利息优惠看，贷款利率不超过人民银行公布的同期贷款基准利率3个百分点，鼓励金融机构本着保本微利、让利于农的原则，对贫困户贷款给予利率优惠。可以说，黔江区的小额信贷，与格莱珉银行的模式相比，已是一种全新的模式。它既不需要贷款者群体共担风险，也不需要短时间内就向银行还款，而且贷款数额已经放到很大，利率也比较优惠。

这么好的金融产品，贫困户却不领情，这到底是为什么呢？

集中开会宣传，效果不佳，我们就兵分几路，挨家挨户去进行推介。回来后大家把情况一汇总，还是失望，真正想要贷款发展产业的贫困户为零，而一些非贫困户特别是农村新型农业经营组织却有强烈的贷款需求,但因身份不是贫困户而被排斥在政策的门槛外。

在同大家的交流中,我发现了贫困户不太认同小额信贷的一些原因。首先,贫困户身上存在着"无钱—不敢借钱生钱—更无钱"的收入怪圈。李子村的贫困户差钱肯定是事实,但他们不敢向银行借钱更是事实。因为借钱要还,天经地义,至少要还本金。还有一个习惯,李子村人在做事差钱时,首先想到的是家族亲友的帮助。比如我修新房差钱,就找你借,你家接新人进屋时,我又还给你。这种基于互助精神的借贷,几年都没有利息,甚至连借条都没有,也很少有欠钱不还的事发生。当然,近些年李子村人也有放贷的,但利息也不是很高,只要有一个借条就行。还有一个原因,小额贷款的用途限制在发展产业上,但很多贫困户要么身体有病,要么土地资源很少,要么青壮年劳力都出门打工去了,发展产业不现实,去银行借来的钱,放在手中不能产生效益。

好政策不能落地,就是墙纸一张。那怎么办呢?政策当然不能变味,不能搞"上有政策、下有对策"那套,不能歪嘴和尚念经。但好政策的执行,是可以创新的。只要是用在贫困户身上,提高了贫困户的收入,又发展了产业,我认为都可以大胆地去尝试。

在乡里的支持下,李子村以三东肉牛养殖场为龙头,成立了跨越李子、新鹿两村的黔江区盼富专业合作社。以建卡贫困户的名义,向银行申请小额扶贫贷款,然后将这笔资金作为加入合作社的股金,每半年分一次红,收益保底8%。也就是说,贷款1万元作为股金入股,每年就有800元的红利;如果是最高限额贷款,每年有4000元的红利,还可提前半年支付,而且贷款本金还由合作社偿还。为了实施这一扶贫模式,乡领导亲自到李子村召开动员大会,向贫困户做宣讲,当即就有建卡贫困户答应愿意贷款。最后,李子村的张德全贷款5万元、陶宗其贷款3万元,新鹿村的申月明贷款3万元、赵昌奎贷款3万元。这14万元钱全部拿给合作社入了股。一年半以后,4户贫困户分红总额达到16800元。看到这个势头,2017年底,又有李子村的周方梅、新鹿村的赵西美分别贷款3万元,并且预付了半年1200元的红利。合作社拿到这些资金后,进一步扩大了养殖规模,经济效益更加突出,实现了贫困户和企业的双赢。

但就是以这种方式贷款,贫困户中贷款的人还是不多。就李子村来说,主动分享这一政策的贫困户仅占5%。贫困户一方面缺钱,一方面又不敢借钱,这种常态还没有被打破。这说明,让贫困户学会借钱,学会投资,不是那么容易的一件事情,政府、企业、基层组织需要做功课的地方还很多。

三十七　再穷不能穷教育

确定助学对象

2016年高考分数线公布了。我虽然不是高考学生的家长，但仍然很关注这件事情，因为我拟资助的一名大学生，终于确定了，他就是李子村五组的陶建勇。

今天中午，龚淑云打来电话，说她儿子陶建勇今年的高考成绩出来了，裸分615分。按照2016年重庆高考各批次录取分数线，陶健勇作为理科生，超出一本录取分数线95分，加上其他情况加分，上他理想中的重点大学应该没问题。我对龚淑云表示了祝贺，并希望她同班主任多商量，一定要把孩子的志愿填好。龚淑云说，陶建勇只想读重庆大学，其他学校不想读。我说，重庆大学很好，又是在市内，离家近，花费要少些。

去年驻村之初，我就承诺用我的稿费收入，资助李子村一名贫困生完成大学学业，资助时间为3年，资助总额不少于1.5万元。我请村里帮我物色一名资助对象，条件是家庭生活困难，高中阶段在黔江中学、民族中学或新华中学就读，成绩优秀，品德优良，保证能考上一本大学。半个月后，李明芬和陶安纯就找到了一名学生，他就是李子村五组的陶建勇。李明芬和陶安纯还专门把相关情况写成文字材料交给我，说陶建勇在黔江中学高三(22)班学习，在班里成绩排第9名，全年级成绩排在前25名。

今年3月底，我通过全户调查走访了龚淑云一家，了解到她家的真实情况，与李明芬和陶安纯反映的基本吻合。作为家庭的主要劳动力，龚淑云和陶宗钱在全村都算是勤耕苦作的人，按他们自己的话说，累得吐血都还停不下来。对他们来说，家庭贫困主要是因为供子女读大学。能为这个家庭减轻一点儿经济负担，保证孩子顺利完成大学学业，我非常乐意。

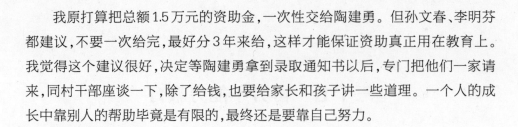

我原打算把总额 1.5 万元的资助金，一次性交给陶建勇。但孙文春、李明芬都建议，不要一次给完，最好分 3 年来给，这样才能保证资助真正用在教育上。我觉得这个建议很好，决定等陶建勇拿到录取通知书以后，专门把他们一家请来，同村干部座谈一下，除了给钱，也要给家长和孩子讲一些道理。一个人的成长中靠别人的帮助毕竟是有限的，最终还是要靠自己努力。

雨露耕读人家

今天一整天的时间，我都同孙文春在一起，帮助李子村的贫困学子申报"雨露工程"扶贫助学项目。今年重庆的"雨露工程"扶贫助学项目，通过层层申报、层层审核、严格把关后，申请人可以获得一次共 5000 元的现金资助。

今年，家里是建卡贫困户的孙章安和他的妻子在北京打工。昨天下午，孙章安从北京给我打来电话，询问资助学生的事。从孙章安的语气里，听出了他的喜忧参半：喜的是两个孩子同时考上大学，忧的是一年几万元的上学费用不知从哪里来。

我对孙章安说，这事我没忘记，叫他把两个孩子的录取通知书拍成照片，传到我手机上，我看了之后再来协调。晚上，我收到了这些照片。从图片上看到，孙章安的女儿孙佳考取的是重庆第二师范学院文学与传媒学院小学教育本科，儿子孙玄考取的是重庆电讯职业学院汽车电子技术专业。

孙章安告诉我，今年活不怎么好找，只是他还算幸运，每个月能挣到 4000元。即使这样，他一年打工下来的钱，也只够两个孩子上大学的开销。在以后的三四年中，每年至少要 4 万元费用，如果活不好找，不但供不起孩子读书，一家人连吃饭都成问题。我说，从区里出台的助学政策来看，贫困家庭大学生入学可以享受 5000 元左右的资助，但只能享受一次，不能重复享受。前两天我在村里开会时也一再提醒各组联系干部，要把自己那个组今年是否有学生考大学的情况摸清楚，一定不要遗漏了。当时孙文春和孙乾生都说，目前只有孙佳拿到了录取通知书。在村委会办公室，我们做了一个统计，发现今年李子村有近10 名学子考取了大学，其中家里是建卡贫困户和低保户的就有 5 人。除孙章安的两个子女外，金文书的外孙女陈娟，考上了重庆三峡医药高等专科学校针灸推拿专业，汪学志的女儿汪洪芳，考取的是重庆财经职业学院。我说，要尽量想办法，争取各种渠道对他们进行资助。我资助的陶建勇也可以申报公益资助。

今天上午,当孙文春得知孙章安的儿子孙玄也考上了大学时,决定马上帮他申报。随后我又给孙玄打了电话,叫他带上相关资料,赶到村委会办公室。然后,我又给孙章安打了电话,叫他马上督促一下孙玄。孙章安说,孙佳读的是免费师范专业,不能享受助学贷款政策了,但孙玄可以申请助学贷款。我说,这样就好,如果全部要自己支付费用,两个大学生,一年要四五万,你在外面打工,一年才可能挣到这么多钱。孙章安说,是的,是的,并说让我操劳了。

做完了这些事,我心里还是不踏实,感觉哪里还有遗漏。在四组构家河搞全户调查时,我隐约记得建卡贫困户孙文泽的女儿孙秋也是今年考大学的。慎重起见,我先是打开李子村的数据库,发现孙秋还在读高二,今年秋季起才开始读高三。然后我又打电话给冉金山向他核实。冉金山说,前几天他同孙文泽联系过,孙秋要明年夏天才高中毕业。看来,是我记错了。不过,为了让贫困学子不失去机会,这种错可以多犯点儿。

捐出首笔助学款

今天上午做了两件事:一是为贫困学子陶建勇捐出首笔助学款,二是与白土乡凉洞村驻村工作队和村两委负责人进行座谈交流。

昨天龚淑云打来电话,说陶建勇的录取通知书收到了,读的是重庆大学航空航天学院。我说,上的是重点本科,好啊,如愿以偿了,祝贺祝贺。关于助学款的事,请她放心,我同村里商量一下争取明天落实。因为今天要同白土乡凉洞村扶贫工作队和村两委负责人交流,我同黄代敏商量,决定今天两件事一起做。

9点多我到村委员办公楼时,陶宗钱、龚淑云、陶建勇已经提前来到这里,并兴奋地把录取通知书拿给我看。我同他们一家人聊了一会儿,进一步了解了他们家的生活、生产情况。这家人都很质朴,只有龚淑云话多一点儿。我说,孩子上学有困难,大家来想办法,我承诺资助的事,今天就开始兑现。

在党员活动室,举行了一个简短的座谈会,黄代敏、王长生、朱文刚、孙文春、冉金山、孙乾生、李明芬、汪文锐等参加了座谈。我就捐助的事做了说明。我说,现在,虽然大学生已不再是什么天之骄子,但作为一个贫困的农家孩子,能考上重点大学还是不太容易,因此,这不仅是陶家的喜事,也是全村的喜事。一个贫困村只要还有人重视教育,就说明这个村的耕读精神还没有丢,就说明还有希望。我希望陶建勇一要学会感恩。要感恩父母,感恩家乡和村里所有的人,感恩党和祖国。二要学会学习。要有目标地学,围绕喜欢的专业,既广泛又精准地学。三是学会生活。大学生活多姿多彩,除了学习生活外,还有兴趣爱好小组,以及与来自四面八方的学子交往,都不可或缺。我当场把首笔助学款5000元递给了陶建勇。我说,以后的捐助,按照双方的约定,直接打到他的银行卡上。黄代敏、孙文春也谈了感想。陶建勇表态说,一定不辜负各位领导、各位长辈的殷切希望。

助学的事忙完后,我又与凉洞村扶贫工作队进行了座谈交流。凉洞村与李子村是友好邻居。前几天,凉洞村第一书记、驻村工作队队长洪波打电话给我,说要率领扶贫工作队和村两委负责人到李子村参观。我说参观就免了吧,不如叫交流,因为李子有李子的亮点,凉洞有凉洞的优势,大家何不通过村际交流互相学习呢?洪波说,要得,就交流交流。大家都是熟人,几句话一说,就把交流的时间定在今天。座谈会上,双方村支书通报了本村的脱贫攻坚进展情况。通过交流,碰撞了智慧,加深了了解,增进了友好关系。

一个贫困家庭的国庆节

今天是国庆节。我的工作单位也按规定开启了度假模式。但在李子村,村民除了春节,其他法定节假日一般都不得休息。何况这段时间,李子村的晚秋蚕正处于即将上蔟吐丝的关键时期,白天夜晚都要有人照顾。东奔西走是过节,在村里到处看看也是过节。我今天在村里做的一件事,就是请"黔江邻里"微信公众平台的记者,来村里采访建卡贫困户周方梅家,准备为这个特殊家庭筹集一笔助学款。

今天上午,周方梅的女儿罗佳瑶和儿子罗双棋,像往常一样早早就起了床。为了庆祝国庆节,他们姐弟俩要举行一次升国旗仪式。

从今年初开始,按照区委书记余长明的要求,村里先是解决了周方梅一家四口的低保问题,并给他们建起了一楼一底的砖房。这些帮扶关爱行动,温暖了一家人,也让他们振作了起来。罗佳瑶和罗双棋姐弟的心里有说不出的感动。国庆节来临之际,他们决定自己来举办一次升国旗仪式,用一种特殊的方式表达对祖国的真挚情感。没有国旗,他们就取下半截旧红领巾,做成五星红旗的模样;没有旗杆,他们就找来一根笔直的树枝,打磨光滑后把国旗挂上;没有插旗杆的底座,他们就找来一个大红薯,把旗杆稳稳地插在里面。在那间简陋的厨房里,姐弟俩把国旗平放在取暖炉上,没有国歌音乐的伴奏,他们就自己唱国歌,向国旗行注目礼。然后坐在庄严的国旗前,两人写下誓言:"我们一定要考上大学!"在他们的身后,在几张塑料薄膜遮盖的屋顶下,阳光明媚地照进来,板壁上张贴了十几张奖状,这面墙就是二人的"励志墙"。

怀揣着国旗下最美的梦想,姐弟俩互相帮助,除认真完成作业外,他们今天还同妈妈周方梅一起到地里干活,和奶奶陈云菊一起分担家务。这段时间是喂养晚秋蚕的关键期,离他们家三四里的山沟里,有一家养蚕户因采摘桑叶需要人手,姐弟俩就陪妈妈一起去打零工,采摘一斤桑叶有0.25元的收入。由于桑叶采摘进入了尾声,他们一天最多能采摘400斤桑叶,大约有100元钱的收入。虽然钱不多,但是靠自己双手挣来的,姐弟俩自然高兴。采摘桑叶主要是在早上,这一天的其他时间,一家人又趁天气好,赶紧把地里的红薯挖进屋。劳动回来,大家又一起煮饭吃。虽然餐桌上的菜比较清淡,更谈不上什么花色品种,但因为今天大家心情好,都吃得有滋有味。

润地公司的爱心

昨天,重庆市润地文化传播有限公司负责人王华松给我打来电话,邀请我去观看一场演出。我这人素来不喜欢凑热闹,特别是演唱会我很少去观看。但王华松告诉我,这场演出你一定得看,因为他们公司旗下的"黔江邻里"微信公众平台,要给李子村周方梅一家一个大大的惊喜。我说,这涉及李子村脱贫攻坚的事,我一定会去!

来到黔江区体育场,我才知道今天的演出是中央电视台2017年春节联欢晚会办的一场活动。今天是渝东南片区黔江专场,除了选手外,还请了些演员来捧场,润地公司是活动的主办方之一。在现场,王华松给我介绍了公司的发展情况和"黔江邻里"微信公众平台的运营情况。"黔江邻里"微信公众平台由润地公司经营,在办号不到一年半的时间里策划实施了10多起爱心帮扶活动,筹集爱心款上百万元,受到社会各界广泛赞誉,成为黔江又一个爱心文化品牌。演出开始了,我们专心地看着演出。选手们登台唱了几首歌以后,最感人的一幕出现了。我看见晚会的主持人将周方梅和陈云菊、罗佳瑶请上了舞台,声情并茂地讲述了这家人的遭遇后,润地公司总经理蔡胜琼代表公司和"黔江邻里"向周方梅捐赠3万元爱心助学基金,长期关注"黔江邻里"的何淑华也上台捐赠了5000余元爱心款。在黔江区红十字会工作人员的配合下,现场观众也慷慨解囊,共捐款9800多元。媒体的关心,社会各界的帮助,让周方梅、陈云菊、罗佳瑶禁不住失声大哭,她们没有什么华丽的语言,只是异口同声地说着"谢谢,谢谢"!润地公司还在现场承诺,在罗佳瑶上高中之前的全部费用已经筹集完成的基础之上,还将继续为其筹集上大学的全部费用。演出结束后,我代表李子村驻村工作队,特地向王华松和他的爱心团队表示了感谢。

王华松过去曾与我在报社共过事,他头脑灵活,无论是采访还是搞经营,总有些奇思妙想。目前他们经营的这个新媒体还处于探索起步阶段,在不断成长的过程中困难很多,压力也很大。作为企业,首先是要考虑经济效益,但能够利用平台为脱贫攻坚做事,我认为是非常有责任担当的。

三十八　选好领头人

换届选举是块试金石

今天上午,在村委会办公楼党员活动室主持召开村党支部换届选举工作会。会议的主要内容是听取村支委述职和各支委成员述职述廉,并进行民主测评,然后推荐新一届村党支部书记、各支委成员候选人初步人选。今天参会的有村两委成员、在村党员、村民代表和各村民小组组长等。按上级要求,驻村工作队要参与指导这次换届选举工作,指导组成员由我、黄代敏、朱文刚、王长生4人组成。

在述职述廉环节结束后,我进行了点评,认为各支委成员的述职述廉是实事求是的,村党支部在各项工作中也发挥了战斗堡垒作用。特别是近一年来,党员面貌焕然一新,过去那种立不起志、带不起头、缺乏正气、得过且过的软弱涣散现象正在改变,像孙文春、冉金山、马长仙等党员,在产业发展、廉洁自律、家庭和睦等方面,都充分发挥了带头作用,孙文春还被评为全区优秀共产党员。全村的面貌也大为改观,实现了组组通公路、户户通便民路,自来水入户率达到100%,村民危旧房改造达95%以上。全村产业发展稳中有进,在稳定发展蚕桑的同时,通过招商引入城市工商资本发展高效农业,初步建立起了母牛养殖、甘薯育苗、牧草种植等新型业态,增加了农民的现金收入。区委书记余长明、区长徐江等领导多次到李子村检查指导脱贫攻坚工作,区级帮扶单位竭尽所能,村党支部不等不靠,全村脱贫攻坚有序推进,得到市委组织部、市扶贫办和区委、区政府的充分肯定,已吸引五六个兄弟村前来学习交流,《重庆日报》、中国扶贫网等媒体进行了采访报道。但村党支部及各支委成员还存在服务群众不够用心,工作方法不够精准,对群众诉求不够关注等不足。今后,大家每年至少开展两次走访村民活动,多看看村民的家境,多听听村民的声音,在精准服务、做好表率上多琢磨、多下功夫。

接着开始民主测评、会议推荐和谈话推荐新一届村党支部委员和书记候选人初步人选。候选人资格条件包括党派要求、素质要求、文化程度要求、年龄要求、村情熟悉要求等。会议推荐要求将选票当场投入票箱,谈话推荐是由随机挑选的党员和群众代表分别到两个谈话室谈话推荐。通过个别谈话,更能真实了解相关情况。

这次村党支部换届选举,其候选人经过"两推一选"产生。其中"两推"是基础和前提条件,包括"一推"即党员大会、群众代表推荐,"二推"即党委推荐。而"一选"是指党员大会最终选举产生新一届村支委成员和书记。今天在李子村进行的就是"一推",其实就是开一次会、填三张表、推荐候选人初步人选。根据对测评表和推荐表的情况统计,党员和群众代表对上届村支委的认可度较高,经过民主推荐出的人选的集中度也较高。因此我想到一个话题:换届选举是块试金石。选举人要有慧眼,被选举人要有实绩,选举的程序要公正,既要看选票,又不单纯以票取人,被选举人、选举人、选举组织者都有话语表达,都在选举中经受各种考验。在选举这块试金石面前,每个人都不能缄口无言。换届选举就是要消除"洗碗效应",打掉"做不如站、站不如唱"者的上升空间,同时要建立一个平台,激发"鲶鱼效应",让那些有能力激活地方发展的人涌现出来。有感于此,我还为报社写了一篇新闻时评,标题就是"换届选举是块试金石"。

构筑坚强战斗堡垒

今天上午召开党员大会,选举李子村新一届党支部委员会。经过选举,孙文春、冉金山、李明芬、孙文建、马长仙当选为新一届村党支部委员,孙文春当选为新一届村党支部书记。

选举严格按照有关规定和办法进行。先是孙文春代表上届党支部述职,然后由全体党员选举村支部委员,再由新选出的委员选举村党支部书记。村支委委员是差额选举,村党支部书记是等额选举。由于太极乡党委纪委书记黄代敏已"改非"任调研员,李子村的联系领导调整为张泽辅。张泽辅是新上任的太极乡党委副书记,选举会议由他主持。

作为第一书记,我的主要职责是督查,不参加投票。选举结束后,张泽辅请我讲话。

　　我首先对新当选的村支委表示预祝贺。祝贺前加个"预"字，是说这个选举结果还要经过乡党委的正式批复。这届村支委组成人员，包括书记和委员与上届相比，都没有变化。没有变化说明大家经受住了考验，得到了认可，但成绩已成为过去，新一届的工作做得如何，还需要时间来检验。新一届村支委既要打赢李子村的脱贫攻坚战，又要推进李子村的转型发展，可谓任务繁重、责任重大。人还是这帮人，但任务有了新的变化，大家必须审时度势，学会适应，实现贫困村脱贫、贫困户越线、后进村党支部摘帽。然后，我对在场的老党员们表达了感谢。我说，今天有两个情景令我感动。一是会场纪律特别好，令我感动。从会场纪律可以看出党员们的素质正在提高。记得我第一次参加全村党员大会时，会场上抽叶子烟的、交头接耳的、接打手机声音像高音喇叭的，乱成一团。我当时就明确了开会纪律。以后每次开会，我都先检查一遍，看是否有人在会场里接打手机和抽烟，这些陋习渐渐少了。二是大部分老党员都到会了，令我感动。汪增全、杨光勤、陈许礼、郑仁书、马再全等同志，都曾经当过村党支部书记，这些老党员都来齐了。马再全还亲自担任监票员，对发选票、收选票、计选票的过程进行全程监督，比自己参选还认真。老党员孙家贤也来了，他填写选票、投下选票，非常严肃和认真。老党员们对选举的积极参与，体现了对全村发展的关心、对村党支部的厚望。最后，我讲了如何发挥村党支部在脱贫攻坚中的战斗堡垒作用。我说，扶贫开发与基层党组织建设要有机结合，不能顾此失彼。给钱给物，不如帮助建一个好支部。抓好党建促脱贫攻坚，是贫困地区实现脱贫的一条重要经验。打赢脱贫攻坚战，我们各支委委员就是党员选出来的最会打的人、最能冲锋陷阵的人，我们必须在产业发展、勤俭持家、孝亲敬老、耕读传家等方面大显风采，特别要在激发全村内生动力上发挥带头示范作用，进一步提高贫困群众的自我发展能力。下一步，还要做好村委会的换届选举。从李子村过去的情况看，村委会换届选举要比村党支部委员会换届选举难度更大，需要大家高度重视。

大家都来选村主任

　　今天下午，我在李子村四组参与指导村委会换届选举候选人提名工作。四组由于李子垭和构家河两个寨子相距较远，为方便群众，候选人提名工作分开进行。今天下午李子垭选举结束后，明天再到构家河去。

按照村委会选举程序,先是候选人提名阶段,由各组村民提名村委会主任和委员候选人,然后是正式选举阶段,将各组村民提名的候选人进行统票,按得票多少确定两名村委会主任候选人、4名村委会委员候选人,实行差额选举,即村委会主任是二选一、村委会委员是四选三。为保证选举正常进行,村里成立了选举委员会,由孙文春任主任,杨光勤和田应良任委员。

候选人提名采用投票制,在金建康家的院坝和堂屋举行。院坝里摆了几张桌子,放了茶水和瓜子,堂屋设立了填票处、投票箱。孙文春讲了投票注意事项后,参加投票的村民,依次到填票处填票,到投票箱投票。等待投票和已经投票的村民,则在院坝喝茶、嗑瓜子,聊家常。投票秩序井然,大家有说有笑。由于外出打工的人较多,今天参加投票的只有23人。提名的6个主任候选人,其中得票最多的两人一人得9票,一人得7票;提名的7个委员候选人中得票最多的三人一人得10票,一人得11票,一人得12票。虽然原村主任冉金山已经正式辞职,但仍有提名他为主任候选人或委员候选人的,这说明一些投票的村民没有把投票规则听进去,造成选票浪费。

村委会换届选举是一种直接选举,其价值预设就是在基层发挥自治和民主的功能,我把它简称为"三自四民",其法律依据是《中华人民共和国村民委员会组织法》。在该法第二条第一款中明文规定:"村民委员会是村民自我管理、自我教育、自我服务的基层群众性自治组织,实行民主选举、民主决策、民主管理、民主监督。"只要有选举权的人,都可登记参选,因此也是全村政治生活中的一件大事。选举中,村民与村民之间带有利益博弈,实质是在寻找利益代言人,候选人与候选人之间进行的对决,既是能力方面的,又是人脉方面的。由于跃跃欲试想当村主任的人又不在少数,组与组之间推举的候选人不会一样,选举中出现一点儿波折,只要是在法治的框架之内,我认为是很正常的。而选举的激烈程度,恰恰能折射出中国乡村民主的含金量。

投票结束后,我召集驻村工作队和村干部开了一个院坝会,就迎接脱贫攻坚专项督查做了安排。我说,下一周内,区委督查组、区政府督查组和区扶贫办,将在全区30个乡镇街道开展2016年脱贫攻坚专项督查。督查内容包括六个方面:脱贫攻坚开展情况;迎接国家、市里"脱贫摘帽"检查验收工作;2016年脱贫项目建设及资金拨付情况;到户资料情况,特别是扶贫工作手册记录情况;2016年三季度贫困户记账情况;区级部门驻村工作队、帮扶人员到位情况。督查方式有两种：听取乡镇街道工作汇报和现场查看。现场查看是到村居活动室查阅脱贫工作资料、驻村工作队工作日记；随机抽1至2个脱贫项目、2至3户2016年拟脱贫户、1至2户脱贫巩固户。督查情况加相关指标综合，形成月度综合排名。对月度排名前5名的乡镇街道予以通报表彰，对进入倒数3名的乡镇街道，由区委、区政府主要领导对单位负责人进行诫勉谈话，对连续两次位列倒数第1名的乡镇街道，由区委对班子进行组织调整。

督查，检查，再督查，再检查……相关的文件像雪花一样飘来，一个接一个，村干部不是在"迎督"的现场，就是在"迎检"的路上。我从大家的眼睛里，分明看出了无奈。我虽然对这种工作方法不赞同，但又不能在大家面前表露出来。我对大家说，当前各项工作堆起来了，但中心工作还是脱贫攻坚，大家没有星期天，没有节假日，只有"五加二""白加黑"地干，才完成得了、完成得好，也不怕督查和检查。希望大家以百米冲刺的劲头，圆满书写脱贫攻坚的历史答卷。

第一次选砸了

今天是李子村正式选举第十届村委会的日子。考虑到场地问题和村民路程远近，选举地点安排在李子村小学。李子村小学就在三组的烟房坝，与村委会办公楼相隔不远，处在全村的中心位置。为了避免场面混乱和突发状况，派出所还安排了民警在现场维持秩序。

今天天公不作美，一直下着小雨。由于下雨路滑，大部分村民都迟到了。通知上午9点开始投票，直到11点的时候，大家才拿着选民证，按组排列在操场上，准备投票。从会场上观察到的情况看，大家对这次选举还是很重视的。有的人本来在城里做生意，接到选举通知后，早晨5点多就起床，从城里赶班车回来参加选举。有的村民患有严重风湿病，手脚行动不便，也是早上7点就出门，拄着拐杖赶到了选举现场。

选举正式开始前，孙文春请我讲话。我说，这几天我们李子村在紧锣密鼓地选村主任。村委会选举是一件关系到大家切身利益的大事，大家都希望选出一个能带领我们脱贫致富、实现小康的村委会班子，特别是要选出一个让大家都满意的好村主任。我衷心希望这次选举成功，我相信大家一定会依法选举，不去搞小动作，更不会破坏选举。

11点半，投票正式开始。发票人、登记人、公共代写人、监票人等选举工作人员各就各位,村民按组别顺序,依次到领票处登记领票,到秘密写票间写票,到投票箱前投票。下午2点左右,投票结束。为了公开透明,计票在李子村小学的一间教室里进行。唱票人一张一张地念选票上的名字,计票人用粉笔在名字后面打"正"字,监票人两眼紧紧盯住选票和黑板,一些村民也被允许站在工作人员后面观看。在计票初始阶段,黑板上的"正"字集中在两名正式候选人身上,另提名候选人的票数很少,按这种情况发展下去,正式候选人应该有一人超半数选票而成功当选。但在计票进行到下半程的时候,黑板上的"正"字分布发生了很大变化,我们都涌向计票间,眼睛紧紧地盯住黑板。最后的结果,让大家始料未及!

计票结果显示:两位主任正式候选人最高得431票,第二名得334票,另提名候选人得54票,三人选票都未过半,因此村主任无人当选。五位村委会委员候选人是五选四,最高得592票,第二名得477票,第三名得433票,第四名得410票,第五名得297票,因此只有李明芬一人选票超过半数,成功当选为村委委员。也就是说,这次选举,要选出1名村主任,4名村委委员,但结果只选出了1名村委委员。

由于投票、计票不能中断,参加选举的人连午饭都没有空吃,累了一天,却没有收到好的结果,心里当然不舒服。晚上在乡政府食堂吃饭时,大家坐在一起,探讨原因,虽然都很饿,但胃口却不好。大家认为,这次选举,程序合法,过程完整,结果出人意料,但还不能用失败来定性。因为村委会选举是普选,用选票说话,谁过半谁就当选,出现选不出的情况也比较正常。米仁文还安慰了大家一番,说吃了饭后,乡党委要专门召开紧急会议,研究另行选举事宜。要求大家认真分析原因,确保另行选举成功。

晚上,我找来相关法律法规学习了一下,心里也安静了许多。《中华人民共和国村民委员会组织法》有"预案式"的规定:"另行选举的,第一次投票未当选的人员得票多的为候选人,候选人以得票多的当选,但是所得票数不得少于已投选票总数的三分之一。"也就是说,法律没有规定村委会选举必须一次成功,也就意味着另行选举是正常的。对于另行选举,《重庆市村民委员会选举办法》第三十四条规定得比较详细:"当选人数不足应选人数的,应当另行选举。另行选举时,根据第一次投票未当选的人员得票多少的顺序,按照本办法规定的差额数,确定候选人名单。候选人以得票多的当选。但是,得票数不得少于已投选票总数的三分之一。经过另行选举，当选人仍不足应选人数，但是当选人已达三人以上的，不足的人数是否再另行选举由村民会议或者村民代表会议决定。当主任暂缺时，由当选的副主任推选其中一人代理主任工作，直至选出主任为止；主任、副主任暂缺时，由当选的委员推选其中一人主持工作，直至选出主任为止。当选人数不足三人，不能组成新一届村民委员会的，应当在二十日内召开村民会议，就不足的人数另行选举。"这里有条底线，就是村委会委员至少要选举出三人以上才能组成村民委员会，但主任必须是由选举产生的。

选举不成功的原因分析

李子村的这次选举，引发了我的一些思考。"两个过半数"的硬杠杠，与现实情况有些不符合。如果不实事求是地做一些改革，村民委员会"普选"就可能达不到应有的效果。

李子村的这次选举，采取的是一次性投票的方式，而不是分次投票的方式；采取的是提名候选人的选举方式，而不是采取不提名候选人的选举方式，这些都符合《重庆市村民委员会选举办法》第三十条和第二十条之规定。但不管采取哪种选举方式，"两个过半数"是硬杠杠，是不能突破的。"两个过半数"就是投票人数过半数和选票过半数。李子村选举委员会先在五个组分别召开了选举大会，也以投票的方式推选候选人，然后按得票多少最终确立了两名主任候选人和五名委员候选人。在同一地点、同一时间，采用一次性投票的方式，是因为这样更易于掌控局面，避免出现假选、贿选等破坏选举的行为。

基础工作做得如此扎实，程序又合法有效，但为什么结果不佳呢？我认为原因主要有以下几个方面：一是参选人数虽然过半，但与有选举权的实际人口差距很大。二是在两名正式候选人外又有一名另提名候选人，这样大大分流了票源，使村主任候选人票数难以过半。三是废票和空票太多。有接近200张废票，占了总票数的近五分之一。空票是指没有选足候选人，比如在五名村委会委员候选人中只圈一个人或两个人，使其他四人或三人没有得票，这样使村委会委员选举票数也难以过半。

出现这些原因，我认为与"两个过半数"制度设计存在的漏洞有关。

先说第一个"过半数"的制度设计，即"有登记参加选举的村民过半数投票，选举有效"。这个规定表面上看要求并不是很高，但与现时农村的实际情况有明显冲突。比如李子村大部分青壮年都外出打工去了，人数不低于600人，约占全村总人口的三分之一。这些人可谓选举的主力军，但他们大都在外省，一般都不会回来现场参加投票。再除了年龄不到18岁的村民和依照法律被剥夺政治权利的村民，真正能够到现场投票的，大都是留守老人和留守妇女。他们中绝大多数人文化素质较低，特别是那些耄耋老人，多数是文盲，很难弄懂选举的规则，但他们不但要自己到现场投票，还要为子女等近亲属代为投票（不得超过3人），他们连自己的意愿都难以表达，更难保证不违背委托人的意愿。何况采用无记名投票的方式，是否违背委托人的意愿，根本无法查证，这样就使选举的真实性大打折扣。为了弥补上述不足，我国的村委会选举也可以进行改革，比如由一人一票改为一户一票，同时取消委托投票规定。现在通信发达，即使在外地打工回不来，每一个家庭通过电话进行民主决策一点儿也不难，而绝大部分家庭都有人员留守，由他们代表自己的家庭投票是完全可行的。

再说第二个"过半数"的规定，即"候选人获得参加投票的村民过半数的选票，始得当选"。它同第一个过半数的规定唇齿相依：只有第一个"过半数"前提条件成立，才可能有第二个"过半数"的结果出现，但不能保证选举成功。原因是有另提名候选人的规定，会让选票分散；可以投弃权票的规定或选举人误操作的情况，又让废票增多；可以投空票的规定，又增加了候选人过半数的难度。可以投弃权票的规定，实际是允许放弃选举权，如果一人一票，投弃权票的概率要大得多，而一户一票代表的是一个小团体的利益，投弃权票的概率应该要小得多。可以投空票的规定是指两个村主任候选人一个都不选，或五个村委会委员候选人只选一个或两个三个，不按规定人数选满，这样势必导致选票无法过半。因此应该有这样的规定，就是不能投空票，必须在两名村主任候选人中选举一人，在五名村委会委员候选人中选举四人。之所以要深究这个问题，是因为考虑到可能有个别别有用心的人会通过这个规则操纵选票，致使选举失败。比如某一个人明知自己根本选不上，但他也不希望别人选上，他就可以利用这个规则来搅局，暗示选民只填写他一个人，这样虽然他也选不上，但其他候选人票数也过不了半。

还有就是总票数包括废票的规定，也值得深究。按照规定，弃权票是废票，误操作也是废票，但仍然作为总票数进行统计。这样问题就来了，既然是废票，就是不可用之票，那怎么又把它算在总票数里面呢？这就像工厂里的废品，是不能统计在合格产品里面的。废票实际代表了对选举权的放弃，或因为不慎而对选举权的丢失，表示既不同意也不反对。总票数包括废票，特别是废票比例太大，会直接影响第二个"过半数"硬杠杠的实现。因此，应当把废票作为既不赞成，又不反对的中立票来对待，计票时应当从应到人数中减去废票张数后再计算赞成票，以赞成票过半数为通过。当然，如果废票太多，甚至达到应到人数的一半，那表明选举已失去意义。所以建议对相关规定进行修订，使总票数不包括废票。

我国基于普选民主价值观，采取一人一票的村委会选举方式，是在民主意识最弱、经济社会发展最慢的农村实施起来的，虽然实施了这么多年，但仍然属于实验阶段，存在一些缺陷是难免的，应该通过特殊个案的研究，在适当的时候对有关法律法规进行修订。

另行选举有收获

秋雨缠绵，山色空蒙。李子村第十届村委会的另行选举，定在今天上午进行，地点还是在李子村小学。

还不到9点，我就赶到了选举现场。王长生、杨娜、陈静等驻村工作队队员和孙文春、李明芬等村干部已经提前来到这里。因为下雨，操场上临时搭起了雨篷，还摆上了凳子。除了几辆小车，操场上空荡荡的看不见一个选民。我有点儿担心今天选民能不能达到规定人数。孙文春说，我们一户一户地通知了的，应该没问题。乡党委决定另行选举后，村选举委员会一名成员和两名乡干部，分别奔赴各户，再次进行选民登记，谁来现场投票，给谁代票，都用花名册记录下来。我看了花名册，稍微放了心。

到9点半的时候，除米仁文要到区里开会，太极乡党委、乡政府班子成员和部分职工，都赶来现场维持秩序，为选民解惑答疑。不久，各组选民从四面八方赶来，操场上开始人头攒动，虽然一组是最后才来，但来的人还是比较多。经清点，现场投票人数符合法定人数，可以投票。在选举委员会的指挥下，第一次选举依组别投票的办法改为各组选民同时填票和投票。投票过程中，乡政府工作人员进行了全程录像，也有村民用手机拍摄投票现场视频。我也用手机拍摄了一组照片，在微信朋友圈展示了乡村选举领票、投票、统票、唱票的全过程。

这次选举，共有登记选民1337名，发出选票1176张，收回选票1156张，其中有效票1126张,包括弃权票23张,废票7张。计票结果表明,5名当选人的得票数全都超过了半数。根据《中华人民共和国村民委员会组织法》和《重庆市村民委员会选举办法》的规定,经村民选举委员会确认,本次选举有效。按选票情况,汪文锐在另行选举中得629票,当选为李子村第十届村民委员会主任;村委会委员选举中,除李明芬第一次选举已成功当选外,在另行选举中,陈云和得了737票、张小龙得了672票、孙章春得了659票,当选为李子村第十届村民委员会委员。

总算完成了村里的一件大事,我全身轻松了许多,但今天一整个下午,我心里还是在想这个事。

从第一次选举只有一个人票数过半,到另行选举的全部票数过半,实际上还是反映出一些值得思考的东西。特别是法律的规定还有改进之必要。第一次选举结局不佳,就是有人利用了法律存在的漏洞,名义上是参选,实际上是搅局,让选举增加了诸多不确定因素。

对选票有效性的认定,也有新的理解。这次是主任和委员一起选举,候选人在一张票上,但分别填写选票。这就出现一种新情况:主任只能填写一个,如果填写了两个,这一部分票肯定是废票。但填写的委员票却是正确的,那这部分应该是有效票。但整张票怎么算?若算废票,又有一半有效,而法律上对此没有相关规定。经过讨论,大家决定分别计算。

还有主任候选人的落选问题,也值得研究。能够最终确定为主任候选人的,说明该候选人更符合选民的需要,但主任候选人是二选一,必须有一个要被淘汰。因为是一次性选举,主任候选人不能同时参加委员选举,落选后这个人就没机会进入村委会班子了。《重庆市村民委员会选举办法》第三十条第二款规定:"分次投票选举村民委员会成员的,主任候选人未当选时,可以作为副主任的候选人;副主任候选人未当选时,可以作为委员的候选人;不受本办法规定的差额数的限制。"这说明,由于选举办法不同,结果也会不一样。如果采取分次投票,落选的主任候选人,一般还有当选村委会委员的机会。因此一次性投票的规则可考虑修改为:落选的主任候选人,如果票数过半,自然成为村委会委员。当然还有一种思路,就是先选出村委会委员,再从两名带动发展能力最强、为村民服务意愿最强的委员中选出村委会主任。

基层组织普选是手段不是目的。目的是最大限度地把村里德才表现突出的候选人选出来为村民服务,而手段如果有不适应的地方,就应该加以调整。

三十九　传递扶贫好声音

在扶贫专题班讲课

今天上午,我给市委组织部委托举办的渝东南片区精准扶贫专题研讨班学员讲课,内容是"习近平总书记关于扶贫工作的重要论述"。学员听后,反响不错,下课后纷纷从我的电脑里拷走了课件,表示回到单位后要进一步深入学习。

实际上,我从去年中央扶贫开发工作会议召开之后,就一直在关注这个课题。驻村的时候,我也把相关学习资料带在身边,包括习近平总书记写的《摆脱贫困》《之江新语》《做焦裕禄式的县委书记》等著作,我都备齐了。我还认真学习了习近平总书记关于扶贫工作的几篇讲话。经过学习、思考,我从提出背景、发展脉络、深刻内涵三个方面,形成这堂课的框架结构。提出背景主要从"扶贫开发"的正式提出、我国扶贫开发取得的巨大成效、我国扶贫开发存在的困难问题三个方面来表述。关于发展脉络,我认为,习近平总书记关于扶贫工作的重要论述前后历经了40多年的历史进程,具体可划分为三个阶段:萌芽期、发展期、成熟期。深刻内涵是最重要的,我提出习近平总书记关于扶贫工作的重要论述主要由本质要求论、老乡短板论、精准扶脱论、内生动力论、合力克难论、治贫治本论等系统理念和观点构成。其中,精准扶贫、精准脱贫是重点。但由于我的理论功底不深、水平有限,我的概括只能是初探性的。随着认识的不断深化,我对习近平总书记关于扶贫工作的重要论述的丰富内涵应该有更准确的理解。

上这样一堂党课花费的时间和精力可不少,我要把思考变成讲课稿,两个多小时的课,至少要写上万字的讲课稿。最后还要制作课件,让授课形式更入眼入心。总之,在党校上一堂课并非易事,党校人作为党的理论的宣传者,就是要通过培训,深化领导干部对脱贫攻坚重要性的认识,引导他们树立正确的政绩观,掌握精准扶贫和精准脱贫的方法论,提高解决脱贫攻坚难题的能力。

一场特殊的培训

今天中午,我结束了在重庆市第一书记暨驻村干部示范培训班的学习。培训班由市扶贫办主办,培训地点在黔江金冠酒店。参加人员为重庆14个国家扶贫开发工作重点区县和南川、忠县两区县的贫困村第一书记或驻村工作队队长各13名,各区县党委组织部、扶贫办各派一名同志负责跟班培训,总人数接近200人。正式培训时间为两天,培训内容包括专题辅导、政策解读和经验交流。

今天上午,全体参会人员到李子村进行了参观指导。大家先是参观了母牛养殖场、甘薯育苗基地,了解产业扶贫情况,然后到李子村村委会办公楼了解党建促脱贫情况。李子村人从来没有见过这么大的阵式,很多群众都来围观。太极乡党委、政府也很重视,米仁文、穆进红还给大家当解说员。参观过程中,市扶贫办副主任黄长武向我询问了很多情况,并在村党员活动室讲了话,对李子村的脱贫攻坚工作和驻村工作队的工作给予了充分肯定。他认为,驻村工作队开展工作可谓参差不齐,从人员配备上说,黔江区全部是由副处级实职党员领导干部担任贫困村第一书记并兼任驻村工作队队长,领导职位高,协调力度就大。如果说全市贫困村第一书记有什么榜样的话,他认为李子村就是榜样之一,值得全市贫困村第一书记学习借鉴。

这次培训,我原来认为是坐几天听别人论道,让思想放松一下。但最后得到的任务是,我不但要参加培训,还要完成几项特殊任务。第一就是要我作为第一书记代表,在大会上做交流发言。这个对我来说不难,因为我对第一书记的职责与角色曾有过思考,但交流不是讲课,时间只有15分钟,需要长话短说。昨天下午,我就第一书记如何当好"五员"的问题,同大家进行了交流。还有一项特殊任务,就是市里通知要把这次培训的参观地点选在李子村。米仁文建议村里最好做几块展板,展板上需要一些文字、图片。这些都由我来弄,最后还要找广告公司排版印刷。这个时候,孙文春又被抽到市里参加村支部书记培训,我这个第一书记还要代理村支部书记。参观的准备工作又必须在培训班举办前做好。这次培训,参观地点选在李子村,第一书记交流发言的人也是李子村,而李子村的村支部书记还没在家,我手头的事情一大堆,时间又太紧张,真有点儿喘不过气来了。设计展板那天晚上,我调整来调整去,忙到凌晨3点才睡觉。

培训今天结束,我收获的不仅仅是别人对我的肯定,我也从别人身上学到了很多东西。那本20万字的《重庆市第一书记暨驻村工作队示范培训班资料汇编》，我认真读了一遍，爱不释手。在这里面，乡镇党委书记、贫困村第一书记、村党支部书记和大学生村官，在脱贫攻坚中八仙过海，各显神通，有很多可操作、可借鉴的经验。这样的培训交流会，比起一般泛泛而谈的会议，效果要好许多，确实应该多举办。我还建议，重庆市可以建立一个"第一书记论坛"之类的平台，鼓励大家为脱贫攻坚建言献策。

白天镜头，晚上讲台

今天天气特别闷热，稍一走动，全身都是汗水。白天，我陪同《重庆日报》和华龙网的记者在李子村采访。晚上，我又给黔江区2016年大学生村官和本土优秀人才培训班的学员上课。天气很热，事情又多，一天下来，早晨刚换的衣服都被汗水泡臭了。

本来，市级主流媒体的记者到太极乡采访，乡领导应该有个人陪同的，但米仁文、穆进红、黄代敏都因为在城里办事，回去不了。穆进红就给我打电话，说接待记者的事，由我全权负责。对我个人而言，我是不愿意接受采访的，但区委宣传部领导打电话说，这是工作任务，一定要配合采访。话都说到这份儿上了，我还能说什么呢？再说，我本人也当过记者，理解新闻工作的酸甜苦辣，不能因为我的原因让记者颗粒无收。

在村委会办公楼，两位记者先是采访我个人。采访内容主要是以李子村为例，探讨第一书记如何发挥作用，推进脱贫攻坚进程。我主要围绕第一书记当好"五员"的职责定位，向记者做了详细汇报。但由于这几天累昏了头，在谈到"政策宣讲员"时竟然卡了壳，大脑里空白了十几秒才想起来。虽然对采访没什么影响，但自己还是有点儿尴尬，只好以一句"年纪大了，记忆力不行了"加以自嘲，逗得大家都笑起来。我说，关于当第一书记的体会，有一些文字资料可以送给记者参考。陪同采访的区委宣传部副部长王永，就叫我把相关文字的电子版发给他，由他转发给各位记者参阅。

采访完我个人后，我们到贫困户周方梅家去了解情况。孙文春这几天养蚕忙得不可开交，蚕子一两天后就要上蔟，24小时都不能离人，他就请我带领大家到周方梅家去。而我晚上7点还有课，由于我驻村，教务科已经对上课时间调整了几次，今晚是不能再变动了。把记者带到周方梅家后，我就坐着单位的车，立即向城里赶。

晚上上完课,回到家里已经是10点半。到洗手间冲了凉,倒床便睡。

当扶贫邂逅文学

今天下午赶回城里,3点钟的时候在区委宣传部参加了一个小会。会议就在副部长张红的办公室开,两位项目人加太极乡、濯水镇的宣传委员,一共5人参会。内容是通报重庆市作家协会2016年度作家定点深入生活名单,我竟然忝列其中,申报的题目是长篇报告文学《脱贫攻坚手记》。

张红说,2016年重庆市作家协会作家定点深入生活办公室共收到申报选题13项,经专家论证并报请重庆市作家协会党组审核,确定11个选题入选,其中黔江区入选的有我和饶昆明两人,名单还在重庆作家网上进行了公示。张红交代,定点深入生活的作家原则上须于3年内完成并出版与其申报表中选题一致的文学作品,重庆市作家协会对黔江充满期待,要我们一定珍惜机会,按时完成创作任务。他要求定点深入生活所在地的乡镇党委,要为创作者提供方便,宣传委员是具体负责人。太极乡党委宣传委员龚正慧、濯水镇的宣传委员庞秋波,都分别表示全力支持。而我本身就在李子村驻村,定点生活算是近水楼台先得月了。

在这之前,我根本就不知道重庆市作家协会作家定点深入生活是采用项目申报制。我当第一书记,对我来说,压倒一切的中心任务不是搞文学创作,而是保证李子村限时打赢脱贫攻坚战。对我来说,当扶贫邂逅文学,文学也只是我扶贫的一个副产品。我这样说,并不是我怠慢文学,而是因为扶贫重任在身,我根本就没有时间坐下来搞创作。我填写申报表,是有关部门点名要我做的。我的选题能入选,也应该与《重庆日报》记者彭光瑞写的那篇报道有很大关系,算是无心插柳柳成荫。这篇专题报道,讲述了我在驻村帮扶中开展全户调查、为群众办实事、撰写脱贫攻坚日记的经历。这篇新闻的亮点,也还是抓的全户调查。彭光瑞认为,第一书记对所在村农户全部走访并有表格记录,这在重庆市来说,我应该算第一个。我没想到的是,就在报纸出来的当天,西南师范大学出版社副社长蒋登科教授就给我打来电话,问我的脱贫攻坚日记写得如何了,还谈到出版的事。蒋教授是重庆文学界、文化界名人,著作等身,荣誉无数,但我们素不相识,他给我打电话,让我十分惊讶。蒋教授说,他是通过重庆市作家协会主席陈川找到我的电话的,他还把当天《重庆日报》发表的这篇报道剪下来,拍摄成图片用微信发给我看。我诚恳地告诉蒋教授,目前李子村脱贫攻坚任务繁重,这些日记只是工作记录,还没想到要向文学方面靠,即使要靠,也要等完成脱贫攻坚任务之后。还有,这些脱贫攻坚日记所写的都是平凡琐事,情节平实,文学性欠缺,也没有什么技巧,最多只能当作文史资料来读。我还说,我自己确实是一个喜欢记录的人,特别是在新闻单位工作过20年,这让我学会了记录,甚至养成了一种习惯,现在党校工作,一时也没有改变这种习惯。我承诺,等李子村的脱贫攻坚任务完成后,一定把这个日记整理出来,再请蒋教授拨冗裁夺。

我算了一下,3年内完成并出版作品,时间已经在李子村脱贫之后。到那时来弄这个课题,压力就小多了。我想,中国的脱贫攻坚是全面建成小康社会不可或缺的补短板攻堡垒之战,是一场只能赢不能输的大战役,文学不能袖手旁观,作家更不能迟到缺席!

"老记"与"新记"的对话

今天主要是陪《农村工作通讯》栏目主持人、记者牛震在李子村采访。牛震是一位年轻的媒体人,我曾经是一名有着20年新闻工作经历的老新闻人,因此,今天的采访实际是"老记"与"新记"的一次对话,一次心灵共振。今天牛震主要采访了李子村驻村工作队的情况,考察了李子村的产业扶贫情况,走访了李子村的建卡贫困户。

牛震先是介绍了这次采访的背景。他说,《农村工作通讯》今年第23期准备做第一书记专题报道,选择的省份是重庆,而重庆又推荐了黔江,黔江区委组织部又推荐了我接受采访。我结合自己在李子村驻村的经历,介绍了当第一书记的实践与体会。聊了这些后,我就陪牛震实地考察了李子村的蚕桑产业基地、甘薯基地和母牛养殖场。讨论中,牛震认为,李子村的产业扶贫,在特色产业发展与建卡贫困户脱贫之间,初步建立起了利益连接机制,以产业促脱贫是一条根本路子。他还到李子村党员活动室了解全村党建情况。一年多来,李子村驻村工作队通过抓党建促脱贫,通过提升党员和村干部的素质来推动脱贫,光是上党课就有7次。上党课的人,不但有第一书记和扶贫工作队队员,还有帮扶单位的主要领导,不但在党员活动室上,还把党课讲到院坝,收到了很好的效果。

当看到这里干净整洁,还配备了现代会议系统,牛震大为惊讶。他说,全国的贫困村他走了很多个,但党员活动室有现代会议系统的,他是第一次看到。他说,第一书记抓党建,本来是天经地义的,但一些地方的第一书记却忽略了抓党建的职责。在抓党建促脱贫方面,李子村的经验值得借鉴。

最后,我陪牛震到建卡贫困户周方梅家去走访。由于周方梅就近打工去了,两个孩子都在上学,有关情况是由陈云菊介绍的。陈云菊始终微笑着,气色与原来相比明显好多了。牛震同陈云菊坐在一起,一笔一笔地算收入账。陈云菊说,一年来,家里的新房建好了,政府兜底了7万元。孩子们的读书问题解决了,学费、生活费全免,村里还为这个家庭申请了3个人的低保,基本生活有了保障。加之社会各界慷慨解囊,为全家捐助了4万多元的现金,两个孩子直到上大学的费用,都基本解决了。除了搞养殖业,周方梅还在村里的蚕桑基地打工,一年也有五六千元的现金收入。陈云菊最后说,如果没有党和政府还有社会各界人士的帮助,这个家撑不了半年。现在好了,不但这个家保住了,各方面都变好了,真是谢谢大家!说着说着,陈云菊就哭了……

采访结束后,我希望北京来的客人,能够给李子村的脱贫攻坚工作提出宝贵意见。牛震笑着说,我们的杂志这次要做的就是重庆第一书记扶贫专版,出版后你就可以学习借鉴啦!我说,好的好的,非常期待这期杂志面世。

"老革命"碰到新问题

今天下午,我在重庆市委组织部党员教育中心授课,课题是《习近平总书记关于扶贫工作的重要论述》。这个课题,我已经在党校的讲台上讲过多次,不但在黔江区委党校讲,还到渝东南其他区县党校讲。大家都认为这个课题抓住了热点,又结合自己的驻村实际,既有理论探索又非常接地气,亮点突出,因此受到学员的欢迎。但今天的课是在视频直播室里讲,这对我来说是第一次,我感到既新鲜又紧张。

接受授课任务之前,主办方的同志告诉我,讲课要通过电视和互联网直播,听众主要是全市1万多个村社的基层党员和群众。根据这一情况,我在讲解时,尽量做到深入浅出,多讲案例和务实可行的措施,语言力求生动鲜活,讲大实话大白话,使理论讲授更接地气。

到目前为止一共讲了多少次课,我已记不清楚,但通过现代传播媒介进行直播,还是第一次。以前我也在电视台讲过课,但那是录播,如果讲的时候遇到梗阻,还可以重来。现场直播授课只能一次成功,中途不能停顿,连喝水的时间都没有,这确实考验着授课人的意志力和驾驭力。大概知道我是经常讲课的,下午2点半,主持人简单地介绍了课题背景和授课人之后,就让我直接开讲。由于面对的不是学员,而是强烈的灯光,加上演播室的沉闷,我开始还有点儿不适应。但讲着讲着,就进入了物我两忘的境地,一个半小时的课,我一气呵成,讲完了以后才感觉到好渴好饿。

任务完成后,我还在微信朋友圈里发了信息,说了自己视频授课的经历和感受。一个朋友评价说,这样的授课方式,是"老革命碰到新问题",诚哉斯言!但不管讲课形式如何变化,内容始终是一堂课的核心力量。这堂课能够在这样的大场合开讲,得益于组织的信任,把我派到李子村扶贫,加之我对习近平总书记关于扶贫工作的重要论述进行了认真学习,有了些心得。只是由于时间限制,不能做过多的发挥,加之授课场地的特殊,一定程度上影响了课堂教学的生动性。

接受凤凰卫视采访

今天我一大早就起床,赶到李子村养牛场,接受凤凰卫视的采访。我主要介绍了李子村的金融扶贫工作。当区政府办公室的同志打电话叫我接受采访时,我没有推脱。

到达目的地后,米仁文、孙承纲、孙文春,母牛养殖场老板赵同增等人,已经在那里等候。我们会合后,等了半个多小时,区委网信办专职副主任刘世超、区扶贫办科长兰小俊,带着凤凰卫视的两位记者匆匆赶来。

大家来不及寒暄就进入工作状态。

米仁文带着记者,先参观了养牛场。刚走进去的时候,就闻到了牛粪散发的浓烈气味,让人有点儿头晕,但没有人捂鼻子。王桂淑等村里几个打零工的,正在牛栏里掏牛粪、添饲料。养殖场里目前存栏的是一百多头能繁母牛,这些牛个头都不大,有的昂起头,哞哞地叫着;有的低着头,用嘴去拱掏粪工的耙子。米仁文介绍了养殖场的情况,特别是养殖场与农民专业合作社、建卡贫困户结成的利益联结机制。到目前,已有6户建卡贫困户用20万元小额贷款入股养殖场,分得红利16800元。而养殖场因为有了这20万元资金,进一步扩大了生产规模。

随后，两位记者采访了建卡贫困户、小额贷款入股分红的受益人王桂淑。她利用给建卡贫困户的这一金融政策，获得了3万元贷款，全部入股到了养殖场，一年半下来，已经获得3600元的分红。因为王桂淑的家就在养殖场的旁边，除了入股的收益，她还在养殖场做季节工，一年至少有8000元的劳务收入。记者拍摄了她家的房子、里面的陈设和她在养殖场打工的情景，以及她与主持人的交谈。

对我的采访，主要是拍录同期声。记者让我谈两个问题：一是驻村情况，主要谈开展精准扶贫前与开展精准扶贫后村里的变化，驻村工作队起到哪些作用，我自己做了哪些事情。二是李子村金融扶贫经验与体会。主要是围绕6户建卡贫困户来谈。我说，金融扶贫的意义在于如何让穷人学会借钱，如何破除贫困户手里没有钱又不敢借钱的观念。因为事先不知道要采访这些，我在镜头前的介绍不太流利，有时还有口误。

这次采访，也让我看到了李子村金融扶贫的差距。小额贷款专注于产业，这本身没错，但小额贷款只是达到目标的一种方法，它本身不是目标，真正关键的是如何为贫困人口改善自己的生活提供一个机会。我认为，贫困人口的需求也是多样的，小额贷款不仅要促进产业发展，其实也可以投入教育、健康等其他领域中去。投入这些领域不但确实有效，而且能够以更少的代价、更包容的方式达到我们的最终目标——减少贫困。

四十　攻作风之坚

当心"塔西佗陷阱"

今天写讲课稿的时候,重温了习近平总书记2014年3月18日在河南省兰考县委常委扩大会议上的讲话。这篇讲话稿我虽然读过两遍,但在李子村驻村一年多后重温,感悟是不一样的。我感触最深的一点就是"脱离群众"问题。

古罗马历史学家塔西佗提出了一个理论,说当公权力失去公信力时,无论发表什么言论,无论做什么事,社会都会给以负面评价。这就是"塔西佗陷阱"。习近平总书记说,现在,脱离群众的现象在某些方面比10年前、20年前、30年前更突出了。问题出在哪儿? 不能不引起我们沉思! 我看主要是一些党员、干部宗旨意识淡薄了,对群众的感情变化了,作风问题突出了。如果群众观点丢掉了,群众立场站歪了,群众路线走偏了,群众眼里就没有你。我们当然没有走到这一步,但存在的问题也不谓不严重,必须下大气力加以解决。如果真的到了那一天,就会危及党的执政基础和执政地位。

这些话真是一针见血,振聋发聩。

关于到群众家中走访,习近平总书记在"兰考讲话"中,举了三个经典案例。第一个是文人冯梦龙,也就是明代那个写了三部白话短篇小说集的作家。在明崇祯七年(1634年),已过60岁的冯梦龙才当上福建寿宁知县,曾上疏陈述国家衰败之因,也只做了4年县官,就辞官回家。冯梦龙去寿宁上任,走了半年,遍访民情。一个才高八斗的封建时代知县,无论怎么千辛万苦都去体察民情,确实令人感动。第二个是县委书记焦裕禄。焦裕禄在兰考县的475天,靠一辆自行车和一双铁脚板,对全县140多个生产大队中的120多个进行了走访和蹲点调研,面对面向群众请教、同群众商量。正是这种深入的调查研究,使他在较短时间内基本掌握了内涝、风沙、盐碱的规律,实施了治理"三害"的正确决策。这种尊重群众、尊重客观规律的求实作风,生动体现了他对党的群众路线的遵循。第三个是他自己。习近平曾经说过,当县委书记要走遍全县各村,当地市委书记要走遍各乡镇,当省委书记要走遍各县市区。他履行了这一条。他在正定县当县委书记时走遍了所有村,有时候还要骑着自行车下乡。习近平回忆自己在福建工作时说,他当市委书记、地委书记期间走遍了福州、宁德的乡镇。当时,宁德有四个镇没有通路,他去了三个,后来因调离了,有一个没去成。有个下党乡,他去时真是披荆斩棘、跋山涉水,乡党委书记拿着柴刀在前面砍杂草,说这条路还稍微近点,顺着河边穿过去。一路上,老百姓说"地府"来了。他们管地委书记叫"地府",就是知府的意思。老百姓箪食壶浆,自发摆着各种担桶,一桶一桶都是清凉饮料,用当地土草药做的,还有绿豆汤,说你们喝吧,路上辛苦了。

重温这篇讲话,我深受感动。同时,在工作中我也感到目前我们基层还有不少干部对群众的感情比较淡漠。

本来,乡镇干部特别是村干部,身处乡村,是最接地气的,但我在李子村走访的时候,发现基层干部身在乡村,却不一定心系群众。比如,村组干部大都有自己的产业,在产业发展上一般都是能人,也带得起头,但既要忙村里事务,又要忙家里的产业,一年半载,与群众面对面的沟通并不多,有事一般是通过电话解决。特别是他们因为各种原因,有时没有很好地和大家沟通,日积月累,部分群众就认为干部就是看人做事,他们对村里开展的所有事务,也都充满怨气甚至敌意,一旦有机会,他们就会以极端的方式,比如通过堵路等发泄不满。现在,电话、QQ、微信等通信方式都很普遍,我们做群众工作的手段更丰富了,但最管用的办法,我认为还是最传统的办法,那就是"用脚说话"。做群众工作的实质就是与群众交心,永远都需要面对面沟通,不能因为有了便捷的通信手段,凡事打个电话就完事。毕竟电话只能了解大概,实现不了交心,最多只能算是"交机"。还存在一个问题,就是部分大学生村官长期把自己关在办公室,一年四季,几乎没进村入户了解过情况,"村官"不进村,有名无实。因此我觉得,攻脱贫之坚,应包括攻干部作风之坚。在密切联系群众的问题上,距离是不可能产生美的。

区委书记十到李子村

太阳早早地钻出了云层,把鲜嫩的身子搁在山上,河面像铺上了一块红绸,穿过绿野,逶迤而去。家住北井寺的陶宗其和王桂淑,比往日起得更早,因为夫妻俩今天上午要第4次迎接一位特殊的老朋友。

老陶在家吗? 一家人刚刚把房前屋后打扫干净,就听到外面有人喊。

在呢,在呢! 女主人王桂淑一听声音,就晓得是区委书记余长明来了,便急忙出门迎接。

余长明一进屋,就向陶宗其问起了有关的脱贫政策。由于陶宗其长期在外打工,虽然对帮扶工作非常满意,但对享受的政策还说不清。余长明就说,老陶啊,不能哑巴吃汤圆,甜在心里说不出哟。余长明然后又对大家说,老百姓享受到了政策,对脱贫工作也满意,却说不清楚的问题应该不是个别现象,要通过建立档案、记好流水账等形式,帮助每一户群众梳理政策并算清收入,让群众说得清、道得明。余长明还向陶宗其一家介绍了全区扶贫政策的相关情况。随后,余长明一行顶着烈日走访了太极乡李子村三组的巩固脱贫户汪松林家。

这天是2017年7月3日,余长明第13次到太极乡开展脱贫攻坚调研,也是他第10次在太极乡李子村检查指导脱贫攻坚工作。

翻开我的记录,我发现从2015年8月28日至2017年7月19日不到两年的时间里,余长明10次到李子村开展调研、座谈,走访慰问建卡贫困户17次,其中在周方梅家走访慰问4次,在陶宗其家走访慰问4次,在汪登全家走访慰问3次,在张德全家走访慰问3次,在汪松林家走访慰问2次,在金正海家走访慰问1次。此外,还在老党员、复员军人汪学文家走访慰问一次。之前9次在李子村调研的概况,我大致记录如下:

2015年11月19日,余长明第3次到太极乡开展脱贫攻坚调研,也是第一次到李子村调研。他参观了李子村的母牛养殖场,了解后进村基层党组织整顿转化情况,要求进一步提升基层党建工作整体水平,确保限时打赢扶贫脱贫攻坚战。李卫东、林光等区领导随同调研。

2016年1月8日,余长明第4次到太极乡开展脱贫攻坚调研。在李子村二组走访了老党员、复员军人汪学文家。他希望老人家要保重身体,并要求当地党委政府和相关部门要落实好优抚政策,平时多关心、多照顾,帮助老人解决实际困难。

2016年3月16日,余长明第5次到太极乡开展脱贫攻坚调研。他走访看望了李子村二组的贫困户周方梅、张德全,鼓励他们坚定发展信心,自力更生发展产业,增加家庭收入,早日脱贫致富。在座谈会上,他为全乡经济社会发展把脉定向,要求把太极乡打造成金石片区的一面旗帜。王春华、林光等区领导随同调研。

2016年5月3日,余长明第6次到太极乡开展脱贫攻坚调研。这是"五一"小长假后上班的第一个工作日,余长明走访了李子村五组的贫困户陶宗其家、三组的贫困户汪登全家,并在汪登全家的堂屋召开现场办公会,为李子村解决实际困难。王春华、林光等区领导随同调研。

2016年7月4日,余长明第7次到太极乡开展脱贫攻坚调研。当天,余长明走访了李子村二组贫困户周方梅家,实地调研了太极乡农村电子商务推进情况。要求大力发展农村电子商务,加强宣传引导,让更多老百姓参与进来,把更多本地优质特色农产品卖出去,带动群众增收。王春华等区领导随同调研。

2016年7月28日,余长明第8次到太极乡开展脱贫攻坚调研。走访了李子村便民服务中心,调研了脱贫攻坚、基层党组织建设等工作。他指出,要发挥好便民服务中心功能,更加直观、直接地为老百姓服好务,让群众足不出村就能把事情办完、办好;要大力发展农村电子商务,推动本土农产品形成规模和品牌,持续带动群众脱贫增收。李卫东、林光等区领导随同调研。

2016年9月28日,余长明第9次到太极乡开展脱贫攻坚调研。他走访了李子村四组的贫困户金正海家、五组的贫困户陶宗其家和三组的贫困户汪登全家、二组的贫困户周方梅家和张德全家。每到一户,余长明都认真查看脱贫手册、台账等资料,到猪舍、鸡舍以及房前屋后、田间地头看产业,和贫困户一起算收入、谋发展。他希望进一步激发贫困群众的内生动力,因地制宜发展产业,走勤劳致富的路子。王春华等区领导随同调研。

2016年11月15日,余长明第10次到太极乡开展脱贫攻坚调研。他参观了李子村皇竹草基地。他强调,要引导贫困群众自力更生、自立自强,积极支持、参与特色产业发展,早日实现脱贫致富。要进一步落实脱贫攻坚主体责任,全面加强督查巡查,及时发现并整改问题,与贫困群众一起"算好账",更要让贫困群众"认可账",确保顺利通过国家、市里验收,如期实现脱贫摘帽。王春华等区领导随同调研。

2017年4月7日,余长明第12次到太极乡开展脱贫攻坚调研。在李子村,余长明走访了五组的贫困户陶宗其家、三组的贫困户汪登全家和汪松林家、二组的贫困户周方梅家和张德全家,每到一户,他都和大家一起算收入账,详细询问脱贫帮扶措施落实情况,并走到房前屋后、田间地头查看产业发展。看到大家通过养鸡养鸭、喂猪喂牛、种植特色作物、到合作社打工、到政府提供的公益性岗位工作等多种形式实现脱贫增收,致富奔小康的信心满满,干劲儿十足,余长明十分高兴,他说,脱贫奔小康关键要靠群众自力更生、勤劳致富。姚登惠等区领导随同调研。

喝婚酒

今天,家住烟房坝的三组村民韩继生接儿媳妇,我受到他们一家邀请,中午同孙文春、张小龙一起去贺喜,喝了一顿婚酒。去之前同孙文春议了一下,觉得人家接儿媳妇,我们村干部去庆贺一下,是应该的,何况通过这个特殊的场合,还能对李子村的民俗民情有更多了解。当然,如果是大操大办,那应该劝阻。

当年过六旬的唢呐手陈兴浩领头吹奏起高亢悠扬的唢呐曲《竹叶青》时,礼炮和鞭炮冲天炸响,顿时人头攒动,迎新队里几个牵新娘子的中年妇人,便把穿着婚纱的新娘子,从婚车里搀扶出来,带进新房。几个小时的等待,终于迎来一家最幸福的时刻。

过去的乡村婚礼,接新娘子时要运嫁妆,嫁妆要用滑竿抬,现在变成用轿车拉,新娘子不是坐在花轿里,而是坐在豪华的花车里。等待新娘到来的时候,其实是大家最繁忙、最焦急的时候。新房里铺床铺需要人,请的还必须是德高望重、子孙满堂又干净利索的妇女,在新人到来之前必须把床铺铺好。此时堂屋也是热闹的地方,礼管先生要张罗婚宴,把人员进行分工,谁端茶谁打饭,写在纸上,贴于墙上。祭祀的事也要在新娘子进屋前做好,香盒上要写好包封,案桌上要点上香烛。新娘子接进屋的时候,即使不拜堂,仍然要为先祖们燃香烧纸,感谢他们给予的恩德,祈求他们保佑。

新娘子是白土乡人,与李子村相邻,路途并不遥远,只是发亲时间迟,接亲队回到新郎家时,已是下午1点多。新娘被顺利接进屋,大家就放心了。新娘子进了屋,婚宴也可以开席了。乡村的婚宴,不像城里的只摆一道,客人们吃一顿饭就离开了,乡村摆的是流水席,从中午吃到下午,然后继续摆席消夜,而送亲的客人,进出3天才能走。过去新娘子还要跟着送亲的人返回娘家,称回门。现在乡村办婚宴也已专业化了,酒水、菜肴按几百元一桌来配备,主人钱出多一点儿,菜肴就丰富一些,而菜肴的味道是大众化的,不会将就哪一个人的口味。

今天来喝喜酒的大都是李子村的人,由于每家每户我都走访过,他们大都认识我。大家互相打着招呼,感到很亲热。

李子村过去的婚俗,有严格的程式,通称"三回九转",具体地说,就是家长和男女青年不能对口提亲,要由媒人从中撮合,其程序有:请媒、提亲、相亲(主要是看屋基、看子弟和家境)、定亲(插香)、送书纸(提出结婚)、讨庚(请女方家里开出女子的年庚生月)、看期、过礼、接亲、回门、谢媒等。现在乡村联姻虽然也有媒妁之言,但自由恋爱的人更多,婚礼时也必须找一个人来客串媒人,"三回九转"等程序大都还要遵循。

儿媳妇被顺利接进屋,女主人李明芬当然高兴,不过对未来的生活她也感到了压力。李明芬说,现在农村结婚,简单办一次婚礼,至少需要10万元,虽然可以收一些礼金,但只够开销婚宴的费用。因此,很多家庭接进一个新人,就是欠债的开始。于是,洞房花烛不久,这些青年男女又匆匆赶往城市,拼命打工偿还债务。

吃泡汤

今天中午,我同几个朋友一起,受邀到老队长家看杀年猪,吃泡汤。

在李子村,杀年猪、吃泡汤表面上是满足口腹之乐,实则为左邻右舍、亲朋族友交流感情的一个机会。因此,老队长打电话一请我,我就爽快地答应了。我还把杀年猪、吃泡汤的过程拍成照片发到朋友圈,让大家分享李子村千百年来形成的民俗之乐。

吃泡汤之前是杀年猪。作为一种民俗,杀年猪有很多讲究,主人需要备齐香纸、板凳、门板、楼梯、挞斗、盆子、棕叶等,同时还要准备一锅热腾腾的开水。香纸是用来敬祖先的,板凳是用来搁门板的,门板是用来搁猪的,盆子是用来接猪血的,挞斗是用来装开水泡猪和刨净猪毛的,楼梯是用来把刨净的猪挂上去进行开膛破肚的,棕叶是用来做挂肉的提子的。最重要的就是要请一位手起刀落的杀猪匠。杀猪匠带有尖刀、砍刀、刮刨等工具。同时还要请几个身强力壮的二把手来逮尾子。按照李子村的习俗,杀年猪时要一刀毙命,俗称"过山快",这样主人来年才会槽头顺,时运好,同时猪血一定要多,如果接猪血的盆里连盐巴都没打湿,那么主人来年运气就不会很好。

听到肥猪的几声惨叫之后,左邻右舍、亲朋好友便接踵来到老队长家的院坝。有的帮忙理肠子,有的帮忙煮饭,还有的在围观。不多时,架在楼梯上开了边口的猪,被再次抬上门板。老队长今天请的杀猪匠是三组狮梨垭口的管仲平。老管的动作十分麻利。此时,只听砍刀的轰轰声、尖刀的哗哗声、大人小孩的谈笑声,在院子里响成一片。取了边油、割下猪头之后,老管在门板上一番忙碌后,一头肥猪很快就被大卸八块。女主人常大姐叫帮手把今天要做泡汤的食材搬进厨房,至少要做三样菜,白菜煮猪血、萝卜炖排骨,猪肝、猪肠、猪肉伴着糟辣椒、大蒜、芹菜一锅炒。最好吃的,当然数白菜煮猪血了,猪血那个嫩,白菜那个香,无法用文字形容。

我本不喜欢吃猪肉,特别是近年更是很少吃。但当香气扑鼻的萝卜炖排骨端上桌子时,我竟忍不住夹了一块。排骨刚刚好,肉还沾了牙,肉啃着吃最香,那个鲜啊,真是难以形容。见我那样子,大家都笑了。城里人爱到农村吃泡汤,其实还有一个原因,就是农户自己养的猪,喂的是苞谷、红苕、猪草等熟食,猪肉品质好,比饲养场里用生饲料喂的那些猪的肉质好得多。城里人为了区别,把喂熟食的猪,叫土猪。

等常大姐把菜上齐后,大家就围在火炉旁,开始吃肉喝酒。男宾和年长的男人坐一桌,女宾和其他晚辈坐一桌。香喷喷的泡汤加上火辣辣的苞谷酒下肚,大家的话题就展开来,情绪也更加高涨。我举起杯子祝福老队长一家:喝起苞谷酒,好运年年有;吃上泡汤肉,年年杀肥猪。大家都笑起来。老队长话不多,只说:要得! 要得! 吃肉! 吃肉! 并把他的儿子、孙子都喊来,要他们分别给我敬酒。

趁着热闹,我给大家讲了一个灾荒年吃肉的故事。当年,在武陵山区的一个农村有一户人家,家里上有重病在床的爷爷,下有一个饿成皮包骨的七八岁的小孙子,叫幺毛。那年遇到灾荒,大家靠吃糠咽菜过日子,一家人几个月没闻到肉香了。恰逢这时,临村有一家亲戚要办喜事。在幺毛的要求下,这家女主人就叫他去吃喜酒,但吩咐他一定要带一块肉回来,给爷爷吃。幺毛满口答应了,但上桌吃饭时,他发现每桌只有中间那个碗里有肉,8个人一桌每人只能有一块,而且只能等到桌上的那位长胡子老者发话,才能用筷子夹。幺毛好不容易夹到了属于自己的那块红烧肉,正想一口吞下,忽然想起母亲的话。无奈之下,他只好把这块肉用荷叶包好,迅速往家里赶,并希望爷爷能给他分一点儿。但肉香的诱惑实在太大了,每走一段路他都忍不住打开荷叶,把那块肉吮吸一下。因为红烧肉大都是肥肉,等到家的时候,红烧肉早被吮吸完了,只剩下一张带点儿猪油的荷叶。见没有带回肉,母亲不问青红皂白,将幺毛一顿暴打。爷爷见孙子受苦,难过地说,别打了,你们的孝心比这块肉更重要。说着把包红烧肉的荷叶吃了,说,肉吃了,香得很!说着,幺毛抱着爷爷大哭了一场。幺毛说,一定要通过自己的努力,让爷爷吃上一顿肉。后来,幺毛就每天上山挖药材卖给供销社,换了钱后,终于把肉买回家,但爷爷已经仙逝了。带着这种遗憾,幺毛发愤读书,在国家恢复高考的第三年考上了大学,毕业后又考取了公派留学生,成了一名农学博士。

听完这个故事,大家都很感慨。老队长说,那种日子他经历过,确实很苦。常大姐说,现在的日子实在是太好了,就比如我们李子村,近两年来通过扶贫,路修到每家每户,自来水通到每家每户,几乎每家每户都是大房大屋。我说,现在回看过去,有点儿不敢相信,但无论是国家还是个人,都不能忘记历史。说了这些,大家又继续喝酒吃肉,话题又扯到教育上,大家祝福老队长的孙女孙娜和孙子孙章恒、孙浩然都能考上大学。我还说,我已经喊你孙浩然博士了,你一定要考上博士哟! 孙浩然郑重地答应说:要得嘛!

两只公鸡

再有两三天就过大年了,按区里的惯例,区委、区政府只要召开了春节团拜会,各单位就可以放假走人。今天上午,我同孙文春一起,慰问了自己的几户帮扶联系户,然后到村委会办公室,就节日期间的安全稳定工作交换了意见。我又把自己的一些东西收拾了一下,下午单位会派车来接我回城。

中午接到龚淑云的电话,她说要请我到她家去吃一顿饭,还说我驻村一年多来,去过她家几次,连一口水都没喝一口。我说,你怎么知道我今天回城呢?龚淑云只是笑。我说,心意领了,饭不吃了,以后有机会。龚淑云说,你不要嫌弃啊,我们农村人只有腊肉、鸡蛋,吃得饱嘛。我说,你误会了,农村腊肉才叫腊肉,我很喜欢的,只是时间紧,下次一定来你家做客。见我婉拒,龚淑云急了:那我送你两只公鸡过年,这个心意你一定要领! 我没有答应,心想下午一走,这事就算了。两个小时后,龚淑云又打来电话,说是把公鸡捉好了,还说自己家散养的公鸡,一直在树上、草丛中逛,野得不得了,如果头天晚上关进笼里捉起来还容易些,白天放出来后再捉,很难捉住。她同陶宗钱嘿哧嘿哧地追了半天,才把两只公鸡捉住了。说这些话的时候,龚淑云一直大口地喘着气。两只公鸡,她叫我一定得拿走,不然她心里不好过。电话里,我再次婉拒,龚淑云竟急得哭了,她说她晓得当干部的有规定,不能随便拿群众的东西,但你姚校长帮助了我们家,我们拿点儿土货表达谢意,这不算贿赂吧? 何况你认我们这个亲戚,亲戚之间互相送点东西哪个不可以呢? 龚淑云身体有病,一急就喘气咳嗽,有时还咯血。我说,好嘛,你别哭了,我一定来拿!

龚淑云叫我在大公路到白土乡的岔路口等,这里离爱子沱不远。我赶到那地方时,并没见到她的身影。原来是我听错了,她说的是爱子沱到白土乡的那个公路路口。开车到达约定地点时,还不见她的身影。等了十几分钟,她打电话来说马上就到了,我到处张望,才发现她背着背篼,手里提着两只公鸡,从坡下慢慢地爬上来。看到我站在路边等她,她爬得更快了,气也喘得更厉害,听她说话,都有些吃力。她满脸是汗地来到车子前,对我嘿嘿一笑:校长你等久了。我说,真麻烦你了。龚淑云说,我们农村人没有什么好东西,这两只鸡,还有这几个鸡蛋,你拿去过年。我原来打算给她几百块钱,但见了这情景,我觉得再拒绝或给她钱,一定会伤她。我想,人与人之间的高贵情分不是超市里的商品,不能用货币来等价交换;礼尚往来的要义是不走不亲,而不是你给我多少我必须还你多少。

鸡这种既能饱餐又能报信的家禽,在乡村礼仪中作用很大,李子村人过去就有一套"鸡礼"的风俗。比如家里生了孩子,没有电话报喜,孩子的父亲就要提着活鸡去岳丈家,生男孩就要提红公鸡,生女孩要提红母鸡。还有,在婚嫁时,女方花轿抬至婆家门前时停住,有拦车马的习俗,就是在花轿前设一方案,案上放一斗米并摆上数样果品和酒,由礼管先生手举一只公鸡,对轿撒米奠酒,口中念念有词,语毕以鸡冠血滴轿杆,谓之"祭车马神",之后新娘方能跨入婆家大门。还有土家人修房造屋时要用公鸡"祭房屋神",办丧事下葬前,要以白鸡血祭灵。如今,李子村的"鸡礼"风俗没有全部延续下来,但活公鸡仍然是他们馈赠的首选。加之鸡与"吉"谐音,马上又进入农历鸡年,龚淑云一家送我两只公鸡过年,真是情义无价啊。

　　站在公路边,我接过鸡和鸡蛋,小心翼翼地放进车厢里。然后我给龚淑云交代了几句,就匆匆离开了。当车子开出两公里长的弯道时,我看见龚淑云还站在路边,依旧憨厚地微笑着……

　　晚上,龚淑云用微信给我发来了陶建勇读大学第一学期的成绩单。他的11门功课中,有8门是公共基础课,3门是专业基础课。从分数来看,70分到80分居多,应该是中等成绩。我回复她说,陶建勇成绩不错,但还要继续努力,争取拿到奖学金。龚淑云回复说,谢谢校长关心和支持,祝你春节快乐、鸡年大发。我没想到,平常不善言辞的龚淑云,用微信交流起来如此流畅。

四十一　梦有田园

重读《池上篇》

处暑之后,秋高气爽。夜里安静,我写完驻村日记,重拾白居易的《池上篇》,读到周公敲门。

大学的时候,只在意他的《长恨歌》《琵琶行》,因为这些篇目更体现了"文章合为时而著,歌诗合为事而作"的主张。《池上篇》只有短短123字,在文学教授们的心中,最多只算白居易文学生涯中的即兴小品。但以我现在的年龄和心境来读它,可以说是越读越有味,越读越有共鸣。

白居易是这样描写他心目中的园子的:

十亩之宅,五亩之园。有水一池,有竹千竿。勿谓土狭,勿谓地偏。足以容膝,足以息肩。有堂有庭,有桥有船。有书有酒,有歌有弦。有叟在中,白须飘然。识分知足,外无求焉。如鸟择木,姑务巢安。如龟居坎,不知海宽。灵鹤怪石,紫菱白莲。皆吾所好,尽在吾前。时饮一杯,或吟一篇。妻孥熙熙,鸡犬闲闲。优哉游哉,吾将终老乎其间。

这样的园子,既是眼前之实景,也是心中之家园。这样的园子,至少有三个妙境:一是尺度中庸,景色优雅。五六亩大,刚好让人悠然自得地休养,绝无寂寞空虚之感。里面有水池,意味着园子有灵气,有千竿翠竹,表示园子的主人有节操品位,正如苏东坡所说,"宁可食无肉,不可居无竹"。二是空间自由,内涵丰富。这园不大,却包含"十三个有":有厅事,有庭院,有小桥,有小船,有书看,有酒喝,有歌唱,有琴弹,有我这个老叟,有嶙峋怪石,有翩翩白鹤,有紫菱,有白莲。景中有人,人中有景,人景相惜,十分和谐。三是家庭和睦,其乐融融。作家茅盾先生说，人是最美丽的风景。意思是自然风景再美，也需要人来把它激活。在白居易的这个园子里，妻子儿女乐在其中，鸡犬之声相闻，一派悠闲自在的景象。能在这样的居住环境中颐养天年，那真是太幸福了！

白居易一生中写下大量作品，其中不乏嗜酒、耽琴、吟诗之乐的篇什。像上述情景，也在他的《醉吟先生传》中有所呈现：所居有池五六亩，竹数千竿，乔木数十株，台榭舟桥，具体而微，先生安焉。家虽贫，不至寒馁；年虽老，未及昏耄。性嗜酒，耽琴淫诗，凡酒徒、琴侣、诗客多与之游。

在唐代，做一个文人雅士，确实很潇洒。反观现代社会，物质生活极大地丰富了，但人们总感觉自己像高速奔跑的列车一样很难停下来。由于城乡区隔，每个人都似乎存在着"空间围城"：乡村人想跑到城市去，沉迷灯红酒绿，寻找更多的发展机会；城里人想逃到乡间来，呼吸清新空气，感受无法割舍的乡愁。我们每一个人的心中，都有一个强烈的"田园梦"，每一个中国人的心中，都有一个陶渊明。正如林语堂先生说的，中国人的社会理想都是儒家，而每个人的自然人格理想都是道家，除了希望拥有实体的田园生活，还希望精神世界中有一方田园净土。

李子村的空置房很多，特别是一些老木屋，几乎没人居住，如果借用外地发展乡宿的理念，对这些老屋进行更新，实施保护性开发，作为乡村旅游的接待场所，城市人的田园梦，还是能在这里实现的。特别是随着"逆城市化"的到来，希望到乡村来休闲的人会更多。

那么，什么是乡宿呢？乡宿是相对于农家乐而言的，或者说是农家乐的升级版。农家乐是村民利用自家房屋吸引旅游者，为其提供观光、餐饮、住宿等服务的经营实体，一般是兼业经营，主要是吃农家饭，经营管理也比较粗放，一年四季都是那几样菜。乡宿也叫民宿，乡宿的灵魂在于"乡"，经营方式在"宿"，主要是为想体验乡村生活的高层次游客提供住宿，但比乡村酒店内涵要丰富得多。有人把乡宿的特点概括为"十个有"，包括有主人、有山水、有业态、有乡愁、有创意、有体验、有故事、有主题、有智慧、有口碑，说明乡宿在经营管理上的要求比农家乐更精细和严格。这"十个有"与白居易的"十三个有"，有异曲同工之妙。从投资角度来看，农家乐一般是村民自己投资，乡宿更多的是引入城市工商资本和社会资本注入，由专业建筑师和艺术家设计，将村民的老旧住房进行改造而升格的，建筑风貌必须与传统建筑和周围环境相协调，不能大拆大建，更不能搞成钢筋森林。乡宿必须给乡村融入现代文化元素，乡村酒吧、免费影院、免费 Wi-Fi 等，这对于促进乡村文化生活的现代升级，也是大有裨益的。

但愿李子村早日建成这样的美丽田园。

建设诗意栖居地

今天是党的生日，我受邀为太极乡党委、政府全体职工上了一堂党课。结合脱贫攻坚、"两学一做"学习教育，围绕区委书记余长明提出的"把太极打造成金石片区的一面旗帜"这一目标定位进行交流。大家认为，太极乡要实现"片区举旗"，必须把山水林田树视为生命共同体，使太极乡成为田园净土、诗意栖居地。

我同大家探讨的第一个问题是："片区举旗"意味着什么。这些年来，我了解过多个地方的确定发展定位问题。确定发展定位不外乎两种方式，一是自己争定位，二是上级帮定位。自己争定位与上级帮定位，性质是不同的。我用这些年黔江行政体制调整来说明这个问题。我说，在被四川管辖时期，黔江曾经是地级行政中心，重庆直辖后，黔江只是一个区，不再代管其他地方，行政中心地位丧失，经济社会发展受到一定影响。在这种情况下，黔江区的最高决策者提出打造渝东南经济中心的思路，这就是自己争定位，通过努力，最后得到市里、中央认可，"建中心"上升为国家战略。太极要"片区举旗"，不是自己争来的，而是区委主要领导提出的，不是可做可不做的问题，而是必须完成的硬任务。因此，太极乡党委、政府必须高度重视，全力以赴，早日实现这一目标定位。

那什么是举旗呢？我是这样理解的：对于国家来说，旗帜是行动的指南，是走向胜利的标志。对于黔江来说，旗帜是力量的源泉，是凝聚人心的法宝。在实施"国家八七扶贫攻坚计划"的时候，黔江地区各族人民创造了闻名全国的"宁愿苦干、不愿苦熬"的黔江精神。黔江精神就是一面光辉的旗帜。对于金石片区来说，旗帜是学习的榜样，是困境之中的希望。因为金石片区和石黄片区是黔江脱贫攻坚的两条主干线、两大主战场，需要一种充满正能量的精气神支撑。

那"片区举旗"的为什么是太极呢？我认为是为了体现三个效应。一是消除"洗碗效应"。干部做事的最佳状态是想干事、能干事、干成事、不出事。但现实生活中，只要干事就免不了出现这样那样的失误，受到不干事者的嘲讽，甚至连仕途都会受到影响，可谓流汗又流泪。现在有一种不良情绪在滋生：一说讲政治,什么话都不敢讲了;一说守规矩,什么事都不愿做了。因此,要清除"洗碗效应",树立一个平台,优化干事创业环境,打掉"做不如站、站不如唱"等空言虚务、指手画脚者的上升空间,缩小钻营关系的"老好人"、为官不为的"老滑头"的生存空间。二是激发"鲶鱼效应"。生命在于运动,经济在于活动,黔江要加快发展,就需要各行各业都动起来。金石片区要激活,太极就是其中的"鲶鱼"。但目前这条"鲶鱼"体量还不够大、体格也不够壮。三是策动"极化效应"。国家发展一般要由"极化效应"生成"涓滴效应",由区域发展不平衡最终走向区域协调发展和共同富裕。黔江是一个节点城市,发挥的就是经济学中的"极化效应",通过一区带动区域。太极是一个节点乡镇,"片区举旗"就是要发挥区域内的"极化效应",通过一乡带动片区。

最后讨论的问题是,"片区举旗"太极准备好了吗?我认为,目前太极乡按照现有的实力来说还不具备区域引领能力,因此需要异军突起。2015年,太极乡经济总量才1亿元出头,在全区30个乡镇街道中排列第21位;经济增幅为7.5%,在全区30个乡镇街道中排列第20位,比全区平均少2.5个百分点;农村居民可支配收入为8498元,在全区30个乡镇街道中排列第28位,比全区平均少357元。3个主要经济指标都处于末梢。从金石片区6个乡镇来说,经济总量也只排在第3位,经济增幅和农村居民可支配收入均排在第5位。因此,太极要"片区举旗",必须理清发展思路,挖掘优势潜力。首先,要弘扬黔江精神,践行"四先理念"。"片区举旗"是苦干出来的,不是空喊出来的。正如习近平总书记指出的那样,好日子是干出来的,要树立"宁愿苦干、不愿苦熬"的观念。"四先理念"是指乡村重构优先、协调发展领先、经济建设争先、干部双创率先。乡村重构是集经济、社会、空间为一体的乡村发展战略,包括乡村经济重构、乡村社会重构和乡村空间重构,把山水林田树视为生命共同体,把全乡打造成田园净土、诗意栖居地。协调发展领先,就是要协调推进"四个全面"战略布局,牢固树立五大发展理念,统筹规划协调发展,以确保如期脱贫致富,全面建成小康社会。而太极乡名,寓意阴阳平衡,讲求的也是协调发展。经济建设争先,是要进一步完善路、水、网等基础建设,以彻底改善乡村人居休闲条件;进一步壮大蚕桑等特色产业,扩大龙头产业的覆盖面。干部双创率先,目前最需要的就是干部带头创新创业。"双创"带头,也是做合格党员的重要内容。其次,要丢掉"落后意识",把优势做优。落后并不可怕,可怕的是把落后当作了前进路上的思想包袱。太极乡在交通、土地、产业、人文等方面,在区域内都具有一定优势,必须把这些优势做优。太极人能吃苦耐劳、敢于闯荡,很多人在城市开旅店、饭馆、汽配门市部、连锁商店等,打拼出了一片亮丽天地。最后,要力求创新创造,实现"无中生有"。注重策划和规划,融合发展生态农业、创意农业、乡村旅游,尽快建成美丽田园的片区标杆。比如在李子村、石槽村、太极社区、太河村、金团村等平坝区域建立以桑园、菌园、荷园、菜园、花园、渔园、憩园为依托的太极生态农业旅游观光示范园,大力发展创意农业,就是很好的思路。

乡村休闲农业待破题

今天给李子村全体党员上党课,主题是:开展"两学一做",建设"首善之村"。

确定这样的主题,我基于两点思考。首先,"两学一做"是当前一项重要政治任务,抓好贫困村的"两学一做"学习教育,以党建促脱贫,是第一书记的重要职责。其次,李子村的经济社会发展,当务之急是按时脱贫摘帽,但脱贫摘帽后如何转型发展,也应该有"先谋"意识。

那么,如何给贫困村的党员上好党课呢?我也有自己的想法,那就是在表达上要通俗易懂,必须联系实际讲,不搞隔空喊话。还要利用好现代视听设备来讲课,制作PPT课件。而之前党校就给李子村党员活动室免费安装了会议视听设备,放了几场主旋律电影,大家觉得效果很好。这次我讲课时用了PPT,每讲一个部分还插播一些相关视频,大家既听又看,课堂效果很好。

我重点讲了学党章。因为我了解到,李子村大部分党员家里,根本找不到《中国共产党章程》。我说,连这本小册子都没有,怎么来学党章?怎么来尊崇党章?《中国共产党章程》是我们共产党人的法宝,但一些党员却对它漠然置之。还有,党章规定,共产党员要牢记入党誓词,我当场问,哪个人能够准确背诵呢?没有人敢站出来背诵,实际是大家都背诵不了,最多能背诵第一句"我志愿加入中国共产党"和最后一句"永不叛党"。我说,作为党员,连入党誓词都记不住,还是合格党员吗?讲解中,我带领大家重温了一次入党誓词。通过这种方式,把大家带入了比较严肃的氛围里。

此外,我还讲了习近平总书记关于扶贫工作的重要论述,特别是关于内生动力方面的重要论述。我说,李子村的脱贫攻坚如火如荼,但也存在内生动力不足的问题,有的贫困户"等靠要"思想严重,有的人发展产业不积极,争当贫困户、低保户却很积极。不但贫困户存在内生动力不足的问题,我们的党员,也存在文化偏低、思想偏旧、能力偏弱等问题,不想为、不善为、不能为、不作为问题较为普遍。有的党员家里也很贫困,自己都家徒四壁,谈何带领群众脱贫致富?俗话说,救穷不救懒,穷固然可怕,但靠穷吃穷更可怕。如果主观能动性没有激发起来,再多的扶贫资金,再多的帮扶力量,也只能管一时,不能管一世。如果志不立,天下无可成之事。脱贫攻坚也是这样,最可怕的就是精神贫困。

做合格党员,在李子村应该如何落实?我提出一个要求,就是要在建设"首善之村"中冲锋陷阵、建功立业。区领导提出要把太极乡打造成金石片区的一面旗帜,李子村应该怎么办?我认为就是要把李子村建成金石片区的"首善之村"。"首善"体现在哪些方面呢?我认为,一是道路畅达首善。柏油路通到每组,步道进到每户。二是产业发展首善。在昂起蚕桑龙头的同时,恢复发展生猪、山林鸡、河水鸭养殖,通过"无中生有",在创意农业上有所突破,在金鸡坝、白果坝、烟房坝规划建设农旅融合的乡村休闲农业示范园区,实施"十里荷塘、百户花香、千户菜园子"工程。如果李子村能在乡村休闲农业方面破题,建设"首善之村"就有更大把握。我们村的每一个党员,都要尽一份责任。三是生态环境首善。房前屋后洁净,公路步道植绿,河流库塘清澈,山顶天空碧蓝,把李子村建成美丽乡村的典范。四是乡村伦理首善。进一步弘扬黔江精神,增强内生动力,彰显传统美德,孝老敬亲,尊师重教,邻里和睦,互助友爱,推进乡村和谐。我要求李子村的全体党员,要在建设"首善之村"中做好表率,建功立业,不得有所懈怠。

今天的党课原准备讲一个小时,由于多以案例讲解,一个半小时才讲完,但会场纪律很好,没有人抽烟,没有人接打电话,没有人交头接耳。老党员汪学文说,听了党课后才晓得,自己在很多方面与党的要求还有很大差距,"两学"很不够,"一做"也不好。黄代敏在总结讲话时说,今天我们全村党员这个学习的认真劲儿,我是第一次看到,希望大家继续努力。当然,一堂党课也许改变不了我们多少,但我们不能因此放弃每一次改变的机会。

蚕与茧之全家养蚕

今天凌晨,忽然雷霆轰鸣,风雨敲打着窗棂,发出呜呜的声音。我从床上爬起来,站在窗前观察天气变化。

这两天，正值李子村中秋蚕上蔟吐丝的关键时刻。天气突然降温，对蚕茧成长有没有影响呢？我没有这方面的专业知识。吃了早饭，我给孙文春打了一个电话，咨询了这个问题。孙文春说，蚕子对过热的天气比较敏感，甚至也会像人一样心烦意乱，而稍冷一点儿的天气，应该影响不大。不过，还是要注意观察，特别是天气突然变冷，出现双宫茧的可能性会增大，这样的话，蚕茧质量和效益也会受到影响。我提议，我们两个今天到几户养蚕大户家去看看，然后再归总一下全村的情况。孙文春说好，邀请我先到他家的蚕棚去看看，顺便把全村中秋蚕生产情况摸个底。

我一个人爬到蛇家岩的时候，已是下午。见我来了，孙文春和马敏都站在蚕棚门口接我，而他们读高中的儿子孙锐，则在蚕棚旁边的工棚里，边做作业边轻轻地哼唱着流行歌曲。

此时的桑园，宁静而悠闲，成群的鸟儿噗噗噗地从林子里飞出，不知疲倦的知了紧贴在光滑的杉树上"四季哟四季哟"地唱着。我禁不住停下脚步，站在山上看云卷云舒，让带着薄荷味的清风入怀，全身像洗了药浴，感到十分清爽。这种繁忙后的闲适自在，也体现在孙文春一家人身上。因为此时，蚕子上蔟吐丝后已经不需要进食，这意味着不再需要采桑叶了，他们一家人每天的工作，只是到蚕棚观察一下上蔟情况，对那些没有爬上蚕蔟的蚕子进行帮助，对可能形成双宫的蚕子，也就是两只蚕子争一个窝儿引发的纠纷进行调解。这种时候，喜欢音乐的孙锐，做作业时也可以哼几句歌了。一家人在这宁静的山上，就更多了些劳作后的快乐。

孙文春自从租赁蛇家岩这些地栽桑养蚕以来，一家三口每年都要在这山上住上半年。繁忙的日子，从4月份栽桑开始，直到每年10月底才结束。在这段日子里，他们要集中精力养育四季蚕茧，包括一季春蚕、三季夏秋蚕。两口子觉得虽然吃的是苦中苦，但每年都有10多万元的纯收入，再苦也值了。一家人不但夫妻俩是全村的养蚕能手，就连儿子孙锐在5岁时就开始学养蚕了，只要是没上学，他就会带着书包住在山上，到桑园采摘桑叶，在蚕棚里喂养蚕子，对养蚕技术如数家珍，是全村有名的养蚕"小专家"。养蚕之余，他就在简易的工棚里做作业。这样半工半读的日子，他已经坚持了12年。这样的生活环境，也培育了他勤劳简朴的品质。家里虽然比较富足，又是独生子，但孙锐从不乱花一分钱，在城里读高中，一个月只用400元的生活费，吃得并不好，但从不叫苦，父母要多给他点儿钱,他总是说"够了,够了"。在山上养蚕和做作业感到枯燥的时候,他就哼上几首歌解闷。现在孙锐已长成了小伙子,嘴边已有浅浅的胡须,对唱歌的兴趣越来越浓。当这位阳光快乐的大男孩站在初秋的山原上哼歌的时候,蓝天白云下铺满翡翠色的桑田更有了蓬勃生机。

参观了蚕棚,我和孙文春坐下来,一边喝茶,一边对全村中秋蚕的情况进行了摸底。孙文春说,马长仙、陈云和等其他蚕桑大户,今年的中秋蚕丰收已成定局,全村蚕桑支柱产业对贫困户脱贫的带动也更大了。听到丰收的喜讯,我很高兴。我们还谈到了在桑田里套种冬菜的问题,因为晚秋蚕之后到第二年清明节以前,桑田是闲置着的,如果能在这个时间段种植高山蔬菜,是可以增加收入的。别的地方,已经有人试验桑田套种草菇,效益还不错。我说,你孙文春应该要发大财才行,应该用实际行动验证"土能生白玉、地可出黄金"的古训,带领群众做好土地文章,闯劲儿还要更足一点儿。孙文春说,发大财当然好,钱多不咬手嘛,桑菌模式有困难,桑蔬模式要试一下。趁着谈兴,孙文春突然说,你知道今天是什么节日吗?我说,我想不起来了。孙文春说,今天是中秋节呢,我也刚刚才想起,因此今晚特别想同校长小酌一番,但马敏要守蚕棚,不能回家去弄下酒菜,我们就到馆子里去吃一顿吧。咦,孙文春犯酒瘾了?当然不是的,他平时不喝酒。孙文春说,我是高兴啊,你虽然驻村,但是我们很久都没一起吃顿饭了。我说,我喜欢吃马敏做的菜。马敏说,下次我来煮。大家都呵呵地笑,蚕棚里充满了欢乐的气氛。

夕阳西下的时候,我们从山上下来,在乡场的一家小酒馆点了几个菜,喝了几杯。马敏因为要守蚕棚,一个人留在山上。吃了晚饭,我回到驻地,而孙文春提着马敏要的炒饭,同儿子一起,踩着月光,再次回到山上去了。

蚕与茧之蚕子吐丝

过去我对蚕的了解,只停留在书本上。今天在孙文春的蚕棚里,我亲眼见到了蚕吐丝,这让我对这种小动物有了更多的亲近和尊重。

古代赞美蚕的诗句,最有名的当属李商隐的《无题》了,一句"春蚕到死丝方尽,蜡炬成灰泪始干",写尽人间思念之情,不知感动了多少人!而在蒋贻恭的《咏蚕》里,一句"著处不知来处苦,但贪衣上绣鸳鸯",写出的是阶级的对立、贫富的不均。马克思用春蚕吐丝来说明艺术生产,他在《剩余价值理论》这部著作中说，"弥尔顿出于同春蚕吐丝一样的必要而创作《失乐园》，那是他的天性的能动表现"。还有一个有名的成语叫"作茧自缚"，一般都用作贬义，其实对于蚕来说，这种做法并不是自己给自己找麻烦，而是完成生命升华必须迈过的一道坎，倘若不如此，蚕就不称其为蚕了。

蚕可以说是与人类最亲近的昆虫。在孙文春的蚕棚里，这一家三口向我讲述了蚕的一生神奇演化的过程。在这个过程中，养蚕人的辛苦甜蜜也展现得淋漓尽致。

三季夏秋蚕包括夏蚕、中秋蚕和晚秋蚕。每一季夏蚕和中秋蚕，完成生命里的一次轮回，一般要26天。在这些日子里，蚕在共育室和大棚两个不同的环境中生长，在共育室一般待10天，在大棚里一般待16天。在共育室，先是把蚕卵放在蚕箔上，然后在黑暗密闭的环境中升温，蚕卵会在两天之中孵化，刚刚孵化出来的小蚕如小蚂蚁般大小，因此也叫"蚁蚕"。这时的蚕，进入"一龄"，可以用小嘴来啄食美味的桑叶，但必须是嫩桑，由人工切成米粒大小的方块。经过三天半的时间，蚕进入"一休"，并第1次蜕皮。由于它们生活的场地只有书本大小，必须要等它们醒来前给它们扩座。经过一天时间的睡眠，蚕子醒来，进入"二龄"。经过两天半的喂养，蚕子的个头开始变大，进入"二休"，并第2次蜕皮。"二休"也要睡一天，在它们沉睡的时候，它们将离开共育室，被育蚕人小心翼翼地搬运进新的生活空间——蚕棚。

共育室的作用，就体现在"共"字上。孙文春说，蚕的"一龄""二龄"必须在共育室度过，是因为在这个环境中，能统一消毒、统一防病、统一饲喂，从而使蚕子无病、个头大小整齐。养蚕的成功与否，共育室的作用要占一半，特别是防病问题，如果在共育室里没有解决，将病带进蚕棚，那就无药可救了。

在蚕棚的日子里，蚕进入"三龄""四龄"和"五龄"阶段，也就是它的高速生长期，通过由蚕到茧的演化，完成一生最辉煌的篇章。在"三龄"阶段，蚕吃食三天后，进入"三休"，并第3次蜕皮。一天后醒来，进入"四龄"阶段，蚕吃食四天后，进入"四休"，并第4次蜕皮。这一次，蚕要睡两天才会醒来，然后进入"五龄"阶段，蚕吃食6天后，个头变得最大，头部开始发亮，身体白里透黄，说明蚕的生命已经成熟，要开始吐丝了。因为桑叶中含有水、蛋白质、糖类和脂肪等成分，经过体内的不断代谢，形成绢丝蛋白，再变成绢丝液，最后形成丝茧。作茧自缚，对于蚕来说，既意味着生命即将终结，也意味着生命接力的开始。而我们人类，对于这么神圣的事情，却往往忽略了，甚至还嘲笑蚕在自找麻烦。

蚕的吐丝，是分两个步骤的。先是找一个能够安全做茧的场所，最好的地方当然就是比鸡蛋小一点儿、两面透风、能竖立起来的小方格。这个要求，人类帮它达到了，那就是蚕蔟。蚕蔟俗称"蚕山"，是供蚕吐丝作茧的用具，多用竹、木、草等做成。宋代陆游有诗云："蚕蔟尚寒忧茧薄，稻陂初满喜秧青。"孙文春家的蚕蔟是由企业生产的，一本杂志的大小，买来后一张一张拼好，再用细铁丝绑在竹架上。蚕停止吃食后，统一为它们打一次蜕皮激素，于是这些蚕，几乎就在一两天之内排泄完身体里的废料，把全身内外打理得干干净净后，才不断摇摆着头，蠕动着身子，意气风发地踏上生命中最神圣的旅程。它们寻找着蚕蔟，有时甚至两只蚕争到一个蚕蔟，它们也不计较这些，只是争先恐后地吐出第一缕丝，通过上下左右拉伸，把四周固定起来，它们不吃食也不休息，昼夜不停地吐丝拉丝，直到把自己包裹在丝里，形成白色的圆滚滚的茧包，在茧包越来越大的时候，它们身子里的丝也吐完了，饱满的蚕萎缩成了一只蛹，开始生命的又一次轮回。

相对于夏蚕和中秋蚕，春蚕成长的时间更长些，要30天，而秋蚕则更长，要35天。每季蚕在共育室的时间是一样的，区别在于进入"三龄"以后，也就是进入大棚以后，夏蚕和中秋蚕需要16天，春蚕需要20天，晚秋蚕需要25天。这说明，适度的温度更能促进蚕的快速发育。当然太冷肯定不能养蚕，比如冬季就不是养蚕的季节。但无论哪个季节养蚕，在大棚里每天早晨都必须对蚕消毒一次，把灭蚕病干粉和石灰拌在一起，撒在蚕的身上，建一道隔离病毒的隔离墙。消毒工作完成10分钟以后，才能给蚕喂桑叶。有意思的是，像蚂蚁、蚊子、蟑螂等讨厌的家伙，见了含碱性的生石灰会避之而不及，但对蚕来说这却是它们的最爱，它们每天都喜欢趴在蚕箔上洗一个"石灰澡"。

由蚕卵到蚕，到蚕茧，到蚕蛹，生命的过程本来应该是周而复始的，作茧自缚其实就是为了破茧成蝶，让生命得以繁衍。而作的茧，显然是蚕为防止蚂蚁、鸟儿侵害而修筑的城堡。蚕昏睡5次，重生5次，最后不是被自缚于茧中走向死亡，而是破茧化蝶再次迎接生命。蚕并没有死，只是在不断地轮回，死是为了生，生也意味着死。蚕所做的一切，都是为了繁衍，让生命延续。但人类取之于蚕的，是它的丝，对于蚕的繁衍，并不关心，赞美蚕也只是赞美蚕能够奉献蚕丝。当白花花的茧子进入开水里时，寄托着新生命的蛹当然会被煮死，人类的缫丝，意味着蚕的自然繁衍被终结，所谓化蛹成蝶只是一种诗意的幻想罢了。是的，自从人类掌握了蚕的特质，蚕的生命就几乎是由人类控制了。

从经济价值说，好的蚕茧有两个标准：一是个头大，二不是双宫。孙文春家的一簇蚕，有312个窝，如果全部爬满蚕，就有312枚蚕茧，但一般都爬不满。他家的茧质量都很好，一等茧只要210枚就能称一斤，一斤茧的个数越多，质量就越差，每增加25枚质量降一级，最差的蚕茧为四级，要285枚才有一斤。但相邻两个等级之间每斤的价格，只有0.5元的差异。

四十二　看看邻居怎么干

精准扶贫看恩施

榴红似火,瓜果飘香。武陵山区的湖北省恩施土家族苗族自治州(以下简称"恩施州"),"武陵地区精准扶贫案例交流暨恩施州党校系统第二十八届理论研讨会"正在这里举行。受会议主办方邀请,我作为点评嘉宾,对研讨会的成功举办表示了祝贺,对大会收到的精准扶贫案例进行了点评。

在参加会议之前,工作人员给我传来了这次大会的最终成果——《恩施州精准扶贫六十例》的电子版。我如获至宝,利用双休日读完了它。对于驻村扶贫的我来说,这真是个好东西。到李子村驻村时,我就有这个想法,组织驻村工作队和村组干部,到周边地区学习一下脱贫攻坚工作,进一步提升精准扶贫能力和水平。但由于经费等原因,一直未能成行。我自己也没有抽开身,像过去一样到武陵山区兄弟县市走走。这次恩施州委党校邀请我参会,而且有这么多精准扶贫的案例交流,我客气话都没说一句,就答应了。对我来说,真是天赐良机!

俗话说,远亲不如近邻,近邻不如对门。这些年来,行政区域分别隶属于重庆、湖北、湖南、贵州的武陵山区,抱团发展,交流互进,大家是越走越亲,越走越红。特别是在扶贫开发方面,各自都积累了成功的经验。这次理论研讨会,是恩施州委党校在3年之中第二次聚焦精准扶贫,说明恩施州委党校人的"四个意识"树立得非常好。记得2014年5月,恩施州委党校系统第二十五届理论研讨会聚焦恩施州综合扶贫改革,以"创新扶贫开发体制机制、推进综合扶贫改革"为主题,紧密结合恩施州及武陵山区扶贫开发实际和恩施龙凤全国综合扶贫改革试点、鹤峰全省脱贫奔小康试点工作,进行深入调研和广泛交流,产生了具有理论创新和实际应有价值的研究成果,为科学制定《恩施土家族苗族自治州农村扶贫开发条例》,推进恩施州及武陵山区扶贫开发工作提供了很好的决策参考。时隔3年之后,恩施州党校系统第二十八届理论研讨会聚焦武陵地区精准扶贫案例,旨在紧密结合武陵地区精准扶贫工作实际,深入研究与广泛交流武陵山区精准扶贫典型案例,剖析其成功的关键要素与核心环节,形成具有理论创新和实际应用价值的研究成果,为推进恩施州脱贫攻坚提供理论指导和决策参考,为全州经济社会发展提供智力支持。

今天的研讨会,高朋满座,少长咸集,给我耳目一新的感觉。我说,目前党校系统案例教学已经成为常态,但理论研讨会专门聚焦案例的确实不多。我参加过多次理论研讨会,既有党校系统内的,也有党校系统外的,但我从来没有参加过以案例研讨为活动方式的理论研讨会。我认为,这种形式的研讨会,既是党校智库建设的创新之举,也是党校理论研讨的有益尝试。为了保证案例呈现的一致性,研讨会的设计者要求每个案例都必须从基本情况、主要做法、成效及启示三个方面来着笔,因此写作要求是格式化的,看似单调,实则严谨。主要做法、成效是案例的核心内容,也是精华部分。至于启示,只是案例作者的概括,作为其他读者,自有不同看法。我还发现,编进集子里的60个案例,并不是胡乱地装在一个篮子里,而是橱窗式地归类成专项扶贫、行业扶贫、社会扶贫、整体脱贫、他山之石五个板块,让人一目了然。同时案例的视域有大有小,据我的统计,恩施州行政区域内的52个案例中,县市级案例有14个,乡镇级案例有8个,村社级案例有28个,农户级案例有2个。

当然,我最关心的是恩施人怎么干。在这些案例中我看到,"六个精准""五个一批"得到充分呈现,精准施策有实招,精准推进有实功,精准落地有实效。在这些案例中,给我印象最深的是产业扶贫抓得实,内生动力激发好。而这两样,又最能体现脱贫攻坚的核心意蕴。恩施州的扶贫产业契合了绿色发展与共享发展的理念,涵盖了一、二、三产业并初步形成了产业链和利益联结机制,如茶业、中药材、烟叶、乡村旅游、电商等,都可圈可点,茶叶等产业甚至成为响当当的全国品牌。贫困户脱贫致富的持续活力是内生动力,扶贫不是助长"等靠要"思想,不是养懒人,而是调动群众的积极性、主动性和创造性。在激发内生动力方面,案例里既有利益刺激,也有乡村伦理重塑和新型农民培育,抓住了脱贫攻坚的根本。一句话,这次研讨会展示的这些案例,是恩施州精准扶贫、精准脱贫的生动实践,是湖北省精准扶贫、精准脱贫的亮点。

他山之石,可以攻玉。为了把这些成果带到李子村,我向会议主办方多要了一本《恩施州精准扶贫六十例》，拿回来后要求驻村工作队队员和村两委成员学习借鉴。

杨干的"干"

杨干是恩施州咸丰县坪坝营镇真假坑村的一名建卡贫困人员。我曾同朋友一起，两次到他家走访。上次我们到他家做客，是他请我们去品尝他家的李子，这次我们到他家做客，是他请我们去吃泡汤。两次咸丰之行，我都见识到了恩施人在脱贫攻坚中的干劲。

汽车出黔江正阳新城后，经蓬东、邻鄂等乡镇，来到湖北境内坪坝营国家森林公园边缘。这是一片起伏不断的山原，行进其中，像进入了一个巨大的天然氧吧。远处的高山，白雪皑皑，近处的森林、田园、房舍，交相辉映。到杨干家要经过一片高大茂密的水杉林，林子里有人办起了农家乐，从那里再走十来分钟，就到了坪坝营镇真假坑村七组。杨干一家，就住在这里。我们下车后，看见院坝里挂了半边年猪，摊板上还堆放着猪的杂碎。见我们来，杨干和妻子陈春梅立即跑到公路边来迎接。

去年7月底，正是高山农村李黄荷香、夏花烂漫的季节，我们在他家摘李子时，看到他家的新砖房已建成了两排圈舍，但用来住人的上层还没有修建，只是备好了所需的建筑材料。在底层我们看到了上百平方米的圈舍，一共24间，已有8间养上了猪。半年之后，在两排圈舍上面建成了一层新砖房，形成底层养猪、上层住人的格局。沿着楼梯，我们走进新砖房的上层，看到亲朋族友聚在一起，已经吃完了第一轮泡汤。这里除了厨房、洗手间、卧室，还有宽敞的露天阳台，坐在上面，可以一边吃饭喝茶，一边欣赏远处的田园风景。如果是夏天的夜晚，坐在上面闻稻香、听蛙声，肯定别有一番风味。虽然目前整个居室内外墙、地板都没有装修，但水、电都通了，家具也摆了进去，特别是里面还预留了一个大房间，杨干说，这是专门给专业合作社办公用的。

此时，与新砖房并排而立的旧房，在阳光下显得越发残破矮小。那旧房只有一层，是用石块堆砌的，上覆青瓦，已有些歪斜。屋共3间，属杨干的只有两间。这样的房子，根本就不能住，这家其实就是无房户。在右侧一间的墙上，挂了几个蜂桶，原来他们家是养过蜂的。侧门口张贴着"坪坝营镇精准扶贫贫困户门牌卡"，上面写着户主姓名、家庭人口、贫困属性、致贫原因和脱贫途径等内容。从这张门牌卡可知,杨干家的贫困人口有四人,致贫原因主要是缺资金、人畜饮水难,脱贫途径是发展产业。

杨干一家的故事带有传奇色彩。最打动我们的,就是这对土家族夫妻的拼劲儿、干劲儿。

2006年,不甘贫困的杨干带着妻儿到新疆打工,先是帮人摘棉花、喂牛、管地,后来租地种棉花,高峰期达到200亩。但杨干一家在外打工10年,除了供两个女儿读完大学,剩余的收入最多只够糊嘴。2015年春天,为了返乡参与精准脱贫,杨干开着拖拉机,拉着一家人和多年在外打拼的家当,一路辗转,风餐露宿,硬是用半个多月时间从新疆赶到咸丰老家。拖拉机是不准上高速公路的,他们只能沿着省道、县道公路上一公里一公里地赶,找不到路,就开着手机导航。有时手机导航也不准确,走错路是常有的事。渴了,就喝自己带的白开水,实在饿了,就到附近的路边小店要点儿开水泡方便面。

一回到家,一家人的兴奋,很快就被眼前的窘迫打破了。家里只有两间破房子,如果收拾一下,两口子将就能住下,但儿子只能借宿在别人的天楼上,四周全无遮拦。如果两个女儿回来过年,根本就没地方住了。修房迫在眉睫,但发展产业是回家的目的。是先修房还是先发展产业?如果把仅有的几万元积蓄全部用来修房,即使新房能够修起,肯定会欠20万元以上的账。为了还账,只能再次出门打工。邻居也劝他们,要先治窝后治坡,借钱也要先把房子修起再说。但杨干不这样想,他对陈春梅说,家里目前住房是差点儿,但总还有遮风避雨的落脚处。我们回家的目的不是修房子,而是响应政府精准脱贫的号召,通过发展产业脱贫致富。陈春梅开始也想借钱修房,听他这一说,也同意了。

由于两人在新疆打工时都搞过养殖业,种过果园。两人一商量,产业发展主要是规模养猪和种果树。要规模养猪,必须有宽敞的猪圈,他们就把自家的菜园辟出一块来修猪圈。他们从一头母猪起家,现在已经有16头能繁母猪。而请我们吃泡汤时杀的这头年猪,有300多斤,由于喂的是熟食,虽然肥一点儿,但肉质很好。一年多来全家养猪效益初显,现金收入达3万元,此外还有价值4万元的母猪。杨干的打算是,在目前发展仔猪的基础上,再建一座占地两亩的猪圈,专门用来养肥猪,通过自繁自养规模发展,保证养猪业取得更大经济效益。除养猪外,杨干一家还经营了18亩李子园。李子园在一片缓坡上,有青脆李、香脆李和脆红李等品种,这些李子树是他们在新疆打工期间就栽好苗子的,几年前就已经挂果。每到初夏时节，饱满的果实一串串穿在枝条上，闪耀着黄玛瑙、黑琥珀一样的光芒。由于果子口感纯正，渝鄂两地的游客慕名而来，品尝、购买他们家的李子。李子园虽然面积不大，但一年的收入有4万多元，这比种庄稼效益好多了。

杨干一家的"干"，不仅苦，也有实，还体现在巧上。

无论是养猪还是种果树，他们都把生态放在重要位置。在新疆承包棉田时，棉花长虫，每亩农药开支要200多元，杨干负担不起，就自己琢磨生物灭虫的方法。经过反复实验，最后采用了辣椒煎水兑高度白酒的方法来杀虫，效果很好。这样，他把每年2万多元的农药成本降到2000多元。回到家乡后，他将自己研制的生物农药用于果树栽培和粮食生产，效果也不错。他们家的李子和稻谷，都是人家找上门来购买。在发展养猪业时，杨干也考虑了生态环境问题。杨干在修猪圈时，特地修了化粪池和一个大沼气池，化粪池与沼气池相连，沼气用来煮饭、煮猪食，沼液无论种菜、种果树都是上好的生态肥料。杨干生活的村子山高林密，空气质量好，水源和土质也没有受到太多的污染。他的最大愿望就是让村子里生产的所有农产品都是绿色的。

为了改变农村种养业长期单打独斗的现状，杨干正在筹建养猪专业合作社，目前已与7户农家达成合作意向。镇里和村里在帮他办理相关的手续，咸丰县扶贫部门还为他协调解决了5万元的扶贫贷款，由政府贴息。正是这些支点，让杨干一家踏上了脱贫致富的阳光大道。

与杨干的两次接触让我看到了一个贫困家庭在贫困面前的态度与抉择。杨干一家用自己的"干"，改变了面貌，是习近平总书记倡导的那种"弱鸟可望先飞，至贫可能先富"的典型。杨干的"干"，正是恩施人脱贫攻坚的一个缩影。

精准扶贫看湘西

岁末年初，我到湖南省吉首市串门贺喜。今天一整天，湘西州委党校都在这里举办"精准扶贫理论与实践研讨会"。我作为来宾代表致辞，还作为优秀论文作者代表参加了大会交流。

我很小的时候，由于老家地处川东南边陲，与湘西的龙山、花垣等县相邻，受湘西的影响较大，我们吃的、用的很多东西，都是从吉首运来的，因为那里有火车。很多人就医，也是到吉首去。到我读大学时，沈从文的《边城》成了我的枕边书,翠翠与天保和傩送的爱情故事让我感动不已。直到20世纪80年代,我大学毕业后在龙潭中学教书,我们收看的电视节目还是湖南电视台的。由于天天看湖南台的电视节目,我甚至连花鼓戏《补锅》都能哼上几句。天冷的时候,我会唱:"手拉风箱,呼呼地响,火炉烧得红旺旺,女婿来补锅,瞒了丈母娘……"这样让大家感觉到"热"。对湘西的亲近,加上这次理论研讨会的主题,都让我怦然心动。

因为大家共同拥有一座高大连绵的武陵山,同属于武陵山片区,大家对脱贫攻坚和合作交流都有共同的认知,为此我就教学、科研、咨政工作提出了三点建议,希望大家进一步加强协作,实现共同成长和共同发展。我认为,越是有思想的碰撞,我们离世界的真实就越近,越是有协作的平台,我们离成功的可能就越大。由于大会限制每个人的交流时间只有10分钟,我长话短说,从背景、发展脉络和深刻内涵三个方面,汇报了我研习习近平总书记关于扶贫工作的重要论述的初步成果,得到了与会人员的好评。研讨会上除15位优秀论文的作者做大会交流外,还邀请了恩施州扶贫办、恩施州委组织部的同志,分别通报了全州脱贫攻坚工作。一天下来,时间很紧张,但思想的碰撞、智慧的激荡,让人乐此不疲。

最令人惊喜的是,大会还汇编了《湘西脱贫攻坚专题报告》,这份报告是由湘西州委党校组成的课题组经过调研撰写而成,汇集了湘西精准扶贫的经验,带有浓烈的泥土芳香,让我爱不释手。据湘西州委党校校长彭民建介绍,课题组的老师们,踏进田园,走村串户,对花垣双龙镇十八洞村教育发展脱贫、保靖县吕洞山镇梯子村产业发展脱贫、凤凰县腊尔山镇夯卡村异地搬迁脱贫、永顺县松柏镇金融帮扶脱贫、泸溪县潭溪镇下都村委托帮扶脱贫、龙山县苗儿滩镇捞车河村乡村旅游脱贫、保靖县香港郭氏基金会社会帮扶脱贫、古丈县夯吾苗寨党建脱贫、湘西州"互联网+"脱贫、龙山县社会保障兜底+脱贫工程、花垣县产业脱贫工程、泸溪县社会养老脱贫工程、吉首市生态补偿脱贫工程、吉首市基础设施建设脱贫工程等10多个典型进行研究剖析,探索可复制的经验,不仅有理论分析,更有路径探索,不仅在湘西可复制可推广,对我们李子村来说,也有很好的借鉴作用。当晚,我就把这本资料通读了一遍,并对重点部分做了记录。我打算回重庆后,除了自己慢慢消化,还要叫驻村工作队、村两委的同志分别读一读。因为返程要经过花垣县,一同参会的花垣县委党校校长毛亚雄建议我顺

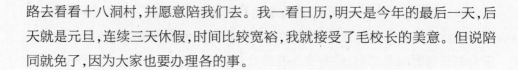

路去看看十八洞村,并愿意陪我们去。我一看日历,明天是今年的最后一天,后天就是元旦,连续三天休假,时间比较宽裕,我就接受了毛校长的美意。但说陪同就免了,因为大家也要办理各的事。

武陵桃源十八洞

十八洞村是一个一夜成名的苗族古村落。2016年11月,十八洞村入选第四批中国传统村落名录。

十八洞村地处花垣县排碧乡(2015年已与排料乡、董马库乡合并为双龙镇)西南部,紧临吉茶高速、209和319国道,距花垣县城34公里,距著名的矮寨公路大桥10公里。十八洞村是一个贫困村,2005年由原来的竹子、飞虫两个村合并而成,因村内有18个天然溶洞而得名。全村有4个自然寨子,6个村民小组,225户989人,人均耕地仅0.83亩。这里山大沟深,地处偏远,信息闭塞,教育落后,长期以来村民生产生活十分困难。

从吉首出发不久,车子就从泛着红光的矮寨公路大桥下面经过,然后抵达矮寨镇。我们在镇子上吃了早餐,吃的是当地有名的湘西牛肉米粉。小憩之后,爬上盘山公路。由于地形复杂,这里的公路转弯半径小,有的大车遇到拐弯的时候,一次还转不过去。一路上,一辆上行的私家轿车因转弯时处置不当,冲出车道,从边坡滚到下面的公路上,四脚朝天,幸无人员伤亡。当我们进入回龙镇后,地势开始平坦起来。场镇上,苗族妇女穿着民族服装,背着背篼,在街上购物。又走了约半小时,我们就到了十八洞村。十八洞村的房屋以木质结构的穿斗式为主,大都建于清代或民国时期,集中连片,保存完好。

我们本以为自己算来得早的,但下车后发现村口的停车场上已经停了几辆车,说明更有早行人。停车场上方有一家农户,左边木房的板壁上挂着习近平总书记在这里视察时的照片,旁边立起一块高大的文化石,上镌"精准扶贫"四个大字。进村的步道口,还有村民摆着地摊,叫卖板栗、岩耳、花生、山胡椒、拐枣、猕猴桃等山货,也有人在叫卖腊肉、鸡蛋、大米、干辣椒等。停车场四周,还张贴了有关乡村旅游的宣传海报、农家乐的联系电话等。进村的步行道是一个斜坡,步行道上立了一根电线杆,上面挂了一对高音喇叭。这种几十年前每个村都有的标准配置,曾经是村里传递信息、宣传政策、村民了解国家大事的主要工具,但随着时代的发展早已销声匿迹。高音喇叭在十八洞村再现,让人有了一种怀旧感。

我们一路上走走停停，访问了石拔哑、施成富、杨东仕等村民家庭。我们去的时候，苗族大妈石拔哑正一个人在家吃饭。67岁的她不识字，我们用重庆话加普通话同她交流，问她的年龄和孩子的情况，她基本上能听懂。她家的火铺上摆放着凳子，火铺的炕上，吊满了腊肉，她说这都是留着自家吃的。屋子里很干净，电视机、电冰箱等家用电器一应俱全。石拔哑清楚地记得，3年前，习近平总书记来看望她的时候，她家里穷得连电视机都没有。就在这火铺上，总书记拉着她的手，先问年庚，喊她大姐，然后和她聊起了家常。我们也走上火铺，同这位老人交谈。我们一行人都分别同她合影，她握着我们的手，显得非常高兴。石拔哑现在堂屋开了一个小卖部，出售洗脚用的木盆，我们同行的两位同事，分别买了一个，希望她能赚几块钱。由于我家里有这种木盆，我就想送她100元钱，但她坚决不要。她家堂屋的地面原来是凹凸不平的泥土，后来驻村工作队帮她硬化成水泥地，家里的电线也全部改造了，屋前也有了石板路。目前她享受兜底保障政策，生活环境好了，生活质量也提高了。

然后我们走进76岁的贫困户施成富家。3年前，老施家是低保户。总书记来到他家，并在院坝同大家合影，施成富和老伴龙德成一左一右，紧挨在总书记身旁。然后，总书记与村民在他家的禾坪上进行了座谈。总书记从水、路、电问到教育、医疗，并做出了"实事求是、因地制宜、分类指导、精准扶贫"的重要指示，要求十八洞村一定要有变化、但不能搞特殊化，让其经验可复制、可推广。如今，老施把自己家上百年历史的老木屋装修一新，在堂屋的正中位置，挂着国旗、党旗和总书记在十八洞村座谈时的照片。施成富还在自家的门楣上，镌刻了"精神力量"四个大字。施成富的儿子施全友听说总书记来到十八洞村后，毅然返乡创业，在驻村工作队的帮扶下，靠着几千元的启动资金，购置餐具、采购物资、装修门面，在村里开起了第一家农家乐。地道可口的农家饭菜价廉物美，生意最红火的时候，每天接待游客百余名，去年春节，他和妻子孔铭英更是忙得团团转。

紧接着我们走进年过七旬的小学退休教师杨东仕家里。他在自家门前贴了副对联："习主席握手温暖人心，共产党领导福泽万代。"杨东仕说，3年前，总书记来到十八洞村访贫问苦时经过他家，并同他亲切握手，嘘寒问暖，希望他退休后要一如既往关心村里的教育。现在，村里的水、电、路都通了，产业也发展起来了,特别是教育帮扶,扶贫扶志,力度很大。杨东仕说,因为全村六分之一的人口是文盲,这里的教育不仅要抓好基础教育,更重要的是抓好以扶志为主要内容的思想道德教育,开展的村民家庭思想道德教育星级评定效果很好。

最后,我们沿着人行步道往寨子的高处走。一路上发现村民的房子都进行了整修,同时也保存了苗家人喜欢修建篱笆墙的习俗。路上还见到了一组组的展板,虽然风光照片拍摄得不是很漂亮,但配置的乡村旅游规划,还是勾画了村子的美好前程。村寨的最高处设置了一个观景台,看见远处的山,突凸尖利,近处的树,盘根错节。大斜坡上,层层梯田挂在山腰,脚下峡深溪鸣,周围树老山青,正所谓"瀑布杉松常带雨,夕阳苍翠忽成岚"。目光沿着峡谷回望,十八溶洞依稀可见,洞洞相连。湘西近代兵灾匪患猖獗之时,这深山峡谷、地下溶洞,正是草头王们依恃的地盘。那样的动乱年代,现在是一去不复返了。而在我们的眼前,有的人家在编草凳,有的人家在刺苗绣,有的人家在开农家乐,有的人家在开小超市,秩序井然,一派祥和。过去的贫困古村,已经成为一个经济复兴、社会和谐、群众幸福的洞天福地,成为一个看得见山、望得见水、记得住乡愁的武陵桃源。

由于村子不大,一路听一路看,转了一个多小时。又从村委会那里找到一组组数据,进一步看到了精准扶贫的作用。到目前,该村已建成两条总长2100米的机耕道及梨子寨主停车场,完成5800米的进村公路扩改工程;新修水渠2000米,铺设入户石板道1万平方米;架设供水管道8800米,让家家户户用上了干净的自来水。在道路和用水条件得到改善的同时,完成民居改造95户、改厕10户、改圈10户、改浴8户、改厨28户。另有施成富等10多家农户开办了农家乐,吃上了"旅游饭",这些家庭一般年收入都在4万元以上。全村人均纯收入由2013年的1668元增加到2016年的8313元,全村136户533名贫困人口中,2014年脱贫9户46人,2015年脱贫52户223人,2016年脱贫75户264人(含政策兜底11人),目前已实现全部贫困户越线,全村摘帽脱贫。由于全村面貌一新,愿意嫁到这里的姑娘越来越多,已有近三成光棍顺利脱单。

十八洞村的启示

3年前,十八洞村还十分贫困。当年,该村人均纯收入仅占花垣县平均水平的34%、湖南省平均水平的20%。在农村扶贫对象识别中,该村共识别出建卡贫困户136户533人,分别占总户数的60.4%,占总人口的53.9%,贫困发生率分别高出湖南省43.6个百分点和全国46.3个百分点。虽然进行了村道等基础设施建设,但农网改造尚未进行,饮水管道老化严重,宽带网络还没有进村。特别是产业发展十分滞后,外出务工是村民的主要经济来源,占总收入的四成左右。村民文化程度低,全村文盲就有150人,超过总人口的15%。由于偏远贫困,这里40岁以上的光棍就有30多个。

通过比较发现,十八洞村同李子村有诸多共同点:都是由几个村子合并而成,都存在村民相互之间心理认同难、融合难问题,村民们各有算盘;都存在耕地面积很少,靠天吃饭,发展支柱产业比较困难等问题;都存在矛盾纠纷突出、"等靠要"思想严重等问题;都存在村两委班子软弱涣散、村党支部凝聚力不强问题。作为习近平总书记精准扶贫战略思想的策源地,十八洞村在精准组织扶贫力量、精准识别扶贫对象、精准发展支柱产业、精准改善居住环境、精准服务民生等方面,都有可复制可推广的经验。十八洞村对李子村的启迪是多方面的,概括起来,我认为有这么几条。

一是碰撞激荡村民内生动力。当时,县里选派的驻村工作队进村后,有村民直接问工作队队长带了多少钱来,队长坦诚相告:带了人,没带钱。没看到真金白银,不少村民冷嘲热讽,驻村工作队想召开一个动员会,都没有人来参加。这让大家认识到:如果不唤起贫困群众的精气神,光靠干部唱独角戏,将是死路一条。扶贫先扶志,必须破除贫困群众的"等靠要"思想。于是,驻村工作队和村两委从过苗年、办画展、搞晚会等集体活动入手,每次都刻意打破村寨界限,拉近村民心理距离。全村还实行了思想道德"星级化管理",从发展致富产业、支持公益事业等方面,让村民互相评议、打分。根据评议结果,村里给每家每户贴上星级牌,得分最高的是五颗星。通过星级评比,说风凉话的村民渐渐少了,主动参与公益事业的村民多了。村里因势利导,虚实结合,投入少量资金,鼓励群众自己动手,开展改水、改厨、改浴、改厕、改房,村容村貌一天天好了起来。

二是立足资源发展优势产业。十八洞村确定了五大产业。发展劳务经济,鼓励大家外出打工找活钱,全村有200余名富余劳动力外出务工,人均年收入达2万元以上。发展烤烟、猕猴桃、野菜、冬桃、油茶等特色种植业。发展湘西黄牛、养猪和稻田养鱼等特色养殖业。发展苗绣,让民族手工针织品变现。发展旅游服务业,建设乡村旅游名村。从独具苗家风味的特色餐饮吃香,到湘西腊肉、野生蜂蜜等农产品热销,再到蜡染、苗家刺绣等手工艺品走红,旅游兴村正迸发强劲活力。

三是配齐配强村两委班子。十八洞村在驻村工作队的指导下,通过吸引大量新人进入村两委班子,优化村班子结构,增强村级组织战斗力。大学生村官龚海华、致富带头人施进兰分别当选新一届村支书和村主任,县里还指派乡综治办主任施金通驻村帮扶,并担任第一书记。在换届时,十八洞村还创新配备了9名助理,协助村干部开展工作。村支书助理杨斌,经常协助调解纠纷;村主任助理孔铭英,担任义务解说员和宣传员,向游客讲述总书记到她家的故事,向游客推介十八洞村。

四是努力拆除思想贫困的层层篱笆。思想保守,让金山白白晒太阳;眼光短视,只专注脚下那一亩三分地;故步自封,捧着银碗讨饭吃;等等,这些是贫困村思想贫困的主要特征。思想的贫困,往往比物质的贫困更可怕。为了拆除村民长期以来形成的思想贫困层层篱笆,十八洞村驻村工作队、村两委带头解放思想。村里要发展猕猴桃产业,但土地资源严重不足,他们就眼光向外,瞄准邻村的"飞地",创造性地提出了"跳出十八洞建设十八洞产业"的扶贫思路。他们依托花垣县生态农业科技示范区,在道二乡承包土地,建立起1000亩高标准猕猴桃基地。猕猴桃产果年限为30年,基地5年进入盛果期,年可实现产值2500万元,直接带动十八洞村人均增收5000元以上。

五是大力构建新型农业经营体系。结合村情和老百姓意愿,探索股份合作扶贫新模式。目前全村已建立种植、养殖等专业合作社4个,带动了193户农户入社,拓展了扶贫及村民增收的新渠道。成立了花垣县十八洞村金梅猕猴桃开发专业合作社,与花垣县苗汉子合作社共同组建十八洞果业有限责任公司。组建的花垣县十八洞村苗绣特产农民专业合作社,引导92名留守妇女开发苗绣,并与吉首金毕果民族服饰公司签订销售订单,实现人均月收入1500元。成立的花垣县金惠隆种植农民专业合作社,采取以资金入股、社员以人力和土地入股的方式,发展社员9户,种植果桑40亩,一亩果桑一年能带来近4万元的收入。他们还树立了新型营销理念,创新推行桃子采摘权带动旅游业发展的模式,在225户农户中每户种植冬桃10棵、黄桃10棵,每株桃子树按照每年采摘权418元的标准进行公开营销,购买桃树采摘权的每人发放一张十八洞村荣誉村民证书。依托中国邮政的邮三湘网络平台,完成了4060株桃树采摘权的销售任务，到账资金169万元。

到十八洞村踏访半天，收获满满，同时也增加了自己的工作压力。与十八洞村相比，李子村在特色产业发展、激发群众内生动力方面，都存在较大差距，而这些差距，又非一日之功能够解决，但又必须加快解决，否则，即使实现了整村脱贫，部分贫困户也可能返贫。

中午的时候，我带着敬佩和眷恋的心情离开十八洞村。此时，耳畔突然响起《不知该怎么称呼你》这首歌：

不知该怎么称呼你，你千里万里来到苗寨里。不知该怎么称呼你，你风里雨里走进我家里。摸铺盖，看米缸，一条松木板凳连着我和你。我在你心里，你在我心里，你爱我们老百姓，我们老百姓深深地爱你……

四十三 “百日决战”

冲刺

今天是教师节，又逢星期六，我急急忙忙赶回城去，不是为了休整，而是要参加一个重要会议。从今天开始到年底，距离黔江区接受国家验收还有3个多月时间，已到了决战冲刺阶段。为此，区里召开了全区脱贫攻坚“百日决战”动员大会。区委书记余长明做了动员报告，区长徐江进行了具体安排。

脱贫攻坚“百日决战”中的“百日”，是指从2016年9月10日起，至2016年12月20日止，全区的脱贫攻坚必须在这个时限之内完美收官，时间紧迫，一点儿也等不得、拖不得。决战是比喻，是一场只能胜、输不起的战役，具体地说，就是要完成35个贫困村“销号”，现行标准下6395户、24335人“越线”，同时巩固2015年的脱贫成果，确保顺利通过重庆市、国家评估验收，实现2016年底脱贫“摘帽”的任务。会议还安排了具体的时间节点：11月20日前，各乡镇街道逐村逐户进行脱贫验收，向区扶贫开发领导小组提交自查报告和验收请求；12月10日前，全面完成区级验收；12月15日前，申请市里检查验收，进入国家验收申请程序。

脱贫攻坚“百日决战”的目标都是可以量化的，至少要做到“六个百分百”：贫困村脱贫项目完工率达100%，贫困户到户脱贫措施(巩固措施)达100%，脱贫户(脱贫巩固户)“一越线、两不愁、三保障”达100%，贫困户“六个一批”政策知晓率达100%，贫困户“六个一批”政策落实率达100%，驻村工作队、第一书记和帮扶责任人对贫困户的入户走访覆盖率达100%。另外，群众对脱贫攻坚工作的满意度达98%以上，区、乡、村、户四级档案资料，必须做到真实、完整、规范。

全区脱贫攻坚“百日决战”要攻克的重点，主要是“七个集中”：一是集中强化宣传引导。做到政策资料全覆盖、问卷调查全覆盖、入户宣传全覆盖、氛围营造全覆盖。二是集中推进项目建设。包括交通建设、安全饮水、农网改造、村容村貌、阵地建设、文化建设、卫生室建设等。三是集中推动贫困户脱贫。做到产业扶持到户、扶贫搬迁到户、培训转移到户、社会保障到户、医疗救助到户、教育资助到户、住房改造到户、扶贫贷款到户。四是集中推进驻村工作。驻村工作队必须吃住在村、工作在村，开展政策宣传和解读，化解社会矛盾；强化扶贫项目建设的监管，参与扶贫项目的验收；指导乡镇、村社完善脱贫攻坚工作资料；认真调查研究，写好驻村工作日志。五是集中强化帮扶工作。区级联系领导每月至少有3天在贫困村开展帮扶工作，帮扶责任人每月走访贫困户3次以上，做好事一件以上。六是集中排查矛盾纠纷。对各种矛盾纠纷，各级各部门要做到发现一件化解一件，努力实现"小事不出村、大事不出乡"。七是集中完善档案资料。建立健全精准扶贫、精准脱贫各类档案，及时补齐漏项、缺页，按规定予以公示上墙；及时更新，纠正过时、错误信息。

"百日决战"四字，意味着全区上下必须咬定目标不放松，以见微知著、精益求精的细致作风，以枕戈待旦、破釜沉舟的磅礴气势，去夺取最后的胜利。决战重点事项的责任单位，除了各乡镇街道，还涉及全区几乎所有党政机关、驻黔部队、中央在黔单位以及区属事业单位和国有重点企业。11位区级领导为决战重点事项的责任领导，其中5人是区委常委。

区里要求，除了打好脱贫攻坚"百日决战"，还要完成"迎督"工作。也是在这段时间，重庆市扶贫开发领导小组将对黔江开展脱贫攻坚进行督查。督查方式是实地走访、翻阅资料、召开座谈会等。区里要求各乡镇街道，要召开专题会议进行布置，开展模拟问卷调查，扎实开展帮扶工作，做好内务管理工作。

寻找差距

今天上午，召开了由驻村工作队队员和村两委成员参加的脱贫攻坚推进工作会议，传达全区脱贫攻坚"百日决战"动员大会精神。大家围绕"六个百分百"的决战目标要求和"七个集中"的决战重点，进行了深入讨论，同时布置"迎督"工作。

对照"六个百分百"和"七个集中"，李子村的差距在哪里呢？

经过查找，大家认为以下方面有差距。一是贫困村所有脱贫建设项目要在9月底前全面完工，这个压力大。其中，又主要是村文化广场建设欠账多。二是群众对脱贫攻坚的满意度要达到98%以上,这个压力大。原因是建卡贫困户"含金量"比较高,很多建卡贫困户戴上这个帽子,就不想摘。还有一些没有纳入建卡贫困户的家庭,认为自己家比建卡贫困户还穷。所以要做到近乎百分之百的满意度,确实不容易。三是村级档案资料还待完善。虽然村里针对档案资料做过多次修订,但个别贫困户的帮扶措施没完全落实。四是模拟问卷调查是个技术活,大家都没接触过。为了对模拟问卷调查有所认识,这次区里要在乡镇干部、村组干部、贫困户、脱贫巩固户、一般农户中全面开展一次练习,相当于演习。

最后分工,由我牵头负责协调文化广场建设资金,由黄代敏牵头负责模拟问卷调查,由孙文春牵头负责检查贫困户到户脱贫措施和脱贫户巩固措施的落实情况,同时由朱文刚配合再次把贫困户的档案资料修订一次。事情那么多,任务那么重,又分身乏术,只能加班加点干。同时,大事当前,要沉住气多做平日之功,迸发"洪荒之力",积聚小胜为决胜。

正是这两天,区委对太极乡政府主要领导进行了调整,穆进红不再担任乡党委委员、副书记职务,由刘质彬担任乡党委委员、副书记,主持乡政府工作。全区脱贫攻坚"百日决战"会议召开后,米仁文和刘质彬就迅速召开全乡干部大会进行安排部署。下午,我同朱文刚一起赶到乡政府,向米仁文和刘质彬汇报了驻村帮扶情况和李子村脱贫攻坚存在的不足。因为都是老熟人,说话就少了些客套。大家都认为,现在脱贫攻坚到了关键时刻,各项工作都在顺利推进,但百虑也有一疏,现在要做的不是从头开始,而是查漏补缺。

"催款"

承领了协调文化广场建设资金的事后,我平生第一次向公家"催款"。这个"公家"就是某银行。但没想到的是,第一个"催款"电话打过去,我几乎是碰了一鼻子灰。理由很简单,人家不是借了李子村的钱,而是向李子村捐钱,说的话也可以不算数。我差一点儿用"诈捐"来形容这家银行的行为了,但我尽量把心里的火气压住。

随着2015年黔江区一批贫困村摘帽,李子村新增了区发改委和某银行两个帮扶单位。区发改委承诺在项目立项上要给予李子村支持,银行也承诺资助4万元建设文化广场。不久,该银行帮扶干部来到李子村小学,给十几名学生分别赠送了书包、文具盒,总花费大概1000元。更令大家欣喜的是该银行还带来了现金支票的捐款牌,"肆万元整"几个大字赫然在目,用途也说得很清楚:太极乡李子村文化广场建设,捐款时间是2016年5月23日。他们还在村委会举行了捐款仪式,又是讲话又是照相。由于我当天不在村里,没同他们就帮扶工作进行对接。此后,也一直没看见他们的帮扶干部来村里开展工作。

直到现在,我才知道,"肆万元整"如泥牛入海,连一分钱的影子都没有。虽然文化广场地平、挡土墙等工程都已经完成了,但由于资金不到位,广场硬化没法做,文体设施也不能安装。眼见文化广场快成了"胡子工程",我、黄代敏、孙文春、朱文刚等都很着急。朱文刚还与该银行多次沟通,但一直没有落实,理由是银行经费紧张。朱文刚说,大庭广众之下承诺的事,难道说翻脸就翻脸?

你越含糊其辞,我越要追问。我把自己过去采写新闻的劲头拿出来,准备弄个水落石出。

过了一段时间,我又来"催款"。我先是联系上一位帮扶干部,他的意思是这些钱已经打到了区扶贫办的账上,需要太极乡政府给银行出一个公函,然后再把钱转出。原来这么简单啊!我像是自己买彩票中了奖一样,非常高兴地把这个消息告诉王长生。我也没问他们为什么要把钱打到区扶贫办的账户上,就草拟了一个公函稿,叫王长生转给刘质彬审阅。乡政府的公函也送了,但还是杳无音讯,大家眼巴巴等着的捐款仍然没有被划到李子村来。

我着急了,直接打通了该银行的一位分管领导的电话。这位分管领导为人谦和,心平气和地向我解释,目前银行经费确实紧张,大小开支都要上级行审批。加之他们帮扶、联系了两个贫困村,都需要资助一些经费。所以他们决定把原来资助给李子村的4万元,分一半给另外那个贫困村。我说,你这不是开玩笑吧?扶贫不是做生意,可以打五折。你们要公函,公函给你们送了,你们现在又来个对半分,难道那个捐款仪式是走的过场?

我把最后一次"催款"的事给米仁文和刘质彬汇报了,他们也很无奈。表示事已至此,即使银行不拿一分钱,乡政府也要想办法把李子村文化广场建设资金凑齐,绝不允许脱贫攻坚工程成为"胡子工程"。

后来,这家银行总算给这个项目打来了1万元的捐款,在4万打五折的基础上,这次又打了五折。

联系户家里查找问题

今天上午,我同孙文春一起,去白果坝我的联系户陈健康家里查找问题,结果发现陈健康的脱贫攻坚资料和规范要求还有一些差距。

陈健康由于长年在外打工,我驻村一年多来同他通过几次电话,也在全户调查和春节期间两次去过他家,但都只见到他父母,没有见到他本人和妻子,今天是第一次同他面对面交流。

今年初,陈健康修起了新房,但由于房子大,主体完工后再也没有钱对房子进行装修了。我们帮他定的目标是明年进新屋过春节,他就提前从新疆回来装修房子。他说,按照脱贫收入标准,他家今年越线没有问题。虽然今年外出挣钱有些困难,但两口子打工再少也有四五万元。只是钱拿来装修房子以后,手里的活钱没几个了。但他们还年轻,不论是外出打工,还是在家里搞产业,都有劳动力。他还说,正是因为精准扶贫,他们认识了这么多好心人,让他们一家看到了党委政府和社会各界对贫困群众的牵挂。如果自己还不努力,自己的脸也没地方搁了。

在开展全户调查时,我就发现陈健康家的脱贫攻坚资料存在一些问题,比如致贫原因和帮扶措施让人一头雾水。由于全家在外,资料上的脱贫申请书也不是他自己签字的,而是叫人代签的。区里规定,叫人代签不是不可以,但只能是委托代签,而且必须注明,同时不能由帮扶干部代签。看到陈健康的帮扶资料已过时,我和孙文春及时进行了更新。

下午,朱文刚传来消息说,他们对脱贫攻坚资料的整理工作已经完成,这些资料尽管修订过多次,个别地方仍然存在逻辑矛盾,个别贫困户的帮扶措施仍然有不落实的问题。我说,凡是查找到的问题,都要想办法及时补救。

在这之前,区里对精准扶贫内务管理工作多次提出要求。贫困村资料有6个大类28个小项,必须按资料清单装订成册。贫困户13项资料要逐户建档,除《扶贫手册》和2016年收入台账外,其余11项要分类装订成册。《扶贫手册》的内容要填写完整,随时能拿出来。区里还要求,贫困村项目台账、贫困户台账,要用广告布喷绘在村委会公示,贫困户的明白卡、帮扶协议书、收入台账、巩固脱贫登记卡、政策宣传资料等要上墙张贴到户。当然,所有资料都必须做到账账相符、账实相符、无逻辑错误,并且电子档案与纸质档案一致。

"模拟考试"

这几天，黄代敏一直在负责模拟问卷调查工作。他带领大家在村里跑了好几天，才完成了任务。大家坐下来总结的时候，黄代敏说，这项工作像模拟考试一样，有难度，难就难在要覆盖所有干部、农户，是一种"普考"，人人都要过关。

为了搞好模拟问卷调查，区扶贫办草拟了4份问卷调查表，分别是《村干部调查问卷》《贫困农户调查问卷》《脱贫农户调查问卷》《非贫困农户调查问卷》，要求大家能正确填写或回答。涉及村干部共27个问题，要掌握两部分情况：一是村基本情况，二是村精准扶贫工作组织实施情况。有的要乡镇提供准确数据，有的要村里统计出数据。把表看了一遍，如果要回答，我最多也只能弄清楚十之七八。涉及贫困农户共45个问题，包括三方面内容：一是个人、家庭基本情况，二是市（区）扶贫政策对个人和家庭的影响，三是个人对精准扶贫、精准脱贫政策的认知评价和建议。问卷有提示性答案和答案要求，包括什么是"必选"、哪些必须与国办系统信息一致都提出了明确要求。涉及非贫困农户的有43个问题，也包括三个方面的内容：一是个人、家庭基本情况，二是个人对当地贫困现状的认知及对参与扶贫开发的意愿，三是个人对精准扶贫、精准脱贫政策的认知评价和建议。

黄代敏说，通过调查问卷，得到一个结论：脱贫攻坚不但要做实，也要说准，不但要成效看得见，还要心里有数。通过模拟问卷，发现建卡贫困户的满意度很高，但个别非贫困农户还是有意见，需要认真疏导，确实有困难的还需要从其他途径解决。

我说，调查问卷表设计得有些复杂，但要求围绕"知贫"与"扶贫"回答问题，贯彻了精准扶贫和精准脱贫战略思想。真正圆满的答卷体现在行动中。只要我们把工作做实了、做细了，做到群众心里了，就不怕任何检查。

动态调整

贫困没有"铁帽子王"。彼时是贫困户，此时富裕了，就不能戴了，而应该把"帽子"让给别人。因此，脱贫攻坚有一种退出和进入的机制，也就是动态调整。

"百日决战"已进行了两个月，离最后的验收还有40天。这段时间，村里还开展了一项重要工作，就是对扶贫对象进行动态调整，包括贫困人口动态调整、采集录入数据信息、完善档案资料等三个方面的内容。其中，贫困人口动态调整又包括精准识别贫困对象和精准识别脱贫对象两个方面。精准识别贫困对象包括识别新增贫困户和返贫对象户，精准识别脱贫对象包括识别脱贫户和脱贫村，采集录入数据信息包括入户采集信息和系统录入。区里要求，要严格按照国务院扶贫办归档范围及其要求，完善乡镇街道、村居两级纸质和电子类档案资料，完善贫困户《扶贫手册》。

要完成这项工作，必须对全村的建卡贫困户进行走访。最后，村里按照区里"四进、七不进，一出、三不出"的要求和标准，初步确认六户建卡贫困户属于"七不进"范围，三户符合"四进"要求。属于"七不进"范围的这六户建卡贫困户分别是：一组的龚秀云家，属于2015年脱贫户，其子已为其交纳了职工养老保险；三组的孙阳波家，属于2015年脱贫户，其女已为其交纳了职工养老保险；三组的郑清中家，属于2015年脱贫户，办理了工商营业执照；三组的汪增连家，2016年计划脱贫户，家里已购买了小轿车；三组的汪文阔家，2016年计划脱贫户，家里已购买了小轿车；四组的金正海，2016年计划脱贫户，家里已购买了小轿车。符合"四进"要求的三户分别是：一组的张永珍家，属于低保户；一组的陶宗洪家，家里房屋为D级危房，其妻残疾；五组的陈桂福家，属于低保户。在这次动态调整中，全村有六户17人提出了贫困申请。对未新增为贫困户的申请对象，均按照"四进""七不进"的标准，对他们进行了政策解释，得到了大家的理解，及时化解了矛盾。

经过区里确认，目前李子村共有建卡贫困户56户，其中脱贫巩固户12户，2016年底需脱贫的有44户。从致贫困原因看，大致还是疾病、供子女读书等情况最多，这两项约占84%。

贫困人口动态调整，"四进""七不进"两道门槛，目的是将真正的贫困户识别出来。"四进"是指家里有以下四种情况之一的可以评定为贫困户：2016年以来农民家庭年人均纯收入低于国家扶贫标准的农户；因缺资金有子女无法完成九年制义务教育的农户；无房且自己无能力修建的农户，或只有一套常住房且为尚未改造的危房，目前已经存在安全隐患自己却无力修建的农户；因家庭成员患有重大疾病或长期慢性病等，扣除各类救助政策后，自付医疗费仍然很高，导致家庭处于国家扶贫标准以下的农户。"七不进"是指家里有以下七种情况之一的不能被评定为贫困户：2016年家庭年人均纯收入（可支配收入）高于当地平均水平的;2014年以来购置或修建新房,或高标准装修现有住房的(不含因灾重建、高山生态扶贫搬迁和国家统征拆迁房屋);家庭拥有或使用汽车、船舶、工程机械及大型农机具的;家庭办有或投资企业,长期雇用他人从事生产经营的;家庭成员中有财政供养人员(含村干部)的;举家外出一年及一年以上的家庭;其他明显不符合扶贫开发对象标准的情形。而"一出""三不出"两道门槛,是将真正的脱困户识别出来。"一出"是指现有建卡贫困户中具备一种情形的必须列为2016年脱贫户退出,即:2016年家庭年人均纯收入超过国家扶贫标准,并真正实现了教育、医疗、住房安全三保障,饮水安全和生活用电问题已经解决,不因患重大疾病、长期慢性病等所产生的大额医疗费用支出而返贫的贫困户。"三不出"是指现有建卡贫困户中,具备三种情形之一的,不能作为2016年脱贫户退出,即:农户家庭年人均纯收入没有稳定超过国家扶贫标准,没有稳定实现"三不愁、两保障"的;虽然享受了扶贫政策,但当年尚未明显见效的;建档立卡"回头看"后今年新纳入的贫困户原则上不能退出。

这里有一个好消息,就是陈桂福的房子终于修好了。这次政府给他补贴了3万元,他自己筹集了1.5万元,一共修起两间砖房。建房过程中,汪文锐帮他联系建筑材料,督促施工队科学施工,甚至还自己当起泥水工,老陈十分感动。

"督战队"进村

"百日决战"正在紧锣密鼓地进行,市里的督查组来到黔江进行"督战"。中午的时候,米仁文打来电话,说李子村这次终于"中奖"了。这次市里督查,黔江被抽中的是小南海镇和太极乡,两个乡镇又各抽两个贫困村作为督查对象,李子村荣列其中,督查时间就在下午。

这是市里第二次来黔江督查,今年3月市里来黔江进行过一次督查。

这次督查,包括各区县贯彻落实中央和市委关于脱贫攻坚工作决策部署的情况、贫困人口精准识别情况、帮扶政策措施落实情况、驻村帮扶和结对帮扶工作情况、项目建设效果及资金使用监管情况、干部作风情况、群众对脱贫攻坚工作评价情况、脱贫成果巩固情况等,几乎涵盖了脱贫攻坚的各个方面。原则上,还要求各督查组督查发现各区县突出问题不少于三个,并深刻分析原因,提出意见和建议。也就是说,既要实事求是总结经验,发现先进典型,也要突出问题导向。

督查是一种上级督促下级完成工作的好方法。有些地方害怕督查,如临大敌,其实是工作没底,才发虚。在村委会办公室,我对大家说,我们李子村不怕督查,因为我们对自己的工作心里有底,而且也希望通过督查,及早发现问题,及时进行整改。

下午,市督查组抵达李子村,同米仁文简单交换了一下意见,就径直走进村委会办公楼便民服务台,查阅脱贫攻坚资料,然后召开部分贫困户、群众代表和义务监督员座谈会,听取村里的情况汇报。对村里情况了如指掌的孙文春有点儿紧张,当问到村道公路建设投资规模时,他竟然卡了壳,我们又不好在旁边帮腔。氛围有些尴尬,我大胆地说了一句:孙文春平时对这些数据倒背如流,今天面对考官有些紧张。督查组负责人说:那好嘛,继续说。

汇报结束后,督查组叫在场的乡、村干部和驻村干部离开会场,他们要单独向建卡贫困户了解情况。这一环节询问得特别仔细,花费的时间也最长。如脱贫攻坚政策是不是宣传到户、基础设施建设是不是搞得好、每户家庭收入从哪里来、驻村工作队和村干部一年到贫困户家走访几次等,要大家畅所欲言,一定讲真话。面对询问,参加座谈的建卡贫困户如实进行了回答。

查资料、听汇报、面对面访谈,这些还不够。座谈会结束后,督查组根据不同致贫原因,分类随机抽取了三户贫困户,开始入户单独访谈,核实相关情况。这一环节也是不允许当地干部跟随的。虽然户数不多,但直到下午5点多,督查组才离开李子村,赶往太河村。太河村是去年整村脱贫的,这次主要督查他们脱贫攻坚的巩固情况。直到晚上10点多,督查组才完成在太极乡两个村的督查。他们回到城里时,听说已是11点多了。我同孙文春等人,也是等督查组离开太极乡后才离开。

"点对点"做好整改

今天上午,单位办公室给我传来一份文件要我处理。这份文件就是区扶贫办发来的《关于市扶贫开发领导小组督查情况的通报》。看了文件后,我立即召集大家传达了文件精神,并对下阶段脱贫攻坚工作提出了要求。

前几天,重庆市扶贫开发领导小组督查组对太极乡李子村、太河村,小南海镇小南海村、新建村进行了实地督查,并在扶贫办对我区脱贫攻坚资料进行了查阅,召开了督查情况反馈会议。区委书记余长明、副区长林光,19个区级部门负责人参加了会议。余长明代表区委、区政府做了表态讲话。他认为此次督查虽然时间不长，但督查组对黔江工作的肯定、指出的问题、提出的要求都是实事求是的，下一步将对照督查组提出的问题"点对点"地做好整改，举全区之力，确保脱贫攻坚任务完成，坚决杜绝数字脱贫、虚假脱贫，并提出了强化政策宣传、整理完善村级资料、加大扶贫资金投入、建立长效机制等四个方面的整改措施。

督查组认为，黔江区委、区政府对脱贫攻坚工作高度重视，组织措施有力，使贫困村基础设施建设得到全面提升，贫困农户生产生活条件得到了较大改善，村容村貌发生了很大变化，贫困户脱贫信心增强了。总之，与今年3月份督查情况相比，有了更大的改变。同时，督查组也指出了存在的五个问题。这些问题包括：一、需要高度关注因病致贫、因残致贫的贫困户。黔江因病、因残致贫群体较大，虽设立了医疗救助基金，但慢性病治疗如果没住院，费用就得不到及时报销。二、进一步加大贫困村产业布局力度。督查的两个乡镇，产业布局不平衡，太极乡两个村产业发展较好，小南海镇小南海村产业发展薄弱。三、管理要更精细。资料上的数字经不起推敲，没有注重细节，缺乏逻辑，如太极乡李子村登记表上存在一家两个小孩年龄相差一个月，脱贫人数两个月之间数据相差太大等逻辑性错误；村级资料需要进一步完善，如太极乡李子村村委会记录不完整，精准识别、动态调整所有程序没有在记录本上完全体现，记录不详细。四、政策宣传引导不到位，如农户对助学贷款不积极。五、小南海景区贫困户搬迁选址难的问题没彻底解决。

看了通报，我们觉得督查组在李子村发现的问题，都是我们在工作中遇到过的，但有些问题我们没有高度重视。比如村两委研究扶贫工作的会议很多，但确实记录得简单，也没有专门的会议记录本。我曾给他们做过一些要求和指导，说村两委的会议记录，不仅是工作记录，也是今后撰写村史的重要史料，一定要记录完整、保管好。但这些要求，最后还是没有完全达到。

在今天的会议上，我说，经常有人讲，百密都有一疏，不必求全责备。这话虽有一些道理，却不能成为我们工作粗疏的托词。大家更要记住一句话，那就是：细节决定成败。推进精准扶贫，我们必须拿着放大镜找问题，最终让问题"归零"。这次督查中发现的我村建卡贫困户汪学志家两个小孩年龄相差一个月的问题，是因为其中有一个孩子是超生的，汪学志在户口登记时，将孩子实际出生时间由10月改成了1月，造成该小孩不是他生育的假象。李明芬第一次入户调查时,登记两个小孩的出生时间时完全是按户口登记簿上记录的时间来填写的。李明芬说,如果按实际年龄来填写,又与户口簿不符合。但我同黄代敏都认为,必须按实际年龄来填写,尽快把错误的地方更正过来。

最后我说,这次督查组提出的整改措施也是很有针对性的,我们就按这个要求去办,以目标作牵引,以问题为导向,再次查找差距,摸清底细,做到心中有数,确保整改不留死角。要按照区里提出的时间要求,对李子村脱贫攻坚资料完善归档问题进行整改,特别要在完整性、细节性和逻辑关系上再下功夫。召开村两委会议,除了有专人记录,还要有专门的会议记录本,会议记录要素一定不能缺失,由孙文春一个月做一次检查。

四十四　进入验收季

区级验收开始了

时间进入初冬，从河边吹起的风，携带着落叶，散发出寒意。村里的脱贫攻坚，已进入一年的收获季，大家心里充满期待，又有些紧张，一天忙个不停，对天气的变化，似乎都没感觉到。这段时间，区里对扶贫开发对象退出检查验收工作一直催得很紧，一个月内出台了四个文件。

从今天开始，2016年扶贫开发对象退出区级检查验收开始，15个区级验收工作组奔赴各乡镇街道。我和朱文刚分在第九组，包括组长藤旭荣在内共10人，负责验收黑溪镇和白石乡。

昨天下午，区里举办了区级检查验收培训会，主要讲了验收程序和注意事项。验收程序包括八个方面。一是明确调查对象。由区扶贫办在全国扶贫信息系统内随机抽取验收对象，将名单密封好后分别交至验收小组。二是召开座谈会。听取乡镇街道汇报脱贫攻坚工作情况，现场开封确定调查对象。三是到村入户调查。包括贫困村的调查和贫困户的调查。贫困村调查，先要召开村两委干部和村民代表会议，人数要达到30人以上，其中贫困户人数要占一半以上，按照整村脱贫验收表格内容，逐项调查、填表，并查阅资料，查验现场、实物，对相关调查内容进行比对、修正，最后由村两委主要负责人对调查结果进行确认签字、盖章。然后对照调查表，进行相关内容调查。四是确认验收结果。由"两代表、一委员"对检查验收工作进行书面评价、签字，由乡镇街道主要领导对验收结果进行确认并签字、盖章，检查验收组长对验收结果进行确认并签字。五是工作指导。与乡镇街道交换检查验收情况，尤其是对乡镇街道存在的突出问题提出整改意见，对乡镇街道迎接市里检查验收的各项准备工作提出指导性意见。六是撰写报告。按照区扶贫办提供的参考样本撰写检查验收报告。七是报送材料。在规定时间将黔江区新一轮贫困村整村脱贫验收卡、黔江区贫困户脱贫区级验收卡、2016年扶贫对象退出检查验收贫困户调查问卷汇总表等相关资料，送检查验收综合组。八是工作汇报。由区扶贫开发领导小组召集，集中听取检查验收小组的工作汇报。

区级验收是复查验收，就是对乡镇街道自查结果的核查，全区35个拟销号贫困村抽查率为100%、拟脱贫户抽查率为10%、已脱贫户抽查率为5%。也就是说，每个拟销号贫困村是普查，但对拟脱贫户和已脱贫户是抽查。区级验收也是迎接市里验收和国家验收的一个预演。听说市里的检查验收时间在10天以后，内容包括：对今年扶贫对象退出进行抽查验收、对黔江区脱贫摘帽进行第三方评估、对黔江区精准扶贫工作成效进行第三方评估、对黔江区扶贫脱贫工作进行满意度调查。检查验收范围都是随机抽取15个贫困村，每个贫困村随机抽取10户贫困户、每个非贫困村抽取5户贫困户进行调查。第三方评估是在黔江随机抽取20个贫困村，每个贫困村抽查贫困户16户以上。满意度调查采用多阶段分层随机抽样的方式进行，运用计算机辅助电话调查系统随机抽取调查30个乡镇街道的脱贫户及贫困户1000户3400人。

这次区级验收工作，要求实事求是、客观公正地评价乡镇街道的脱贫攻坚各项工作，同时又不隐瞒、不回避存在的突出问题。我去年参加过区级复查验收，在城南街道和金溪镇跑了好几天，因此对这项工作比较熟悉。今年再次参与这项活动，向其他贫困村学习，可以进一步掌握验收中的关键环节，使自己心里对李子村的脱贫攻坚更加有数。

光明村里看光明

按分组要求，今天我到黑溪镇进行脱贫验收。直到晚上10点半，镇政府办公楼的灯光才熄灭，工作人员才将脱贫验收数据汇总完。

今天上午先是开展入户调查。由于时间很紧，大家商量着把验收组细分为4个小组，由每一位参加验收的第一书记带队。我今天带队验收的是黑溪镇光明村二组，入户调查了2016年拟脱贫的7户建卡贫困户，分别是王贞现、金开生、金开学、金世文、王贞田、金开木、王贞平等家。其中有5户是因病致贫，1户是因学致贫，1户是缺技术致贫。王贞现一家有六口人，妻子患有精神疾病，被确定为建卡贫困户以后，政府一方面把他纳入了低保，同时又给他家补贴了几万元,帮助他家修起了一楼一底的砖瓦房。王贞现说,如果没有精准扶贫政策,他一家人连基本生活都无法保障,更不用说修新房了。从这几户调查的情况大致可以看出黑溪镇脱贫攻坚的"三个好":一是扶贫措施好,做到了精准发力;二是脱贫效果好,"两不愁""三保障"没有大的问题;三是贫困户精神状态好,发挥了内生动力的作用,对党和政府也心存感激。

光明村有建卡贫困户122户487人,其中因病致贫65户248人,因学致贫36户171人,因残致贫7户24人,因灾致贫5户22人,其他原因致贫9户22人,贫困程度较深。入户调查结束后,我们参加了村两委干部和村民代表会议,听取了大家对光明村脱贫攻坚工作的意见。大家争先恐后发言,讲的都是发自肺腑的话。村民何长全说,现在全村的水、电、路都通了,该享受的政策都享受到了,我们农民现在也有工资了,按月领取,过去哪有这样的好事啊!党的政策好,政府比自己的亲人还好、还亲啊!会场的气氛也很融洽,当说到村里的养蜂业时,一位村民指着一户养蜂户说,他就是发疯(蜂)的,引得大家哄堂大笑。从这些可以看出,群众对党和政府开展的脱贫攻坚是非常认可的。

当然,村民也反映了脱贫攻坚存在的一些不足,比如四组村民王贞南家是建卡贫困户,由于地质滑坡,他家的房子成了危房,完全可以享受高山生态移民搬迁政策,但他全家一直在北京打工,最近三四年连过春节都没回来,镇村干部给他打电话叫他回来修房,他都拒绝了。王贞南一家能在北京生活得下去,光从收入上看,脱贫是没有问题的,但家有危房又不能脱贫。把贫困户的名额也占用了,帮扶政策又没有享受,实际上就浪费了好政策。像这样的建卡贫困户,是不是也应该算自动放弃呢?

由于明天脱贫验收任务更重,藤旭荣要求大家,没有特殊情况晚上就不回城了,便于明天8点以前赶到白石乡开展验收。验收组成员都没带洗漱用品,黑溪镇党委书记曾祥远亲自张罗,把我们安排在街上一家客栈住宿,还给我们准备了牙膏、牙刷、毛巾等。

九龙腾飞会有时

今天全天在白石乡九龙村进行脱贫验收。九龙村是非贫困村,但仍有建卡贫困户75户314人,其中因病致贫50户193人,因学致贫25户121人。验收的内容只针对建卡贫困户,不涉及整村脱贫问题。

　　为了节约时间,我们10个人仍然分成4个小组,分头进行。我带队到九龙村的七、八组,入户调查了安明祥、安文值、彭文钧、甘端合、王明科、李贤洪、甘端发、黄明财、张登福、李巍等10户2016年拟脱贫贫困户。

　　九龙村比较偏远,面积大,人口多,森林资源丰富。比较起来,面积是李子村的3倍、人口是李子村的1.5倍,山场面积至少是李子村的4倍,有些农户的林地面积达到50亩以上。这里的传统院落也较多,像罗氏大院等,都是全木结构,有雕花窗子、天井的四合院,体现了当地人高超的传统民居建造技艺。但无论是森林资源,还是这些传统民居,都没有被很好利用。所以,九龙村目前还是一条藏于深山、蓄势待飞的"龙"。

　　经过入户调研,九龙村的脱贫攻坚工作,给我的总体印象是"三个到位"。虽然九龙村为非贫困村,上级在基础设施建设方面的投入明显偏少,但当地党委、政府对建卡贫困户的帮扶仍然没有降低标准,认识上做到了精准到位。在帮扶措施上,针对该村因病致贫的困难群众较多的问题,以医疗救助和其他措施相结合进行帮扶,做到了精准到位。贫困群众"两不愁""三保障"没多大问题,脱贫攻坚效果精准到位。

　　在入户调查中,我也发现了一些值得改进的地方,对此我提出了三个建议。一是进一步完善九龙村的基础设施建设。由于今年夏天山洪肆虐,我们驱车前去,一路上看见被洪水损坏的地方很多,或涵洞堵塞,或边沟塌方,或路基沉降,给村民出行造成困难。入户便道的入户率差距较大。走访甘端发、甘端合两户时,我们进出的路都是羊肠小道,来回竟走了一个小时,有些地方坡陡路滑,通行艰难。二是进一步加快后续产业培育。九龙村的森林资源、传统民居资源还没有被很好地利用,可以发展乡村林下养殖、生态旅游。三是要重视群众的大病防治工作。据了解,全村患癌症等重病的人较多,这次新调整进系统的建卡贫困户,有5户都是癌症病人家庭。全村的重症病人这么多,可以组织专家前来调查,把原因摸清楚,彻底解决村民的大病就医难问题。

　　总之,不能让九龙这条"龙"生大病,同时又要以产业为养料,让这条"龙"长得壮,以公路和村道为跑道,让这条"龙"飞起来。我想,假以时日,九龙就是一条真正腾飞的"龙"。

要精准不要碎片化

参加完区级验收工作后,今天中午我赶回村里。下午受邀给太极乡全体干部职工上了一堂贯彻落实十八届六中全会精神的辅导课,结束时已是下午4点。

前两天参加区级脱贫验收,我得到了一次很好的学习机会。但入户验收时我也发现,上面制订的拟脱贫户检查验收调查问卷,内容过于烦琐,厚厚的七八页文字,对于文化程度普遍不高的贫困户来说很难回答。这次采用的调查问卷,分为农户家庭基本信息、农户对扶贫工作的认知调查、关于扶贫开发的主观判断、督查问题整改落实情况四个板块,囊括了脱贫攻坚的方方面面,但我认为一些地方的内容设计值得商榷。

首先,前后有些重复。比如第一个板块"问题六"是:"您认为您家顺利实现脱贫的主要原因是什么?"下面罗列了七个原因,可多选。后面紧接着,"问题七"又问:"您家是否已经做到不愁吃?"接着"问题八"又问:"您家是否已经做到不愁穿?"前面明明都说已经顺利脱贫,哪还存在后面所说的"两不愁"问题呢?还有,调查问卷中要填写家庭总收入,后面的《农户家庭收入与支出情况调查》又要求农户具体填写家庭总收入,这样就前后重复。

其次,概念有些含混。比如对"收入"这个概念的理解,调查问卷有家庭年收入、家庭总收入、人均纯收入三个概念。在这里,家庭年收入与家庭总收入实际是同一个概念,是指调查户中生活在一起的所有家庭成员在调查期得到的工资性收入、经营性收入、财产性收入、转移性收入的总和,但不包括出售财物和借贷收入,但后面的《农户家庭收入与支出情况调查》有关收入方面又出现一个"资产变卖收入",是不应该包括在家庭总收入之内的。而人均纯收入这个概念,按照国家统计局改革部署,从2014年开始已被"农村常住居民人均可支配收入"这个概念所替代。因此,调查问卷中再提农民"人均纯收入"的概念已经过时,应该以统计部门的口径为准。这两个概念又是有区别的。从范围上看,纯收入的范围大于可支配收入。从性质上看,纯收入是一个效益核算指标,可支配收入是一个收入分配指标。农村居民人均可支配收入,包括工资性收入、经营净收入、财产净收入、转移净收入四部分。而黔江的越贫标准线,按照新的统计标准,就是农村居民人均可支配收入不得低于3300元,要比2015年全国2855元的越线标准高出445元。作为脱贫攻坚的核心概念,在调查问卷设计上应该明了准确。

第三，表述有些混乱。比如，关于教育资助中高中学生享受免学费政策，有"2016年上学期以前是1250元/学期，从2016年下学期开始建卡贫困户是1500元/学期"的表述，其中"2016年上学期以前"和"2016年下学期开始"两个概念，让人摸不着头脑。因为学期是指一学年中学习的时段，按照我国的规定，一学年一般分为第一学期和第二学期两个学期，可分别称为上学期和下学期。又由于我国的一个学年是跨年的，上学期从9月秋季开学，下学期从隔年的2月或3月（依照农历新年的日期决定）开学。因此，根本就不存在"2016年上学期以前"和"2016年下学期开始"这两个概念。问卷要表达的意思是2016年9月1日以前享受什么政策和2016年9月1日以后享受什么政策，但由于表述含混，让群众理解起来十分困难。

以上当然只是个人看法，不一定正确。提出这样的疑问，是想说明：只有把精准贯穿于脱贫攻坚的各个环节，把精准渗透于脱贫攻坚的各个细节，我们才算掌握了精准扶贫、精准脱贫的真正要义。如果调查问卷设计得过于烦琐，就会碎片化，最终反而得不出真实、可靠的结论。

冷眼看"满分"

今天参加了全区扶贫开发领导小组第九次会议，会议的主要内容是听取脱贫攻坚区级验收情况通报。会上，区委书记余长明、区长徐江分别讲话，对下阶段全区脱贫攻坚工作进行安排部署。

会议从上午9点开始，直到下午1点才结束，整整开了4个小时，不但时间长，还带有一点儿火药味。会议进行过程中，余长明一共插话20多次，针对典型经验和存在的问题进行点评，并提思路、找措施、搞督查。他点名批评了一些干部工作刚刚调整，就不再关心原工作地的脱贫攻坚工作，并要求有关部门进行诫勉谈话。他说，脱贫攻坚，每个细节都不能放过，比如某村委会办公楼门前只有旗杆、没有国旗的问题，他要求相关人员一天内整改完毕，并传一张照片给他看。

在会上，15个验收小组的组长分别汇报了进村入户开展验收的情况，肯定了成绩，指出了问题，并提出了建议。这次区级验收，我们李子村总分得了103分。余长明询问为什么能超过100分。原因是总分100分之外有10分加分项。

本来李子村被市级以上媒体宣传报道过，可以加6分，最后验收组只加了3分，而其他项均没有扣分。

这次会议，我的会议记录本上整整记了8页，我数了一下共有3000多字。特别是对这次验收中各地存在的问题，我做了全面的记录。这些问题归纳起来，主要是基础设施建设有差距、政策到户有差距、资料规范有差距、内生动力有差距、动态调整有差距。余长明强调，这些问题都是老问题，最致命的应该是基础数据准确性问题。精准扶贫一年多来，大家拼命地干，力求扶贫对象精准、扶贫效果精准，但反映在表册上，由于理解不同和工作不细致的原因，出现了数据不实的问题。这个不实，并不是我们有意在做假，但会有"数字脱贫""被脱贫"的嫌疑。这将会对我们黔江的形象、对黔江干部的形象，造成损害。

下午，我赶回李子村，召开专门会议传达这次会议精神。结合迎接市里验收，针对李子村脱贫攻坚中存在的不足提出补救措施。我说，这次区级验收，李子村整村脱贫的成绩按分数排名靠在前列，可喜可贺。但如果认为得了满分，就什么问题都没有了，那就错了。仔细反思，李子村也存在一些不足。比如，普通群众对脱贫攻坚的满意度问题，就没有完全解决好。原因是一些群众由于家里没有被评上建卡贫困户，一直对村干部有意见，遇到发泄的机会，就会说些假话，说点儿怪话，所以还必须对他们做耐心细致的思想教育工作。总之，李子村的脱贫攻坚，还没有到唱凯歌的时候，大家必须枕戈待旦，不能有丝毫放松。

与贫困户恳谈

今天上午，召开李子村脱贫攻坚恳谈会，结合迎接市里验收工作，为全村建卡贫困户如期脱贫加油鼓劲。驻村工作队、村组干部和全体建卡贫困户参加了会议。

会议先由朱文刚结合制作的PPT，给大家通报了李子村精准扶贫取得的成效。为什么要给大家通报呢？有两个原因。一是培养村组干部的大局观。换届选举后，村两委班子成员做了一些调整，新进班子成员对全村脱贫攻坚情况不是很了解。二是提高建卡贫困户对精准扶贫的知晓度。一些建卡贫困户不知己兼不知人。不知己，是指对自己家里的收入、支出情况只知大概，难以做到精确。不知人，是指贫困户之间的走访交流并不多，相互之间的情况不了解，对全村脱贫攻坚进程也掌握得不细，比如实施了哪些工程项目，最多也只晓得一个大概。因此,用PPT展示全村脱贫攻坚取得的成效,易于被大家所理解和接受。

然后大家进行讨论。我问大家有没有信心,周方梅、陈健康等建卡贫困户都说有。周方梅讲了自己的脱贫故事,陈健康说他家今年脱贫没有问题。大家你一言我一语,都说不会在脱贫攻坚路上松劲儿,一定能把穷帽子摘了。最后,我鼓励大家坚决如期打赢脱贫攻坚战,最终圆满通过市里和国家验收,在全面小康路上一个都不掉队。

市里验收"中奖"了

今天上午,市脱贫验收组来李子村验收。

昨晚大家得到这个消息后,都说这次李子村终于"中奖"了。去年市脱贫验收组来黔江验收时,没有抽到李子村,大家还有些失落。这次"中奖"了,大家别提有多兴奋。

8点刚过,驻村工作队全体队员、乡领导和村里的干部,就来到村委会办公楼。我和米仁文、刘质彬、张泽辅、孙文春站在公路边,一边等待一边交谈。大家胸有成竹,表情轻松,认为经过区里、市里督查和乡里、区里验收之后,李子村脱贫攻坚各项目标任务完成较好,虽然还存在这样那样的不足,但对照验收标准应该是胜券在握。

验收组上午9点准时来到村里。大家一下车,就直奔村委会办公楼会议室。参加会议的有群众代表、今年申请脱贫户和去年脱贫巩固户。会议开始,首先由米仁文汇报了李子村的基本情况、脱贫攻坚主要做法及成效、下一步的努力方向等。

但没想到的是验收组负责人问的第一个问题,就把大家弄蒙了。这个问题是:李子村贫困的原因是基层组织软弱涣散吗?是不是只要基层组织建设好了,带头人找好了,李子村就脱贫了?

听到这个提问,大家一下子尴尬起来。坐在一排的米仁文和我,互相看了一眼,也感到有些茫然。贫困村致贫的原因很多,既有自然条件恶劣,又有贫困户本身的原因;既有国家对农村基础设施投入不足的问题,也有基层组织软弱涣散的问题。基层组织带动力不强,肯定是贫困村贫困的重要因素之一,因此才有"送钱送物,也要送一个好支部"的说法。正是基于此,重庆市委组织部才把所有的市级贫困村的党组织归并在"后进村党组织"之列,通过抓好党建来促扶贫,通过脱贫来促党建。对于一个贫困村来说,要摘掉的落后帽子就包括贫困村、贫困户和后进村党支部这三顶。

但是问题还是要回答。米仁文对这个问题做了说明,我也做了补充,验收组负责人听了以后点点头,算是认可了。

紧接着,验收组负责人向贫困户问了几个问题,特别是发展问题。指名要周方梅回答。周方梅说,开展精准扶贫以来,经过大家的帮扶,她家的变化很大,她家的脱贫故事,讲一天都讲不完,她从心底里感谢党和政府,感谢帮助过她一家的所有人。验收组觉得情况摸得差不多了,就宣布座谈会结束。参加座谈会的其他人,本来有好多知心话要说,听说散会了,都有点儿恋恋不舍。

随后是验收组入户查看实情和问卷调查。为了回避,只允许米仁文、刘质彬等少数乡领导带路,不准其他人跟随。

今天最令我欣慰的是大家的心态如此平和。而去年市里验收的时候,虽然最后李子村没有被抽中,但大家被紧张情绪所笼罩,显得六神无主。后来我在多次场合说,只要坚持每天好好做,把每一项工作都做扎实,根本就不用担心上级的督查和验收。那些害怕被抽中的村,往往是心里没底的村,只好寄望于不被抽中,能侥幸过关。

感受"国考"

今天上午,作为第一书记代表,我参加了国家2016年扶贫成效省际交叉考核座谈会。扶贫成效省际交叉考核,是由国务院扶贫开发领导小组组织的。重庆市由宁夏回族自治区扶贫办抽调人员组成考核组,组长由谈秋生副巡视员担任,重庆市扶贫办有关领导随同考核。座谈会由黔江区委常委、统战部长姚登惠主持。

谈秋生首先介绍了这次交叉考核的目的、意图。然后大家一起观看电视专题片,再由副区长孙天明做专题汇报。最后,由检查组成员分别问话,内容包括扶贫开发责任制、内生动力、村集体经济构成、贫困户精准识别和动态调整机制、政策兜底等十几个问题。这些问题大都由区扶贫办主任李勇来回答,因为对情况了然于胸,李勇回答时流畅自如。

从昨天下午到今天上午,我一直认为李子村是检查对象,但会议结束时,考核组对区里提供的走村入户调查备选名单有不同意见，认为"备选"二字有事先打招呼之嫌，还是随机抽取为好。区里相关部门对此解释说，最近两天市里的第三方评估也在黔江进行，备选名单排除了正在接受第三方评估的贫困村，是考虑到工作检查不重复，如果第三方评估和交叉检查同时进行，也存在乡村人手不够的问题。但考核组坚持认为，为了避嫌，还是随机抽取为好，如果遇到重复的情况，可做适当调整。原备选名单共10个，李子村赫然排在第一位。最后，区里提供的备选名单被否决了，随机抽取了邻鄂镇的邻鄂村、中塘乡的兴泉村、黑溪镇的光明村、水市乡的大山村。其中前三个是贫困村，后一个是非贫困村。这样，区里提供的备选名单就只有邻鄂村被抽中了。虽然改变很大，但大家并不慌张。随后，区领导和市区扶贫部门的负责同志分成四个小组，分别到抽中的村去开展交叉检查。

直到现在我才明白，昨天下午得到的信息其实是要求这十个村准备迎检，并没有确定说被抽中了，但村里、乡里的干部和群众都认为今天是一定会去李子村检查的。考核组不进村，我自己还得驱车回村。在车上，我分别给孙文春和张泽辅打了电话，说考核组不来了，两人都表示很惊讶。

进村后先到李明芬家，因为张泽辅、黄代敏、孙文春、汪文锐等都在这里。可以看出，没有抽中李子村，大家并无轻松欢喜之感。我先说了一下这次交叉检查的情况，然后对脱贫攻坚讲了一些工作意见，希望大家不要松劲，继续保持昂扬向上的精神状态。

"精神贫困"更难脱

还有一周就要过大年了。

今天中午我们召开了全村脱贫攻坚总结会，邀请建卡贫困户进行座谈，对一年来的脱贫攻坚工作进行总结，进一步激发大家脱贫致富的内生动力，并代表帮扶单位给大家发了春节慰问金。在李子村召开的几次贫困户座谈会，人都来得很齐，今天也不例外。

这段时间，随着市里验收、国家交叉检查陆续进行，李子村脱贫攻坚战可以说打赢在望。那么2017年以后怎么办？建卡贫困户也开始担忧起来，他们给我打电话，询问脱贫后是否还有帮扶政策，是不是还管他们。尽管贫困并不光荣，但他们打心底里是不愿意脱贫的。今天的座谈会，就是要听听大家的心里话,看看他们脱贫后有什么打算。

大家围绕"我的脱贫故事",谈了开展精准扶贫以来的感受。大家认为,由于党和政府的精准扶贫政策实施到位,全村的基础设施建设变化很大,产业发展有新的起色,建卡贫困户实现了"两不愁""三保障"。希望脱贫后,上级的一些政策还能延续一段时间。但在未来的打算上,大家思考得不多。

听了大家的话,结合平时大家告诉我的一些想法,我主要讲了"扶上马送一程"的问题和"精神脱贫"问题。

我说,脱贫是有时限的,不能无限期地拖延下去。李子村的脱贫攻坚就要告一段落了,下一步主要是"送一程"的问题。完成脱贫攻坚就是给大家"扶上马",那什么叫"送一程"呢?我的理解是,该医的病还要医,该上的学还要上,该实施的项目还要实施。就是习近平总书记说的,要留出缓冲期,在一定时间内实行"摘帽"不摘政策,保证贫困县"摘帽"后各方面扶持政策能够继续执行一段时间,行业规划、年度计划要继续倾斜,专项扶贫资金项目和对口帮扶等也要继续保留。

大家还要明白,贫困不仅仅是物质方面,还有精神方面,甚至可以说"精神贫困"更可怕、更难脱。现在经区、市里验收,我们李子村现在物质方面是脱贫了,但精神方面的贫困,我认为还没有真正解决,因此还要解决好"精神脱贫"的问题。那么,李子村精神方面的贫困包括哪些呢?经过驻村以来的观察,我认为有懒、等、靠、要、浮五个方面。懒,就是"娃娃鱼坐滩口,张着嘴巴吃自来食";等,就是"扶着墙根晒太阳,等着别人送小康";靠,就是一心只想靠别人帮助,自己不从主观上努力;要,就是一遇到困难,就伸手向别人要,向政府要;浮,就是心浮气躁,不顾自己的实际,爱同别人攀比。如果不解决这些"精神脱贫"问题,我们李子村有可能重新返回到物质贫困。这不是吓大家,确实存在这个问题。没有解决"精神贫困"问题,即使实现了"两不愁""三保障",我们也不算真正的脱贫。

我还讲了发展产业问题。产业就是门路,没有产业,大家可能返贫,因此无论你搞农业、搞服务业或出门打工,总要有一样事做起,才能真正脱贫致富。未来李子村的产业发展路数很多:农林扶贫、旅游扶贫、电商扶贫、资产收益扶贫等,都可以去闯一闯、试一试。李子村的土地资源有限,但林地资源大片闲置,乡村旅游和农村电商也才开始起步,特别是资产收益扶贫是一个新课题。政府现在要鼓励和引导大家将已确权登记的土地承包经营权入股企业、合作社、家庭农(林)场与新型经营主体,形成利益共同体,分享经营收益。外界都说李子村的人很"狡",这个"狡"字从褒义上说呢,是聪明能干的意思;从贬义上说呢,是偷奸耍滑的意思。大家要把这个"狡"用到正道上,用在产业发展上。春节马上来临,预祝各位乡亲过一个热闹年、平安年、幸福年!

天下没有不散的筵席。我说,我也不可能在李子村待十年八年。但因为脱贫攻坚与大家结下了不解之缘,我对李子村的情愫永远不会改变,希望大家把我当成李子村的村民、亲戚、朋友看待,互相之间经常联系,多走走看看……

说到这里,我喉头被堵塞,说不下去了。会场里异常安静,我透过自己的泪光,看到周方梅等人在抹眼泪。孙文春动情地说:"姚校长,不管你今后在哪里工作,你永远都是我们村的第一书记,永远都是我们生活中的好大哥!"我说:"有你这样的评价,我还有什么不知足的?从今以往,勿负相识,'李子村'这三个字,永远镌进我生命的里程碑了。"

尾声

黔江要退出扶贫开发工作重点区县了！

2017年3月24日，《关于万州区等7个区县退出扶贫开发工作重点区县的公示》，刊登在《重庆日报》一个不显眼的位置。公示说，依据中共中央办公厅、国务院办公厅《关于建立贫困退出机制的意见》《重庆市关于建立扶贫开发工作对象退出机制的实施方案》《重庆市扶贫开发工作对象退出检查验收暂行办法》等文件规定，市扶贫开发领导小组组织市级有关部门和第三方评估机构，对万州区、黔江区、武隆区、丰都县、秀山县5个国家扶贫开发工作重点区县和南川区、忠县2个市级扶贫开发工作重点区县进行了检查验收、第三方评估和满意度调查。通过严格检查验收和评估，7个区县均达到扶贫开发工作重点区县脱贫摘帽的标准。现按规定程序予以公示，请社会各界监督。

虽然还在公示期，黔江的干部、群众仍然掩饰不住内心的喜悦。毕竟大家都有太多的付出，能够得到回报当然是一件好事。李子村随着黔江退出扶贫开发工作重点区县，顺理成章整村脱贫。也是在这段时间，黔江对第一书记和驻村工作队进行了调整，由朱文刚接替我的职务，抽党校信息科副科长田富充实驻村工作队。虽然我不再驻村，但单位班子分工，我仍然要分管驻村帮扶工作。

分别是种甜美的忧伤。但我不再驻村，只有遗憾的反思。由于驻村时间较短，第一书记的作用还没完全释放出来。我给村里承诺的事情也没有完全兑现，全村产业扶贫还比较乏力。李子村虽然整村脱贫，但农业产业的脆弱没有发生根本性改变，村民文化素质偏低没有发生根本性改变，内生动力不足没有发生根本性改变。李子村要真正振兴，还有很长的一段路要走。精准脱贫，只是为乡村振兴打下了坚实的基础。

临别之际，百感交集。作赋一篇，以志心迹。

李子村赋

李子村者，居黔江南隅，处金石腹心，西有蛇家岩高，东有太水涛惊。河谷冲积，冠之三坝：鸡鸣金鸡坝，五谷丰登；杏香白果坝，阡陌纵横；文润烟房坝，满堂书声。绿野陆地，谓之四坡：林荫构家河，花香鸟鸣；风吹李子垭，硕果纷呈；路联大坪上，土桑成荫；水通龙洞湾，六畜勃兴。

然曩昔岁月，构家河缺水，旱望霓云，李子垭无果，空有雅称，大坪上不平，病痛丛生，龙洞湾无龙，浪得虚名，三坝上人户，互比狡劲。此村之贫者，或因学，或因病，有伤残，无技术，缺资金。然四体不勤，五谷懒怠，六畜不问，斗富造屋，叫穷攀贫，内因之贫者，呼者振臂，应者渺渺，未上日程。贫如怪兽，人面狮身，五因之说，难一网打尽。

脱贫攻坚，成于精准，总书记言，博大精深。李子村人，图强发愤，对症下药，致远钓深。公路便道，联通每家，解难于出行；廿里水管，伸进各户，心田得滋润；十里堰渠，纵横千丘，整修变一新；栽桑养蚕，五百亩矣，雪茧铺钱程；养牛种薯，公司农户，利益一股绳；羊肚美菌，半百之亩，燎原之火星。在家种养，出门挣钱，创业经商，兼业家才稳。结对帮扶，嘘寒问暖，出谋划策，深山有远亲；小康路上，整齐奔跑，无人掉队，户户皆脱贫。全村八难有解，八有已成；两不愁翻篇，三保障成真。然乡村崛起，千难之首，在产业旺盛，村民解困，百因之首，为精神脱贫。当此二者，乃未来之障屏。扬鞭跃马，需再送一程。

乱曰：太水一捧，长江一顷。李子无言，神州有声。道远任重，乡村振兴。美哉李子，前程似锦。

2018年2月初稿于重庆
2018年10月二稿于重庆
2019年2月三稿于重庆

后记

恋上记录

打从识字起,我就恋上了记录。父母在交谈中的只言片语,甚至是别的书上的一段话,我觉得好的,就记在语文书或作文本上。一个学期下来,课本"满目疮痍",作业本一身稀烂,比同学们身上东一块、西一块的补疤还惨不忍睹。那时大家都积贫积弱,拥有几张干净的白纸对小学生来说都是奢侈品。

字识得多了,记录的载体发生了变化,母亲就给我几分钱,到商店买来一个笔记本。但记录的大都是书摘,古今中外,天上地下,励志爱情,还有革命歌曲,最多的是名言警句。虽然这些记录都不是自己的思想,但激活了想象力,修炼了文字功,让我的作文大有进步,并偶有作品在全班朗读或在全校展览。记得初中一年级时,学校搞勤工俭学,要去上山砍柴烧石灰,我诗兴勃发,写了一首五绝以赞,赵老师推荐到县文教局,得到文教局长口头表扬。只是县报没敢刊登,理由是一个初中生没有这样的文字功底。

大学毕业后到中学教书,我刚满18岁,每天过的是从寝室到教室、从教室到寝室的日子,能伴我成长的仍然是记录。这时自以为有了更多的资本,豪气干云之外,更多的是年少轻狂,竟然搞起所谓的创作来,什么诗歌、小说、电视剧本等,都敢去触碰,稿件写了一大箩,但见诸报刊的只有几篇,也没有什么影响力,因为那时最多算一个文青。参加工作几年后又考到四川教育学院中文系离职进修两年,有幸得到著名作家邓贤恩师言传身教,记录的理念焕然一新。以后调到报社做事,记者、编辑、广告策划人等,我都干过,在20年的新闻生涯中,记录成了我的职业。也正是在这一时期,让我真正懂得了记录的意蕴。我记录过杨汝岱、陈俊生等党和国家领导人视察黔江地区的情况,记录过几十位省部级领导干部调研渝东南的情况,也记录了无数干部、群众苦干实干、改变贫困落后面貌的情况。记录的文字见诸报端的,累计下来不少于1000万字。在业余时间也写一点儿文学性比较强的文字,于是有了《红土地 热土地》《阿蓬江不会忘记》《一个不当千万富翁的苗族农民》等习作。有人说我是在种新闻与文学的混交林,我认为切中肯綮,便接受了。新闻与文学的融合,不就是文学的历史或历史的文学吗?其范式古有司马迁的《史记》,今有黄仁宇的《万历十五年》和范长江的《中国的西北角》。我喜欢这样的表达方式,因为它在一定程度上比较真实,又十分耐看。我相信真实才有力道,真实往往更能感染人,只是这样的非虚构作品,比一般的虚构作品要付出更多的精力。比如我在写作本书的时候,经常会为一个重要的数据折腾半天,甚至会为核实一个重要细节,要去当事人家里跑上好几次。20年的记录人生,既彰显了别人,也成就了自己。搞新闻的日子虽然苦,但也苦中有乐,本想就这样一辈子记录下去,但一次干部调整又让我走进了陌生的党校。本认为这辈子与记录说再见了,没想到在党校仍然有我施展记录本领的空间。我先是分管科研咨政,每年都要带头搞一项以上的科研项目,我坚持搞田野调查,又让记录派上了用场。我所有的调研成果,都是记录的结晶。几年后又分管教学工作,我把科研咨政成果转化为教学,仍然得益于这些年的不间断记录。

记录的爱好没有改变,改变的只是工具,小时候用的是毛笔,以后是钢笔,现在除了各种签字笔,就是电脑了。电脑特别适合大容量的记录和保存,是其他书写工具无法替代的。我在李子村写的《脱贫攻坚日记》,大都用手提电脑写成,少则四五百字,多则一两千字,两年下来,竟累积到40万字!这么多拉拉杂杂的记录,为我在此基础上写作这部长篇纪实文学打下了基础。但由于亲历者对过往的可能性遗忘,加上知情者的选择性讲述,以及记录者的个性化理解,我不敢保证我的记录是绝对真实的。我只是尽量从多视角、反复地采访求证,来还原事件或人物的真相,即便这样,个别地方的差错也在所难免。

对于我来说,没有记录,就没有创造。记录是我生活的重要部分,是我生命中最愿流连的百花园,它将与我终生相伴。我的记录不仅仅是自己留下的生命痕迹、激发思想的重要源泉,我还希望,我昨天的记录是今天的历史,我今天的记录是明天的历史。我现在写成的这部《脱贫攻坚手记》,如果你能既当文学读,又当历史读,那我就万分荣幸了!

　　这是多年来我都想要表达的对于记录的敬意,现在我把它写出来,权当这本书的后记。当我在键盘上敲下这部书的最后一个字的时候,在我生活了近30年的这座峡谷城市已是百花开放。而我割舍不下的李子村,那一朵一朵的梦冬花,也正在屋角田边竞相开放,是那样金黄娴静。在这样美丽芳香的季节,我的这部无心插柳的习作终于竣笔了,内心的喜悦无以言表。趁这个机会,诚挚地向那些鼓励过我、帮助过我的人致以谢忱与敬意。重庆市作家协会将这部作品列为全市作家定点深入生活项目,中国作家协会将这部作品纳入全国少数民族重点作品扶持项目,重庆市作家协会主席陈川先生对这部作品进行了指导并欣然作序,西南师范大学出版社副社长蒋登科教授对这部作品给予了关注与支持,西南师范大学出版社吕杭老师、李晓瑞老师、谭小军老师在编辑这部作品中付出了辛劳。我要在此说明的是,李子村是一个有故事的地方,驻村几年以后,我对乡村的看法与往昔相比已形同霄壤,但由于记录功力还欠火候,无法全方位展示自己在李子村遇见的精彩和生发的种种感受。只能期待在以后写作的其他著作中,以另一种表达方式来填补这个缺憾了。